1520-1522

Le Chroniqueur de la Tour

1520-1522

© 2019 Le Chroniqueur de la Tour

Éditeur : BoD-Books on Demand
12-14 rond-point des Champs-Élysées, 75008 Paris
Impression : Books on Demand, Norderstedt, Allemagne

ISBN : 978-2-3220-3601-1
Dépôt légal : Juin 2019

À tous mes ancêtres,
à tous ceux qui ont veillé sur eux
et les ont aidés en cas de besoin

Dramatis personae

Le Royaume de France

François Ier, le Roi de France

La Salamandre, animal-emblème de François Ier

Triboulet, le bouffon du Roi

Claude de France, la Reine de France

François, Dauphin, fils aîné de François Ier et de Claude

Louise de Savoie, mère du Roi, veuve depuis l'âge de 19 ans

Charles de Bourbon, Connétable de France

Guillaume de Montmorency, Baron, père d'Ayne de Montmorency

Antoine Duprat, Chancelier de France

Françoise de Foix, favorite du Roi, sœur d'Odet de Foix

Odet de Foix, Gouverneur de Guyenne, frère de la favorite du Roi Françoise de Foix

Marguerite d'Alençon, sœur du Roi

Le Duc d'Alençon, mari de Marguerite

Marin de Montchenu, Maître de Cérémonie et ami d'enfance du Roi

Galiot de Genouilhac, Sénéchal du Quercy, Grand Maître de l'Artillerie

Prospero Colonna, ancien condottiero italien qui a mené à sa perte l'armée des morts-vivants du Pape en 1515. Assigné à résidence à Carcassonne avec une pension par le Roi de France.

Jehan Ango, armateur à Dieppe

Jean Fleury, marin de Dieppe

La Navarre

Henri de Navarre, Roi de Navarre, fils de Jean de Navarre qui est mort en tentant de reconquérir la partie sud de la Navarre tombée aux mains de l'Espagne

Philippus Theophrastus Aureolus Bombastus von Hohenheim dit Paracelse, nain d'origine suisse, Grand Esprit, médecin au service du Roi de Navarre

L'Empire (Espagne et terres germaniques)

Charles de Habsbourg ou Charles Quint, Roi d'Espagne et Empereur du Saint Empire Romain Germanique

L'Aigle à deux têtes, animal-emblème de Charles de Habsbourg

Guillaume de Croÿ, précepteur de Charles et Chancelier de l'Empire

Ferdinand de Habsbourg, surnommé Ferdinando, car il a été élevé en Espagne avant d'en être chassé par son frère aîné Charles de Habsbourg

Jacob Fugger, banquier, homme le riche d'Europe qui a prêté des sommes importantes à Charles Quint pour assurer son élection à la tête de l'Empire

Jeanne, dite La Folle, mère de Charles et de Ferdinand de Habsbourg, internée dans un couvent près de Tordesillas.

Théoriquement la Reine de Castille mais écartée du pouvoir par Charles.

Matthäus Schiner, nain, Cardinal, ancien dirigeant de la Confédération Suisse, au service de Charles Quint

Thomas de Vio, Archevêque, émissaire du Pape pour les affaires de l'Empire

Martin Luther, religieux établi à Wittenberg, qui s'est élevé contre les pratiques du Pape

Frédéric de Saxe, Prince Electeur favorable à Martin Luther

Érasme, Grand Esprit, humaniste, théologien, helléniste et latiniste

Albrecht Dürer, Grand Esprit, peintre et graveur

Iñigo Fernández de Velasco, officier militaire prestigieux, Connétable d'Espagne

Adrien d'Utrecht, Régent d'Espagne et Grand Inquisiteur

Pedro de la Vega, Juan de Padilla, Maria Pacheco, Juan Bravo : meneurs de la révolte des *comuneros*

Garcilaso de la Vega, frère de Pedro de la Vega

La Confédération Suisse

Albert Von Stein, chef des mercenaires suisses

L'Angleterre

Henry VIII, Roi d'Angleterre

Catherine d'Aragon, Reine d'Angleterre

Mary Tudor, fille d'Henry VIII et de Catherine d'Aragon

Thomas Wolsey, Cardinal et Chancelier du Royaume d'Angleterre

Thomas More, Rêveur, conseiller du Roi, auteur de *Utopia*

Edward Stafford, Duc de Buckingham

Comte de Gloucester, ami du Duc de Buckingham

Venise

Leonardo Loredano, Doge de Venise

Mariano Baldecci, espion vénitien au service de la France

Bartolomeo, assistant de Mariano Baldecci

Rome

Léon X, le Pape

Jules de Médicis, Cardinal, secrétaire, cousin et amant du Pape

Raphaël, peintre elfe. A amené Léon X à utiliser l'argent des indulgences pour construire la Basilique Saint Pierre ce qui a provoqué la colère de Martin Luther.

Michel-Ange, sculpteur, peintre elfe et Grand Esprit

L'Empire Ottoman

Sélim Ier, Sultan de l'Empire Ottoman

Soleyman, son fils et héritier

Ibrâhîm, ami de Soleyman et fauconnier

Mahidevran, favorite de Soleyman

Aleksandra/Roxelane : esclave de Crimée prévue pour le harem du Sultan

Ayne de Montmorency, ami d'enfance de François Ier, atteint de la malédiction de la Touffe Rousse pour avoir tué le frère de Khayr Barberousse à la bataille de Tlemcen. Ne peut plus prendre la mer sans être attaqué par des monstres marins. Sa seule possibilité de retourner en Europe est de traverser le Détroit du Bosphore à Istanbul.

Khayr Barberousse, pirate, *Beylerbey* (gouverneur) d'Alger dont le frère a été tué par Ayne de Montmorency à la bataille de Tlemcen.

Kurtoğlu Muslihiddin Reis, Grand Amiral de la Flotte ottomane

Rhodes

Philippe Villiers de l'Isle d'Adam, Grand Maître des Hospitaliers

Jean de la Valette, jeune novice Hospitalier

Gabriele Tadino, ingénieur italien au service des Hospitaliers

La Nouvelle-Espagne

Hernan Cortés, conquistador, qui a pris la direction d'une expédition contre les ordres du Gouverneur de Cuba Velázquez de Cuellar. Invité à Tenochtitlan par l'Empereur Moctezuma en tant qu'envoyé du Dieu Quetzalcoatl.

Malinalli, compagne de Cortés et traductrice

Felipe de Olmos, conquistador, bras droit d'Hernan Cortés. Banni d'Espagne pour trahison.

Pedro de Alvarado, conquistador, généralement hostile aux méthodes d'Hernan Cortés

Geronimo de Aguilar, frère franciscain qui, après un naufrage, avait vécu parmi les peuples natifs. A rejoint Hernan Cortés.

Sebastian d'Olmedo, prêtre chargé de récupérer la *potestas* des païens pour le Pape

Anton de Alaminos, navigateur prestigieux, vétéran des voyages de Christophe Colomb

Alonso Hernández Puertocarrero, jeune conquistador, fidèle à Hernan Cortés

Diego Velázquez de Cuéllar, Gouverneur de Cuba, ennemi d'Hernan Cortés

Panfilo de Narvaez, Général, envoyé par le Gouverneur de Cuba pour retrouver et emprisonner Cortés

Aztèques et peuples natifs

Moctezuma, Empereur des Aztecas

Xicomecoatl, cacique des Totonacs, allié de Cortés

Xicotencatl, cacique des Tlaxcalans, allié de Cortés

Carte

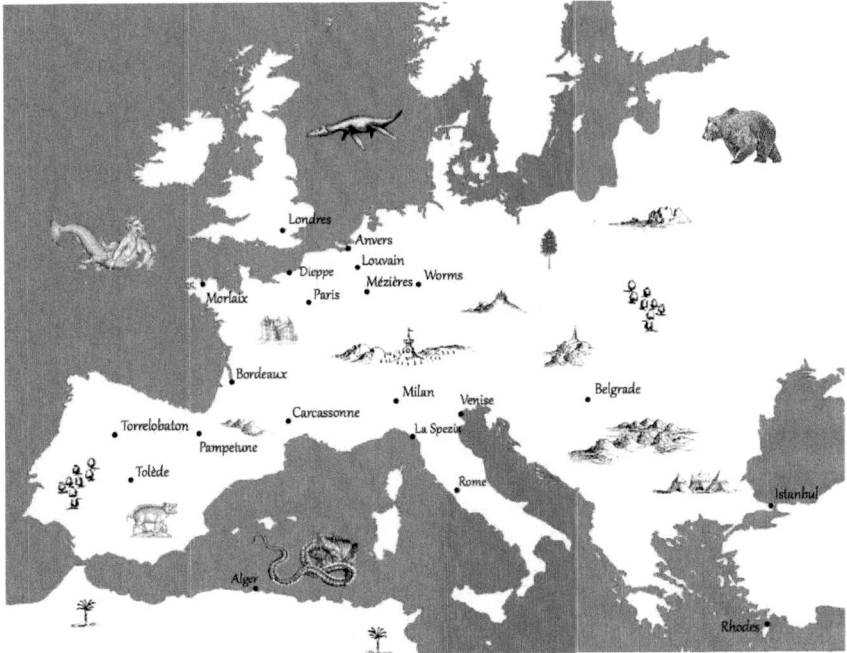

Prologue 1

« Je me meurs. Par Les Brins, je suis un elfe maudit », murmura Raphaël. Au chevet du mourant, Michel-Ange ne répondit pas. D'évidence, les elfes n'étaient plus immunisés contre les maladies qui frappaient habituellement les humains. *Nous nous côtoyons trop. Il fut un temps où nous étions bien séparés*, pensa Michel-Ange, lui-même un elfe. Il souleva le tissu maculé de la sueur qui perlait le front brûlant de Raphaël. Il le remplaça par un tissu trempé dans de l'eau fraîche. Raphaël frissonna. Il avait les yeux des mourants : ils clignaient peu et restaient largement ouverts. Ils ne souhaitaient pas perdre une miette de ce que la vie leur offrait encore. Raphaël murmura, les lèvres tremblantes : « Dites... Dites au Pape d'arrêter de prendre des pierres... des pierres des ruines du Forum pour construire la Basilique... la Basilique Saint-Pierre.

— Pour moi aussi c'est une hérésie, répondit Michel-Ange. Une pierre... ça ne peut avoir qu'un seul destin. Je lui ai déjà dit, au Pape. Il m'a répondu qu'il n'en a rien à faire de ces ruines païennes et que c'était pour lui une carrière à ciel ouvert comme une autre. Il manque de finances pour pouvoir n'utiliser que des pierres neuves. Les flux d'indulgences des pays germaniques ont beaucoup diminué. »

Raphaël eut un ricanement qui se confondit avec ses tremblements : « Quelle ironie... C'est grâce à moi... C'est moi qui l'ai poussé... poussé à détourner les indulgences pour construire la Basilique... Ce Luther a répondu à cette provocation... La chute que nous attendions tant est proche. Vous aurez sans doute la chance de la voir.

— Surement. J'ai un temps éternel devant moi.

— Vous échapperez aux nouvelles maladies qui touchent les elfes...

— Ça, je ne sais pas. Mais je serai là sous une forme ou une autre. Je peux vous confier mon secret maintenant. Je suis un Grand Esprit. De corps en corps et d'âges en âges, j'apporte beauté et sagesse à l'humanité. Je change de peau comme le serpent de la Connaissance. Et je ne suis pas seul. Nous sommes Douze et Leonardo Da Vinci était des nôtres. »

Michel-Ange eut une pensée émue pour celui qui avait été tour à tour son ami et son rival. Ils étaient entrés dans une féroce compétition seize ans auparavant lorsque l'un et l'autre avaient peint, chacun sur un mur, des fresques dans la grande salle des Cinq-Cents du Palazzo Vecchio à Florence. Léonard devait peindre la Bataille d'Anghiari et Michel-Ange la Bataille de Cascina. Les deux œuvres étaient restées inachevées car les deux Grands Esprits s'étaient épuisés en invectives orgueilleuses et arrogantes. Michel-Ange avait vivement conseillé à Léonard de retourner à ses travaux d'ingénierie et Léonard avait supplié Michel-Ange d'abandonner ses pinceaux et de retourner à la sculpture, pour l'amour de l'Art. *Mettez deux Grands Esprits dans une même pièce, aussi grande soit-elle, et ils deviennent aussi stupides que des humains.*

« Aahh..., dit Raphaël, après un silence. Par Les Brins, je savais que je ne pouvais... ne pouvais entrer en compétition avec vous... avec vous deux.

— Oh ! Votre *"Vierge au chardonneret"* est meilleure que la mienne. Ne faites pas le modeste, Raphaël. Vous êtes un elfe, tout de même. Pas un vulgaire humain. Sur cette peinture, votre Pape en couleur ultraviolette qui montre à la Vierge ses attributs virils comme un satyre est ce qu'il y a de plus réussi. »

Raphaël et Michel-Ange partagèrent un petit moment d'hilarité qui tourna court car Raphaël commença à se sentir à nouveau très faible. Son cœur palpita comme un oiseau prisonnier dans sa poitrine. La crise passa. Raphaël reprit péniblement, sa voix aussi faible qu'un murmure :

« Vos sculptures...

— Oh, ce ne sont rien, mes sculptures. J'ai parfois l'impression que je ne fais que révéler ce qui existait déjà au sein du marbre.

— En tout cas... je suis fier... Par Les Brins, oui, je suis fier d'avoir initié la chute des Papes et de leur Église, poursuivit Raphaël, changeant de sujet car son esprit avait de plus en plus de mal à se concentrer.

— Nous verrons bien où cela mènera. Il arrive qu'une petite chose prenne des proportions gigantesques. C'est une question de perspective, un sujet que nous comprenons bien, vous et moi. Et il arrive qu'avec les meilleures intentions du monde on déclenche les pires catastrophes. La perspective est une fuite, voyez-vous, une fuite en avant. Et on ne peut plus revenir en arrière. C'est comme quand je peignais le plafond de la Chapelle Sixtine. Une fois l'enduit séché, ce que j'avais peint ne pouvait plus être modifié. Les semaines et les mois qui viennent devraient nous indiquer quelle direction prendra le destin des hommes. Mais les connaissant, je crains que la chute de l'Église Catholique et des Papes nécromanciens ne s'accompagne de bien des malheurs. Ce sera lent. Ce sera pénible. Ce sera une victoire arrachée de haute lutte. Et c'est dans ce genre de chaos que se plaît notre vieil ennemi.

— Je... je ne comprends pas, soupira Raphaël.

— Nous sommes Douze Grands Esprits, unis pour faire progresser l'humanité mais il y en a un Treizième, perverti et mauvais... et nous ne savons pas encore quel corps il contrôle actuellement. J'espère, et je crains tout à la fois, que nous allons bientôt le savoir. Savoir de quel corps il a pris possession après la mort de Torquemada[1] »

Il y eut un long silence pendant lequel Raphaël rassembla de nouvelles forces pour pouvoir dire quelque chose. Même un acte aussi simple que respirer nécessitait une lutte de tous les instants. Il murmura finalement : « La mort m'a toujours intrigué. Je la connaitrai bientôt.

— Comme bien d'autres, je le crains. La Paix qui règne depuis plusieurs années en Europe a beau être resplendissante, la guerre est en train de mûrir en son sein. Bientôt, elle va crever la surface et montrer sa face hideuse au soleil.

— Vous... Vous n'avez donc aucun espoir ?

— Depuis des millénaires, j'ai constaté que les Hommes ont commis tous les actes possibles de bonté et d'amour et tous les actes possibles de cruauté et de haine. C'est à nous, les Grands Esprits, les Gardiens du futur, de faire pencher la balance du bon côté.

— Alors... Pesez de tout votre poids, mon ami. Pesez... »

Michel-Ange se tut. Ce qu'il ne voulait pas dire c'était que le Treizième, jusqu'à présent, avait réussi à peser à lui tout seul autant que les Douze autres. *Il y a sûrement un moyen de briser cette malédiction.*

Michel-Ange resta songeur pendant de longues minutes. Puis il souleva le tissu maculé de la sueur du front de Raphaël. Mais le front n'était plus brûlant. L'artiste elfe était mort.

---

[1] Le fondateur de l'Inquisition espagnole, mort en 1498

Prologue 2

« En êtes-vous certain ?

— Oui, Moctezuma Xocoyotzin. Absolument certain. Quetzalcoatl va non seulement bien revenir de Tlapallan mais son retour est pour bientôt. Très bientôt. N'avez-vous pas vu que son étoile Tlahuizcalpantecuhtli n'est plus visible depuis quelques jours ? Il est en chemin.

— Nous arrivons donc à la fin des temps. Nous avions raison de penser que les hommes barbus de l'est étaient les messagers du Serpent à Plumes.

— Ces messagers ont encore un rôle à jouer.

— Lequel ?

— La prophétie raconte que Quetzalcoatl débutera son règne en les sacrifiant. »

20

Chapitre 1

Dieu n'a créé aucune chose en ce monde, ni hommes ni bestes, à qui il n'ait fait son contraire. Au Royaume de France a donné pour opposite les Anglois.

Phillipe de Commynes

« Marin, je ne veux rien de moins que la huitième merveille du monde. Henry VIII devra être impressionné. »

François Ier contemplait la plaine entre Ardres et Guînes dans le Pas-de-Calais qui s'étendait devant lui. Elle avait été soigneusement nivelée et était saturée d'activités. Par centaines, des charpentiers, des menuisiers, des forgerons, des vitriers, maîtres et compagnons, aides et manouvriers s'affairaient. Les tentes en canevas et en bois, puis couvertes de soie et de fils d'or étaient en train d'être assemblées et montées. Il y en avait environ quatre cents. Un vaste espace avait été dégagé entre les tentes pour y installer une lice où tournois et concours d'archers étaient programmés. Marin de Montchenu avait le visage encore plus anguleux et émacié que d'habitude, tant par le manque de sommeil que par un appétit en berne. Il aurait aimé se démultiplier pour pouvoir suivre tous les chantiers à la fois. En attendant de trouver la potion miraculeuse, il courait en tous sens et il n'y avait pas une petite surface de cette vaste plaine qu'il n'ait foulée au moins dix fois.

Le pavillon central était en drap d'or rendu étincelant grâce à une transformation magique commandée à un prix exorbitant aux elfes florentins. A l'intérieur, il était doublé de velours bleu épais semé de fleurs de lys brodées. Les cordages pour maintenir les draps tendus étaient en fil d'or de Chypre et en soie bleu importé de Perse. Le pavillon était surmonté par une statue de

Saint-Michel de deux mètres, en bois de noyer sur lequel des dorures étaient en train d'être appliquées. Le Saint tenait une lance dans une main, un bouclier gravé de fleurs de lys dans l'autre et il écrasait sous ses pieds un serpent et une pomme. Les grands mâts pour soutenir le pavillon étaient en bois de sapins acheminés spécialement depuis l'Auvergne et étaient habituellement utilisés pour la construction de bateaux de 400 tonneaux. Galiot de Genouilhac avait été appelé en renfort et était revenu du Quercy où il avait été nommé Sénéchal. Il organisait le transport et la logistique de toutes les marchandises comme pour une campagne militaire. Il y avait chaque jour embouteillages de charrettes sur les routes menant à la plaine. Cela provoquait la colère des paysans locaux. Mais lorsqu'ils venaient jeter un coup d'œil sur le chantier, ils ouvraient la bouche et restaient les bras ballants à regarder tant de magnificence et de démesure.

Toute la garde-robe de la Cour avait été revue. Velours, satin, damas, broderies de fil d'or de Venise passaient entre les mains des merciers, des tailleurs, des couturiers et des brodeurs. Ils travaillaient jour et nuit, usant leurs yeux à la lumière des chandelles. Tout devait être prêt à temps et chaque jour amenait son lot de nouveaux invités et d'idées de costumes encore plus extravagants. On avait fait venir des pelletiers et des fourreurs, même si le soleil de juin s'annonçait généreux. Dans le même temps, la mode voulait que les gorges des femmes soient bien offertes aux regards grâce à de larges décolletés. Il s'agissait de mettre à contribution tous les charmes de la France.

Tous les grands vassaux et les grands pairs du Royaume étaient là, notamment le Connétable Charles de Bourbon, avec sa barbe coquettement taillée. Il était accompagné de son épouse Suzanne. Bourbon en était déjà aux mondanités, saluant un tel, complimentant un autre, invitant celui-ci sur ses vastes terres du Bourbonnais, à ce qu'il appelait sa Cour de Moulins, ou ignorant celui-là qui lui était indifférent pour ses affaires. Suzanne jouait son rôle d'épouse sans enthousiasme, toujours en deuil de leurs enfants morts de maladie. Son âme était encore éplorée et elle se sentait elle-même faiblir de semaine en semaine, envahie par la lassitude de la vie.

Seul manquait dans cet essaim bourdonnant Ayne de Montmorency, ce dont François Ier était on ne peut plus conscient. *Il est perdu en plein pays hérétique. D'un jour à l'autre, je m'attends au mieux à recevoir une demande de rançon, au pire à recevoir sa tête dans un sac de soie.* Le Baron Guillaume de Montmorency, le père d'Ayne, était là. François tenta de l'éviter en faisant un détour car son visage lui rappelait trop son ami absent, malgré une grande différence d'âge. Mais le Baron ne put manquer la grande silhouette royale. Il marcha vers le Roi avec des pas rapides pour son âge. Il était accompagné des deux Italiens qu'Ayne avait adoptés. Jérôme et Sabine étaient maintenant de jeunes adolescents. Jérôme avait un duvet sombre au menton et au-dessus des lèvres et sa sœur jumelle arborait pour la première fois un décolleté rempli d'un certain volume. Ils étaient éblouis par tout ce qui les entourait. Montmorency s'inclina devant le Roi et ses petits-enfants adoptifs firent de même. Ayne avait parlé d'eux à François mais c'était la première fois que le Roi les rencontrait. Il parcourut rapidement du regard les formes féminines naissantes de Sabine. Il voulut questionner les adolescents mais le Baron alla droit au but : « Toujours aucune nouvelle, Sire ?

— Non. Mais sachez que j'ai envoyé dans l'Empire Ottoman un homme tout à fait doué pour le retrouver et l'aider.

— Je n'en doute pas. Mais, en supplément, je me propose d'aller moi-même chercher mon fils.

— Dieu vous en garde, Baron. Il me suffit bien de devoir sauver un Montmorency pour devoir aussi en sauver un second.

— Le seul moyen de faire disparaître cette... Touffe Rousse, dit le Baron en fronçant les sourcils comme s'il énonçait quelque chose d'inconcevable, c'est peut-être de tuer le frère Barberousse survivant.

— Le fils et le père se chargeant chacun de tuer un de ces pirates hérétiques ! La Maison Montmorency se couvrirait de gloire jusqu'à la fin des siècles, c'est sûr ! » C'était la voix de Charles de Bourbon qui s'était approché du petit groupe. Le Baron salua froidement le Connétable, par pur respect du protocole. Tout comme son fils, Guillaume le trouvait pédant comme un paon et il savait bien que derrière les flatteries que Bourbon adressait au Roi, il n'y avait aucun respect et même des vieilles rancœurs dynastiques recuites. Bourbon ne manquait pas de rappeler régulièrement qu'il s'en était fallu de peu pour que ce soit sa propre lignée qui accède au trône. Mais les hasards généalogiques avaient ramené la branche cadette des Valois de la marge vers le centre du jeu. Présentement, Bourbon se plaça devant le Roi, cachant presque le Baron, et signifiant par tous les moyens non verbaux à sa disposition qu'il souhaitait parler seul à seul avec le Roi. « Ne vous inquiétez pas, dit François à Guillaume de Montmorency. Faites confiance à la bravoure et à l'intelligence que vous avez transmises à votre fils. » Guillaume s'inclina et laissa le Roi avec le Connétable, lequel fut bien content du départ du « petit » Baron.

François s'entretint rapidement avec Bourbon des derniers préparatifs. Le Connétable tenait à montrer la force militaire française pour impressionner Henry VIII, mais le Roi désapprouva cette idée. Au contraire, il souhaitait montrer que l'harmonie régnait entre les deux peuples et que les guerres du passé étaient oubliées :

« Il y en a une qui ne les a pas oubliées, dit le Connétable à voix basse.

— Qui ça ? Ah... *Elle* ! Vous croyez qu'*elle* va venir ?

— Je serais étonné qu'*elle* ne fasse pas au moins une brève apparition. Pour le principe. »

François soupira puis il quitta le Connétable. Il passa avec un air songeur devant la pyramide de tonneaux de vin qui allaient bientôt être mis en perce puis il pénétra dans le pavillon central dont l'entrée était surmontée d'une superbe salamandre brodée au fil d'or. Au milieu des ouvriers et des fleuristes qui montaient les derniers éléments de décor, le Chancelier Antoine Duprat essayait de trouver de nouvelles ressources de concentration pour apporter les ultimes corrections au traité que François Ier et Henry VIII allaient parapher. Duprat crut que la première question du Roi allait porter sur ce sujet. Mais une autre préoccupation taraudait le Roi : « Et si *elle* venait ?

— Non, je ne pense pas qu'*elle* le fera, Sire. Après tout, le Roi d'Angleterre vient pour faire la paix. Pas pour nous envahir.

— À sa dernière apparition, *elle* ne semblait guère disposée à faire la paix... Doublons la garde. Je veux que tout soit parfait. Le moindre incident peut tout faire échouer.

— Je peux vous rassurer sur un point, Sire. Mon homologue anglais Wolsey est très coopératif et constructif. Je sens une réelle volonté d'aboutir à un accord sincère et durable.

— Ils ont intérêt à ne pas commettre de trahison, ce qui sera une grande première pour des Anglais. Je leur donne quand même à marier mon petit François, la prunelle de mes yeux.

— Vous avez aussi Henri maintenant...

— Oui, j'ai deux yeux, Duprat. Mais François est l'aîné et règnera après moi. Elle est bien cette Marie ?

— La fille d'Henry VIII et de Catherine d'Aragon a, paraît-il, des dispositions précoces pour la musique.

— Pour la musique anglaise... Je ne suis pas sûr que ce soit là une qualité recommandable. »

Le Chancelier eut les joues qui s'empourprèrent. Il se racla la gorge et déclara : « Sa Majesté me permet-elle de lui faire remarquer que le Roi d'Angleterre est très susceptible et que de tels commentaires en sa présence serait...

— Je sais, Duprat, je sais. Justement là, je ventile. Je saurai me tenir coi et être le plus attentionné des hôtes le moment venu », dit le Roi avec un sourire aussi mielleux que possible.

La conversation s'interrompit car des agents anglais entrèrent. Ils étaient reconnaissables à la rose brodée sur leur pourpoint, blanche au centre et rouge sur le pourtour. Ils devaient vérifier que tout avait été solidement construit pour ne pas que leur Roi soit mis en danger. François soupira, se retint de faire une remarque cinglante même si cela lui brûlait les lèvres, et sortit en créant un courant d'air qui frappa les Anglais alors qu'ils s'inclinaient courtoisement à son passage.

***

L'herbe autour du Camp du Drap d'Or était d'un vert puissant et le ciel était d'un bleu d'azur. Le soleil brillait de tous ses feux. Les Anglais arrivèrent lentement de Guînes, qui appartenait à la province de Calais et donc à l'Angleterre depuis 1360. Henry VIII était accompagné de la Reine Catherine d'Aragon et de cinq cents cavaliers habillés de rouge et or qui se distinguaient bien dans le paysage. Leurs bannières flottaient, orgueilleuses, dans le vent soufflant depuis la Manche.

François Ier et Henry VIII chevauchèrent à la rencontre l'un de l'autre. Henry était de trois ans l'aîné de François et régnait depuis six ans de plus que lui. Chaque roi arborait une barbe, ce qui était habituel chez François mais inhabituel chez Henry. Il avait déclaré qu'il la laisserait pousser tant qu'il n'aurait pas rencontré le souverain français. Il était prévu que les chevaux aux superbes harnais décorés et caparaçonnés de soie et de velours s'arrêtent l'un face à l'autre, mais sans se concerter leurs deux cavaliers en décidèrent autrement. Les chevaux furent dirigés pour se placer côte à côte et les deux Rois étendirent leurs bras et se tinrent par les épaules : « Content de vous voir enfin, cousin », commença Henry. François fut surpris par l'appellation "*cousin*" mais elle correspondait à la stricte réalité, même si le cousinage était lointain. Souligner ainsi la parenté entre les deux rois était une manière de faire tomber d'emblée les barrières protocolaires mais aussi de rappeler subtilement qu'Henry était un prétendant au trône de France. « Je suis heureux de vous accueillir, *cousin*. Que nos deux Royaumes s'enrichissent mutuellement dans le respect et la grâce de Dieu », répondit François. Henry sourit avec courtoisie, mettant de côté la petite maladresse de son homologue : le camp chamarré qu'il apercevait derrière François avait été dressé sur le territoire français mais le temps de la rencontre ce camp se trouvait en terrain neutre donc techniquement aucun des Rois n'accueillait l'autre. C'était une rencontre hors de l'espace et du temps.

Les deux Rois et leurs suites se dirigèrent vers une véritable ville de somptueuses tentes auréolées de mille bannières. Son entrée était marquée par un arc de triomphe aux couleurs bariolées. Arrivés à ses pieds, les souverains firent assaut de politesse : « Après vous, cousin.

— Mais non, je vous en prie, après vous.

— Je n'en ferai rien.

— Entrons ensemble alors, côte à côte. »

Ce qu'ils firent, avec des sourires de bon aloi. La scène avait été prévue et orchestrée à l'avance par les Chanceliers Duprat et Wolsey et les deux souverains se révélèrent être de très bons acteurs.

Les deux Rois descendirent de leur destrier avec une belle synchronie, et s'installèrent sur des trônes strictement identiques. Les Reines vinrent les rejoindre ainsi qu'une foule de pages et de demoiselles d'honneur. Tous écoutèrent avec ferveur des chœurs d'enfants anglais et français chanter une messe en antienne. Ils se répondirent les uns les autres des vers des Psaumes. Ensuite, une fois les applaudissements terminés, François et Henry se levèrent et firent une visite impromptue chez le barbier dans sa tente particulière pour se faire ensemble raser la barbe. Ce fut l'occasion d'échanger quelques blagues viriles ou récits égrillards entre deux coups de lame car chacun savait que l'autre était un coureur de jupons compulsif. Même le barbier, qui n'était pourtant pas né de la dernière pluie, rougit jusqu'aux oreilles. Cela aurait pu être les récits de fredaines et d'écarts de conduite par folies de jeunesse mais certains épisodes, toujours racontés par allusions scabreuses et grivoises, étaient très récents. Cela n'avait pas été prévu par les deux Chanceliers qui se tenaient devant la tente et qui échangeaient des regards gênés. Ils veillaient à ce que personne d'autre ne soit à portée des voix des souverains et surtout pas leurs épouses. Pour les Rois, ce furent sans doute les premiers échanges sincères de toute la journée. François se dit qu'avant que leurs barbes ne repoussent, lui et Henry seraient les meilleurs amis du monde.

Puis le banquet commença au son des chants des chœurs et des ménestrels. Chaque plat était annoncé par le son strident des trompettes. On pouvait se servir du vin qui coulait de deux fontaines, l'une à tête de lion, l'autre à tête de salamandre. François Ier avait acheté des coupes en cristal elfique de Bohême et on pouvait leur faire chanter des airs connus en glissant un doigt humide de vin sur leur pourtour. François avait aussi fait transporter d'Amboise la rôtissoire automatique que Léonard de Vinci avait conçue pour le banquet du baptême du Dauphin. Mais personne n'avait réussi à la remettre en route. Elle avait été promptement cachée dans une tente et des soldats avaient été mobilisés pour faire tourner les broches à la main. Ils suaient abondamment, le visage rougi tant par la chaleur que par le reflet des flammes.

Noblesses française et anglaise formaient des groupes séparés qui ne se rapprochaient qu'en allant chercher victuailles et boissons sur les tables ou aux fontaines. Les deux côtés se toisaient courtoisement et échangeaient maints sourires forcés. Entre semblables, on se disait des remarques moqueuses à l'oreille en se cachant la bouche d'une main. Seuls les ambassadeurs passaient avec fluidité d'un groupe à l'autre. Henry Boleyn, flanqué de ses filles Mary et Anne, saluaient les uns et les autres et était heureux de retrouver de vieilles connaissances anglaises et françaises. À tous, il vantait la beauté de ses filles dont il était très fier. Anne Boleyn attirait surtout les regards avec son élégant port de tête, son visage doux en forme d'œuf et sa chevelure bistre ondulante comme la mer. Les prétendants allaient se bousculer comme des abeilles autour d'une belle fleur, se dit Henry Boleyn.

Les Rois étaient assis côte à côte, resplendissants dans leurs pourpoints incrustés de joyaux rutilants. François Ier portait une toque en soie entrelacée de fils d'or et surmontée de plumes de paon et Henry VIII un béret de velours noir orné de plumes d'autruche. Ils étaient entourés par leurs Reines et leurs Chanceliers. Catherine d'Aragon, au petit nez et à la petite bouche perdus dans un visage un peu dodu affichait un air grave. C'était sa première apparition publique depuis que son volage de mari l'avait humiliée en reconnaissant un bâtard, baptisé qui plus est Henry Fitzroy, au cas où les choses n'auraient pas été suffisamment claires. Cet enfant du péché était logé au Palais de Durham avec son aumônier, son préposé et une escorte pour sa protection. La mère, Elizabeth Blount, avait été très affaiblie par la naissance de l'enfant. Elle était convalescente et le Roi lui avait adressé les meilleurs médecins d'Angleterre. Pour ne rien arranger à l'humeur de Catherine, Elizabeth Blount avait été sa demoiselle d'honneur. Elle se mordait les doigts d'avoir introduit ce serpent dans son nid.

La Reine Claude, quant à elle, était aussi rayonnante que sa laideur lui permettait, souriant à tous ceux qui accrochaient son regard. Elle était encore grosse et une nouvelle mise-bas était prévue dans deux mois. Les Reines avaient échangé quelques amabilités et quelques banales généralités pendant la visite de leurs maris chez le barbier et se tenaient maintenant silencieuses. Duprat montrait tous les signes de la nervosité. Wolsey affichait un calme concentré. Leur ouïe était toute tendue vers les voix des deux souverains : « Je suis sincèrement désolé, cousin, que vous n'ayez pas été élu Empereur, dit Henry. Mais entre nous, vous avez ainsi échappé à bien des tracas avec ce Luther.

— Ce sera peut-être bientôt le tracas de toute l'Europe et pas que continentale, cousin. Moi, au moins, je maîtrise les nominations des prélats de l'Église de France. Je pourrai contrôler et agir si nécessaire », fut la réponse de François qui provoqua un léger rictus d'agacement sur le visage du Roi d'Angleterre. Satisfait de sa réponse, François jeta un regard à la Reine Catherine d'Aragon qu'il savait malheureuse auprès d'Henry. Elle était la tante de Charles de Habsbourg, et tout ce qui pouvait rendre malheureux un membre de la famille de son rival était bon à prendre. Il fut ainsi satisfait de sa figure affadie derrière ses sourires forcés. François se tourna à nouveau vers

Henry : « Aujourd'hui est jour de fête et de réjouissances. Demain, nous discuterons de comment contenir les ambitions démesurées de Charles de Habsbourg. »

Le Roi d'Angleterre échangea un regard avec son Chancelier puis il répondit à François Ier : « Demain, nous en discuterons bien évidemment, cousin. »

Des trompettes sonnèrent et on amena devant les regards attendris de l'assemblée les deux futurs mariés. Marie Tudor avait des allures de poupée de porcelaine. Du haut de ses quatre ans, elle dominait le petit François qui avait deux ans et qui ne comprenait pas très bien ce qu'il faisait là. Quand Marie s'approcha pour l'embrasser sur la joue, il eut un mouvement de recul jusqu'à ce qu'il bute contre sa nourrice. Il se laissa embrasser avec la grimace qui accompagnait habituellement la cuillerée quotidienne d'huile de foie de morue. Après, il s'essuya la joue puis se frotta les yeux. Il avait sommeil. Marie prit un air outré en croisant les bras puis tapa du pied sur le sol. Toute l'assemblée fut attendrie par la scène et rires et applaudissements fusèrent. Henry VIII ne cacha pas la fierté qu'il ressentait pour sa fille. « N'a-t-on pas vu plus charmantes accordailles ? » dit le Chancelier Duprat à l'adresse de son voisin. Le Chancelier Wolsey qui n'avait applaudi que mollement lui répondit : « Charmantes. Assurément charmantes. » Les deux Rois trinquèrent de leurs gobelets argentés ornés de pierres précieuses : « *Pro pace*[2] !

— *Pro pace !* »

Marguerite, la sœur de François Ier, souhaita prendre l'air. Elle finissait par être languissante lors de ces banquets interminables. Même si elle avait la réputation de briller en public, elle préférait les conversations plus privées et moins superficielles. Son mari,

---

[2] Pour la paix !

le Duc d'Alençon était absorbé dans une grande conversation avec son voisin, le Grand Sénéchal de Normandie. Elle se leva sans lui signaler quoi que ce soit et avec sa grâce naturelle, elle se dirigea vers la sortie du pavillon doré. Une fois dehors, l'air plus frais lui fit se rendre compte à quel point l'atmosphère avait été étouffante dans le pavillon. Elle trouva, à l'écart de la foule, le poète de sa suite, Clément Marot. Il était assis en tailleur et avait la tête levée vers le ciel. Il faisait glisser la pointe de sa plume entre les dents et était en train de chercher l'inspiration pour finir une œuvre qui témoignait de ce qu'il voyait autour de lui. « Vous allez encore vous tâcher les dents et les lèvres avec l'encre, Clément. » Comme réveillé en sursaut, le poète bondit tel un pantin sur des ressorts. Effectivement, sa lèvre inférieure présentait une tâche noire qui dégoulinait sur le haut de son menton. Marguerite prit un mouchoir de soie et entreprit de tapoter sa lèvre et son menton pour enlever la tâche. Marot devint rouge de confusion. « Allons, montrez-moi ce que vous avez écrit, dit Marguerite d'un ton cajoleur.

— Je n'ai pas fini. Je peine un peu mais je trouverai la fin avant que le soleil ne se lève.

— Tout est tellement illuminé à cette fête que je crains que vous n'ayez déjà perdu votre pari. Allons, montrez-moi. Que vos mots me ravissent à nouveau. »

De deux grands Rois la noblesse, et puissance
Vue en ce lieu nous donne connaissance
Que amitié prend courage du lion
Pour ruer jus vieille rébellion,
Et mettre sus de Paix l'éjouissance.
Soit en beauté, savoir, et contenance,

Les Anciens n'ont point de souvenance
D'avoir donc vu si grande perfection
De deux grands Rois.

« Pas mal... pas mal... Mais ça ne décrit pas suffisamment le faste de cette rencontre. Et il faut donner une aura mythique à tout cela », commenta Marguerite. Et elle prit la plume des mains de Clément Marot et se mit à écrire sous les protestations du poète :

Et le festin, la pompe, et l'assistance
Surpasse en bien le triomphe, et prestance
Qui fut jadis sur le mont Pélion.
Car de là vint la guerre d'Ilion :
Mais de ceci vient Paix, et alliance
De deux grands Rois.

Clément Marot avait découvert les mots au fur et à mesure qu'elle écrivait, les yeux de plus en plus exorbités par l'étonnement face à la prouesse de la sœur du Roi. « Et voilà ! dit-elle très satisfaite, en rendant feuille et plume au poète.

— Je trouve vos vers sublimes, Madame. Mais que faire de cette œuvre androgyne et chimérique ?

— Oh, vous pouvez la signer seul. J'ai la muse généreuse ce soir ! » lança-t-elle dans un grand sourire avant de partir voir sa mère qui se trouvait plus loin.

La nuit était avancée et dans le grand pavillon, les vins qui coulaient à flot commençaient à rougir les visages et à délier les langues. Les dames commençaient à rentrer dans leurs tentes. La Reine Claude souhaita se retirer également, incommodée par la chaleur et par son état qui nécessitait du repos. Elle se leva difficilement, les hanches lourdes. Catherine d'Aragon ne put s'empêcher de fixer un instant le ventre proéminent de la Reine de France. A part pour donner naissance à Marie, son ventre à elle n'avait engendré que des bébés mort-nés ou faibles qui n'avaient survécu que quelques jours. Elle avait très mal vécu les vicissitudes de la maternité. Depuis de longs mois, Henry ne la visitait le soir que très occasionnellement. Claude s'excusa auprès de Catherine qui lui répondit en souriant : « Mais bien sûr. Je comprends. » *Non, je ne comprends pas pourquoi Dieu me punit ainsi, moi qui prie jour après jour pour satisfaire le Roi et lui offrir l'héritier qu'il désire tant.* Une fois Claude partie, ne voulant pas paraître esseulée, Catherine se retira également dans le pavillon qui avait été prévu pour elle et ses dames d'atours. Il avait été décoré à la mode espagnole pour lui rappeler son enfance.

Dans le grand pavillon central, après la musique et la danse qui avaient égayé la fin du repas, c'était le moment de présenter devant ces Majestés une activité plus virile qui convenait bien aux esprits qui commençaient à s'échauffer : un tournoi de lutte. A chaque fois, c'était un jeune noble français qui se mesurait à un jeune noble anglais et les paris allaient bon train tout autour de l'arène qu'on avait dégagée en écartant les tables. Les visages guindés commençaient à prendre des expressions plus sauvages et bestiales. Les combats étaient à torse et mains nus et le lutteur qui était poussé hors du cercle ou jeté à terre avait perdu. François et Henry n'étaient pas les derniers à brailler leurs encouragements dans une escalade vocale qui finissait par un grand cri sauvage une fois la victoire de leur camp obtenu. L'atmosphère restait toutefois bon enfant et *fair play*. Mais les lutteurs français commençaient à prendre régulièrement l'avantage sur les anglais et porté par son élan, François cria tout haut, tandis qu'un lutteur français victorieux se rhabillait : « Il est indéniable qu'en France nous avons non seulement les meilleurs plats et les meilleurs vins, les plus beaux châteaux et les plus belles femmes, mais aussi les meilleurs lutteurs ! » Un silence tomba sur l'assistance comme une tonne de plomb. François partit dans un grand rire en donnant une tape amicale dans le dos de son royal voisin qui garda un visage fermé. Tout le monde retint son souffle. Les lèvres de Duprat bougèrent et il semblait qu'il disait une prière.

Dans le public, le Duc de Buckingham se tourna vers un de ses acolytes, le Comte de Gloucester et il lui chuchota : « Maintenant on va voir ce que le Roi a vraiment dans le ventre et s'il est capable de défendre l'honneur de l'Angleterre. » En secret, le Duc espérait que Henry VIII serait humilié car il portait en haine sa personne. Le Duc de Norfolk, un ami du Duc de Buckingham, fit la moue et chuchota à celui-ci de ne pas semer la zizanie. Mais le Roi, avec tous ses sens à leur maximale acuité avait entendu Buckingham. Il le fixa intensément des yeux. Le cardinal Wolsey comprit également et arquebusa du regard le Duc, tout en gardant un infime espoir que Henry n'allait pas répondre à la double provocation, celle du Roi de France et celle de son vassal. Mais le Roi d'Angleterre savait qu'il ne pouvait plus se défiler. Alors il se mit debout, posa les mains sur sa taille et leva le menton en fixant le Roi de France : « Venez vous battre, cousin. Je vais vous montrer que vous vous trompez lourdement. Pour les lutteurs, comme pour le reste. » Un brouhaha général retentit dans la tente. Le cardinal Wolsey se leva et se précipita vers Henry VIII, essayant de le faire changer d'avis mais le Roi d'Angleterre le repoussa et déjà ôtait son pourpoint et sa chemise pour se mettre torse nu. François Ier se leva à son tour sous le regard horrifié du Chancelier Duprat dont la figure se tordait dans des convulsions anxieuses. Le Roi de France arracha presque ses beaux vêtements pour être torse nu avant Henry VIII.

Les deux rois se firent face, les pectoraux et les biceps saillants. Ils tournèrent lentement sur les bords du cercle de la piste en se dévorant des yeux. François était plus grand et plus athlétique que Henry, mais celui-ci dégageait une puissance toute animale et un concentré d'énergie prêts à être déchargés sur sa victime. Les deux hommes se précipitèrent l'un vers l'autre. Ce fut une collision à une échelle géologique entre deux continents. Beaucoup sentirent la terre de la campagne du Pas-de-Calais trembler sous leurs pieds. Les deux Rois s'arc-boutèrent l'un contre l'autre. Leurs paumes s'agrippèrent et devinrent comme soudées, les muscles de leur bras tellement contractés que l'on pouvait voir les fibres musculaires faire onduler leur peau. Henry, le visage déformé et cramoisi sous l'effort, réussit à s'avancer sur le côté et à donner un coup d'épaule dans le sternum de François. La stature de ce dernier assura sa stabilité mais il eut le souffle coupé un instant. Henry avait rebondi, ce qui le fit reculer en titubant mais il en profita pour prendre de l'élan et repartir à l'assaut de son adversaire. François savait au fond de lui qu'il devait laisser gagner Henry mais c'était trop tard : la logique virile et belliqueuse avait emporté toute la raison diplomatique. Il encaissa de toutes ses forces la charge, bien campé sur ses jambes, les mollets durs comme un roc.

C'est alors qu'Henry commença à se transformer. Des poils bruns surgirent de son cou et se mêlèrent à ses cheveux roux. D'autres plus clairs virant sur le jaune poussèrent sur tout son corps. Ses ongles se transformèrent en griffes acérées. Ses jambes et ses bras devinrent plus trapus. Son nez à l'arête presque verticale se souleva et s'élargit au centre d'un museau qui s'allongea. Des canines pointues s'insinuèrent entre ses lèvres. Le blanc de ses yeux devint jaune, ses iris bleues s'empourprèrent. Henry VIII s'était transformé en lion-vampire sous les cris effrayés de l'assistance. François, les yeux exorbités par la stupeur, recula et tomba en arrière tandis qu'un rugissement retentit en projetant une haleine fauve dans sa direction.

Un grand souffle balaya alors le pavillon et dans un grand cri strident, apparut une lueur spectrale de la forme d'une femme, ses cheveux flottants créant une couronne hérissée autour de sa tête. Elle portait une armure et brandissait une épée. Sa figure était couleur de cendre et une atroce odeur de chair brûlée l'accompagnait : le fantôme de Jeanne d'Arc venait défendre le Roi de France contre l'agression anglaise !

Un nouveau cri perçant secoua de stupeur l'assistance et dans un chaos indescriptible, tous furent pris de panique et s'enfuirent dans des bruits de vaisselle brisés et de chaises renversées. Jeanne d'Arc leva son épée en scandant d'une voix sépulcrale : « Par Saint Michel, Sainte Marguerite et Sainte Catherine ! » puis elle abattit sa lame sur Henry VIII. Le lion-vampire, remis à peine de sa surprise fit un bond de côté comme un gros chat et l'épée lui écorcha le flanc. La vue de son propre sang excita sa colère et il montra au fantôme ses crocs acérés. Ses canines étaient longues comme un doigt humain. François était à terre, en état de choc, incapable de bouger. C'est alors que sa salamandre entra dans le pavillon. Elle projeta des flammes vers Jeanne d'Arc qui poussa un cri de terreur et flotta rapidement dans les airs vers l'autre bout du pavillon pour y échapper. D'un bond, la salamandre la poursuivit, crachant de nouveau des flammes, qui firent s'enfuir le spectre terrorisé de la Pucelle dans des hurlements de vierge effarouchée.

Dans le pavillon, où le silence était retombé, le lion regarda fixement de ses yeux jaunes François Ier qui essayait de se remettre debout en haletant, le cœur en quasi-tétanie. L'un des flancs du fauve était couvert de sang qui tombait goutte à goutte sur les tapis précieux. Le lion tourna finalement la tête puis ressortit de la tente, non sans avoir donné un coup de queue rageur qui fendit l'air comme un coup de fouet.

On ne put pas dire que l'entrevue du Camp du Drap d'Or avait été un succès.

Chapitre 2

A dire la vérité, on perd l'amitié.

Proverbe

« Seigneur Cortés. C'est étrange... Il manque une étoile dans la constellation de la Lyre depuis quelques jours.

— Qu'ai-je à faire, mon cher Felipe, d'une... éclipse d'étoile ? »

Felipe de Olmos fut déçu que son observation ait été ainsi rabrouée. Le passage d'une comète leur avait été favorable lors du débarquement sur les terres des Aztecas. Il se pouvait que ce nouveau signe céleste indiquât un changement de fortune.

Felipe se trouvait avec Hernan Cortés et Geronimo de Aguilar dans une grande salle du Palais de Tenochtitlan. Cortés avait fait tendre des rideaux pour cacher les bas-reliefs qui montraient les divinités païennes et leurs expressions agressives. Certaines avaient la forme d'un serpent monstrueux et semblaient attendre leur heure dans leur sommeil de pierre. Malinalli, que Cortés avait fait chercher, entra. La présence de Felipe de Olmos et de Geronimo de Aguilar l'étonna et ne lui dit rien qui vaille. Elle aurait aimé parler à son mari seule à seul. Mais elle avait en face d'elle non pas le tendre époux Hernan mais le Conquistador Cortés qui avait convoqué sa traductrice : « Est-ce vrai que tu ne traduis pas à Moctezuma exactement tout ce que je souhaite lui dire ?

— Je... J'essaye de faire de mon mieux. Certaines choses sont difficiles à traduire.

— Le peu de *nahuatl* que je connais m'a fait comprendre que tu lui fais toujours croire que nous sommes des envoyés de leur

Dieu, le Serpent à Plumes, dit alors sèchement Aguilar. Qu'as-tu à répondre à cela ? »

Malinalli inspira profondément et essaya de trouver dans le visage de Cortés une ouverture, un encouragement. L'expression du Conquistador était sévère et ses lèvres, où elle aimait déposer un baiser, restèrent fermées. Puis, face au silence embarrassé de Malinalli, il s'anima : « Je lui ai clairement dit que je souhaite que les Aztecas abandonnent leurs rituels païens et se convertissent à la Vraie Foi. Celle prêchée par Jésus Christ. Lequel de ces mots est difficile à traduire ? Tu peux me le dire ? »

Le ton de colère avec lequel Cortés avait terminé sa phrase fit sauter toutes les digues dans l'esprit de Malinalli : « Si je lui avais dit ça, nous serions tous morts à l'heure qu'il est ! Trop dangereux !

— Quelque soit la raison pour laquelle il nous a accueillis ici, nous devons maintenant arrêter de jouer la comédie.

— Nous sommes quelques centaines. Ils sont des centaines de milliers ! Ils se révolteront si tu fais ça. Ils nous massacreront.

— Depuis quand c'est toi qui décides de la stratégie, ici ? » Le ton entre Cortés et Malinalli était celui d'une scène de ménage et Felipe et Geronimo se regardèrent, embarrassés. Felipe était le plus éprouvé des deux. Il était déchiré entre sa loyauté pour Cortés et sa reconnaissance envers Malinalli qui lui avait sauvé la vie dans le temple de Cholula.

La jeune femme se mura d'abord dans un silence obstiné. Son plumage devint très sombre comme si une ombre était tombée sur son cœur. Puis elle desserra les lèvres avec un regard de défi : « Que mon homme fasse de moi ce qu'il veut. Je suis son esclave, après tout. » Cortés ferma les yeux d'exaspération. Initialement offerte en esclave, elle était devenue tellement plus que cela et elle le savait pertinemment. Elle s'en servait comme une arme pour le faire vaciller. Cependant, au fond de son âme, les doutes de Malinalli grandissaient. *M'aime-t-il vraiment ? N'est-ce pas au final seulement l'or, la gloire, sa Vierge Marie et son Jésus Christ qui l'intéressent ?*

Cortés inspira de tous ses poumons puis déclara à Felipe de Olmos, en tournant le dos à Malinalli : « Il faut mettre fin à leurs rituels barbares, de force s'il le faut. Pour conserver la paix, une garantie est nécessaire : nous allons prendre en otage Moctezuma. »

Malinalli mit la main devant sa bouche, ce qui fit ressortir ses yeux, horrifiés. Cortés allait porter la main sur leur hôte, qui les avait accueillis à bras ouverts dans son Palais. Dans toutes les cultures du monde, cela constituait un grand crime.

Le lendemain, Cortés entra dans la partie du Palais où résidait l'Empereur Moctezuma. Le bruit des bottes des soldats espagnols qui l'accompagnaient résonna dans les grandes salles éclairées par des vasques enflammées. Les gardes impériaux les laissèrent passer, indécis sur la conduite à tenir. Les Espagnols trouvèrent l'Empereur dans une salle où les murs étaient décorés par des ailes de papillons de toutes les couleurs qui formaient des motifs entrelacés. Sans aucune forme d'avertissement, les soldats pointèrent leurs *escopetas* sur Moctezuma et Cortés s'approcha de lui. Malinalli, blême, le suivit pour faire la traduction. L'un des gardes impériaux, alarmé par l'attitude soudainement hostile des invités fit un pas en direction de Cortés pour lui signifier de ne pas s'approcher plus avant. Un coup de feu lui fracassa le sternum et il s'écroula dans un tourbillon de plumes. Moctezuma avait sursauté et regardait effaré la fumée grise monter en volutes du canon de l'arme : « Aucun mal ne vous sera fait, précisa Cortés. Nous souhaitons mettre la ville puis tout votre Empire sous l'autorité de notre Dieu unique et de Sa Majesté Charles. » Il regarda alors Malinalli qui allait devoir traduire. Aguilar était aussi présent et la fixait avec intensité. Malinalli traduisit exactement les paroles de Cortés. Ce dernier put le constater à la manière dont les plumes de l'Empereur se décolorèrent en un clin d'œil pour prendre des couleurs de toute la gamme des tons gris. Moctezuma articula avec lenteur des paroles que Malinalli traduisit après quelques hésitations : « Que m'importe. Tout cela ne fera que passer. Il va revenir et vous serez sacrifiés.

— Qui va revenir ?

— Celui dont vous êtes les messagers, voyons...

— Nous sommes les messagers du Roi d'Espagne Charles et nous propagerons la Vraie Foi de Jésus Christ sur ces terres.

— Le Serpent à Plumes est rusé et comme il s'est joué de Mictlantecuhtli, il est en train de jouer avec vous.

— Superstitions que tout cela !

— Tu as la langue fourchue car tu as un double langage. Mais Quetzalcoatl a une langue bien plus grande et bien plus fourchue que toi. »

La partie de jeu de paume verbal entre Moctezuma et Cortés était relayée par Malinalli, qui en était essoufflée.

Cortés haussa les épaules et préféra changer de sujet. Il demanda une dernière chose à Moctezuma, avant de le faire mener *manu militari* dans la pièce du Palais sans fenêtre où il allait être enfermé : « Mes capitaines ont soif. Et cette soif ne peut être éteinte que par l'or. C'est une drôle de maladie. Où est la source ?

— Zacatula. Manialtepec, répondit machinalement l'Empereur déchu. Pourquoi l'or ? Le jade est bien plus beau », ajouta-t-il d'un air absent avant d'être emporté par les soldats. Il se laissa faire docilement comme quelqu'un qui avait l'absolue certitude que cette épreuve ne durerait pas longtemps.

Cortés émit un décret interdisant les sacrifices humains, les scarifications, les incantations magiques et la vénération des idoles. Il fit mettre bas la grande tour de crânes de sacrifiés de plusieurs mètres de haut qui se trouvait sur le côté de la double pyramide. Avec un maillet, il participa lui-même à sa démolition et il jubila lorsque les centaines de crânes dégringolèrent en cascade vers le sol dans un bruit de crépitement. Le Prêtre Sebastian d'Olmedo regarda tout cela avec grand intérêt. *La raison lui revient. Les influences sataniques de sa Jézabel n'ont pas eu totalement raison de la lumière du Christ. Loué soit le Seigneur !*

Par les décrets d'interdiction, Cortés outrepassait largement ses droits et se comportait comme s'il était le Vice-Roi des territoires conquis. Mais il savait pertinemment que même le juriste espagnol le plus obtus n'oserait remettre en cause leur contenu donc il se considérait comme inattaquable. Il fit venir les *tlacuilos*[3] de Moctezuma et leur demanda de transcrire les interdictions en glyphes et de les faire distribuer à la population. L'un des *tlacuilos* tourna sa langue en rouleau et cracha à la figure de Malinalli qui faisait la traduction puis il prononça entre ses dents en *nahuatl* : « Traîtresse... Tu ouvres ton cloaque à de la pourriture ! » Il fut immédiatement exécuté par Cortés en personne. Les autres *tlacuilos* obéirent mais leurs plumes étaient épisodiquement parcourus de vagues rouges et de frémissements.

Le soir venu, alors que le soleil venait d'être avalé par l'horizon, Malinalli resta seule, accoudée aux larges balcons du Palais. Elle regardait la ville tentaculaire étendre son réseau de rues et de canaux vers le lac. Un léger coup de vent fit frissonner la surface de l'eau et éparpilla un moment le reflet de la Lune. En

---

[3] scribes

dessous, on apercevait les mouvements de grandes formes rose pâle : les axolotls sacrés étaient attirés vers la surface par la lumière lunaire.

Cortés s'approcha derrière Malinalli et voulut la surprendre en lui caressant les petites plumes du cou comme elle aimait, mais le bruit métallique de son armure qu'il ne quittait plus le trahit. La jeune femme ne se retourna même pas. Cortés lui dit doucement à l'oreille : « *Mi corazón*. On ne peut pas vivre éternellement dans l'illusion. Il fallait en finir. Mais je te promets que je n'ai pas l'intention de faire des esclaves et tout homme- ou femme-oiseau converti dans l'amour de Jésus Christ et qui renoncera aux pratiques barbares ne pourra être mis au bûcher. Quant à l'or, il nous en faut pour payer les soldats et satisfaire la cupidité de mes Lieutenants et aussi pour le Roi qui ne me protègera que s'il reçoit une richesse importante. Je gouvernerai de manière juste tout ce pays.

— J'ai peur », fut la seule et laconique réponse de Malinalli. Une ville comme Tenochtitlan ne dormait jamais. On entendait, en plus des bruits des animaux du parc zoologique de l'Empereur, des vagissements de bébé, des bribes de chants, des éclats de voix, des soupirs d'amour par milliers, par dizaines de milliers. On percevait la rumeur indistincte d'innombrables discussions, de conciliabules. Combien de complots contre les envahisseurs prenaient naissance et se tramaient en ce moment même ? La nuit était toujours propice aux évènements qui pouvaient bouleverser une vie.

« J'ai peur pour nous et pour notre bébé. »

Cortés n'eut pas le temps de réagir à cette nouvelle car Geronimo de Aguilar surgit sur le balcon, essoufflé : « Un messager totonac est arrivé de la côte. De nombreux bateaux sont apparus et beaucoup de *barbus avec des bâtons de feu*, comme il a dit, ont débarqué. Ils vous cherchent. Et apparemment, ils ne vous veulent pas du bien.

— Velázquez de Cuéllar... », murmura Cortés et pour la première fois, Malinalli put discerner de la peur sur son visage.

Chapitre 3

La bonne action et la mauvaise ne sont pas pareilles.
Repousse le mal par ce qui est meilleur; et voilà que celui avec
qui tu avais une animosité devient tel un ami chaleureux.

Coran

Voler un chameau ne fut pas difficile pour Ayne de Montmorency. Ce fut de le monter qui lui demanda le plus d'efforts. La chance lui avait fait prendre un méhari, un chameau de monte, parfaitement adapté à l'usage qu'il souhaitait en faire : atteindre le plus vite possible Istanbul pour pouvoir tenter de regagner l'Europe sans se faire avaler par les multiples bêtes marines à la solde de Khayr Barberousse. Cette race était plus grande que les chameaux de bât, et plus vive. Il fallut beaucoup de patience, de bleus et une lancinante coccygodynie pour dompter la bête et la diriger selon son propre vouloir.

Ayne s'était emmitouflé dans des habits, volés eux aussi, qui le faisaient passer pour un marchand égyptien. Il se sentait ridicule avec son keffieh sur la tête mais c'était le prix d'un semblant de sécurité. Le véritable propriétaire des habits et du keffieh s'était réveillé avec une belle douleur à la tempe et quelques vêtements européens pour solde de tout compte. Ayne lui avait volé aussi des ballots qu'il avait attachés au chameau, ce qui complétait son déguisement de marchand. Ayne s'était laissé pousser la barbe et trouva que finalement cela lui convenait et il se promit de garder ce profil une fois retourné chez lui. Il se demandait comment allait son père et comment allaient ses enfants adoptifs Jérôme et Sabine. Ils devaient être fous d'inquiétude et c'était pour abréger leur angoisse qu'avec son méhari il progressait avec célérité sur la terre pierreuse et desséchée de l'arrière-pays de Gabès en Tunisie. Il ne pensait presque pas à François Ier. *Il doit me croire mort, sacrifié pour les intérêts de la France dans une contrée lointaine. Je dois être un pion en moins sur son échiquier et il m'a déjà remplacé sans doute.* Il était amer à cette pensée. C'est pourquoi il n'y revenait pas souvent. Il avait appris de Jérôme et de Sabine qu'en cas de coup dur, il fallait aller de l'avant. C'était ce que les enfants savaient faire, et ce que les adultes oubliaient trop souvent. Ayne espérait retrouver cette résilience.

Ce jour-là, Ayne avait déjà parcouru une bonne distance depuis le lever du soleil. Il remarqua une oasis bordée de palmiers à sa droite et il décida de s'y arrêter, fatigué par la chaleur et les tourbillons de poussière soulevés par des rafales de vent. Un grenadier lui offrit ses fruits mûrs. Depuis son départ d'Oran, il en faisait une grande consommation. Cela le consolait, car la grenade était l'un des symboles de l'humilité et de l'ascèse, parce qu'elle était porteuse de sucs riches cachés dans une peau dure. La situation présente d'Ayne était le reflet de ces fruits : dans ces paysages austères et nus, seul par nécessité et sécurité, la peau endurcie par la crasse et le soleil, il essayait de trouver en lui force, courage et paix malgré le sort qui le frappait. Il avait mis un bandage en travers de sa paume sur la Touffe Rousse pour la cacher. Malgré cela, il lui était difficile de ne pas y penser. Il en avait coupé plusieurs fois les poils. Toujours ils avaient repoussé. Il n'était même pas sûr qu'en s'écorchant la peau sur toute la surface, il aurait pu s'en débarrasser.

Après avoir bu et laissé boire son chameau, puis rempli son outre en peau de chèvre, Ayne souhaita faire une longue sieste comme il en avait l'habitude aux plus chaudes heures de la journée. Il avait déjà l'impression de fondre dans sa propre sueur. Il mena son chameau à l'écart, en bas d'un petit talus herbeux où l'animal pourrait se nourrir. Puis Ayne s'allongea à l'ombre d'un palmier. Il sortit de sa poche un petit sac en cuir où il avait mis avant son départ un peu de la terre de son domaine de Montmorency. Il posa le sac contre ses lèvres et y apposa un léger baiser. Il pensa à son père, à Jérôme et à Sabine, qui étaient si loin. Il s'endormit avec ce sac dans le creux de sa main.

L'après-midi était bien avancée quand des rires gras le réveillèrent. Les sens immédiatement en alerte, Ayne rangea rapidement son sac et mit la main à la manche de son poignard. Il eut la surprise d'entendre une conversation entre plusieurs hommes... en espagnol ! Il se demanda d'abord si ce n'était pas la chaleur qui lui avait cuit le cerveau. Mais la discussion continuait bien dans cette langue. Ayne venait de passer suffisamment de temps entre Oran et Tlemcen avec les Espagnols pour comprendre de nombreux mots et ses bonnes connaissances de latin firent le reste :

« Nous le devons pour tous ceux qui sont tombés en ces terres impies. Nous avons pour nous la surprise et l'angle d'attaque...

— Folie que tout cela. Tirons-nous d'ici au plus vite... »

Ayne fut tellement heureux de trouver des européens, qu'il sortit sans hésiter de sa cachette et se jeta sur eux comme un naufragé vers une planche de bois. Les Espagnols étaient une douzaine et le mouvement que fit Ayne les mit sur le qui-vive. Ils se relevèrent, leurs épées dégainées ou des flèches encochées dans leurs arcs.

« Holà, gentilhommes ! Je viens en paix et en bon chrétien », déclara Ayne en relevant ses mains. Il remarqua alors que l'arc était de fabrication ottomane. *Et si c'étaient des mercenaires à la solde de Barberousse ou du Sultan ?* Ayne eut une boule d'angoisse qui gonfla dans son cou et il se demanda s'il n'allait pas regretter son imprudence dans le peu de jours ou d'heures qu'il lui resterait à vivre.

« Qui êtes-vous ? Si vous êtes un espion, vous êtes bien imprudent, dit l'un des Espagnols au visage grassouillet, éclairé par un fin sourire ironique. Et bien maladroit », ajouta-t-il en fixant le bandage qui recouvrait la paume de la main droite d'Ayne. Ce dernier observa un moment ceux qui lui faisaient face, cherchant le moindre indice qui eût permis de le rassurer. Il opta pour la prudence en ne prononçant ni un mensonge, ni l'entière vérité : « Je suis un vétéran français de la bataille de Tlemcen. » *Au pire ils me vendront comme esclave.*

« Ha ! Amigo ! Tu as face à toi Hugo de Montcada, le Vice-Roi de Sicile[4] !

— Mais... j'ai appris que votre flotte a été décimée devant Alger par Khayr Barberousse.

— Ne m'en parlez pas... Ce fut terrible. Jamais ce pirate n'avait jusqu'alors pu déchaîner une telle tempête. Ça, plus cette bête immonde sortie des profondeurs de la mer. Elle avait une trompe qu'elle projetait, terminée par deux crochets acérés. Elle a englouti bien des nôtres. Lors du naufrage de notre bateau nous avons réussi à regagner le rivage avec quelques *compañeros*. Par chance, les pirates ne nous ont pas vus, mais d'autres de mes hommes ont été faits prisonniers sur la côte. Dieu m'est témoin que ce fut dur mais nous n'avons pas essayé de les libérer. Ils doivent faire l'objet de rançons au jour d'hui. Le Roi Charles paiera.

— Non, vous vous trompez. Barberousse les a décapités en personne puis a jeté les corps dans la mer où une de ses créatures les a mangés. »

---

[4] En 1520, la Sicile appartenait à l'Espagne.

Les joues rondes de Montcada s'affaissèrent quelque peu. Il se signa, tout comme ses onze compagnons. Puis il dit lentement : « Ce barbare devait être vraiment en colère. Mais ce n'est pas étonnant. On lui avait tué son frère alors que celui-ci fuyait. Alors il s'est lâchement vengé sur mes pauvres *compañeros*. » Ayne sentit une brûlure sous son bandage que remarqua à nouveau Montcada. Il ne pouvait plus reculer. Ayne défit avec une lenteur presque cérémonielle le bandage et montra la Touffe Rousse aux Espagnols, la paume bien ouverte. L'un des *compañeros* se signa en murmurant : « *Madre de Dios* ».

« Je ne voulais pas qu'Arudj alerte son frère à Alger, expliqua Ayne. Nous n'étions en rien au courant de votre attaque sur cette ville. » Ayne se rendit compte que s'il avait laissé fuir Arudj, celui-ci aurait rejoint Khayr qui serait parti en représailles vers l'intérieur des terres reprendre Tlemcen, ce qui aurait laissé tout le loisir à Montcada de prendre Alger vidé de ses meilleures troupes et sans monstre marin à combattre. Alger était bien plus importante stratégiquement que Tlemcen pour les Espagnols. En fait, c'était leur plan depuis le départ.

Montcada prit la situation avec philosophie et pragmatisme : « Le torero a été encorné. A quoi bon blâmer le taureau ? On ne peut revenir en arrière.

— Je vous présente mes sincères regrets.

— Nous pouvons retourner la situation à notre avantage..., dit Montcada avec le retour de son sourire et les yeux brillants de malice. Votre Touffe Rousse va peut-être nous servir après tout. Cela permettra de vous racheter. »

***

Ayne enjamba le rebord de la barque volée. Il tremblait de tous ses membres. Il se demandait bien pourquoi il avait accepté ce projet fou. Il aurait pu sauter sur son chameau et poursuivre son voyage au long cours. Quant à l'idée d'accepter ce qu'il était en train de faire pour racheter sa faute... Quelle faute ? Si les Espagnols avaient partagé l'ensemble de leur stratégie, la succession de désastres ne serait pas arrivée. Décidément, la vie était devenue trop étrange et de manière bien trop injuste.

Au moment où Ayne mit tout son poids sur la barque, sa Touffe devint rouge et il eut l'impression d'avoir saisi des charbons ardents avec toute sa main. Une étrange ondulation de l'eau partit de sa barque pour se propager rapidement sur la mer vers l'horizon. Des petits crabes qui l'avaient pacifiquement laissé passer sur la plage se mirent à converger vers sa barque en faisant claquer agressivement leurs pinces. Des tentacules émergèrent de l'eau et s'accrochèrent à la barque. D'un geste nerveux, Ayne les trancha de son épée. Ce n'était qu'une petite pieuvre, mais il se doutait bien que cela n'allait pas en rester là. Il donna néanmoins quelques coups de rame pour se détacher un peu du rivage. La fin du raclement de la quille du canot contre le sable marqua la fin de son rattachement à la terre ferme. Sous lui, et autour de lui, il n'y avait plus que de l'eau. Il avait toujours trouvé la mer inhospitalière. Ce sentiment était maintenant exacerbé. Ce n'était plus une question de confort, mais de survie.

Au bout d'une minute à peine, au milieu des ondulations habituelles de la mer qui reflétaient un croissant de lune, Ayne vit un bombement sinueux qui zigzaguait vers le rivage. Ayne jeta un regard sur sa gauche en direction du fort de l'île de Djerba qui se détachait contre le ciel étoilé. Il était tenu par les hommes de Barberousse et leur servait de base pour leurs actes de piraterie. Il n'était pas grand mais possédait de hautes murailles. Il vit les petites silhouettes des gardes entre les merlons du parapet et l'un d'entre eux montra du doigt la forme étrange s'avançant juste sous la surface de la mer. Tous les gardes finirent par s'agglutiner sur le côté du fort où on pouvait le mieux voir ce phénomène. *Ça doit tromper leur ennui. Eh bien, qu'ils se divertissent ! C'est justement le but : détourner leur attention.* Ayne se réjouit et en oublia presque que l'animal qui créait ces ondulations avait une proie : lui-même. L'idée d'être réduit à un tas de viande que le monstre avalerait en une bouchée fit remonter à la surface toutes ses peurs d'enfant que la maturité et la proximité de la mort sur les champs de bataille avaient enfoui. Mourir en étant déchiqueté, malaxé, digéré dans un conduit étroit. Ayne préférait être transpercé par toutes les armes jamais créées de main d'homme plutôt que ça. Et son expérience avec les monstres avait été plutôt traumatisante : la tarasque qu'il avait chassée jadis avec François Ier lui avait cassé sa grande lance comme si c'était une brindille.

Ayne fit rebrousser chemin à son canot. Au bout de quelques fébriles coups de rames, le canot heurta violemment la plage et Ayne bondit sur le sable comme si l'eau était de la lave en fusion. Tandis qu'il courait se mettre à l'abri, un gigantesque ver annelé creva la surface de l'eau et projeta une trompe terminée par une puissante mâchoire vers le canot. Celui-ci fut brisé en deux puis déchiqueté dans des craquements sinistres entre les dents du monstre.

Comprenant sans doute que sa proie lui avait échappé à terre, le ver rétracta sa trompe dans sa tête puis la ressortit brutalement en projetant un jet de vomi qui frappa de plein fouet le dos d'Ayne. Sous l'impact, il s'étala la face contre le sable. Il se retrouva dans un amas gluant de sable mêlé avec des morceaux de poissons à demi digérés. Partout où sa peau avait été atteinte par le jet il sentit des picotements de plus en plus intenses qui devinrent des brûlures douloureuses. Les sucs digestifs du ver étaient en train de dissoudre sa peau. Glissant une dizaine de fois, titubant comme un ivrogne sur le sol visqueux, il réussit à atteindre une portion de sable sec et il s'y jeta, se roulant dedans comme un chien fou, se tortillant comme un poisson pris dans un filet. Le sable finit par absorber les sucs et les douleurs s'atténuèrent. Ayne se remit debout et continua de courir un moment avant de s'arrêter, à bout de souffle. Il cracha et expira brutalement par le nez pour se débarrasser du sable qui lui couvrait l'intérieur de la bouche et des narines et qui menaçait de l'étouffer. Il se retourna vers la mer. Plus de traces du ver. Puis il entendit des cris lointains et des bruits métalliques de combats en provenance du fort de Djerba.

Sa mission avait réussi. Il était parvenu à détourner l'attention des gardes qui n'avaient pas vu venir par l'autre côté les Espagnols menés par Montcada avec leur embarcation. L'effet de surprise de se faire attaquer du côté du continent fit le reste, les portes du fort sur ce flanc étant ouvertes à cette heure pour faire passer les prostituées qui venaient apporter un peu de réconfort aux pirates. Au prix de la mort de cinq de ses *compañeros*, Montcada finit par devenir maître de l'île. Il put libérer la centaine d'esclaves chrétiens enfermés dans le fort qui étaient utilisés à l'occasion comme rameurs sur les navires pirates. « Au moins cette Touffe Rousse aura servi à autre chose qu'à visiter cette fichue contrée », philosopha Montmorency.

Un peu plus tard, Montcada vint retrouver Ayne avant que celui-ci ne poursuive son voyage : « Merci, *amigo*. Vous êtes maintenant pleinement pardonné d'avoir fait rater toute notre stratégie pour prendre Alger.

— Si Français et Espagnols s'étaient mieux coordonnés, nous n'en serions pas là, vous et moi, répliqua Montmorency sur le ton du reproche.

— Nous ferons mieux la prochaine fois... Même s'il est probable que la prochaine fois, nous ne serons plus dans le même camp. Nos deux souverains respectifs se feront la guerre, tôt ou tard.

— Si nous nous combattons, cela voudra dire que j'aurai rejoint l'Europe. Or après ce que je viens de voir... Même le détroit du Bosphore ne me permettra pas de traverser suffisamment rapidement. Peut-être même le Nil sera...

— Oh là ! Ne faites pas des nœuds avant d'avoir des ficelles, *amigo*. Je suis sûr que vous trouverez un moyen. Vous regagnerez l'Europe. Et nous nous battrons, comme deux adversaires qui s'estiment et se respectent. Tenez. Voici pour vous aider. »

Et il glissa dans la main gauche de Montmorency (pas celle qui avait la Touffe Rousse) une bourse avec des pièces d'or : « Votre part du trésor que nous avons trouvé dans le Fort. Vous l'avez bien mérité », dit Montcada en tapotant l'épaule de Montmorency. Après une seconde d'hésitation, Ayne accepta. La richesse élargissait le champ des possibilités et c'est ce dont il avait présentement besoin même s'il ne savait pas précisément comment il utiliserait cet or.

« Et bonne route, Montmorency ! Votre chemin devrait passer par Jérusalem. Je vous envie. Prenez votre voyage comme un pèlerinage ! Quant à la suite, faites mentir les mauvais augures ! »

Chapitre 4

Nul ami tel qu'un frère; nul ennemi tel qu'un frère.

Proverbe indien

Pedro de la Vega était heureux d'accueillir son jeune frère Garcilaso dans la grande demeure familiale aux abords de Tolède. Garcilaso lui rappelait tellement son père, avec qui il partageait d'ailleurs le prénom ainsi que la figure étirée et le nez à l'arête presque verticale. Leur père était mort de maladie depuis quelques années après une brillante carrière dont le sommet avait été le Poste d'Ambassadeur d'Espagne au Vatican. Garcilaso n'avait pas suivi le même chemin. Il avait, certes, appris de multiples langues comme son père mais il y avait ajouté des études de musique et il avait un penchant pour la littérature et la poésie : « Alors, frérot, lui demanda Pedro. Tu nous as encore tourné un de ces vers à faire tomber sous ton charme toutes les señoritas ? Ou volé aux Muses un air de harpe ?

— *Contigo, mano a mano*

busquemos otros prados y otros ríos,

otros valles floridos y sombríos,

donde descanse, y siempre pueda verte

ante los ojos míos,

sin miedo y sobresalto de perderte.

— Magnifique ! s'exclama Pedro en tapant dans ses mains. Ecoute-moi. Ici, c'est l'effervescence ! Tu parles dans ton poème d'aller chercher d'autres prairies et d'autres rivières. Ici, à Tolède, c'est ce que nous allons faire. »

Pedro gratifia son frère de son sourire le plus espiègle. Cela arrondit encore plus son visage qu'il avait déjà plus rond que

Garcilaso en temps normal. Malgré ses vingt-cinq ans, cela lui donnait un air de jeune adolescent. Pedro prit son frère par la main et l'amena dans le patio, entre les massifs de fleurs entretenus avec soin par leur mère. Il le fit asseoir près de la fontaine qui alimentait un petit bassin. Son bruit cristallin couvrirait quelque peu ses paroles pour des oreilles indiscrètes qui pourraient traîner :

« Tolède va devenir une *comunidad*. Nous en avons assez de vivre sous le joug de cette administration royale étrangère, depuis l'arrivée des Flamands. Juan de Padilla a eu le courage de mettre le holà aux collecteurs d'impôts qui nous écrasent. Enfin, c'est sa femme qui a dû le pousser à le faire... Tu la connais ! Nous n'allons plus payer le *servicio*[5]. Tu te rends compte ?

— Pedro... il faut que ... il faut que je te dise..., balbutia Garcilaso mais il ne parvint pas à tarir le flot de paroles de son frère.

— Tu te rends compte ? De l'argent pris sur le travail et les terres des honnêtes castillans pour payer je ne sais quelle dépense de cet Empereur étranger et pour rembourser je ne sais quel banquier bavarois... Nous allons faire en sorte que l'argent de la Castille reste en Castille. Voilà du concret, frérot !

— Pedro...

— Avec Juan de Padilla, nous allons aller à Avila dans quelques jours. Nous voulons fonder une *Santa Junta* avec d'autres *comunidades*. Segovia, Zamora, Salamanca. Tous vont nous rejoindre ! Nous avons une carte à jouer : ce Charles de Flandres qui se fait appeler maintenant Charles Quint, Empereur du soi-disant Saint Empire Romain Germanique a quitté la Castille, pour retourner là d'où il n'aurait jamais dû sortir. Il emmène ce porc de Guillaume de Croÿ avec lui. Bon débarras ! Je

---

[5] Impôt destiné à subvenir aux besoins de l'Empereur hors d'Espagne

ne sais pas qui va assurer la Régence à la place de ce pauvre Cisneros mais crois-moi, ce qu'il a connu ne sera rien à côté de ce que nous allons faire subir au nouveau Régent ! Frérot, tu ne pourrais pas nous composer un chant ?... Quelque chose d'entraînant que nous chanterions en route pour Avila. Et d'ailleurs...Viens avec nous ! Un musicien et un poète comme toi doit se faire connaître dans toute la Castille !

— Adrien d'Utrecht.

— Quoi, Adrien d'Utrecht ?

— C'est le nouveau Régent. Pedro, depuis tout à l'heure j'essaie de te dire que... que je me suis engagé dans l'armée impériale de Charles Quint. »

On aurait affirmé que la Terre tournait autour du Soleil que Pedro de la Vega n'aurait pas eu visage plus abasourdi : « Mais... Garcilaso... comment peux-tu en être arrivé là ?

— Je veux vivre, Pedro. C'est une opportunité incroyable ! Je dois rester en Espagne encore un peu, le temps de faire mes preuves. Mais après, je pourrais voyager dans toute l'Europe, là où l'Empereur aura besoin de moi. Je ne veux pas passer le restant de ma vie à écrire des poèmes sur des amourettes. Je veux écrire sur l'honneur, la peur, le courage, la tristesse. Et pour cela il faut que je les éprouve, que je les vive ! L'Espagne s'ouvre sur le monde, Pedro. Et le monde est vaste, encore plus vaste que ce que nous pensions. Il est temps d'en profiter ! La France, l'Italie. Et peut-être un jour l'Empereur marchera jusqu'à Istanbul et Jérusalem ! Je le suivrai jusque là ! »

Un silence pesant accueillit ces paroles. Pedro, était plus que consterné. Il se sentait trahi : « Alors c'était pour ça tes rêves ? Ta Muse ? Pour suivre un Empereur qui nous écrase sous sa botte ?

— Et tes rêves à toi, c'est quoi ? Payer moins d'impôts ? Revenir à des petites seigneuries ramassées autour de leur clocher et de leur citadelle ?

— Je veux la liberté de pouvoir nous organiser. Je veux que la richesse de notre travail ou de notre patrimoine ne soit pas dilapidé !

— La liberté ? L'anarchie, oui ! Tu rejettes la Royauté. Tu rejettes tout ce pour quoi papa a œuvré sans relâche.

— Pas du tout. Nos *comunidades* seront sous une autorité royale.

— Ah oui ?... Et je veux bien savoir laquelle, je te prie. »

Pedro allait répondre mais il bloqua de force le passage de l'air dans ses cordes vocales. Il n'allait quand même pas donner cette information cruciale à un traître qui pourrait la faire remonter à cet Adrien d'Utrecht qu'il avait l'air de déjà bien connaître. Rien que le nom Adrien d'Utrecht lui écorchait l'esprit. On pouvait difficilement faire moins espagnol.

« La *cena*[6] sera servie après le coucher du Soleil, frérot », finit par déclarer Pedro, préférant arrêter là la conversation, alors qu'il était habituellement loquace.

La suite du séjour de Garcilaso fut morne et sans saveurs. Les deux frères s'évitèrent et lors des repas, où leur commune présence était indispensable, ils ne participèrent à aucune des conversations se rapprochant dangereusement des sujets politiques du moment.

***

---

[6] dîner

Maria Pacheco se mit sur la pointe des pieds pour réajuster la plume qui ornait le chapeau de son mari Juan de Padilla : « Il n'y a pas de scrupules à avoir. Tu dois faire ce qui doit être fait, dit-elle de son ton énergique habituel.

— Je sais. Mais ce sera un point de non-retour. À partir de là, il faudra faire vite », répondit Juan de Padilla avec une résolution inquiète. Il était encore jeune et beau et il savait qu'il se jetait dans une aventure qui allait changer sa vie et celle de ses compatriotes. Il ressentait une inquiétude sourde face à l'ampleur de la tâche. Et il résistait pour que cette inquiétude ne lui sape pas le courage nécessaire.

« Chaque jour, nous sommes plus fort. Segovia s'est soulevée à son tour », continua Maria qui se déplaça dans la pièce avec la fière noblesse d'une lionne. Elle avait de longs cheveux d'un noir de jais et des sourcils tout aussi noirs qui faisaient ressortir le blanc de ses yeux.

« Soulevée oui, mais pas tout à fait pour les mêmes raisons que nous. Ce sont les négociants de laine qui mènent le mouvement. Ils ne veulent pas qu'on leur impose de vendre leur laine en Flandres.

— Laine ou or qu'importe. Notre combat est le même. Tu auras besoin de toutes les forces... d'où qu'elles viennent. »

Elle revint vivement vers Juan et déposa un baiser sur la bouche de son mari : « Pendant ce temps, j'enverrai mon message à qui-tu-sais », déclara-t-elle et elle lui lança un regard qui raffermit son courage. Ils étaient engagés dans la lutte ensemble et rien ne pourrait les séparer ou les vaincre tant que l'amour entre eux serait fort.

Juan sortit de sa maison et il franchit le pont d'Alcántara sur le Tage. Une longue colonne de charrettes y était arrêtée car, pour passer sur l'autre rive, il fallait payer une taxe selon la marchandise et son poids et cela prenait du temps. Juan grimaça. *Bientôt l'argent collecté restera en Castille.* Il se dirigea vers le bâtiment perché sur une colline qui dominait Tolède. L'Alcazar avait une forme quadrangulaire de carrure massive, avec quatre tours aux angles surmontés de pointes. C'était le siège de l'administration royale pour toute la région. Les *corregidores*, les hauts fonctionnaires et collecteurs d'impôts, y logeaient et y travaillaient. Placée au cœur de la ville, l'Alcazar représentait plus que jamais pour Juan une enclave, un furoncle posé au milieu d'un beau visage. En chemin, il retrouva ses partisans, essentiellement des membres de la petite noblesse et de l'oligarchie locale. Il y avait aussi Pedro de la Vega, plus anxieux que d'habitude. Juan n'eut pas le temps de s'attarder sur la raison du changement d'humeur de son principal bras droit, le mettant sur le compte de ce qu'ils allaient accomplir. La petite troupe marcha vite et traversa les dernières ruelles menant à l'Alcazar, croisant des passants un peu surpris ou d'autres indifférents. Des femmes au lavoir, leur panier de linge coincé entre leur bras et leur hanche, levèrent la tête, et se mirent à chuchoter après leur passage. Plus loin, ils rencontrèrent des enfants qui jouaient à faire rouler un cerceau de bois et à courir derrière. *C'est pour ces gosses qui jouent là en toute insouciance que nous souhaitons bâtir un avenir meilleur*, se dit Juan.

Une délégation s'avança vers les portes de la forteresse cernées par deux gardes qui étaient sortis de leur guérite à l'approche du groupe : « Nous demandons à voir les *corregidores* », dit Juan de Padilla. L'un des gardes le toisa et sa hallebarde jusqu'alors verticale eut un léger mouvement vers une position moins pacifique. « Ils ne reçoivent pas aujourd'hui. Dispersez-vous.

— Que Dieu accomplisse ses œuvres de bienveillance », dit Juan. Cette phrase était un signal pour le deuxième garde qui abaissa sa hallebarde, la pointant vers le cou du premier. Il avait été acheté par les rebelles. Cela avait été une proie facile : il s'était endetté au jeu de cartes face à Pedro de la Vega (qui avait utilisé un jeu truqué).

Les rebelles pénétrèrent dans l'Alcazar dès l'ouverture des portes, et s'y répandirent comme des fourmis parmi les miettes d'un gâteau. Une telle attaque contre l'autorité royale était tellement inconcevable que mis à part les gardes à l'entrée, il n'y avait aucune défense prévue pour une telle intrusion. On demanda à des fonctionnaires apeurés où étaient les *corregidores*. Des réponses balbutiantes furent apportées. Ils étaient justement en réunion pour prévoir l'organisation de la nouvelle campagne de paiement du *servicio*. Ladite réunion fut brusquement interrompue par l'irruption de Juan suivi de Pedro :

« De quel droit osez-vous pénétrer ici sans autorisation ? dit en se levant brusquement un grand homme, la moustache et la barbe impeccablement peignées, qui se trouvait au bout de la longue table le long de laquelle une douzaine de *corregidores* étaient assis.

— De quel droit vous comportez-vous comme des sangsues ? Nous ne paierons pas le *servicio*, répliqua Juan en forçant sa voix habituellement calme à sonner de manière autoritaire. Le temps où vous vous gobergiez de notre richesse est révolu. Vos conciliabules et manigances sont inutiles.

— Le *servicio* est obligatoire depuis le Cortès de La Corogne.

— Charles de Habsbourg a corrompu au moins une trentaine de représentants à ce Cortès. Il est nul et non avenu.

— Rien de neuf sous le soleil. Depuis quand n'a-t-on pas vu un Cortès sans qu'au moins plusieurs de ses représentants ne se laissent corrompre ? » dit d'un air cyniquement léger l'un des *corregidores* resté assis et qui semblait plutôt content de cette intrusion. Cela lui apportait une distraction au milieu d'une réunion qu'il avait trouvée passablement ennuyeuse.

Quelques sourires se dessinèrent sur les visages des rebelles mais Juan de Padilla n'avait pas le temps de plaisanter : « Nous vous donnons une demi-heure pour quitter l'Alcazar et Tolède. Et n'espérez pas d'aide de la garnison de la ville. Nous avons des alliés qui y sont infiltrés et qui ne pourront garantir votre sécurité si vous ne nous obéissez pas.

— Quand l'Empereur apprendra ça...

— Il va certainement l'apprendre... Mais il sera trop tard. Tolède n'est pas la seule à se libérer et quand il l'apprendra dans ses terres lointaines, cela lui donnera une raison de plus d'y rester.

— Le Régent Adrien d'Utrecht a toute autorité...

— ...toute l'autorité d'un bigorneau. N'avez-vous pas entendu ? Vous perdez un temps précieux. Dégagez le plancher ! » dit Pedro de la Vega, qui bouillonnait d'impatience depuis un moment derrière Juan de Padilla.

A travers le silence dans la pièce, on entendit le bruit des chaises renversées, des tiroirs des bureaux forcés, et des livres de compte jetés à terre dans les pièces voisines où les rebelles se livraient à un pillage en règle. Après s'être tous mutuellement regardés, les *corregidores* se levèrent. La tête haute, ils sortirent lentement de la pièce. Juan de Padilla, qui souhaitait que la scène fût digne et honorable, salua d'un petit signe de tête chacun d'entre eux.

Celui qui avait présidé la séance s'arrêta devant Juan : « J'imagine que vous voulez la clé des coffres où nous enfermons l'argent des impôts ». Juan réfléchit que ses hommes les avaient sans doute déjà forcés mais il répondit : « Oui, bien sûr ». Le corregidor passa par-dessus sa tête une longue chaîne argentée où pendait une clé et il la tendit à Juan avec un fin sourire : « Les impôts de l'année dernière ont déjà été transférés à Madrid. Les coffres sont vides.

— Plus jamais ils ne contiendront de l'argent pour Charles de Habsbourg », répliqua Juan. Le corregidor prit fugacement l'air d'un père amusé par une charmante ânerie proférée par un enfant, puis il rejoignit ses collègues.

Une foule était attroupée sur l'esplanade à l'entrée de l'Alcazar. Même ceux qui habitaient dans des haciendas en dehors de Tolède avaient entendu qu'il se passait quelque chose et commençaient à s'agglutiner aux habitants de la ville. Tous regardèrent avec incrédulité les *corregidores* sortir et chercher le plus court chemin vers les portes de la ville. Tous n'étaient pas à proprement parler des révoltés. Il y avait toute une cohorte de curieux que l'agitation avait tirée de leur routine et parmi eux, il y avait même un mendiant déguenillé et malingreux qui en profitait pour quémander l'aumône (*"Señor caballero, para comprar un pedaso de pan"*). Les *corregidores* regardèrent la foule comme s'il s'agissait d'une armée de scrofuleux et ils commencèrent à prendre peur. Leurs pas devinrent plus rapides, mais personne ne leur chercha une querelle sérieuse et ils essuyèrent juste une bordée de sifflets timides. Juan de Padilla apparut, le visage rayonnant, à une fenêtre de l'Alcazar. Il y eut des acclamations de joie et d'encouragement qui parcoururent la foule telles des vagues. Pedro de la Vega, qui apparut à la fenêtre voisine, reconnut dans cet océan de visages une personne en particulier et il blêmit : son frère Garcilaso qui le fixait avec un regard noir. Garcilaso finit par lui tourner le dos et partir à la suite des *corregidores*.

Parmi la foule, Maria Pacheco était la plus enthousiaste et elle courut en soulevant légèrement sa robe de ses deux mains vers l'entrée de la forteresse. Elle embrassa à pleine bouche Juan lorsqu'elle le retrouva et elle lui annonça : « Il y a des nouvelles de Segovia. Les représentants de leur *comunidad* ont pris le contrôle de la ville. Mais... il y a eu des résistances. Trois *corregidores* ont été tués, deux sont grièvement blessés. » La nouvelle fit l'effet d'une pluie glacée sur Juan : « Effectivement, nous avons atteint un point de non-retour », dit-il sombrement. A côté de lui, Pedro acquiesça en silence. Il pensait à son frère.

Chapitre 5

Chacun porte en lui-même dix punitions :
ignorance, tristesse, inconstance, cupidité, injustice, luxure,
envie, perfidie, colère et méchanceté.
Jean Pic de la Mirandole

Le conquistador envoyé de Cuba pour capturer Cortés, Pánfilo de Narváez, avait repéré le fort abandonné de Veracruz et avait fini par gagner la capitale voisine des Totonacs, Cempoala. Il venait d'y remporter une victoire militaire écrasante. Triomphant, sa bouche s'incurvant en un large sourire sous son nez déformé par quelque bagarre de jeunesse, il se planta devant Xicomecoatl, le chef obèse des Totonacs, qui était enchaîné à un poteau dehors, en plein milieu de sa propre capitale : « Je devrais vous pendre mais je crains de ne pas trouver de corde assez solide. Je devrais vous faire brûler et faire récupérer de la *potestas* à mon Prêtre mais je crains que vous explosiez et que votre graisse enflammée nous saute au visage et mette le feu à tout ce fichu pays. Alors je vous tolère en vie. »

La traduction très approximative d'un Totonac qui avait appris un peu de castillan parvint aux oreilles de Xicomecoatl, qui émit un ricanement de dépit : « Alors c'est ça, votre stratégie, aux poilus. D'abord le gentil Cortés débarque et s'allie avec nous pour nous endormir et ensuite la deuxième troupe arrive et nous massacre pour leur *Dios* », dit-il en regardant les braises du bûcher d'où émergeaient quelques côtes humaines et un fémur à moitié calciné. Durant la traduction, le conquistador tapota la poignée de son épée avec ses doigts puis il déclara : « Votre gentil Cortés vous aurait écrasé aussi s'il y avait vu un avantage, gros chapon. Il n'échappera pas à la corde, lui. Tout est ici sous le

commandement de Velázquez de Cuéllar de l'île de Cuba. »
Xicomecoatl ne put comprendre ce que voulait dire les dernières
paroles mais il se rendit compte que les *déplumés* étaient aussi
divisés et belliqueux entre eux que pouvaient l'être les *plumés*. Il
ne sut vraiment dire s'il en trouvait quelque consolation.

Pánfilo de Narváez avait obtenu auparavant le renseignement
qu'il espérait de Xicomecoatl : Cortés était parti plein sud vers
une ville appelée Tuxtepec, ce qui voulait dire en *nahuatl* : la
colline des lapins. A la question du pourquoi de ce nom,
Xicomecoatl avait invité le conquistador à s'y rendre et à juger
par lui-même. Le chef Totonac, en envoyant Narváez sur une
fausse piste espérait donner suffisamment de temps à Cortés
pour être prévenu de l'arrivée de son ennemi et de prendre ses
dispositions. Il avait fait envoyer un messager vers Tenochtitlan.
Il espérait ne pas se tromper en continuant à considérer Cortés
comme son allié. Sa phrase sur la stratégie en deux temps des
poilus, bien que dite pour brosser Narváez dans le sens du poil,
lui avait laissé un goût amer, comme s'il avait effleuré la vérité
sans vraiment le vouloir.

Une pluie diluvienne s'abattit soudain sur Cempoala. Narváez
rentra s'abriter dans la maison du cacique où il avait élu domicile
et il s'offrit un bon verre de Jerez de sa réserve personnelle qu'il
avait amenée avec lui d'Espagne. Il le but en relevant la tête grâce
à son cou épais pour ne pas en perdre une goutte. Xicomecoatl
était resté dehors, attaché au poteau. Narváez avait prévu de
partir le lendemain en direction de cette fameuse colline des
lapins. Il s'attendait presque, après avoir eu affaire aux hommes-
oiseaux, à avoir face à lui des hommes-lapins bondissants avec de
grandes oreilles et une petite queue touffue sur le derrière. « Dieu
s'est décidément bien amusé avant le septième jour », conclut-il.
Narváez avait prévu de prendre Xicomecoatl en otage, mais il
supposait que sa valeur était faible et que Cortés le laisserait tuer

sans sourciller. Cela ferait tout de même réfléchir les autres alliés éventuels de Cortés et pourrait les désolidariser de lui.

« Monseigneur, les canons ont disparu ! » Un soldat espagnol, trempé, apparut sur le seuil de la maison réquisitionnée par Narváez. Le conquistador se leva d'un bond, ce qui fit s'envoler les quelques mouches qui s'étaient posées sur lui et qu'il ne se donnait plus la peine de chasser. Il s'approcha du soldat. Il huma son haleine. Non, pas d'excès de vin ou de cet alcool totonac bizarre dont des réserves avaient été découvertes et qui, malgré l'interdiction d'en boire, circulait dans le camp : « Avec une telle pluie, tes yeux doivent te trahir », dit d'un ton dédaigneux Narváez. Un canon avait été laissé au sommet de la pyramide au centre de la ville, mais les autres avaient bien été mis à l'abri du côté nord de Cempoala et dûment surveillés : « Les gardes ne sont pas là non plus, Monseigneur. » Narváez prit une profonde inspiration entre ses dents, ce qui mit du temps vu son coffre. Il saisit son casque, sortit de la maison et se dirigea vers le lieu où les canons avaient été placés.

La pluie tambourinait fort sur son casque métallique quand il constata l'incroyable : les canons avaient bel et bien été emmenés et c'était récent à en juger par les traces de boue qui partaient vers la forêt. Le sang de Narváez ne fit qu'un tour et il appela à la mobilisation générale les neuf cents hommes qu'il avait sous son commandement. Les cliquetis démultipliés de la pluie sur les armures couvrirent presque sa voix lorsqu'il donna les ordres. Cinq cents hommes allaient partir avec lui à la recherche des sauvages qui avaient pris les canons et quatre cents hommes allaient rester garder la ville. « Et portez tout particulièrement votre attention sur la route du sud. Ce chien de Cortés y est quelque part. »

Narváez partit sabre au clair en direction du nord en suivant les traces de boue. Se retrouver dans la forêt apporta un certain soulagement car la pluie se fit moins sentir, même si des gouttières naturelles de feuilles et de branches se formaient d'où giclaient des flots à jets continus qu'il fallait éviter. Dans le même temps, il fallait aussi scruter les frondaisons tentaculaires car d'après les témoignages des survivants de l'expédition malheureuse de Cordóba trois ans plus tôt, les hommes-oiseaux pouvaient se cacher dans les arbres grâce à leurs plumes de camouflage. La densité de la forêt augmenta et on pouvait croire se trouver au seuil de la nuit. Les branches et les lianes semblaient s'étirer et les feuilles gonfler à l'approche de la troupe. Un bruissement suspect dans un arbre fut entendu sur le côté. Un soldat essaya de tirer avec une *escopeta* mais tout était tellement trempé que rien ne partit à part un peu de fumée. Un arbalétrier tira dans la direction suspecte et une masse tomba au sol. Narváez alla voir : un singe araignée, le dos au sol, était en train de hurler et d'agiter en tous sens ses huit pattes. Le carreau l'avait atteint au ventre et il essayait de l'attraper avec plusieurs de ses pattes pour le retirer. Le conquistador ne se donna même pas la peine d'abréger ses souffrances et le pauvre singe vocalisa des cris de plus en plus forts.

Soudain, une nuée de singes araignée tomba sur les soldats et sur Narváez. Ils s'agrippèrent de leurs huit pattes au cou des Espagnols et cette étreinte était comme une poigne de fer. Des soldats moururent étranglés ainsi après s'être débattu furieusement pour essayer de faire lâcher prise ces primates infernaux. Des soldats essayèrent de sauver leur camarade à coup d'épée ou de hallebarde mais c'était une mauvaise idée car soit ils blessaient ledit camarade soit les singes rebondissaient sur la tête de la première victime pour s'attaquer à leur nouvel agresseur, ce qui ne faisait que repousser le problème. Narváez fut assailli par un singe qui s'agrippa des doigts de ses huit pattes autour de son cou, au-dessus de son gorgerin. Il ne pouvait plus respirer. Le singe lui hurlait en même temps dans les oreilles. Pour tenter de s'en débarrasser, le conquistador dégaina son épée et essaya de lui trancher les bras. Il parvint à blesser un membre. Du sang en gicla sur le visage de Narváez et le singe renforça ses cris stridents. Le bras blessé lâcha prise mais il en restait sept intacts. N'arrivant pas à en couper d'autres de peur de se trancher jugulaires et carotides au passage, Narváez essaya de lui transpercer le tronc qu'il avait contre son visage et qui l'aveuglait et lui écrasait le nez qui se gonflait de sang. Le conquistador et le singe étaient comme pris d'une transe frénétique qui les faisait tournoyer dans une danse mortifère. Narváez s'asphyxiait et il n'arrivait toujours pas à trouver le bon angle d'attaque pour tuer le singe et en même temps ne pas se blesser. Sentant sa poitrine prête à éclater et sa conscience s'évaporer, il tenta le tout pour le tout. Il envoya un grand coup de sabre dans le dos du singe. La lame ripa sur la colonne vertébrale puis elle glissa et sa pointe plongea dans l'œil de Narváez. Le singe lâcha prise ce qui permit au conquistador de hurler à s'en briser les cordes vocales. Ses doigts s'écartèrent et abandonnèrent son sabre qui tomba au sol avec à sa pointe des morceaux déchiquetés de son œil.

Autour de lui, les soldats finirent par venir à bout des autres singes, quelquefois en leur tirant dessus à l'arbalète ce qui aboutit également à la blessure ou à la mort de plus d'un soldat. Ce n'est qu'à la fin du combat que l'on se rendit compte que la pluie avait cessé. L'une de ses orbites transformée en une masse sanguinolente, le nez dégoulinant de sang, Narváez écumait de rage. C'est alors qu'il entendit des sons de combat en provenance de Cempoala. Il y eut même un tir de canon, sans doute celui laissé en haut de la pyramide. Il se précipita avec ses soldats vers la ville, pour découvrir qu'elle venait d'être prise par Cortés et ses hommes qui étaient arrivés par l'ouest. Cortés venait de prendre le contrôle de la pyramide centrale. Le canon à son sommet était maintenant pointé vers Narváez : « Alors le Gouverneur de Cuéllar ne s'est même pas donné la peine de venir me chercher en personne. Il t'a envoyé, toi, Narváez ! C'est une humiliation de plus ! J'espère que tu as apprécié ma petite diversion avec le vol des canons. Tes gardes ne pouvaient résister à l'or que j'ai déjà amassé.

— Chien ! Tu t'es allié avec les singes aussi. Tu ne recules devant rien !

— Ça, tes histoires de singes, je n'en sais rien... mais je ne comprends pas comment un singe a pu te mettre dans un état pareil ! Il se peut que tu aies trouvé ton maître !

— Tu feras moins le malin quand tu te balanceras au bout de la corde. Le Roi Charles lui-même a approuvé mon expédition.

— Vous n'avez pas idée, toi et tes hommes de ce que nous avons découvert à l'ouest. »

A ces mots, Narváez jeta un regard, ou plutôt ce qu'il en restait avec son seul œil valide, vers Xicomecoatl qui souriait, attaché à son poteau. Mais le cacique totonac avait été blessé au ventre dans le combat sans doute par un des Espagnols laissés sur place par Narváez. De la graisse parcourue de vaisseaux sanguins lui dégoulinait d'une ouverture sur le côté du ventre. Cela consola un peu Narváez qui s'était laissé berner par le cacique et sa colline des lapins.

Cortés s'adressa aux hommes de Narváez : « *Caballeros* ! Rejoignez-moi ! Des richesses immenses vous attendent. Nous savons où se trouvent des mines d'or d'une fabuleuse profusion. Nous sommes à la tête d'un Empire digne de celui d'Alexandre le Grand et nous contrôlons l'une des plus grandes villes du monde ! » Narváez sentit la détermination de ses hommes autour de lui fléchir. La douleur à son orbite sanglante que sa rage avait jusqu'alors tenue en respect lui envoya une décharge jusqu'à l'arrière de son crâne. Il sentit sa conscience se vider comme une outre percée et il s'effondra dans la boue.

***

Cortés avait laissé Pedro de Alvarado en charge de Tenochtitlan. Il n'appréciait pas le conquistador mais il n'avait pas eu le choix car il n'avait pas souhaité l'emmener avec lui. Il avait craint qu'Alvarado le trahisse et aille prendre le parti de Velázquez de Cuéllar dès l'apparition des troupes venues de Cuba. Le laisser, avec un effectif réduit au beau milieu de centaines de milliers d'Aztecas était le moyen le plus sûr pour qu'il se tienne tranquille car le moindre signe de division entre les Espagnols signerait la fin de tous. Aux Aztecas, le départ de Cortés fut expliqué par le fait qu'il allait accueillir des renforts importants. C'était une manière de les dissuader de se rebeller.

Pedro de Alvarado fut soulagé du départ de Cortés, de Malinalli et de Felipe de Olmos. Mais il était angoissé à l'idée de devoir contrôler seul toute cette immense ville. Il n'avait pas essayé de comprendre les hommes-oiseaux depuis son arrivée sur le continent. Pour lui, c'était juste des anomalies de la nature et certes, ils vivaient dans une belle ville mais les abeilles faisaient également de belles ruches et les fourmis des habitations collectives élaborées. Alors que Cortés avait passé du temps à recevoir les dignitaires de la ville et à échanger les points de vue, Alvarado se replia avec les autres Espagnols dans une partie du Palais et finit par ne plus avoir que le strict minimum de contacts avec les Aztecas. À la décharge d'Alvarado, Cortés avait emporté avec lui la personne la plus douée pour traduire le *nahuatl* en espagnol, qui n'était autre que Malinalli. Geronimo de Aguilar était cependant là et avait fait des progrès dans la langue des

Aztecas. Il commençait même à comprendre certains glyphes. Il célébrait chaque jour la messe avec Sebastian d'Olmedo dans une pièce du Palais redécorée en église. Tous les Espagnols y assistaient. Geronimo avait essayé de convaincre Alvarado de mettre en place un prosélytisme bienveillant envers la population mais le conquistador avait haussé les épaules. « Perte de temps », avait-il murmuré. Le vin de messe finit par manquer. Il y eut alors un peu de relâchement dans l'assiduité aux rituels et les prêches et les *Ite missa est* furent prononcées devant une salle à moitié vide. Jamais une telle chose n'aurait été permise en présence de Cortés. Il disait toujours qu'il fallait donner l'exemple aux *naturales*. Si on souhaitait purger les âmes hérétiques et leur montrer le droit chemin, il fallait soi-même l'emprunter avec régularité et ferveur.

Alvarado avait commencé en parallèle à rassembler des objets décoratifs et religieux en or et il avait fait installer dans le Palais un atelier où ces objets étaient fondus pour en faire des lingots, plus facilement transportables. Il aimait regarder se dissoudre les idoles et les bijoux. Toutes ces figures barbares, ces motifs primitifs se transformaient en richesse à disposition des nouveaux maîtres du monde.

La vie à Tenochtitlan revint à une étrange normalité, les Espagnols étant devenus en quelque sorte invisibles. Il y avait l'emprisonnement de Moctezuma, mais la population le voyait déjà peu en temps normal et le fixer du regard était de toute manière traditionnellement passible de mort. Il y avait aussi l'interdiction des rituels et des sacrifices, mais ceux-ci continuaient dans le secret des arrière-chambres des temples secondaires et dans les villes de la périphérie du lac. Pendant ce temps, le grand marché ne désemplissait pas, les artisans travaillaient dans leurs ateliers, les enfants faisaient des ricochets avec des galets sur le lac, lequel était toujours sillonné par d'innombrables embarcations qui tanguaient doucement. Les axolotls sacrés nageaient paisiblement. Les compétitions de balles en caoutchouc se poursuivaient. Les nids ne désemplissaient pas : des œufs étaient pondus, des œufs éclosaient. Des Prêtres ne pouvaient plus y établir les horoscopes, mais ils officiaient à domicile, sous le couvert de la nuit.

Puis vint la date de l'une des fêtes les plus importantes du calendrier : le Toxcatl. Durant une année, un jeune homme devait personnifier le dieu Tezcatlipoca et devenait un *ixiplatli*. Il apprenait la haute écriture, la danse et la musique, notamment la flûte et le chant. Il se promenait dans la ville, toujours magnifiquement paré de luxueux bijoux, enrobé par les volutes de fumée de feuilles de tabac. Partout la population lui devait le respect et devait le saluer. Il devait s'accoupler avec une femme différente chaque jour de l'année et personne ne pouvait refuser son invitation. Il pouvait rencontrer plusieurs fois l'Empereur qui devait se prosterner à ses pieds en déclarant d'une voix emphatique : « O Maître, O Mon Seigneur, Seigneur du Lointain, Seigneur du Prochain. Pauvre que je suis ! De quelle manière dois-je agir pour ma cité et pour les hommes qui me sont soumis ? Car je suis aveugle, je suis sourd, je suis un imbécile et dans les excréments et la crasse je traîne mon corps. Peut-être que tu me prends pour un autre. Peut-être que tu cherches à me remplacer. »

Puis le jour de la fête du Toxcatl, l'*ixiplatli* gravissait une à une les marches de la Grande Pyramide, et à chaque pas il brisait une flûte ou ôtait un ornement puis un vêtement et enfin il s'arrachait des plumes. Puis il était sacrifié en haut de la pyramide et son corps était mangé par l'*ixiplatli* suivant, grillé dans des braseros sacrés avec des épices rituelles. Or la date approchait et de mémoire d'homme-oiseau aucun *ixiplatli* n'avait reculé devant son sacrifice après avoir passé une année à être considéré comme un Dieu. Et il était inimaginable pour l'*ixiplatli* d'être tué à la va-vite et en cachette. Son propre sacrifice après avoir gravi les marches du Grand Temple sous le Soleil et l'admiration de la foule était devenu le sens de son existence.

Grâce à des complicités internes, l'*ixiplatli* réussit à s'introduire dans l'aile du Palais où était enfermé Moctezuma. L'Empereur s'agenouilla et l'accueillit avec les phrases rituelles. Puis l'*ixiplatli*, continuant à jouer son rôle exigea de Moctezuma de braver l'interdit posé par les "envoyés divins" et d'ordonner de réaliser le sacrifice en bonne et due forme. Moctezuma ferma les yeux et prit une grande inspiration comme avant de plonger sous l'eau : « Oui, je l'ordonne. Tezcatlipoca doit mourir et renaître à nouveau selon les cycles qui tournent depuis des Âges. » L'Empereur savait qu'il venait sans doute de signer son arrêt de mort. L'*ixiplatli* se retira, heureux, les plumes chatoyantes de couleurs vives.

Moctezuma fit venir un de ses Prêtres et lui annonça la nouvelle. Celui-ci répondit : « Oui, *tlatoani*. Si je peux voir à travers les mille fils de la toile du futur, je peux dire que c'est chose prévue. Car Tezcatlipoca a été l'ennemi redouté de Quetzalcoatl. Tant qu'il est là, le Serpent à Plumes hésite peut-être à venir à Tenochtitlan. Mais s'il n'est plus là…

— Que me dis-tu ? Je viens d'autoriser sa mort mais aussi sa résurrection… Mais comment aurais-je pu faire autrement ? Je ne peux qu'obéir à l'*ixiplatli*. Pauvre que je suis ! Cela va retarder le retour du Serpent à Plumes.

— *Tlatoani*… Quetzalcoatl va revenir… Et il va se servir de ses envoyés. Tout se passera bien. C'est chose prévue. »

***

Quelques jours plus tard, Pedro de Alvarado fut réveillé de sa sieste par des bruits de tam-tam. Cela venait de l'immense place devant le Grand Temple. « Qu'ont-ils encore inventé ces sauvages ? », murmura-t-il d'une voix lasse en plaquant ses mains contre ses cheveux couleur de paille. Il se frotta les yeux, bondit de son lit et monta sur l'esplanade du Palais. Il faisait un temps étrange : chaud et lourd avec un ciel très bas. Des filaments nuageux descendaient vers le sol et vers le lac, et semblaient tisser des liens entre le ciel et la Terre. Une grande foule bigarrée était assemblée devant le Temple et se mettait à scander des paroles étranges. Tous regardaient un jeune homme-oiseau gravir les marches de la pyramide. À chaque pas, il se débarrassait d'un élément de son accoutrement. Il venait de s'arracher le petit bijou doré en forme de tête de jaguar qu'il avait accroché à la lèvre inférieure. Celle-ci se mit à saigner abondamment mais rien ne semblait pouvoir perturber l'ascension de l'homme-oiseau. Il ôta son *maxtlatl*[7] et il fut entièrement nu. Il se mit à arracher une à une ses propres plumes. En haut des marches, il était attendu par des Prêtres aux plumes dorées. À leur côté, il y avait une grande pierre plate allongée qui avait été décorée par de la toile peinte. Un coup de vent écarta les plumes du bras de l'un des Prêtres et Alvarado put voir qu'il tenait une dague en obsidienne.

« Il est temps de remettre de l'ordre dans ce poulailler ! » gronda Alvarado. Il enfila à la hâte son plastron et sa dossière de fer et il courut donner l'alerte à ses troupes. Il croisa un Geronimo de Aguilar blême qui découvrait également ce qu'il se passait : « S'il vous plaît. Soyez prudent. J'ai lu des choses sur les glyphes du temple que je commence à comprendre... Je crois que nous courons à notre perte.

---

[7] pagne

— Ha, Aguilar ! Vous retournez dans l'hérésie. On pouvait s'y attendre, vous qui avez plongé votre vit dans le cloaque d'une de ces dindes. Vous ne valez pas mieux que Cortés et Olmos. Hors de mon chemin ! »

Alvarado donna un violent coup de coude au frère franciscain qui chancela. Aguilar ne reprit son équilibre qu'en s'agenouillant et se mit à prier à voix haute mais toutes ses paroles lui parurent vaines. Il eut la conviction que personne ne l'écoutait plus, ici et maintenant.

Pedro de Alvarado et les Espagnols, armés et en armure, se frayèrent un chemin, en bousculant des membres de la foule dont certains étaient en transe et oscillaient têtes, bras et jambes au rythme des percussions sur les *huehuetls*. Ils atteignirent la pyramide latérale à celle du Grand Temple et ils gravirent deux à deux les marches de son escalier. Parallèlement, l'*ixiplatli* était presque arrivé en haut de la grande volée de marches du Grand Temple et il avait des pans entiers de son corps déplumés où on voyait sa peau cuivrée piquetée de taches de sang là où les plumes avaient été insérées. Alvarado sortit son *escopeta* et pointa l'arme sur le Prêtre : « Cessez ces folies ! Rentrez dans votre volière ! » Le Prêtre qui ne comprenait pas les mots mais qui avait saisi le sens général de l'interpellation jeta un regard de défi à Alvarado en affermissant sa prise sur la dague d'obsidienne. Alvarado tira au moment où l'*ixiplatli* se jeta sur le Prêtre pour le protéger. C'est le jeune homme qui prit la balle dans la poitrine. Il chancela sur le côté puis tomba en arrière. Les huehuetls se turent. La personnification de Tezcatlipoca dévala le grand escalier, roulé en boule ou en travers selon les irrégularités des marches et les soubresauts de son corps. Il ne bougea plus quand il toucha terre dans un silence total. En haut de la pyramide, le Prêtre se redressa et fit un grand sourire à Alvarado. Derrière lui, sur le lac, le vent se leva et un tourbillon se forma dans les eaux. Les nuages au-dessus se mirent aussi à tourbillonner dans le même sens et finirent par descendre en un tuba qui s'unit aux flots déchaînés. C'est alors que descendant en spirale autour de cet axe apparut un gigantesque serpent à plumes.

Chapitre 6

En m'esbatant je fais rondeaulx en rimes
Et en rimant bien souvent je m'enrhume
Clément Marot

« Ah ! Le félon ! L'insane faquin ! Le chat-huant ! »

François Ier parcourait à grandes enjambées la salle du Conseil du château de Blois. Il donnait de temps à autre des coups de pieds dans les chaises, des coups de poings sur la table ou dans les passementeries des cordes qui retenaient les grands rideaux de velours. Les cordes finirent par se dénouer et la pièce se trouva plongée dans l'obscurité, ce que le Roi ne sembla pas remarquer.

« Oui, Charles Quint et Henry VIII ont longuement discuté ensemble à Calais juste après votre... entrevue, dit le Chancelier Duprat. Et une telle rencontre ne s'improvise pas. Cela a dû être décidé bien avant les... heu... malencontreux incidents de la Fête du Camp du Drap d'Or.

— Ils se sont joués de moi. Ils se sont joués de la France.

— Nous ne savons pas bien ce qui a été décidé, Sire. Il semble que l'ire d'Henry VIII s'était quelque peu calmée après l'entrevue avec Charles. Cela peut être interprété diversement et...

— Non, non. C'est clair, Duprat. Ils se sont ligués contre moi et ce félin de basse-fosse est reparti tout miaulant et ronronnant de son alliance avec ce cuistre fieffé. Je ne me laisserai pas faire, les bras ballants. Nous attaquons !

— Sire... Mais qui et où nous attaquons ?

— Tout le monde et partout. A Calais, en Navarre, à Naples, au Luxembourg... en attendant un débarquement en Angleterre si le temps le permet. Je ne veux leur laisser aucun répit, aucun repos.

— Sire, mais ce n'est pas... enfin...

— Duprat. Le jour où un Ange déposera une couronne sur votre tête, vous aurez le droit de me contredire. Pas avant. Nous devons briser cet étau pour pouvoir continuer de vivre selon notre bon plaisir !

— Sire. Je voulais juste vous suggérer de ne pas attaquer trop ouvertement. Il y a encore des espoirs de réconciliations, de négociations. Vous analysez très justement qu'il faut... heu... regagner des marges de manœuvre. Faisons-le... mais pas en première ligne. Pas en première intention en tout cas. Nous ne devons pas apparaître comme des briseurs de paix. »

La salamandre qui ne dormait plus au coin du feu mais *dans* le feu désormais, émit un bâillement au milieu du foyer flanqué de caryatides. Elle changea de position pour mieux se rendormir ce qui provoqua des craquements chaotiques dans la flambée. François sentit sa colère refluer. Le poids des responsabilités et le souci de la mesure firent jouer à nouveau leurs engrenages : « Soit. Je vous laisse à vos intrigues, répondit finalement le Roi. Mais je veux des résultats rapides et vous m'en rendrez compte. En cas d'échec, je reviendrai à des dispositions plus expéditives. Je ne me défilerai pas. »

Le Chancelier Duprat poussa un discret soupir de soulagement. On avait évité le pire. La France était bel et bien encerclée. Déclencher un conflit maintenant aurait été de la folie suicidaire.

François retourna dans ses appartements. Il avait besoin de se calmer les nerfs, chauffés à vif. Alors, il se dirigea vers sa bibliothèque. Les livres étaient là pour dégager les horizons et faire souffler un vent vivifiant dans son âme. Rien que l'odeur des reliures en cuir étaient une invitation à l'évasion. François parcourut les ouvrages qui s'offraient à sa curiosité. Il prit "*Les commentaires de la guerre gallique"* de François Desmoulins de Rochefort qu'il n'avait pas encore lu. Le premier folio comportait les portraits en médaillon de Jules César et de François Ier. Cela commençait bien. En feuilletant les pages, il vit qu'il y avait aussi les portraits des sept lieutenants de César et que Lucius Arunculeius Cotta avait les traits de Ayne de Montmorency. Cela fit flamber derechef une bouffée de nostalgie et d'inquiétude. *Toujours pas de nouvelles !* François essaya de lire quelques extraits de l'ouvrage où l'auteur avait retranscrit des dialogues entre César et François Ier lors d'une rencontre dans la forêt de Saint-Germain-en-Laye. Le terme *"retranscrit"* était juste car François Desmoulins était un Rêveur. A son réveil, il pouvait retranscrire entièrement tout ce qu'il avait rêvé dans les moindres détails. Les rêves pouvaient se succéder plusieurs nuits de suite, comme les chapitres d'un ouvrage. Ici, au lieu d'être interrompu par l'endormissement en cours de lecture ou d'écriture, on était simplement interrompu par le réveil. Évidemment tout cela suscitait la jalousie des écrivains et poètes qui devaient se creuser les méninges et l'imagination pour réaliser leurs œuvres, à l'inverse des Rêveurs qui n'avaient qu'à dormir et à se souvenir. Cela ne pouvait être considéré comme un travail d'artiste. Les Rêveurs n'avaient cure de ces remarques. Car les Arts sont le matériau des rêves et les rêves sont le matériau des Arts. Les Rêveurs en étaient juste pleinement conscients, tandis que les artistes normaux l'ignoraient ou feignaient de l'ignorer.

François se lassa rapidement de ses dialogues oniriques avec Jules César. Il aurait préféré dialoguer dans le monde réel avec Charlemagne qui ne l'avait plus visité depuis qu'il lui avait dit, en colère, qu'il appuierait le Roi Charles, désormais l'Empereur Charles Quint, à l'Élection Impériale. Le Roi vérifiait plusieurs fois par semaine que l'épée Joyeuse était toujours là, dans son coffre, car il craignait de la voir s'évaporer ou pire, transmise à son grand rival. Léonard de Vinci avait conseillé à François Ier de se méfier de celui qui lui avait confié Joyeuse et le Grand Esprit devait bien sûr savoir que c'était Charlemagne. Était-ce le résultat de la guerre larvée entre les fantômes et les Grands Esprits ou Léonard avait-il des soupçons particuliers contre lui ? En tout cas, il était logique que l'ancien Empereur tenterait d'aider le nouveau, d'autant plus qu'il avait soutenu son élection.

« *Encore et toujours Charles !* » Sa pensée revenait sans cesse vers lui. Il lui fallait une distraction autrement plus puissante que *"Les commentaires de la guerre gallique"* : l'écriture. Avec sa favorite Françoise de Foix il avait commencé à échanger des vers et il était temps pour lui de composer un poème à sa douce et tendre. Il s'agissait aussi de se montrer digne de son grand-oncle Charles d'Orléans dont on célébrait encore les vers. Concentré, François s'appliqua :

Afin que tu saches ma douce ardeur contrainte
La plume est prise en laissant toute crainte
Et ce faisant, ne fut dessous la Lune
De deux amants plus heureuse fortune
La main royale, en délaissant le sceptre,
Ne pensant point qu'offensée peut être
En cet endroit la mienne autorité...

« Ouh là ! Ça commençait bien. Là ça devient lourd. Enfin... N'est pas Marot qui veut. Persévérons... »

Car je pense au jour que je te vis,
Tout le premier qu'il me fut bien avis

Connaître en toi plus que ne peut nature...

« Bon, une rime en ture. Heu, voyons... signature... rature... sépulture... heu... vergeture, garniture... confiture... déconfiture. Bon sang, si je ne brise pas cette alliance entre Charles et Henry ce sera la déconfiture, la ruine, l'échec. Et voilà ! Ma pensée a déraillé à nouveau. Même ma belle Françoise ne peut empêcher mon esprit de battre la campagne ! J'en reviens toujours à ces pensées qui me parasitent et me dévorent ! Mais cela me donne une idée. Son frère, Odet de Foix...Voilà un homme au profil intéressant dont ma douce Françoise vante sans cesse les mérites. En absence d'Ayne, c'est sans doute l'homme de la situation. »

***

Henry VIII monta à bord du *Mary Rose*, la plus grande caraque du monde. Avec ses 500 tonnes c'était le navire amiral de la flotte anglaise. Drapeaux, bannières et pennons flottaient fièrement dans le vent qui balayait Portsmouth. Les dix voiles accrochées aux quatre mâts étaient repliées, sans quoi l'ancre aurait eu du mal à retenir les mouvements du navire qui semblait piaffer d'impatience, comme un cheval. Le pont était cerné par deux imposants "châteaux" à la proue et à la poupe. « Regardez Sire, expliqua avec fierté le Commandant du navire. Sous le pont principal, nous avons rajouté un espace que nous appelons pont-batterie. C'est là que sont nos pièces d'artillerie. Les canons peuvent tirer à travers des ouvertures dans le flanc du navire, des sabords. Nous en avons vingt de chaque côté. Ces canons s'additionneront à ceux du gaillard sans gêner la circulation et les manœuvres au-dessus. Nous avons ainsi une puissance de feu démultipliée.

— Ces sabords ne peuvent-ils pas nuire à l'étanchéité de l'ensemble ? s'inquiéta Henry, au sens pratique toujours aiguisé.

— Non, Sire. Regardez ces panneaux... Ils peuvent fermer l'ouverture de manière étanche. Ils sont calfatés. Démonstration ! »

Deux soldats restés à quai balancèrent de l'eau à partir d'un grand baquet contre un sabord. À peine une petite goutte traversa le calfatage.

« Voilà un bien bel ouvrage », dit Henry VIII en flattant de la main le canon en bronze le plus proche, et qui reposait sur un affût à quatre roues.

Le Roi poursuivit sa progression. Gonflé de fierté, le Commandant se mit à expliquer que les roues des canons avaient été calées pour éviter qu'ils ne se déplacent avec le roulis, mais Henry VIII n'écoutait pas car il s'était arrêté devant des boulets reliés par une chaîne qui l'intriguaient : « Je n'avais jamais vu des boulets de la sorte.

— Ils sont redoutables pour déchirer les voiles et endommager les gréements.

— Tout ceci est fort beau. Wolsey ? Ce bateau a un pont-batterie. J'en veux un autre avec deux pont-batteries. Celui-ci fait cinq cents tonnes ? Le prochain en fera mille. Ne lésinez pas sur les dépenses. »

Le Chancelier Wolsey qui avait suivi le Roi en s'ennuyant à cause de toutes les explications techniques, sortit de sa torpeur :

« Euh... Votre Majesté. Vous avez déjà doublé la flotte que vous avez reçue de votre père... Nous avons le *Peter Pomegranate*, le *Regent*, le *Sovereign*...

— Wolsey. Ne venons-nous pas de nous mettre d'accord avec l'Empereur Charles pour nous tenir prêt à envahir la France ? dit le Roi en portant son regard vers le sud, au-delà de la pointe de l'île de Wight. Je ne souhaite pas que se reproduise la défaite au large de Brest d'il y a huit ans. Et surtout je ne laisserai pas passer l'affront qui m'a été fait à cette funeste rencontre au milieu des champs. Je veux ce nouveau navire, dussé-je faire arracher les derniers grands chênes d'Angleterre pour le construire. Et que la nuit ne serve pas d'excuse : je veux que des ouvriers y travaillent à tour de rôle en continu. Et ce navire s'appellera le *Henri Grâce de Dieu*. Oui, en français ! ».

Wolsey préféra se taire et obéir. Au Camp du Drap d'Or, il avait eu de visu la confirmation de ce qui se murmurait à la Cour quant à la transformation du Roi sous le coup de fortes émotions. Mieux ne valait pas réveiller la Bête à nouveau. Il ne fera pas le grippe-sou et trouvera l'argent. Il allait falloir néanmoins d'abord régler la facture de la dernière armure commandée par Henry pour la guerre et les tournois. Une armure d'un poids de 64,5 pounds[8]. Grand casque molletonné à l'intérieur, de type bassinet, avec visière à soufflet, damasquinée en bronze et en or. Cuirasse avec la rose Tudor gravée sur la dossière et sur le devant un lion en or (qui pouvait rugir sur commande du Roi, une petite facétie achetée auprès des elfes florentins et qui correspondait au tiers environ du prix de l'armure). Jupe en neuf lames à damier où une case sur deux représentait Saint George terrassant le dragon ou la Vierge à l'Enfant. Des jambières articulées avec des rivets (dorés), des cubitières et des genouillères à ailettes protégeant l'intérieur des coudes et des genoux, des sabatons détachables et attachés aux crampons avec des clous (dorés).

---

[8] 29,26 kg

Enfin, soupira Wolsey. *Encore quelques années à supporter ça et après, je serai Pape et ce ne sera plus mon affaire.*

Sur le quai, tandis que le Roi et son Chancelier visitaient le bateau, se tenaient le Duc de Buckingham, ainsi que son ami le Comte de Gloucester. Le Duc avait une quarantaine d'années, des pommettes saillantes et des yeux bleus : « Le Roi s'amuse avec ses nouveaux jouets, dit-il d'un ton railleur.

— Tu ne le trouvais pas assez belliqueux. Maintenant, il se dote de nouvelles armes et tu le critiques encore !

— Il se prépare à une bataille navale. A des attaques de ports de pêche. Pas à une invasion de la France. Mon père n'a pas rallié les Tudors pour ça. Il faut que nous retrouvions la fougue que nous avions au début de la Guerre de Cent Ans. Il faut que nous prenions notre revanche sur Jeanne d'Arc.

— Tu l'as vu Jeanne d'Arc ? C'est une *banshee* hystérique qui pousse de cris de vierge effarouchée. *So pathetic !*

— Et lui... C'était pas pathétique au Camp du Drap d'Or ? Quelle image de l'Angleterre donne-t-il à se transformer ainsi !

— Un lion tout de même ! Le Roi des animaux. Cela avait une grande noblesse. T'as vu la tête qu'a faite le Roi des *froggies* ? Ton père savait très bien que les Tudors avaient ça dans le sang...

— Le sang... On raconte qu'on trouve des femmes de chambre exsangues, vidées de leur sang dans tous les châteaux que visite... *le Roi des animaux.* Sommes-nous des animaux pour mériter ça ? C'est une malédiction. La lignée des Tudors a été maudite par Dieu pour connaître un tel sort. Elle n'est pas digne de régner sur l'Angleterre.

— Je crains de commencer à comprendre où tu veux en venir...

— Je ne cherche pas à être subtil avec toi. J'ai plus de sang Plantagenêt[9] que n'importe qui dans ce Royaume. Je sais que tu ne me trahiras pas. Mais il faudra se méfier de Wolsey. Il a des espions partout.

— Tu y penses juste, ou tu y penses... *sérieusement* ? demanda le Comte de Gloucester, avec une inquiétude grandissante.

— Ai-je l'air autre chose que sérieux ?

— C'est de la haute trahison, chuchota le Comte.

— Je suis fidèle à mon pays. N'est-ce pas le trahir que de laisser à sa tête un homme maudit et qui n'est pas capable d'engendrer un héritier mâle ?

— Il a tout de même un fils, Henry Fitzroy...

— Oui, je sais... Mais pas avec la Reine. N'y-a-t-il pas là un signe du destin ? Un signe de Dieu ? »

Le Comte de Gloucester resta interloqué. Buckingham continua : « La lignée des Tudors est maudite et Henry VIII est le dernier représentant de cette race à s'asseoir sur le trône. Mon projet est d'épargner à l'Angleterre une fin de règne embarrassante. D'accélérer ce qui est inévitable. Suis-je un traître à tes yeux, Gloucester ? »

---

[9] Famille royale de l'Angleterre jusqu'à la Guerre des Deux Roses, qui a débuté en 1455 et qui s'est terminée par le couronnement d'Henri VII Tudor, le père d'Henry VIII.

Chapitre 7

N'allume aucun feu que tu ne puisses éteindre.

Proverbe

Adrien d'Utrecht était assis dans le noir sur ses latrines. Voir un morceau de peau en dehors de celle du visage et des mains le dégoûtait, y compris lorsqu'il s'agissait de la peau de son propre corps. Il termina et se rhabilla en réajustant sa tenue de Cardinal dans l'obscurité. Puis il sortit dans le corridor menant à son bureau où il fut ébloui par la lumière pourtant faible et vacillante de quelques lumignons. Le nouveau Régent d'Espagne avait une face étroite mais des pommettes saillantes ce qui donnait du relief à son visage soixantenaire. Il était toujours également le Grand Inquisiteur, mais contrairement à son prédécesseur Cisneros, il répugnait à assister aux tortures et il attendait que des subordonnés lui amènent des compte-rendus. Il se rassit dans sa cathèdre puis en lut quelques-uns. Il trouva également une note sur une étrange maladie qui se répandait à la Cour et qui affectait les parties génitales des hommes et des femmes. Pour certains patients, tout se résumait à des désagréments cutanés mais pour d'autres cela provoquait la mort précédée de divers symptômes dont une fragilisation des os. La note précisait qu'on pensait que cette maladie avait été rapportée des Nouvelles Terres, probablement de Cuba et que même le Vice-Roi des Indes, Diego Colomb, était atteint. Adrien d'Utrecht eut un haut-le-cœur à l'évocation de ce mal. *Le corps, quel support avilissant de l'âme !*

Il préféra se concentrer sur une lettre du Grand Maître des Chevaliers Hospitaliers de l'île de Rhodes, Philippe Villiers de l'Isle-d'Adam. Il la lut avec les lèvres serrées et les yeux légèrement plissés. Le Grand Maître demandait des fonds pour consolider leur forteresse au large des côtes de l'Empire Ottoman. Adrien d'Utrecht soupira. La révolte des *comuneros* qui ne voulait plus payer le *servicio* sapait l'assise fiscale de la Couronne. C'était un bien mauvais moment pour quémander quoi que ce soit. Il fit le signe de croix en priant brièvement pour les Hospitaliers. C'étaient des moines-soldats aguerris. Sûrement, ils trouveraient le moyen de se défendre dans le cas peu probable où le Sultan Sélim Ier s'attaquerait à eux. Et après tout, le gardien qui veillait sur l'île était déjà bien suffisamment dissuasif.

Adrien d'Utrecht se souvint qu'il devait donner audience au Commandant Antonio de Fonseca qu'il avait envoyé à Segovia pour mater la rébellion qui avait abouti à la mort de plusieurs représentants royaux et de *corregidores* dans cette ville. Le Commandant était revenu assez rapidement. Cela avait dû être une affaire rondement menée.

Le Régent d'Espagne dut réviser son jugement en voyant la mine défaite de Fonseca lorsqu'il le fit entrer dans son bureau : « Nous avions prévu de prendre des pièces d'artillerie en chemin à Medina Del Campo, Votre Éminence. Le Maire de la ville, un certain Gutierre Quijada, a refusé de nous les livrer. » Adrien d'Utrecht prit sa plume et nota lentement le nom qui venait d'être cité en faisant crisser la pointe. « Il était soutenu par une partie de la population. Les canons avaient été rassemblés sur la Grande Place et cette racaille faisait barrage entre eux et nous. Alors... j'ai... je... je ne voulais pas tirer dans la foule. J'ai eu l'idée d'incendier de la paille que nous avions disposée sur un côté de la place pour les enfumer comme des renards dans leur terrier, en tenant compte du vent. Et... en fait, le feu n'a pas produit tant de fumée que cela... en tout cas pas au début. Les rebelles n'ont pas bougé d'un pouce, mais les flammes, elles, se sont répandues vers les bâtiments sur un côté de la place. En fait, c'est la faute du vent. Le vent a brusquement changé de direction et des brandons sont partis vers les bâtiments et pas vers les rebelles. Le feu a attaqué des pâtés de maison et a atteint... la maison où les rebelles avaient caché la poudre. L'explosion a contribué à propager encore l'incendie et... euh... la moitié de la ville a brûlé. » Antonio de Fonseca tomba à genoux. « Avec le couvent de San Francisco et l'entrepôt des marchands. Et l'orphelinat aussi. J'ai... j'ai donné l'ordre de battre en retraite. J'ai... laissé les habitants éteindre l'incendie... enfin, essayer d'éteindre l'incendie. »

Antonio de Fonseca détacha le fourreau contenant son épée qu'il avait à sa ceinture et il le présenta horizontalement dans ses mains ouvertes au Régent : « Je souhaite être démis de mes fonctions pour cette terrible faute, Votre Éminence.

— Mais je vous félicite, Commandant Fonseca. Nul besoin de vous morigéner. Ces habitants rebelles ont compris ce qu'il leur en coûte de ne pas obéir aux ordres du Régent et donc du Roi et Empereur Charles.

— Votre Éminence... Je crains fort que cela ait causé un outrage dans toute la région.

— Non. Vous leur avez donné une bonne leçon. Vous n'allez pas être démis de vos fonctions et je me charge de faire propager le récit de ce qu'il s'est passé dans toute la Castille. Nous mettrons en valeur l'histoire du vent, car je vois là une intervention divine qui soutient notre légitimité. » Fonseca se contenta d'opiner, un peu abasourdi par ce qu'il entendait, mais il voulait se persuader que le point de vue du Régent et Grand Inquisiteur était juste.

***

Les cavaliers firent cabrer leurs montures pour saluer. En plein milieu des collines au sud de Valladolid, couvertes de seigle qui ondoyait sous les brises d'été, Juan de Padilla accueillait Juan Bravo qui venait de Medina Del Campo avec un détachement de deux cents hommes, des canons et avec les nouvelles de ce qu'il s'était passé. Après le récit dramatique de l'incendie, Pedro de la Vega fut enthousiasmé : « Plus ils seront brutaux, plus ils se créeront d'ennemis. Eux, ils détruisent. Nous, nous bâtissons ! »

Cet engouement ne fut pas du goût de tous : « Je ne peux me réjouir que la population ait souffert mais oui, effectivement voilà le résultat », dit Juan Bravo qui salua Maria Pacheco. Il se trouvait que la femme de Juan de Padilla était sa cousine. Celle-ci déclara : « Venez avec nous, cousin. Nous avons une visite importante à faire.

— Ne devrions-nous pas soutenir la rébellion qui débute à Valladolid ?

— Oui, bien sûr. Mais nous serons d'autant plus forts si nous avons l'appui d'une certaine personne », fit Maria avec un sourire appuyé.

Juan de Padilla, Maria Pacheco et Juan Bravo laissèrent Pedro de la Vega commander les troupes qui s'étaient rejointes et qui totalisaient six cents hommes et ils partirent en direction de Tordesillas, prenant la route garnie de nid-de-poules qui grimpait en pente douce devant un moulin. Les trois rebelles chevauchèrent jusqu'à la fin du jour. L'avancée de la nuit sema des étoiles dans le ciel. Ils arrivèrent sous les ramages d'un bois à proximité du couvent Santa Clara, dans les faubourgs de Tordesillas. Ils descendirent de selle et tirèrent leurs chevaux par la bride jusqu'à un endroit où les buissons étaient hauts et denses. Ils les attachèrent à un arbre puis ils marchèrent en contournant les clairières jusqu'à la lisière du bois. Ils regardèrent à droite et à gauche puis s'avancèrent sans bruit vers l'arrière du couvent. Ils virent une bougie briller à la deuxième fenêtre sur la gauche au premier étage. « C'est bon. On peut y aller », chuchota Maria. Ils atteignirent un petit porche. Maria poussa le battant en bois grossier de la porte qui était entrouverte et qui grinça légèrement. Ils pénétrèrent dans un jardin potager où poussaient légumes et plantes médicinales et continuèrent vers le bâtiment à l'architecture mudejar.

La Mère Supérieure les accueillit : « Maria Pacheco. Je suis heureuse de vous revoir. Et cela doit être votre mari.

— Oui, Juan de Padilla et voici mon cousin, Juan Bravo. Je vous remercie infiniment pour ce que vous faites pour nous.

— Je vous dois bien ça après l'aide que j'ai reçue de votre père.

— Comment avez-vous fait pour vous débarrasser des gardes ?

— Il y a encore des gardes à l'entrée principale. Pour celui sous ce porche, disons qu'il est très sensible à certaines distractions qu'il doit recevoir en ce moment même, dit-elle en rougissant et en se signant, puis elle préféra aborder un autre sujet. Je vous préviens... Elle a changé. Le nouveau médecin qui la suit par ordre de l'Empereur Charles... il est pire que les précédents.

— Nous souhaitons la voir tout de même.

— Promettez-moi juste une chose. Ce couvent c'est toute ma vie. Par la Grâce de Dieu, ne commettez pas d'actes... de violence », dit la Mère Supérieure en fixant les épées aux ceintures des deux hommes. Elle remarqua dans un second temps, en écarquillant les yeux, que Maria portait également une épée. « On m'a déjà menacé qu'au moindre incident avec la Reine on transformerait ce couvent en léproserie. Alors... prudence ! »

La religieuse les mena auprès de la mère de Charles Quint, la Reine Jeanne, qui n'avait dans les faits aucun pouvoir depuis que son fils était revenu. Jeanne dormait et on la réveilla doucement. Elle bondit de son lit en voyant que la Mère Supérieure était accompagnée. « Pour tout l'Amour de Dieu, ne criez pas, Votre Majesté ! Ce sont des amis. Ils veulent vous délivrer.

— Nous sommes Juan Padilla et Maria Pacheco de Tolède et Juan Bravo de Segovia. Votre Majesté, nous souhaitons nous libérer du joug de Charles et vous rendre ce qui vous revient de droit : le trône de Castille.

— Vous venez me tuer c'est ça ? dit Jeanne de la voix rauque de ceux qui ont peu l'occasion de parler. Vous venez mettre fin à mes tourments. Oui, oui. Depuis que vous êtes là, j'entends les cloches qui sonnent. C'est pour mon enterrement.

— C'est l'office des matines. C'est toutes les nuits que les cloches sonnent à cette heure, répondit la Mère Supérieure, en jetant un regard consterné vers les visiteurs.

— C'est toutes les nuits qu'on essaie de me tuer, répondit Jeanne en tournant son regard à droite puis à gauche.

— Nous jurons que tel n'est pas notre but, dit Maria en pliant brièvement les genoux en signe de respect et de soumission. Nous souhaitons vous faire sortir d'ici. C'est votre médecin qui vous tue à petit feu.

— Le médecin... il vient me purifier. Il empêche le Diable de me posséder. Le médecin d'avant, il m'a marqué pour que le Diable entre en moi mais le nouveau, il me protège. Oui, il est bon... »

Maria prit la Mère Supérieure à part et chuchota : « Il faut absolument se débarrasser de ce charlatan.

— Impossible. Son départ signifierait le départ de la Reine. Ils ne la laisseront pas sans surveillance médicale ». Les yeux de Maria s'allumèrent subitement : « Justement. C'est le départ de la Reine que nous souhaitons ».

Le lendemain, la Mère Supérieure fit porter un message urgent à Adrien d'Utrecht. Témoignage écrit d'une nonne à l'appui, elle se plaignait que le médecin avait commis des actes lascifs, incompatibles avec son maintien dans le Couvent. *"Ma main tremble encore de colère et d'indignation à l'évocation de ses péchés."* Elle demandait son renvoi immédiat et précisait qu'elle allait le remplacer par un médecin de sa connaissance en qui elle avait toute confiance. La réponse ne se fit pas attendre. Un escadron de quatre cavaliers aux tabards ornés d'un aigle à deux têtes arriva à bride abattue de Valladolid, suivi d'une calèche fermée tirée par des chevaux noirs. Ils entrèrent sans préavis dans la cour du couvent, les chevaux écumants par leurs narines dilatées. Les cavaliers mirent pied à terre et pénétrèrent dans le bâtiment d'un pas martial. Deux minutes plus tard, ils en sortirent en emmenant Jeanne qui hurlait qu'on l'arrachait à son médecin et que seul lui pouvait la protéger du Diable qui déjà la pénétrait par tous les pores de la peau. Elle se débattit tellement que l'on eût pu croire vrai son discours. Elle se cassa la moitié de ses ongles. La pauvre robe de laine grise dont elle était vêtue finit déchirée en de multiples endroits. C'était la première fois depuis dix ans qu'elle sortait de sa chambre au petit soupirail. La première fois depuis dix ans que le souffle du vent se posait sur son visage. Elle se sentait agressée de toute part, plissant les yeux car la simple lumière du jour la blessait. Le médecin imposé par Charles fut emmené aussi et placé aux côtés de Jeanne ce qui apaisa quelque peu ses gémissements terrifiés.

Sur la route du retour à Valladolid, le convoi fut arrêté par les rebelles. Il y eut une brève escarmouche qui se termina lorsque les soldats impériaux virent des canons pointés sur leurs têtes. Les soldats furent tellement étonnés qu'ils ne se rendirent même pas compte que de toute manière les rebelles n'auraient pas pu tirer car la Reine Jeanne aurait pu aussi être atteinte. Les *comuneros* purent recueillir la Reine qui s'était endormie, sous l'effet des potions calmantes du médecin. Celui-ci fut fait prisonnier, ce qui suscita ses plus vives protestations. Poussés par Maria Pacheco et malgré les hésitations de son mari, les *comuneros* l'accusèrent d'empoisonnement sur une personne de sang royal. Le médecin fut pendu sur place, à un arbre, sous lequel un troupeau de porcs noirs vint renifler et fouiller le sol à la recherche de nourriture alors qu'il se balançait encore.

Valladolid finit par être prise par les *comuneros*, avec l'aide de complicités internes dans la ville et du scandale qu'avait provoqué les évènements de Medina Del Campo. Ces incidents avaient fait basculer une grande partie de la population de leur côté, comme l'avait prévu Pedro de la Vega. Adrien d'Utrecht dut s'enfuir de la ville pour une destination inconnue. La *Santa Junta de Comunidad* grandit encore au fur et à mesure des jours : « Avila, Toledo, Segovia, Salamanca, Medina Del Campo, Valladolid, Madrid, Alcala, Guadalajara, Murcia, Léon, Zamora », énuméraient en chœur Pedro, les deux Juan et Maria Pacheco.

Pendant ce temps, Jeanne, débarrassée des potions du médecin et mise au repos dans le Palais de Valladolid, reprenait peu à peu ses esprits. Elle fut placée sur une grande cathèdre où elle paraissait toute petite. Juan de Padilla s'agenouilla devant elle : « Votre Majesté. Comprenez-vous ce que nous souhaitons faire ? Nous souhaitons réparer les injustices commises par les "*Flamands*".

— Je comprends. Où est mon fils Charles ? Et Ferdinando ? Et Éléonore ? » Jeanne eut des petits mouvements convulsifs du bras gauche et de la tête en égrenant ses questions. Elle avait gardé quelques séquelles de son enfermement et des potions.

Juan de Padilla se releva et échangea un regard avec Juan Bravo à côté de lui, puis il dit doucement à la Reine : « Charles a chassé Ferdinando et Éléonore du Royaume.

« — Mais pourquoi a-t-il fait cela ? répondit Jeanne en bondissant comme si elle venait d'être piquée par une guêpe. Je ne veux rien faire qui nuise à mes enfants. Qui nuise aux enfants de mon mari Philippe. Philippe où est-il ?

— Votre Majesté. Votre... votre mari s'est éteint il y a...

— Il ne s'est jamais éteint pour moi. Je le sens battre dans mon cœur. Promettez ! Promettez que vous ne ferez pas de mal à nos enfants. »

Après un nouvel échange de regards consternés entre les deux Juan, Padilla répondit, toujours avec sa voix calme et douce : « Votre Majesté. Je vous promets que nous n'avons aucune intention de faire du mal à... à vos enfants. Charles est loin d'ici. Nous ne souhaitons pas aller le chercher.

— Il... il ne pourra pas revenir me voir ? » questionna Jeanne d'un ton inquiet.

Juan de Padilla sentit venir le moment où il n'allait plus savoir quoi répondre mais Juan Bravo prit le relais de cette pénible discussion : « Si, bien sûr. Quand la situation se sera stabilisée, quand la paix sera revenue, il pourra venir vous visiter. Tout comme Ferdinando et Éléonore.

— Bien, bien. Vous êtes bons. Que... que puis-je faire pour vous aider ? »

Chapitre 8

Les dangers de la vie font sa valeur.

Eschyle

Ayne de Montmorency était très anxieux à la perspective de devoir traverser le Nil en felouque. Cela prendrait un certain temps bien que le Nil commençât sa décrue en cette saison. La Touffe Rousse n'avait sans doute des effets que sur les mers et les océans, et non pas sur les fleuves. Ayne essayait de s'en persuader pour dompter son angoisse. Mais il se promenait dans les rues des faubourgs du Caire avec l'inavouable but de repousser la confrontation. Ayne se surprit à contempler pendant quelques minutes un manège à bœuf qui faisait tourner une meule pour faire de la farine. Il se secoua de sa torpeur et il se força à avancer. Comme une boussole attirée par le nord, son esprit se remplit à nouveau d'angoisse pour la traversée. Il se dit que d'habitude les crocodiles du Nil ne s'aventuraient pas si près des habitations, qu'ils n'auraient pas le temps de venir puis de l'attaquer. Cependant, il n'avait aucune garantie car rien d'habituel ne lui arrivait en ce moment. Et puis qui sait quel monstre ancien pouvait être tapi dans les eaux du Nil ? En protégeant ses yeux du soleil avec sa main, Ayne jeta un coup d'œil aux pyramides qui dépassaient de l'horizon vers l'ouest, dans l'air tremblant de chaleur. A leur côté, une gigantesque tête humaine émergeait à moitié du sable et on disait qu'un corps de lion était ensablé en dessous et que ce monstre se réveillerait un jour. *Au moins, pour ce monstre-là je ne devrais pas être une proie privilégiée mais une proie parmi d'autres. Je ne suis pas certain que cela me rassure tout à fait.*

Une nuée de fauvettes passa au-dessus de la tête d'Ayne, volant vers le nord. *Ils regagnent l'Europe. Eux, ils peuvent survoler la Méditerranée.* Finalement, poussant un soupir, il se décida à avancer. Ses hésitations allaient finir par paraître suspectes. Il se doutait qu'il devait avoir à ses trousses des sbires à la solde de Barberousse. Les évènements autour de l'île de Djerba avaient sans aucun doute fortement attiré l'attention et portaient clairement le sceau d'une personne avec la Touffe Rousse. La mer Méditerranée lui était déjà suffisamment hostile pour ne pas y ajouter les terres autour.

Une felouque arriva rapidement et il paya grassement le passeur pour faire une prompte traversée, sans avoir à attendre d'autres passagers. Une part significative du trésor de Djerba que Montcada lui avait donné y fut consacrée. La traversée commença. Les sens aux aguets, Ayne cherchait à distinguer le moindre bruit suspect parmi les clapotis de l'eau ou le plus petit mouvement étrange sous la surface. La traversée se déroula finalement sans encombre et c'est avec soulagement qu'Ayne reposa le pied sur la terre ferme ou plutôt sur les planches de bois du quai de la rive est du port du Caire. Les docks du quartier de Bulaq étaient recouverts de toiles, de cordes enroulées et de planches de bois pour la construction navale, et aussi de fruits, de sacs de blé et d'épices. On chargeait ou déchargeait des tonneaux des bateaux en les faisant rouler bruyamment sur des planches. Les odeurs des tanneries disposées plus loin le long du fleuve derrière des palmiers s'immiscèrent au milieu des odeurs, bien plus agréables, de bois précieux, d'oranges, d'essence de jasmin et de résine d'arbre à myrrhe. Ayne se fondit dans la foule, ce qui n'avait rien d'aisé lorsqu'on se sentait complètement étranger dans un lieu nouveau. Il continua sa progression vers l'est, selon le trajet tortueux du lacis des ruelles.

La ville était très active. Elle n'était plus une capitale depuis que le Sultan de l'Empire Ottoman Selim Ier avait renversé les Mamelouks trois ans auparavant, mais c'était la principale ville de la province la plus riche de l'Empire. A cet égard, le Sultan lui accordait toute son attention. En surprenant quelques bribes de conversation de marchands vénitiens, Ayne comprit que Selim Ier était actuellement dans la ville et non à Istanbul. Des janissaires sillonnaient la ville en tous sens, signe également de la présence du Sultan.

Ayne s'engagea dans le dédale du *Khân al-Khalili*, le grand souk du Caire. Qansuh al-Guhri, l'un des derniers Sultans mamelouks, avait largement remanié l'ancien souk de manière à le faire ressembler à ceux des villes ottomanes, avec des rues perpendiculaires, des galeries à péristyles superposés et des portes monumentales. Il avait été loin de se douter que c'était prémonitoire et qu'ainsi le souk était désormais parfaitement intégré dans l'Empire Ottoman depuis l'annexion de l'Egypte.

Ayne se fraya un chemin parmi le flot de têtes voilées, encapuchonnées ou enturbannées, entre les vendeurs de *gallabiyas*, de pâtisseries et d'objets hétéroclites en os ou en ivoire, entre les marteleurs de plateaux de cuivre et les marqueteurs. Il y avait toute une partie du souk qui était dévolue aux orfèvres et aux bijoutiers. Certaines parures l'impressionnèrent fort et il dut se retenir de ne pas en acheter une pour la rapporter en souvenir. Tout ce qu'il voyait était tellement différent de ce dont il avait l'habitude qu'il avait l'impression de vivre la vie de quelqu'un d'autre.

Après la traversée de ruelles encombrées, il franchit une porte monumentale ornée de multiples calligraphies, et atteignit une place dégagée. Il s'épongea le front strié de filets de sueur. *Ici, on peut respirer.* Une légère brise miséricordieuse soufflait et la foule se faisait moins pressante. Elle était surtout agglutinée devant une estrade en bois où un homme coiffé d'un turban jaune présentait au public un groupe hétéroclite de personnages. Il y avait parmi eux un nain, un elfe, deux centaures, quelques hommes de toutes couleurs et une femme. L'homme au turban parlait avec une voix forte qui se répercutait sur les bâtiments autour de la place. Ayne s'approcha, croyant qu'il s'agissait d'une représentation théâtrale. Mais à la vue des chaînes aux mains, aux pieds ou aux pattes et des regards éteints ou apeurés sur l'estrade, il comprit qu'il s'agissait d'une vente d'esclaves. Des hommes assez richement vêtus dans la foule criaient épisodiquement par mono- ou bisyllabes en levant la main : c'était une vente aux enchères.

Ayne eut une remontée nauséeuse quand il comprit que c'était au tour de la femme. Dotée d'un corps gracile, elle était encore jeune. Ses cheveux étaient blonds si l'on se référait à la mèche qui dépassait de son voile. Ayne aurait juré que le vendeur avait fait exprès de laisser dépasser cette mèche, car la blondeur dans un pays où c'était si rare allait faire monter le prix. Son teint était pâle comme un cierge et son visage montrait qu'elle faisait d'immenses efforts pour faire bonne figure et ne pas fondre en larmes. Sous le regard menaçant du vendeur, elle esquissa même un sourire. Un sourire pitoyable. *C'est une chrétienne. Elle vient d'Europe*, se dit Ayne, indigné devant un tel spectacle. *Je dois la sauver*, fut la pensée suivante qui lui vint par réflexe et qui s'imposa comme une évidence. Ayne songea d'abord à l'acheter mais malgré la générosité de ce que lui avait donné Montcada il n'y aurait pas suffisamment d'argent. Et ça ne serait pas très chevaleresque. Ayne avait cependant suffisamment de jugement tactique pour estimer que s'élancer sabre au clair sur l'estrade, décapiter l'esclavagiste et libérer la jeune femme devant les centaines de paires d'yeux de la foule serait rien de moins que du suicide. Il décida donc d'attendre la fin de la vente et de libérer la jeune femme une fois que son nouveau maître la mènerait chez lui. Le vendeur prononça plusieurs fois le terme Alanna. C'était peut-être le prénom de l'infortunée.

Les enchères montèrent essentiellement entre deux acheteurs. Le premier était un eunuque richement vêtu de soie qui devait être venu acheter de la chair fraîche pour le harem d'un haut dignitaire, peut-être le Gouverneur du Caire, voire le Sultan puisqu'il était dans la ville. Le second, habillé avec moins de raffinement et plus de clinquant, portait deux anneaux dorés à chaque oreille et devait être un maquereau recrutant pour une maison de prostitution de luxe. Il avait l'air revêche, avec des sourcils relevés sur les côtés qui lui donnait l'air de les froncer en permanence. Il toisait son concurrent à chacune de ses offres en passant sa langue entre sa lèvre supérieure et ses dents. L'esclavagiste souriait à chaque montée du prix et à chaque fois, il forçait Alanna à sourire. Elle devrait être fière de valoir un tel prix. Un bref moment, le regard de la jeune femme croisa celui d'Ayne. Celui-ci voulut lui faire un geste, la rassurer, lui dire que ce n'était qu'un mauvais moment à passer et qu'il allait la libérer bientôt. Mais il resta pétrifié, ayant trop peur d'attirer l'attention du vendeur et que celui-ci interprète son geste comme une offre d'achat.

Ce fut l'eunuque qui fit l'ultime enchère. Il s'avança pour payer l'esclavagiste d'une bourse bien ventrue et pour prendre la jeune femme. Il tira sur la chaîne qui emprisonnait ses poignets et elle se mit à sangloter. L'eunuque repartit en fendant la foule, traînant derrière lui son achat comme si c'était un chameau. Ayne les suivit du regard, puis lentement il commença à se rapprocher d'eux. On entendit un claquement de fouet. En passant à travers la foule, quelqu'un avait posé la main sur une partie charnue de la jeune femme et l'eunuque avait clairement montré qu'il n'acceptait pas qu'on touche à ce qui appartenait à son maître.

Ayne nota donc la probable présence du fouet dans la main de son futur adversaire. Celui-ci quitta la place par une rue menant à la Citadelle. Ayne décida de prendre une rue parallèle et de marcher vite pour le devancer puis, après bifurcation, de croiser sa route. Il avança donc rapidement, bousculant quelques badauds. Juste après avoir tourné à gauche pour rejoindre la rue empruntée par l'eunuque et sa proie, il sentit qu'une main le tirait sur le côté. On lui plaqua sur la bouche et le nez un chiffon avec une odeur étrange et l'inconscience l'engloutit.

***

Ayne se réveilla et il eut l'impression que sa tête était un bouchon de liège tombé à la mer et balloté par les flots. Son champ de vision mit du temps à se stabiliser et à devenir unique et net. Un homme se tenait sur le rebord de la natte d'osier tressé où il était allongé. Du fond de son cerveau brumeux, Ayne réalisa qu'il avait déjà vu ce visage qui s'anima :

« Je suis Mariano Baldecci. Nous nous sommes rencontrés à Venise il y a cinq ans. Je vous avais mené en gondole à travers toute la ville.

— Que... que faites-vous ici ? demanda Ayne d'une voix pâteuse.

— Je sers le Roi de France. Que diable pourrais-je faire d'autre ?

— François... Il vous a demandé de m'étourdir ?

— Il m'a demandé de vous ramener sain et sauf en France. Et vous m'avez causé quelques difficultés.

— La jeune damoiselle... Mon Dieu, il faut que je la...

— Elle est le cadet de mes soucis et c'est la place qu'elle devrait tenir aussi chez vous. Heureusement que j'ai été là, sinon je pense que votre tentative de libération se serait terminée... hem... mal sans doute. Vous n'aviez pas remarqué que l'eunuque avait deux janissaires à son service. Le fouet c'était l'un des deux qui l'a fait claquer.

— Mais la pauvre... Elle va...

— Oubliez-la. Ce n'est pas ma mission. Ma mission c'est vous. Et sauver votre propre peau devrait être aussi votre priorité. »

Ayne se souleva sur ses coudes. Il se trouvait dans une petite pièce avec une fenêtre dont les volets avaient été presque entièrement fermés. Dans le rai de lumière qui passait, il put voir apparaître un autre homme à la peau olivâtre qui entrait dans la pièce, attiré par la conversation. Ayne reconnut le conducteur de felouque qui lui avait fait traverser le Nil. Ayne poussa un soupir renfrogné : « Et vous me suiviez depuis combien de temps comme ça ?

— Depuis le caravansérail à Benghazi où vous avez juré en français après avoir marché dans une bouse de chameau. Ah... et nos agents ont neutralisé deux sicaires lancés à vos trousses par Barberousse qui vous avaient repéré à Bi'r al Ashhab. Je suppose que vous ne vous étiez rendu compte de rien ?

— Euh... non », dit Ayne, en colère contre lui-même. Puis il se força à dire à Baldecci : « Je vous suis très reconnaissant. »

Sous le coup de l'émotion, ce n'est qu'à ce moment qu'Ayne se rendit compte que François Ier avait mobilisé des moyens importants pour pouvoir le récupérer et ne l'avait pas oublié et abandonné comme il l'avait cru. Ayne en ressentit un grand soulagement mais le problème de son passage vers l'Europe demeurait :

« Je ne peux revenir en Europe que par Istanbul, le cœur de l'Empire ennemi.

— Nous ne le savons que trop. Mais nous avons trouvé un moyen d'aller jusque-là sans éveiller les soupçons. Le Sultan Sélim Ier est très malade et il souhaite revenir à Istanbul pour mourir. Il ne peut plus supporter le transport par bateau et il y a toujours la menace des Hospitaliers de Rhodes qui écument les mers. Donc il ira par voie de terre. Nous allons nous mêler aux marchands qui vont suivre son long convoi.

— En somme pour échapper à Barberousse nous allons nous mettre sous la protection du Sultan. Personne ne soupçonnera que je serai là.

— A condition que vous ne fassiez pas encore des bêtises et que vous ne jouiez plus les fier-à-bras ou les chevaliers qui sauvent les damoiselles en détresse, oui, on peut effectivement espérer une fin heureuse à toute cette affaire. »

Chapitre 9

La vie, ce n'est pas attendre que l'orage passe.
C'est apprendre comment danser sous la pluie.
Sénèque

Pánfilo de Narváez avait survécu à sa blessure et un bandage couvrait son orbite déchiquetée. L'inflammation commençait à céder aux plantes médicinales qu'on lui avait appliquées. Il avait d'abord écarté d'une rebuffade cette médecine de sauvages. La douleur persistante qui lui avait poinçonné le crâne, les écoulements de pus nauséabonds et les risques de gangrène avaient fini par vaincre ses préjugés. Maintenant, il ne restait que l'envie de se gratter le tissu de cicatrisation quand il le démangeait et quand il avait l'impression que des poux avaient élu domicile dans son orbite.

La totalité de ses soldats avait choisi de rejoindre le camp du vainqueur. On ne pouvait les blâmer car le vainqueur promettait richesse et opulence et avait amené quelques échantillons démonstratifs sous la forme de bijoux et de masques dorés pris dans le Palais de Moctezuma. Cortés vint visiter Narváez dans sa prison. Pour engager la conversation, il lui proposa de partager avec lui un verre de *pulque*, de la sève d'agave fermentée que le Conquistador avait découvert et appréciait particulièrement. Narváez afficha une figure méprisante : « Je te laisse avaler leur boisson du Diable tout seul. J'ai plutôt une question à te poser. Pourquoi tu m'as fait soigner ? Pour que je sois en forme pour ma pendaison ? Pour que je me tortille avec la langue pendante plus longtemps ? Va, Cortés... Va chercher une corde, qu'on en finisse !

— Je n'ai nullement l'intention de t'exécuter. Tu ne m'as pas trahi. Tu as exécuté les ordres de ton Gouverneur, répondit Cortés et il avala cul sec son verre de *pulque.*

— Les ordres du Gouverneur et du Roi, Cortés. Et du Roi. Tu crois que ta petite affaire ici est une rivalité avec de Cuéllar mais tu es en guerre contre Charles de Habsbourg car ce que tu as fait est purement et simplement de la trahison. Je t'apprends d'ailleurs que Charles a été élu Empereur. Tu es en guerre contre l'homme le plus puissant sur cette Terre après le Pape. Je te souhaite bien du courage... »

Cortés pâlit. Il avait foncé tête baissée, et il n'avait plus surveillé son dos. Enivré par sa propre réussite, il se rendait compte qu'il en avait oublié les jeux de pouvoir et l'échelle à laquelle se jouait la partie. Il regretta de n'avoir pas apporté plus de *pulque.* Il inspira fortement pour se rassurer et il dit : « J'ai scrupuleusement respecté la règle du Cinquième. De tous les trésors que nous avons trouvés ou saisis, un cinquième a été mis de côté et va être envoyé à l'Empereur, le *Quinto Real.* Justement avec les bateaux que tu m'as si sympathiquement amenés non loin d'ici. Tout sera enregistré dans les règles à la *Casa de Contratacion.* Tu as observé ce que la vue de l'or a pu faire à tes hommes. Charles sera pareil. Quand il va apprendre que je rajoute à son Empire encore un autre Empire, il me couvrira d'honneurs. Pour les souverains, qu'importe la manière dont les choses se sont passées pourvu que ça leur rapporte quelque chose. Quant à moi, j'ai attendu trop longtemps dans les antichambres de la gloire et j'ai tout risqué pour tout mériter.

— Oui, oui. Tu as indéniablement mis le pied à l'échelle qui mène à la gloire ou à l'échafaud », répliqua Narváez puis il poussa un grand soupir, car pour ce qui était de son propre sort, il ne se faisait pas d'illusions. Narváez savait qu'il allait rejoindre la longue cohorte de tous ceux qui avaient été attirés par le Nouveau

Monde comme des papillons de nuit par la lumière et qui s'y étaient brûlés les ailes. Son avenir était désormais comme son champ de vision : réduit, étriqué, minable. En attendant, il voulut confier une dernière information à Cortés : « Sais-tu que tes amis Totonacs pratiquaient des sacrifices humains ? On en a découvert des traces récentes indéniables. Sur une île un peu au sud de Veracruz... On l'a nommé *Isla de Sacrificios*... Pour que personne n'oublie... Pour que personne n'oublie avec qui tu t'es allié, Cortés ! »

Narváez vit avec satisfaction que Cortés accusait le coup en voyant ses mâchoires se serrer. Cortés avait toujours préféré ne pas creuser le sujet et il s'était contenté du fait qu'il n'avait jamais remarqué de traces de sacrifices à Cempoala. Eh bien, c'était parce que les Totonacs les faisaient sur une île, sans doute sacrée, et non pas dans leur capitale ! Cortés desserra la mâchoire pour répondre : « C'est du passé, maintenant. Je leur apporte la Lumière du Christ. » Narváez eut un rictus méprisant : « Tu as peut-être acquis un certain pouvoir, mais pas celui-là. Le mal est trop enraciné. Tu ne peux pas changer leurs âmes. Profite de ta gloire, Cortés. Gonfle-toi de vanité ! Profite tant que tu le peux. Ta chute sera lourde. »

Cortés sortit, agacé. Il inspira une grande goulée d'air et tenta d'effacer de son esprit ce qu'il venait d'entendre, comme on essaie de faire abstraction d'un moustique qui vous tourne autour. Il préféra se concentrer sur des éléments positifs. En partant de Tenochtitlan, il avait fait dire qu'il était parti accueillir des renforts et c'est exactement ce qu'il s'était passé. Il allait avoir plus d'autorité. Il pourrait encore mieux obtenir des conversions vers la Vraie Foi, à commencer par celle de Moctezuma.

Il gagna la demeure de Xicomecoatl. Autant Narváez allait se remettre de sa blessure, autant le cacique était mal en point. Il était allongé sur son lit de spathes de maïs tressés et la fièvre le faisait trembler. Sa plaie au ventre n'était pourtant pas gonflée de pus et était saine. En s'approchant, Cortés vit que des petites pustules commençaient à apparaître sur tout le corps. La petite vérole. *Les Taïnos sont morts par milliers, emportés par cette maladie. Qu'ils soient forts ou faibles, jeunes ou vieux, elle ne fait pas de différence. C'est les troupes de Narváez qui l'ont importé ici.* Un instant, Cortés fut effleuré par l'idée de demander à Xicomecoatl des explications sur l'*Isla de Sacrificios*. Mais il se ravisa. A quoi bon remuer cela maintenant, alors qu'il allait mourir ? « Je suis sincèrement désolé », lui fit finalement dire le conquistador par la voix de Malinalli qu'il défendit par ailleurs de trop s'approcher de Xicomecoatl. « La mort... La mort misérable... Même pas la mort au combat », balbutia le cacique. Malinalli eut les larmes aux yeux en traduisant. « J'aurais dû mourir... mourir en te combattant, Cortés... Mourir face à un homme formidable comme toi aurait été un honneur. »

A ce moment, on entendit des éclats de voix à l'extérieur. « Où est Cortés ? Bon Dieu, où est-il ? » entendit-on. Le cœur de Cortés manqua un battement quand il reconnut la voix de Pedro de Alvarado. Cortés voulut sortir mais ce fut Alvarado qui rentra brusquement, manquant de le percuter. Il avait le bras dans une attelle, la mine vitreuse de celui qui avait perdu beaucoup de sang et il regardait autour comme une bête acculée, dos au précipice. « Cortés. Ils se sont joués de nous... Leur serpent à plumes... Il est venu. Il nous a chassé de la ville ! » Cortés échangea un bref regard avec Malinalli. Elle souleva un sourcil : « *Moctezuma nous avait prévenu et nous n'avions rien voulu entendre* », semblait-elle dire. « Combien sont revenus ? demanda Cortés en se reconcentrant douloureusement sur Alvarado.

— Une centaine. Cela a été un massacre. Il y avait le serpent et eux... les piafs. Ils se sont rebellés.

— Et Geronimo ? Geronimo de Aguilar ?

— Mort sans doute. Il n'est pas avec nous. C'était affreux. J'ai tiré... tiré... encore... mais toujours il en revenait d'autres. Et le serpent. Il était énorme. Des crocs aussi grands qu'un homme quand il ouvrait sa gueule. Sebastian d'Olmedo... Il l'a mangé... il l'a mangé... », continua Pedro, les yeux exorbités et sans ciller comme s'il était prisonnier d'une vision dont il ne pouvait se défaire.

Cortés qui n'appréciait pas Alvarado d'une manière générale, perçut néanmoins le désarroi du conquistador et dans un élan de sympathie il tendit son bras pour le toucher à l'épaule. Alvarado se dégagea vivement : « Ne me touche pas ! C'est toi ! C'est elle ! La sorcière ! » s'écria-t-il en montrant du doigt Malinalli avec un air de dégoût. « C'est cet endroit ! Que faisons-nous sur ces terres impies et maudites ? Hein ? » Alvarado se mit à pleurer de rage comme un marmot dont on venait de casser les jouets. Puis il se jeta sur Cortés mais Felipe de Olmos qui était arrivé derrière entre temps le prit à bras le corps et l'empêcha de frapper. Alvarado se débattit furieusement, les poings serrés, le visage contracté jusqu'à faire plisser les ailes de son nez. Il jura comme un charretier puis il se calma, rompu par le chagrin et la fatigue. Il glissa au sol et pleura en silence.

Dans les heures qui suivirent, malgré les témoignages des rescapés, Cortés ne put se faire une représentation précise de ce qu'il s'était passé. Tout particulièrement, la scène de l'attaque du serpent restait confuse, les conquistadors se mettant à balbutier, à trembler ou certains même à vomir au moment où ils allaient l'évoquer. Cortés avait tout de même compris que Sebastian d'Olmedo avait été une des premières victimes. Le serpent s'était jeté sur lui, comme s'il l'avait soigneusement sélectionné. *Il était rempli de potestas depuis les évènements de Cholula, pensa Cortés. C'est sans doute ça qui a attiré le serpent à plumes.*

De manière répétée, il ressortait des témoignages que des soldats espagnols qui s'étaient jetés dans le lac avaient échappé aux coups de dents et de queue du serpent ou aux lances des Aztecas grâce à l'aide des grands axolotls sacrés. Ces longs animaux roses, aux branchies ramifiées rougies par le sang qui les traversaient s'étaient laissés attraper par les soldats et les avaient tirés à l'abri jusqu'à proximité de la berge externe du lac. Cortés y voulut voir un miracle, même s'il ne fallait jurer de rien sur ces terres impies. Il nota également que, d'après les témoignages, les axolotls n'avaient pas sauvé les Espagnols qui avaient transporté avec eux de l'or. Ceux-là avaient coulé d'autant plus vite qu'ils étaient alourdis.

Cortés n'en voulut pas particulièrement à Alvarado. Malinalli l'avait convaincu à son corps défendant qu'un affrontement était de toute manière inévitable. Il restait maintenant qu'il venait de perdre tout ce qu'il avait gagné et que la reconquête de Tenochtitlan allait être extrêmement difficile. Cette fois-ci, les Aztecas étaient pleinement hostiles, avec un monstre vorace à leur service. Du côté des alliés de Cortés, les Totonacs avaient été décimés par Narváez et les Tlaxcalans avaient disparu sans laisser de traces dès l'apparition de Quetzalcoatl. Les renforts récupérés de Narváez tant en hommes qu'en canons ne compensaient pas les pertes et ils n'étaient largement pas suffisants pour vaincre les Aztecas.

Plus que jamais le soutien de Roi ou plutôt de l'Empereur allait être nécessaire. Il fallait le convaincre d'envoyer des troupes de soutien. Il espérait que l'Espagne n'était pas impliquée dans quelque guerre sur le continent européen qui ferait passer les besoins des nouveaux territoires au second plan. Par ailleurs, il avait heureusement pris ses précautions en ce qui concernait le *Quinto Real*. Dès qu'il avait pu mettre la main sur des trésors à Tenochtitlan, il en avait fait exfiltrer une partie et enterrer en un lieu sûr, au pied du grand ceiba où il avait fait une pause pour réfléchir à sa stratégie il y avait quelques mois. Ce temps-là lui semblait éloigné de plusieurs décennies. Il chargea Felipe de Olmos de récupérer au plus vite la part impériale. Cette expédition vers l'intérieur des terres aurait aussi le mérite de voir si les Aztecas ne déployaient pas une armée en direction de Cempoala pour repousser *les poilus* vers la mer. Pendant ce temps, il réussit à convaincre le navigateur Anton de Alaminos de prendre le commandement d'une caravelle et de partir vers l'Espagne, une fois le *Quinto Real* ramené par Felipe. Il allait devoir contourner soigneusement l'île de Cuba où se trouvait Velázquez de Cuéllar qui devait avoir un gibet déjà monté pour Cortés et ses alliés. Alaminos, auréolé de son prestige d'être un vétéran des expéditions de Christophe Colomb, était un émissaire parfait pour parvenir à régulariser la situation avec l'Empereur. Cortés envoya également un homme de confiance pour le seconder, Alonso Hernández Puertocarrero. Il s'agissait aussi de surveiller Alaminos car Cortés craignait que le navigateur lui en voulût encore d'avoir fait couler jadis ses navires dans la baie de Veracruz. Puertocarrero, en revanche, était jeune et devait tout à Cortés. Il ne le trahirait pas.

« Ça ne suffira pas », murmura doucement Cortés en les voyant s'embarquer à Veracruz, quelques jours plus tard. Il se fit clair dans son esprit que tous les renforts que l'Empereur Charles pourrait lui envoyer, même en conditions favorables, seraient insuffisants. Les Espagnols devaient combattre un démon. Un démon-serpent. Quetzalcoatl. Et Cortés avait de sérieux doutes sur le fait qu'il s'enfuirait ou se consumerait de terreur en voyant un crucifix ou un pendentif avec la Vierge Marie.

Comme lors de toute réflexion intense, Cortés s'éloigna et partit méditer dans la nature. La végétation autour de Cempoala était resplendissante. Les orchidées s'ouvraient, offrant impudiquement leurs délicates pièces colorées à la jouissance des insectes. Les odeurs des multiples plantes et celle entêtante de la terre humide se mélangeaient au gré de vents légers. Malinalli le rejoignit alors que Cortés s'appuyait contre le tronc lisse, rouge et sinueux d'un gommier. Une multitude d'oiseaux faisaient trembler de leurs ailes ses feuilles à leur passage et se délectaient de ses panicules de fleurs blanches. « Cela m'apporte du réconfort que, même dans les jours les plus sombres de la guerre, il reste à proximité des endroits où c'est comme si rien ne se passait. Que sommes-nous d'autres que des pêcheurs qui troublent la paix du jardin de Dieu ? dit doucement Cortés puis pour chercher du réconfort il posa sa main sur le ventre de Malinalli qui commençait à s'arrondir à cause de l'œuf qui y grandissait.

— La paix ? répliqua Malinalli. Tu vois cette liane là-bas ? Elle étrangle l'arbre sur lequel elle pousse. Ces jolis fruits ? Empoisonnés. Cette fleur ? Un piège. Elle se refermera sur le premier insecte qui s'aventurera trop profondément dans sa corolle. Elle le dissoudra vivant dans ses sucs. Et cette chenille ? Elle a mangé les fruits empoisonnés. Elle ne sera pas atteinte mais empoisonnera à son tour l'oiseau qui la mangera.

— La guerre alors..., dit Cortés en retirant à regret sa main des petites plumes du ventre de Malinalli. Bien. Alors comment combattre ce Quetzalcoatl ?

— Pour combattre un Dieu...

— Un démon, tu veux dire.

— Qu'importe. Pour combattre un Dieu, il te faut un autre Dieu.

— Ce Tecaztlop...

— Tezcatlipoca.

— Comme tu dis. Visiblement, il a été vaincu... ou plutôt sa réincarnation a été vaincue quand Alvarado a tué ce jeune homme en haut de la Pyramide. Que me reste-t-il ?

— Quetzalcoatl a un autre ennemi. Il nous faut aller le chercher. »

Chapitre 10

Avance sur ton chemin,

car il n'existe que par tes pas.

Saint Augustin

L'Empereur Charles Quint sentait qu'il perdait la main en Espagne. *J'avais pourtant essayé de laisser mon aigle là-bas. Mais je ne l'ai pas supporté.* Charles avait expérimenté la douleur au cœur et le désarroi de se trouver trop éloigné de son animal-emblème. A peine retourné sur les terres de Flandres, il avait dû rappeler son aigle qui avait volé à tire d'aile par-dessus la France. Il ne pouvait donc plus avoir d'informations directes sur ce qu'il se passait en Espagne. La circulation des messages était devenue un enjeu crucial au sein d'un si vaste Empire. Charles avait acheté les services d'une compagnie de centaures, menée par Jean-Baptiste de Taxis, pour acheminer en toute sécurité les lettres et les décrets les plus sensibles. Celui qui était désormais le Chancelier de l'Empire, Guillaume de Croÿ avait désapprouvé cette initiative et préférait continuer à utiliser le réseau du financier Fugger. Charles n'avait pas suivi son avis et Croÿ avait fini par insister pour pouvoir aussi utiliser les services des centaures.

Guillaume de Croÿ était en train de dérouler devant Charles la longue litanie des événements insurrectionnels dans les villes de Castille. L'Empereur les connaissait déjà pour la plupart car Adrien d'Utrecht avait pour ordre de l'informer sans passer par son Chancelier. Croÿ avait à sa disposition tout son propre réseau d'espions donc il avait accès aussi à de nombreuses nouvelles mais Charles était curieux de voir à quel point ce que lui disait son Chancelier allait recouper ce que lui écrivait le Régent. C'était une manière de les contrôler mutuellement.

Charles constatait bien que Croÿ accablait Adrien d'Utrecht dont il était très jaloux de sa nomination à la Régence. *Il espère que je vais le renvoyer là-bas pour le remplacer. Or les Espagnols le détestent encore plus qu'Adrien* : « Je conviens que le Régent soit en difficulté. Je crois que j'ai compris, Guillaume. Je vais nommer le glorieux Iñigo Fernández de Velasco comme Connétable pour le seconder dans la stratégie militaire. Car nous en sommes là, n'est-ce pas ? Il n'y a plus aucune place pour tergiverser. » Guillaume de Croÿ afficha le regard lourd du prédateur à qui échappe une proie. On put voir la peau de son visage, habituellement un peu flasque, se tendre : « Oui sire. Une ferme réponse militaire s'impose. Les rebelles ont décidé de leur sort. Nous ne pouvons plus faire preuve de mollesse à leur égard.

— Il y a un point délicat à négocier cependant. Ma mère Jeanne. Elle les soutient à ce qu'il paraît.

— Ah, oui. Sire. J'allais vous le dire. » *Hypocrite ! Fat patelin ! pensa Charles. Heureusement, Adrien d'Utrecht m'informe plus complètement que toi.* Depuis peu il se formait dans l'esprit de Charles l'idée qu'il fallait remplacer Guillaume de Croÿ au poste de Chancelier. Mais tout Empereur qu'il était, Charles hésitait à franchir le pas. Guillaume avait toujours été là à ses côtés depuis son enfance et la peur du vide le saisissait d'imaginer ne plus l'avoir comme conseiller. Et puis il était le gardien de beaucoup trop de secrets pour s'en débarrasser trop vite et le laisser partir ailleurs.

« Je ne veux pas que Jeanne puisse espérer récupérer ne serait-ce qu'une once de pouvoir », dit Charles en contemplant son épée entière au fil plus que jamais aiguisé. Il l'avait laissée bien en évidence sur une table. C'était une manière de se rassurer et de montrer l'état belliqueux de son humeur.

« Il y a encore plus grave, dit Croÿ, prenant le ton outré qu'il maitrisait très bien. On me dit qu'il y a parmi les *comuneros* une frange qui souhaite transformer les villes en petites Républiques comme en Italie. Tous ne veulent pas le maintien de la Royauté. »

Charles afficha la moue de quelqu'un qui découvre un cheveu gras dans sa soupe. Puis son visage se radoucit : « Eh bien, justement c'est la faction que nous devons encourager...

— Sire, je...

— Faites infiltrer des agents qui poussent à ce genre de provocation. Ne voyez-vous pas qu'une partie de la noblesse et que Jeanne ne pourront que s'en désolidariser ? Ils prendront peur.

— Sire, c'est jouer à quitte ou double. Propager ce genre d'idées...

— Je ne joue pas, Guillaume.

— Oui, votre Majesté.

— Maintenant voyons le second problème que nous avons sur les bras. Luther.

— La Bulle du Pape est claire. Il est menacé d'excommunication. Il est au pied du mur.

— Il a la protection d'un certain nombre de mes Princes Électeurs.

— Si je peux me permettre de rappeler à sa Majesté que c'est le nain Matthäus Schiner qui vous avait convaincu de temporiser avec Frédéric de Saxe qui est favorable à Luther pour obtenir son vote à l'élection. Mais l'élection est passée maintenant...

— Non, Guillaume. Nous respecterons notre accord avec Frédéric de Saxe. Je ne veux pas provoquer des troubles supplémentaires en terres germaniques. L'Espagne occupe déjà suffisamment mon esprit. Et n'oubliez pas que nous nous attendons à des provocations françaises depuis mon accord avec Henry VIII. Donc ménageons la Saxe.

— C'est vrai qu'il y a là de fort nombreuses carrières d'albâtre et des mines de fer, de cuivre et d'étain. »

Charles n'avait pas considéré la situation sous cet angle mais il approuva : « Oui. Et Luther aura droit à un sauf-conduit pour venir s'expliquer à la Diète de Worms, quoiqu'il arrive. Je serai là pour assister aux débats et l'écouter. Et pendant ce temps-là, vous entamerez des négociations secrètes avec lui. »

Guillaume de Croÿ n'en crut pas ses oreilles. Charles confirma : « Parfaitement. Il faudra manier la carotte et le bâton. Le menacer de le traîner dans la boue au besoin. Lui, sa famille, ses amis. Ses fidèles. Je suis sûr qu'il rêve de mourir en martyr sur un bûcher et de devenir un nouveau Jan Hus. Nous ne devons même pas lui donner une chance que cela arrive. Affaire de corruption, de mœurs... enfin faites-lui sentir comme votre imagination est sans limites et votre bras long. »

Et en même temps si cela arrange mes affaires du moment, je pourrais te faire surprendre en train de traiter secrètement avec un hérétique. Voilà qui m'obligerait à me débarrasser de toi... Charles sentit son estomac se nouer. Il eut une nausée bilieuse rance. La remontée de son menton en galoche indiqua qu'il serrait les dents. Cela n'échappa guère au Chancelier. « Bien, votre Majesté. Je vous laisse. » De Croÿ se retira et Charles ressentit le soulagement de se retrouver bientôt seul. Parler longtemps et dominer son Chancelier l'épuisait. Mais le Chancelier fit volte-face : « Ah ! J'oubliais... Il est une chose délicate dont je dois vous entretenir.

— Parlez, parbleu, parlez..., dit Charles dans un souffle alors qu'il était au bord de dégobiller.

— Il se murmure un peu partout qu'à votre âge vous devriez... profiter de la vigueur de la nature et... prendre femme et... produire des héritiers. Voilà. Je ne fais que relayer ce que j'entends. Dieu vous garde. »

Guillaume de Croÿ fit une profonde révérence et se retira enfin tandis que Charles se précipitait vers les latrines.

Chapitre 11

Tout le monde peut créer son propre bonheur.

Sénèque

Le noyé se releva brusquement et expectora toute l'eau de ses poumons. L'eau fétide souilla les mules papales. « On avait dit d'éviter les noyés, dit Léon X d'un air las au camerlengo.

— Votre Sainteté, vous nous aviez dit aussi *tout ce qui se présente.*

— Certes. Mais il est noyé depuis plus de trois jours. Je ne pense pas qu'il tiendra longtemps. Enfin... Je pressens que la guerre est proche. Nous l'utiliserons bientôt. Au suivant !

— Il n'y a plus de suivant. C'était le dernier.

— Ah... » Léon X feignit d'être agacé de ne pas avoir assez de recrues pour aujourd'hui mais en réalité il était soulagé. Les ressuscitations étaient une tâche épuisante.

Léon X se lava les mains dans de l'eau bénite. Il regarda encore une dernière fois les dix-huit morts qu'il avait ressuscités aujourd'hui. L'un d'entre eux avait un sourire béat figé sur son visage en décomposition. C'était celui qui était mort de crise cardiaque alors que son amant lui faisait une fellation. *Une belle mort*, s'était dit le Pape. Le « criminel » amant homosexuel avait été condamné à mort et avait subi le supplice de la poire. Lui, il souriait moins.

Le Pape sortit à l'air libre dans la cour du Palais Apostolique pour respirer un peu. Peine perdue, l'atmosphère était lourde et étouffante. Un orage remontait de la mer Tyrrhénienne et allait bientôt fondre sur Rome. Déchirant l'étonnant silence qui précède le déchaînement des cieux, on entendait le chantier tout proche de la Basilique Saint-Pierre : le bruit sec et mat des pierres que l'on taille, les cris des grutiers, les ordres des contremaîtres, les cliquetis des truelles, les grincements des poulies, les frottements des scies, les hennissements des chevaux qui traînaient de lourdes charges, une planche en bois qui tombait au sol. Léon X se réfugia dans ses appartements où le camerlengo le laissa avec son cousin et Cardinal Jules de Médicis. Ce dernier était de forte stature, avec le cou et le visage épais tout comme ses lèvres. Il se teignait les cheveux en noir pour masquer l'apparition des premiers cheveux blancs. Il attendit avec impatience la disparition de la chasuble du carmerlengo pour se pencher à l'oreille du Pape : « Tu veux voir quelque chose d'inattendu ? Quelque chose d'inédit et de très troublant ?

— Jules, tu es une énigme entourée de mystère. Tu ne veux pas m'en dire plus ?

— Ne me tente pas. Tu sais que je ne sais pas tenir ma langue, répliqua Jules de Médicis avec un regard lubrique. Juste suis-moi ! »

Jules de Médicis et Léon X parcoururent les couloirs du Palais comme deux garnements qui allaient commettre quelques forfaits pendables. Ils montèrent une volée de marche jusqu'au troisième étage puis tournèrent sur la gauche. Le Pape finit par reconnaître avec étonnement où ils se dirigeaient : « Les appartements du Cardinal Bibbiena. » Ce Cardinal était apprécié du Pape pour ses talents littéraires. Il avait notamment écrit une comédie[10] où un homme se déguisait en femme et une femme se déguisait en homme, et où il se révèlera que les personnages initiaux étaient des jumeaux séparés depuis leur enfance. Bibbiena était actuellement très malade et était parti faire une cure à Bagno Vignoni, près de Sienne. Jules avait récupéré (il

_____

[10] *La Calandria*

valait mieux ne pas savoir comment) la clé de ses appartements. Ils y entrèrent. Cela sentait la naphtaline car le Cardinal avait été traumatisé par les mites dans sa jeunesse et faisait un usage immodéré de ce répulsif. Sur un bureau, le Pape remarqua des petites figurines en email dont le Cardinal faisait collection et qu'il peignait avec minutie. Léon X souleva un sourcil circonspect. Il ne voyait pas où son Cardinal de cousin (et d'amant) voulait en venir.

Jules mena Léon X vers la *stufetta* ou petite salle de bain et là le cœur du Pape manqua un battement. Entourant une baignoire, il y avait partout aux murs des petites fresques à dominante de rouge, que Léon X découvrait au fur et à mesure que Jules de Médicis allumait des bougies. Elles représentaient des petites scènes charmantes : Vénus et Adonis au milieu de moutons, Vénus et Cupidon entraînés par des dauphins, Pan et Syrinx en train de danser et bien d'autres. Cela rappelait les décorations de villas romaines. Tout était à connotation gentiment érotique en lumière visible mais devenait nettement plus cru dans les tons ultra-violets que Jules et Léon X pouvaient percevoir. Ils avaient la chance d'être des demi-elfes n'ayant pas perdu cette capacité. Tout cela les excita fort et ils se déshabillèrent. Les soutanes blanche et rouge se mêlèrent sur le sol de marbre et leurs anciens occupants passèrent du bon temps dans la baignoire après l'avoir remplie d'eau tiède. Ils durent s'y serrer mais cela ne les gêna visiblement pas.

Rassasié de jouissance, l'attention de Léon X revint aux fresques, qui se détachaient derrière la vapeur qui flottait dans l'air. « C'est Raphaël qui a peint cela. Je le reconnaîtrais entre mille. » Il poussa un bref soupir en regrettant la mort de son artiste préféré. Au loin, des cloches sonnèrent entre les coups de tonnerre de l'orage qui avait fini par éclater. « Oh non. C'est quoi ça encore ? demanda le Pape

— L'office des nones.

— Je ne veux pas y aller, dit Léon X en plongeant la main sous l'eau pour tenter de réveiller à nouveau le désir de son amant.

— Tu le dois, répondit Jules en repoussant doucement la main du Pape.

— Je te souhaite de ne jamais devenir Pape. C'est une charge si lourde. Passent encore les nones. Mais les ressuscitations... c'est comme entrer dans les premiers cercles de l'Enfer.

— Et pourquoi deviendrais-je Pape ? Tu viens de prouver que tu es en pleine possession de tes moyens, *lascivo*. »

Léon ne répondit pas. Constatant que le temps des ablutions était terminé, il sortit de la baignoire ce qui y fit baisser grandement le niveau de l'eau. Le marbre au sol fut recouvert de flaques où se reflétaient sa panse épaisse qui retombait vers le bas et son sexe désormais flasque : « Il y a des moments où je suis las de toute cette mascarade, déclara-t-il tout en se frictionnant avec un linge pour se sécher. Quand on y pense, même Luther ne fait qu'effleurer la surface de la supercherie. Toute cette histoire de Jésus et de Paradis nous aura été bien profitable mais je commence à en sentir le poids et le prix.

— Qui contrôle l'entrée du Paradis, domine le monde. C'est un mal nécessaire. Imagines-tu l'immoralité d'une vie sans la crainte d'une punition divine et l'espoir d'une récompense au bout du chemin ?

— Tu me parles d'immoralité ! répliqua le Pape d'un ton goguenard en désignant du doigt son amant.

— Mais nous, c'est différent. Nous sommes intelligents, nous sommes raisonnables. Ce n'est pas le cas de la plus grande partie de la populace.

— En parlant de raisonnable, je me demande si Luther va l'être. Comment va-t-il réagir à ma Bulle ? Dans le fond je souhaite qu'il ne soit *pas* raisonnable. Cela me donnera un prétexte pour récupérer un peu plus de cette fichue *potestas* !

— Dis-moi ce que ça fait ? La *potestas*... Sentir ce flux... Ce don de vaincre la mort.

— Ce n'est pas vaincre la mort. C'est comme jouer avec elle. Cela a plus à voir avec les montreurs de tours dans les foires qu'avec un combat. Tu la trompes, la mort, juste un moment. Et la *potestas* ? C'est un poison. Un poison que tu absorbes et que tu dégorges. Et entre temps, tu ressens dans chacune de tes fibres que quelque chose de contre-nature est à l'œuvre. Un monstre. Tu te sens comme un monstre. Une anomalie. Une erreur. Le peuple craint comme la peste les soldats de mon armée. Mais c'est celui qui les crée qu'il devrait craindre le plus. »

Jules resta silencieux, toujours assis dans la baignoire. Là, avec les bruits étouffés de l'orage qui se déchaînait sur Rome, il avait très envie de devenir un monstre.

***

L'ancien condottiero Prospero Colonna entra dans l'étable enténébrée. L'odeur du foin et des chevaux lui ravit les narines. Elle portait la promesse d'un nouveau départ. Il parcourut les allées entre les stalles d'où débordait de la paille. Quelques hennissements de chevaux se firent entendre pour l'accueillir. *Rien qui puisse me trahir.* Il trouva le cheval qui lui convenait, le harnacha et accrocha sa sacoche à la selle. Il grimpa dessus. Le cheval eut un bref moment de surprise, et fit osciller sa crinière de droite à gauche par de rapides mouvements de tête, mais il ne protesta pas plus avant. Colonna put partir au galop et se dirigea vers la Porte Narbonnaise de Carcassonne. À cette heure avancée de la nuit, les gardes aux casaques décorés de l'agneau pascal[11] auraient dû noter son départ et éventuellement donner l'alerte. Mais Colonna était venu jouer avec eux aux dés un peu plus tôt au cours de la soirée. Il leur avait amené du vin dont il n'avait bu que quelques gouttes mais dont les gardes avaient bien profité. Colonna sortit de la ville au rythme de la cavalcade de son cheval et en captant au passage le son des ronflements des gardes affalés sur la table d'où les dés avaient roulé à terre. Les soporifiques avaient agi comme prévu.

Ce qui avait déterminé Colonna à fuir cette nuit-là avait été l'annonce que le lendemain, un couvre-feu serait instauré et que les herses des Portes de la ville allaient être refermées pour la nuit, sous prétexte que les relations avec l'Espagne s'étaient dégradées et qu'il valait mieux être prudent. La frontière n'était pas loin. Quelque chose se tramait dans l'ombre et apparemment d'aucuns estimaient que la paix en Europe avait assez duré.

Prospero Colonna avait été correctement traité par le Roi de France après sa terrible défaite à Villafranca où il avait perdu toute l'armée des mort-vivants du Pape. On lui avait accordé une petite pension et un logement dans la cité de Carcassonne. Il s'était su un moment sous surveillance mais graduellement celle-ci avait été relâchée et on avait fini par lui laisser la bride sur le cou. Et pour cause... Il n'avait montré aucun signe particulier de vouloir retourner vers l'ennemi et avait mené une vie dissolue. Il avait essayé de rattraper le temps perdu où sa promiscuité avec les morts lui avait interdit toute vie sociale. Il avait pu dormir sans cauchemar, se remettre progressivement à manger de la viande, vider à nouveau à tours de bras des pichets sans ressentir un arrière-goût déplaisant dans le gosier, serrer à nouveau dans ses bras une femme sans dégoût. Et il ne s'en était pas privé. Sa

---

[11] Emblème de Carcassonne

belle chevelure blanche, son visage avenant, sa langue qui se déliait d'un trop long silence pour charmer d'afféteries son auditoire féminin avec un irrésistible accent italien firent des ravages dans toutes les catégories sociales carcassonniennes. Il y eut des maris jaloux, il y eut quelques duels. Colonna en avait gardé une belle blessure au flanc qui avait failli l'emporter. Mais il avait toujours triomphé, poussé par une force vitale, comme un reste de *potestas* qu'il s'appliquait à lui-même pour braver sa propre mort. Il y avait cependant des limites à ce petit jeu et il venait de rendre cocu le Représentant royal dans la ville. Ce dernier, en apprenant l'affaire, ne l'avait pas menacé d'un duel mais d'une lettre spécifiant au Roi que Colonna espionnait pour le compte de l'Empereur Charles Quint, le tout avec des preuves (fausses). Colonna avait aussi des dettes de jeu qui s'étaient accumulées avec des prêteurs de plus en plus nerveux et pressants à ses trousses. La vue de sa bourse, de plus en plus ridée et flasque, n'avait pas été rassurante et l'avait incité à prendre des initiatives.

Bref, ce sursaut de vie était devenu dangereux et il avait été temps de quitter la ville et de passer à autre chose. *D'abord retourner en Italie*. Colonna avait épuisé les charmes français. Il était temps de revenir aux fondamentaux. Cela impliquerait la suspension de la pension royale. Il allait falloir à nouveau gagner sa vie. Or le condottiero ne connaissait qu'un seul moyen pour y parvenir : la guerre.

Chapitre 12

Le monde a toujours été semblable à lui-même.
Il n'a jamais cessé de renfermer en son sein une quantité
égale de bien et de mal.

Nicolas Machiavel

Érasme s'assit face à son pupitre de travail avec cérémonie. Il vérifia que son encrier était rempli. Il comptait bien avancer dans sa correspondance aujourd'hui. Écrire des lettres lui prenait la moitié de son temps éveillé et c'était une activité essentielle à ses yeux. Il lui semblait parfois que le crissement de la plume sur le papier était aussi naturel que le bruit de sa propre respiration. C'était une fonction physiologique, un moyen de vider le trop plein de pensées que son cerveau générait. Et les idées devaient circuler rapidement à travers toute l'Europe. Les gens d'esprit se devaient de se tenir au courant des moindres nouvelles, des moindres évolutions en un temps où tout semblait s'accélérer. Érasme, en tant que Grand Esprit, se sentait une responsabilité toute particulière. Il n'y avait pas de hiérarchie officielle entre les Grands Esprits, mais depuis la mort de Léonard de Vinci, Érasme aimait s'imaginer à la tête de leur mission.

Il brûlait de commencer par répondre à une lettre de son ami Thomas More. Ce Rêveur avait transcrit dans *Utopia* une succession de songes au sujet d'une île où régnait un système politique et social idéal. Cette vision avait initié entre les deux hommes de vastes débats sur de nombreux sujets : le libre arbitre, l'esclavage, l'égalité, le bonheur. Dans sa dernière lettre Thomas More lui racontait que le Roi Henry VIII, qui avait apprécié son ouvrage, essayait de l'attirer à sa Cour et lui faisait même miroiter un poste politique important. Le Roi le consultait déjà souvent à titre privé, allant même jusqu'à se déplacer pour le voir dans sa propriété. Érasme voulait conseiller à son ami de ne pas tomber dans le piège du pouvoir, de poursuivre sa carrière de juriste tout en continuant à conseiller le Roi. Dans cette position, son indépendance et donc la finesse de son jugement étaient garantis. Car une fois nommé à un poste à la Cour, l'indépendance disparaîtrait et il se retrouverait englué dans les intrigues et les compromissions comme dans une toile d'araignée. *Le pouvoir corrompt. Le pouvoir attire le pire comme le meilleur. Et bien malin qui peut les distinguer lorsque le pouvoir rend aveugle.*

Mais le vélin qu'Érasme avait posé en premier sur son pupitre allait avoir un autre destinataire. Il s'était enfin décidé à écrire à Martin Luther. Érasme avait toujours été scandalisé par le luxe dans lequel l'élite ecclésiastique se vautrait et par certains comportements du Pape. Il les avait dénoncés dans un pamphlet anonyme quelques années auparavant lorsque le Souverain Pontife était Jules II : *Iulius exlusus e coelis* [12]. Il avait entrepris une nouvelle traduction de la Bible mettant à profit ses exceptionnelles connaissances d'helléniste et de latiniste, chose somme toute simple lorsque qu'on avait vécu pendant des siècles en Grèce ou dans l'Empire Romain. Et pour tout avouer, il mettait aussi à profit ses souvenirs du temps où il était Saint Jérôme et où, déjà, il avait proposé une version de la Bible plus proche des textes originels. Néanmoins cette tâche devait être épisodiquement renouvelée au cours des âges, vu les déviations de sens, les erreurs d'interprétations et les fautes des copistes, quelque fois à moitié saouls ou à moitié endormis (ou les deux à la fois). Désormais avec l'invention de l'imprimerie, cette dernière source d'erreur était en voie d'être définitivement

---

[12] *Jules exclu du Paradis*

éliminée. Il s'agissait donc de faire une nouvelle version qui aurait plus de chances d'être pérenne. Il fallait revenir aux textes originels et éliminer les interprétations douteuses. Ainsi, pour toutes ces raisons, Érasme éprouvait une sympathie naturelle pour Luther.

Il ne pensait pas que Luther était un Grand Esprit. Dans les textes qu'il avait lus et les compte-rendus des différents débats et sermons que Luther avait donnés, il avait décelé une certaine limitation et étroitesse d'esprit qui ne lui permettaient pas de l'imaginer faire partie des Douze. De toute manière, Érasme allait tracer le Signe d'Euclide sur sa lettre : une spirale dans un rectangle qui permettait de délimiter d'autres rectangles répondant tous à la règle du Nombre d'Or. C'était une trouvaille d'Euclide. Ce Signe s'animait et vous pouviez voir la spirale tourner si et seulement si vous faisiez partie des Douze... enfin des Treize. Même le Traître avait ces capacités.

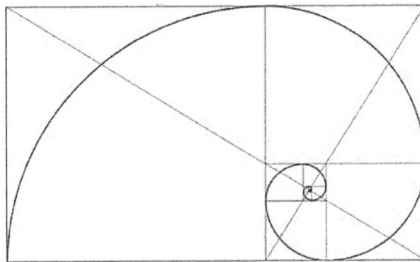

Si, comme il était probable, Luther n'était pas un Grand Esprit alors il fallait l'aider, l'assister et le conseiller car rarement dans l'Histoire un homme ordinaire s'était retrouvé à ce point au centre de l'attention de tous. Il allait attirer la foudre. Même les

Grands Esprits, malgré leur expérience pluriséculaire, pouvaient commettre des erreurs, notamment par orgueil, alors imaginez un banal être humain ! Dans sa lettre, Érasme conseilla à Luther de ne pas répondre violemment à la Bulle papale *Exsurge domine*. Après tout, sur ses 95 thèses, 41 seulement étaient critiquées ce qui faisait moins de la moitié. Érasme fut pleinement conscient que le terme "critiqué" qu'il avait employait dans sa lettre était un bel euphémisme. Les 41 thèses en question avaient été jugées *"dangereuses, scandaleuses, offensantes pour les âmes pieuses et contraires à la charité chrétienne, au respect dû à l'Église romaine et à l'obéissance qui est le nerf de la discipline ecclésiastique."* Mais l'objectif d'Érasme était de susciter l'apaisement. Il fallait maintenir le dialogue coûte que coûte et aboutir à une Réforme de l'intérieur de l'Église. Il fallait à tout prix éviter un nouveau schisme, qui serait lourd de conflits qui déborderaient de la sphère religieuse, aussi sûrement que du lait laissé longtemps sur le feu. Enfin, Érasme demandait des précisions à Luther sur un sujet qui lui tenait à cœur : le libre arbitre de l'Homme. Il ne voyait pas comment cette notion essentielle pouvait s'articuler avec les idées du moine saxon. Il trouvait là une occasion d'enrichir la nouvelle doctrine. Le plus grand honneur de l'Homme était la capacité que lui a donné Dieu de choisir entre le Bien et le Mal. Et celui qui choisissait le Bien était d'autant plus méritant qu'il aurait pu choisir autrement, sans doute avec plus de simplicité et de bénéfices immédiats.

Érasme fut satisfait des réflexions qu'il avait couchées sur le vélin. Comme toujours, il avait écrit une lettre plus longue que prévue mais comme il aimait à dire : *"Le désir d'écrire croît lorsqu'on écrit"*. Il reposa sa plume et fit rouler son épaule droite qu'il avait toujours un peu douloureuse après une longue séance d'écriture. Relisant la lettre avant de la cacheter, il espérait sincèrement qu'en cet Âge de la raison renaissante les erreurs commises au moment de l'affaire Jan Hus ne seraient pas reproduites. Il regarda par la fenêtre le jardin du Collegium Trium Linguarum de Louvain qu'il avait contribué à fonder. Maintenant que toute la sagesse écrite en latin, grec et hébreu était accessible comme jamais depuis l'incendie de la bibliothèque d'Alexandrie provoquée par le Treizième, ce serait à désespérer de l'Homme si les positions raisonnables ne l'emportaient pas sur la haine et la violence. « Autant souffler sur un nuage d'orage comme sur un pissenlit et espérer pouvoir le dissiper, lui avait cyniquement dit il y avait quelques siècles le Grand Esprit qui habitait maintenant Michel-Ange. Depuis quand le monde est-il façonné par des gens raisonnables ? » Et le Grand Esprit d'Érasme lui avait répondu : « Pour ma part, je garde l'espoir que nous réussirons dans notre mission. Ils nous ont fait confiance, à la Tour. Nous ne devons pas les décevoir. »

Chapitre 13

Ne vendons notre âme que pour le Paradis
Hazrat Ali

Le long convoi accompagnant le retour du Sultan Sélim Ier malade vers Istanbul venait de traverser la vallée d'Elah. Tous les voyageurs avaient pu contempler les ossements du géant Goliath, tué à l'aide d'une fronde par David, le jeune berger qui devint Roi d'Israël. Depuis 2500 ans, personne n'avait osé toucher au squelette et la végétation même semblait l'éviter. On aurait dit que les côtes, aussi hautes que deux grands hommes, formaient l'armature de la coque d'un navire qui se serait échoué.

Ayne de Montmorency fut impressionné mais c'était la nouvelle qui maintenant se propageait dans le convoi qui affola son cœur. On allait faire escale à Jérusalem. Jérusalem ! Une ville sur laquelle s'était accumulée tellement de récits, de mythes et de légendes qu'il apparaissait incongru de la croire réelle. Ayne fut décontenancé par le fait qu'on l'avait qualifiée d'escale, comme si c'était une de ces multiples villes banales quoique pittoresques où le convoi s'était arrêté. Non, Jérusalem n'était pas une escale, et ne l'a jamais été. C'était un but, l'ultime destination. Par une singulière ironie, Montmorency avait accompli sa croisade mais il était impuissant à conquérir quoi que ce soit. C'était Jérusalem qui allait l'envahir et le laisser languir jusqu'à la fin de ses jours.

Car la vue de la Ville ne pouvait laisser indifférent. Elle flottait dans les airs à une hauteur de deux cents mètres environ, suspendue entre le ciel et la terre, toujours enveloppée de nuages qui venaient lécher ses remparts. C'était une très ancienne et puissante magie qui la maintenait ainsi et évidemment chaque civilisation y avait vu la preuve de la suprématie de son Dieu. La contrôler c'était prouver la toute-puissance divine qui arrangeait son propriétaire. On pouvait y accéder grâce aux larges volées de marches des escaliers monumentaux construits par Salomon. Gravir ces marches était une manière de s'élever au-dessus des vicissitudes de la vie terrestre pour connaître un avant-goût du Paradis.

Au premier abord, on pouvait sincèrement se demander si cette ville était un mirage. Mais c'était un mirage pour la conquête duquel des dizaines de milliers de litres de sang avaient été répandus autour. Et c'était sans compter le sang du Christ.

« Vous feriez mieux de continuer à avancer plutôt que de rester ainsi bouche bée, souffla Mariano Baldecci à l'oreille d'Ayne. Vous êtes sensé être un habitué des voyages du Sultan donc être déjà passé de multiples fois par Jérusalem. » Ayne essaya de reprendre un air innocent puis une inquiétude se traduisit en rides sur son visage : « Je crois que je me suis signé lorsque j'ai posé mon regard sur la ville. Est-ce grave ?

— Ça, non. Vous êtes un marchand vénitien et les Ottomans sont très tolérants vis à vis des autres religions. Je dois avouer avec une certaine honte qu'ils sont bien plus ouverts d'esprit que nous. » Ayne fit une moue de désagrément. « Vous avez bien payé votre *djizya* ? continua Mariano.

— Pardon ?

— L'impôt spécifiquement payé par les infidèles.

— Bien entendu que je l'ai payée », finit par dire Ayne après un instant d'hésitation et avec un sourire ironique. Il en avait assez de se faire écorcher l'amour-propre par Baldecci qui lui démontrait combien il était ignare des coutumes des pays où ils se trouvaient à chacune de leurs rencontres.

Regardant au-devant, les deux hommes constatèrent que le convoi s'arrêtait. Ayne et Mariano se trouvaient en queue du cortège mais ils étaient en hauteur et ils purent contempler les centaines de charrettes, de chariots, de mulets et de chameaux lourdement chargés. Beaucoup de marchands profitaient des déplacements du Sultan pour voyager sans avoir de risque d'être attaqué par des brigands. Ayne et Mariano aperçurent le char sur lequel était montée la tente mobile du Sultan. Il s'était arrêté sur la plaine devant Jérusalem. Il y avait de l'agitation autour de la tente, de multiples allers et venues. Ayne remarqua qu'en sortit un jeune homme de grande taille, au long cou qui portait un visage fin mais au front large, avec un nez aquilin et des lèvres surmontées d'une fine moustache. « Le fils de Selim Ier. Il s'appelle Soleyman », précisa Mariano. Ayne put voir Soleyman, à qui il donnait un peu plus de 20 ans, se mettre à discuter avec un des généraux puis avec un jeune homme du même âge que lui qui avait un faucon posé sur sa main gantée fermée en un poing. Des janissaires s'étaient positionnés de manière encore plus dissuasive que d'habitude autour de la tente du Sultan : « Il se passe quelque chose d'anormal », remarqua Ayne. En effet, toute l'agitation était retombée d'un coup et plus personne ne rentrait ou ne sortait désormais de la tente du Sultan.

Le convoi se remit en branle et il devenait clair qu'on allait contourner Jérusalem et non y faire escale, au grand désarroi d'Ayne. « Le Sultan vient sans doute de mourir, dit Mariano à voix basse. Ils veulent garder l'information secrète jusqu'à l'arrivée à Istanbul.

— C'est donc Soleyman le nouveau sultan ?

— Oui. Et il a une accession facile. Pas de frères à étrangler avec un cordon de soie. Il est déjà le seul des fils de Selim à avoir survécu. La question est de savoir si Selim a pu lui transmettre ses pouvoirs magiques à temps...

— Quels pouvoirs magiques ?

— La tribu d'Osman, en Anatolie, d'où sont issus les Ottomans était réputée pour la qualité de ses mages. Leur force est venue du fait qu'ils sont arrivés à faire accepter la coexistence de cette magie avec la religion islamique alors qu'initialement cette nouvelle religion était née de la volonté de se débarrasser de la magie et des rituels associés.

— Et... que sont-ils capables de faire avec cette magie ? demanda Ayne, qui ressentit une sympathie inattendue pour l'Islam des origines qui la bannissait.

— Vous en avez eu un avant-goût à Tlemcen. La tempête et les grains de sable rendus inflammables. C'est Selim qui a appris cela aux frères Barberousse.

— Ah... », fit Ayne, tandis que ses narines semblèrent se remplir d'un relent de l'odeur de chair brûlée qui l'avait envahi en entrant dans Tlemcen. On recommença à avancer. L'onde du départ venait d'arriver vers eux le long du grand serpent que constituait le convoi. Ayne lança un regard désolé vers Jérusalem, drapée dans son manteau de nuages. « Un jour, si Dieu le veut, la bannière aux fleurs de lys flottera à nouveau sur ces remparts », murmura-t-il. Il détourna à regret ses yeux de la ville et surprit Mariano à le regarder bizarrement. Le Vénitien lui demanda : « Vous croyez vraiment à ce que vous venez de dire ou c'était juste une phrase rituelle symbolique ? » Le visage d'Ayne s'empourpra de colère : « Vous ne croyez donc à rien ? Vous n'espérez donc rien ? Vous empochez juste l'argent que vous donne la France et vous espionnez pour elle et vous tuez pour elle et...

— ...Et je vous sauve pour elle. Vous autres, les idéalistes, vous avez besoin d'hommes comme nous, qui agissons dans l'ombre, pour vous permettre de continuer à rêver.

— Jérusalem ne sera donc jamais reprise d'après vous ?

— Je viens tout juste de vous décrire la puissance magique des Sultans Ottomans. Qu'avez-vous à lui opposer ? Et le nouveau Sultan... Je ne le connais pas bien, mais de toute manière il va devoir faire ses preuves. Et quoi de mieux qu'une victoire contre *les chiens d'infidèles* comme ils disent. Croyez-moi, dans les années qui viennent, les Royaumes Chrétiens seront déjà bien contents de conserver ce qu'ils possèdent aujourd'hui. »

Chapitre 14

On ne saurait faire boire un âne qui n'a pas soif.

Proverbe

Odet de Foix était Gouverneur de Guyenne. Et le frère de la favorite Françoise de Foix. C'était presque un titre supplémentaire et en tout cas, cela lui avait permis d'accélérer son ascension vers les hautes sphères du pouvoir. Françoise, durant la période où elle avait refusé poliment les avances du Roi, avait habilement su manœuvrer. Même actuellement qu'elle était prise, elle savait souffler le chaud et le froid sur les ardeurs royales et continuellement obtenir des faveurs pour son entourage. Que cela suscitait le grand courroux de la mère du Roi ne semblait pas la déranger. Même si Odet connaissait le rôle de sa sœur, il aimait cependant à penser que ses titres et ses fonctions étaient aussi le résultat de ses qualités propres.

Ainsi avait-il été particulièrement heureux de recevoir une lettre royale qui lui demandait d'accomplir une mission délicate. C'était une marque de la confiance du Roi et il avait préféré imaginer que pour une fois il n'y avait nulle influence de sa sœur. Il avait trente-cinq ans et il était temps de voler de ses propres ailes. Il avait des yeux légèrement en amande et une petite bouche qu'il avait volontairement pincée, sauf lorsqu'il était agacé. Dans ces conditions, il avait l'habitude d'aspirer de l'air entre ses dents serrées. Cela créait un sifflement qui horripilait sa sœur Françoise et il avait essayé de perdre cette habitude. Il avait réussi à la perdre *en présence de sa sœur*, mais il continuait de plus belle dès qu'elle n'était pas là.

A la suite de la réception de la lettre du Roi, Odet avait invité à Bordeaux Henri II, le Roi de Navarre. C'était le fils de Jean de

Navarre qui avait été tué à la suite d'une tentative malheureuse pour reprendre la Haute-Navarre à la Castille il y a quatre ans. Le jeune adolescent Petra avait alors été traumatisé par la vue du cadavre fracturé et brisé de son père. Il avait, sans se l'avouer vraiment, fait une croix sur la Haute-Navarre pour ne plus se concentrer que sur la Basse. De l'autre côté des Pyrénées, il ne restait de toute manière plus que des châteaux en ruines hantés par d'amers souvenirs, grâce à la volonté destructrice de Cisneros. Seul le château de Pampelune, la capitale, avait été épargné. Cisneros avait insisté pour que celui-ci aussi soit détruit et que même ses fondations soient extirpées jusqu'à la racine mais il était mort avant d'avoir pu imposer ces nouveaux ordres.

Odet accueillit avec chaleur le jeune Roi de Navarre et l'invita à s'asseoir dans un riche fauteuil de velours rouge devant une table de chêne poli sur laquelle des coupes remplies d'un des meilleurs crus de la région attendaient d'être bues. Il y avait dans la pièce une grande cheminée encadrée par des caryatides et surmontée par des trophées de chasse : une tête de sanglier et une tête de cerf avec des bois magnifiques. Henri de Navarre avait un visage étonnamment délicat pour un Pétra au milieu duquel trônait un nez crochu. Il avait hérité de la peau de gneiss de son père mais les lits de minéraux clairs et sombres étaient plus fins. Il s'assit face au Gouverneur de Guyenne :

« Je vous ai fait venir ici car nous ne voudrions pas que, telle la dernière fois, des espions espagnols fassent échouer le projet, commença Odet.

— Quelle dernière fois ? Quel projet ? » prononça le Pétra, avec une voix évoquant deux pierres qui s'entrechoquent. Visiblement, il pensait être venu juste pour une visite de courtoisie.

« La dernière fois que la Haute-Navarre a essayé d'être réunie à la Basse. La dernière tentative de réunifier votre Royaume qui a coûté la vie à votre père.

— Je... je pense que je ne suis pas près d'oublier cela.

— Eh bien, je vous ai demandé de venir pour vous proposer le soutien du Roi de France dans la reconquête de la Haute-Navarre actuellement aux mains des Castillans », dit Odet puis il but une rasade de vin. Les cartes étaient sur la table.

La main de Henri de Navarre était toujours posée sur la base de la coupe de vin qu'il ne se résolvait pas à porter aux lèvres : « Une bonne guerre est celle que l'on peut gagner, Messire. Les erreurs du passé ne doivent pas être commises de nouveau. C'est pour ça qu'il faut bien connaître l'Histoire. C'est ce que me disait mon père.

— Avec mon plus grand respect, dit Odet sur un ton qui montrait qu'il n'en avait aucun, les conditions sont plus favorables que la dernière fois. Jadis les Castillans ne se révoltaient qu'en paroles. Cette fois-ci, ils sont passés aux actes. Bénis soient ces *comuneros* ! Le chaos règne pour de bon. Et de plus, vous avez le plein appui du Roi de France. Je vous offre ce que votre père n'avait jamais pu obtenir.

— L'appui du Roi de France change comme la direction du vent. J'ai bien appris mon Histoire, voyez-vous. »

Odet ne put s'empêcher de lever les yeux au plafond et d'inspirer à travers ses dents serrées. Il y avait un air de défi dans le jeune Roi de Navarre jusque dans sa couardise. « Ecoutez. Quels que soient les errements du passé, François Ier est déterminé à vous soutenir jusqu'au bout si vous vous engagez à la reconquête de la Navarre. Pour l'instant, il ne veut pas de casus belli ouvert avec l'Empereur Charles. Il vous paiera discrètement les dépenses, vous aidera à recruter des mercenaires, vous donnera tout soutien logistique nécessaire.

— La source de cet argent sera trop évidente.

— Non, car il est prévu que vous demandiez un prêt à un établissement lyonnais et c'est la couronne de France qui le remboursera plus tard quand tout sera terminé. »

Henri de Navarre serra les lèvres jusqu'à faire entrechoquer les minéraux qui les recouvraient. Ses iris parsemés de petits cristaux brillants allaient de droite à gauche puis de gauche à droite, signe de trouble et d'hésitation : « Je dois réfléchir. Et obtenir des garanties. Je ne veux pas être pris pour un naïf par l'une ou l'autre des parties.

— Si cela peut aider à votre réflexion, le Roi est aussi prêt à vous donner une épouse de sang royal. Cela resserrera les liens entre la France et la Navarre et engagera le Roi vers un appui durable de votre Royaume, vous qui craignez ses revirements.

— Cela l'engagera surtout vers l'annexion de mon Royaume, tout comme il cherche à annexer la Bretagne », répliqua Henri et il se rencogna dans son fauteuil.

Odet aspira à nouveau de l'air entre ses dents. « Ecoutez... Soyons clair, répliqua-t-il, à bout de patience, en reposant brusquement sa coupe sur la table. Soit vous êtes capables avec notre appui bienveillant de reconquérir ce qui a été perdu et de montrer que votre Royaume est viable des deux côtés des Pyrénées, soit le Roi s'en chargera directement un jour mais pour son propre compte. Dans la situation actuelle où la France est encerclée par les possessions de Charles, nous ne pouvons pas nous permettre d'avoir un maillon faible entre lui et nous. Le temps des manœuvres dilatoires est terminé. »

C'était du bluff car Odet n'avait aucune indication pour l'instant que le Roi voudrait, à terme, s'impliquer plus directement. Néanmoins, cela provoqua l'effet escompté sur Henri qui eut un sursaut d'orgueil. Odet avait su faire vibrer cette corde sensible. Le Roi de Navarre souleva enfin la coupe de vin devant lui et en but un long trait. « D'accord, Foix. Je consulterai les Pétras. Si c'est leur désir de partir à la reconquête, alors nous traverserons à nouveau le Col de Roncevaux. »

***

« Et c'est à Odet de Foix que tu as confié cette mission ?

— Oui, mère et..., tenta de répondre François Ier.

— Je t'avais prévenu, le coupa Louise de Savoie. Cette femme te fait tourner la tête. Je préférais encore quand tu satisfaisais tes prurits amoureux avec des conquêtes éphémères. Mais elle, tu ne peux plus t'en décrocher ! Tu as bien mordu à l'hameçon et elle t'a bien enfermé dans ses rets ! Fais attention mon fils : les lames les plus tranchantes se cachent dans les fourreaux les plus doux. »

François leva les yeux au plafond. *Non... elle ne va pas encore recommencer avec Françoise !* Sa mère l'agaçait et en plus, elle était toujours habillée en noir et, à ses côtés, il se sentait attifé comme un paon. Il se sentait sans cesse ramené à sa frivolité : « Eh bien, Françoise défend les intérêts de son frère ! La belle affaire ! Vous-même, vous avez insisté pour que je nomme votre demi-frère René de Savoie au poste de Gouverneur de Provence.

— Oui, mais il est mille fois plus compétent qu'Odet de Foix ! N'insulte pas René, s'il te plaît ! » répliqua Louise.

François sentit son énervement monter mais il baissa subitement d'un cran quand il se rappela qu'il avait une surprise pour sa mère qui allait lui permettre de dévier cette pénible conversation : « J'ai remis le médaillon. Le médaillon elfique que vous m'aviez offert pour mon couronnement. » Le Roi délaça l'encolure de son pourpoint à cannetille argentée et le pendentif était bien là. *Je fais vivre le bon droit et périr l'injustice,* était-il écrit dessus et à chaque manquement à cette promesse, le médaillon s'échauffait, parfois vivement. « Et il est resté froid lorsque j'ai fait rédiger la lettre de mission d'Odet de Foix.

— Oui, mais l'aspect un peu usé du tissu autour et les rougeurs sur la peau entre tes clavicules que tu tentes vainement de me cacher m'indiquent que ce n'est pas toujours le cas.

— La perfection n'est pas de ce monde, mère. Mes décisions s'apparentent souvent à choisir le moindre mal.

— Tu dois te montrer digne des Jugements de Salomon, mon fils », répliqua Louise qui s'était rapprochée de François pour mieux voir son médaillon. Le Roi put sentir le parfum de la poudre de violette dont elle aimait imprégner ses vêtements. Mais il remarqua que le visage de sa mère prenait une expression inquiète : elle venait de remarquer que la barbe que son fils avait laissée pousser à nouveau cachait une cicatrice qui partait du menton vers la joue. « François, qu'as-tu là ? Qui t'as fait cela ? » s'alarma Louise.

François, d'abord agacé par l'échec de son escamotage, afficha le sourire charmeur d'un chenapan à qui on allait devoir pardonner une belle bêtise : « Les premières neiges sont tombées en abondance il y a trois semaines. Vous étiez encore chez vous à Angoulême... et... eh bien, moi et quelques nobles avons fait une bataille de boules de neige dans la cour du château. Et il y avait une pierre qui était restée attachée à un paquet de neige...

— Qui vous l'a envoyée, cette neige ? Qui a osé porter atteinte au visage du Roi ?

— Le Seigneur de Lorges. Mais il ne l'a pas fait exprès. Il était tellement confus qu'il en a compissé son... enfin, il était très embarrassé. Je ne l'ai point châtié.

— Et qui a eu l'idée de cette bataille ?

— Triboulet, mon bouffon.

— J'avais toujours su que c'était une mauvaise idée de le réintroduire à la Cour ! Je ne l'aimais déjà pas sous Louis XII et je l'aime encore moins sous son successeur, lança-t-elle avec un regard perçant vers son fils. Je l'ai dit à Marguerite mais elle ne m'a pas écouté.

— Marguerite a eu une excellente idée. Elle me voyait morose et en colère. Triboulet et ses remarques piquantes me font rire.

— Un Roi qui rit et qui fait des batailles de boules de neige... » dit Louise tandis qu'elle ne put s'empêcher de poser son regard sur un livret ouvert posé sur le bureau du Roi : *"Recueil de bergerettes"*. Elle parcourut quelques lignes :

Ah! que je me sens guillerette!
Que je me suis levée à l'aise!
N'en déplaise
Aux saints curés du diocèse
Une braise
Brûle ma gorge de fillette

Car j'ai rêvé sous l'églantine
— Fi donc, Colin ! — Qu'en contrebande
Par la lande
Tu me faisais plus d'une offrande
Trop gourmande

Pour ma bouche trop enfantine.

Je le jure, par ma houlette:
Tu l'auras, ce panier de fraise.
Viens, apaise
Cette grand faim, cette fournaise
Et me baise
Emni la luzerne douillette!...

« ...et un Roi qui lit de la littérature... légère », finit la mère du Roi en soulevant un sourcil réprobateur.

Oui, un Roi qui lit ce qu'il veut, un Roi qui rit aux éclats, un Roi qui joue jusqu'à ce que cela l'épuise, un Roi qui ripaille comme quatre, un Roi qui boit comme un trou, un Roi qui pisse, un Roi qui chie, un Roi qui pète, un Roi qui rote, un Roi qui éjacule dru, un Roi qui pue sous les bras... bref un Roi qui vit ! Les mots de cette tirade se pressèrent dans la gorge de François mais ils ne franchirent pas le seuil de ses cordes vocales. Il ne répondit pas directement à sa mère mais revint au sujet de conversation initial : « Mère, vous êtes tellement aveuglément emportée contre Odet que je n'ai pas eu l'occasion de vous dire qu'il a réussi dans sa mission. Henri de Navarre a surmonté sa peur et attaquera bien les Castillans dès qu'il aura rassemblé suffisamment de troupes. »

Louise resta impassible et s'approcha à nouveau de François pour poser doucement sa main sur sa joue en faisant attention à ne pas toucher sa cicatrice : « Tu ressembles de plus en plus à ton père. Quel dommage que Dieu l'ait rappelé à lui si tôt. Vous vous seriez bien entendus. »

Chapitre 15

Il est plus facile de commencer que de finir.

Plaute

La Grande Salle du Cortès de Valladolid n'avait pas connu autant d'effervescence depuis la visite de Charles à son arrivée en Castille. Hostile au Roi il y a trois ans mais prête à négocier, l'assemblée était aujourd'hui en rupture totale avec le même Charles devenu Empereur. Dans tous les coins de la salle et même dans les couloirs, c'étaient des multitudes de discussions animées et de discours enflammés : mille projets, mille initiatives prenaient naissance et étaient immédiatement jaugés, comparés, encensés ou conspués et jetés aux orties dans une cacophonie de murmures et de grands éclats de voix. Juan de Padilla en avait la tête qui tournait de ce chaos créateur et destructeur. Le champ des possibles était ouvert comme jamais.

Depuis l'autre côté de la pièce, Juan de Padilla vit Juan Bravo lui faire de grands signes puis lui montrer du doigt une personne en particulier. Padilla entraperçut le visage de Juan de Badajoz, un célèbre architecte, avant qu'il ne soit avalé par la foule. Padilla fut enthousiasmé. Même les plus grands artistes, pourtant dépendants des commandes officielles, rejoignaient le mouvement.

L'air perdu au milieu du tumulte, le dos collé à une encoignure, se tenait un garde à la carrure massive mais à l'expression simplette : Ovidio. L'ancien exécuteur des basses œuvres de Cisneros avait été renvoyé après la mort de son maître par Adrien d'Utrecht. On lui avait trouvé un travail de simple garde dans le Palais, travail qu'il effectuait avec une besogneuse application même si ce n'était pas aussi rigolo que de jouer à faire mal avec les instruments de l'Inquisition comme il l'avait fait précédemment. Le départ de l'administration impériale et l'arrivée des *comuneros* ne l'avaient pas perturbé outre mesure. Il avait tout de même remarqué que l'atmosphère était nettement plus agitée ces derniers temps.

Quand apparut la Reine Jeanne, le brouhaha des voix s'éteignit et toute l'attention se porta sur elle. Resplendissante dans un costume richement décoré avec une robe gonflée selon la dernière mode, elle avait les cheveux parcourus de perles et des bagues aux doigts qu'elle n'avait pas mises depuis longtemps. Ils pendaient légèrement sur ses phalanges amaigries. De ses années d'enfermement, elle avait gardé les joues affaissées et la pâleur. Néanmoins, sentir tous ces regards sur elle la fit légèrement rougir. Elle avait un peu le vertige de se retrouver dans une si grande salle après tant d'années passées dans un espace aussi étroit. Mais elle s'avança majestueusement, suivie par une traîne de murmures et de chuchotements qui sonnèrent comme le bourdonnement d'une ruche. Elle s'installa sur le trône où s'était assis son fils trois ans plus tôt. Les plus anciens de l'assemblée avaient l'impression d'être remonté dans le temps. Ils la retrouvaient comme à l'époque où elle était mariée à Philippe Le Beau et encore heureuse. Maria Pacheco qui se tenait au premier rang dut placer un éventail devant ses yeux pour cacher ses larmes de joie.

Les représentants des villes de la *Santa Junta* devaient prononcer chacun un discours exposant la situation chez eux et proposant des manières d'organiser les nouvelles répartitions du pouvoir. Les villes qui n'avaient pas envoyé de représentants, tout particulièrement les villes andalouses de Sevilla, Granada, Cordova et Jaén furent copieusement sifflées. Juan de Padilla demanda un retour au calme en voyant la moue de la Reine devant cette agitation : « Il y a trop de bruit, dit-elle. Trop de bruit ».

La première décision qui fut avalisée fut de renommer la *Santa Junta* en *Cortes y Junta General del Reino* qui se déclarait gouvernement légitime et dénonçait le gouvernement du Régent Adrien d'Utrecht. « Utrecht n'est plus seul. Il y a aussi le Connétable Iñigo Fernández de Velasco. Le Décret Impérial vient de paraître », déclara un représentant de Tolède en tendant un parchemin à Padilla qui était la copie dudit décret. Un grand murmure parcourut la foule. Iñigo Fernández de Velasco était un noble très respecté qui avait participé dans sa jeunesse aux phases finales de la Reconquista contre les Maures. Il était considéré comme un redoutable chef militaire, chevronné, expérimenté et intègre. Juan de Padilla se fraya un chemin dans la foule pour trouver Juan Bravo : « Tu n'as pas réussi à le faire rejoindre notre cause ?

— Non, les agents d'Adrien d'Utrecht étaient passés avant moi. Il était déjà parti pour une destination inconnue. Il a été acheté par les Impériaux.

— Acheté ? Comment osez-vous, jeunes blancs-becs, douter de l'intégrité de Fernández de Velasco, dit une voix outrée derrière eux. Il a jugé que la cause de Charles était la meilleure, voilà tout. »

Juan de Padilla arquebusa du regard le vieux notable qui venait de prononcer ces paroles. Il se rendit compte que le doute s'insinuait dans l'assemblée. La Reine demanda à se faire expliquer qui était cet Iñigo Fernández de Velasco et elle prit un air interdit quand on lui énuméra ses impressionnants états de service. « Mais pourquoi l'a-t-on nommé ? demanda-t-elle avec une certaine agitation. Un militaire nommé co-Régent par mon fils ? Mais nous ne sommes tout de même pas en guerre contre mon Charles ? » Juan de Padilla qui se sentait dans la peau de celui qui devait éteindre plusieurs incendies à la fois, s'approcha rapidement de la Reine ce qui lui fit peur : « Votre Majesté. Il est toujours hors de question de faire du mal à votre fils. Nous allons ouvrir des négociations avec Velasco. Il ne doit pas être bien informé sur la justesse de notre cause. Nous dissiperons tout malentendu et tout rentrera dans l'ordre ». Jeanne eut un sourire crispé. Tous les tics nerveux dont elle s'était débarrassée depuis quelques jours étaient en train de réapparaître.

C'était au tour du représentant de Duenas de parler. Il raconta comment les paysans du Comte local s'étaient rebellés et souhaitaient que le *Cortes y Junta General del Reino* prenne position sur la question des féodalités et des relations nobles-paysans. Un tumulte général retentit et la confusion régna. Par-dessus toutes les voix, on entendit à peine Juan de Padilla s'égosiller que ce n'était pas la question du moment. « Si, si, justement, dit un noble, grand propriétaire terrien des environs d'Avila. Je suis curieux de savoir si vous soutenez de telles révoltes. Parce que si c'est le cas, je quitte ce mouvement qui ne va engendrer que le chaos et l'anarchie. » Nouveau tumulte : la question divisait manifestement l'assemblée et on peinait à entendre ce que disait son voisin. Les esprits étaient chauffés à blanc. Jeanne, du haut de son trône, regardait toute l'agitation d'un air de plus en plus affolé. Elle demanda à ce qu'on lui amène de l'eau. Lorsqu'un garde lui amena, Maria Pacheco se précipita sur le gobelet. Il fallait vérifier s'il n'était pas empoisonné. « Avec les agents de Charles on ne sait jamais. » Elle eut le malheur de dire cette phrase un peu trop fort et celle-ci atteignit les oreilles de Jeanne : « Je vous prie de ne pas insulter mon fils ! Je ne me sens pas bien. Donnez-moi ce gobelet à la fin ! » Elle l'arracha des mains de Maria qui regarda, livide, la Reine boire comme si elle ne l'avait pas fait depuis deux jours. Maria suivit avec anxiété et palpitations au cœur les ondulations de la gorge royale. Il ne se passa rien de fâcheux et Maria poussa un soupir de soulagement. Jeanne poussa un soupir de fatigue.

Posté au milieu de l'assemblée, Juan de Padilla sentait la situation lui échapper. Il échangea des regards inquiets avec Juan Bravo et Pedro de la Vega. Ce dernier vit que le prochain orateur qui s'avançait était un représentant de Tolède qu'il connaissait mais qui n'était pas prévu à l'ordre du jour arrêté la veille. Il se déplaça rapidement vers lui pour tenter de lui barrer le passage. C'était d'autant plus urgent que c'était un des partisans de la mise en place de petites Républiques autonomes autour de chaque grande ville de Castille sur le modèle italien. Pedro n'était pas défavorable à ce projet mais Juan de Padilla l'avait convaincu que c'était une très mauvaise idée de l'exposer en présence de la Reine car cela signifierait la fin de la Royauté. La Reine n'était pas suffisamment folle pour ne pas le comprendre. C'était un projet à long terme et il était inutile de faire des provocations contre-productives pour le moment. Le représentant de Tolède fut néanmoins scandalisé qu'on lui barre le chemin : « Pedro. Ecarte-toi. Je ne te veux pas de mal mon garçon mais je dois parler.

— Tu n'es pas prévu à l'ordre du jour. Attends ton tour.

— C'est ton frère le poète qui t'a farci le cerveau ? Il paraît qu'il a rejoint l'armée impériale. Je suis bien à l'ordre du jour. Regarde ! ». Et Pedro qui s'apprêtait à houspiller l'outrecuidant ne put que constater que le nom figurait bel et bien sur la liste. C'était presque la même que celle qu'il avait vue la veille. Quelques noms avaient été modifiés. Il prit le papier dans les mains et se fraya, à coups d'épaule et de coude, un chemin entre les bancs et la foule vers Juan de Padilla. Celui-ci essayait d'apaiser le débat déclenché par l'orateur précédent. Pedro l'interrompit en pleine argumentation en lui mettant la liste sous le nez : « Tu as amendé cette liste depuis hier ?

— Quoi ? De quoi me parles-tu ? » Juan regarda médusé le papier : « Ce n'est pas l'ordre du jour que j'ai validé ! »

Mais il était trop tard. A l'autre bout de la salle, le représentant de Tolède vantait déjà les mérites de la République, avec Venise et Florence comme modèles. Juan regarda Jeanne dont le menton se mit à trembler à l'écoute de l'orateur. Et il croisa aussi le regard noir de Maria.

La situation devenait intenable. Des huées volaient, des quolibets jaillissaient, des harangues s'improvisaient et des applaudissements crépitaient dans le plus grand désordre. Juan de Padilla interrompit la séance. On évacua la Reine, en état de choc. Ovidio regardait toute la scène d'un air hébété. Il finit par se boucher les oreilles avec ses grosses mains.

« Si je découvre qui a changé l'ordre du jour sans m'en avertir, je jure devant Dieu que je le pendrai par les *cojones* ! rugit Padilla, écumant de rage.

— Mais c'est ta signature là, en bas, dit Pedro.

— Contrefaite. Recopiée à partir du vrai ordre du jour. C'est presque parfait. Mais les deux « l » de Padilla, je ne les fais jamais tout à fait pareil. Là, c'est le cas.

— Tu veux dire que... qu'il y a des agents impériaux infiltrés ici ?

— J'en suis persuadé. Ils essaient de nous diviser et surtout de nous enlever le soutien de la Reine Jeanne. Je crains fort que cela ait été une réussite. On s'est fait prendre comme des *pendejos* !

— Mais il suffit de dévoiler la supercherie...

— Sauf que ce sont des vrais orateurs de notre mouvement qui sont intervenus, comme le dernier de Tolède. Nous nous éparpillons. Chacun y va de sa revendication. Il faut sortir de ce margouillis et revenir aux fondamentaux. Moins d'impôts. La

Castille aux Castillans. Sinon nous allons nous faire déborder et nous faire balayer. »

Chapitre 16

Ta main trouvera tous tes ennemis.

Tu les rendras tels qu'une fournaise ardente.

Psaumes 21:9

Il neigeait sur la Porte d'Elster de Wittenberg. Le vent vif repoussait les flocons et leur donnait la force de voler encore. Une pellicule de glace se formait à la surface de l'eau au fond des puits tellement il gelait à pierre fendre. Tout le monde dans les rues se pressait, emmitouflé dans des pelisses que l'on maintenait avec grand peine contre son corps face aux tourbillons glacés et cinglants. On avait hâte d'aller se claquemurer chez soi. Seul à la Porte d'Elster, des étudiants attendaient, frigorifiés, les mains cachées sous les aisselles et se balançant d'un pied à l'autre. Ils se figèrent comme des statues à l'arrivée de leur professeur de grec et de théologie Philipp Melanchthon. Il avait un visage maigre, presque sans joue, dont l'austérité était compensée par la vivacité et la malice de ses yeux, toujours en mouvement. Il portait un vieux manteau de fourrure, dont les poils étaient usés, voire absents par endroits. Melanchthon transportait une liasse de feuillets et de livres sous le bras, comme souvent. Mais le fait qu'il ne cherchait pas à les protéger de la neige indiquait qu'il ne s'agissait pas de quelques écrits précieux à son cœur.

Melanchthon chassa les flocons qui s'étaient accrochés à ses cils puis son regard parcourut un à un ses étudiants. Il les aimait tous, les doués comme les moins doués. « Et si nous nous réchauffions, jeunes gens ? Vous avez bien amené ce que je vous avais demandé ? » Deux étudiants se retournèrent et prirent de chaque côté un cageot recouvert d'un tissu pour protéger son contenu des intempéries. C'était du bois sec. Un feu fut allumé, avec difficultés. Les étudiants durent s'y mettre à cinq pour réussir, les uns frottant des allumettes en roseau soufré tandis que les autres protégeaient par leur corps les flammes naissantes de la bise. Melanchthon observa tout cela comme une expérience : c'était intéressant comment les rôles se répartissaient au sein du groupe : il y avait les meneurs et les suiveurs. Ceux qui prenaient des initiatives et ceux qui ne disaient rien par timidité ou manque d'imagination. Quelque soit leur catégorie, tous les étudiants furent fiers de présenter à leur professeur un feu crépitant, ployant parfois mais vigoureux face à la tempête.

Alors les étudiants virent leur professeur jeter les feuillets et les livres dans le feu. « Des traités de Droit Canonique, des exégèses à la gloire du Pape. Tout ceci est inutile, mes amis, et défigure la face du savoir ». Les flammes accueillirent les nouveaux venus avec méfiance, préférant rester à se nourrir de bois. Puis progressivement elles léchèrent le papier comme pour essayer une nouvelle saveur. Celle-ci fut visiblement à leur goût car rapidement elles en firent leur principal festin. Les étudiants avaient entendu qu'à Erfurt, on avait lancé vers les envoyés du Pape leurs propres textes recouverts de matières fécales fraîches, en plus des traditionnels légumes pourris. Vers Magbeburg, les textes du Pape avaient été enroulés autour d'une lanière de cuir avec laquelle on avait fouetté des bœufs pour les labours. Et à Herzberg, on avait uriné dans la bouche d'une marionnette au visage boursoufflé qui n'était pas sans rappeler Léon X. Mais jamais les étudiants n'auraient imaginé voir leur professeur jeter des écrits au feu. On n'en était plus aux blagues potaches. Auparavant, pendant leurs cours, ils avaient étudié ces textes pour mieux les détruire par la parole. Aujourd'hui, ils n'avaient plus droit de cité sur la surface de la Terre. On ne les étudierait même plus à titre de contre-exemple.

« Car c'est l'œuvre de l'Antéchrist et de ses suppôts. Ils alimentent leur ignominie avec les bûchers humains. Il est juste que nous détruisions les leurs par le feu. » La voix forte qui avait prononcé ces paroles avait fait sursauter tous les étudiants. C'était un homme tête nue avec une corpulence un peu épaisse sous sa soutane simple et noire qui avait parlé. Martin Luther. Il s'approcha du feu lentement et pesamment et il y jeta des feuillets reliés où était dessiné sur la première page une tiare papale au-dessus de deux clés croisées. *"Bulla contra errores Martini Lutheri et sequacium"* disait le titre et la première phrase de l'introduction du texte était *"Exsurge domine"*. Les yeux de Luther brillèrent dans la lueur des flammes ravivées.

Chapitre 17

Il ne faut pas lier un navire à une seule ancre, ni une vie à un seul espoir.

Epictète

« Qu'Allah bénisse Le Très Haut et Très Invincible et Très Glorieux Soleyman, Empereur des Turcs, Sultan des Sultans, Souverain des Souverains, Distributeur des Couronnes aux Monarques du Globe, Ombre de Dieu sur la Terre, Protecteur des routes du hadj, Exterminateur d'armées, Terrible sur mer comme sur terre, Sultan et Padichah de la Mer Blanche, de la Mer Noire, de la Roumélie, de la Caramanie, du Pays de Roum, de Zulkadir, de Diarbekr, du Kurdistan, de l'Azerbaïdjan, de la Perse, de Damas, d'Alep, du Caire, de La Mecque, de Médine, de Jérusalem, de toute l'Arabie, du Yémen et d'autres contrées à venir. »

Tous se prosternèrent devant le Dixième Sultan de l'Empire Ottoman dans la grande cour du Palais de Topkapi à Istanbul. Soleyman était protégé du vent par un grand dais soutenu par des colonnes portant des colliers d'arabesques. Quelques minutes auparavant, Ayşe Hafsa, sa mère, lui avait apporté le caftan qu'il portait pour son couronnement. Il était d'un rouge éclatant avec des motifs floraux brodés d'or à l'avant et sur les manches. Soleyman flottait un peu dedans car il avait maigri sous la tension des jours derniers qui lui avait coupé l'appétit. Il était plus longiforme que jamais. Avant la cérémonie, sa mère lui avait dit : « La tâche qui t'attend est autrement plus lourde que l'administration de la Province de Manisa. Tu sais comment on surnommait ton père parmi ses ennemis ?

— *Selim Yavuz*, Selim le Cruel.

— Avec moi et avec ses amis, il était doux et juste. Et il ne montrait sa cruauté qu'à ses ennemis. Prends exemple sur lui.

— Je serai Juste, y compris avec mes ennemis, mère. Car les louanges tout comme les châtiments doivent être justes. N'est-ce pas ce que nous enseigne le Prophète ?

— Oui, bien sûr », avait répondu sa mère avec le ton attendri pris lorsqu'un enfant avait bien récité une poésie. Elle l'avait embrassé sur le front, tout à la base des cheveux comme à son habitude puis elle avait ajouté : « Sais-tu comment ton père a choisi ton nom ? ». Le silence curieux qui suivit cette question l'incita à continuer : « Il a ouvert au hasard le Coran et pris le premier nom qui était écrit sur la page : Salomon. Salomon le Juste. Tu ne fais que suivre le chemin qu'Allah Le Très Haut t'a tracé en guidant la main de ton père vers cette page. » Soleyman s'était incliné dans une attitude très pieuse puis ses serviteurs commencèrent à lui mettre autour de la tête son énorme turban sphérique blanc qu'il allait porter pour son couronnement.

Sous son turban, Soleyman regarda devant lui ses quatre sœurs et eut une pensée pour ses trois frères morts de diverses épidémies. Autant il avait été affecté au moment de leur décès, autant aujourd'hui il louait Le Très Haut de lui avoir épargné la peine de devoir les faire assassiner tous les trois comme le voulait la tradition. Il regarda également avec un œil attendri ses deux fils Şehzade Mahmud et Şehzade Mustafa que lui avait donné sa favorite Mahidevran aux magnifiques yeux de biche. Elle se tenait aux côtés de sa mère, et elle était fière et sûre de ses charmes et de son statut.

La cérémonie continua au son des cuivres et des percussions, qui firent peur aux gazelles et aux autruches qui se promenaient librement dans les jardins du Palais. Le grand étendard rouge au

Croissant blanc auquel étaient accrochées six queues de cheval fut présenté au nouveau Sultan. Puis l'ancien Grand-Vizir Pîrî Mehmed Pacha se pencha pour embrasser le caftan de Soleyman de sa bouche surmontée de moustaches blanches et d'un nez camus. La manœuvre lui laissa les lombaires endolories. Le Sultan déclara avec solennité : « J'aurai besoin de vous près de moi comme vous avez guidé avec succès mon père. Je vous nomme à nouveau *vezîr-i a'zam* !

— Acceptez avec bonté ma gratitude ». Pîrî Mehmed Pacha embrassa à nouveau le caftan.

Puis vinrent les grands dignitaires, les oulémas, le *Şeyhülislam*[13] et les Généraux des armées. Tous firent la *bey'a*, le serment d'allégeance assortie de promesses de soumission et de fidélité. L'absence de Khayr Barberousse avait été excusée de par la distance à parcourir depuis Alger pour rejoindre la capitale, mais on nota l'absence incongrue de Djanbardî al-Ghazâlî, le puissant *Beylerbey*[14] de Syrie et de Palestine. Enfin défilèrent les troupes d'élite, les janissaires, en faisant claquer sur le marbre du sol leurs souliers ferrés. Ils provenaient tous de familles chrétiennes et ils avaient été réduits en esclavage à l'enfance et islamisés. Ils avaient la vigueur et la conviction des nouveaux convertis, impatients de faire leurs preuves. Défilèrent également avec une synchronisation exemplaire, les cavaliers d'élite sur leurs chevaux, les Spahis de la Porte. Ils étaient tous habillés d'un grand caftan bleu et portaient sur la tête un vaste bonnet blanc retombant sur la nuque entouré d'une couronne de cuivre surmontée d'une frise verticale au-dessus du front, décorée de calligraphies. Un plumet d'apparat démesurément grand

---

[13] Principal chef religieux

[14] Gouverneur

surmontait l'ensemble. Soleyman leur fit distribuer un *don de joyeux avènement*, un *bakhchîch*, comme le voulait la tradition.

Derrière la foule assemblée, Soleyman put voir que son djinn Iphrit était aussi venu lui rendre hommage, mais seul lui pouvait voir les flammes qui le constituaient et qui ne dégageaient pas de fumée. Le djinn virevoltait dans les airs, et le Sultan dut faire un effort supplémentaire pour ne pas se laisser déconcentrer et ne rien laisser paraître aux humains face à lui.

La nuit était tombée lorsque le long défilé se termina. Le public était resté patient et agitait seulement les manches prolongées de crins de chevaux tressés pour chasser mouches et moustiques. Le Sultan se leva avec grâce, sortit du grand dais et s'avança vers les jardins surplombant le Détroit du Bosphore. Il fut suivi de tout l'aéropage qui avait été invité à la cérémonie. Il souleva ses deux mains et des étincelles y crépitèrent. Le feu d'artifice allait pouvoir commencer.

***

« Traverser le Détroit la nuit du couronnement du Sultan. Il faut être fou !

— Non, justement. Tous les regards sont mobilisés par la cérémonie.

— Et quelle... quelle embarcation allons-nous prendre ? » demanda Ayne avec anxiété. Il s'imaginait pour toute embarcation un cercueil flottant.

« Je n'ai pas trop eu le choix, confia Mariano Baldecci. Le trafic a été restreint dans le Détroit. Seul un bateau a accepté de prendre des passagers. Un navire qui transporte des esclaves capturés par les Tatars en Crimée et qu'ils vont offrir comme cadeau au Sultan. Alors promettez-moi, Ayne de Montmorency, que vous n'allez pas essayer de libérer qui que ce soit sur ce bateau à part vous-même. » Il n'était pas sûr que Montmorency ait écouté quoi que ce soit car celui-ci continuait à regarder fixement les eaux du Détroit.

Les feux d'artifice se mirent à fuser du vaste complexe ceint de hauts murs et de tours octogonales qui dominait Istanbul depuis son promontoire. De grandes gerbes d'étincelles colorées illuminèrent le ciel et, par leurs reflets, les eaux du Détroit. « Si je dois mourir, au moins ce sera sous la canonnade et le feu, comme si j'étais sur un champ de bataille », pensa Ayne. Cependant, le son des explosions de ces feux d'artifice était étonnamment doux ce qui signait leur origine magique. « C'est le Sultan qui le tire, lui confia Mariano. Allez... je crois qu'il est temps d'embarquer. »

La planche qui permettait de monter sur le bateau à partir du quai parut à Ayne comme une rampe menant à un échafaud. Le passage du Bosphore lui paraissait la traversée du Styx vers le monde des morts. Quelque part dans ces eaux, il y avait peut-être déjà un monstre aux yeux sans paupières qui le guettait, qui l'attendait. Un marin avec un anneau d'argent à une oreille les accueillit et Ayne le considéra comme un nouveau Charon[15]. Au passage, Mariano déposa discrètement une bourse dans la main du marin. *Lui a-t-il dévoilé les périls que je fais courir au bateau ?* se demanda Ayne. La relative petitesse de la bourse lui fit découvrir la réponse : *non*. Le marin accrocha soigneusement la bourse à sa ceinture et il partit, content, poursuivre les préparations pour le départ. *S'il savait*, soupira intérieurement Ayne. *Il est content de l'argent qu'il ne pourra peut-être jamais dépenser car il mourra avant, avec moi. À cause de moi.*

---

[15] Dans la mythologie grecque, passeur des âmes vers les Enfers sur sa barque.

Dès que Ayne eut posé le pied sur le pont, l'étrange ondulation de l'eau qu'il avait déjà observée près de Djerba se propagea à travers le Détroit et partit vers les deux mers jouxtantes. Elle provoqua de nombreux remous lorsqu'elle arriva au pied de l'îlot de Léandre où avait été bâtie une tour d'où on pouvait surveiller tout le Détroit. Nul doute que si des gardes s'y trouvaient à l'heure actuelle, ils avaient dû être témoin de l'étrange phénomène. À moins qu'ils n'aient été distraits par les feux d'artifices magiques.

Comme prévu, la planche fut promptement enlevée et le bateau quitta le quai rapidement. Ayne porta doucement à ses lèvres le petit sac en cuir avec la terre de Montmorency puis il le remit dans sa poche. Il était extrêmement pâle, sa figure blanche reflétant les couleurs changeantes du feu d'artifice. Ses mains et ses pieds étaient glacés comme si la vie elle-même s'était réfugiée dans les profondeurs de son être. « Il n'a vraiment pas le pied marin, votre ami », dit le marin à l'anneau d'argent, les lèvres rétractées en un sourire narquois. Mariano affichait une belle sérénité mais il n'en menait pas large non plus. Chaque grincement de la coque mettait son cœur en palpitation. Il croisa ses mains derrière le dos pour cacher leurs légers tremblements.

On entendit de l'agitation venant de sous le pont où étaient gardés les esclaves ainsi que des éclats de voix où dominait une voix féminine au langage inconnu. Mariano adressa à Ayne son regard le plus sévère : « Non ». Ayne détourna le regard et reporta son attention sur la surface de l'eau où il guetta des mouvements suspects causés par quelques Léviathans lancés à ses trousses.

Le bateau atteignit le milieu du détroit, sans rencontrer de soucis. Mais tout cela paraissait à Ayne lent, terriblement lent. Au devant, sur le port, on vit un homme envoyer des signaux en tenant à bout de bras des flambeaux qu'il plaçait selon des positions définies. Le bateau vira alors et se mit parallèle à la côte. « Que se passe-t-il ? » dit Ayne dans un souffle, au seuil de l'apoplexie. « Le Sultan doit être en retard dans la cérémonie, répondit Mariano. Il souhaite peut-être recevoir les esclaves plus tard... ou demain.

— DEMAIN ? hurla Ayne de désespoir.

— Je vais me renseigner et essayer de... d'arranger les choses », dit Mariano qui se voulait flegmatique mais dont les jambes commençaient à flageoler. L'espion partit retrouver le marin à l'anneau d'argent avec qui il avait traité et qui était parti entre temps vers la proue.

En parallèle, la situation ne s'était guère calmée sous le pont. C'était des cris qui y fusaient maintenant avec des bruits de lutte. Puis on entendit un hurlement et une jeune femme aux longs cheveux roux grimpa deux à deux les marches et apparut sur le pont. Elle tenait un couteau ensanglanté à la main. Elle courut vers le bastingage. Ayne ne put se retenir et se jeta sur elle pour l'empêcher de plonger. Les eaux étaient loin d'être sûres, beaucoup plus dangereuses que tout ce que cette esclave rebelle pouvait imaginer. C'est alors, comme pour en donner la preuve, qu'un grand coup au bruit sourd fit trembler tout le bateau. Cela acheva de déstabiliser Ayne et la jeune femme qui tombèrent lourdement sur le pont. La Touffe Rousse se mit à brûler la paume d'Ayne comme jamais.

On entendit une multitude de cliquetis contre la coque du bateau puis des crissements rappelant des ongles glissants sur de l'ardoise. La femme rousse prit un air épouvanté. Paradoxalement, Ayne, alors qu'il se liquéfiait de peur quelques secondes auparavant, reprit courage. Ses mains tremblaient mais pas son cœur et son esprit. Son instinct de soldat reprenait le dessus. Il allait enfin voir son adversaire. Il allait enfin pouvoir combattre. C'est alors qu'une gigantesque pince de homard sortit de l'eau, enserra le mât et le trancha dans une explosion d'esquilles de fibres de bois qui transpercèrent tous ceux qui n'étaient pas à l'abri. Couchés sur le pont, Ayne et la femme rousse ne furent que légèrement blessés par quelques éclats. Mariano qui revenait de la proue ne dut la vie sauve qu'à la protection d'un marin devant lui qui prit un éclat de bois en travers de la gorge. Le marin à l'anneau d'argent fut blessé d'une profonde entaille au torse et, frappé par la terreur, il se recroquevilla en position fœtale. Le haut du mât se pencha et tomba sur le côté du bateau dans la mer, recouvrant de sa voile la partie du pont où se trouvait Ayne. Un deuxième coup de pince fut donné dans le bastingage et le navire fut balafré par une profonde entaille dans laquelle l'eau s'engouffra. Le bateau se pencha sur le côté en émettant un gémissement étonnamment humain. Le homard géant en profita pour se hisser sur le pont à l'aide de ses multiples pattes griffues et en se propulsant par de puissants coups de queue qui frappaient l'eau. Ses antennes sur la tête s'agitaient frénétiquement et claquaient comme des fouets. Elles cherchaient avidement quelque chose. Elles finirent par toucher l'un des pieds d'Ayne et elles s'enroulèrent autour comme un lasso. Le homard recula en s'arc-boutant sur ses dix pattes articulées, entrainant vers lui un Ayne qui avait quelque peu perdu de son héroïsme et qui hurlait à pleins poumons. Il allait être broyé par les mandibules du monstre qui s'ouvraient et se refermaient avec gourmandise.

C'est alors que le homard fut atteint dans le dos par une nuée d'étincelles. Le choc lui imprima un brusque mouvement en avant et lui fit émettre un gargouillement outré. Ses antennes lâchèrent les chevilles d'Ayne. Celui-ci en profita pour essayer de se hisser à l'abri mais le bateau penchait toujours du côté de l'animal et il ne cessa de glisser. Une deuxième nuée d'étincelles plus puissante atteignit le homard. Ses yeux à facettes explosèrent et leurs pédoncules se mirent à projeter des flammes. Ses dix pattes s'agitèrent furieusement et il glissa dans l'eau, la carapace rougie comme s'il sortait cuit d'une marmite. Les flots agités se refermèrent sur lui. Ayne comprit enfin. C'était le Sultan qui du haut des balcons du Palais de Topkapi avait vu ce qu'il se passait dans le Détroit et qui avait dirigé ses feux d'artifice vers le monstre.

Le bateau était néanmoins tellement endommagé qu'il continua à s'enfoncer rapidement. On entendait des coups sourds désespérés provenant de sous le pont. Les esclaves restés dans la cale étaient sans doute en train de se noyer. Le bateau bascula brusquement sur le côté où la voie d'eau avait été ouverte projetant tous les rescapés du pont dans la mer. Ayne suffoqua sous le choc de la pression de l'eau mais il mobilisa suffisamment de forces pour remonter à la surface. Tout en aspirant une grande goulée d'air, il vit sur sa gauche une chevelure rousse qui flotta un moment sous la surface tels des filaments de méduse. Puis ces filaments se replièrent comme une fleur qui se ferme et se mirent à sombrer dans les profondeurs.

Ayne plongea à nouveau et réussit à faire émerger de l'eau la tête de la jeune femme rousse. Elle était suffocante et se mit à tousser et à projeter des paquets d'eau par la bouche et le nez. « Vite ! Il faut aller vers le rivage. Il peut en arriver un deuxième », dit-il plus pour lui-même que pour la jeune femme qui ne devait pas le comprendre. L'eau au contact de la Touffe Rousse sur sa paume semblait bouillir. Ayne nagea tant bien que mal vers les côtes européennes en traînant l'esclave à demi-consciente, avec son bras entourant son corps. Il était assez bon nageur, s'étant entraîné plus jeune dans la Loire, connue pour ses courants traîtres. Lorsque l'esclave finit par reprendre complètement ses esprits, elle poussa un cri : « *Niet ! Niet ! Ja ne khochu idti na etu proklyatuyu sultanu !* ». Elle se tortilla comme une anguille et elle lui échappa pour nager vers les côtes asiatiques. Ayne comprit qu'elle ne voulait pas sortir de l'eau du côté européen où se trouvait le Palais de Topkapi, le Sultan et son harem. Ayne ne chercha pas à la dissuader. Il nagea autant qu'il pût en sens inverse car son but restait bien de gagner l'Europe.

Après quelques secondes de nage, il entendit des cris derrière lui. L'esclave rousse venait de se faire attraper par l'un des marins esclavagistes. Il eut la tentation de rebrousser chemin pour la sauver. Mais il vit sur sa gauche la face de Mariano Baldecci émergeant de l'eau. L'espion le regarda d'un air le mettant au défi d'oser imaginer faire le moindre demi-centimètre vers l'arrière. « Tu vas tous nous faire tuer si tu restes dans l'eau. Nous sommes plus proches des côtes européennes ! *Con l'asino del diavolo*, avance !! ». Ayne obéit. Il ne remarqua même pas que dans l'énervement l'espion l'avait tutoyé. On entendit un bruit de claque au milieu des éclaboussures. Le marin avait réussi à maîtriser la femme rousse qui était maintenant étourdie, toute molle et docile dans ses bras. Il la tira vers les côtes européennes.

Il y eut une agitation de l'eau du côté de la Mer de Marmara. « Gore fot-en-cul ! Un deuxième monstre ! » hurla Ayne. Pourtant déjà hors d'haleine, il se mit à nager en redoublant de force. Au moment où il atteignit les galets sur la rive sous le Palais de Topkapi, une murène géante sortit sa tête de l'eau en arquant l'avant de son long corps. Elle ouvrit grand sa gueule remplie de dents pointues. Elle se projeta vers Ayne mais une volée d'étincelles dévia sa trajectoire. La murène vint brutalement enfoncer son museau contre des rochers à côté du Français. Elle rétracta sa tête et se tortilla en projetant autour d'elle de l'eau mêlée avec du sang qui lui giclait des narines puis elle retomba lourdement dans la mer dans un grand "splash", écrasant le marin à l'anneau d'argent au passage alors qu'il essayait de regagner le rivage.

Ayne parvint rapidement à se hisser plus haut sur les rochers, malgré ses doigts mouillés qui glissaient. Il avait remarqué que la projection d'étincelles était venue de plus bas cette fois-ci. Le Sultan Soleyman était sorti du Palais pour aller sur la plage voir ce qui troublait sa fête de couronnement. Il était en colère et ses yeux jetaient des regards furieux sur la scène. Puis ils se fixèrent sur Ayne. « Attrapez-le », dit-il à ses janissaires qui accouraient justement. Ces derniers se précipitèrent vers Ayne. Mariano Baldecci sortit de l'eau à ce moment-là et se jeta sur les janissaires en criant : « Fuyez Montmorency ! Fuyez ! Je les retarde ! ». Mais Mariano, dégoulinant et épuisé par la nage, ne put rien faire contre les janissaires qui l'empoignèrent et le poussèrent violemment sur le côté. Ayne savait que le moyen le plus sûr d'échapper aux janissaires serait de retourner dans le détroit et de nager sous l'eau mais c'était évidemment hors de question. Il mobilisa ses dernières forces et grimpa encore plus haut sur les rochers mais l'un des janissaires lui attrapa le pied et le tira en arrière. Ayne tomba sur le côté en se cognant la tempe contre du roc.

Ayne, avec un côté du visage en sang et Mariano, le visage fermé et la bouche au pli amer de celui qui avait échoué dans sa mission furent tous deux menés devant Soleyman. Un coup de pied asséné dans le dos les fit se mettre à genoux. Le Sultan soupçonnait ce qui avait déchaîné la colère des bêtes marines et, d'un geste brusque et d'une poigne de fer, il attrapa la main droite d'Ayne et lui fit ouvrir la paume. La Touffe Rousse était bien visible et pulsait de rouge au rythme rapide des battements de cœur d'Ayne.

« *On spas mne zhizn'* ». Une voix de femme venait être entendue. Soleyman se retourna et son visage en colère se métamorphosa en une figure de stupéfaction. La femme à la longue chevelure rousse et humide qui tombait sur les côtés de son visage et sur ses épaules, captiva son regard. Elle avait les vêtements rendus légèrement transparents par son séjour dans l'eau. Elle tremblait un peu sous la fraîcheur vespérale qui s'insinuait sur sa peau humide. « *On spas mne zhizn'. Vstretit'sya svobodu pozhaluysta* ». Soleyman comprenait cette langue. Elle lui demandait de libérer le prisonnier car il lui avait sauvé la vie. Le Sultan resta immobile, ne pouvant détacher ses yeux de la femme. Elle ne fuit pas son regard, bien au contraire. On aurait dit qu'elle l'hypnotisait. « Libérez le prisonnier », finit par dire le Sultan en montrant du doigt Ayne et toujours en contemplant la femme. Le Grand Vizir Pîrî Pacha qui était arrivé entre temps fronça les sourcils, se rembrunit et claqua de la langue pour montrer son mécontentement. Mais Soleyman ne remarqua rien. Il ne regardait plus seulement les yeux de la femme. Il ne perdait pas une miette des mouvements de sa poitrine provoqués par sa respiration haletante. « *Drugoy pomeshalo yemu pomogat' mne vo vtoroy raz* ». Le Sultan comprit : « Le deuxième l'a empêché de m'aider une seconde fois. »

« Celui-là on le garde ! » ordonna Soleyman en désignant Mariano. Ce dernier cria alors en direction de Ayne : « Partez ! Partez ! Et ne vous retournez pas ! N'essayez rien ! Rentrez chez vous ! Je vais trouver un moyen de m'en sortir. »

Ayne resta interdit quelques secondes puis il comprit qu'il ne pouvait rien faire alors il s'inclina amicalement devant Mariano. Il lui prit les mains et dit doucement : « Merci, mon ami. Je ne vous oublierai pas. » Puis il se releva et partit sur le chemin montant qui menait à la ville, se frayant un passage entre les curieux qui s'écartèrent de lui comme s'il avait la peste.

Chapitre 18

Lorsque dans les filets que l'oiseleur a cachés,
l'oiseau a la patte prise et qu'il se sent tenu,
il bat des ailes et à force de s'agiter resserre les liens.
Ovide

Juan de Padilla tailladait la table devant lui avec son couteau, pour passer sa nervosité. Il sentait la situation lui échapper une fois de plus. L'hiver était là et il avait besoin de provisions pour nourrir ses troupes. La plupart des grands nobles avaient changé de camp à la suite du désastreux Cortès en présence de la Reine Jeanne. Or c'étaient eux qui contrôlaient les principaux greniers à blé, bien à l'abri dans leurs châteaux. La récolte de l'été précédent avait été mauvaise. La solidarité entre les *comuneros* avait beau jouer à plein, on n'allait pas tenir comme ça jusqu'aux prochaines moissons. Déjà quelques paysans s'étaient plaints que les invitations à partager les denrées de leur cellier avaient été très appuyées et des bouviers avaient dû céder du bétail sous la menace. *Il ne faut plus perdre des soutiens. Sinon bientôt, ils ne nous laisseront plus prendre de l'eau dans leurs puits et même pour cela il faudra utiliser la force. Il faut garder la sympathie de la population. Il ne faut plus se perdre en divisions. Il ne faut pas remplacer une tyrannie par une autre.*

La prise d'une ville hostile pour l'heure à la rébellion pourrait régler bien des problèmes : Torrelobaton. Une garnison royale y était postée et veillait sur de grands entrepôts de grains, de viandes et de fruits séchés. La ville avait en outre un intérêt stratégique car elle constituait une indentation impériale dans le territoire rebelle. Des raids impériaux pouvaient facilement en partir et elle pourrait être une tête de pont idéale pour une offensive plus importante. Pour l'instant, le co-régent Iñigo Fernández de Velasco n'avait pas déclenché ouvertement les hostilités. Chez lui, cela ne pouvait passer pour un aveu de faiblesse mais plutôt comme le signe d'une lente et méthodique préparation. *Le temps joue pour lui. Sans résultats rapides de notre côté, notre mouvement va s'essouffler. Notre mouvement va mourir.*

Maria Pacheco entra en trombe dans la pièce, suivie de Pedro de la Vega qui déclara : « Elle ne veut rien faire. Rien signer. *Nada* !» Maria, qui avait plus de tendresse et d'indulgence pour la Reine, tempéra : « Mettez-vous à sa place… Après ses multiples traumatismes. Il faut juste lui donner le temps et…

— Du temps, on lui en a donné bien suffisamment, la coupa Padilla. Je ne compte plus les heures pendant lesquelles je lui ai présenté nos arguments. Et toi aussi tu y as passé tes journées.

— Il ne s'agit pas d'un de tes soldats qui obéit au garde-à-vous. C'est une Reine !

— Ouais, c'est encore à prouver… », dit Padilla du ton d'un adolescent rebelle à toute autorité. Maria mit les mains sur ses hanches et s'avança vers son mari en balançant son buste de côté. Son regard furibond lançait des éclairs. Pedro essaya de détourner la foudre qui allait s'abattre sur son ami : « À quoi bon avoir une Reine avec nous si elle ne nous soutient pas ? ».

Maria s'arrêta net. Elle ne se donna même pas la peine de regarder Pedro et continua à fixer son mari, les yeux noirs comme des éclats d'onyx, tout en relevant la tête avec un air de défi : « Tu es d'accord avec lui ? ». Padilla inspira profondément puis dit très calmement : « Je crois que Jeanne a besoin de sérénité pour retrouver ses repères et où d'autre que dans le Couvent Santa Clara de Tordesillas pourra-t-elle retrouver tout cela ? » L'illusion que son raisonnement allait convaincre sa femme ne dura pas longtemps. Le visage de Maria afficha horreur et dégoût. Ses yeux sombres étaient brillants de fureur, ces mêmes yeux qui envoûtaient Padilla lorsqu'ils étaient plus sereins : « Tu ne peux pas être sérieux là ? lança-t-elle.

— Si. Nous allons faire revenir Jeanne dans son Couvent. Et ce sera une opération militaire. Alors je te prie, ne te mêle pas de ça. Le Commandant c'est moi.

— Foutre une pauvre femme de nouveau en prison... une opération militaire !! »

Juan de Padilla jeta un regard de connivence à Pedro. Celui-ci commença à comprendre et ses prunelles se mirent à pétiller.

***

Garcilaso de la Vega n'avait rien composé depuis plusieurs jours. Il fallait dire que la vie de garnison à Torrelobaton n'avait rien d'exaltant. Lui qui rêvait de grands voyages et d'aventures à travers toute l'Europe dans l'armée impériale devait ronger son frein et attendre de faire ses preuves. On le prenait pour de la bleusaille inexpérimentée alors qu'en rêve et en poèmes, il avait déjà vécu mille aventures et se sentait prêt. C'était un peu comme l'attente d'une réponse à un billet doux glissé à une señorita, sauf que dans ce cas la *señorita* était le barbu Comte d'Osorio et que, suivant les ordres d'Iñigo Fernández de Velasco, il ne bougeait pas et attendait. Le Comte pour sa part était pressé d'en découdre avec les rebelles. Il était comme une flèche sur un arc tendu, prêt à partir. Il lançait régulièrement contre les *comuneros* les plus violents anathèmes mais il n'avait pas osé braver sa hiérarchie. Chaque jour des informations étaient apportées par des espions et des mercenaires. Garcilaso tendait l'oreille pour glaner quelques nouvelles de son frère. Il avait été impressionné lorsqu'il avait entendu qu'il avait participé à l'enlèvement de la Reine Folle et avait contribué à découvrir la falsification de l'ordre du jour au Cortès de Valladolid. *C'est lui qui vit des aventures exaltantes, pendant que moi je fais le troufion. Mais ça ne durera qu'un temps. Il est du mauvais côté de l'Histoire. Què sera, sera*[16].

La journée avait commencé de manière bien ordinaire, excepté que de plus en plus de soldats se plaignaient de lésions étranges sur leur sexe et il semblait qu'une nouvelle maladie transmise par les roulures et les putes se propageait dans le pays. Des rumeurs circulaient que c'étaient des conquistadors de retour des Nouvelles Terres et tout particulièrement de Cuba qui avaient ramené cette maladie avec eux. Même à la Cour, il y avait des cas avérés. Le nom du fils de Christophe Colomb, Diego Colomb, était fréquemment cité et il aurait transmis la maladie à sa femme, une cousine de l'ancien Roi Ferdinand, qui l'aurait transmise à son amant et ainsi de suite. Garcilaso n'était pas concerné par cette maladie et jusqu'à présent, il avait veillé à avoir des relations avec des filles saines et voulait continuer de la sorte, même si dans l'armée ce vœu devenait difficile à tenir. Il n'en revenait pas du nombre de filles pochardes qui tournaient autour des garnisons et qui étaient capables de coucher avec n'importe qui pour quelques *maravadis*. Cela ne lui inspirait pas de beaux vers.

La journée prit une nouvelle tournure lorsqu'un paysan en pelisse en peau de chèvre pénétra dans le château après avoir donné le mot de passe. On avait confié à Garcilaso la tâche de renouveler régulièrement les mots de passe et il s'était mis à composer des petits quatrains. Malgré la simplicité des vers, tout le monde avait trouvé cela bien compliqué et le mot de passe du

---

[16] Il arrivera ce qui doit arriver.

moment avait bêtement fini par être : *"Gloria a nuestro amado Emperador Carlos"*.

Le paysan venait des environs de Tordesillas et était un de leurs indicateurs. Il était arrivé avec un âne chargé de ballots de nourriture et de farine, à la fois un prétexte pour justifier sa venue et une manière de gagner sa vie. On ordonna à un soldat à la mine patibulaire d'arrêter d'huiler la manivelle de son arbalète et plutôt de décharger les ballots. Il le fit de mauvaise grâce : « Encore un qui doit mouiller sa farine avant de la peser pour nous arnaquer ». La mauvaise humeur du soldat était à l'unisson de l'atmosphère de la garnison. Il y avait exaspération à devoir ronger son frein et à subir le retard du paiement des soldes. Garcilaso avait plusieurs fois entendu la grosse voix du Comte d'Osorio houspiller des *corregidores* venus lui expliquer que la révolte avait sapé l'assise fiscale du Royaume et qu'il fallait être patient. *Ce n'est pas le fort du Comte, la patience. Et ça ne s'arrangera pas lorsque les tonneaux de vin seront à sec.*

Le paysan fut mené dans les quartiers du Comte. Garcilaso fit passer le temps en suivant les chicaneries que ses camarades déclenchaient par pur ennui. Au bout d'un quart d'heure, il perçut une agitation parmi les officiers. Ils allaient et venaient d'un pas nerveux des quartiers du Comte. Enfin celui-ci apparut, le sourire sur ses lèvres épaisses. Les chicaneries cessèrent et le silence se fit dans la cour. Le Comte déclara avec pétulance : « Nous venons de recevoir une information du plus haut intérêt. De source sûre, Jeanne La Folle va être ramenée ce soir dans son couvent de Tordesillas. Allons-nous la laisser aux mains de ces scélérats ? Une pauvre femme simplette et sans défense ? Nous partons sur-le-champ et nous allons trouver un endroit où tendre au convoi une embuscade. »

Un coup d'arquebuse dans une volée d'oiseaux n'aurait pas créé plus grande agitation. Tous coururent quérir armes et armures et arracher les chevaux à leurs palefreniers. Des ordres furent criés à tous les échelons militaires, créant une joyeuse cacophonie vocale. L'attente était enfin terminée. Garcilaso s'étonna que le Comte n'eût pas cherché à informer Iñigo Fernández de Velasco mais le temps pressait et il comprit que le Comte souhaitait tirer toute la gloire et le prestige de la reprise de la Reine aux *comuneros*. Même si c'était une Reine folle. Garcilaso pria pour être de la partie et non pas rester à se tourner les pouces à Torrelobaton, en arrière-garde. Mais celle-ci fut assez réduite et il put faire sa première sortie dans une unité combattante.

Le convoi de la Reine avait le choix d'emprunter plusieurs itinéraires possibles. Il allait falloir se diviser mais le Comte eut l'idée de fermer quelques possibilités en plaçant des unités bien visibles sur certaines routes. Il ne manquerait pas d'y avoir des éclaireurs dans le camp adverse et on pourrait ainsi les orienter vers un guet-apens où l'essentiel des hommes se cacheraient pour leur part. Garcilaso fut terriblement déçu lorsqu'on l'assigna à l'une des unités qui servaient de leurres. *Comment vais-je pouvoir faire mes preuves si je ne fais que barrer une route où personne ne passera ?*

***

La nuit froide commençait à tomber et le feu de camp éclairait dans son cercle de lumière une vingtaine d'hommes dont Garcilaso qui s'ennuyaient ferme. Ils étaient sur le bord d'une route fangeuse qui menait à Tordesillas. Elle avait été barrée par leurs soins avec une rangée de pieux. Certains des soldats, les paupières lourdes, s'étaient endormis et ronflaient. Un groupe jouait aux cartes, un soldat solitaire se curait les ongles avec la pointe d'un couteau, deux soldats admiraient une arbalète et la tournait et retournait dans tous les sens : « Pff ! T'as vu ce modèle ? Ça, c'est une beauté !

— Fabrication germanique. Y'a pas à dire, c'est d'la qualité ! »

Progressivement le bruit d'une cavalcade se fit entendre en provenance du sud-est. Personne n'y prêta vraiment attention dans un premier temps. Garcilaso continua à taper le carton avec quelques autres soldats. Il dut se rapprocher du feu, tellement il avait froid et il sentait ses mains, son nez et ses lèvres tout engourdis. L'un des soldats était debout et pissait contre un arbre ce qui provoquait un beau panache de fumée. Il finit par jeter un œil plus attentif pour comprendre l'origine de la cavalcade qui n'était pas en rythme avec la mélodie qu'il sifflotait. Puis il se retourna brusquement vers les autres : « Hé ! Un convoi gardé est en train de foncer sur la route. Ça m'a l'air du sérieux ! » Il y eut quelques rires gras car le soldat en avait oublié de ranger son pissoir dans ses hauts-de-chausses. « Hé ! José ! Reste comme tu es. Après tout ce temps, la Folle, elle a besoin qu'on la dépoussière ! », « Devant la Reine, il faudra juste se mettre plus au garde à vous. Là, elle va trouver qu'il y a du relâchement ! »

Garcilaso fut le premier à se lever et à dégainer son épée. Il s'attendait à voir d'un instant à l'autre le convoi s'arrêter et rebrousser chemin. Leur feu de camp était bien trop évident et visible dans la plaine. Mais le convoi continuait sa course. Le martèlement des sabots des chevaux et le grondement continu des roues devenaient de plus en plus forts : « Ce n'est pas possible ! Ça ne peut pas être la Reine ! Ils ne peuvent pas être aussi aveugles et maladroits que ça ! » s'exclama Garcilaso. Il se mit comme les autres en position d'attaque. « Il y a un piège quelque part », maugréa un soldat mais il était trop tard : il fallait arrêter ce convoi. Des soldats montèrent sur leurs chevaux et se mirent en travers de la route entre les pieux. Les cavaliers escortant la voiture s'arrêtèrent juste devant en tirant fort sur les rênes de leur cheval. L'un d'eux s'égosilla d'un ton menaçant : « Hola ! Qui nous barre la route ?

— Nous sommes de la garde impériale de Torrelobaton. Qui transportez-vous et où allez-vous ?

— Voyez par vous-même ! » fut la réponse et les cavaliers du convoi se dispersèrent brutalement, en éperonnant leur monture et en abandonnant la voiture à son sort. Même le cocher sauta sur l'un des chevaux passant à proximité et s'enfuit avec les autres. Quelques cavaliers impériaux leur donnèrent la chasse mais ils ne purent les rattraper.

« Quelle manigance est-ce que cela ? » Garcilaso regarda la voiture avec anxiété. Il chercha une mèche allumée, renifla pour sentir une odeur de poudre. Rien. Il s'approcha prudemment. On ne voyait pas l'intérieur car la fenêtre était barrée par un rideau de taffetas. Un cheval hennit, ce qui l'arrêta quelques instants. Puis lentement, il ouvrit la portière de la voiture. Il y entendit un soupir... un soupir de femme. Il monta sur le marche-pied. Il découvrit la Reine Jeanne, à moitié endormie, affalée contre des coussins sur la banquette. Il la reconnut car son portrait avait circulé à Torrelobaton avant le départ. Ni Garcilaso, ni les autres soldats impériaux ne surent comment réagir et ils retinrent leur souffle. Il y eut un long silence dans l'immobilité la plus totale. La Reine avait visiblement été droguée par quelques substances assoupissantes et elle frottait sa tête contre les coussins dans une demi-inconscience. Elle murmura quelques paroles : « On m'a dit... Je... On est... On est arrivé... Charles ?.... Charles ? Es-tu là ? »

Garcilaso comprit : « Ils s'en sont débarrassés... Elle ne voulait pas coopérer avec eux. » Le soldat qui avait finalement rangé son pissoir s'exclama, dépité : « On nous a fait sortir pour ça de Torrelobaton ! Ils auraient pu nous la livrer directement, cette folle ! ». Et là Garcilaso eut un terrible pressentiment : « Il faut retourner là-bas. Il faut prévenir les autres unités et tous retourner à Torrelobaton et vite !

— On abandonne la Reine, ici, en plein milieu des champs ?

— Elle n'a de Reine que le nom, répliqua vertement un soldat en projetant sur le côté un crachat glaireux. Mais tu peux rester avec elle pour la garder puisque tu te portes volontaire. »

Lorsque Garcilaso revint à Torrelobaton avec le reste de la troupe, la nuit était déjà bien avancée. Il comprit tout de suite qu'il était trop tard. Sous la lumière scintillante et indifférente des étoiles, il en fut réduit à constater que la ville venait de tomber aux mains des rebelles. « C'est quoi cette couillonnade ?! » s'écria le Comte d'Osorio qui, alerté, venait de revenir également. Garcilaso leva la tête et distingua en haut de la tour principale un homme qui les narguait. Son frère Pedro ! Celui-ci reconnut à son tour Garcilaso et son visage se figea et son corps se roidit. Les deux frères se firent face pendant un long moment, les yeux rivés l'un à l'autre. Pedro fut le premier à détourner le regard et quitta le sommet de la tour, tandis que Garcilaso resta figé encore un instant, le sang battant dans ses tempes comme lors d'une mauvaise migraine.

***

Le Co-Régent et Connétable de Castille Iñigo Fernández de Velasco fut convoqué par Adrien d'Utrecht. Celui-ci aimait bien les militaires. Ils étaient généralement bien couverts d'habits, quelquefois même en armure. Ils portaient souvent des gants. Adrien d'Utrecht avait non seulement une aversion pour la peau mais aussi pour les poils. Or les Espagnols étaient souvent bien poilus avec des poils noirs qui étaient encore plus visibles que les poils blonds ou roux auxquels il avait été habitué dans son Pays Bas natal.

Le Connétable de Castille entra, couronné de ses cheveux grisonnants. Il avait beau se rapprocher de la soixantaine, il avait toujours l'air solide, comme les grosses racines des grands arbres. Il s'avança du pas rapide des militaires chevronnés. « Je reviens de Burgos », déclara-t-il, tout en retirant ses gants ce qui était pour lui une marque de politesse. Adrien d'Utrecht ne put réprimer une moue qui tordit sa face étroite. Velasco avait certes des poils blancs mais il avait quelques tâches de vieillesse sur le dos de la main. C'était répugnant. « Nous avons permis que la ville ne tombe pas aux mains des *comuneros*, continua le Connétable.

— Contrairement à Torrelobaton, répliqua froidement Adrien d'Utrecht.

— Conquise, si l'on peut appeler cela ainsi, par la ruse. Je sais, soupira Velasco.

— Une ruse qui a eu raison de vos soldats.

— Qui a eu raison du Comte d'Osorio surtout… Mais je suis d'accord avec vous : nous avons perdu une ville importante pour ne gagner qu'une Reine folle en retour.

— C'est la mère de l'Empereur ! Je vous prierai d'avoir du respect. Quant aux *comuneros*, il est temps de les attaquer massivement, ne pensez-vous pas ? Finissons-en avec cet épisode malheureux.

— En finir au plus vite ? Mais nous le souhaitons tous, Votre Excellence, répondit le Connétable. Je recommande cependant de ne pas faire de mouvements précipités. Le temps est de notre côté. Malgré la perte de Torrelobaton, nos approvisionnements sont solides. Par contre, il faudrait que vous demandiez au

Trésorier d'accélérer le paiement des soldes. Les retards rendent mes hommes nerveux...

— Croyez-vous que l'argent tombe du ciel ? Les coffres sont vides. Et je ne connais pas de trésor caché.

— Et pourtant le temps presse et on ne peut pas l'arrêter. Demandons à Guillaume de Croÿ.

— Je préfère demander directement à l'Empereur, répliqua Adrien d'Utrecht. Il est bien occupé avec l'hérésie de ce dénommé Luther, mais nous lui écrirons.

— Et précisez qu'il faudra resserrer notre surveillance sur la Navarre.

— Quoi, la Navarre ? Mon prédécesseur au poste de Régent et d'Inquisiteur avait bien fini le travail, il me semble. Vous avez des informations contraires qui vous inquiètent, Connétable ?

— Non. Juste mon instinct de soldat.

— Votre instinct de soldat..., répéta Adrien d'Utrecht, dubitatif. Nous ne pouvons pas nous disperser... Voilà ma raison à moi. Écraser les *comuneros* doit être notre unique priorité. »

Oui, qu'on en finisse avec ces bruits de bottes guerriers ! Malgré son appréciation purement physique des militaires, Adrien d'Utrecht n'aimait pas la guerre et il préférait dédier son temps à la prière, à la lecture et à la méditation. Il était adepte de la *devotio moderna*, exposée dans ce qui était devenu son livre de chevet à côté de la Bible, *L'Imitation de Jésus Christ*. Il fallait préférer une relation intime et spirituelle avec Jésus plutôt que de trop se noyer dans les tumultes du monde. Au cours de cette relation, Jésus était devenu un pur Esprit pour Adrien d'Utrecht et voir le corps de Jésus quasiment nu sur les croix et les retables ne lui posait aucun problème. *Le seul corps que je peux souffrir de voir, c'est celui de Notre Seigneur.*

Un raclement de gorge d'Iñigo Fernández de Velasco ramena le Régent à la situation présente : « Que Dieu vous accompagne sur le chemin de la victoire, Connétable. Et une précision : inutile de vous déganter en ma présence. Vous n'avez pas de temps à perdre. »

Chapitre 19

Je soutiens que la perfection de la forme et de la beauté
est contenue dans la somme de tous les hommes.
Albrecht Dürer

Albrecht Dürer avait décidé de partir vers les Pays-Bas avec sa femme Agnès. Il quitta Nuremberg et sa belle maison au pied du château car une épidémie de peste s'était déclarée dans la ville. L'artiste y trouva le prétexte pour rejoindre et explorer une région qui lui était encore *terra incognita* et où il espérait trouver de nouveaux clients pour ses œuvres. Le couple voyagea dès qu'il le put par voie fluviale : sur la Pegnitz puis le Main de Nuremberg à Mayence puis le Rhin jusqu'à Cologne et enfin sur la Meuse à partir de Heerewarden. C'était un mode de transport doux et ainsi Albrecht n'avait pas à toujours se soucier des cahots qui pourraient abîmer ses gravures et ses peintures.

Dürer rencontra de nombreux artistes et savants en chemin. Il rendit visite à Érasme à Louvain et il s'exclama en voyant tous les livres de sa bibliothèque : « Ce bon vieux Cicéron disait qu'une pièce sans livre était comme un corps sans âme. Il me semble que cette pièce est habitée par autant d'âmes qu'il y a d'arnaqueurs au marché de Nuremberg. » Érasme et Dürer étaient deux Grands Esprits et chacun en avait connaissance. Ils s'étaient déjà croisés maintes fois au hasard de leurs pérégrinations à travers les âges et les continents. Érasme avait été notamment Confucius dans la Chine de la dynastie Zhou. Dürer avait réalisé des peintures de décorations au tracé fin et précis sur des vases laqués dans la ville même où avait habité le philosophe. Ils s'étaient également rencontrés au cours des assemblées générales des Grands Esprits qui avaient lieu tous les 76 ans, au moment où le ciel était traversé par une grande comète. Le dernier passage datait de 1456.

Après avoir évoqué quelques lointains souvenirs communs, Érasme et Dürer revinrent à la situation présente et aux turpitudes du moment : « Luther ne m'a pas écouté, dit amèrement Érasme. En brûlant la Bulle papale il a choisi la confrontation. D'ailleurs la Bulle d'Excommunication vient d'être publiée. Et puis... brûler des livres. Même écrits par des gens avec qui on est en désaccord... Il y a là quelque chose de terrible.

— Je pense que tous les Grands Esprits sont *a priori* favorables aux idées de Luther car l'Église catholique porte trop la marque de fabrique du Treizième. Mais Luther m'inquiète aussi. Savais-tu que l'Université de Wittenberg a poussé le Sénat saxon à interdire et sanctionner certaines danses où on fait tournoyer sa partenaire car cela est signe de *"débauche et d'oisiveté, d'effronterie et de vice"* ? Cela me touche particulièrement. J'ai fait de multiples dessins de simples paysans qui dansent. Ils sont tellement heureux de s'échapper un instant de leur dur labeur. Cela les rend beaux. Beaux à dessiner et beaux tout court. »

Érasme fixa Dürer de son regard qui disait qu'il en savait bien plus que quiconque et il se leva et alla chercher un in-folio dans sa bibliothèque très fournie. Ce fut un miracle qu'il trouva ce qu'il cherchait en quelques secondes mais tout était méthodiquement classé. *La nef des fous* de Sebastian Brant était l'ouvrage en question. Il parcourut quelques pages, visiblement à la recherche d'un passage particulier puis il lut :

"Mais quand je songe ce faisant
A quel point la danse est sœur du péché

Et que je puis le voir de mes yeux, j'estime
Que c'est le diable qui l'a créée".

« C'est une édition imprimée à Bâle, très joliment illustrée. Oh, et que vois-je en bas des illustrations ? Une magnifique signature ! » s'exclama Érasme en regardant Dürer d'un air sagace.

L'artiste se tortilla inconfortablement sur son siège et en tapota nerveusement l'accoudoir : « Merci... Un A et un D en effet. Je connais bien ces lettres. D'ailleurs, rappelle-toi, c'est moi qui ai inventé l'alphabet phénicien dont dérive l'alphabet grec et latin. »

Érasme souleva un sourcil. Dürer essayait de détourner le sujet de la conversation mais voyant qu'Érasme n'était pas dupe, il finit par dire : « Pour les illustrations de *La nef des fous*, j'étais jeune à l'époque. Je courais après le cachet. Mais il y a un monde entre critiquer et interdire.

— Certes... Mais revenons à Luther. Il a besoin d'être guidé. Il s'égare. Cela arrive souvent à ceux qui n'ont pas parcouru comme nous le labyrinthe de l'âme humaine depuis des millénaires. Un labyrinthe où tour à tour on peut déboucher sur de la grandeur ou de la noirceur.

— Tu as dit qu'il n'a déjà pas suivi tes conseils. Il semble têtu comme un troupeau de mules. Il n'y a rien de plus dangereux que quelqu'un incapable de faire des compromis.

— Il faudrait faire intervenir quelqu'un qu'il connait... Frédéric de Saxe le protège. Lui, il l'écoutera, suggéra Érasme.

— J'ai été en froid avec Frédéric de Saxe au point que j'ai essayé d'empêcher son Élection à la tête de l'Empire. Mais cela lui a donné finalement un levier pour faire monter les enchères et protéger encore mieux Luther. C'est grâce à cela que Luther va être entendu à la Diète de Worms dans quelques semaines. Finalement, Frédéric de Saxe et moi, nous nous sommes réconciliés. Il a fini par me payer ce qu'il me devait. C'est un bougre, mais pas un mauvais bougre dans le fond.

— Je constate que tu cours toujours après l'argent...

— Il faut bien vivre. Nous sommes faits aussi bien de chair que d'esprit. Peut-être est-ce là notre plus grande faiblesse.

— Ils ne nous ont pas facilité la tâche, à la Tour. Je me demande si c'est pareil pour les autres. Bref... Contacte Frédéric de Saxe. Essaie de le convaincre qu'il y a encore de la place pour l'intelligence et la modération, la sagesse et le compromis. Je lui enverrai aussi moi-même une lettre pour insister. Et j'essaierai de rencontrer l'Empereur à Worms, ainsi que Luther. Nous devons maintenir des ponts entre les deux côtés avant que cela ne devienne un gouffre.

— Oui, un gouffre par-dessus lequel on ne s'échangera plus que des flèches et des viretons d'arbalètes. L'humanité est terriblement prévisible. Essayons de la faire dévier de la trajectoire à la plus grande pente.

— Comme toujours, nous veillons, tandis que l'humanité s'endort et trame ses pires cauchemars. Ainsi va le monde », dit solennellement Érasme. Dürer trouvait que son collègue Grand Esprit se complaisait dans les discours grandiloquents. Il ne répondit rien. Après tout, chacun des Douze avait ses méthodes pour contrer le Treizième.

« Et le Treizième ? » demanda justement Albrecht Dürer.

Érasme se leva de sa chaise, marcha un peu et contempla la rue depuis la fenêtre : « Il est incarné, j'en suis sûr. Il est là, quelque part.

— Il ne va pas aimer que Luther tente de détruire son œuvre.

— C'est vrai. Logiquement, il devrait se cacher parmi les opposants les plus zélés à Luther.

— Logiquement..., répéta Dürer en haussant les épaules. Tu crois que la haine et la folie sont logiques ?

— Il s'est toujours montré terriblement rationnel et efficace. N'oublie pas qu'il était l'un des nôtres.

— Et nous, nous somme efficaces, tu crois ?

— Nous avons notre mission. Nous devons l'accomplir. Ça prendra encore cinq siècles, trois millénaires ou dix mais on y arrivera. Je ne suis pas comme Michel-Ange qui commence à baisser les bras.

— C'est qu'il les a trop levés pour peindre le plafond de la Chapelle Sixtine. »

Érasme pouffa à la boutade de Dürer puis déclara en reprenant son sérieux : « Ça avait commencé comme ça avec le Treizième, tu te souviens ? Il n'avait plus foi en notre mission. Il faut faire attention. On pourrait très bien n'être plus que Onze du bon côté si nous n'y prenons pas garde. »

Après l'entretien et la poursuite de son voyage, Albrecht Dürer finit par atteindre Anvers. Il aimait se promener sur les quais du port de la cité brabançonne. Ils étaient toujours animés, et saturés d'odeurs de hareng saur qui lui fouettaient les sens. De temps à autre, des relents de poix de calfatage se mêlaient au fumet de la poiscaille. Et quand le vent soulevait des embruns qui le mouillaient lorsqu'il s'approchait du bord des quais, il frottait la peau de son visage et de ses mains avec l'eau salée et il se sentait revigoré. Sous les cris raques des goélands, des pêcheurs vendaient leur capture du jour, tout en tranchant des têtes de poissons qu'ils lançaient à des mendiants et à des enfants affamés aux cheveux aussi emmêlés qui si c'étaient des nids d'oiseau. Ils les attrapaient à la volée et repartaient avec leur butin comme si c'était un précieux trésor. Quelque fois, un goéland suffisamment hardi attrapait la tête de poisson à leur place et l'emportait dans les airs pour le dévorer ailleurs.

De nouveaux quais venaient d'être construits et des navires portugais y étaient accostés. Ils dégorgeaient de cargaisons de poivre de Sumatra, de cannelle de Ceylan, de gingembre de Malabar, de clous de girofle des Moluques et de sucre du Brésil. En échange, ces bateaux repartaient avec des toiles, des draps et du minerai de cuivre. Ce minerai servait à faire de la pacotille brillante que les Portugais pouvaient troquer en Afrique, aux Indes et en Malaisie en échange de denrées exotiques (et bien plus précieuses).

Par une mer gonflée d'une houle de plus en plus forte, une caravelle était en train d'approcher des quais mais elle n'était pas portugaise. Elle était espagnole. Depuis que l'Empire de Charles Quint joignait l'Espagne et les Flandres, cela devenait banal mais cette caravelle avait à sa tête un capitaine qui n'était jamais venu à Anvers auparavant : Anton de Alaminos. Lorsque ce dernier avait atteint le Port de Séville en provenance de Veracruz, on lui avait dit que l'Empereur était reparti vers le nord et donc il avait dû reprendre la mer, au grand déplaisir de l'équipage qui espérait prendre un peu de repos dès qu'ils avaient aperçu les terres d'Espagne.

La caravelle fut amarrée à quai par de solides aussières. Anton de Alaminos regarda d'un œil méfiant l'attroupement causé par son arrivée. Car il allait décharger une cargaison peu commune : le *Quinto Real*, la part du trésor de Moctezuma à destination de l'Empereur. Tout avait beau être caché dans des caisses de bois et sous des draps, la curiosité des badauds allait tout de même être aiguisée, d'autant plus que l'information que le bateau venait des Nouvelles Terres de l'Ouest par-delà l'Océan s'était propagée à la vitesse du son à travers tout le port. Alaminos et l'équipage étaient nerveux et tous avaient la main sur la garde de leur épée. Certains soldats avaient même chargé leur *escopeta*. Cela ne fit qu'exciter la curiosité de tous. *J'aurais dû arriver de nuit*, pensa Alaminos. *Mais une tempête est en train de se lever. Je n'aurais sans doute pas pu accoster cette nuit de toute manière.*

Albrecht Dürer s'était mêlé à la foule et regardait les mystérieuses caisses qui étaient déchargées par les marins qui passaient sur des planches de bois entre le bateau et le quai. Il vit deux marins qui portaient un objet assez lourd ce qui faisait grincer les planches sous leurs pieds. L'objet avait la forme d'un large disque et était recouvert d'un drap. Les marins ahanaient sous l'effort. Le vent commençait à souffler en rafales et les vagues se creusaient, y compris dans le port. Le bateau eut un mouvement inattendu lors de l'arrivée d'une déferlante et l'un des marins fut déséquilibré alors qu'il était sur la planche. Il lâcha prise. L'autre ne put soutenir seul le disque et celui-ci lui échappa des mains et tomba sur son pied. Il poussa un cri de douleur qui attira l'attention de tout le monde. Le disque roula sur la planche, manqua de peu de tomber dans l'eau avant de basculer sur le quai. Sous le choc, une portion du drap s'était pliée et le vent s'engouffra dans l'ouverture dévoilant ce qu'il cachait. Toutes les personnes qui posèrent les yeux sur l'objet poussèrent un soupir d'admiration : le disque était entièrement en or. Il était recouvert de reliefs étranges représentant des démons grimaçants avec des motifs géométriques formant des frises tout autour. Dürer fixa l'objet plus intensément que les autres. Il ne fut pas tant stupéfait par l'or que par les motifs des quelques gravures qu'il put apercevoir. C'était une esthétique inédite, brutale par certains aspects, raffinée pour d'autres, et malgré ses milliers d'années d'expérience il n'avait jamais rien vu de tel. Ses pérégrinations au cours des siècles et au travers de milliers d'existences ne l'avaient jamais mené de l'autre côté de l'Atlantique, contrairement à d'autres Grands Esprits.

Anton de Alaminos bondit près du disque pour le recouvrir à nouveau par le drap mais il était bien trop tard. Tout le monde avait vu. La richesse de l'Empire des Aztecas n'était plus un secret pour personne.

***

« En or dites-vous ?

— Oui, Sire. Un grand disque en or. Et vu la nervosité avec laquelle les marins déchargeaient les autres éléments de la cargaison, tout devait être, sinon du même métal, du moins d'une richesse équivalente. Et le déchargement a duré plusieurs heures. Voilà ce que notre espion à Anvers nous a décrit, dit le Chancelier Duprat.

— Et cet or est pour Charles ? demanda François Ier tout en plissant son nez de dégoût car il se doutait de la réponse.

— Oui... Ils appellent ça le *Quinto Real*. Un cinquième des richesses découvertes est destiné au souverain.

— C'est une belle coutume, remarqua François, pensif.

— La civilisation qu'ils ont découverte là-bas est riche et développée, paraît-il, même s'ils ont des usages barbares. Leur Empereur serait riche comme le Roi Midas.

— On ne peut pas laisser à Charles l'exclusivité de ces nouvelles terres, déclara François, s'animant de plus en plus. Les Espagnols et aussi les Portugais de leur côté sont en train de rendre ridicule nos petites querelles. On se chamaille sur des vétilles comme la Navarre ou le Milanais et eux, pendant ce temps, ils se taillent des Empires vastes comme un continent. Ce n'est pas tenable. Le Royaume de France ne peut pas rester en retrait. »

Le Chancelier n'avait pu réprimer un hoquet de surprise en entendant la Navarre et le Milanais qualifiés de « vétilles » alors que tant d'énergie avait été ou était encore dépensée pour les conquérir. Alors que tant de sang avait été versé et allait à nouveau l'être.

« Sire, nous n'avons pas les bateaux, nous n'avons pas les cartes, nous...

— Duprat, vous me donnez la furieuse envie d'interdire les négations en ma présence, répliqua le Roi qui tapa nerveusement le sol avec le bout du pied, exaspéré par l'étroitesse d'esprit de son Chancelier. Nous construirons les bateaux. En ce qui concerne les cartes, nous en avons une. Celle qu'un de nos espions a volé dans les ateliers de... de quel cartographe déjà ?

— Martin Waldseemüller. Le nouveau continent y est nommé *Amérique* en hommage à ce navigateur florentin, Amerigo Vespucci. Mais cette carte date de plusieurs années et sûrement elle n'est plus à jour. Les Espagnols ont dû faire d'autres découvertes.

— Alors nous allons chercher des cartes plus récentes. En attendant, on ne va tout de même pas laisser Charles s'engraisser des trésors de je-ne-sais quelle tribu d'indigènes.

— Ils sont couverts de plumes, Sire. C'est ce qu'il se dit. Des illustrations commencent à circuler. »

François eut un moment de sidération en se remémorant que parmi ses dernières paroles, Léonard de Vinci avait évoqué des hommes à plumes. Ces mots avaient paru sur le moment dénués de sens et pourtant... François regretta de n'avoir pas plus profité du passage de Léonard dans sa vie. Cela, d'ailleurs, lui rappela qu'il n'avait toujours pas mis la main sur ses notes et ses carnets qui avaient été emportés quelque part en Italie, juste avant sa mort. Ni son domestique Batista de Vilanis, ni son disciple Salaï n'avaient dévoilé qui les avait emmenés. François n'avait pas eu le cœur de les soumettre à la Question. Tout le travail de Léonard s'était évaporé, comme s'il avait été absorbé par le *sfumato* qu'il aimait utiliser pour ses peintures. Il restait néanmoins trois magnifiques tableaux et la Joconde restait maintenant sagement dans son cadre. François percevait seulement qu'elle lui adressait un sourire complice. Elle partageait un secret avec lui. François ne désespérait pas complètement de récupérer le reste des trésors de Léonard à plus ou moins longue échéance. Les 1.000 écus annuels qui avaient été alloués à la pension de Léonard, il les utilisait désormais à payer des espions pour essayer de retrouver ses carnets. En tout cas, le manoir du Clos Lucé était visité régulièrement par les très nombreux chats que Léonard avait attirés et certaines nuits, on les entendait miauler tristement leur maître jusqu'au Château d'Amboise.

« Sire... hem...

— Oui, Duprat, dit le Roi, arraché à ses pensées. En attendant d'avoir une flotte capable de traverser l'Atlantique et des cartes à jour, il ne faut pas que notre adversaire tire profit de son avance. Donc nous devons intercepter les navires espagnols avant qu'ils n'atteignent les ports.

— Vous souhaitez lancer la France dans une guerre maritime ? Sire, avec son allié anglais, Charles est bien plus puissant que nous sur les mers.

— Nous n'allons pas le faire ouvertement. Je suis sûr que des gens de mer auront plaisir à faire fortune.

— De la piraterie..., dit dans un souffle Duprat, presque en chuchotant.

— Oh... Voilà un bien vilain mot, Messire le Chancelier. Disons que nos bateaux vont partir à la course après d'autres bateaux. Ce sera une sorte de compétition, dit François d'un ton léger.

— Je connais un armateur de Dieppe qui pourrait être intéressé, Jehan Ango.

— Eh bien, Duprat ! Vous n'êtes pas déjà en train de lui écrire ?»

Chapitre 20

Qu'il est difficile de se rappeler des temps heureux quand on a de la peine.

Dante Alighieri

La femme du harem, tout en restant penchée en avant, recula pour ne pas devoir tourner le dos au Sultan. Cependant, tourner le dos au Sultan n'avait pas posé problème quelques minutes auparavant lorsque Soleyman l'avait prise en levrette sur le lit à courtines. Cela avait été plus simple d'imaginer qu'il besognait la femme rousse qu'il avait vue émerger des eaux le soir de son couronnement s'il ne voyait pas le visage de la femme du harem, enfoncé au milieu des coussins rembourrés de duvet de cygne.

Elle sortit et tout de suite après apparut dans l'embrasure de la porte Ibrâhîm de Parga, le *bâzdârân*, le Fauconnier principal. Il avait été récemment promu *khâss oda bachï*, Maître de la Chambre Privée, avec une vitesse météoritique qui était la conséquence de son amitié avec le Sultan. Ibrâhîm avait été un ancien esclave chrétien puis compagnon de jeu de Soleyman adolescent après sa conversion à l'Islam :

« Alors ?

— Mmmh... fade, répondit laconiquement le Sultan en se lavant les mains dans une eau parfumée à la rose de Damas.

— Depuis la nuit du couronnement, tu fais le difficile. »

Le visage de la femme rousse repassa dans l'esprit de Soleyman. Il savait qu'il ne pouvait pas l'avoir tout de suite. Elle allait devoir être éduquée dans le harem avant de pouvoir lui être présentée. Le Sultan se tourna vers les fenêtres pour contempler la dentelure sombre des toits de sa capitale, hérissée de quelques minarets. Pendant ce temps, Ibrâhîm l'aida à enfiler sa *dishdasha* aux larges emmanchures puis lui versa son infusion de jasmin et de camomille dans une tasse posée sur un plateau d'or ciselé de motifs floraux. « Que se murmure-t-il ce soir derrière la Sublime Porte ? demanda Soleyman.

— Nous comprenons enfin pourquoi Djanbardî Al-Ghazâlî, le *Beylerbey* de Syrie et de Palestine, n'est pas venu au couronnement.

— Un deuil dans sa famille ? C'est la seule excuse valable...

— Non. Il a fait sécession. »

Le Sultan se retourna et sirota un peu de son infusion avec grand calme : « Ils me testent tous. Sous prétexte que j'ai la réputation d'être plus doux que mon père, ils croient que je vais fondre comme le sucre sur les loukoums. Il faut mâter cette révolte et vite. J'ai d'autres projets en tête pour après.

— Je vois... Le Chah de Perse peut commencer à trembler.

— Non... Lui, je vais le laisser tranquille. Et je vais faire alléger le blocus de son économie. Les représentants des marchands de Bursa et d'Alep que j'ai reçus hier ont raison. Ce blocus nous a causé plus de torts qu'aux Perses. Et ça coupera l'herbe sous le pied d'Al-Ghazâlî. Il doit utiliser la rancœur des marchands pour asseoir sa révolte.

— Rancœur, c'est le mot. Ton père avait fait décapiter quatre cents marchands qui avaient fait du commerce avec la Perse, malgré le blocus. »

Soleyman fit la moue. *Selim Yavuz, Selim le Cruel*, comme lui avait rappelé sa mère avant son couronnement. Soleyman se dit qu'il aurait été plus clément. Il ne les aurait pas décapités mais juste amputés d'une main.

« Je ne suis pas mon père... Mais je ne laisserai pas Al-Ghazâlî impuni pour autant. Et une fois ce fils de chien décapité, mon regard se tournera vers les mécréants.

— Barberousse cherche à reprendre Djerba que des Espagnols ont repris par la ruse. Il réussira sans doute mais il aura du mal à chasser les infidèles d'Oran et de Tlemcen. Il faudrait aller l'aider.

— On m'attend donc là ? À Oran ? À Tlemcen ? Très bien, très bien..., dit Soleyman pensivement en reprenant une gorgée d'infusion.

— Et il y a le problème de Rhodes... Le Grand Vizir en a encore parlé.

— Ça, nous verrons un peu plus tard. La bête immonde qui garde l'île et son essaim de vermine nous interdit toute action prématurée. Je ne ferai pas la même erreur que mon arrière-grand-père Mehmed, loué soit-il au Paradis d'Allah.

— Tu sais que je lis et comprends le grec. Dans la bibliothèque, parmi les livres abandonnés par les Byzantins, je suis tombé sur une information intéressante. Il y a quelque chose que nous pourrions utiliser pour conquérir l'île.

— Mehmed avait fait écrire sur sa tombe que son grand regret était de n'avoir pas pu conquérir Rhodes, dit pensivement le Sultan.

— Eh bien, je crois que j'ai trouvé le moyen pour que tu n'aies pas à l'écrire aussi sur ta tombe.

— Tu m'enterres déjà, Ibrâhîm ? demanda le Sultan d'un ton taquin.

— Mais non... C'était une figure rhétorique. Ecoute... Pour vaincre le scorpion, il faut lui couper la queue. Et pour conquérir Rhodes, j'ai peut-être trouvé un moyen de vaincre le dragon qui garde l'île. »

***

On la força à écarter les jambes pour voir si elle n'avait pas des rougeurs suspectes d'infections dans l'entrecuisse et si ses poils pubiens roux n'étaient pas infestés de morpions. « Obéis ou je vais te briser les os », siffla la surintendante *kâhya kadïn*. Aleksandra trépigna encore un peu mais se laissa finalement inspecter. La surintendante surveilla toute l'opération de ses yeux globuleux, qui surmontaient des joues tombantes. Elle observa avec plaisir le bleu qu'Aleksandra arborait sur la joue à la suite de la claque que lui avait assénée le marin dans le détroit du Bosphore. *Il faut la mater, celle-là.* La *kâhya kadïn* n'avait que mépris pour les novices, toutes jeunes, toutes belles, alors qu'elle se flétrissait un peu plus à chaque passage de saison.

Aleksandra alla rejoindre une quinzaine de femmes arrivées par la caravane qui avait ramené le corps de Selim Ier. Leur entrejambe avait aussi été contrôlé. On les aligna en rang et la surintendante se plaça bien droit devant eux : « Tout ceci peut vous sembler étrange. Vous êtes venues de loin pour certaines d'entre vous. Mais désormais, votre vie d'avant ne compte plus. Vous êtes la propriété du Sultan. C'est un grand honneur. Vous êtes pour l'heure des *'adjemi*, des novices. Si vous vous comportez correctement et apprenez les bonnes manières, vous pourrez monter à l'étage du dessus où se trouvent celles que le Sultan peut choisir. Toutes celles qui se trouvent à l'étage étaient encore il y a quelques temps à votre place. » Les novices se sentirent observées depuis les moucharabiehs qui ornaient le premier étage. « Si vous êtes suffisamment belle, le Sultan vous acceptera dans sa couche. Si vous le comblez de bonheur, alors vous pourrez devenir sa favorite. Si vous êtes capables de concevoir un enfant avec lui, alors votre avenir est assuré jusqu'à la fin de vos jours et vous aurez du pouvoir. » La *kâhya kadïn* les quitta sur ces mots et ses servantes indiquèrent aux *'adjemi* qu'il était temps d'aller dormir sur des couches posées sur le sol.

Le sommeil ne vint facilement pour aucune des novices. Une jeune femme blonde en particulier, qui avait été achetée aux enchères au Caire par un eunuque pour l'ancien Sultan et qui avait été transférée à Istanbul, sanglotait avec force reniflements, les genoux repliés contre son ventre. Elle se trouvait juste à côté d'Aleksandra. Celle-ci ne connaissait personne car toutes celles qui étaient arrivées avec elle de Crimée étaient mortes noyées dans le naufrage du bateau. Aleksandra roula sur le côté et prit dans ses bras la jeune femme. « Shhhh ! Comment tu t'appelles ? demanda-t-elle d'une voix douce.

— Alanna. »

Aleksandra berça Alanna comme un enfant en lui caressant la tempe jusqu'à ce qu'elle s'endorme. Elle avait murmuré des paroles qu'elle seule pouvait comprendre. En fait, elle venait de lui jeter un sort de sommeil. Les autres novices lui furent reconnaissantes de la surprenante rapidité avec laquelle elle avait consolé et fait dormir la jeune femme. Chacune était suffisamment tenaillée par sa propre peur et son propre chagrin pour ne pas devoir subir ceux des autres. De plus, certaines des novices ne purent s'empêcher de s'imaginer avec le Sultan et commençaient à considérer toutes les autres comme des rivales.

Aleksandra finit par sombrer à son tour dans le sommeil. Elle se retrouva dans son village de Crimée attaquée par les Tatars. Elle entendit à nouveau le tonnerre du martèlement des chevaux. Les cris de ses amis renversés puis piétinés par les sabots ou traversés par le fil d'un sabre. Le gargouillement d'agonie de son frère qui avait eu sa pomme d'Adam transpercée par une flèche. Le crépitement et le sifflement des toits de chaume des isbas qui flambaient. Elle vit à nouveau ce qu'elle avait aperçu lorsqu'elle avait jeté un dernier regard derrière elle alors qu'on l'emportait. Le cadavre de sa mère, vieille et édentée serrant dans ses bras son bébé, mort aussi, sa tête faisant un angle étrange avec le reste de son petit corps. C'était la plus jeune des sœurs d'Aleksandra. Car la mère d'Aleksandra était une Baba Yaga, une sorcière capable de faire des enfants jusqu'à un âge très avancé. Dans le rêve cette nuit-là, sa mère se releva tout en continuant à maintenir le bébé contre son sein flasque dont l'extrémité était quand même bombée. Mais c'était du sang que le bébé tétait et qui lui dégoulinait aux coins de la bouche. La voix crissante de sa mère se fit entendre : « Avance ! Avance, Aleksandra ! Tu es la renarde qui est entrée dans le poulailler. Séduis le coq ! Séduis-le et détruis-le ! »

Cela la réveilla en sursaut. Aleksandra avala de l'air comme si on venait de la relâcher d'un étranglement. Elle eut un étourdissement comme quand on se relève trop vite. Elle ferma les yeux le temps de laisser passer. *Je ne suis plus Aleksandra. Cette vie-là est révolue. Je dois avancer. Quand j'ouvrirai les yeux, je serai... Roxelane.*

***

La lumière laiteuse de l'hiver passa par la petite fenêtre barrée de fer. Elle éclaira la figure inquiète de Mariano Baldecci. On lui avait rasé le sommet de la tête, pour moquer les tonsures des moines. Il portait également une robe de bure dont les Ottomans aimaient bien affubler les Chrétiens. Il avait des anneaux de fer rouillé aux poignets reliés par une courte chaine également en fer. Des ulcérations commençaient à rougir sa peau là où les anneaux frottaient le plus lorsqu'il bougeait ses mains. En dehors de cela, on l'avait correctement traité, avec eau et nourriture à suffisance que l'on déposait dans une écuelle sur la dalle nue de sa cellule. On lui donnait souvent de la bouillie de blé noir : « Du sarrasin », marmonna-t-il un jour. Et ça le fit presque rire. Mariano Baldecci avait toujours été soigneux de sa personne, ce que cette captivité mettait à mal. Il mâchait des petits bouts de paille qu'il prenait de son lit pour garder les dents blanches.

La cellule de Mariano faisait quatre pas de long sur trois pas de large. Ça, il en était sûr tellement il en avait fait le tour. Il découvrit des petits traits verticaux tracés sur le salpêtre des murs. Il déduisit qu'un prisonnier avait compté les jours pendant lesquels il l'avait occupée. Mariano compta deux cent cinquante-sept traits. *Et après ? Le prisonnier avait-il été libéré, réduit en esclavage... ou exécuté ?*

Au bout de quelques traits tracés avec ses ongles dans le salpêtre, Mariano entendit les chocs métalliques et les grincements qui indiquaient qu'on tirait les verrous. Deux janissaires le firent sortir et l'emmenèrent à travers une multitude de couloirs. *On va m'interroger. Que vais-je faire ? Que vais-je dire ?* Espion pour les Français à Venise, il était rompu aux usages de la Sérénissime mais ici il ne connaissait presque rien. À Venise, il avait imaginé de multiples fois son arrestation et avait préparé ses témoignages. Mais dans la situation présente, au cœur du Palais du Sultan et prit *in flagrante delicto*, l'imagination lui faisait quelque peu défaut.

On le fit entrer dans une pièce magnifiquement décorée de faïences d'Iznik aux motifs floraux multicolores. Elle était tellement lumineuse après la relative obscurité de sa cellule que Mariano dut plisser les yeux un moment. Cela n'évoquait en rien une chambre de torture. Deux hommes entrèrent dans la pièce et les janissaires forcèrent Mariano à se mettre à genou et à appuyer son front contre le sol. Mariano put tout de même apercevoir que l'un des nouveaux venus était le Sultan Soleyman, l'autre portait un faucon sur sa main gantée. L'oiseau avait les yeux cachés par une coiffe du cuir surmonté d'un plumet. D'un signe, le Sultan indiqua aux janissaires de s'écarter de Mariano puis déclara calmement une phrase qu'Ibrâhîm traduisit sans peine car sa mère était vénitienne : « Sais-tu pourquoi j'ai laissé partir ton ami à la Touffe Rousse ?

— Heu... parce qu'il avait sauvé la femme rousse...

— Je mentirais si je te disais que cela n'a pas influencé mon jugement. Mais je l'ai libéré parce que je ne voulais pas qu'on dise que le premier jour de mon règne j'avais commis une injustice. Or, si je ne me trompe pas, il s'agissait de... Ibrâhîm, c'est quoi son nom à cet infidèle ?

— Ayne de Montemorency.

— Comme tu dis... Et ce mécréant franc a tué l'un des Barberousses lors d'un combat. Que puis-je lui reprocher ? C'est Arudj Barberousse qui n'a pas été assez fort. Que son frère veuille le venger, soit. Moi, je n'ai rien à voir dans cette querelle, cette *vendetta* comme vous dites les Italiens. Et je suis fâché que les bêtes marines du Barberousse survivant aient gâché mon feu d'artifice, entaché mon couronnement et fait couler un bateau avec une cargaison qu'on allait m'offrir en cadeau.

— C'est faire preuve de justice ce que vous avez fait, Votre Excellence, dit Mariano.

— Alors que vais-je faire de toi, infidèle ? Tu es Italien et tu travailles pour les Français. Dans quelle ville italienne exerces-tu ton... art ? »

Mariano hésita sur l'opportunité de donner une réponse et si oui, de donner la *bonne* réponse. En même temps, cette réponse était peut-être le sésame qui pouvait le faire sortir d'ici : « Venise.

— Ah ! Venise ! Nous sommes en paix avec Venise. Elle nous paie un tribut de 8.000 ducats par an pour Chypre. Je vais te renvoyer dans ta ville. Mais à une condition. Tu travailleras pour moi aussi. »

Mariano serra les mâchoires. Le Sultan continua : « Venise est notre partenaire commercial privilégié. Venise est alliée avec la France. Comment dit-on par chez toi ? Les amis de mes amis sont mes amis, n'est-ce pas ? Je ne cherche pas à faire de toi un agent double, puisque tu vas servir des intérêts communs. L'ennemi que je souhaite frapper est l'Empereur et non le Roi des Francs. Pour l'instant du moins. Alors je vais te confier une mission. Il est un objet qui devait se trouver ici, à Istanbul : une grande perle rouge. Mais nous ne l'avons pas trouvée et nous soupçonnons que cette perle a été prise par les Vénitiens lors du pillage de la ville en l'an 601 de l'Hégire soit l'an 1204 de votre calendrier de mécréant[17]. Retrouve cette perle et fais-la parvenir jusqu'à nous. Et si cela n'est pas fait au-delà d'un délai raisonnable, j'enverrai un autre espion à Venise accomplir cette mission. Et il aura aussi comme mission annexe de te tuer. »

---

[17] En route pour une croisade, les Vénitiens avaient fini par piller Constantinople (ancien nom d'Istanbul) en 1204.

Chapitre 21

La vie et la mort s'appellent
Pour se faire rire
Dans la profondeur des arbres.
Poème aztèque

Sur les conseils de Malinalli, Cortés et sa troupe retrouvèrent les Tlaxcalans qui s'étaient retirés sur leurs territoires. L'accueil fut froid. Le regard des Tlaxcalans était fuyant pour certains, ou fixé hostilement sur eux pour les autres. Le cacique Xicotencatl n'afficha aucune bienveillance. Le plumage sombre, il fit comprendre à Cortés que leur alliance avait échoué et finalement rendu les Aztecas plus puissants que jamais avec le retour de Quetzalcoatl. Le Serpent à plumes allait sans doute les attaquer bientôt. Les prêtres de Tlaxcala n'osaient plus allumer de feux sacrés de peur qu'ils n'attirent l'attention du Serpent dont les yeux à pupille verticale étaient particulièrement sensibles à la chaleur. À la place, les prêtres se livraient à des scarifications sanglantes à l'aide d'épines d'aloès tout en murmurant des chants sacrés.

Une nouvelle arriva de Tenochtitlan et elle aurait dû réjouir les Espagnols et les Tlaxcalans. Mais elle suscita plutôt de l'inquiétude : Moctezuma avait été tué dans des circonstances obscures par une révolte d'une partie de la population et avec visiblement la bénédiction de Quetzalcoatl qui n'avait pas cherché à le protéger. « Les Dieux sont mystérieux, tour à tour bons et cruels envers une même personne, dit le cacique Xicotencatl. C'est Cuauhtémoc, l'Aigle qui fond sur sa proie, un cousin de Moctezuma qui est le *tlatoani* maintenant. C'est un dur. Je l'ai déjà affronté lors de combats rituels », ajouta

Xicotencatl en montrant une balafre partant de sa joue jusqu'à la base de son oreille où aucune plume ne poussait plus. « Il a toujours été plus violent que Moctezuma. Il n'hésitera pas à nous envahir pour faire des sacrifices à Quetzalcoatl et pour poser ses griffes sur nos mines d'obsidienne.

— Nous allons vous aider à vous défendre. Nous ne vous abandonnerons pas », répondit Cortés. Xicotencatl répondit sèchement et avant que Malinalli ne lui traduise, le conquistador devina sa réplique : « Nous aider à nous défendre ? En nous inculquant vos maladies ? ». La nouvelle de la mort de Xicomecoatl et de ses circonstances, avait clairement été apportée à Tlaxcala. Les fumigations d'herbes sauvages et l'ingestion d'une bonne partie des plantes médicinales traditionnelles n'avaient pas pu détourner le cacique Totonac de sa déchéance vers la mort. Xicotencatl continua à parler en serrant les dents : « Le meilleur moyen est peut-être que vous retourniez d'où vous venez. Que vous retourniez au-delà de la Grande Mer », et le cacique indiqua de son bras plumé la direction de l'est.

Malinalli ne traduisit pas et intervint alors sans que Cortés ne lui ait demandé quoi que ce soit : « Il y a un moyen de nous défendre. Il faut invoquer Mictlantecuhtli. Il faut faire revenir ceux qui ont été envoyés à Mictlan.

— Es-tu folle ? La semence des *poilus* t'a-t-elle rongé le cœur et fait tourner la tête ? » dit le cacique en jetant un regard méprisant au ventre rond de Malinalli.

Encoléré de ne pas comprendre, Cortés demanda à Malinalli ce qu'ils venaient de se dire, mais elle ne l'écouta pas et continua à parler à Xicotencatl : « C'est le seul moyen et tu le sais ! Mictlantecuhtli est le dernier Dieu qui peut s'opposer à Quetzalcoatl.

— Mictlan, le lieu des morts et le Dieu Mictlantecuhtli sont dans le neuvième niveau inférieur, au centre du nombril de la Terre. Personne n'en est revenu, répliqua le cacique.

— Mais certains y sont allés sans avoir quitté cette région. » La voix qui venait de prononcer ces mots fit sursauter tous les Espagnols, comme une voix sortant d'un tombeau. Apparut Geronimo de Aguilar. Cortés oublia son énervement d'être tenu à l'écart d'une discussion qu'il pressentait comme cruciale. Il franchit rapidement les quelques pas qui le séparaient de Geronimo et il étreignit son ami : « Tu as survécu ! Tout le monde te croyait mort.

— J'ai survécu, oui. Survécu à l'attaque, répondit Geronimo tout en jetant un regard froid sur Pedro de Alvarado qui, baissant les yeux, se prit d'une passion subite pour un grain de maïs à ses pieds. C'est grâce aux axolotls. Ils m'ont ramené sur les bords du Lac, continua Geronimo.

— Encore ces axolotls…, murmura Cortés.

— C'est la clé. J'ai compris en apprenant à lire les glyphes. J'ai vu des représentations de deux êtres sortant d'un même œuf. Des jumeaux. Et de ce que j'ai pu en comprendre les Aztecas les considèrent comme des abominations. Juste après l'éclosion, l'un des jumeaux est jeté dans le lac. Le terme en *nahuatl* qui veut dire jumeau est… *xolotl*. Xolotl est le jumeau tué qui est envoyé à Mictlan, le sombre royaume des morts et le jumeau survivant est protégé à la lumière du Soleil par… Quetzalcoatl.

— Bien… Et en quoi tout ceci nous est utile ? » dit Cortés, impatient mais aussi stupéfait de ce que Geronimo de Aguilar ait pu assimiler autant de mythologie aztèque en si peu de temps. *Il n'est jamais complètement revenu à la religion catholique. Nous faisons tous ici un voyage sans retour.*

C'est Malinalli qui réagit la première à l'explication d'Aguilar :
« En jetant l'un des jumeaux dans le lac, les Aztecas ont commis
une erreur. Le lac entourant Tenochtitlan est maintenant rempli
d'êtres qui sont hostiles au protecteur des jumeaux survivants,
Quetzalcoatl. Car les axolotls sont les réincarnations des jumeaux
noyés et ils cherchent à se venger. La preuve... ils ont aidé ceux
qui fuyaient les attaques du Serpent à plumes. » Un énorme éclat
de rire retentit. C'était Pedro de Alvarado : « Ha ! Ha ! On va
combattre le gros serpent avec des espèces de longs vers roses à
pattes et à plumeaux sur la tête !! Ha ! Ha ! Hahaha ! ». Il rit
encore puis prit le ton d'un possédé avec des yeux exorbités :
« Ces terres nous rendent dingues, Cortés ! Il doit y avoir du
poison dans l'air, du poison dans l'eau, du poison dans la
nourriture ! Saisissons-nous des mines ! Récupérons le
maximum d'or et tirons-nous d'ici, Cortés ! Avant qu'il ne soit
trop tard !

— C'est pour toi qu'il est trop tard, Alvarado », répliqua Cortés
avec de la pitié dans sa voix. Il demanda ensuite à Malinalli
d'expliquer sa théorie à Xicotencatl. Contrairement à ce qu'aurait
pu craindre Cortés, celui-ci la prit très au sérieux. Visiblement ce
n'était pas la première fois qu'il entendait cela : « Il faut que vous
alliez trouver les Prêtres à Ototelolco. C'est au nord d'ici, dit-il en
montrant un sentier escarpé qui quittait la ville vers les
montagnes. Je les ai déjà entendu dire cela. »

Une fois de plus, Cortés dut reconnaître que c'étaient
Geronimo de Aguilar et Malinalli qui avaient réussi à éviter un
désastre. L'hostilité initiale de Xicotencatl avait été extrêmement
dangereuse pour des Espagnols en position de faiblesse. Se
mettant à la place du cacique, Cortés savait que la tentation aurait
été grande pour les Tlaxcalans de s'allier à des Aztecas devenus
invincibles en leur offrant la tête (ou le cœur) de Cortés et de
Malinalli sur un plateau. Mais Aguilar et Malinalli, par leurs

connaissances des Aztecas, avaient réussi à ramener le cacique vers des dispositions plus favorables en lui offrant un espoir, aussi mince et frêle soit-il, de vaincre le Serpent à plumes. *On dit que dans les ténèbres, une seule chandelle brille comme un soleil. Et j'ai la chance d'avoir deux chandelles : Malinalli et Aguilar. Je ne sais pas vers quoi nous nous dirigeons, vers quelle nouvelle folie. Mais je ne veux pas croire que Pedro de Alvarado soit le plus raisonnable de nous tous. Et il y a toujours l'espoir que l'Empereur nous envoie des renforts. Mon Dieu, j'espère que le Quinto Réal et ma lettre sont arrivés entre ses mains.*

***

Charles arriva avec Guillaume de Croÿ à Worms pour la Diète. Outre l'audition très attendue de Martin Luther, il y avait aussi les réformes de gouvernance de l'Empire qui étaient à l'ordre du jour. Il s'attelait justement à étudier les divers projets en concurrence sur ce sujet quand il fut interrompu par une visite qualifiée de très urgente. Charles craignit encore une mauvaise nouvelle en provenance de la Castille où les rebelles opposaient une remarquable résistance malgré la perte du soutien d'une grande partie de la noblesse. Mais ce furent des conquistadors et des marins transportant des coffres et des objets cachés sous des draps qui entrèrent dans la pièce.

Anton de Alaminos était mort d'une crise cardiaque durant le voyage entre Anvers et Worms. Cela avait causé une grande peine parmi tous ses compagnons, car tous l'aimaient beaucoup. On avait beau savoir que tout humain était mortel, on espérait toujours qu'il y aurait une exception pour les êtres que l'on aime. C'était Alonso Hernández Puertocarrero qui avait été initialement chargé de le surveiller par un Cortés suspicieux qui se retrouvait avec la prestigieuse mais lourde tâche de prendre la parole devant un Empereur *a priori* hostile au conquistador rebelle. Il ne se sentait absolument pas à l'aise dans ce rôle et il lui fallut accumuler autant de courage qu'avant une grande bataille. Il avait tourné et préparé mille fois dans sa tête la phrase qu'il allait prononcer : « Veuillez recevoir votre part des trésors découverts dans les Nouvelles Terres par Hernan Cortés qui est le plus dévoué de vos sujets. » L'Empereur eut un petit rictus méprisant : il aurait pu remplir des châteaux entiers avec tous *"les plus dévoués de ses sujets."* La flatterie n'avait que peu de prise sur lui. Puertocarrero fit ouvrir les coffres et dévoiler le grand disque doré. Charles desserra sa mâchoire, ce qui en fit craquer l'articulation.

« Il y a bien d'autres trésors, Votre Majesté, et nous savons où se trouvent les mines où extraire encore plus d'or. Nous avons aussi des cartes pour compléter la *Padrón Real* à la *Casa de Contratación* de Séville. Nous aurions pu les laisser en Espagne, mais nous souhaitions vous les montrer en premier. Et je vous prie de bien vouloir accepter cette lettre dont je suis le détenteur et écrite par Hernan Cortés. » Puertocarrero tendit la lettre cachetée à l'Empereur. Celui-ci la regarda un instant, hésitant. Puis il plissa les yeux : « Est-ce ce Cortés qui, m'a-t-on écrit, a perdu le sens de la mesure ? Est-ce ce Cortés qui a mené cette expédition en dépit des ordres du Gouverneur de Cuba ? Est-ce ce Cortés pour lequel j'ai approuvé l'envoi d'une expédition pour le retrouver, le capturer et le pendre ?

— Votre Majesté, toutes les circonstances sont expliquées dans cette lettre. Cortés a conquis pour vous un Empire extrêmement riche et puissant. Il n'a souhaité que servir vos intérêts et faire découvrir la Vraie Foi à tout un peuple. »

Puertocarrero tendit son bras au maximum, étirant ligaments et tendons de l'épaule et du coude au-delà du raisonnable, priant que l'Empereur se saisisse de la lettre. Au bout de longues secondes de parfaite immobilité, Charles jeta un nouveau regard au grand disque d'or et à ses gravures étranges et inquiétantes qui semblaient danser à la lumière vacillante des hauts candélabres. Il prit la lettre du bout de ses doigts, comme si elle allait le brûler. Le conquistador poussa un soupir de soulagement qu'il souhaita le plus discret possible : il faisait confiance aux mots écrits par Cortés pour retourner l'Empereur hostile. Néanmoins, Puertocarrero souhaita souligner un point important : « À notre départ, il se trouvait que les Aztecas - c'est ainsi que ce peuple se nomme - s'étaient... rebellés. Nous avons dû faire prompte retraite. Aussi, nous demandons des renforts...

— Qu'est-il arrivé à l'expédition que j'avais ordonnée pour retrouver Cortés ?

— Nous l'avons... rencontrée et... éblouis par nos premiers exploits, les soldats nous ont rejoints.

— Eh bien, voilà vos renforts ! Je ne peux à ce moment guère vous proposer plus.

— Les émissaires du Chancelier de Croÿ nous avaient pourtant assuré de l'aide... »

Charles eut une sorte de tressautement puis frissonna des membres comme si son sang les avait quittés : « Des émissaires du Chancelier ?

— Oui, Majesté. Nous avons eu du mal à... cacher entièrement notre chargement à notre arrivée. J'imagine que l'information est remontée à lui et nous avons rencontré ses émissaires en chemin, à Maastricht. Ils souhaitaient une partie du trésor en échange de l'appui du Chancelier pour nous aider rapidement avec des troupes fraîches pour notre retour dans les Nouvelles Terres. Nous leur avons répondu que nous souhaitions tout vous remettre en mains propres. C'était une exigence absolue de la part de Cortés. Nous ne leur avons rien donné sur le moment, mais sûrement votre Chancelier a dû vous en parler et vous pourrez lui donner maintenant une part de l'or pour... pour qu'il paye les troupes... et.... »

Puertocarrero se tut tant le visage de l'Empereur se crispa et s'empourpra. Non, Charles n'était au courant de rien et il voyait là une tentative de Guillaume de Croÿ de s'attribuer en douce une partie du trésor. Eût-il reçu l'or, il l'aurait gardé pour lui et essayé de convaincre l'Empereur d'envoyer des troupes mais payées avec l'argent des caisses impériales. Il était vraiment temps de se débarrasser de Croÿ. Charles congédia le conquistador et les marins et il leur souhaita un bon voyage pour le retour. Il tenait toujours la lettre de Cortés à la main. Il l'avait presque oubliée. Il demanda à une personne de confiance (mais pouvait-il avoir entièrement confiance en quelqu'un ?) de faire transporter le trésor dans ses appartements privés. Finalement, pris par le doute, il supervisa le transport lui-même.

***

Le soir même, Charles convoqua Guillaume de Croÿ. L'Empereur décida de ne pas lui parler de sa tentative de vol d'une partie du *Quinto Real*. Il n'avait pas envie d'entendre ses excuses mielleuses et ses explications alambiquées qu'il servirait à grands renforts de faux fuyants. Charles avait tranché le fil qui le liait au Chancelier. Il ne restait plus qu'à le faire tomber et Croÿ découvrirait que plus rien ne le retenait face au vide. Croÿ allait rencontrer en secret Luther et il serait simple de faire ensuite croire que le Chancelier avait comploté avec lui, une fois pris en flagrant délit. Cela provoquerait sa démission, voire même son procès au *Reischskammergericht*[18].

L'Empereur le laissa entrer et Croÿ arriva de son pas lourd mais sûr et s'inclina sans conviction aucune, avec une obséquiosité mécanique. Charles fixa la liasse de documents que portait invariablement son Chancelier lorsqu'il venait le voir. *Pour un document qu'il me présente, combien en paraphe-t-il dans mon dos ?*

« Votre Majesté, j'ai réfléchi à propos des propositions à faire à la Diète pour la gouvernance. Vous ne pouvez diriger un aussi vaste domaine et vous devez vous appuyer sur de solides gouverneurs. Je vous propose de nommer Alb...

— Je sais qui je vais nommer. Les anciennes terres héréditaires des Habsbourgs doivent rester dans la famille. » *Toi, qui y croyais placer un de tes obligés, tu vas déchanter !*

— Mais je ne vois pas qui pourrait....

— Mon frère cadet Ferdinando que nous appellerons Ferdinand pour éviter ce surnom ridicule.

— Ma... Majesté. Mais c'est... Il vous a été hostile.

— Je sais dispenser ma miséricorde. Je suis Roi, je suis Empereur. Que voulez-vous qu'il me fasse désormais ? L'Autriche, la Styrie sont tranquilles. Et je le contrôlerai indirectement via Fugger qui a des intérêts économiques importants dans ces régions.

— S'il y trouve un intérêt pour accroître ses richesses, Fugger pourrait vous faire du tort en s'alliant avec Ferdinand.

— Je connais aussi une autre personne portée à me faire du tort *si elle y trouve un intérêt pour accroître ses richesses.*

---

[18] Tribunal de l'Empire

— Pardon ?

— Rien, rien..., répondit Charles en se mettant à triturer de ses doigts la cire refroidie dans la coupelle d'un bougeoir. Je ne discuterai pas plus avec vous de ce sujet. Je veux vous parler d'autre chose. Je vous avais demandé de préparer une affaire de mœurs ou d'enrichissement personnel qui discréditerait et traînerait dans la boue Luther. Avez-vous tout préparé ?

— Oui, tout est prêt. Des faux témoignages et des faux documents... d'une criante vérité !

— Bien. Il va arriver d'ici quelques jours. Il va paraître à la Diète devant moi. Je veux qu'après son intervention vous alliez le visiter, seul, dans un endroit discret de la ville pour lui faire du chantage.

— Il se méfiera. Il craint pour sa sécurité. Il ne viendra pas.

— Oh si, il viendra. Je vous autorise à imiter le sceau de Frédéric de Saxe, son protecteur. Trouvez un prétexte.

— Je ferai à votre guise, répliqua Guillaume de Cröy qui possédait déjà la collection complète des répliques des sceaux des Comtes et des Ducs de l'Empire.

— Je ne veux en aucun cas être associé à cette visite et à cette affaire. Je dois me tenir au-dessus de la mêlée, vous me comprenez bien.

— Tout à fait. »

Pendant tout cet entretien, Charles s'attendait à ce que ressurgisse d'une seconde à l'autre les maux qui lui rongeaient le ventre. Mais rien. Là où avant couvait une angoisse qui pouvait surgir à tout moment, il ne trouva que du vide. Il se sentait bien. Il se sentait libre. Il allait bientôt voler de ses propres ailes, comme l'aigle à deux têtes qui était perché en haut d'une étagère et qui scrutait de ses quatre yeux Guillaume de Cröy comme si c'était un mulot perdu au milieu d'une vaste prairie.

Chapitre 22

Fais preuve de gentillesse envers tous ceux que tu rencontres,
leur combat est peut-être plus dur que le tien!
Platon

Les fleurs prêtes à s'épanouir gelèrent dans un écrin blanc. Les feuilles prêtes à déployer leurs tendres limbes furent mordues par le froid et figées à jamais dans le cocon des bourgeons qui commençaient à s'ouvrir. Il gelait rarement dans le centre de la Castille, et cette gelée tardive alors que la sève printanière était déjà repartie à l'assaut des tiges et des branches était encore plus rare. Pedro de la Vega prit un bourgeon dans sa main et serra fort. Le bourgeon y éclata comme du cristal, lui provoquant des engelures : « Cette année, la récolte sera catastrophique. Ce sera encore pire que l'année dernière. » Pedro s'emmitoufla dans son épais manteau de laine noire. Avec le givre sur l'herbe qui craquait sous ses pas, il rejoignit Juan de Padilla qui avait la peau du visage rougeaude : « Mon cœur est transi de froid », avoua-t-il. *Mon cœur est transi de peur.*

Malgré la victoire de Torrelobaton qui avait regonflé le moral des troupes et les stocks de nourriture, Pedro savait que cela ne serait pas suffisant. La base de leurs soutiens dans la population s'épuisait. Les villes et les campagnes sous le contrôle des rebelles ne payaient certes plus le *servicio*, mais ils devaient entretenir une armée indispensable pour tenir tête aux Impériaux qui les harcelaient de guet-apens, d'escarmouches, de tentatives de reprise de villages. Les rebelles leur rendaient bien la pareille et l'épuisement commençait à être palpable des deux côtés. L'avenir semblait insaisissable tel du sable qui glissait entre les doigts.

« On ne tiendra pas longtemps comme cela. Ce gel scelle notre sort. Les Impériaux peuvent être réapprovisionnés des quatre coins de l'Europe. Pas nous. Nous n'avons aucun port maritime acquis à notre cause. Nous sommes encerclés de terres hostiles. La faim étreindra nos ventres », dit Pedro à Juan de Padilla. Celui-ci acquiesça, avec son humeur sombre et bourrue habituelle depuis que Maria Pacheco, revêche à toute explication rationnelle, ne lui adressait plus la parole à la suite du stratagème impliquant l'abandon de la Reine. Juan répondit après un long silence : « Et avec quoi vont-ils acheter ces denrées ? Ils n'ont plus d'argent. Tu as entendu ce que nous a avoué le prisonnier d'hier ? Les soldes ne sont plus payées.

— Des rumeurs sont venues jusqu'à moi... L'Empereur aurait reçu un fabuleux trésor en provenance des Nouvelles Terres ! Leur manque d'argent va être résolu.

— Des rumeurs justement. De la propagande, de la désinformation. S'ils en sont à invoquer un *deus ex machina* sous la forme d'un trésor venant de mers lointaines, c'est qu'ils sont plutôt désespérés.

— Ils n'ont pas besoin de payer. Ils peuvent réquisitionner.

— Je crains fort que nous allons devoir faire de même. Je sens les bonnes volontés s'émousser.

— Au départ de notre mouvement, tout était simple. Nous étions dans notre bon droit. Pourquoi faut-il que tout soit toujours sali ? Nous nous sommes engagés pour une juste cause et maintenant nous combattons pour survivre, comme des bêtes », dit Pedro avec un dépit inguérissable. L'exaltation du début du mouvement était bien morte.

« Tu as raison, répondit Juan de Padilla. Nous nous sommes laissé enfermer. Nous devons dégager des marges de manœuvre. Éparpillés, nous restons paralysés. Nous devons rassembler nos troupes et gagner une bataille décisive ! » conclut-il en tapant son poing dans sa paume.

Pedro se rendit compte que c'était la seule issue possible. Ils étaient dans une impasse et il fallait se dégager une sortie. Dans le même temps, il n'arrivait pas à se résoudre à une solution aussi radicale et, dans un éclair de lucidité, il comprit pourquoi : il ne voulait pas affronter son frère sur un champ de bataille. Or une attaque généralisée rendrait ce face-à-face inévitable. Jusqu'à présent, le hasard avait fait qu'à Torrelobaton, Garcilaso n'avait pas été dans la garnison restée dans le fort quand Pedro avait attaqué. Une telle chance ne reviendrait pas une deuxième fois : « Il faudrait éviter une attaque frontale et généralisée. Iñigo Fernández de Velasco n'attend que ça, dit Pedro, en désespoir de cause, d'un ton neutre pour éviter de trahir son émotion et ses véritables motifs.

— Oui, mais il n'attend sans doute pas que ce soit nous qui prenions l'initiative. C'est ça, notre force ! Il faut faire vite », conclut Juan de Padilla et il se leva, laissant Pedro à la réflexion triste et désabusée qu'il aurait mieux fait de se taire.

***

Juan de Padilla avait envoyé des messages par pigeons voyageurs aux quatre coins des territoires contrôlés par les *comuneros*. Il fallait rassembler les différentes armées près de la ville de Tóro pour partir à l'attaque vers les territoires contrôlés par les Impériaux. Il s'agissait de jouer sur le retard que devraient prendre les contingents impériaux à se rassembler à leur tour pour les attaquer séparément. Les troupes rebelles seraient ainsi toujours en supériorité numérique. Pedro de la Vega et un escadron avaient été envoyés en avant-garde pour observer s'il n'y avait pas de troupes impériales dans les parages qui pourraient éventer les mouvements d'ampleur des rebelles et leur réunion. Il s'agissait de préserver l'effet de surprise.

En chemin, Pedro était en train de chevaucher avec son escadron le long d'une des nombreuses cañadas[19] de la région, quand il vit arriver vers lui des paysans qui couraient. Ils semblaient fuir une petite ville plus loin dans la vallée d'où s'échappait de la fumée. Les paysans s'arrêtèrent, saisis de terreur en voyant l'escadron mais ils poussèrent un soupir de soulagement quand ils se rendirent compte que c'étaient des *comuneros* qui venaient vers eux : « Hé ! Ils ont pris Mora ! Venez nous aider ! Des vieillards, des femmes et des enfants sont réfugiés dans l'église ! Ils vont y mettre le feu ! ». Mora était une des petites villes qui s'étaient jointes très tôt après les grandes villes aux *comuneros*. Elle avait approvisionné autant qu'elle le pouvait le mouvement rebelle en nourriture, en hommes et en chevaux, même si c'étaient des chevaux de labour et des haridelles. Il y avait là un excellent forgeron qui avait fourni de nombreuses armes et réparé maintes armures.

Pedro hésita un instant. Affronter des troupes à Mora n'était pas le problème. En revanche, cela trahirait leur position et un fuyard impérial pourrait faire remonter au Connétable l'information que des mouvements de troupe suspects avaient lieu du côté des rebelles. Mais l'impératif de secours s'imposa à Pedro. A quoi bon combattre l'injustice si on laissait mourir des enfants ?

« Combien sont-ils, ces Impériaux ?

— Une quarantaine. »

L'escadron de Pedro était composé d'une trentaine d'hommes : « Ça ira. On les aura, ces *pendejos*. Nous allons

---

[19] Chemin de transhumance pour les moutons

secourir Mora ! Et veillez à ce qu'il n'y ait pas de fuyard ! » Pedro et ses cavaliers s'engagèrent dans la descente menant à la petite ville. Trois maisons y étaient la proie des flammes. Le toit de chaume de l'une d'entre elles s'effondra dans un tourbillon d'étincelles et Pedro reconnut que c'était celle du forgeron. Ce dernier était pendu avec une corde de gros chanvre à l'arbre de la place principale, à côté de la fontaine. En face, il y avait une petite église que les Impériaux encerclaient. Ils étaient justement en train de lancer des fagots enflammés à travers les vitraux qui avaient été brisés à coups de pierre au préalable. Des cris paniqués venaient de l'intérieur.

La silhouette d'un jeune adolescent apparut dans le clocher. De toutes ses forces, il attrapa la corde et mit en branle la cloche. Il fut pris d'une quinte de toux car la fumée qui l'atteignait commençait à devenir épaisse. Cette fumée le protégea néanmoins car elle gêna un arbalétrier de l'armée impériale qui ne put le viser correctement et le manqua. La pointe du carreau d'arbalète alla faire tinter la cloche d'un coup supplémentaire, rebondissant et puis tournoyant dans sa chute vers le sol. L'adolescent se baissa brusquement puis il se releva lentement et il regarda au loin. L'escadron rebelle arrivait. Il cria : « Ils vont nous sauver ! Les voilà ! », tout heureux, croyant que c'était lui qui les avait attirés. Pedro eut un rictus d'agacement. *Idiota* ! L'effet de surprise était perdu. Les soldats impériaux regardèrent dans la direction indiquée. Ils virent arriver l'escadron dans un nuage de poussière et purent s'écarter à temps pour ne pas être frappé de plein fouet. Les Impériaux s'éparpillèrent dans les ruelles. D'autres eurent le temps de remonter sur leurs chevaux.

Des combats épée contre épée s'engagèrent. L'arbalétrier épaula son arme et tira en direction de Pedro qui se pencha contre l'encolure de son cheval pour éviter le carreau qui siffla au-dessus de sa tête. D'un grand coup d'épée, il trancha de biais le visage de l'arbalétrier qui s'effondra au sol. Pedro tira les rênes de son cheval et descendit au sol avant même qu'il ne s'arrête complètement. Il courut aider l'ouverture des portes de l'église pour que ceux qui étaient emprisonnés à l'intérieur puissent s'échapper. Les flammes montaient d'un côté du bâtiment et tous les prisonniers s'étaient entassés sur le bas-côté opposé, dans le chœur et sur l'autel. Une fois le portail ouvert, ils sortirent comme des flots après la rupture d'un barrage, en même temps que la fumée qui s'était accumulée dans l'église. Les habitants coururent sur la place mais ne savaient où poursuivre leur fuite car des combats faisaient rage dans la plupart des ruelles. Le fracas des armes et des cris d'effort ou de douleur provenaient de toutes parts. Ils se rassemblèrent en une masse angoissée au centre de la place, comme un troupeau de brebis cerné par des loups. En émanèrent des « Seigneur Jésus, sauvez-nous ! ». La veuve du forgeron enserra les jambes pendantes de son mari en pleurant et ne voulut plus s'en détacher.

Pedro partit aider ceux qui combattaient dans les ruelles et jusque dans les arrière-cours où certains Impériaux s'étaient réfugiés. Quelques cavaliers avaient été désarçonnés par des lances à bout crochu et devaient se battre au sol. A la gauche de Pedro, un comunero réussit à repousser un soldat impérial d'un grand coup d'épée et celui-ci heurta le parapet d'un puits et disparut dedans, comme s'il avait été avalé par une bouche. Satisfait, Pedro se dirigea vers la droite et il se retrouva face à un soldat impérial à un croisement. Celui-ci chargea avec son bouclier en avant que Pedro reçut en plein thorax. Il en eut le souffle coupé et faillit tomber à la renverse. Mais il reprit son équilibre et s'inclina sur le côté pour éviter la lame de son adversaire qui fendit l'air le long de son flanc. D'un revers d'épée, Pedro trancha une profonde entaille dans l'avant-bras du soldat impérial qui lâcha son arme. Au moment où il voulut donner le coup de grâce, une lance se ficha à l'arrière de son genou. Pedro hurla et, déséquilibré, il tomba du côté atteint comme un pantin dont on aurait coupé la moitié des fils. Il avait négligé de surveiller les autres ruelles du carrefour. Son genou blessé à terre, il essaya de se retourner pour faire face au soldat qui avait projeté la lance. Mais il vit que celui-ci venait d'être attaqué à son tour par un soldat rebelle. Au prix de grandes douleurs, il sortit d'un coup sec la lance de l'arrière de son genou et un liquide chaud se mit à couler le long de son mollet.

Pendant ce temps, son premier assaillant essayait de reprendre son épée avec sa main valide, tandis qu'il continuait à perdre du sang de son avant-bras tranché jusqu'à l'os. Pedro comprit que son adversaire pourrait se relever, contrairement à lui. Alors il rampa, trainant sa jambe blessée et progressant en repliant son genou valide. Il devait atteindre le soldat impérial au plus vite. Ce dernier réussit à récupérer son épée mais avec tout le sang perdu par sa blessure, il fut pris d'un étourdissement et lorsqu'il essaya de se relever, il plia un genou à terre. Pedro ne se fit pas prier pour se jeter sur lui en détendant sa jambe valide et ce fut un combat misérable d'estropiés, dans des grimaces et des grognements de douleur. Pedro réussit à faire à nouveau lâcher l'épée à son adversaire en lui mordant le poignet jusqu'au sang. Il finit par lui plonger sa lame sur le côté de sa nuque en direction des poumons. Le soldat expectora un jet de sang et Pedro se retrouva avec un cadavre retombant lourdement sur lui.

Ecrasé par le poids de son adversaire mort, Pedro fut plaqué contre le sol. Il sentit celui-ci trembler et il entendit le bruit d'une cavalcade. Des renforts rebelles ? Non, c'était un renfort de soldats impériaux, sans doute attirés par la cloche que cet adolescent stupide avait fait sonner. Les Impériaux balayèrent ce qu'il restait de rebelles. Pedro était le seul survivant de la troupe des *comuneros* dans le village. Il décida d'attendre, caché sous le cadavre. C'est alors qu'il entendit une voix familière. Celle de son frère : « C'est les nôtres qui ont essayé de brûler l'église ? Je dois dire que je n'approuve pas du tout ça.

— Ordre du Comte d'Osorio, lui répondit une voix nasillarde. Il fallait leur donner une bonne leçon. Je te conseille de ne pas faire le malin. Si tu veux te montrer miséricordieux, va voir s'il n'y a pas des blessés à achever. »

Garcilaso émit un grognement de mécontentement et se dirigea vers une rue perpendiculaire à celle où gisait Pedro. Celui-ci était tétanisé, plus mort que vif, mais avec le cœur cognant fort comme s'il venait de courir. Une minute s'écoula qui dura une heure. Il entendit un gargouillement étranglé venant d'une rue voisine. Garcilaso avait dû achever un blessé. Puis il entendit de plus en plus distinctement des pas. Garcilaso avait fait le tour du pâté de maisons et maintenant se dirigeait vers lui. Les pas s'approchèrent tout près puis s'arrêtèrent. « Manuel... je ne savais pas que t'étais resté avec ce détachement », murmura Garcilaso qui avait reconnu le soldat que Pedro avait tué. « Paix à ton âme. Voyons quel *hijo de puta* t'a tué », continua Garcilaso et il repoussa d'un mouvement de bras le cadavre. Ce faisant, il le poussa sur le genou blessé de Pedro qui ne put réprimer une grimace de douleur. Garcilaso reconnut son frère. Celui-ci, sachant que cela ne servait plus à rien de feindre la mort, ouvrit les yeux et regarda longuement Garcilaso. Le soldat impérial avait son épée prête à agir, encore rougie et maculée des petits morceaux de tissu humain de ses précédentes victimes. Le face-à-face silencieux leur coupa le souffle. « Reste là », finit par chuchoter Garcilaso et il remit le cadavre en place par-dessus son frère. Il se releva et continua sa tournée.

Pedro resta immobilisé quelques longues heures, lui donnant l'impression de prendre racine. Le cadavre au-dessus de lui était de plus en plus froid et rigide. Pedro fut reconnaissant envers lui-même de ne pas lui avoir touché les intestins sinon il aurait eu droit en plus à une odeur insupportable. Quelques mouches venaient sur le cadavre, çà et là, en reconnaissance, pour tâter le terrain. Le sang de Pedro s'était arrêté de couler de sa blessure, mais la soif le tenaillait. Il aurait aimé pouvoir désinfecter sa plaie, ne serait-ce qu'avec sa salive, mais c'était bien sûr impossible à faire sans attirer l'attention. Il commençait également à avoir des fourmis dans les jambes mais là aussi, impossible de bouger. Des groupes de soldats impériaux investissaient les bâtiments pour récupérer tout ce que les habitants avaient laissé. Dans une maison juste à côté de Pedro, ils découvrirent une famille qui s'était cachée dans un cellier. Il entendit les cris et les supplications puis des cris suraigus démultipliés par les échos sur les voûtes du cellier. Enfin, il y eut les coups sourds de corps qui tombent. En sortant l'un des soldats s'approcha de la masse que formaient Pedro et le mort en plein milieu de la rue. Une bourrasque de vent balaya le sol et de la poussière s'insinua dans les narines de Pedro. Il faillit éternuer mais se retint tandis que le soldat demanda : « Et les cadavres, on en fait quoi ?

— Garcilaso a dit qu'on les brûlera cette nuit. Ça nous réchauffera. »

La phrase plongea Pedro dans des abymes d'angoisse, mais il ne pouvait croire que son frère l'avait trompé et allait le brûler vif. Non, il devait y avoir une ruse derrière.

La nuit commença à tomber et Pedro avait de plus en plus de mal à réprimer des frissons. Une crampe le prit dans le mollet et il ne put faire autrement que de bouger un peu son pied. Le mouvement provoqua un choc métallique sur l'armure. Pedro se figea à nouveau. Pendant longtemps, rien ne se passa. Finalement, Pedro entendit le bruit de sabots qui s'approchaient de lui. Le cheval s'arrêta et un homme en descendit. Le poids du cadavre s'allégea. « Viens. On va partir d'ici. » C'était la voix chuchotante de Garcilaso. Pedro lui jeta un regard interrogatif mais Garcilaso ne lui répondit pas. Il l'aida à se relever et à monter sur le cheval. La douleur à l'arrière du genou était très vive et Pedro dut se mordre les lèvres jusqu'au sang pour ne pas hurler, sans compter que tous ses muscles étaient ankylosés et lui faisaient un mal de chien. Garcilaso monta à son tour et fit galoper le cheval vers la sortie de la ville. Un chien errant se mit à aboyer à leur passage mais rien ne vint barrer leur course.

« Ils sont en train de boire dans une maison de l'autre côté de la ville, dit Garcilaso au bout d'un moment, en guise d'explication.

— Où… Où me mènes-tu ? demanda Pedro.

— C'est toi qui vas me guider une fois que l'on sera suffisamment loin du village. J'ai décidé de quitter cette armée impériale. J'ai vu trop d'horreurs. La tentative d'incendier l'église a été l'horreur de trop. Je veux me battre à tes côtés. »

Pedro ressentit un immense soulagement. Il en eut une larme qui perla au coin de l'œil.

***

Les armées de Juan de Padilla, de Juan Bravo et d'un noble de Salamanca Francisco Maldonado avaient déjà effectué leur jonction lorsque les deux frères de la Vega arrivèrent. Padilla fut dans un premier temps soulagé de voir Pedro, mais une lueur d'inquiétude s'alluma lorsqu'il le vit blessé et surtout accompagné de son frère dont il savait qu'il était parti dans le camp adverse. Pedro chercha à le rassurer : « Il a changé de camp. Il a enfin rejoint le camp de la justice. Les Impériaux ont essayé de brûler des civils enfermés dans une église à Mora. Il ne veut plus rien à voir avec ces barbares. » Pedro grimaça sous la douleur à son genou en descendant de cheval avec l'aide de Garcilaso. « Et... les autres ? demanda Padilla.

— Je dois être le seul survivant. Ce détour par Mora nous a coûté cher. Mais nous n'avons fait que notre devoir. Les civils ont été libérés. Beaucoup ont pu s'enfuir. »

Juan de Padilla ne dit rien mais rumina que son devoir avait été de ne pas perdre trop d'hommes avant une bataille cruciale et que, sur ce point, c'était un échec patenté. Un attroupement s'était formé autour d'eux. L'un des soldats qui avait "raccompagné" la Reine reconnut Garcilaso : « Qu'est-ce qu'il fait là lui, qui lèche le cul de Charles ?

— C'est mon frère et je ne le laisserai pas insulter ! Il m'a sauvé la vie, répliqua Pedro avec la volonté d'en découdre avec tous ceux qui s'attaqueraient à son frère, malgré sa blessure.

— Mmmh, fit suspicieusement le soldat. M'est d'avis qu'il faut le surveiller si ce n'est pas un espion. Parce que si c'en est un, je vais lui écraser les *cojones* comme on ouvre des noix ! » Les deux frères allaient vertement répondre mais Padilla coupa la montée de l'algarade : « Et si Garcilaso nous donnait tous les renseignements qu'il connaît au sujet des Impériaux ? Voilà qui me paraîtrait plus utile. »

On envoya Pedro se faire soigner le genou et une réunion d'état-major fut improvisée dans une ferme qui avait été réquisitionnée. Au cours de cette réunion, Garcilaso donna de nombreux renseignements sur les positions des troupes impériales dans le secteur autour de Mora, sur les stratégies du Comte d'Osorio et aussi sur ce qu'il savait des intentions d'Iñigo Fernández de Velasco. Les questions posées tournèrent aussi autour des soldes : « Non payées. Les troupes sont démoralisées.

D'où une certaine propension aux saccages et aux pillages qui me dégoûtent, confia Garcilaso.

— Bien... Et ces rumeurs de trésor fabuleux d'un pays lointain ? demanda Juan de Padilla.

— Nous n'avons pas vu l'ombre d'une pièce d'or provenant de ce trésor. Je peux vous l'assurer. Ce sont probablement des racontars pour égayer les veillées. »

La réunion se poursuivit jusqu'à la tombée du soir où il fallut allumer des chandelles de suif. Juan de Padilla libéra ensuite Garcilaso et ce dernier put trouver Pedro qui le rejoignit en trottinant sur une béquille. Les deux frères cherchèrent de quoi manger. Les rations maigres des derniers jours avaient été exceptionnellement augmentées aujourd'hui : « C'est parce que demain nous allons avancer vite en territoire ennemi, dit Pedro. Tu vois ? Tu es arrivé à point nommé pour faire bataille du côté des vainqueurs.

— Oui, les rations sont plus grandes parce que demain, il y aura sans doute moins de bouches à nourrir, répondit Garcilaso d'un air sombre.

— Je devrais me débrouiller pour réussir à combattre demain, malgré mon genou.

— Je ne te le conseille pas. Reste en arrière-garde tant que tu n'es pas guéri.

— Je te reconnais bien là, frérot. Toute la gloire rien que pour toi ! »

Pedro et Garcilaso s'installèrent dans un coin du camp pour manger leurs tranches de jambon salé, leur double ration de gruau versée dans une écuelle et leur gobelet de vin coupé d'eau. « Non, attends. J'aime pas cet endroit. On est prêt du stock de poudre », dit Pedro. Un artilleur était justement en train de goûter un peu de poudre pour vérifier qu'elle était bien sèche et prête à l'emploi. Les deux frères se déplacèrent plus loin, à côté de la roue qui permettait de faire tourner la pierre à aiguiser le fil des épées. Ils se racontèrent leurs aventures depuis leur séparation à Tolède et tout fut comme si le schisme qui s'était formé entre eux se refermait petit à petit. Garcilaso déclara : « De nos jours, tout change tellement vite qu'il est difficile de distinguer où est le Mal et où est le Bien.

— Le Bien est toujours du côté de la défense des opprimés. Or tu as vu comment les Flamands nous oppriment ? Je suis content que tu aies fini par le voir, frérot. »

Les deux frères trouvèrent un endroit où dormir et malgré les douleurs toujours présentes et l'angoisse du lendemain, Pedro s'endormit content comme jamais depuis bien longtemps.

Au milieu de la nuit, il fut réveillé par une gigantesque explosion. Le stock de poudre pour les canons et les arquebuses avait explosé. Un gros cratère béait à la place et on trouva des morceaux de corps des soldats qui avaient dormi à côté sur plusieurs centaines de mètres à la ronde. Pedro repoussa un fragment de cage thoracique qui avait atterri sur son dos et se retourna pour voir si Garcilaso n'avait pas été blessé. Mais il ne le trouva pas. C'est alors qu'il se rendit compte qu'un morceau de papier froissé avait été accroché avec une ficelle à sa béquille. Dessus il y avait écrit au fusain : "Sauve-toi". C'était l'écriture de Garcilaso. Pedro sentit son sang se glacer. Son frère n'avait pas changé de camp. Il avait laissé Pedro le mener droit vers le cœur de l'armée rebelle ce qui lui avait permis d'estimer précisément l'état des troupes. Et par-dessus le marché il avait saboté leur stock de poudre rendant les canons et les arquebuses inutilisables. L'offensive généralisée surprise allait être divulguée dans le camp d'en face vers lequel Garcilaso devait galoper à bride abattue à l'heure qu'il était.

Pedro voulut hurler de rage mais le chagrin qui lui brisa la voix fut le plus rapide et il se mit à pleurer. Un peu plus loin, Juan de Padilla regardait le cratère fumant comme si l'enfer s'était ouvert sous ses pieds. Titubant, il fit quelques pas, accablé par les hurlements des blessés, arrachés de leur sommeil avec un membre en moins. Il s'arrêta devant une jambe à moitié noircie qui gisait à terre. Puis il finit par tourner la tête vers Pedro et il comprit. Jamais plus il ne lui adressera la parole.

Chapitre 23

La paix n'est jamais payée trop cher.

Érasme

Le bedeau ouvrit largement le portail avec cérémonie, et Charles sortit de la cathédrale impériale de Worms où il avait prié. La cathédrale était romane, en grès rose, avec quatre tours rondes et deux coupoles. Charles ne put s'empêcher de penser à la Chanson des Nibelungen dont un épisode en apparence anodin mais lourd de conséquences s'était déroulé devant le même portail par lequel il sortait. Les reines rivales Brünhilde et Kriemhild s'y étaient disputées au sujet du rang de leurs époux respectifs, Siegfried et Gunther, ce qui déterminerait qui pourrait entrer dans la cathédrale en premier. Toutes ces disputes avaient enclenché la chaîne d'évènements qui avait abouti à la mort de Siegfried et à la disparition du peuple nains des Nibelungen. Charles était sceptique quant aux rumeurs que les Nibelungen n'avaient toutefois pas complètement disparu. Des aventuriers cherchaient à retrouver l'Anneau forgé par le nain Alberich qui pouvait donner un grand pouvoir mais qui était maudit. Charles préférait le croire reposant à jamais sur le fond du Rhin. Il y avait suffisamment de problèmes à gérer dans l'immédiat !

En sortant de la cathédrale, l'Empereur fut aveuglé par la lumière du soleil et il se dirigea à pas rapides vers le petit Palais qui lui servait de résidence pour la Diète. Il ne voulait rien voir de la ville et les vingt gardes armés de hallebardes qui l'entouraient lui dégagèrent le chemin de tout intrus. Ce ne fut pas facile car la ville de Worms était en effervescence car les Cours laïques ou ecclésiastiques des Sept Princes Électeurs étaient arrivées en plus de celle de l'Empereur. Sur le parvis de la cathédrale, des bateleurs vantaient des élixirs pour soigner des maux divers, des plus anodins aux plus terribles. D'autres vendaient des statuettes en bois représentant Marie ou des Saints de toutes sortes. Des hurlements émanaient épisodiquement d'une petite tente où officiait un arracheur de dents. Des femmes tsiganes proposaient de dire la bonne aventure, tandis que d'autres, leurs longs cheveux flottant dans le vent, dansaient pieds nus sur le pavé en s'accompagnant de tambourins. Des joueurs de flûte et de guimbarde quémandaient quelques pièces un peu plus loin et des vendeurs de massepain faisaient de bonnes affaires.

Des étudiants essayaient de vendre des feuillets avec des écrits de Luther ou au contraire avec des écrits contre Luther. Ils étaient tous impitoyablement pourchassés par des gardes impériaux qui ne voulaient pas de troubles à l'ordre public susceptibles de nuire aux débats. Dans leur élan, les gardes en profitaient pour expulser de la ville quelques traine-misères, mais ceux-ci revenaient le lendemain, attirés par l'agitation à Worms comme des papillons nocturnes par la lumière.

Une fois revenu au Palais, l'Empereur reçut Érasme avec tous les honneurs dus à un Prince. C'était, après tout, *le Prince des Lettres*, le plus grand penseur de l'époque. La pièce où eut lieu la rencontre était magnifiquement décorée de lambris et une frise parcourait le plafond avec les portraits des différents Empereurs depuis Otto Ier. Charles invita Érasme à s'asseoir dans un grand fauteuil en bois de chêne sculpté que n'aurait pas renié un monarque. L'Empereur lui avait proposé de venir à la messe dans la cathédrale car cela aurait permis d'afficher clairement qu'Érasme était à ses côtés, dans le camp catholique. Érasme avait diplomatiquement décliné l'invitation dans une longue et habile lettre, tellement brillamment tournée et érudite que Charles avait fini par oublier que son objet avait été de lui opposer un "non". Maintenant qu'il était face à l'Empereur,

Érasme brûlait d'impatience de lui parler. Il hésitait cependant à lui dévoiler, comme Léonard l'avait fait avec François Ier, l'existence des Douze Grands Esprits et du Treizième. Au moment où il commença à parler à l'Empereur, il hésitait encore : « Je suis très honoré de vous rencontrer, dit Érasme.

— Et moi de même. Êtes-vous bien installé dans notre bonne ville de Worms ?

— Vous savez... Tant que j'ai un lutrin, du papier, des plumes et de l'encre, je suis heureux. Et de la place pour poser mes coffres remplis de livres. Et aussi une bonne réserve de bougies que je puisse lire et écrire jusqu'à des heures nocturnes avancées.

— Je vous envie. Je souhaiterais pouvoir plus me consacrer à la lecture d'autre chose que des rapports qui témoignent de comportements hostiles à mon égard.

— Vous avez abondance d'États. Rien ne devrait vous atteindre. Je vous conjure de ne pas répondre aux provocations. Il règne une paix relative en Europe depuis six ans. Les Arts, les Lettres, le commerce se sont développés comme jamais.

— La paix, dites-vous ? Pour lors, je dois faire guerroyer en Castille pour battre une rébellion. Peut-être bientôt une autre éclatera en Navarre car on m'annonce des mouvements de troupes suspects du jeune Henri.

— Certes... Et vous êtes dans votre droit de mater une rébellion sur vos terres. Mais des guerres entre Royaumes Chrétiens ne se justifient pas car ce qui constitue leur pilier, le chauvinisme, est l'œuvre du Diable ». *L'œuvre du Treizième.* « Aux yeux de Dieu, tous les Chrétiens sont égaux.

— Alors ils peuvent vivre sous le même Empire. Un Empire universel », répliqua Charles, satisfait de lui-même. Il caressa un anneau qu'il portait à un doigt et où il y avait gravé cinq lettres sur le pourtour : A E I O U, la devise des Habsbourgs (*Austria Est Imperare Orbi Universo[20]*).

Érasme n'aima pas la lueur dans le regard de l'Empereur et il n'aima pas plus sa caresse sur l'anneau :

« Mmm... C'est là un point délicat mais justement non. Un Empire universel n'est pas souhaitable. Sans verser dans le chauvinisme, il reste des frontières naturelles entre les peuples. Et chaque déplacement artificiel de ces frontières porte en germe de nouveaux conflits. J'ai suffisamment médité sur la décadence de l'Empire Romain pour aboutir à cette idée. » *J'ai vu des Empires naître et mourir. J'ai été* témoin *de la chute de l'Empire Romain et de l'Âge des Ténèbres qui a suivi et je ne souhaite pas à l'Europe de revivre ça. Je ne souhaite pas, moi, revivre ça.*

« L'Empire Romain n'avait jamais atteint les nouvelles terres que nous découvrons actuellement, continua Charles, sourd aux arguments d'Érasme. Si tout va bien, dans quelques années, le Soleil ne se couchera jamais sur mon Empire.

— Alors les armes n'y dormiront pas non plus... Or à un moment, il faudrait bien que les Hommes arrêtent de s'entretuer, ne pensez-vous pas ?

— Érasme. J'ai une proposition à vous faire. Mon Chancelier actuel ne... ne me donne plus tout à fait satisfaction. Je souhaite que, en temps voulu, vous soyez son successeur. »

Érasme essaya avec peu de succès de cacher sa surprise. Celle-ci était d'autant plus grande que la proposition jaillissait après une discussion où leurs points de vue avaient divergé. Cela pouvait passer pour une hauteur de vue de l'Empereur que de prendre comme Chancelier quelqu'un de complémentaire. Mais Érasme avait bien trop fréquenté les Puissants pour ne pas y voir

---

[20] La destinée de l'Autriche est de diriger le monde entier.

autre chose qu'une manière d'étouffer toute opposition. Et c'était bien la peine d'écrire à Thomas More de ne pas trop se faire enserrer dans les griffes d'Henry VIII pour soi-même se laisser prendre dans les filets de Charles Quint.

« Je préfère rester à mes études. Je crains que la gestion des affaires courantes ne m'éloigne trop de ce qui me tient à cœur.

— Servir votre Empereur n'est donc pas ce qui vous tient à cœur ? demanda Charles Quint avec un brin d'agacement.

— Justement. Avoir suffisamment de temps pour me plonger dans les textes anciens et correspondre avec les érudits de toute l'Europe et vous restituer une synthèse des meilleures pensées de notre temps est ma manière de vous servir le plus efficacement. Je continuerai à vous conseiller. Par soucis d'honnêteté, je dois vous déclarer que j'ai été contacté par l'entourage de votre frère Ferdinand. Plus précisément par votre tante commune, Marguerite d'Autriche. Dans le cadre de son éducation, qui avait été un peu frustre en Espagne, je corresponds avec Ferdinand et avec son précepteur. Il a fait d'énormes progrès en lettres latines. C'est plus poussif en grec.

— C'est bien. Je souhaite lui donner à gouverner les provinces héréditaires des Habsbourg.

— C'est très sage de votre part. Je vois qu'un juste souci d'apaisement vous anime.

— Mais je n'ai jamais été bon en latin, dit de manière incongrue Charles qui visiblement était jaloux que son frère Ferdinand puisse finir meilleur que lui dans cette matière.

— Il n'est jamais trop tard. Même s'ils étaient païens, les grands penseurs de l'Antiquité sont porteurs de grandes sagesses. Platon, Aristote, Sénèque, Plutarque et Cicéron, combinés avec les enseignements des Évangiles sont des guides pour tout Prince de notre époque. Si tous les Princes puisaient aux mêmes bonnes sources, il ne saurait y avoir de conflits.

— Les enseignements des Évangiles... Dois-je comprendre que vous soutenez Martin Luther ?

— Je vois une contradiction entre la puissance spirituelle qui devrait être celle du Pape et sa puissance territoriale avec les États Pontificaux et sa puissance militaire avec son armée. Et j'aurais dit cela également si dans cette armée, il n'y avait que des soldats avec... un cœur battant. Ce sont deux ordres de nature irréconciliable qui s'entrechoquent et fracturent toute la Chrétienté. Et se repaître ainsi d'âmes mortes sur le bûcher...

— Des âmes pécheresses...

— Des âmes tout de même. Je prône un retour *ad fontes*[21], aux textes évangéliques eux-mêmes. Jésus n'a-t-il pas dit à Ponce Pilate : *"Mon Royaume n'est pas de ce monde" (Jean 18:36)* ? Le Pape ne devrait pas avoir un État avec une force militaire et de somptueux Palais. Il devrait être un simple guide spirituel. Il y a sans doute là un compromis à trouver. Néanmoins, j'ai été déçu de l'attitude bornée et cassante de Luther. Je ne suis pas sûr que l'excommunication serve sa cause. Il était plus puissant à l'intérieur de l'Église.

— Avez-vous essayé de le rencontrer ?

— Oui, de multiples fois. Mais il n'a pas donné suite à mes requêtes. Je crois qu'il a peur d'indiquer où il est. Il a peur de se faire intimider ou pire, de se faire enlever ou tuer.

— Impossible. Il a un sauf-conduit de ma part. J'en ai même la copie ici :

---

[21] aux sources

Charles-Quint, par la grâce de Dieu, Empereur des Romains, toujours auguste, etc., à notre honorable, cher et pieux docteur Martin Luther, de l'ordre des Augustins.

Attendu que nous et les États du Saint Empire, maintenant assemblés ici, avons proposé et résolu, à cause de la doctrine et des livres publiés par toi depuis quelque temps, de prendre une décision à ton égard, nous t'accordons, pour te rendre ici, et de plus pour la sûreté de ton retour, notre libre et impériale sauve garde que nous t'envoyons avec cette lettre.

Désirant que tu te mettes aussitôt en route pour te rendre auprès de nous, sous vingt-et-un jours et de la manière fixée par le sauf-conduit, et que tu viennes sans craindre ni violence ni injure, nous voulons fermement tenir la main à l'exécution de notre sauf-conduit et nous persuader que tu viendras. Car, si tu y manquais, tu rendrais notre justice sévère.

« Il a souhaité ce sauf-conduit pour ne pas que se reproduise ce qu'il s'était passé avec Jan Hus[22] , précisa l'Empereur.

— Alors pourquoi refuse-t-il de me rencontrer ? dit Érasme, montrant son orgueil blessé.

— Que me conseillez-vous de faire avec lui ? demanda Charles, pour qui la rencontre entre Érasme et Luther n'avait aucune importance.

— Il est un de vos sujets. Il est en conflit avec le Pape et avec les moines trop ventrus, mais il n'est pas en conflit avec vous. Je vous conseille de le ménager. Il peut paraître humble mais comme tous les Saxons, il peut avoir la morgue facile.

— Qu'ai-je à craindre de lui ?

---

[22] Théologien réformateur tchèque, invité à participer à un Concile, il y a été arrêté puis brûlé vif en 1415.

— Tout. Les nouveaux convertis à son dogme seront les plus zélés. Et ils se sentiront d'autant plus forts qu'ils ont en partie raison, ce qui leur permettra de passer opportunément sous silence les parties plus douteuses des enseignements de Luther. Cet homme, Luther, est à la fois le plus grand danger pour son unité que la Chrétienté ait connu, mais aussi la plus grande opportunité de réformer ce qui doit l'être. Le monde change, et nous devons changer avec lui. Souvent, la haine naît de l'incompréhension. Alors prenez le temps de comprendre le point de vue de Luther. Vous *devez* trouver les moyens d'un compromis. »

Lorsque Érasme repartit, Charles se rendit compte en contemplant les solives magnifiquement décorées au plafond, que pas une seule fois l'érudit ne l'avait appelé "Sire" ou "Votre Majesté". Dans un premier temps, l'Empereur prit cela comme un signe d'arrogance et de manque de respect. Mais il se rendit compte qu'il y avait quelque chose d'insaisissable chez Érasme qu'il n'arrivait pas à comprendre. *Une distance. C'est ça, une distance. Comme s'il n'était pas tout à fait dans notre monde.*

***

Martin Luther arriva à la Diète qui se tenait à l'évêché de Worms. Il était debout sur un chariot découvert tiré par des chevaux. La foule formait une masse compacte. On se pressait et on se coudoyait pour le voir, bien plus que pour apercevoir l'Empereur Charles Quint qui était passé auparavant. La foule obstruait la moitié de la rue, rendant impuissants les hallebardiers à livrée impériale qui tentaient de la contenir. Tout le monde souhaitait apercevoir la figure de celui qui tenait tête depuis quatre ans au Pape. Certains tendaient les mains pour essayer de le toucher. On entendit fuser des "Cochons de Rome !" et des "Allemagne libre !" en provenance de la foule. Luther resta impassible, sans sourciller à ces encouragements, tout comme le Maréchal impérial Ulrich von Pappenheim qui l'escortait et à qui on avait conseillé de rester neutre. Un "Luther au bûcher !" fut entendu mais immédiatement il fut suivi de huées, de sifflets et d'imprécations à l'encontre de l'auteur de cette phrase qui finit agoni d'injures.

Luther descendit du chariot et pénétra dans l'évêché d'un pas mécanique. Il dut attendre derrière la grande porte de la salle de la Diète que l'ordre du jour de l'assemblée en arrivât à son cas. Le Maréchal Von Pappenheim lui dit avec une voix à peine plus forte qu'un chuchotement : « Impressionner la badaudaille est facile, moine. Mais ici tu vas affronter un danger tel que ni moi, ni aucun capitaine n'en avons couru de pareil dans une bataille. Si, cependant, ton opinion est vraie, et si tu en es bien certain, continue toujours au nom de Dieu, et il ne t'abandonnera pas ». Luther inclina légèrement la tête en guise de remerciement tacite, même si, concentré, il n'avait pas écouté la moitié de ce qui venait d'être dit. La situation était néanmoins nouvelle et d'importance : un Maréchal Impérial à qui on avait demandé la neutralité lui donnait des encouragements, du moins en privé.

La porte s'ouvrit et Luther put entrer dans la grande salle. On aurait pu croire que c'était un cirque romain et que des lions allaient être lâchés d'un instant à l'autre. Luther s'avança d'un pas assuré sous les chuchotements bourdonnants des Princes et des députés des villes impériales qui siégeaient sur des bancs. Frédéric de Saxe, les favoris plus touffus que jamais, avaient les joues gonflées par un large sourire, ses mains posées avec satisfaction sur son ventre de buveur de bière. C'était grâce à lui que toute cette scène se déroulait. Sur une estrade, l'Empereur présidait la séance depuis son trône, vêtu d'un riche costume de velours noir et d'or. Son épée reforgée était bien mise en évidence à sa ceinture, maintenue par un baudrier incrusté de pierreries. Il portait son collier d'où pendait par le dos un petit bélier à la Toison d'Or. Charles Quint était entouré de ses ministres et de membres de la Cour qu'il souhaitait honorer. Il y avait le nain Matthäus Schiner et également son Chancelier Croÿ qui avait réussi à obtenir un rendez-vous discret avec Luther pour le soir même. L'annonce de cette nouvelle avait étonné Charles en la confrontant avec ce que lui avait dit Érasme. *Il évite à tout prix Érasme mais accepte facilement de voir Guillaume... Qu'est-ce que cela veut dire ? Certes, il y a la fausse lettre avec la signature et le sceau contrefaits de Frédéric de Saxe au bénéfice de mon Chancelier mais c'est tout de même intrigant. Et finalement tant mieux ! Je vais pouvoir surprendre et confondre Croÿ et l'accuser de complot avec Luther.*

Le moine et l'Empereur se jaugèrent. Luther, robuste et trapu, était bien campé sur ses jambes. Charles fut stupéfait par son regard. Aucune crainte. Encore moins de remords. C'était parfaitement normal de se retrouver ainsi face à l'Empereur, comme un rendez-vous pris de longue date. Par un étrange effet, bien que l'Empereur fût sur une estrade assez haute, il avait l'impression que Luther était plus grand que lui. Charles ressentit le besoin de se lever mais n'en fit rien car cela n'était pas prévu au protocole. La pauvreté des vêtements de Luther - une simple robe noire de moine - attirait étrangement le regard au milieu des vêtements luxueux et bigarrés qui l'entouraient et qui saturaient la vue. Il semblait un corps sombre autour duquel le monde se mettait à tourner.

Le greffier de la séance tapa trois coups sur le parquet avec son bâton de bronze. C'était Thomas de Vio, l'Archevêque de Palerme et l'émissaire du Pape qui avait été choisi pour interroger Luther

: « Martin Luther, l'Empereur vous a fait appeler pour savoir de votre propre bouche si vous reconnaissez les livres publiés sous votre nom. » Puis il lut les titres de l'intégralité des œuvres de Luther qui étaient exposés sur une table comme autant de *corpus delicti*. Thomas de Vio essayait d'adopter un ton neutre mais il soulevait un sourcil à la fin de la lecture de chaque titre comme si c'étaient des ouvrages échappés de la bibliothèque de Sodome et de Gomorrhe. « Oui, je suis l'auteur de ces ouvrages », répondit Luther, sans aucune fierté apparente mais sans contrition non plus.

« Êtes-vous disposé à en rétracter le contenu ?

— En me rétractant, je craindrais d'encourir cet anathème du Christ : *"Celui qui me reniera devant les hommes, je le renierai devant mon Père, qui est au ciel."* Je ne suis qu'un pauvre moine, élevé dans la solitude d'un cloître, et connaissant peu les usages des Cours. Dans tout ce que j'ai enseigné et écrit jusqu'à présent, je n'ai eu en vue que la gloire de Dieu, et le salut des chrétiens que j'ai voulu ramener dans la voie de la vérité. Je peux m'en rendre témoignage. Mes écrits sont de plusieurs espèces ; les premiers sont relatifs à la foi et à la morale, et je ne peux pas les désavouer sans condamner l'approbation que leur avaient donnée mes ennemis mêmes qui les avaient jugés utiles ; les seconds...

— Vous n'êtes pas là pour faire des discours mais pour répondre précisément à des questions, l'interrompit Thomas de Vio.

— Les seconds..., reprit Luther et il y eut des *"chut"* dans l'assemblée à l'adresse de l'Archevêque qui pinça ses lèvres de dépit, ...censurent la papauté et la doctrine des papistes qui ont dénaturé le christianisme, opprimé le monde, dévasté surtout l'Allemagne par des exactions insupportables, et je ne veux pas les désavouer non plus, de peur de laisser un libre cours à la rapacité et à la tyrannie de la cour de Rome et d'encourager leur malice, licencieuse et impunie, qui vexe et écorche la consciences des fidèles ; les troisièmes, enfin, ont été composés contre les adversaires de mes opinions. J'avoue m'être, en plusieurs rencontres, montré trop dur et trop véhément à leur égard, et être allé plus loin qu'il ne convenait à ma profession, mais je ne me donne pas pour un homme sans défaut, ni pour un saint. Il ne s'agit point, dans cette cause, de mon caractère, mais de ma doctrine. Il en sera de celle-ci comme de la prédiction de Gamaliel aux Scribes et aux Pharisiens. Si ma cause n'est pas de Dieu, elle ne durera pas au-delà de deux ou trois ans ; mais si elle est de Dieu, vous ne serez pas en état de l'étouffer. Je me recommande à Votre Majesté ainsi qu'à vos Seigneuries, les suppliant humblement de ne pas tolérer que les passions de mes adversaires me rendent injustement détestable. J'ai dit. »

Tous les catholiques convaincus de l'assemblée se regardèrent mutuellement pour être sûr qu'ils avaient bien entendu la même chose. L'Empereur tritura nerveusement l'insigne de la Toison d'Or qu'il portait attaché à son collier. Au début du discours de Luther, il avait bien regardé le moine, puis ensuite il avait baissé les yeux et avait fixé un point au sol, comme si Luther était une chose trop honteuse à contempler, une anomalie qu'il fallait effacer. En revanche, ceux qui soutenaient ouvertement ou en cachette Luther contemplèrent leur héros avec admiration. Ils inspirèrent à pleins poumons pour essayer de contenir leur émotion. Lire ou écouter ces mots en catimini était une chose. Les entendre prononcer lors de l'Assemblée principale de l'Empire et devant l'Empereur lui-même en était une autre. Ce n'étaient plus des discours abstraits et théoriques. Cela devenait bien réel.

Thomas de Vio reprit sur le ton d'un professeur qui voulait donner encore une chance à un élève récalcitrant avant de lui donner un coup de baguette sur les doigts : « Martin Luther. Votre exigence de discuter d'après l'Écriture est commune à tous les hérétiques. Comment pouvez-vous prétendre être le seul à en comprendre le sens ? Vous n'avez aucun droit à mettre en doute la foi la plus sacrée, instituée par le Christ, proclamée par les Apôtres, scellée par le sang des Martyrs, confirmée par les Saints Conciles, définie par l'Église depuis des siècles. Je vous le demande solennellement une nouvelle fois : répudiez-vous ou non vos livres et les erreurs qu'ils contiennent ? »

Luther reprit son ton calme, obstiné, celui d'un homme en plein accord avec sa conscience et à qui pourtant on demandait de se trahir : « Je vous répondrai sans cornes, ni dents. À moins qu'on ne me convainque par des attestations de l'Écriture, ma conscience est captive de la parole de Dieu. Je ne prête foi ni aux Papes, ni aux Conciles qui se sont souvent trompés et contredits. Je ne peux pas me rétracter. Je ne peux pas faire autrement. Que Dieu me vienne en aide. Amen. »

Les partisans de Luther ne tinrent plus en place. Ils se levèrent, acclamèrent et félicitèrent leur héros. Frédéric de Saxe ne fut pas le moins bruyant et le moins enthousiaste et il envoya même un clin d'œil en direction de Matthäus Schiner avec qui il avait négocié la venue de Luther à Worms. Même si on pouvait douter que cela fût possible, le nain se ratatina sur son siège. Ce catholique convaincu avait été loin d'imaginer que cela tournerait aussi mal. Cela n'échappa pas au Chancelier Croÿ qui se leva pour demander le silence. Charles était pétrifié sur son trône et sentit, un à un, les segments de ses intestins parcourus de spasmes. Il releva ses mains pour cacher sa bouche et se mit à ronger les phalanges de ses doigts qu'il pressait les uns contre les autres. Avec les nobles qui se levaient, se rasseyaient et se levaient encore, il avait l'impression d'avoir une mer démontée face à lui. Martin Luther lui jeta un dernier regard, toujours teinté d'une humilité arrogante et il lui tourna le dos et sortit de la pièce. Il n'avait plus besoin d'être là. Ses partisans répétaient en boucle ce qu'il venait de dire.

Les appels au calme conjugués de Thomas de Vio et de Guillaume de Croÿ réussirent à ramener un semblant de calme. Le Chancelier regarda l'Empereur puis déclara : « La séance d'aujourd'hui est terminée. » Charles eut un soupir de soulagement qu'il espérait le plus discret possible. Croÿ se pencha vers lui et lui dit à l'oreille : « Ce soir votre Majesté, je vous jure que je ne faiblirai pas. Cet homme est plus cornu que Belzébuth mais vous allez voir ce que je vais lui envoyer. J'ai trouvé des jeunes hommes prêts à *témoigner* que... qu'il a fait preuve avec eux de vices terribles. »

***

Le soir était venu et Charles était encore sous le choc. Luther n'avait fait ni ouverture, ni compromis. Et l'Empereur venait pour la première fois de se rendre compte de visu de sa popularité. Vu son embarras et la situation périlleuse, il décida de ne pas faire surprendre Guillaume de Croÿ en compagnie de Luther. Il renonça à faire tomber son Chancelier en cette période qui s'annonçait plus tourmentée que prévu. Croÿ était un diable mais un diable qu'il connaissait et il en avait besoin pour combattre le nouveau diable qu'il venait de découvrir, plus puissant que dans ses pires cauchemars. Le couper dans son élan avec une affaire de mœurs était finalement la chose à faire.

Plus tôt dans la soirée, l'aigle à deux têtes s'était envolé dans le ciel de Worms pour aller chasser dans les campagnes alentour. Charles fut donc surpris d'entendre ses doubles cris caractéristiques. Il volait frénétiquement devant la fenêtre du Palais et il donna même de multiples coups de ses deux becs contre la vitre. L'Empereur se leva du fauteuil d'où il avait contemplé les flammes dans la cheminée et il ouvrit la fenêtre. Il découvrit son aigle en proie à une grande agitation, volant en zig zag au-dessus de la cour du Palais. « Que se passe-t-il ? »

A cet instant, la porte s'ouvrit et son conseiller aux affaires juridiques, un italien à la figure noble et sévère nommé Mercurino Gattinara entra sans se faire annoncer. Il fronça ses sourcils naturellement arqués en voyant l'Empereur à la fenêtre à cette heure incongrue mais cela passa vite au second plan. Il respirait vite et avait les joues rougies par l'effort. Il prononça de sa voix caverneuse habituelle mais rendue moins grave par l'essoufflement : « Monseigneur. Venez avec moi... Vous devez voir quelque chose et... et prendre une décision avant que le fait ne s'ébruite.

— Quel fait ?

— Je ne puis vous en parler. Les mots me manquent. Venez... »

Charles hésita mais visiblement son aigle souhaitait aussi qu'il sorte au plus vite. L'Empereur suivit Gattinara et deux gardes en hoquetons et livrée impériale. Gattinara lui avait donné une cape à capuche pour ne pas qu'il se fasse reconnaître. Ils sortirent par une poterne et se dirigèrent vers les quartiers les plus pauvres de Worms. Les rues étaient éclairées d'une lumière falote par des étoupes imbibées d'huile qui brûlaient dans des cages en fer. Les maisons aux façades vermoulues se tenaient de guingois, en porte-à-faux, serrées comme les alvéoles d'une ruche. Un homme était allongé, la face contre une porte cochère, et on n'aurait pu dire s'il était mort ou s'il dormait. Des odeurs de bière rance surgirent d'une taverne dont la porte venait d'être ouverte, accompagnée du brouhaha des querelles et des rires gras. Charles plissa le nez et rentra la tête dans ses épaules. Un chat de gouttière traversa la ruelle devant lui et un peu plus loin deux formes humaines indistinctes s'agitaient par mouvements saccadés au fond d'une impasse. Charles jeta un coup d'œil vers le ciel où planait son aigle pour se rassurer. Ce trajet fut presque une épreuve aussi grande que la traversée de la Cordillère Cantabrique quelques années plus tôt. Avec l'odeur, il avait l'impression de parcourir de sombres boyaux où s'accumulaient les déchets humains de la ville. Il se colla presque à Gattinara et lui demanda de presser le pas.

A la suite d'un trajet tortueux qui laissa l'Empereur désorienté, ils pénétrèrent dans une maison dont l'étage faisait saillie au-dessus du rez-de-chaussée. Dans l'entrée aux murs lépreux, une femme était prostrée, tremblante et assise sur le sol avec une couverture sur les épaules. « C'est elle... Elle habite au rez-de-chaussée. Elle a entendu des bruits suspects... des bruits suspects à l'étage », expliqua Gattinara. Ils gravirent l'escalier enténébré et pénétrèrent dans une chambre mansardée. Elle était délabrée, avec des murs moisis. Charles vit une forme étendue sur le sol. C'était le Chancelier Guillaume de Croÿ, les yeux ouverts et fixes. Une petite mouche se promenait sur l'une de ses cornées. Le Chancelier avait une large surface ensanglantée qui était en train de sécher et de raidir le tissu sur le côté gauche de son pourpoint au niveau du ventre. Il avait aussi une longue plaie ouverte horizontale sur le cou. Du sang en abondance en avait coulé et formait une grande flaque sur le parquet. Des gouttes de sang avaient été projetées en averse un peu plus loin. Il avait été égorgé après avoir sans doute reçu un premier coup (de couteau ? d'épée ?) au ventre.

Charles se frotta les yeux comme pour effacer cette vision et en trouver une plus conforme à l'ordre du monde. Il fut pris d'un étourdissement et il dut se pencher et se soutenir d'un bras au mur. Il sentit qu'il allait vomir. Un long frisson le parcourut de la tête aux pieds. Un sentiment de culpabilité, d'abord vague puis de plus en plus puissant commença à monter en lui. *C'est moi qui l'ai incité à venir ici, en secret. Et je voulais sa perte. Mais pas comme ça. Ce n'est pas moi. Ce n'est pas ma faute. Ce n'est pas moi.* Il se pencha sur le cadavre pour vérifier si c'était bien des coups d'armes blanches et non pas des coups de becs de son aigle qui avaient tué Croÿ. *Il devait rencontrer Luther. Ce n'est tout de même pas... Non, ce n'est pas possible.* Charles était en proie à la plus grande confusion et il se mit à trembler. « Il a dû faire une mauvaise rencontre, dit Gattinara. La femme a entendu des bruits de lutte puis une masse tomber puis quelqu'un descendre les escaliers et sortir. Elle n'a pas eu le courage de voir qui c'était. Elle avait peur. On n'a pas retrouvé l'arme du crime. Je vais demander à ce que personne ne puisse sortir de la ville. Et Sire, j'imagine qu'il faut que tout ceci reste secret. » Charles répondit dans un souffle : « Oui, secret.

— Je connais un médecin qui pourra maquiller et cacher la blessure au cou. On pourra conclure à une crise cardiaque. Nous devons agir promptement avant que la vérité ne suinte.

— Oui, faites... faites », dit rapidement l'Empereur d'une faible voix.

L'Empereur ne pouvait se détacher du visage de Guillaume de Croÿ. Il était sans vie, et pourtant il exprimait la douleur et la surprise. La douleur et le dégoût. La voix de Gattinara fit sursauter Charles : « Sire, je pense qu'il aurait souhaité que vous lui fermiez les yeux. Il disait toujours qu'il vous considérait comme un fils. »

Et là, Charles vomit.

Chapitre 24

Un soldat est celui qui ne garde sa vie qu'au prix de lourds
ennuis ;
par contre, de périr il a toutes les chances.

Ménandre

Le château de Pampelune était attaqué par les troupes d'Henri de Navarre. C'était le seul château que Cisneros avait laissé debout après la tentative malheureuse de reconquête de son père il y a cinq ans. La situation de l'armée castillane retranchée dans le château était désespérée. Après avoir perdu la veille le contrôle de la ville et du pont de pierre sur l'Arga, elle subissait un assaut de Pétras qui n'hésitaient pas à grimper sur les remparts de leurs mains grenues. Même le déversement de poix brûlante ne les retardait pas car leur peau y était insensible.

« Nous ne pouvons pas les vaincre ! Autant poursuivre le vent ! hurla un officier castillan.

— Nous les vaincrons parce que nous avons des *cojones* et parce que nous n'avons pas le choix. »

C'était Iñigo de Loyola qui venait de parler. Ce soldat aguerri d'une trentaine d'années, assez petit de taille, au nez aquilin et au front arrondi, ne trouvait là que matière à rendre réelles toutes les épopées qu'il avait lues : *Les Chevaliers de la Table Ronde, La Chanson de Roland* ou les exploits du Cid. Il courait de courtine en courtine pour raviver le courage des autres soldats, notamment les Basques qu'il avait contribués à recruter. La couardise n'était pas possible à ses côtés. Dès qu'un Pétra arrivait à dépasser les créneaux, il brandissait sa lance à pointe de diamant et le transperçait avec jubilation. Lorsqu'un Pétra tombait, il attendait d'entendre le bruit de dislocation de sa peau de roc lorsqu'il atteignait le sol et c'était une douce musique à ses oreilles. Tout comme les aboiements des couleuvrines qui fauchaient ceux qui étaient à l'approche sur la pente menant au château. Il s'enivrait de l'odeur particulièrement riche en arômes métalliques du sang des Pétras.

Cependant, tout un pan de la muraille avait été conquis par les Pétras qui maintenant repoussaient les Basques et les Castillans vers l'une des tours latérales. Il n'aurait pas été déshonorant de se rendre à ce stade mais Iñigo continuait à galvaniser ses troupes. Il fallait continuer à se battre coûte que coûte. Il fallait défendre pied à pied chaque mètre de la courtine. Tout à la furie de la bataille, Iñigo ne vit pas arriver le boulet de canon. Il ne distingua pas non plus son sifflement au milieu du vacarme des combats. Il fut soulevé par une force colossale tandis que la muraille à côté de lui s'ouvrait comme une fleur de pierre et une douleur fulgurante lui fit perdre connaissance.

***

Iñigo s'éveilla dans la capitainerie et immédiatement la douleur à la jambe droite fut insupportable. *Putain ! Il y a finalement un Enfer et je vais souffrir jusqu'à la fin des siècles.* Il ouvrit les yeux sur une toile d'araignée accrochée à l'angle du plafond au-dessus de lui et qui dessinait une rosace filandreuse. Il eut la force de soulever sa tête. Sa jambe faisait un angle bizarre et un os blanc en débordait, trouant l'étoffe de son habit trempé de sang. Il reposa lourdement sa tête et frissonna. *Non, je suis vivant, mais à quel prix !*

Autour de lui, régnait un étrange calme. On entendait venant de derrière le mur contre lequel il était allongé des phrases prononcées en français. *Le château a été pris. Pampelune est tombée.* Il y avait d'autres blessés dans la pièce, tous évanouis. L'un d'entre eux était contorsionné de manière bizarre. Iñigo finit par réaliser qu'il maintenait son avant-bras à moitié déchiqueté pour éviter qu'il ne se détache complètement. Il s'était endormi ainsi. Peut-être ne se réveillerait-il jamais.

Iñigo ne se rendit compte qu'il faisait nuit que lorsqu'il vit bouger des torches dans l'embrasure de la porte. Entrèrent deux soldats, l'un humain, l'autre Pétra à la peau de malachite puis un jeune Pétra à la peau de gneiss finement striée et un peu plus richement habillé, Henri II de Navarre. Celui-ci désigna Iñigo de Loyola : « Ah ! En voilà un de réveillé et c'est justement celui que je venais voir. Monsieur, vous vous êtes vaillamment battu. Tellement que j'ai dû faire envoyer un boulet de canon en haut des remparts rien que pour vous arrêter. J'ai félicité mon artilleur qui a réussi un joli coup. » Iñigo essaya de se lever sur ses coudes mais le moindre petit mouvement rendait la douleur à sa jambe encore plus insupportable. « Voyant votre blessure, et en compensation de ce coup un brin sournois, je vais vous faire soigner par mon meilleur médecin. Il viendra vous voir dans l'heure. » Iñigo se rendit compte qu'il avait la langue épaisse et la gorge sèche et que même s'il avait trouvé quoi répondre il n'aurait pu l'articuler correctement. Le Roi de Navarre sortit et un de ses soldats se pencha sur Iñigo avec une outre. Le blessé but en laissant dégouliner la moitié de l'eau sur son cou puis il s'évanouit à nouveau.

Quand il ouvrit les yeux, il avait face à lui une figure joufflue entourée de cheveux roux et surplombant un double menton. Elle appartenait à une personne habillée d'une houppelande, avec des petits bras et des petites jambes : un nain. *Ha, il me fait soigner par son bouffon* fut la pensée immédiate qui traversa l'esprit d'Iñigo et il soupçonna que le Roi de Navarre s'était moqué de lui. Le nain avait dénudé toute la jambe brisée et c'était les mouvements accompagnant cette opération qui l'avait réveillé par un surcroît de douleur : « Il va falloir remettre l'os dans l'axe sinon votre fracture ouverte ne va pas guérir.

— Qui... qui êtes-vous ?

— Philippus Theophrastus Aureolus Bombastus von Hohenheim », dit le nain et il profita du moment de sidération que causait toujours son nom pour saisir la jambe à deux mains et la remettre dans son axe avec une force surprenante. Il y eut un craquement. « Mais on me nomme Paracelse pour faire simple. »

Iñigo ne cria même pas. La douleur lui avait bloqué la respiration et il ouvrit grand la bouche dans un hurlement muet. Le nain contempla son œuvre de ses yeux bleu-gris à l'éclat métallique et sembla satisfait. Il chercha dans sa sacoche un pot qu'il ouvrit. Une forte odeur de résine emplit l'atmosphère. Il s'enduisit les doigts d'une substance jaunâtre qu'il étala sur la jambe.

« Que me mettez-vous ? glapit Inigo, pantelant, entre deux grimaces de douleur.

— Du baume de mumie. C'est utilisé depuis des siècles et c'est excellent pour les fractures. » *Je l'utilisais déjà au temps où j'étais Avicenne.* « Et par-dessus j'ajouterai un mélange de ma composition. Des sels d'argent. Ce sera intéressant d'observer ce que cela fera en combinaison avec le baume.

— C'est... Ce n'est pas validé par la Faculté ?

— Si on n'appliquait que des traitements validés par la Faculté, on ne ferait jamais de progrès. Rien ne vaut l'expérience.

— Et ça ? On dirait des sortes de cristaux... Je ne suis pas un putain de Pétra !

—Justement, je cherche à savoir si la médecine développée pour les Pétras fonctionne aussi bien chez les hommes... Vous pouvez arrêter de bouger ? Merci.

— Prions Dieu que je guérisse, murmura Iñigo en se massant nerveusement ses paupières avec ses doigts.

— Prier Dieu c'est pour une toute autre catégorie de maladies. Mais priez, priez... Si cela vous soulage, cela ne peut pas vous faire de mal », fit le nain puis il continua à déposer ses sels et ses cristaux autour de la plaie en sifflotant. Iñigo se mura dans un silence douloureux et inquiet.

Paracelse contempla à nouveau son œuvre puis déclara en continuant la conversation entamée précédemment : « Je suis tout de même étonné qu'un homme comme vous s'en remette à Dieu. Je ne pense pas que vous ayez beaucoup suivi ses commandements récemment. Je vous trouve tous là, dont je soigne les dégâts, bien hâtifs à exercer la justice expéditive des hommes à coups de vouges ou de hallebardes. Ne vaut-il pas mieux attendre le jugement de Dieu et essayer de vivre en paix ? » La question de Paracelse se heurta au mur d'un silence renfrogné, ce qui ne découragea pas le nain qui continua à parler tout en rangeant ses sels dans son escarcelle et son baume dans sa sacoche : « Les honneurs. La gloire. N'y a-t-il pas d'autres moyens de les obtenir ? ». Iñigo finit par s'agacer : « C'est le prix à payer pour tes soins ? T'écouter me faire tes discours moralisateurs ?

— Non, ces discours je te les donne gratuitement, ce qui ne veut pas dire qu'ils sont sans valeur. Je pense que tu devrais survivre. Tu es moins amoché que certains. Je reviendrai te voir demain. Quelque fois les tissus s'affaissent autour de ce genre de fracture. Tu auras donc vraisemblablement une jambe plus courte que l'autre. Tu boiteras sans doute pour le restant de tes jours. Et tes jambes ne supporteront plus le poids d'une armure.

Alors les combats, la guerre... Je pense que c'est fini pour toi. Il est temps de te préparer à mener une autre vie. »

Pour la première fois, Paracelse regarda son patient dans les yeux. Et il constata que le soldat brisé était saisi par la peur. Le blessé respirait avec difficulté comme si la peur était un liquide qui lui obstruait les poumons. Le nain souleva alors la tête d'Iñigo dans le creux de son coude et il lui présenta une cruche aux lèvres. « Encore un de tes trucs bizarres ? » dit le soldat, menaçant. Paracelse inclina la cruche : c'est de l'eau fraîche qui coula dans le gosier d'Iñigo. Cela lui fit le plus grand bien. Il se mit à pleurer, comme si l'eau qu'il venait d'avaler venait faire déborder un chagrin qu'il ne pouvait plus contenir.

**

Maria Pacheco tournait comme une lionne en cage dans l'Alcazar de Tolède. Elle était fâchée avec son mari Juan de Padilla mais pas au point de ne pas vouloir des nouvelles de lui quotidiennement et cela faisait quatre jours qu'aucun messager n'était venu. Elle savait qu'une offensive rebelle d'ampleur se préparait. Elle serait déterminante pour le cours de la guerre. Maria se doutait que Padilla devait mobiliser toutes ses forces et ne pouvait pas perdre des hommes juste pour la tenir au courant. De plus, ces hommes auraient pu être interceptés par des patrouilles impériales et divulguer des informations cruciales.

La nuit était venue et Maria finit par se décider à prendre du repos. On frappa une heure plus tard à la porte de sa chambre où elle avait fini par sombrer dans un sommeil difficile. Elle était gardée par un vieux domestique, Rodrigo, fidèle d'entre les fidèles qui l'avait presque vu naître. Il avait été soldat dans sa jeunesse et maintenant que la guerre était déclarée, il avait enfilé à nouveau son armure usée de cuir clouté. Rodrigo dormait en ronflant, la tête posée sur une table où se trouvait une chandelle consumée. Il se leva brusquement lorsqu'on frappa et il entrouvrit la porte. C'était l'un des anciens fonctionnaires de l'Alcazar qui s'était mis au service des rebelles et qui annonça qu'un soldat avait amené quelque chose *pour l'épouse de Juan de Padilla*. Maria se leva de son lit et oublia l'indécence de se faire observer en robe de chambre par quelqu'un d'autre que son mari ou que le vieux Rodrigo. « Où est-il ? Parle !

— Dans la salle du Conseil des *corregidores* enfin... l'ancienne salle du... », mais le fonctionnaire n'eut pas le temps de finir sa phrase que Maria se précipitait vers la sortie et le couloir, sa robe se soulevant sous les courants d'air. On aurait dit un fantôme mais un fantôme qui avait le feu aux joues et des yeux de braise.

Elle courut, martelant le sol de ses pieds nus puis elle s'arrêta juste avant de rentrer dans la salle du Conseil. Elle fit une entrée digne : « Enfin un messager ! Qu'as-tu à me montrer ? La tête d'Iñigo Fernández Velasco, j'espère ? ». Le soldat déballa ce qu'il tenait caché dans des draps et qui n'avait pas une forme assez sphérique pour être une tête. Maria mit ses mains sur le côté de son visage qui s'allongea démesurément, tellement elle écartela sa bouche en une grande plaie ouverte. Un cri en sortit. De la surprise et de la rage s'y mêlèrent en un rugissement. Le soldat apportait le tabard de Juan de Padilla couvert de sang séché, notamment près du col. Il y avait en travers son épée, brisée. Elle avala sa salive et se ressaisit tandis que le vieux Rodrigo et le fonctionnaire arrivaient, essoufflés : « C'est un faux ! Ils font ça pour nous décourager. Je les perce à jour ces félons ! dit Maria et elle se lança dans un rire tonitruant.

— Señora. Votre mari est mort décapité après avoir été fait prisonnier. Ainsi que Juan Bravo et Francisco Maldonado. Ses dernières paroles furent : "Hier était un jour pour se battre comme un chevalier. Aujourd'hui est un jour pour mourir comme un chrétien." Puis il a déposé un baiser sur son alliance avant de poser la tête sur le billot. Le bourreau a attendu qu'il finisse sa prière.

— Mais comment... comment est-ce possible ?

— Nous avons été trahis, Señora. On a fait exploser nos stocks de poudre. Et juste après, les armées impériales nous ont attaqués en force à Villalar. »

Maria posa ses deux mains sur la table pour s'empêcher de glisser à terre. Elle se sentait comme si on avait dissous sa colonne vertébrale. Rodrigo se mit à côté d'elle et la soutint par la taille. Il connaissait Pedro de la Vega et demanda de ses nouvelles : « Il a disparu. Juste avant la bataille, répondit le messager.

— C'est lui le traître ! » rugit Maria, s'arrachant à la table et à Rodrigo avec ses yeux couleurs de charbon qui s'embrasaient. « J'aurais dû me méfier de lui. J'ai toujours su qu'il n'avait pas les *cojones* pour une telle entreprise.

— Señora, c'est son frère. Il...

— Parce qu'il était de mèche avec son frère en plus ! Le sang finit toujours par parler d'une manière ou d'une autre. Je veux qu'on le cherche et qu'on me l'amène... et mieux vaut pour lui plutôt mort que vif ! dit-elle avec une détermination sans faille et le regard fauve.

— Señora, nos troupes sont décimées..., tenta le messager.

— Alors vous croyez que je vais rester là à attendre que l'on me tranche aussi la tête ? Je défendrai cette ville... Je... je la brûlerai plutôt que de la rendre aux Flamands !

— Où sont les troupes impériales ? demanda Rodrigo qui essayait depuis une minute de calculer mentalement la distance entre Villalar et Tolède.

— C'est que... apparemment nous avons un peu de répit. Les Impériaux ont dû considérer l'affaire terminée car ils sont repartis vers le nord. Le Roi de Navarre a reconquis maintes villes dont Pampelune et des renforts sont nécessaires là-bas pour le bouter de l'autre côté des Pyrénées.

— Cela nous laisse le temps de nous réorganiser. Cela nous laisse le temps de... , dit Maria en se relevant et en échafaudant déjà mille plans de reconquête.

— ...de préparer un baroud d'honneur, l'interrompit le vieux Rodrigo qui ne se faisait guère d'illusions. Señora, je serai fier de mourir à vos côtés en combattant. »

Chapitre 25

L'homme prie pour obtenir le mal,
comme il prie pour le bien.
L'homme est toujours trop pressé.
Coran

« Il a bien travaillé », constata Mercurino Gattinara. Le corps de Guillaume de Croÿ était allongé entre quatre cierges et le médecin de Cologne avait effectivement bien réussi à maquiller la cicatrice d'égorgement. Croÿ avait un menton triple plutôt que double désormais. Charles préféra ne pas trop regarder de près tellement cela lui retournait l'estomac et il avait les yeux fixés sur le tapis. « Mais le Chancelier n'avait-il pas particulièrement beaucoup mangé ces temps-ci ? Et voilà ! Cela a fini par lui porter sur l'estomac et le cœur a lâché », serait la rumeur qui se mettrait à circuler dès les prochaines minutes.

« Je vous nomme Chancelier », murmura Charles. Son choix était logique : Gattinara avait les compétences requises, et il semblait plus intègre que Croÿ. De plus, Gattinara était le détenteur d'un terrible secret d'État et le nommer Chancelier était une manière d'éviter son dépit, toujours dangereux dans de telles circonstances. C'était une manière de le surveiller étroitement. Enfin, Gattinara ne portait pas de lourds colliers en or et des vêtements luxueux comme Croÿ ce qui avait toujours agacé Charles depuis qu'il était Roi. « Je vous remercie de votre confiance et je me sens le plus honoré des hommes. J'essaierai de vous servir aussi bien que Croÿ vous a servi.

— Et Luther ? » demanda d'une voix blanche l'Empereur qui n'avait pas écouté un mot des remerciements de son nouveau Chancelier. Toute la journée après le drame, la Diète avait été ajournée et Luther s'était comme volatilisé de la surface de la Terre.

— Toujours introuvable, Votre Majesté. Pourtant, les soldats ont tout passé au peigne fin.

— Il a dû quitter la ville. Élargissez le périmètre des recherches. » *Recherches qu'effectue déjà mon aigle. Et toujours rien. Comment a-t-il fait pour échapper à l'acuité de ses quatre yeux perçants ?*

« Puis-je émettre une hypothèse, Votre Majesté ?

— Parlez donc.

— Il se peut qu'il soit chez Frédéric de Saxe. Après tout, Wittenberg est dans son Duché.

— Ordonnez à une compagnie d'archers de fouiller chez lui. »

Les yeux de Gattinara s'écarquillèrent : « Sire, c'est un Prince-Électeur ! Vous allez créer un incident diplomatique ! Je ne comprends pas pourquoi vous voulez retrouver à tout prix ce Luther... Il réapparaîtra dès que les débats reprendront. »

Gattinara ne pouvait faire le lien entre le meurtre de Croÿ et Luther, car il ignorait tout du rendez-vous entre les deux hommes. Il croyait plutôt à une rencontre galante qui avait mal tourné. Charles ne pouvait imaginer que Guillaume de Croÿ ait eu des aventures galantes mais en fin de compte, il dut admettre que malgré toutes les années, il en savait très peu sur son ancien tuteur et Chancelier et que maints secrets venaient d'être définitivement scellés. En ce qui concernait le meurtre, Charles n'arrivait tout de même pas à imaginer que Luther fût coupable et il cherchait des scénarios alternatifs. Peut-être que Luther avait été enlevé et que Croÿ avait essayé de s'interposer ? Mais qui aurait commandité cet enlèvement ? Le Pape ? Charles s'en voulait d'avoir laissé durant la soirée son aigle voler à sa guise et de ne pas l'avoir fait espionner Croÿ et Luther. Il ressentait un grand désarroi à ne pas connaître les circonstances exactes de la mort de quelqu'un qu'il avait côtoyé chaque jour depuis son enfance. Il y avait quelque chose d'essentiel qui lui échappait, une chose insaisissable, évanescente et pourtant énorme et écrasante. Le doute le mettait à la torture. L'incertitude était pire que la plus pénible des vérités.

« Sire... Que fait-on ?

— Au sujet de...

— La fouille chez Frédéric de Saxe.

— Non... Pas de fouille chez Frédéric de Saxe, répondit Charles, la mâchoire crispée.

— Quant à la Diète ? Faut-il prolonger les débats ? Faut-il faire promulguer un Édit concernant Luther et ses partisans ?

— Ah ? Je ne sais pas..., répondit l'Empereur d'une voix pâteuse, comme si on le réveillait d'un profond sommeil. Voyons ça dans... dans quelques jours voulez-vous ? Nous allons déjà décréter un Deuil. Et puis nous verrons. »

Charles voulut rester seul avec la dépouille de Croÿ et il congédia Gattinara. Il se mit à faire les cent pas en tournant en rond, comme s'il voulait fuir tout en ne faisant que délimiter les contours de sa prison. Il se retrouvait dans la situation qu'il avait crainte : perdu, sans son mentor habituel sur lequel s'appuyer, même s'il savait que cet appui avait été parfois branlant et l'avait fait trébucher. Il était surpris de regretter aussi profondément la perte d'un homme qu'il s'était mis à détester. Il se rendit compte que ce qu'il avait détesté était surtout sa propre faiblesse et non pas tant les manigances de son ancien Chancelier.

Un courant d'air se mit à circuler dans la pièce, comme si on avait ouvert une grande porte mais tout était bien fermé. Les chandelles se mirent à vaciller puis elles s'éteignirent. Une onde de chair de poule traversa la surface du corps de l'Empereur, de bas en haut jusqu'à faire hérisser chacun des poils de sa nuque. Cela lui fit rentrer la tête dans ses épaules. Son aigle était parti à la recherche de Luther et n'était pas là pour le protéger. « Il ne pourrait pas me faire grand'chose de toute manière. Je suis déjà mort », fit une voix sépulcrale. Charles eut un hoquet de surprise et vit une forme ondulante verte apparaître devant lui. Le fantôme... *Le fantôme de Croÿ vient m'accabler de reproches et me hanter !*

Charles recula d'un pas, prêt à en faire d'autres et à s'enfuir à toutes jambes. La lumière verdâtre s'intensifia et elle éclaira tout sauf ce qui était vivant. Ainsi, Charles restait de la même noirceur que l'obscurité. Dans le halo lumineux, il put progressivement distinguer les traits d'un vieil homme avec une longue barbe qui ondulait dans l'air : « Je suis le fantôme de Charlemagne. J'ai été désigné pour conseiller le Roi de France mais mon Empire était bien plus vaste que la France et les circonstances sont exceptionnelles. C'est toi que j'ai choisi pour être l'Empereur et tu as remporté les Élections. Maintenant, sois digne de ce Titre. Il n'y a aucune pitié à avoir avec l'hérésie qui se propage comme le mildiou sur tes terres. On ne peut pas s'accommoder ni négocier avec un tel mal. Frappe ! Coupe la tête du serpent tant qu'il est encore temps. Il est sorti de son œuf mais il est encore jeune. C'était insensé de le laisser lancer ses fulminations, ici, devant tout l'Empire.

— Mais... Je n'ai pu obtenir la voix de Frédéric de Saxe pour l'Élection que parce qu'on lui a promis que Luther... que le serpent pourrait venir et... »

Un rire sépulcral interrompit Charles qui trembla de tout son corps : « Ha ! Ha ! Ha ! Et qui est-il maintenant ton Frédéric de Saxe ? Le plus fervent défenseur de Luther ! Tu t'es fait avoir comme le débutant que tu es toujours ! J'aurais dû venir te conseiller avant, plutôt que de discuter avec François Ier. Mais baste ! Vous n'avez que trop tergiversé, tous autant que vous êtes. Ce n'est pas un hochet que vous avez dans la main, mais un sceptre qui vous donne de la puissance. De mon temps, je t'aurais déjà fait décapiter ou brûler ce Luther depuis belle lurette ! Et suis mon exemple : va te faire couronner à Rome. Ton Empire n'est pas qualifié de Romain pour rien. » Et le fantôme de l'ancien Empereur traversa l'Empereur actuel qui se sentit comme si on avait remplacé ses chairs par de la glace pilée. Charles entendit un bruit étrange. Il se rendit compte que c'était ses propres dents qui claquaient.

***

Dehors, aux marches du Palais, Érasme essayait désespérément de voir l'Empereur et de lui parler. Ce qui s'était passé lors de la comparution de Luther l'avait alarmé et il devait renouveler ses appels à la modération. Par ailleurs, la nouvelle de la disparition de Luther le troublait. Mais les gardes ne voulurent rien entendre. Ils avaient reçu des ordres stricts : personne ne devait déranger l'Empereur.

« Il ne fait pas un peu froid ? » remarqua l'un des gardes qui en avait par ailleurs assez d'entendre les supplications d'Érasme pour pouvoir entrer. Le Grand Esprit fronça les sourcils quand il constata que oui, la température avait subitement baissé. Puis soudain, les gardes se figèrent. Tout devint immobile autour d'Érasme, même des cavaliers qui passaient dans la rue. Une lueur verdâtre apparut et prit la forme de Charlemagne : « Je l'ai vu et pas toi ! Voilà un des avantages d'être un fantôme. Je peux traverser les murs à ma guise ! Vous, tout Grands Esprits que vous êtes, vous devez vous habiller de chair et ça, c'est votre plus grande faiblesse !

— Je sais ! s'agaça Érasme.

— Tu as déjà perdu. Retourne à Louvain pour poursuivre tes chères études !

— Vous, les fantômes, êtes les Gardiens du Passé. Mais à quoi sert le passé s'il n'y a pas d'avenir ? Nous sommes les Gardiens du Futur et nous ne nous laisserons pas faire !

— Ha ! Ha ! Naïf que tu es ! Tu n'as toujours pas compris qui est le Treizième ?

— Vous l'avez souvent aidé par le passé... Mais si nous échouons ici, notre mission réussira ailleurs.

— Ah oui... Votre mystérieuse mission et votre mystérieuse Tour... Je n'en ai que faire. Le progrès que vous souhaitez amènera la perte du monde. Le monde a bien tenu jusqu'à présent, alors pourquoi le changer ? Vous semez des graines, mais vous n'avez pas idée de ce qui en germera. Les aveugles, c'est vous ! Les sourds à toute tempérance, c'est vous, les Grands Esprits. Alors rentre à Louvain et enseigne les textes anciens. C'est la seule chose utile dans ce que tu fais ! »

Le fantôme de Charlemagne disparut dans le sol, générant une plaque du verglas sous les pieds d'Érasme qui glissa et tomba durement sur les fesses. Les cavaliers et les gardes reprirent vie comme si rien ne s'était passé. Les gardes furent étonnés de trouver le grand érudit par terre et ils éclatèrent de rire. Érasme se releva, soupira et quitta les lieux avec toute la dignité qui lui restait.

***

Tout en frissonnant, l'Empereur passa le reste de la nuit à rédiger la réponse qu'il allait lire le lendemain à la Diète. Non, finalement pas de Deuil officiel pour Guillaume de Croÿ. Il fallait agir vite comme le lui avait dit le fantôme de Charlemagne : « *Il est clair qu'un frère isolé est dans l'erreur lorsqu'il contredit l'opinion de toute la Chrétienté, sinon la Chrétienté se serait trompée durant mille ans ou plus... Nous avons entendu le discours de Luther, et je regrette d'avoir si longtemps tardé à intervenir contre lui. Je ne l'entendrai plus jamais. Dès ce jour, je le tiens pour un hérétique notoire et il est mis au banc de l'Empire, lui et ses partisans, et leurs biens devront être confisqués. La diffusion et la lecture de ses écrits sont interdites et une lex impressoria le stipulant sera promulguée dans les plus brefs délais. Tout sujet de l'Empire est invité à brûler publiquement les écrits hérétiques et à dénoncer ceux qui les soutiennent en échange de la récupération d'une partie de leurs biens confisqués. En outre, tout écrit sur les Saintes Écritures et les matières de foi devra être soumis à autorisation par une Faculté de Théologie avant de pouvoir être publié.* »

Gattinara découvrit le texte lors de sa lecture solennelle dans la salle du Palais de l'Evêché de Worms. Sa main se mit à trembler. Il était très honoré d'avoir été nommé Chancelier mais avec ce qu'il était en train d'entendre, il comprit qu'il allait devoir gérer des situations périlleuses. Ce qui était en jeu, c'était l'unité du Saint Empire Romain Germanique. Il commença à considérer son prestigieux poste comme un cadeau empoisonné et un goût de cendre se répandit dans sa bouche. La réaction de certains Princes Électeurs lui donna raison. Frédéric de Saxe bondit de son siège avec une vivacité dont on ne l'aurait pas cru capable avec son embonpoint. Le visage rougi par une flambée de colère, il quitta la salle en faisant claquer ses lourdes bottes sur le parquet précieux, refusant de parapher cet Édit. Il partit immédiatement de la ville « où même la bière a un goût de pisse de cheval ». Le Comte Palatin du Rhin, Louis de Wittelsbach, lui emboîta le pas et le regard qu'il jeta à l'Empereur en passant lui fit comprendre qu'il regrettait son vote d'il y a deux ans. Même l'Archevêque de Mayence, Albert de Brandenburg qui, avec des trafics d'indulgences et de reliques à son actif, aurait dû être satisfait, regardait l'Empereur d'un air sidéré. On allait à la confrontation alors qu'il eût préféré un statu quo mou où chacun pouvait tranquillement continuer à vaquer à ses petites affaires. Un conflit allait tout rendre plus difficile.

Le seul avantage immédiat de la situation était que la mort de Guillaume de Croÿ passa complètement au second plan. Mais Luther restait introuvable. *Comme s'il avait prévu la dureté de l'Édit que l'Empereur allait faire promulguer*, se dit Gattinara.

***

Il y avait affluence sur la Grande Place de Louvain. Marchands et étudiants se mêlaient et tous les regards convergeaient vers le centre de cette place. Une pile de livrets y formait un monticule hétéroclite qui atteignait la hauteur d'un homme. Les livrets étaient ouverts ou entrouverts, froissés ou certains déchirés. Il y avait une carriole tirée par un âne sur laquelle les ouvrages avaient été amenés et un soldat conseilla à son conducteur de s'éloigner du monticule. L'âne, après quelques protestations d'usage, finit par avancer. Autour du tas de livrets, le Bourgmestre ainsi qu'un Prêtre, le visage à moitié caché par sa capuce, attendaient avec une jubilation visible. Un soldat en livrée impériale tenait une torche, ce qui était incongru en cette fin de journée du mois de juin où le soleil était encore vaillant. Le Bourgmestre fit un signe de la tête et le soldat jeta sa torche à mi-hauteur du monticule. « Voilà, braves gens, ce que valent les écrits de l'hérétique de Wittenberg ! Des erreurs ont été commises mais des erreurs sont corrigées », déclara le Bourgmestre tandis que le Prêtre acquiesçait. Celui-ci déclara d'une voix forte en prenant le public à témoin : « Voyez comme le feu purifie la surface de la Terre de ses Démons ! » Les flammes grandirent rapidement, alimentées par les feuilles de papier qui se tordaient avant d'être avalées par les flammes qui les noircissaient et les réduisaient en cendres.

Comme par une sorte de réflexe, le Prêtre étendit ses mains vers le feu qui crépitait de plus belle. Et là, il ressentit un picotement puis la même impression de charge que lorsqu'il accumulait de la *potestas* grâce à des bûchers alimentés de chairs humaines. Le Prêtre crut d'abord que c'était une illusion. La sensation était peut-être moins forte mais elle était bien présente. On peut se charger de *potestas*, non seulement en brûlant des hérétiques mais aussi... en brûlant des écrits hérétiques ! Grisé par cette découverte, il perdit sa concentration et la sensation s'amenuisa. Cela ne lui fit que confirmer sa découverte, car c'était exactement le genre de désagrément que l'on pouvait rencontrer lorsqu'on était débutant pour cet exercice. Le Bourgmestre le tira doucement vers l'arrière car dans l'excitation, il s'était trop approché du feu et on craignait que sa soutane ne s'enflammât. Le Prêtre se concentra à nouveau sur les ondes de chaleur que rencontraient ses mains et la charge de *potestas* reprit.

Il fut interrompu par une voix outrée : « Comment osez-vous ? Comment ne pas vous couvrir de terre et de cendres avec la honte que devrait susciter cet acte lâche ? ». Les paroles étaient prononcées par un homme élancé au nez long et fin : Érasme. « Réduire des pensées à de la matière à brûler !

— Vous donnez donc votre approbation à tout ce qui est écrit ici ? demanda le Prêtre d'un air menaçant.

— Je ne sais pas... Il se trouve que je ne peux plus bien lire ce qui est écrit, dit Érasme et dans une gestuelle un rien grandiloquente, il se pencha sur le brasier comme pour essayer de lire les quelques feuillets que le feu n'avait pas encore dévorés et il se mit à tousser abondamment.

— Nous ne faisons qu'appliquer le dernier Édit Impérial, Érasme », dit le Bourgmestre.

Érasme lui adressa un regard furieux. Cet Édit issu de la rencontre de Worms représentait ce qu'il avait tant essayé d'éviter depuis des mois. Il n'avait pas besoin qu'on lui rappelle son échec qui le tourmentait bien assez lors de ses nuits d'insomnies.

« Appliquer cet Édit revient à appliquer les plus grands vices humains : la peur et l'intolérance, finit par répondre Érasme en tournant les talons.

— C'est vous qui allumez l'incendie dans notre Église ! Nous ne faisons que nous défendre ! » répliqua dans son dos le Prêtre.

Érasme nota la distinction "vous/nous" et il entendit quelques huées à son encontre en provenance des étudiants monastiques qui regardaient la scène avec intérêt. Il ne daigna pas se retourner. Une fois de plus, on le classait parmi les Luthériens alors qu'il n'adhérait pas complètement à leur position. Il n'adhérait pas non plus à la position catholique et impériale. Il se trouvait dans la très inconfortable position de déplaire à tout le monde, y compris à soi-même. Il s'en voulait déjà de s'être laissé emporter par la colère. On ne pouvait pas développer d'argumentations solides dans ces conditions. Cependant, le calme et l'écriture n'allaient peut-être pas pouvoir changer la donne. Car il prenait comme une attaque personnelle l'article de l'Édit qui mentionnait que tout écrit sur les Saintes Écritures et les matières de foi devait être soumis à autorisation par une Faculté de Théologie avant de pouvoir être publié.

Le soir même, il reçut la visite d'un éminent collègue du *Collegium Trium Linguarum*, à la chevelure rare et grisonnante, qui lui précisa avec un certain embarras qu'il assisterait aux cours qu'il devait donner aux étudiants la semaine suivante. Et il lui annonça également que le Recteur de l'Université de Louvain souhaitait, pour des raisons de simplification et de bonne gestion, reprendre en main l'administration du Collegium, tout en respectant bien sûr ses spécificités. Érasme lança un regard à son collègue qui lui fit comprendre qu'il n'était pas dupe. Il s'agissait d'une mise sous tutelle du Collège Trilingue dont le but, à la fondation, avait justement été de se détacher des enseignements vieillissants de l'Université de Louvain. Érasme salua de manière très confraternelle son collègue et le raccompagna poliment à la porte.

En la refermant, il sentit un grand vide se former et un découragement lui tomber dessus comme une mauvaise grippe. Son regard parcourut les rayonnages de sa bibliothèque, sautillant d'un in-folio à l'autre. Puis il contempla son lutrin près duquel reposait sa plume dans son encrier. *Des armes dérisoires face à la bêtise humaine. A chaque génération, il faut recommencer encore et encore. Et à chaque génération, les humains trouvent de nouveaux prétextes et de nouveaux moyens pour se diviser encore plus et se massacrer dans des proportions plus grandes.*

Érasme se força à reprendre du courage. Trop souvent les Grands Esprits avaient cédé à la facilité et laissé les évènements décider à leur place. Il y avait toujours l'excuse de la procrastination : on pourra toujours se battre à la réincarnation suivante. On prétextait que l'humanité n'était pas encore assez mûre pour accepter certaines idées. Érasme décida qu'il n'allait pas tomber dans le piège dans lequel on essayait de l'enfermer, tel un python qui entourait doucement et presque tendrement sa proie pour mieux l'étouffer par la suite. Il décida de quitter Louvain où ses marges de manœuvre se réduisaient comme peau de chagrin. Il avait des connaissances à Bâle, comme l'imprimeur Johannes Froben, et c'était une ville plus éloignée du pouvoir impérial et où les esprits étaient généralement plus ouverts. De surcroît, avec l'essor de l'imprimerie, l'origine géographique d'un texte avait de moins en moins d'importance et la circulation dans toute l'Europe était assurée. Malgré ses rodomontades, l'Empereur ne pouvait pas arrêter toute la diffusion des écrits : autant essayer d'attraper tout le pollen d'un champ de fleurs.

Le départ devait se faire rapidement. Il allait falloir choisir quoi emporter et Érasme parcourut les hauts rayonnages chargés d'ouvrages, saturé par les odeurs attirantes des reliures, le parfum entêtant des mots. Quels livres prendre en priorité ? Quels autres ouvrages laisser à un hypothétique deuxième voyage ? Qu'est-ce qui était plus essentiel : Platon, Sénèque ou Thomas d'Aquin ? Et toute la correspondance de Cicéron qu'il avait exhumée de l'oubli quand il avait été Pétrarque ? Il eut des hésitations. Il fit des choix déchirants. Ses yeux habituellement rougis par ses longues séances de lecture furent rougis par le chagrin.

Érasme partit à l'aube avec une carriole remplie de coffres tandis que le vent achevait de disperser les cendres du bûcher de la veille sur les pavés de la Grande Place.

Chapitre 26

Qui cherche la vérité doit être prêt à l'inattendu.

Héraclite d'Ephèse

Prospero Colonna pénétra dans la petite ville portuaire de La Spezia qui était enfoncée profondément dans son golfe. Il entendait les vagues s'échouer sur la plage. La mer ! Voilà ce qui lui avait manqué pendant sa longue assignation à résidence à Carcassonne. Il se mit à la recherche d'une auberge décente. Il en trouva une non loin, dans un faubourg menant au port. Elle avait deux étages et des écuries qui semblaient bien tenues. Prospero laissa son cheval aux soins d'un garçon d'écurie et entra par une porte battante dans la grande salle rectangulaire d'où provenait des bonnes odeurs de fritures de poisson. Il y avait quelques personnes attablées qui le dévisagèrent quelques secondes avant de replonger leur nez dans leur assiette, leur verre ou leur jeu de cartes.

Prospero commanda une friture de poisson ainsi qu'un cruchon de vin du Piémont et il s'assit à une table isolée en délaçant ses bottes. Il allongea ses jambes pour les détendre, ce dont il avait besoin après de longues heures de route. Il était content d'être de retour en Italie mais de mauvaises pensées revenaient le tourmenter. Il avait un peu vite oublié qu'il était parti il y a six ans en abandonnant une armée papale de morts-vivants, ce qui était passible de mort et de recrutement *post-mortem* dans ladite armée. Il avait échappé de justesse à l'assassinat par un des Prêtres chargés de le surveiller grâce à la diligence de François Ier. S'il était reconnu et que la nouvelle de son retour remontait aux oreilles habituellement fort bien renseignées du Pape, il pourrait se retrouver en danger. Son projet était désormais de gagner Livorno, d'y prendre un bateau pour Naples et de s'établir en tant que mercenaire plus au sud, en Calabre. Des rumeurs de plus en plus insistantes couraient que le nouveau Sultan ottoman allait faire une attaque d'envergure vers l'Afrique du Nord et le sud de la botte italienne et il pourrait louer ses services à bon prix. En combattant les hérétiques mahométans, il pourrait se refaire une virginité vis-à-vis de Rome.

Tout en fredonnant l'air d'une *frottola*, une charmante serveuse lui amena le plat (des poissons frits accompagnés d'une minestra de vermicelle et de haricot), une miche de pain de seigle et un cruchon de vin (une infecte piquette qui grattait la gorge). Prospero regarda sa poitrine comme par réflexe, la classa immédiatement selon son volume entre celles de quelques unes de ses anciennes conquêtes dont il avait oublié le nom mais pas les formes. Mais à son tour Prospero se sentit observé, comme si des yeux pouvaient provoquer à distance une irritation sur la peau de son visage. A l'autre bout de la salle, un homme d'une trentaine d'années, élégant et propre, le regardait de travers entre deux cuillérées de sa soupe de poisson. C'était une observation nettement plus insistante que celle qui accueillait tout nouveau venu dans une taverne. *Ça ne se fait pas*, se dit Colonna. *Si jamais je me retrouve seul avec ce malotru, je le battrai comme plâtre, pour lui apprendre les bonnes manières.*

Une fois son bol terminé, l'importun se leva et s'approcha de Colonna en contournant une table où des joueurs de cartes proféraient des exclamations à chaque coup d'éclat de leur partie. Il s'adressa à lui en français : « Bien le bonjour, messire. Je vous reconnais. Je pensais que vous étiez quelque part à la retraite en France.

— On se connaît ? demanda Prospero d'un ton hautain, puis il introduisit avec ses mains un morceau de poisson dans la bouche qu'il mâcha ostensiblement.

— J'étais à la bataille de Villafranca avec le Roi François Ier. C'était sacrément impressionnant tous ces squelettes ! J'ai tout vu quand vous vous êtes rendu. Prospero Colonna. Voilà... C'était ça votre nom. Et ça l'est toujours j'imagine. Je l'avais sur le bout de la langue depuis que je vous ai vu entrer. Or donc le Roi vous a autorisé à retourner en Italie ? »

Prospero jeta un regard noir sur l'importun et il but un peu de vin. Il ne sut dire lequel était le plus désagréable.

« Et votre nom à vous, c'est quoi ? demanda-t-il, avant d'engouffrer une pleine cuillérée de minestrone.

— Gontran de Parthenay. Donc, votre retour en Italie ? »

C'est qu'il insiste, ce rompicoglioni.

« Des parents décédés. À... à Naples.

— Oh. Toutes mes condoléances. J'aimerais aussi visiter un jour les abords du Vésuve. Moi, je vais à Florence. J'en ai fini avec le guerroiement. Je me suis établi marchand d'art. Avec la mode italienne en vogue en France, je fais de bonnes affaires. Je viens me réapprovisionner auprès des meilleurs. Pour mon négoce, les Elfes de Florence sont imbattables.

— J'en suis persuadé.

— Le Roi François vous fait grande confiance pour vous laisser repartir seul. Et vous étiez où en France ? Dans mon escadron, on avait fait des paris sur où le Roi allait vous loger. On n'a finalement jamais eu la réponse. Moi, j'avais parié sur le Sud-Ouest. Castres, Montauban, Toulouse, Carcassonne... Enfin, ce coin-là. Alors, dites, j'ai gagné ?

— Perdu. Orléans », répliqua Prospero avec un sourire presque grimaçant.

Il vit alors un léger mouvement dans les traits du visage de son intrusif interlocuteur qui lui fit penser qu'il était étonné. *Comme s'il connaissait la bonne réponse* : « Ouh là ! Alors j'ai complètement perdu ! C'est bien que finalement nous n'avions pas su votre destination. Je ne vais pas vous importuner plus longtemps. Que votre voyage se poursuive bien, même si son objet est plutôt sombre et triste. Et comme on dit ici, *buona fortuna* ! » Et Gontran de Parthenay regagna sa place.

Lorsque Prospero eut terminé son repas, il se rendit compte que le Français était sans doute parti, sa place étant maintenant occupée par un gobelin, probablement un Milanais. Colonna paya et se dirigea aux écuries où son cheval avait été correctement nourri et pansé. Une ribaude qui soupesait ses seins s'approcha de lui et l'invita à prendre du bon temps dans la paille. Il la chassa car il n'avait plus l'esprit à des actes libidineux. Elle lui tira la langue et partit plus loin. Par acquis de conscience, Prospero alla trouver le garçon d'écurie qui était en train de ramasser le crottin des chevaux avec une pelle et il lui demanda : « Il est parti le Français ?

— Oui, *signore*. Il m'a demandé la route vers Florence. Je lui ai indiqué mais bizarrement il ne m'a pas écouté.

— Comment ça ?

— Ben... quand je suis retourné dans la grange chercher du foin, je l'ai vu au loin là-bas sur les hauteurs. Sur la route vers Rome et non vers Florence qu'il était. Bizarre, non ?

— Il a changé d'avis voilà tout », répliqua Colonna d'un air faussement détaché, tandis que des cors d'alarme se mettaient à sonner dans sa tête : *Porca miseria ! Il m'a reconnu et il va signaler ma présence à Rome !*

Prospero Colonna se mit rapidement en selle et partit prendre en chasse Gontran de Parthenay. Il n'était pas question de le laisser atteindre sa nouvelle destination ou même de le laisser pénétrer d'un centième de lieue sur les terres des États Pontificaux. Il le repéra devant, sur la route bordée de genêts et de buissons, qui était une ancienne voie romaine. Il réussit à trouver un sentier parallèle pour le dépasser et lui préparer un guet-apens. Il se cacha derrière un buisson qui se trouvait le long de la route, derrière une borne romaine. Il attendit. Le bruit du vent dans les feuilles ressemblait au doux froissement de la soie, et sans la tension qui nouait ses muscles, Prospero aurait pu faire une bonne sieste. La quiétude du lieu fut dérangée par le martèlement grandissant d'une cavalcade. Gontran de Parthenay apparut sur sa monture. Colonna donna un vigoureux coup de talon dans le flanc de son cheval et il lui fonça dessus en sortant de sa cachette. Il le jeta à terre d'un grand coup de bouclier avant qu'il ne puisse dégainer. Le Français se roula en boule puis d'un mouvement étonnamment fluide projeta une dague qui alla se ficher dans le cou du cheval de Colonna qui se dressa sur ses deux jambes arrière en secouant la tête et en hennissant de douleur. Le condottiero se trouva à terre à son tour. *Il a encore de sacrés réflexes de soldat pour un marchand d'art.*

Colonna fut sonné et il crut avoir des hallucinations. Il vit l'ombre de la borne romaine se mettre à bouger. Il jeta un œil à Gontran de Parthenay qui le regardait d'un air mauvais. Lui, ne projetait pas d'ombre. C'était un Porteur d'Ombre ! Il n'avait rien à voir avec un marchand d'art ! Colonna eut juste le temps de se rouler sur le côté pour éviter l'Ombre qui s'était détachée de la borne et qui essayait de l'avaler. Il se releva, dégaina son épée et se jeta sur le Porteur qui para en le repoussant vers l'Ombre qui revenait à la charge par derrière. Colonna fit un écart sur le côté pour l'éviter et le Porteur en profita pour donner un coup latéral qui envoya voler le bouclier de Colonna vers l'Ombre où il disparut comme avalé par le néant. Mais l'Ombre fut avalée à son tour par une ombre plus grande encore. Un nuage venait de cacher le soleil ! Les deux adversaires regardèrent chacun le ciel estimant qu'ils avaient un peu moins d'une minute avant que le soleil ne puisse briller à nouveau.

« Colonna. Ma mission ne te concerne pas, dit le Porteur qui avait tout intérêt à gagner du temps. Retourne d'où tu viens ou va au Diable où tu souhaitais aller.

— Et toi, tu vas me dénoncer à Rome, maraud ! Tu as changé ta route tout en laissant la fausse information au garçon d'écurie que tu allais à Florence. »

Se penchant brusquement en avant pour porter un coup d'estoc, Colonna tenta de profiter de l'absence de l'Ombre mais son Porteur para à nouveau son attaque.

« Ma destination n'était pas Florence depuis le départ... », dit le Porteur d'Ombre puis il pinça ses lèvres comme se rendant compte qu'il venait d'être trop bavard et avait dévoilé une information d'importance. Colonna profita de cette fraction de seconde de déconcentration pour mettre un genou à terre et saisir puis lancer une dague à gouttière cachée dans sa botte. Le Porteur d'Ombre leva son épée pour se protéger mais c'était trop tard. La lame de la dague était fichée dans sa gorge et du sang s'écoulait à flots par la gouttière de l'arme. L'épée lui tomba de la main. Il émit une sorte de gargouillis puis tomba face contre terre, le nez dans les herbes qui écartaient les vieilles pierres de la voie romaine. Lorsque le soleil revint, son ombre lui était rattachée et était inerte.

Colonna récupéra sa dague et il en essuya la lame contre le pourpoint de son adversaire. Il fut surpris de la rigidité de l'habit. Le tissu cachait quelque chose. Colonna déshabilla en partie le cadavre et découvrit une doublure interne dans le pourpoint. Il en extirpa une lettre dont il découvrit avec stupéfaction le cachet. C'était celui du Roi de France. Sans aucun scrupule, il fit sauter le cachet et commença à lire la lettre. Elle était destinée à l'Ambassadeur du Royaume de France à Rome ! Le Porteur d'Ombre devait effectivement aller à Rome mais il avait pris l'habitude de semer des fausses pistes vers Florence. Sa mission avait été d'acheminer ce message ultra-secret à l'Ambassadeur et il n'avait eu nulle intention de nuire à Colonna. Le condottiero continua à lire et un grand sourire illumina son visage : *voilà des informations sensationnelles qui vont permettre de me racheter !*

Chapitre 27

Je ne crains pas la mort et je veux la voir en face.
Étranger, laisse-moi mourir en liberté.

Poème aztèque

Cortés n'aurait su dire si la visite aux Prêtres à Ototelolco avait été une réussite ou non. C'était ce qui allait se passer maintenant qui allait en décider. Il était en train de terminer sa prière en compagnie de ses soldats. Il finit en prononçant simplement ces mots : « Si nous devons mourir aujourd'hui, autant mourir avec fierté. Que Dieu nous vienne en aide à tous. Amen. »

Cortés et ses troupes se trouvaient sur les hauteurs surplombant un côté du lac de Tenochtitlan, à couvert sous les arbres. Les Tlaxcalans avaient été envoyés provoquer les Aztecas dans une ville près de la rive nord du lac mais il ne s'agissait que d'un moyen de détourner l'attention de ce qui allait se passer ici et qui allait être la chose la plus étrange que Cortés ait faite dans la longue succession d'actes étranges et inimaginables déjà commis. C'était le milieu de l'après-midi et il faisait très chaud. Cortés avait raisonné que le Serpent à plumes devait détecter la chaleur comme les serpents plus ordinaires. Ainsi, avec la température ambiante, la présence des Espagnols allait plus facilement passer inaperçue. Le Serpent à plumes était enroulé autour de la double pyramide de la grande place centrale de la ville. Sa tête était nonchalamment posée sur les toits des temples de Tlaloc et de Huitzilopochtli à son sommet et elle regardait vers le côté où les Tlaxcalans attaquaient. A un moment, elle se releva brusquement et les plumes du serpent s'empourprèrent. On entendit un sifflement menaçant à des lieues à la ronde. Cortés crut que Quetzalcoatl allait quitter la ville pour s'occuper des

Tlaxcalans mais la tête retomba doucement. Le Serpent à plumes n'avait visiblement pas jugé nécessaire d'intervenir et il n'avait toujours pas remarqué les troupes espagnoles de l'autre côté.

« Quel manque de courage... », persifla Pedro de Alvarado entre ses dents, puis il souffla sur la culasse de son *escopeta*. Il connaissait le plan élaboré par Cortés, Malinalli et Aguilar avec les conseils des prêtres d'Ototelolco et il le désapprouvait. « Non, Alvarado. Le vrai courage c'est se battre contre soi-même et ses préjugés », répliqua Cortés. Alvarado haussa les épaules : « On va bien voir où nous mèneront tes paroles grandiloquentes. Ce que tu comptes faire, tout comme les bateaux que tu as fait couler jadis dans la baie de Veracruz, ça ressemble beaucoup à de la trahison », et il continua à nettoyer son arme. Cortés soupira : « Et tu proposes quoi ? Nos réserves de poudre sont très basses et on ne sait où trouver du soufre dans ce pays. On ne peut mener un assaut à la seule force des *escopetas*. Nous avons trouvé autre chose.

— Même si cette autre chose est de la pure folie ? Ce que nous allons faire c'est comme se jeter du haut d'une falaise.

— Toute notre vie, nous nous jetons du haut d'une falaise. Seuls quelques uns d'entre nous apprennent à voler. »

Alvarado marmonna en réponse quelques mots inintelligibles et Cortés ne se donna pas la peine de savoir ce qu'ils signifiaient.

Il était temps d'activer la phase la plus délicate du plan. Cortés se dirigea vers les chevaux que l'on avait fermement attachés à des arbres. Il tendit la main au plus proche d'entre eux. Le cheval, avec une belle étoile blanche sur le chanfrein, frotta sa tête contre la main de Cortés. Puis le conquistador posa brièvement sa tête contre le garrot de l'animal dans un geste tendre. Cortés prit alors en main un long sabre qui était accroché à sa ceinture et trancha le côté du cou du cheval. Un flot de sang en jaillit par saccades et le cheval se mit à hennir et il fit de multiples ruades, tirant sur la corde avec laquelle il était attaché à un arbre, comme pour s'échapper en galopant à la mort qui venait. Puis il y eut des soubresauts de plus en plus faibles. Les autres chevaux commencèrent à s'agiter, leurs oreilles battant frénétiquement l'air. Cortés ainsi que Felipe de Olmos s'occupèrent de les égorger également. Cela fut de plus en plus difficile car les animaux n'offraient plus innocemment leur cou au tranchant du sabre et de l'épée et les conquistadors faillirent plusieurs fois recevoir des coups de tête ou des coups de sabots. C'était une terrible épreuve que ce sacrifice des chevaux pour Cortés et Olmos. Ils avaient le cœur au bord des lèvres et seule leur détermination les empêcha d'avoir les larmes aux yeux. Ce ne fut pas le cas pour d'autres conquistadors et l'un d'entre eux tourna brusquement le dos et sanglota comme un enfant quand vint le tour de son cheval. Il se boucha les oreilles pour ne pas entendre les hennissements d'agonie.

Les conquistadors en venaient à sacrifier l'un de leurs avantages stratégiques par rapport aux Aztecas, sur les conseils des Prêtres d'Ototelolco. Mais il y avait une bonne raison à cela. Une fois les chevaux morts, il allait falloir chercher un organe blanchâtre, caché au milieu des muscles du cou : la thyroïde, c'est-à-dire l'organe qui était hypertrophié chez les goitreux. A Ototelolco, les Prêtres avaient fait des expérimentations avec des thyroïdes humaines. Pour les Espagnols, il était hors de question de sacrifier des humains et les chevaux s'étaient révélés la seule source importante de thyroïde disponible. Ensuite, il allait falloir donner à manger cet organe aux axolotls du lac.

Les thyroïdes furent disséquées avec moultes grimaces de dégoût puis rassemblées dans une grande jarre. Cortés avait confié à Pedro de Alvarado la tâche de faire le guet pour éviter d'être surpris par une patrouille aztèque. Cela devenait d'autant plus indispensable que les hennissements avaient peu de chance d'être passés inaperçus. Alvarado avait pris avec lui un détachement et ils se surnommèrent *El Cazadores*, les chasseurs, déniant toujours toute humanité aux hommes-oiseaux. Cortés et Olmos sortirent à découvert avec la jarre remplie de thyroïdes et coururent en zigzagant entre de grands cactus vers une falaise surplombant le lac. On pouvait voir des formes roses nager dans l'eau, au milieu de quelques poissons. C'est alors que Cortés et Felipe entendirent le cri d'alerte d'Alvarado. Une troupe d'Aztecas grimpait en courant sur la falaise en s'aidant de leurs bras plumés pour s'appuyer sur l'air et de leurs grandes griffes aux pieds pour ne pas déraper. Alvarado fit rugir son *escopeta* et l'un des hommes-oiseaux tomba en poussant un cri aigu mais les autres continuèrent à se rapprocher des conquistadors. Les cordes des arbalètes claquèrent, faisant deux nouvelles victimes sur la falaise. Les Aztecas gonflèrent leurs plumes pour masquer le volume et l'emplacement exact de leur corps ce qui gêna la précision des tireurs et bien des carreaux ne firent que traverser des plumes. Alvarado qui avait rechargé son arme toucha une nouvelle fois un Azteca qui glissa sur la pente en laissant une traînée de plumes et de sang sur les rochers.

Pendant ce temps, Cortés et Olmos réussirent à lancer du haut de la falaise quelques morceaux de thyroïde dans le lac. Ils sombraient sous l'eau et on pouvait observer une certaine agitation à leur emplacement mais il était difficile de discerner si c'étaient les axolotls ou les poissons qui en profitaient. C'est alors que Felipe de Olmos entendit des sifflements caractéristiques qu'il avait déjà entendus à Cholula. C'était des javelots lancés par des *atlatls*. L'un d'entre eux fendit l'air et le frôla et il ne put éviter le second qu'en se jetant à plat ventre. Ce faisant, il laissa échapper la jarre qui roula et tomba de la falaise pour aller s'écraser et se briser sur les rives du lac, hors de l'eau. Les thyroïdes se répandirent sur le sol.

Une partie des Aztecas rebroussa chemin et descendit pour les récupérer. Ceux qui atteignirent les rives se trouvaient hors de portée des armes d'Alvarado et de sa troupe. Les premiers arrivés commencèrent à ramasser les morceaux de tissus blancs sanguinolents éparpillés au milieu des rochers. Alors deux énormes formes sombres émergèrent de l'eau et se jetèrent sur eux. Les axolotls natifs étaient déjà longs comme des humains adultes mais ceux-là, avec la métamorphose provoquée par la thyroïde, avaient triplé de taille. Ils avaient désormais des pattes et pouvaient respirer à l'air libre, leurs panaches branchiaux s'étant atrophiés. Ils attrapèrent des Aztecas avec leurs pattes avant et croquèrent leur tête comme des friandises. Les Aztecas qui avaient échappé à ce premier assaut levèrent les bras vers le ciel et s'enfuirent. Les deux axolotls finirent par manger tous les autres morceaux de thyroïde et semblèrent grandir encore à vue d'œil avant de retourner dans l'eau. D'après les longs sillons qu'ils générèrent à la surface, ils se dirigèrent vers Tenochtitlan. En passant, ils s'attaquèrent aux pirogues qu'ils rencontrèrent sur leur passage. Ils firent chavirer par leur propre poids les embarcations et boulottèrent négligemment quelques têtes et quelques bras avant de poursuivre leur chemin.

Les Aztecas qui étaient parvenus à grimper sur la corniche où se trouvaient Cortés et Olmos, s'enfuirent en découvrant le spectacle qui s'était déroulé à leurs pieds. Une volée de tirs d'*escopetas* et d'arbalète tua quelques fuyards mais les autres donnèrent l'alerte par des sons gutturaux et de longues et profondes notes jouées sur des conques. Cortés avait les yeux rivés sur Tenochtitlan. Indéniablement, l'attention du Serpent à plumes avait été attirée vers ce côté-ci du lac et la bataille de diversion contre les Tlaxcalans au nord ne l'intéressait plus.

Quetzalcoatl se déroula tout en se dressant pour essayer d'observer ce qu'il se passait dans le lac. Il laissa échapper un long sifflement qui fit vibrer toute la surface de l'eau. Il s'avança le long des grandes avenues de Tenochtitlan dont il occupait exactement toute la section et il se dirigea vers les rives du lac. Les habitants de la ville s'enfuyaient prudemment à l'avant de son passage. La cohabitation avec le long Serpent à plumes était devenue une routine ponctuée de sacrifices humains pour rassasier son appétit. Se faire dévorer au cours de cérémonies était un honneur. Mais en dehors de ce cadre, la terreur reprenait le dessus.

Le Serpent était parcouru d'ondes qui changeaient la couleur de ses plumes par vagues de vert, de rouge et de bleu. Sa collerette de plumes à l'arrière de la tête se hérissa quand il atteignit les rives du lac. Il se glissa dans l'eau mais il fut immédiatement attaqué sur le flanc par les deux axolotls géants. Ils le mordirent de leurs dents pointues et leurs griffes lui lacérèrent la peau, provoquant l'éparpillement de dizaines de plumes multicolores qui flottèrent un instant à la surface de l'eau avant d'être englouties par les vagues provoquées par le combat. Quetzalcoatl se tortilla violemment faisant lâcher prise aux deux amphibiens géants et il projeta sa tête sur le côté pour en attraper un dans sa gueule. Ses crocs acérés se refermèrent sur l'axolotl qui se débattit furieusement mais ses mouvements s'épuisèrent vite sous l'influence du venin. L'autre axolotl repartit à l'assaut. Quetzalcoatl fit une brusque ondulation qui le ramena vers l'arrière, vers la ville. L'axolotl bondit hors de l'eau pour ne pas le laisser s'échapper. Par une ondulation latérale, le Serpent écrasa l'axolotl contre un bâtiment de pierre qui se fractura puis s'écroula sous le choc.

Pour se dégager des décombres, le Serpent souleva brusquement la queue. Celle-ci retomba de côté en balayant comme un fétu de paille les deux temples au sommet de la double pyramide centrale. Les braseros qui y brûlaient furent projetés vers le Palais de l'Empereur voisin qui commença à prendre feu. On vit des gardes en sortir, avec leurs plumes enflammées, et hurler jusqu'à ce que leur cœur ou leur cerveau soit consumé. Dans le jardin zoologique à côté, on entendait les animaux hurler de panique tandis que la fumée âcre se propageait dans les rues et par-dessus les toits. Les habitants de Tenochtitlan couraient en tous sens, non moins paniqués que les animaux et ils poussaient des cris d'orfraie. Certains crurent être victimes d'hallucinations dues à un abus de *peyotl*. D'autres tendirent à bout de bras leur bébé pour le donner en sacrifice à Quetzalcoatl dans l'espoir d'apaiser sa colère. Le Serpent à plumes avala une cinquantaine d'Aztecas, hommes, femmes, vieillards et nourrissons mêlés et on put voir la boule que cette masse formait descendre lentement dans sa gorge. Puis son regard se tourna à nouveau vers les rives du lac où se tenait Cortés et il entama un mouvement pour retourner dans l'eau et traverser le lac. Toutes ses plumes avaient viré au rouge.

« Il nous faut métamorphoser d'autres axolotls ! cria Cortés sur le rivage.

— Mais avec quoi ? On n'a plus de chevaux ! » hurla Felipe de Olmos, alors qu'il se trouvait juste à côté de lui. Il était lui aussi en proie à la panique. Ils avaient réveillé la colère du grand Serpent et le plan avec les thyroïdes avait été un lamentable échec.

Cortés contempla les cadavres des hommes-oiseaux, ceux tués par les arbalètes et les tirs d'*escopetas*, ceux dévorés à moitié par les axolotls et ceux qui commençaient à s'échouer sur la grève et qui s'étaient trouvés sur les bateaux renversés. Felipe suivit son regard et comprit. Il ne chercha pas à réfléchir à ce qu'il allait faire et il décida d'agir sans délai, réprimant un tressaillement d'effroi. Il s'agenouilla auprès d'un cadavre et avec sa dague il commença à découper la base de son cou à la recherche de la thyroïde. Une fois extirpée, il lança la masse sanguinolente dans l'eau où des axolotls commençaient à se rassembler. Cortés fit de même. Même Pedro de Alvarado s'y attela : « Parce que c'est de la volaille et pas des humains », jugea-t-il nécessaire de préciser. Cortés préféra faire comme s'il n'avait rien entendu.

Pendant ce temps, le Serpent à plumes était rentré dans l'eau, tout en maintenant sa tête arquée au-dessus de la surface avec sa grande collerette de plumes qui battait frénétiquement comme les pulsations d'un cœur. Il n'était plus qu'à quelques mètres du rivage où se trouvaient Cortés et ses compagnons quand sa tête fut tirée sur un côté. Puis elle fut tirée par l'autre côté. Les nouveaux axolotls métamorphosés attaquaient. Et ce n'était pas seulement deux axolotls mais une dizaine qui maintenant le mordaient, le griffaient et lui grimpaient sur le dos pour l'enfoncer dans l'eau. Quetzalcoatl avait beau tourner brusquement la tête et faire onduler son corps, il n'arrivait pas à se débarrasser de ses assaillants. À nouveau, le Serpent fit volte-face et retourna vers la ville. Ce fut un combat bestial et frénétique, au milieu des bâtiments qui s'écroulaient sous le poids des uns et des autres. Quetzalcoatl repliait son corps puis le détendait brusquement pour se projeter en avant et mordre autant d'axolotls que possible. Les axolotls profitaient de leurs nouvelles pattes pour bondir sur le côté et se servir des bâtiments comme points d'appui pour sauter sur les flancs du Serpent. L'incendie continuait pendant ce temps à se propager de l'autre côté de la ville. Les habitants fuyaient en masse et avaient remis en place les ponts amovibles permettant de regagner les rives. Il y eut un embouteillage et une cohue indescriptibles à l'entrée de ces ponts et beaucoup d'Aztecas furent poussés dans l'eau où des axolotls voraces les dévoraient.

Au bout de quelques minutes, il y eut un long sifflement rauque et profond. Quetzalcoatl avait une bonne portion du corps recouvert d'axolotls vengeurs. Il fut pris de soubresauts et ses mouvements erratiques réduisirent tout un quartier à l'état de ruine. Mais les multiples axolotls accrochés à lui par leurs mâchoires ou leurs griffes tinrent bon et finalement le grand Serpent s'immobilisa et toutes ses plumes se décolorèrent d'un coup.

Au moment où le Serpent à plumes mourut, Malinalli, restée en arrière dans la capitale des Tlaxcalans, pondit un œuf recouvert de mucus et de filets de sang dans le "Nid".

Les axolotls poussèrent le cadavre de Quetzalcoatl vers le lac et un festin se déroula sous l'eau dans un grouillement frénétique. Portés par l'excitation de leur victoire, des axolotls percutèrent les pilotis qui soutenaient des maisons au bord du lac et celles-ci s'effondrèrent avec les habitants qui s'y étaient réfugiés. Cela constitua le dessert.

Cortés et les autres conquistadors se précipitèrent vers l'un des ponts qui reliait le rivage à la ville. Ils se taillèrent un chemin à travers la masse des fugitifs, n'hésitant pas à pousser à l'eau voire à tuer directement vieillards, femmes et enfants qui les gênaient dans leur progression. Une fois le pont passé, ils se ruèrent dans les larges avenues de la ville. Leur progression fut rendue difficile par les décombres des bâtiments et les carcasses des axolotls géants tués par le Serpent. Et il y avait encore des soldats prêts à défendre leur ville. Des lances et des javelots furent lancés vers *les poilus* avec la force des *atlatls*, soulevant du sol par leur impact les malheureux Espagnols qui en furent transpercés. Cortés, Felipe de Olmos et une poignée de conquistadors durent se cacher derrière le corps d'un axolotl pour éviter une volée de javelots. Mais l'axolotl n'était pas tout à fait mort et d'une patte, il essaya de les écraser. Ce fut une balle tirée en pleine tête par Pedro de Alvarado qui les sauva. Quant aux tireurs Aztecas, ils épuisèrent leurs stocks de javelots et se retirèrent plus à l'intérieur de la ville. Les Espagnols purent continuer leur progression.

Arrivés sur la grande place centrale, les Espagnols subirent plusieurs assauts de guerriers armés de *macuahuitls*, des longs bâtons aplatis ornés de lames sombres d'obsidienne. Ces lames étaient tranchantes mais cassaient facilement contre l'acier des lames et des armures. Les Aztecas se protégeaient derrière des boucliers ronds en fibres de yucca tressés mais ces boucliers étaient transpercés par les balles d'arquebuses. Des hommes-oiseaux qui faisaient des cabrioles dans les airs pour atteindre les lignes ennemies plus à l'arrière furent fauchés par des piques ou des hallebardes Les multiples assauts des Aztecas vinrent ainsi mourir aux pieds des Espagnols comme les vagues oscillantes de la mer. Mais la fatigue commença à gagner les Espagnols. Ils étaient nettement moins nombreux que les Aztecas. Et de nouveaux guerriers plumés remplaçaient encore et encore ceux qui étaient tombés et qui formaient une masse indistincte de chairs et de plumes. Ils virevoltaient en lançant des cris stridents et donnaient de grands coups de pied circulaires qui causèrent beaucoup de dommages. Ils se déplaçaient en bondissant d'un pied à l'autre selon une trajectoire aléatoire, ce qui déconcertait les Espagnols qui ne pouvaient prévoir leurs prochains coups. Progressivement, les Aztecas repoussèrent les conquistadors vers l'*ullamaliztli*, le terrain pour leurs jeux de balles en caoutchouc. Il était bordé par deux hauts murs et formait une véritable nasse.

Cortés avait abandonné l'idée de coordonner l'attaque et se contentait de se battre comme un simple soldat. Pedro de Alvarado avait dû abandonner son *escopeta* car il n'avait plus le temps de la recharger tant il était assailli de toutes parts. Il passait sa colère accumulée sur ses adversaires à coups d'épées et il était couvert de leur sang sur lequel des plumes venaient se coller. Petit à petit, on avait l'impression qu'il devenait à son tour un homme-oiseau. Il hurlait *"El Cazador ! El Cazador !"* à chaque coup donné et il était au bord de l'extinction de voix. Felipe de Olmos était acculé contre le mur bordant l'*ullamaliztli* par cinq guerriers aztecas. Leurs *macuahuitls* avaient leurs obsidiennes brisées depuis longtemps mais le bois qui formait l'axe de leurs armes était solide et s'abattait sur l'Espagnol. Celui-ci avait été blessé au front par un éclat d'obsidienne et le sang qui coulait sur ses yeux le gênait pour se défendre. Ses forces commençaient à décliner.

C'est alors que les axololts métamorphosés vinrent à la rescousse. Des quatre côtés de la ville, ils sortirent de l'eau et semèrent la mort sur leur passage parmi les Aztecas. Ces derniers hurlaient : « Mitlantecutli ! Mitlantecutli ! », mais les axolotls n'avaient que faire de l'adoration tardive de ceux qui avaient initialement choisi Quetzalcoatl, le grand rival. Les animaux avançaient rapidement à trois ou quatre de front, écrasant sous leurs pattes ou déchiquetant de leurs dents et de leurs griffes tous ceux qui se trouvaient sur leur passage. Puis ils retournaient en arrière pour dévorer quelques victimes et reprendre des forces pour l'assaut suivant. Ils avaient une certaine prédilection pour le foie qu'ils attaquaient en priorité. Et puis il y avait toujours de la thyroïde en dessert. Cela leur donnait plus de puissance et les faisait grandir encore.

La résistance finit par ne se limiter qu'à quelques Aztecas qui lançaient des pierres depuis les toits des bâtiments encore debouts et depuis le haut des murs de l'*ullamaliztli*. C'est alors que revinrent les troupes menées par Cuauhtémoc, le nouvel Empereur, et qui s'étaient attaquées aux Tlaxcalans. En contemplant sa capitale ravagée, l'Empereur comprit qu'il avait été joué par une diversion et toutes ses plumes devinrent rouge et du sang en perla par petites gouttes. Il constata qu'il n'y avait plus de traces de Quetzalcoatl et que les axolotls s'étaient métamorphosés. Son visage encadré par les deux moitiés d'un grand bec d'aigle au front et au menton se contracta de colère puis il hurla : « Que l'on fasse des tambours avec la peau des axolotls et des envahisseurs ! ». Cuauhtémoc constata que les ponts avaient été coupés par les Espagnols et que la ville était redevenue une île. L'Empereur décida de traverser avec des pirogues qui étaient restées sur la rive nord du lac. Il lui semblait possible de passer car les axolotls métamorphosés étaient trop occupés dans la ville et ne devraient pas les voir venir.

Mais les axolotls qui n'avaient pas eu accès à de la thyroïde étaient toujours là. Une fois les pirogues arrivées à équi-distance entre la rive et la ville, des centaines d'axolotls convergèrent vers elles et essayèrent de les renverser en nageant de manière coordonnée contre l'un de leurs flancs. Ils cherchèrent à provoquer des collisions entre les embarcations. Les guerriers frappaient dans l'eau pour les assommer avec leurs *macuahuitls*. L'eau devenait rouge autour des pirogues et semblait bouillonner sous la frénésie de la nage des axolotls et des coups donnés par les Aztecas. Une première pirogue fut renversée puis deux autres entrèrent violemment en collision ce qui précipita leurs occupants dans les eaux grouillantes. La pirogue de l'Empereur fut la quatrième à chavirer.

Cuauhtémoc balança un de ses lieutenants vers la gueule d'un axolotl qui se dirigeait vers lui et il réussit à s'échapper et à nager vers la ville. Les métamorphosés dans Tenochtitlan commençaient à tourner la tête vers l'agitation dans le lac et certains plongèrent dans l'eau, attirés par un nouveau festin. Cuauhtémoc blessa un axolotl avec son énorme *macuahuitl* garni d'une centaine d'éclats aigus d'obsidienne disposés en spirale et il l'acheva en plantant la pointe du bec qui ornait son front dans une artère de son cou. Il évita les autres animaux par un détour et réussit à atteindre la ville par les jardins à étages sur les rives.

C'est alors qu'il aperçut Cortés qui essayait de rassembler ses troupes. Il se jeta sur le conquistador pour le frapper au visage avec son *macuahuitl*. Par une torsion de son corps, Cortés évita de justesse l'arme qui siffla à quelques centimètres de sa tête. L'Empereur et le conquistador se regardèrent, marchant latéralement sur une trajectoire en forme de cercle. « Xicotencatl », prononça Cuauhtémoc et il fit une mimique qui voulait dire que le chef des Tlaxcalans était mort. Il profita de l'instant de peine que suscita cette nouvelle chez Cortés pour attaquer à nouveau. Le conquistador para en catastrophe avec son épée qui se brisa sous le choc. Il ne restait qu'un tiers de la longueur de la lame accroché à la poignée. Cortés recula, puis bondit pour empoigner le bras de l'Empereur qui tenait son arme. Cuauhtémoc attrapa à son tour le poignet qui tenait l'épée brisée de Cortés. Ce fut un duel de force. L'Empereur hérissa brutalement toutes ses plumes, le faisant doubler de volume mais Cortés ne se laissa pas impressionner. Ils se regardaient droit dans les yeux, ils sentaient le souffle de l'autre sur leur visage. Cuauhtémoc pencha brusquement sa tête en avant pour que la pointe du bec d'aigle qui ornait son front crève l'œil droit de Cortés. Le conquistador baissa la tête juste à temps et le bec se brisa sur son casque d'acier. Il chargea la tête en avant comme un taureau et il asséna un coup de son casque dans le visage de l'Empereur. Celui-ci lâcha prise, le nez démoli. Cortés lui donna un coup de pied au ventre et Cuauhtémoc tomba en arrière. Le conquistador se jeta sur lui et lui transperça le cœur avec ce qui lui restait de son épée. L'Empereur donna par réflexe un coup de son bâton aux éclats d'obsidienne mais il fut trop faible pour mettre en danger Cortés. Celui-ci sentit la dernière contraction du cœur de Cuauhtémoc autour du fil brisé de sa lame puis plus rien ne bougea.

Cortés resta un long moment, haletant, allongé contre le corps de l'Empereur, dans une étreinte de souffrance. Toutes les douleurs dues aux combats s'étaient réveillées d'un coup. Puis, après avoir vérifié que Cuauhtémoc était bien mort (il ne fallait jurer de rien dans ce pays que la raison avait déserté), il se releva, tituba et stabilisa sa posture. Il constata que la bataille était terminée. Les renforts arrivés par le lac avaient été massacrés par les axolotls ou les Espagnols. Il y avait des cadavres partout, seuls ou entremêlés, leurs membres formant des angles bizarres. Et ce n'était pas tout car beaucoup de victimes ou parties de victimes se trouvaient actuellement dans les intestins des axolotls. Cortés était exténué par cette journée démesurément longue et terriblement éprouvante et des larmes coulèrent sur ses joues. Un œil pleurait de la joie de la victoire, mais l'autre œil pleurait de chagrin. « Que Dieu me pardonne. Je n'ai jamais voulu ça », dit-il doucement, en contemplant autour de lui les ruines fumantes et souillées de sang de ce qui avait été la plus belle ville du monde.

Chapitre 28

Que toute personne soit soumise
aux autorités supérieures;
car il n'y a point d'autorité qui ne vienne de Dieu,
et les autorités qui existent ont été instituées par Dieu.

Romains 13:1

Léon X venait d'écouter, les yeux fermés et d'une oreille attentive, le chœur pontifical chanter le motet *Stabat mater dolorosa* composé par Gaspar Van Weerbeke. La mélodie était un peu sèche (*C'est un Flamand après tout,* se dit le Pape) mais suffisamment émouvante pour transporter un moment Léon X en dehors de son corps qui le faisait souffrir ces derniers temps. *Stabat dolorosa. C'est tout à fait ça.*

Léon X fut agacé lorsque le camerlengo pénétra dans la pièce à la fin du morceau. Jamais celui-ci n'aurait osé interrompre le chant mais sa venue voulait dire que le Pape ne pourrait sans doute pas écouter un chant supplémentaire. Les affaires du monde finissaient toujours par remonter jusqu'à lui et Léon X en était éreinté. Le Pape fut extrêmement étonné lorsque le camerlengo lui annonça le nom de la personne qui sollicitait une audience privée avec lui, de toute urgence. Léon X accepta de la recevoir. Il bénit et remercia les chantres et durant leur départ, il jeta à la dérobée un dernier regard vers l'un des beaux jeunes hommes qui l'avait particulièrement ému. Puis il reçut le visiteur, avec les mains jointes sous son ventre gras, comme pour le soutenir. Il le reconnut avec l'incrédulité qui accompagne la vision d'un revenant, même s'il avait l'habitude. Prospero Colonna s'avança vers le Pape avec une certaine désinvolture. Il avait même oublié d'ôter ses gants de cavalier, gants qui avaient appartenu au Porteur d'Ombre qu'il avait tué et qu'il avait pris sur son cadavre quand il avait constaté qu'ils étaient en meilleur état que les siens. Colonna s'en rendit compte et ôta puis coinça les gants dans sa ceinture avant de s'agenouiller et de baiser du bout des lèvres l'Anneau du Pêcheur du Pape.

« Prospero Colonna. Je lis en vous comme dans un missel. Je me doute que c'est le Roi de France qui vous envoie en mission diplomatique.

— J'ai effectivement en ma possession un message de François Ier mais il n'en a pas connaissance et le message ne vous était pas destiné.

— Allons, allons, Colonna... Quelles fables êtes-vous en train de me chanter là ? Vous savez que je suis mécène et vous voulez vous racheter en me montrant un tour de comédie ! »

Prospero Colonna sortit une lettre de sa manche et la tendit au Pape :

« C'est une farce bien tragique que j'ai entre les mains, Votre Sainteté. Et je suis sûr que vous saurez l'apprécier à sa juste valeur politique, à défaut de sa valeur littéraire. »

Intrigué, le Pape saisit la lettre de ses gros doigts. Colonna s'attendait à ce que Léon X s'asseye pour la lire mais il resta debout. Léon X en examina soigneusement le sceau de cire épaisse orné d'une fleur de lys et cassé en deux par Colonna. Et il souleva les sourcils en découvrant son destinataire. Le contenu de la lettre les lui fit soulever encore plus haut. Le Roi de France informait son ambassadeur à Rome qu'il était en secret derrière la conquête de la Haute Navarre par Henri II, malgré les dénégations officielles et les sanctions contre la maison d'Albret qui n'étaient que poudre aux yeux. Qu'il allait utiliser le même procédé pour soutenir la guerre d'un certain Robert III de la Marck, Seigneur de Sedan, qui avait des prétentions sur un territoire impérial dans les Ardennes. Que le temps était mûr pour lancer cette seconde offensive car l'Édit de Worms allait profondément diviser le Saint Empire Germanique et que Charles allait être opportunément trop mobilisé à essayer de recoller les morceaux pour pouvoir réagir. Qu'il allait trouver d'autres opportunités d'affaiblir l'Empereur en toute discrétion jusqu'à trouver un moyen de retourner son alliance avec Henry VIII. Qu'il était prêt pour cela à soutenir les partisans de Luther pour qu'ils puissent semer encore plus de chaos. Qu'il comptait sur la discrétion absolue de l'ambassadeur et que ce dernier fasse tout pour que le Pape retienne sa main face aux luthériens dont la présence dans l'Empire était du pain béni pour les intérêts du Royaume de France. La lettre se terminait par la phrase rituelle : « Car tel est notre bon plaisir. »

Léon X s'appuya contre la table. Ses jambes étaient clairement lourdes et fatiguées mais Colonna ne comprenait toujours pas pourquoi il ne s'asseyait pas. Il lui trouvait les traits affaissés, la mine mauvaise. Après sa lecture, le Pape fixa le condottiero et opina plusieurs fois doucement de la tête : « Ce message sera apprécié à sa juste valeur par d'autres, tout comme je viens de l'apprécier. Comment êtes-vous arrivé à l'intercepter ?

— C'est une longue histoire, Votre Sainteté. Disons que François Ier a utilisé comme messager un Porteur d'Ombre un peu trop curieux. Par ailleurs, ce Porteur est un de ses anciens soldats, ce qui voudrait dire qu'il a réussi à en former.

— Je doute fort de ce point. Former des Ombres est chose longue et coûteuse.

— C'est pourtant ce que je déduis...

— Qu'importe pour le moment. Je vous félicite de ces informations.

— J'imagine que… nous voilà quittes pour toutes nos affaires… anciennes ? demanda avec espoir Prospero Colonna.

— C'est une première étape. Je ne vous considérerai comme libéré de votre service que si vous m'amenez une victoire pour mon armée. Une victoire contre François Ier dans la guerre qui ne va pas manquer de se déclencher. Vous reprendrez le commandement de l'armée de morts-vivants dans une semaine, dans la salle sous le Tibre. Allez… Que Dieu vous bénisse ! »

Le piège dans lequel il était allé se fourrer tout seul s'était donc refermé sur Colonna. Lui qui s'était promis de ne plus jamais diriger d'armées de morts-vivants, voilà qu'il avait gagné un tour supplémentaire ! Il sortit furieux de la salle d'audience. Il décida de quitter au plus vite le Palais Apostolique et de s'enfuir par le premier bateau pour Naples. Il passa un premier planton de gardes nains suisses. *Mais qui a dessiné leurs costumes multicolores ridicules ?* pensa-t-il dans sa joie de leur filer sous le nez. Il se retrouva dans la cour où il avait laissé son cheval. Il le récupéra et le mena par la bride. Il ne restait plus qu'à passer le portail de l'entrée. Sûrement, le Pape n'avait pas eu le temps d'ordonner aux gardes suisses de l'empêcher d'aller vers la ville. Il allait être libre et galoper directement vers le port de Civitavecchia. Il se sentit pousser des ailes aux talons.

C'est alors qu'il vit des formes se mouvoir dans l'embrasure du portail. C'étaient des formes humaines, mais décharnées, avec des armures de guingois. Et l'odeur ! Ils répandaient une odeur de mort qu'il pensait ne plus jamais connaître. Treize soldats mort-vivants lui barraient la route. Le Pape avait dû les convoquer immédiatement grâce à sa *potestas*. Un moment l'idée de foncer dans le tas sur son cheval le titilla. Or il y avait un noyé parmi les morts. Prospero l'imagina exploser sous les sabots de sa monture et l'arroser d'eau nauséabonde. Il frissonna. Il sentit un regard posé sur son dos. Il se retourna. Léon X se trouvait sur le balcon de son Palais et lui faisait un petit signe amical de la main tout en arborant un large sourire.

Prospero puisa ses dernières forces à lui répondre par un sourire, puis il lâcha la bride de son cheval et retourna d'un pas traînant en direction du Palais Apostolique.

Chapitre 29

Vous trouverez salé le pain d'un autre
et comment il est difficile de monter et de descendre
les escaliers d'un autre.
Dante Alighieri

« Veuillez être assuré, Monsieur le Connétable de Bourbon, de toutes mes sincères condoléances pour la perte de votre épouse Suzanne, dit le Roi. Quand aura lieu son inhumation ?

— Dans trois jours. Dans la chapelle neuve du prieuré de Souvigny, près de son père.

— Mes pensées vous y accompagneront, répondit le Roi, ce qui était aussi une manière élégante de dire qu'il n'assisterait pas aux obsèques.

— Merci, Votre Majesté », répondit Charles de Bourbon en essayant de maintenir sa voix à son timbre habituel mais la peine put y être entendue à des lieues à la ronde. François ajouta alors : « Ne me cachez pas votre chagrin, qui est une noble chose en de telles circonstances. Prenez le temps nécessaire pour le deuil, mais sachez que le France aura sans doute bientôt besoin de vos services. » Le Connétable s'inclina.

En sortant de la salle d'audience, Bourbon croisa Louise de Savoie. Le Connétable s'inclina respectueusement puis disparut dans le couloir. Louise se retourna brièvement pour vérifier qu'il était bien parti puis elle s'approcha de son fils et lui dit à voix basse d'un ton enjoué : « Alors elle est morte ?

— Mère ! » répliqua François d'un ton outré. Marin de Montchenu qui se tenait à côté de lui se fit le plus invisible possible.

« Mais c'est une question légitime, dit Louise d'une voix (faussement) ingénue. Elle a toujours été de santé fragile.

— Oui, certes. Mais vous pourriez avoir un peu de... enfin, oui, elle est morte.

— Et sans héritier mâle, ni femelle d'ailleurs », nota Louise, le sourire en coin.

Surgit alors d'un coin de la pièce le nain Triboulet, le bouffon du Roi, avec sa tête trop grosse par rapport à son corps, son bonnet rouge et vert à grelots, son nez phalloïde et ses habits multicolores qui n'étaient déjà plus à la mode à la veille de la Guerre de Cent Ans : « Madame la Mère du Roi ! Veuillez agréer mes hommages et mon admiration pour que vous puissiez encore marcher après avoir donné naissance à un tel gaillard ! On se demande par où vous l'avez fait sortir. Le corps féminin est un tel insondable mystère que je me dois d'y donner un coup de ma sonde de temps à autre. » Louise de Savoie l'arquebusa du regard. Les lèvres de François se plissèrent, retenant un éclat de rire et il fit discrètement signe à Triboulet de déguerpir. Le bouffon s'inclina bien bas en faisant un bruit de succion, exécuta une gambade, tira la langue à Marin de Montchenu puis sortit de la pièce en se dandinant.

« Oui, donc. Hem... Point d'héritier mâle ou femelle pour ce pauvre Charles de Bourbon. Mais où voulez-vous en venir, ma chère mère ?

— Ses terres... Un pavé de cinq millions d'acres en plein milieu du Royaume. Il nous faut les récupérer, François. Pour la Couronne de France. Pour ta couronne. C'est un apanage, après tout. Sans héritier mâle, ils doivent revenir à la France.

— Le Connétable m'a informé que son épouse lui a légué ces terres dans son testament.

— Je suis la petite-fille du duc Charles Ier de Bourbon et donc je peux revendiquer ma part de l'héritage aussi. Et les dispositions dans ce testament sont sans doute contestables juridiquement.

— Mère... je ne vais pas faire un procès à mon Connétable alors que nous sommes peut-être au bord d'une guerre avec Charles Quint. Et peut-être avec Henry VIII par-dessus le marché !

— Faire un procès, dit Louise en haussant les épaules. François, tu es le Roi et tu as des moyens d'éviter...

— Toute autre chose qu'un procès ferait chauffer votre médaillon, rappelez-vous, répliqua François, savourant l'ironie de renvoyer ses propriétés contre sa mère. S'il y a une dispute d'héritage, il y a une procédure. Vous n'attendez tout de même pas que je prenne le Bourbonnais par la force au Connétable de France !

— Je ne savais pas que tu étais si pressé de te mettre à nouveau dans la main du Parlement de Paris, et de ses procédures absconses qui devront trancher l'affaire. Mais soit... Qu'importe la manière si *in fine* nous emportons la victoire. Bourbon est un de ces grands qui peuvent nous nuire de par leur rang. Il est temps de le descendre de ses hautes sphères. Tu sais ce qu'il a dit sur toi ?

— Mon flair n'a pas besoin de mon grand nez pour me faire soupçonner que vous allez me le dire sans délai, répliqua François, dont le pied droit s'agitait en signe d'agacement et d'impatience.

— A l'ambassadeur impérial qui lui demandait s'il n'était pas jaloux de tes réaménagements du château de Blois, il a répondu avec son sourire condescendant habituel qu'il ne pouvait porter envie à un gentilhomme dont les ancêtres ont été heureux d'être les écuyers de ses ancêtres. Pour lui, tu es toujours le petit Comte d'Angoulême, arrivé sur le trône par pur concours de circonstances. »

Louise vit immédiatement qu'elle avait visé juste et trouva dans les yeux de son fils le flamboiement courroucé qu'elle essayait d'allumer depuis un moment : « Eh bien ! Pour qui se prend-il ? s'emporta François. Ce n'est pas demain qu'on verra un Bourbon sur le trône de France ! Je vais lui rabattre son caquet. Mère, je vous soutiens et vous comprends. Nous irons d'abord au tribunal mais je me réserve le droit d'agir par la suite si l'issue nous est défavorable. »

Louise regarda avec émotion son fils puis l'embrassa et déclara : « La France a un grand Roi. » Puis elle quitta la pièce, satisfaite.

Après son départ, Marin de Montchenu garda l'air préoccupé qu'il affichait depuis que François avait cédé à sa mère : « Tu sais qu'il se murmure à la Cour qu'elle t'aime comme Agrippine aimait Néron...

— Et que veux-tu dire par là, je te prie ? répliqua François en fronçant les sourcils.

— Que cette histoire risque de mal se finir... Une simple explication avec Bourbon au sujet de ses dires devrait le ramener à plus d'humilité, non ? Et tu as vraiment besoin de ses terres ?

— Monsieur le Maître de Cérémonie, n'y a-t-il pas un banquet à préparer pour ce soir ?

— Pour sûr. »

Puis, se penchant à l'oreille de Marin, le Roi lui chuchota : « Et Monsieur le Maître de Chambre, n'y a-t-il pas cette délicieuse Marie de la Bourdaisière que je dois... rencontrer juste après la messe ?

— Pour sûr.

— Et ne devez-vous pas faire détourner la Reine Claude et Françoise de Foix pour ne pas qu'elles me suivent de trop près après ladite messe ?

— Pour sûr.

— Bien, s'exclama le Roi. Alors mon cher Marin, ces tâches-là, qui sont largement dans tes compétences, n'attendent qu'une exécution prompte et efficace ! »

Chapitre 30

Le destin est comme une berge humide :
de l'homme, bien souvent, il fait glisser le pied.
Shuruppak

La bannière avec les armoiries de la Navarre flottait au sommet du château de Pampelune. Sur un fond rouge, des chaines en or cernaient une émeraude verte, celle qu'avait portée sur son turban le calife Almohade que le Roi Navarrais Sanche Le Fort avait tué en 1212. A l'époque, Castillans, Aragonais et Navarrais se battaient ensemble contre les musulmans. Les temps avaient bien changé.

Henri II de Navarre, l'émeraude attachée à un collier qui pendait à son cou, était toujours heureux et fier de sa victoire sur les Espagnols, même si elle datait déjà d'un mois. Bon prince, il autorisa Iñigo de Loyola à partir, après s'être assuré auprès de Paracelse qu'il ne pourrait plus combattre. Il pouvait aller vers la destination de son choix à condition que ce soit hors de la Navarre et du Pays Basque où la guerre allait se poursuivre. « Des bains dans de l'eau de mer tiède vous feront du bien, déclara Paracelse. Allez vers la Mer Méditerranée, en Catalogne par exemple. » Le nain roux avait ôté l'attelle qu'il avait confectionnée auparavant et avait observé une dernière fois la jambe du blessé et s'était déclaré satisfait. Il avait ensuite fait un ultime cataplasme brillant de cristaux qu'Iñigo devait garder le plus longtemps possible. Avant de partir, Iñigo jeta un dernier regard à son armure qui gisait toute démantibulée dans un coin de la pièce. *C'est comme si j'étais encore à l'intérieur, brisé de partout.* « Ne pensez plus à elle, lui dit Paracelse qui avait surpris son regard. C'est une autre forme d'armure dont vous avez besoin maintenant. Votre blessure a mis à jour tant votre tibia que les défauts de votre vie passée. Mais ce n'est pas parce qu'on connaît ses défauts qu'on est capable de les corriger. C'est la nouvelle épreuve à laquelle vous allez être confrontée et je vous souhaite sincèrement du courage. »

Deux soldats raccompagnèrent Loyola jusqu'au bord des territoires navarrais puis l'abandonnèrent au milieu des collines avec un grand bâton pour s'appuyer sur son côté blessé et soulager sa jambe fracturée. Elle lui faisait toujours mal mais les baumes et les sels de Paracelse avaient prévenu la gangrène et la cicatrice était saine. Restait que sous la peau, les fragments d'os devaient se chevaucher malgré la tentative de réalignement et que leurs soudures allaient prendre beaucoup de temps.

Cahin-caha, un pas sain alternant avec un pas boiteux, Iñigo de Loyola se fraya un chemin vers la Catalogne. Ses vêtements commençaient à se transformer en lambeaux. Les espadrilles de corde que les Pétras lui avaient laissées étaient tellement usées qu'il était presque pieds nus. Il évitait les grands bourgs et survivaient grâce à la générosité des paysans qui le voyaient passer : un pauvre misérable atteint d'infirmité à une jambe. Il recevait un peu de lait de chèvre, un fruit, un quignon de pain. Lui qui avait toujours eu le visage un peu rond, il maigrit et ses joues se creusèrent. Son bras musculeux aux veines saillantes qui jadis maniait l'épée ou la lance s'accrochait à son bâton de marcheur et soutenait son poids qu'il ne pouvait plus confier à sa jambe. Il s'arrêtait rarement, seulement lorsqu'il était très épuisé. Puis les paroles de Paracelse revenaient le hanter : *de l'eau de mer tiède vous fera du bien*. La mer. La mer Méditerranée était sa destination promise et il lui semblait déjà entendre les vagues quand le vent soufflait à travers le feuillage des arbres.

Ceux qu'il croisait le prenaient souvent pour un illuminé ou un pèlerin égaré du chemin de Compostelle. D'autres étaient plus bienveillants mais il refusait l'aide des paysans qui lui proposaient un voyage en carriole vers la ville la plus proche où ils amenaient leurs récoltes ou leur laine qu'ils venaient de carder. Iñigo mettait un point d'honneur et même d'orgueil à marcher, malgré la douleur et la fatigue. Il ressentait une sorte de transe à avancer ainsi. Il acceptait la douleur comme un soldat qui connaissait dès qu'il s'engageait le risque de devoir l'affronter. Chaque pas qu'il faisait l'éloignait de son ancienne vie, sans qu'il sache pour autant vers quelle nouvelle vie il se dirigeait. Son esprit n'arrivait à se fixer sur aucune idée, la douleur lui ôtant toute possibilité de concentration ou de suivre le fil de la moindre pensée. Mais cette douleur lui rappelait qu'il était toujours vivant, alors il s'accrochait à elle.

Un jour où le soleil dardait ses rayons les plus ardents, la lumière brûla ses yeux et il dût les fermer. Avec son bâton et sa marche de plus en plus hésitante, il finit par ressembler à un aveugle. Il n'y avait nulle alcôve végétale où se protéger. Tout était desséché et même l'ombre n'apportait qu'un réconfort insignifiant. La poussière du chemin que ses pas soulevaient obstruait ses narines et collait à sa peau moite. Il passa près d'une ferme et il entendit, comme venant d'un monde lointain, un paysan se plaindre que son puits était à sec et déblatérer contre tous ceux qui commettaient des péchés et qui provoquaient la colère de Dieu à l'origine de cette sécheresse. Ce que le coup de gel tardif du printemps avait épargné dans les champs allait maintenant se flétrir et tomber en poussière.

Iñigo continua sa pénible marche dans l'air tremblant et étouffant. Son corps lui semblait lesté de plomb. Il leva la tête et vit des nuages bas à l'horizon. *Enfin de la pluie. Enfin de la fraîcheur.* Il continua d'avancer, ne se rendant pas compte que ce n'était pas des nuages. Il s'agissait de formations rocheuses grises qui avaient l'aspect de doigts épais tendus vers le ciel. Elles étaient reliées par de la végétation éparse et sèche. Iñigo continua néanmoins d'avancer en direction d'un enfoncement dans le massif qui formait un cul-de-sac. Qu'il se dirigeait vers une impasse ne sembla pas gêner le marcheur. Sans doute entrevoyait-il l'ombre qui y était présente. Il continua à toujours avancer de ses pas disharmonieux.

Soudain, il sentit sur son visage la caresse de l'air frais. Il ouvrit la bouche comme pour en boire à travers ses lèvres gercées. Il était entré dans une grande chapelle. Devant lui, il y avait une statue de la Vierge Marie, assise sur un trône richement sculpté. Elle avait un visage allongé de couleur sombre et était enveloppée d'habits recouverts de peinture dorée qui reflétait la lueur des cierges. Dans sa main droite, elle tenait un globe. Sur ses genoux était assis un enfant, Jésus, entièrement doré, qui avait la main droite levée en faisant le signe de la bénédiction. Sa main gauche tenait une pomme de pin. Iñigo se prosterna au pied de la statue, le front contre le sol, ses mains calleuses jointes en une prière. Il levait épisodiquement la tête pour regarder le visage de la Vierge qui lui apparaissait entourée d'une sorte de nimbe. Mais il ne savait pas quoi demander à ce doux visage alors il abaissa à nouveau la tête vers le sol.

Il resta là un long moment puis il s'affaissa petit à petit, sa conscience se dérobant, vaincue par l'épuisement. Il s'éveilla lorsqu'on lui approcha des lèvres une gourde et on lui donna de l'eau à boire. C'était un jeune homme qui avait eu pitié de lui, mais en voulant soulever le malheureux, il lui fit prendre appui sur sa jambe fracturée et Iñigo se mit à hurler comme un dément dans la chapelle où ses cris se démultiplièrent en échos. Iñigo repoussa de son bâton celui qui lui avait donné à boire et sortit de la chapelle. Un orage était en train d'éclater. Les éclairs illuminaient la silhouette des étranges formations rocheuses digitées. Dans la lueur blafarde, il aperçut aussi un grand bâtiment qui jouxtait la chapelle.

Mais ce n'est pas vers ce bâtiment qu'Iñigo se dirigea. Il s'avança vers les rochers en prenant un sentier qui montait en hauteur. Une forte averse s'abattit sur lui comme une chape de plomb, l'obligeant à ployer l'échine. Les gouttes d'eau furent relayées par des grêlons gros comme des œufs de caille. Un éclair tomba tout proche, le tonnerre claqua immédiatement comme un coup de fouet. Iñigo chercha à se plaquer contre la paroi rocheuse pour se protéger. Les bourrasques de vent ramenèrent les grêlons vers lui et les faisaient rebondir sur la surface de la paroi rocheuse. Cherchant à échapper à ce bombardement, Iñigo finit par trouver une anfractuosité et il s'y glissa. Déséquilibré, ne pouvant s'appuyer sur sa jambe droite, il finit par tomber et dévaler dans une grotte où il s'étala de tout son long.

Lorsqu'il se réveilla, il faisait nuit et l'orage émettait ses derniers grondements au loin comme pour avertir qu'il reviendrait. Il y avait de l'eau qui avait pénétré dans la grotte et Iñigo en but avidement. Des petites mousses se trouvaient au sol aux endroits humides et il les prit entre ses dents et les mangea. Le lendemain, le soleil darda à nouveau ses rayons et Iñigo préféra rester dans la grotte. Il ne trouvait aucune raison d'en sortir.

Chapitre 31

Ce n'est pas parce qu'une chose est difficile
que l'on n'ose pas la faire.
C'est le fait de ne pas oser la faire qui la rend difficile.
Sénèque

Mariano Baldecci était revenu à Venise. Il resta très vague sur ce qu'il s'était passé à Istanbul et avait caché la tonsure que ses geôliers lui avaient infligé sous un bonnet de velours. Ses cheveux repoussaient lentement. Il devait admettre qu'il s'en était bien sorti : une tête n'aurait pas pu repousser si on la lui avait coupée. Mais il se savait en sursis.

Sans apporter plus d'explications, il lança tous ses complices sur la trace de l'objet nécessaire aux mystérieux desseins du Sultan : une grande perle rouge. On s'étonna un peu de la requête mais les écheveaux des affaires où était impliqué Baldecci n'étaient pas toujours faciles à démêler alors on s'activa pour trouver les informations nécessaires sans trop se tarauder de questions. Il fallait faire vite. C'était le mois suivant que Baldecci allait être contacté par un *khâssa tâdjdjiri*, un marchand officiel ottoman à Venise, pour lui remettre la perle. Baldecci finit par obtenir le renseignement voulu : le précieux objet avait bien été ramené de Constantinople après le pillage de 1204, tout comme d'ailleurs les chevaux de Saint-Marc qui ornaient la Basilique du même nom et qui s'étaient trouvés initialement dans l'hippodrome de Constantin. La perle que Baldecci devait obtenir pour le Sultan avait été placée dans la salle du Trésor du Palais des Doges par Enrico Dandolo lui-même, le Doge en exercice en 1204. Mariano espérait qu'elle s'y trouvait encore plus de trois cents ans plus tard. Les Doges successifs avaient eu une fâcheuse tendance à se servir à leur guise parmi les objets entreposés dans cette salle et les registres de ce qu'elle contenait n'étaient notoirement pas à jour.

Il fallait donc planifier un cambriolage dans la Salle du Trésor, ce qui était une mission périlleuse. Mais le destin apporta à Mariano une occasion rêvée : le Doge Leonardo Loredano venait de mourir de vieillesse après un affaiblissement rapide, guère étonnant pour ses 84 ans. Il était allongé sur son lit et son visage était aussi sec et émacié dans la mort que durant sa vie. On aurait pu croire qu'il allait ouvrir les yeux d'un instant à l'autre et commander un rapport sur les recettes commerciales du trimestre ou dicter une lettre pour son ambassadeur à Istanbul.

En cette soirée, seules quelques fenêtres du Palais des Doges étaient illuminées, et encore faiblement. C'était un moment de prière et de recueillement. Les fonctionnaires et une bonne partie des gardes avaient été renvoyés chez eux ou dans leur caserne. La gondole où se trouvait Mariano glissait lentement sur le *Rio de la Canonica* longeant la façade arrière du Palais des Doges. Le fanal qui éclairait habituellement l'avant de l'embarcation était éteint. L'espion était accompagné par son complice Bartolomeo. C'était un jeune homme robuste qui travaillait comme porte-faix et qui laissait toujours traîner ses oreilles à l'affût de la moindre information sur le port où les nouvelles s'échangeaient aussi bien que les marchandises.

Mariano était très anxieux devant la tâche à accomplir et il se força à calmer sa respiration, tout en essayant de cesser d'énumérer les multiples étapes où son plan pouvait échouer. Il fallait rester concentré sur la tâche en cours et une fois celle-ci achevée, commencer à se concentrer sur la suivante. Là, il s'agissait de compter les fenêtres. Il fallait repérer la sixième en partant de la lagune. Mariano demanda à Bartolomeo de ralentir la gondole à son niveau. Il échangea un regard avec son complice qui tacitement lui souhaita bonne chance. Mariano plongea dans l'eau en essayant de faire le moins de bruit possible. L'obscurité était presque totale. Mariano passa sous la façade du Palais et se retrouva dans un vaste espace sous-marin où se dressaient les pilotis alignés qui supportaient le poids de l'édifice et qui étaient enfoncés dans la vase quelques mètres en dessous. Il s'était entraîné à retenir le plus longtemps possible sa respiration mais il lui semblait que la peur faisait accélérer son cœur et réclamer plus d'oxygène que lors de ses entraînements. Il nagea en remontant puis continua à tâtonner sur le plafond de la salle aquatique qui correspondait à la base du Palais. D'après les plans qu'il avait obtenus il fallait aller tout droit dans le prolongement de la sixième fenêtre. *N'ai-je pas un peu dévié sur la gauche ?* La panique commença à l'envahir. Il n'avait peut-être plus le temps de rebrousser chemin et de retourner dans le canal sans s'asphyxier. Ses poumons devenaient douloureux et hurlaient en silence leur manque d'air frais.

Enfin, il vit une faible lumière et sentit une ouverture. On avait bien ouvert la trappe qui permettait habituellement de plonger dans l'eau pour vérifier de temps à autre l'intégrité des pilotis. Il émergea de l'eau et il aspira de l'air comme si c'était un élixir des Dieux. Un garde l'attendait. Il était de mèche avec l'espion, en échange d'un paiement en ducats vénitiens sonnants et trébuchants qui avait eu lieu la veille. Mariano se hissa avec agilité sur le sol sec. Dégoulinant d'eau, il se déshabilla et prit la tenue de garde du Palais des Doges que son complice lui tendit. Après s'être déguisé (*c'est jour de carnaval en quelque sorte*, se dit-il), Mariano se rendit compte qu'il avait négligé de se sécher les cheveux. De l'eau avait dégouliné sur sa nuque et des traces d'humidité étaient apparues sur son col. Il allait falloir faire avec. Mariano suivit le garde qui se pencha pour franchir une porte basse puis tourna dans le couloir menant à la Salle du Trésor.

Tous deux s'efforcèrent d'étouffer le bruit de leurs pas. À cet exercice, Mariano était nettement plus doué que le garde et ce dernier chuchota : « J'ai l'impression d'avoir un fantôme qui me suit.

— Chut », répliqua Mariano avec agacement. Ils reprirent leur progression. Tout en avançant, Mariano balayait des yeux les couloirs pour voir s'il n'y avait pas des mouvements ou des bruits suspects.

La Salle du Trésor était fermée par une porte en bronze arborant fièrement ses trois serrures. Mariano sortit de longs filaments de métal qu'il avait accrochés sous son gilet puis il se mit à crocheter les serrures. Cela mit un certain temps tandis que le garde faisait nerveusement le guet. Mariano savait qu'il fallait être à la fois ferme et délicat. Le souffle suspendu, il sentait les moindres aspérités du mécanisme de la serrure en les explorant comme un aveugle explore le sol avec sa canne. Puis, par de petits gestes à l'appui bien dosés, il obtenait les bons alignements. Chaque petit clic attestant un jeu de la serrure était accueilli avec un soulagement et finalement Mariano put ouvrir la lourde porte dans un grincement de gonds strident. Cela fit évanouir sa joie dans la crainte que ce bruit ne les trahisse.

Devant le capharnaüm qui se révéla devant lui, Mariano pâlit. *Où là-dedans dénicher cette perle rouge ? Autant rechercher une aiguille dans une botte de foin.* Il y avait des dizaines de vasques, de caisses et de coffres garnis de ferrures entassés entre des statues égyptiennes, grecques, romaines et byzantines ainsi que des porcelaines provenant de Chine (sans doute ramenées par Marco Polo). Tous les objets de ce bric-à-brac sortaient par dizaines de l'obscurité dans les réverbérations dansantes de sa torche, et Mariano se sentit écrasé sous le nombre. Il n'y avait aucun classement, aucun rangement et tout avait été entassé pêle-mêle, mettant côte à côte des objets dont la fabrication étaient séparées par des océans de temps et d'espace. Devant l'ampleur de la tâche, il demanda au garde de l'aider à chercher mais celui-ci refusa ou alors il faudrait lui donner encore de l'argent ou lui permettre de voler ce qu'il souhaitait ici. Mariano qui n'avait pas d'argent supplémentaire à lui offrir finit par accepter la deuxième proposition, à contrecœur. Le garde chercha donc autant la perle rouge que l'objet transportable le plus précieux qu'il pourrait dérober. Après avoir tâté fébrilement à peu près tous les objets qui brillaient, le garde trouva son bonheur sous la forme d'une aiguière de cristal elfique de Bohême renforcé d'ornementations en argent. Mariano, lui, ne poursuivait qu'un seul but. A chaque ouverture de coffre, son cœur bondissait, mais rien parmi l'or, l'argent ou les pierres précieuses qui en dégoulinaient ne ressemblait à une perle rouge. Il avait beau fourrager partout, il ne la trouvait toujours pas.

Une minute chassait l'autre et chacune était plus dangereuse que la précédente. L'espion était désespéré. Il sentait déjà une lame transpercer sa poitrine ou un foulard de soie l'étrangler, manié par un espion à la solde du Sultan. Il regarda une dernière fois le capharnaüm rendu encore plus grand par leur recherche fébrile, et il décida qu'il était temps de partir avant de se faire prendre. Il referma la grande porte de bronze. Toujours accompagné du garde, il arpenta les couloirs en direction de la trappe pour retourner dans l'eau mais au détour d'un coude, ils croisèrent une patrouille de gardes armés de pertuisanes : « Hé ! Que faites-vous donc là ? Tous les gardes doivent se mettre en tenue d'apparat. L'ambassadeur du Royaume de France vient rendre hommage à la dépouille du Doge. » Tout en arborant le visage de celui qui avait tous les droits de se trouver là où on l'avait découvert, Mariano sentit son estomac se liquéfier. L'ambassadeur de France le connaissait et malgré son déguisement en garde, il n'aurait pas de difficultés à le percer à jour. Et bien sûr, il n'était absolument pas au courant de la mission de Mariano pour le Sultan.

La mort dans l'âme et accompagné par la patrouille, Mariano et son complice montèrent à l'étage pour se préparer. Ils n'avaient pas d'autres choix que d'obéir pour ne pas griller leur couverture. L'un des gardes regardait avec un œil suspicieux Mariano, ses taches d'humidité sur son col et sa figure qui ne lui disait rien alors que lui-même exerçait au Palais depuis de nombreuses années. En passant dans un couloir, Mariano s'arrêta brusquement, comme frappé par la foudre. Au mur était accroché le portrait d'une femme... qui portait une perle rouge accrochée à un collier autour de son cou. « Qui... qui est-ce ? chuchota Mariano.

— C'est la femme de Loredano. Morosina Giustiniani », répondit son complice. La patrouille s'était avancée de quelques pas et Mariano chuchota sans que les gardes puissent l'entendre : « Il a dû lui offrir la perle rouge. C'est bien dans son style que de voler dans le trésor de la République. Et où est-elle ?

— Morte. Depuis vingt ans. Ça se fait... elle a été enterrée avec le bijou. » Le garde avait dit ça comme une plaisanterie mais Mariano n'était pas d'humeur à plaisanter : « Et où est-elle enterrée ?

— Je ne sais pas. Peut-être dans le cimetière derrière la Basilique San Zanipolo. C'est là qu'on enterre tous les gens les plus prestigieux. »

Le garde de la patrouille qui avait regardé Mariano d'un air soupçonneux était revenu sur ses pas et avait surpris la fin de la conversation. Mariano ne se laissa pas prier : il poussa son complice vers lui pour le déséquilibrer, tourna les talons et courut dans les couloirs. Après le passage d'un tournant, il arracha une tapisserie du mur et la laissa au sol derrière lui pour que ses poursuivants s'y empêtrent les pieds. Il courut encore puis dévala les volées de marches d'un escalier qu'il trouva sur sa gauche. Par chance, cet escalier menait jusqu'aux étages les plus bas. Grâce à son sens de l'orientation, il retrouva la trappe et sauta dedans. Les gardes de la patrouille accoururent quelques secondes plus tard. L'un d'entre eux lança sa pertuisane dans l'eau, plus par colère que par soucis d'efficacité. Les gardes hésitèrent à se jeter dans la trappe, ce qui permit à Mariano de prendre de l'avance. Il émergea dans le *Rio de la Canonica* en inhalant une grande goulée d'air. Bartolomeo et sa gondole n'étaient nulle part mais Mariano se rappela qu'il lui avait recommandé de naviguer dans les parages et de repasser occasionnellement par le Rio plutôt que de rester à l'attendre à l'arrêt ce qui aurait pu paraître suspect.

Mariano aspira fort pour remplir ses poumons puis il nagea sous l'eau vers le labyrinthe de canaux entrelacés plutôt que vers la lagune où il aurait eu plus de mal à semer ses poursuivants. Il essaya de ne pas laisser échapper de bulles pour ne pas trahir sa trajectoire. Il bifurqua dans un petit canal latéral à droite où il reprit sa respiration. A ce moment, un garde émergea à son tour au bas de la sixième fenêtre du Palais dans le *Rio de la Canonica*. Des éclats de voix provenaient du Palais et une gondole militaire entrait dans le Rio en provenance de la lagune. L'alerte avait clairement été donnée. Mariano sentit la panique revenir. Il aspira fort à nouveau et plongea. Lui qui avait toujours su garder un impeccable sang-froid et mettait un point d'honneur à être calme et efficace, il se rendit compte que depuis la dramatique traversée du Bosphore et son séjour dans les geôles du Sultan, il avait l'impression que sa vie et son destin lui échappaient. Il avait perdu la maîtrise des événements et il détestait ce sentiment nouveau qu'il ne savait comment apprivoiser. Il se demanda en outre ce qui allait arriver au garde complice qu'il avait laissé sur place dans le Palais. Allait-il parler ? C'était une erreur grossière que de l'avoir laissé en arrière ! *Où est donc passé ce bon vieux Mariano Baldecci qui assurait ses missions avec ordre, efficacité et sang-froid ? Et surtout comment le retrouver ?*

Mariano dut remonter à la surface pour reprendre de l'air. Toujours pas de Bartolomeo, ni de gondole. Ah, si ! Les voilà qui apparaissaient enfin sur la gauche au détour d'un croisement. Mariano nagea vers la gondole et s'y accrocha sur le flanc droit en se collant contre la coque tandis que la gondole des gardes du Palais passa au loin dans un canal sur la gauche : « Vous n'avez pas vu un nageur ? héla l'un des gardes à l'attention de Bartolomeo.

— Il y a quelqu'un qui est sorti de l'eau et qui a couru sur les quais par là-bas ! leur répondit le jeune homme.

— *Stronzo* ! On finira par l'avoir ! » s'exclama le garde et il décida d'amarrer sa gondole et de continuer ses recherches à pied.

Bartolomeo manœuvra dans un canal latéral et une fois le danger éloigné, Mariano se hissa sur la gondole, tout dégoulinant. Cela fit ballotter l'embarcation et remonter avec lui l'odeur douceureuse de l'eau saumâtre. Il fut accueilli par le regard interrogateur de Bartolomeo qui s'ingénia en parallèle à stabiliser la gondole. Mariano lui dit en tentant de reprendre son souffle : « Ce n'est pas fini, Bart. Nous devons aller au cimetière San Zanipolo. »

***

La tombe de la femme du Doge était effectivement dans le cimetière indiqué. Mariano qui avait déjà le bon déguisement (quoique passablement mouillé) se fit passer pour un garde envoyé par le Palais pour exhumer le corps de telle manière à pouvoir l'enterrer aux côtés du Doge dans la Basilique. Le gardien du cimetière était ivre de toute manière et ne prêta qu'une attention très relative à ce que lui disait Mariano. L'espion aurait pu lui dire qu'il était un nécrophile notoire en mal d'amour qu'il l'aurait laissé passer.

L'espion put également faire entrer Bartolomeo dans le cimetière, enroulé dans un long manteau noir. Ils circulèrent entre les tombes et finirent par trouver le bon emplacement, presque contre les hauts murs de la basilique San Zanipolo qui surplombait le cimetière de sa grande masse se découpant contre les étoiles. Ensemble, ils descellèrent la pierre tombale que surmontaient de magnifiques statues d'anges éplorés. Ils découvrirent le sarcophage et l'ouvrirent. Une puanteur abominable s'en échappa. Le corps de la femme du Doge était noirci et semblait se réduire en poussière à vue d'œil au contact de l'air. Des os gris perçaient au milieu des lambeaux de chair sèche. Il n'y avait de reconnaissable que les vêtements souillés qui étaient les mêmes que ceux représentés sur le tableau du Palais des Doges. Les yeux de Mariano se fixèrent immédiatement sur l'élément d'intérêt : la perle rouge. Elle était bien là, chatoyante, accrochée au collier et posée contre les vertèbres cervicales qui apparaissaient comme un étrange ver annelé sur le fond du sarcophage.

Mariano tira sur le collier qui passa entre deux cervicales en les disjoignant. Il le glissa dans sa poche tandis qu'il entendait des soldats arriver à l'entrée du cimetière. Le garde dans le Palais avait bien entendu sa destination et, après appel de renfort, était arrivé pour le piéger. Mariano et Bartolomeo se cachèrent derrière une pierre tombale, enveloppé dans le grand manteau noir de Bartolomeo. Les soldats commencèrent par interroger le croque-mort ivre qui leur tint des propos incohérents. Les deux espions en profitèrent pour sortir de leur cachette. Mariano, en ployant l'échine pour éviter d'être vu, gagna le mur sud du cimetière sur lequel il grimpa. Il sauta dans la rue avoisinante et avec son précieux chargement, et il s'enfuit dans le dédale des rues du quartier. Pendant ce temps, Bartolomeo joua l'ivrogne égaré dans le cimetière et détourna un moment l'attention des soldats. Ce ne fut qu'après son départ que les soldats découvrirent avec horreur la profanation de la tombe de la femme du Doge.

Chapitre 32

Tel est pris qui croyait prendre.

Proverbe

Charles Quint était tendu. Il aurait dû être de bonne humeur car les nouvelles d'Espagne étaient très bonnes. La révolte des *comuneros* allait être rapidement complètement écrasée. Après l'incroyable défaite des insurgés et la décapitation de leurs chefs, les villes rebelles étaient tombées une à une sous la main du Connétable Velasco. Ne restait plus que Tolède.

L'Empereur était tendu car il allait accueillir un visiteur avec qui il avait eu des relations compliquées et Charles aimait les choses simples et claires. Son visiteur entra. Charles accueillit son frère cadet Ferdinand et ils se donnèrent l'accolade. Ils ne s'étaient pas revus, ni même écrit depuis que Charles avait obligé Ferdinand à quitter l'Espagne. Sur le moment, Ferdinand n'avait que mollement tenté de résister, sous le choc. Ce n'est que lors de son arrivée à la Cour de Flandres, qu'il ne connaissait absolument pas, que sa piteuse situation avait activé sa colère et son dépit.

D'emblée, Charles déclara qu'il allait confier à son frère cadet l'administration des terres historiques des Habsbourgs, en Autriche. C'étaient des domaines simples à administrer, loin de l'agitation luthérienne et hispanique. « Et en prime, mon frère, vous vous marierez avec Anne de Jagellon, la sœur de Louis II qui règne sur la Hongrie et la Bohême. Cela permettra d'augmenter notre influence sur ces territoires. Tout est prêt et déjà négocié. » Pas une seule seconde il ne fut question pour Charles de demander à son frère s'il était d'accord.

Ferdinand resta un moment tétanisé par la stupéfaction puis il eut l'intelligence suffisante pour s'incliner et pour remercier son grand frère d'Empereur. Les apprentissages de ses précepteurs et notamment d'Érasme lui avaient apporté une certaine clairvoyance sur les rapports de force, sur ce qu'il pouvait espérer changer et ce qu'il ne pouvait pas espérer changer sans faire s'effondrer le fragile édifice sur lequel il se tenait. Il avait parfois eu du mal à suivre ces préceptes, la colère de s'être fait évincer d'Espagne s'écoulant encore comme du fiel sous la surface. Mais il finit par reconnaître qu'il y avait une certaine sagesse à ne pas s'engager dans des conflits inutiles et délétères. Et puis se marier avec une princesse, même s'il ne la connaissait ni d'Ève ni d'Adam, était un moindre mal. De plus, Charles n'avait pas de projet de mariage, ni de relations connues avec des femmes et il se murmurait que peut-être il était porté sur les hommes, ou impuissant ou simplement tellement occupé à administrer son vaste Empire qu'il n'avait pas le temps de penser à se reproduire. Si Ferdinand avait un héritier rapidement avec une princesse, le cadet commencerait à prendre de l'ascendant sur l'aîné.

« Vous administrerez des terres paisibles, continua Charles, mais je ne vous cache pas que nous allons entrer en guerre de manière incontinente avec la France. Le Pape Léon X a été très content de ma fermeté avec les hérétiques et m'a envoyé la preuve que François Ier était le fourbe et cauteleux instigateur des attaques en Navarre et dans les Ardennes. Non que je ne l'eusse pas soupçonné, mais j'avais besoin de preuves. Le Roi de Navarre et le Seigneur de Sedan Robert de la Marck ne sont donc bien que des marionnettes dont il tire les ficelles. Mon devoir est de répondre fermement à ces provocations inqualifiables. Henry VIII est déjà mon allié et va également attaquer la France de son côté. Et le Pape a renversé son alliance et va me soutenir en Italie. Il a accepté de me couronner Empereur à Rome si tout se termine bien. »

Ferdinand était fort impressionné que Charles partageât ces informations stratégiques avec lui. Il se sentit honoré et avait l'impression de rentrer dans le secret des Dieux. Il s'inclina : « Je serais très fier de vous, mon frère. Se faire couronner Empereur à Rome comme le grand Charlemagne... Quel honneur !

— Merci... Mais dire le grand Charlemagne, c'est une faute. *Carolus Magnus* veut déjà dire Le Grand Charles. » Ferdinand resta coi un instant puis il s'inclina à nouveau : « Oui. Mon précepteur Érasme a dû me le dire... » Charles inspira profondément puis il continua son analyse : « La France aura peut-être toujours Venise à ses côtés mais le Doge Loredano vient de mourir. Il faudra attendre l'élection de son successeur. Quant aux mahométans, je les attends de pied ferme en Afrique du Nord et j'ai renforcé nos défenses en Sicile et à Naples. Voilà...Vous savez tout, mon cher frère. Avez-vous des questions ?

— Pour les terres que j'administrerai... Avez-vous des desiderata particuliers ?

— Que tout y reste calme et paisible. Ne vous endettez pas trop auprès de Fugger. La couronne impériale est déjà suffisamment endettée auprès de lui. Par contre, facilitez ses affaires. Nous avons intérêt à ce qu'il reste riche et que ses mines prospèrent.

— J'ai encore une question... Avez-vous des nouvelles de notre mère ? ».

Immédiatement, Ferdinand sut qu'il venait de commettre un impair. La mâchoire de Charles se contracta et la bienveillance apparente s'évanouit de ses traits : « Notre mère a été très perturbée par sa prise en otage par les rebelles. Elle est maintenant à nouveau bien soignée dans un lieu que j'ai décidé de garder secret. » *Secret, y compris pour moi, son fils*, se dit Ferdinand. *Les secrets des Dieux ne sont pas encore entièrement accessibles pour moi finalement.*

Le silence entre les deux frères s'étira suffisamment en longueur pour faire grandir une gêne inconfortable. Alors Charles conclut : « Je vous souhaite, mon cher frère, un heureux et fécond mariage et une administration paisible de la partie orientale de mon Empire. » Ferdinand s'inclina à nouveau (combien de fois avait-il dû le faire en l'espace de quelques minutes ?) et il quitta la pièce. Il allait se reprocher d'avoir dit « Le Grand Charlemagne » pendant tout le restant de la journée et même pendant une bonne partie de l'insomnie de la nuit qui suivrait. Ce n'est que le lendemain matin qu'il se rendrait compte que ce n'était pas grave. Il allait se marier avec la sœur d'un Roi et avoir du pouvoir sur des domaines vastes et prospères. Par contre, il n'aurait toujours pas un frère qu'il pourrait aimer.

***

Quelques jours après le départ de Ferdinand, Charles, accompagné de son nouveau Chancelier Mercurino Gattinara, avait quitté les terres germaniques et était retourné dans les Flandres. Ils étaient hébergés dans la résidence du gouverneur de la Province d'Audenarde, Charles de Lalaing. L'horloge du beffroi de la ville venait de sonner dix heures du soir quand un messager arriva affolé des régions de l'est. Le Chancelier Gattinara le reçut. Il fronça ses sourcils broussailleux puis pâlit à la lecture du message et demanda immédiatement à voir l'Empereur. Il trouva l'embrasure de la porte de la chambre du souverain barrée par les hallebardes de deux gardes en livrée impériale. Charles avait instauré des relations nouvelles entre lui et son Chancelier par rapport à l'époque de Guillaume de Croÿ. Son ancien précepteur pouvait entrer dans ses appartements de jour comme de nuit, sans prévenir. En revanche, Gattinara devait venir voir Charles chaque jour à heure fixe, pour s'entretenir des affaires ordinaires et extraordinaires. Au-delà de ces discussions, il devait prendre rendez-vous comme n'importe quel autre membre de la Cour. Mais vu les circonstances, Gattinara souhaita passer outre le *modus vivendi* instauré.

« Je dois voir l'Empereur immédiatement, même si je dois le réveiller. Je détiens une information de la plus haute importance.

— Il ne doit être dérangé sous aucun prétexte.

— Écoutez... Je ne dérangerai que ses rêves à cette heure-ci. Et je crains fort que s'il arrive à se rendormir après la nouvelle que je lui apporte, il fera plutôt des cauchemars », insista Gattinara de sa voix dure et caverneuse.

— Mais il ne dort pas... et ne veut pas être dérangé », résista le garde.

Gattinara fronça les sourcils. Il se sentait comme un chien dans un jeu de quille. Et n'était-ce pas un sourire roublard que les deux gardes venaient d'échanger ? Le Chancelier préféra ne pas braver plus avant l'interdiction et s'en retourna, pensif, dans son bureau.

Pendant ce temps, Charles était en train de perdre son pucelage. Le fait que son frère cadet parte se marier et puisse perdre le sien avant lui était devenu insupportable. Ferdinand avait toujours été plus beau, ou plus précisément moins moche que lui, et à ce qu'on lui avait raconté, les jeunes dames à la Cour fantasmaient sur son frère cadet. Dans le même temps, la levée de la tutelle de son précepteur et ancien Chancelier, une fois passé le choc des conditions dramatiques dans lesquelles elle s'était déroulée, avait soulevé une chape au-dessus de la tête de Charles. Il se sentait plus libre que jamais, en pleine possession de sa tête et de son corps. Ses maux de ventre s'étaient espacés. Et il avait 21 ans et il était grand temps d'apprendre à répandre sa semence ailleurs que sur sa main.

Il avait jeté son dévolu sur une jeune servante de la maison du Gouverneur, Johanna Gheynst. Elle avait le visage pâle et les cheveux blonds pris dans des nattes, une stature élancée et bien en chair à la fois. Charles l'avait faite venir pour un prétexte futile dans les appartements qu'il occupait. Gauche et maladroit, il avait alterné des phrases reprises de roman de chevalerie et de manuels d'amour courtois avec des menaces mettant en avant son statut d'Empereur. Johanna comprit assez vite ce que l'Empereur souhaitait et se soumit à sa volonté. Ils s'étaient approchés du lit dont les colonnettes supportaient un dais et des courtines de damas.

Une fois quelques caresses expédiées, l'acte ne dura pas plus de deux minutes. Charles fit preuve d'un mélange de maladresse et de fébrilité. Johanna, qui n'était pas pucelle, l'aida et le guida surtout dans l'espoir que cette scène extrêmement embarrassante se terminât au plus vite. Une fois l'affaire conclue, Charles se sentit très honteux, de manière encore plus prononcée qu'après ses masturbations. Il remit promptement son sexe encore visqueux dans ses hauts de chausse avant même la fin de l'érection ce qui lui causa une grande douleur. Il grimaça tandis que Johanna remettait de l'ordre dans les plis de sa jupe. Ils ne surent pas quoi se dire. Charles finit par déclarer en regardant un pied de table : « Ce sera notre secret, mademoiselle. » Johanna opina de la tête : « Puis-je partir, Monseigneur ? » Charles leva la tête comme si on venait de le réveiller. « Oui bien sûr... Je... tenais... Je tenais à vous dire que je vous ai trouvé b... bonne et douce.

— Mer... merci », répondit-elle avant de sortir, la tête légèrement inclinée et la gorge nouée.

Le lendemain, Charles eut du mal à ne pas commencer à trembler et à bégayer lorsque Johanna lui servit son petit déjeuner tandis qu'il discutait des affaires courantes avec le

Gouverneur Lalaing. Il lui semblait entendre les grincements du lit de la veille par-dessus les banales paroles échangées. Charles alla ensuite à la messe et il hésita à aller se confesser après. Mais la perspective de devoir raconter ce qu'il s'était passé le dissuada définitivement. Tous les sentiments de culpabilité et de crainte implantés par la religion catholique ressurgirent cependant, mais finirent par se briser en partie sur une idée bien commode : *Je suis l'Empereur. Après tout, je peux faire ce que je veux. Si je sers la volonté de Dieu dans mon Empire, il me pardonnera bien quelques petits écarts. Et ce que je viens de faire n'est absolument rien en comparaison de ce qu'on raconte sur Henry VIII ou François Ier.*

Puis ce fut l'heure du rendez-vous quotidien avec Gattinara. L'Empereur eut l'impression que son Chancelier le regardait avec une certaine morgue. *Peut-être sait-il pour moi et la fille ?* se dit Charles, toujours imprégné d'un relent de culpabilité. Avant que Gattinara ne puisse ouvrir la bouche, l'Empereur dit : « C'est bien à Segovia que vous m'aviez dit que la reprise de la ville sur les rebelles avait endommagé l'église ?

— Euh, oui, Sire. C'était une belle église romane. Il y a eu des bombardements au canon. Et... les canons ne visent pas toujours très juste.

— Bien. Je souhaite qu'à sa place soit construite une nouvelle grande cathédrale. Elle symbolisera ma réconciliation avec les habitants espagnols après nos... différents. » *Et elle permettra d'être sûr de me faire pardonner par Dieu le péché que je viens de commettre.* « Qu'avez-vous à m'annoncer ce matin, Chancelier ? continua l'Empereur à voix haute.

— Monseigneur, j'ai reçu une nouvelle hier... hier soir. Le Sultan Soleyman n'attaque pas en Méditerranée comme nous le pensions. Il a fait une avancée fulgurante dans le Royaume de Hongrie. Et... il a réussi à prendre la forteresse de Belgrade, sans grande perte d'hommes de son côté. » Le visage de Charles prit la couleur de la craie. *Combien de chocs vais-je encore devoir encaisser comme cela ?* « Et...? La suite ? demanda anxieusement Charles.

— Je n'ai pas de suite. Ce sont les dernières informations, continua Gattinara d'un air navré. Le Sultan a été magnanime et a laissé partir les soldats de la forteresse qui avaient survécu aux bombardements intensifs et à l'assaut. L'église de la ville sera probablement transformée en mosquée à ce qu'on dit. Mais on ne sait pas ce qu'il projette de faire ensuite. A mon avis, le risque est grand qu'il continue son avancée, maintenant qu'il a fait sauter ce verrou. La saison est encore propice, il n'a pas subi beaucoup de pertes et la grande plaine hongroise lui est ouverte, ainsi que le fleuve.

— Belgrade... Belgrade... N'est-ce pas sur le Danube ?

— Oui, Votre Majesté. Sur le Danube comme Buda, comme Vienne et comme Linz. »

Sainte Mère de Dieu ! Ferdinand ! se dit soudain Charles. Je croyais l'envoyer vers une région paisible et il se retrouve en première ligne contre les hérétiques mahométans.

Charles fit jouer nerveusement ses doigts sur son anneau où il y avait gravé A E I O U.

« Il faut renforcer les contingents en Autriche, dit doucement Gattinara, voyant le trouble de l'Empereur et devinant la teneur de ses pensées. Et le Royaume de Hongrie va nous appeler à l'aide.

— Mais vous savez bien que nous sommes sur le point de déclarer la guerre à la France !

— Je crains que nous ne puissions pas nous battre sur deux fronts aussi éloignés. Et c'est sans compter la Navarre où nous sommes à la peine. »

Charles ferma les yeux et mit ses deux mains paume contre paume devant sa bouche. On ne pouvait dire s'il réfléchissait intensément ou s'il priait.

Chapitre 33

J'ai abandonné bien des richesses
en empruntant cette route,
Mais j'en retrouverai bien d'autres
sur le chemin du retour.
Homère

La forteresse de Belgrade, accrochée à sa haute colline, dominait la confluence de la Save avec le Danube. Elle avait toujours été considérée comme un bastion inexpugnable qui veillait d'un œil vigilant sur les barbares mahométans plus au sud. Il n'en restait désormais que des pans de remparts attachés comme des moignons à des tours à moitié écroulées. A l'intérieur, aucun mur n'était intact et on ne pouvait faire quelques pas sans avoir à escalader des éboulis. Tout était encore imprégné d'une odeur de poudre consumée.

Soleyman avait installé sa grande tente au pied de la colline escarpée. Un grand âtre circulaire brûlait en son centre. Sur une broche cuisaient des coings enrobés de miel d'acacia. La fumée s'échappait par une ouverture au sommet de la toile et les bonnes odeurs se répandaient aux alentours. Ibrâhîm, qui était en train de panser son cheval, ne put résister. Il rentra dans la tente en écartant les pans de soie épaisse ornée de passementeries. Il trouva le Sultan étendu sur les coussins qu'il avait faits suivre de sa capitale. Soleyman contemplait les flammes rousses qui dansaient. Une odeur de brûlé commença à se faire sentir : « Je crois vraiment qu'il faut que tu laisses ton cuisinier préparer tes repas ! » lança Ibrâhîm. Le Sultan sourit : « J'ai été distrait », dit-il en saisissant la poignée de la broche. Il déposa les coings dans une assiette décorée de motifs floraux multicolores et invita son ami à s'asseoir à côté de lui. Malgré quelques traînées brûlées, les coings et le miel avaient bien caramélisé et étaient délicieux. « Mmmh ! Rien n'est plus doux », se délecta Ibrâhîm. Le Sultan resta silencieux et ne semblait pas convaincu. Soleyman finit par déclarer doucement entre deux bouchées, comme s'il se parlait à soi-même : « Nous allons retourner au Palais de Topkapi. » Ibrâhîm arrêta net sa mastication : « Maintenant ? Mais... si nous partons nos soldats seront moins motivés et... nous avons besoin de tes pouvoirs.

— Ce n'est pas cela... La campagne est terminée.

— Mais... la plaine de Hongrie nous est ouverte ! Nous pouvons poursuivre sur notre lancée et continuer la conquête de l'Europe. L'effet de surprise joue à plein. Tout le monde t'attendait en Méditerranée. Quel dommage de gâcher cette diversion !

— L'effet de surprise va s'émousser. Il est temps de revenir en Méditerranée. Je veux que cela devienne un lac ottoman. Et nous avons un autre verrou à faire sauter : l'île de Rhodes. Un messager d'Istanbul m'a annoncé que l'espion vénitien avait trouvé ce que nous cherchions.

— Peut-être mais, Soleyman, nous avons Buda et Vienne à notre portée !

— Au nom d'Allah le miséricordieux, Ibrâhîm, ne reviens pas là-dessus. C'est décidé. La perle rouge est en chemin vers Istanbul. Il faut l'utiliser. »

Mais ce n'était pas la perle rouge qui avait guidé la décision du Sultan. C'était une perle rousse. Il avait fait les calculs : la cohorte de femmes entrée au harem à son couronnement devait être maintenant prête et disponible pour ses plaisirs. Et l'une d'elle ne quittait pas ses pensées et stimulait son désir.

Ibrâhîm reprit un coing au miel et le mâcha en songeant qu'il regrettait presque d'avoir trouvé l'information sur la perle rouge pour vaincre le dragon de Rhodes. Et même les détails de l'exécution du plan lui paraissaient encore nébuleux. Soleyman renonçait à une conquête facile pour une conquête difficile. Il ne le savait pas aussi avide de gloire et aussi téméraire. Il devait y avoir autre chose ou alors l'accession à la tête de l'Empire lui avait fait tourner la tête. *Mais quelles que soient ses décisions, même mauvaises, je serai là pour l'aider.*

***

« Dieu a exaucé mes prières ! Ils reculent, Gattinara ! »

Mercurino Gattinara se pencha sur le message que lui tendit Charles Quint et qui venait d'être délivré par le centaure Jean-Baptiste Taxis en personne. Avec ses sourcils broussailleux qui jetaient une ombre suspicieuse sur ses yeux, le Chancelier parcourut lentement le message, à la recherche du moindre indice suspect. Il ne trouva rien mais il déclara quand même : « Je conseille à Votre Majesté la plus grande prudence. C'est extrêmement étonnant. N'importe quel conseiller militaire aurait préconisé de poursuivre leur chevauchée à travers la Hongrie et de fondre sur les villes comme les sauterelles sur l'Égypte. » Puis il se tourna vers Taxis : « Qui vous a donné ce message ?

— Les informateurs habituels qui sont passés par le réseau des Fugger en Hongrie et en Autriche.

— C'est un réseau pour les financiers et les marchands, tenus par des civils, répondit Gattinara d'un ton agacé. Ils n'ont pas la rigueur des militaires. Ils peuvent se faire infiltrer par n'importe qui.

— Ce réseau a toujours bien fonctionné depuis l'association de mon grand-père avec Fugger, répliqua l'Empereur.

— L'essieu d'une charrette tourne bien avant qu'il ne casse, commenta sèchement Gattinara.

— Ce retournement soudain peut avoir une explication. Ces Ottomans ne sont que des descendants de détrousseurs de caravanes, dit Taxis avec mépris et il donna un coup de sabot sur le marbre qui résonna durement. Ils ne veulent sans doute plus conquérir de territoires, mais simplement voler et piller ce qui est à leur portée et repartir comme des voleurs de poule. »

Le Chancelier secoua la tête : « Si c'était le cas, ils ne se seraient pas attaqués à une forteresse comme Belgrade... Il y avait beaucoup de cibles bien plus faciles.

— Peut-être le jeune Sultan voulait-il juste faire un coup d'éclat...

— Bon ! s'exclama Charles, pressé de clore le débat. Taxis, confirmez-moi cette information par une source indépendante du réseau des Fugger. Et si c'est confirmé, alors je pourrai diriger toute ma puissance sur la France ! Et, au fait, la Navarre ?

— Les opérations sont en cours en ce moment même. Henri de Navarre ne va pas fanfaronner longtemps.

— Bien. Si nous réglons ça à temps, la France sera prise en tenaille. J'attaquerai par le nord et l'est. Le Connétable Velasco par le sud. Les Anglais par l'ouest. » *Et mon aigle à deux têtes par le ciel.*

Chapitre 34

Nulle pierre ne peut être polie sans friction,
nul homme ne peut parfaire son expérience sans épreuves.
Confucius

« Nous avons Pampelune fermement en main. Maintenant, il faut accentuer notre avantage, dit Henri II de Navarre en observant la carte déroulée sur la table.

— Les *comuneros* ont subi une énorme défaite, Sire. Le Connétable Velasco pourrait être en train d'envoyer des renforts vers le nord, pour s'opposer à nous », répondit le Général Lantabat qui dirigeait les armées de Navarre. C'était un demi-Pétra, humain de par sa mère et on voyait de la peau rose entre ses plaques de grès. Il était fortement charpenté et compensait en muscles ce qui n'était pas en pierre.

« Mais Tolède n'est toujours pas tombé dans les mains des Impériaux, répliqua Henri.

— D'après nos informations, effectivement non.

— Alors Velasco va se concentrer sur le siège de la ville pour la faire tomber au plus vite. C'est d'autant plus urgent d'avancer de notre côté avant que Tolède ne soit conquise et que Velasco ne puisse rappliquer ici.

— Alors, Sire, il faut prendre Logroño, là, au sud-ouest de Pampelune. C'est un carrefour stratégique et il y a un pont sur l'Ebre qu'il nous faudrait contrôler. Je propose de passer par l'ouest de la Sierra de Erreniega.

— Il y a un risque que les Espagnols aient laissé quelques contingents dans cette Sierra.

— Et alors ? Si, comme vous dites, Velasco est occupé à Tolède, ces contingents seront réduits.

— Oui, c'est vrai. Assez de tergiversations ! Une Navarre réunifiée est à portée de main. » *Mon père, de là où il est, sera fier de moi.*

Henri sortit de la pièce du château de Pampelune où venait de se tenir ce Conseil de guerre et il se dirigea vers la cour où on venait à peine de finir de nettoyer tous les débris qu'avait provoqué l'assaut. Le Roi de Navarre eut la surprise d'y trouver le nain roux Paracelse en train d'essayer de grimper maladroitement sur sa mule : « Vous partez chercher quelques plantes médicinales et quelques-uns de vos cailloux guérisseurs magiques ? Nous allons partir battre la campagne très bientôt. Ne vous donnez pas cette peine aujourd'hui.

— Ah ? Vous avez planifié un nouveau massacre ?

— Nous partons pour Logroño.

— Eh bien, je vous souhaite bon courage. Je pars aujourd'hui.

— Mais il va y avoir encore du travail pour vous !

— Oui, un nouveau massacre, c'est ce que je disais. Or il est temps pour moi de passer à autre chose.

— Vos talents sont appréciés. Je double l'or que je vous verse.

— Je ne suis pas un de ces mercenaires que l'on achète ! J'ai soif d'un autre or. Celui de la connaissance. Il faut que je rédige au calme les conclusions des expériences que j'ai menées ici, sur le terrain. Et je veux en faire d'autres dans mon laboratoire. Je dois m'établir loin du tumulte de la guerre et échanger des taches de sang pour des taches d'encre.

— Je crois que vous vous faites des illusions si vous souhaitez trouver une région qui est au calme par les temps qui courent. Restez encore, ne serait-ce que jusqu'à Logroño.

— Et après Logroño, il y aura encore une autre ville à conquérir et après encore... Ça ne s'arrêtera jamais, avec vous, les humains et les Pétras.

— Et les nains ? Vous croyez que vous êtes meilleurs ? Vous voulez que je vous rappelle le nombre de fois où des mercenaires suisses ont été achetés ?

— J'incluais aussi les nains dans ma réflexion.

— Donc vous vous mettez en dehors de tout ! Vous n'êtes pas un humain, pas un Pétra. Vous ne vous sentez pas être un nain d'après vos dires. Vous n'êtes pas un elfe, assurément. Qui êtes-vous Paracelse, pour regarder tout le monde d'aussi haut ? Je suis déçu. J'admirais le pragmatisme avec lequel vous exerciez vos talents. Je vois que vous êtes plus gonflé d'orgueil que ne le laisse supposer votre stature. »

Paracelse parvint avec un ahanement d'effort à grimper enfin sur sa mule. Il vérifia que ses sacs étaient bien attachés aux flancs de sa monture puis il répondit à Henri de Navarre : « Jeune Roi. Ne gâchez pas la bonne impression que j'avais de vous. Vous m'avez laissé soigner et libérer un de vos plus grands opposants. Tous les Rois ne se comportent pas de manière aussi honorable. Conquérez votre Navarre. Et si vous en faites un pays prospère et calme, peut-être nous reverrons-nous un jour. »

Henri resta pétrifié (un comble pour un Pétra) par ces paroles. Le nain fit tranquillement avancer sa mule vers la herse relevée. Un bref instant, le Roi de Navarre envisagea d'ordonner de faire baisser la herse pour bloquer le départ de l'impudent mais il se retint. Il y avait eu quelque chose d'indéfinissable dans le regard, dans le ton du nain qui forçait malgré lui son respect. Le nain avait déjà passé la herse et il avançait sur les quelques planches qui servaient de pont au-dessus des douves, le pont-levis ayant été détruit dans la bataille.

Quelques jours plus tard, les troupes navarraises avec Henri à leur tête sortirent de Pampelune et se dirigèrent vers Logroño. Elles progressèrent selon l'itinéraire prévu passant par l'ouest de la Sierra de Erreniega. C'était une grande boursouflure du terrain, presque en ligne droite, comme si une immense vague s'était figée et pétrifiée en un clin d'œil. Une escouade envoyée en avant-garde revint vers le Roi de Navarre : « Nous avons vu des troupes espagnoles sur la Sierra. Un demi-millier tout au plus !

— Ha ! Il y avait bien des soldats stationnés dans la Sierra de Erreniga ! s'exclama Henri.

— Ils vont nous regarder passer. Ils ne vont pas s'attaquer à des troupes aussi larges que les nôtres, répliqua le Général Lantabat.

— Par contre, il faudrait intercepter les messagers qu'ils vont envoyer plus au sud pour alerter Velasco. Plus longtemps notre attaque vers Logroño sera secrète, mieux cela vaudra. »

Le chef de l'escouade déclara qu'il avait pris l'initiative de laisser partir quelques Pétras en avant-garde pour attraper les éventuels messagers : « Parfait, dit Henri de Navarre avec un large sourire, ce qui écarta les lits de minéraux autour de sa bouche. Continuons notre progression. J'ai hâte ! »

Les troupes continuèrent à avancer parallèlement à la Sierra, à bonne distance pour que les troupes espagnoles qui y étaient postées n'aient pas la tentation de tirer quelques viretons à pointe de diamant dans leur direction. Ils rencontrèrent deux Pétras postés pour intercepter les messagers : « Ils n'ont envoyé personne, Sire », déclarèrent-ils en chœur à Henri. Une vague inquiétude se dessina sur le visage du Roi. Le Général Lantabat ne paraissait pas perturbé outre mesure par cette information : « Ils savent qu'ils ne peuvent rien faire. Ça ne sert à rien de risquer de sacrifier des hommes alors que le gros de la troupe assiège Tolède. »

Un bruit de cavalcade se fit alors entendre en provenance du sud. « C'est une escouade, déclara le Général. Ils viennent peut-être relayer les troupes postées dans la Sierra. Ils ne nous ont pas vus. On va les massacrer !

— Vous ne trouvez pas que cela commence à faire beaucoup de bruit pour une escouade ? » dit le Roi.

En effet, le bruit de la cavalcade grandissait au-delà de ce que quelques chevaux pouvaient accomplir. Un humain de la troupe, plus léger que les Pétras, grimpa lestement sur un arbre. Il regarda vers le sud et ses jambes eurent un tel soubresaut qu'il faillit tomber : « Ce n'est pas une escouade, Sire. Ils sont encore très loin. Et ils sont... plusieurs milliers ! »

Le Général Lantabat écarquilla les yeux. Henri de Navarre sentit un immense poids tomber sur ses épaules : « Velasco... Velasco n'est pas resté à Tolède... » Le sol commença à trembler et cela se répercuta dans toute la peau minérale des Pétras. Le Roi fut pris d'un étourdissement. Tant de fois on lui avait raconté comment son père s'était fait avoir au sud du Col de Ronceveaux par une attaque imprévue des Espagnols. L'histoire recommence !

« Il faut faire un mur ! » hurla le Général. *Oui, comme l'a fait mon père et cela ne l'avait pas sauvé !* se dit Henri. Mais il ne s'opposa pas à l'ordre de Lantabat. Il se surprit néanmoins à partir sur le côté. Il ne participerait pas au mur.

Une nuée de lances à pointes de diamant s'abattit. Il y eut les crissements stridents de cristaux qui s'entrechoquent et une quarantaine de Pétras s'effondrèrent alors qu'ils se mettaient en formation. Il devint clair que la ligne des cavaliers espagnols qui chargeaient était très longue. Cela allait être très difficile à contrer. Les Pétras achevèrent de former un mur, mais il n'était pas assez long. Ils devaient se presser les uns contre les autres en position compacte. Les cavaliers avaient, eux, tout le loisir de prendre des distances avec leurs voisins.

Henri vit la déferlante arriver. Il avait pour arme une hallebarde. D'un mouvement calculé au millimètre, il évita le cavalier qui fonçait sur lui et accrocha la hallebarde à son armure. Déstabilisé, le cavalier tomba en se brisant les côtes, ce qui fit le bruit du petit bois que l'on casse. Plus loin, le mur encaissa le choc de la charge. La ligne devint un enchevêtrement mouvant de chevaux, d'humains et de Pétras. L'ordre avait cédé au chaos. Henri se précipita pour aider ses soldats. Un Espagnol qui avait chuté avait eu le côté de sa tête qui avait heurté celle d'un Pétra. Tout un côté de son visage était écrasé contre la peau de granite et le Pétra dut s'y prendre à plusieurs reprises pour décoller le visage en lambeaux du sien. Henri l'aida à se relever, ne remarquant pas le cheval paniqué sur son côté droit, couché sur le flanc et qui lui décocha un coup de sabot dans le bassin. Un tel coup aurait brisé les os d'un humain, mais Henri ne fut que brièvement déstabilisé. A peine le Pétra relevé, il s'attaqua à un Espagnol qui cherchait à crever un œil à un Pétra à terre. La hallebarde royale lui faucha la tête comme si c'était un blé mûr.

C'est alors que le sol se remit à trembler. Une deuxième charge arrivait. Et les cavaliers espagnols qui étaient passés sur les flancs du mur commençaient à converger vers le centre. Le piège se refermait. Henri faillit s'écrier : « Repli vers la Sierra ! », mais ses mots s'étranglèrent tous seuls dans le fond de sa gorge. La Sierra était occupée par les troupes qu'ils avaient vues et qu'ils avaient négligées. Des quatre côtés, il n'y avait aucune échappatoire. Henri vit le Général Lantabat courir vers lui. Il avait du sang qui tombait par cascades le long des plaques de grès de son visage.

« Ils nous ont pris en tenaille, dit le Général. Nous allons être écrasés comme les grains entre les meules d'un moulin !

— Vous dites ça parce que vous n'êtes qu'un demi-Pétra. Nous les Pétras purs, nous sommes aussi durs que la pierre qui forme les meules ! Attention ! »

La deuxième charge de cavalerie déferla. Le Général fut heurté de plein fouet et piétiné. Henri, parvint à coordonner un grand mouvement circulaire avec le passage d'un cavalier qui le frôla. Sa hallebarde alla trancher les pattes avant et arrière du cheval du côté où il se trouvait. Le cheval fut porté par son élan durant une fraction de seconde puis il s'effondra sur le côté où il venait d'être amputé. Le hennissement fut terrible. Henri bondit et plongea sa hallebarde à la base du cou du cavalier dont une jambe était coincée sous le corps du cheval. Il eut du mal à déloger son arme du corps agité de soubresauts et il dut stabiliser la tête de l'agonisant avec son pied. Puis par pitié, le Roi de Navarre tua le cheval également.

Autour de lui, il y avait de nombreux Pétras à terre. Ils n'avaient pu se rouler en boule et se protéger de la charge de cavalerie à cause du manque de souplesse de leur peau. Et pour la même raison, ils avaient du mal à se relever. C'est alors qu'une pluie de carreaux à pointes de diamant se mit à siffler autour d'eux. *D'abord les charges pour nous renverser. Le piège pour nous enfermer. Puis les carreaux pour nous achever.* Henri voyait la stratégie du Connétable Velasco se dérouler impitoyablement sans pouvoir rien y faire et il ne voyait que la défaite des Navarrais comme seule issue.

Mourir au combat comme son père le tenta un instant. Mais il se rendit compte qu'il n'avait pas encore d'héritier. La Navarre disparaîtrait complètement, même au nord des Pyrénées. Alors ne resta qu'une option : trouver un moyen de sortir de cette nasse et s'enfuir. Il jeta un dernier regard au Général Lantabat dont le corps était parcouru de multiples failles et qui essayait de se relever tout de même sans y parvenir. Le Roi de Navarre serra ses mains contre sa hallebarde et partit se tailler un chemin entre les soldats espagnols pour pouvoir fuir.

De ce combat, il ne garda pas de souvenirs. Il ne reprit pleinement conscience de ce qu'il faisait que quand quelques minutes plus tard il pleurait de rage et de dépit. Ses larmes, surchargés en calcaire comme pour tout Pétra, séchaient très vite et laissaient des traînées blanchâtres entre les petits minéraux sous ses yeux. Quelques Pétras vinrent le rejoindre et ensemble, ils partirent vers les sommets pyrénéens qui découpaient le ciel plus au nord, laissant le tumulte des derniers combats derrière eux.

C'est alors qu'Henri se rendit compte que, dans le chaos de la bataille, il avait perdu le collier en or avec l'émeraude du calife, que les Rois de Navarre s'étaient transmis depuis des siècles. Il se sentit misérable, rétif à toute consolation. Il souhaitait presque errer sans but dans les Pyrénées, puis se coucher et ne plus bouger : devenir une pierre parmi d'autres, effacer toute trace de vie en son sein. « Sire, nous devons avancer. Le chemin est encore long jusqu'à la frontière, lui dit une voix qui paraissait lointaine.

— Oui. Le chemin est encore long. »

Chapitre 35

Nous ne recevons pas autant d'aide,
de la part des amis,
de l'aide qui nous vient d'eux,
que de la confiance au sujet de cette aide.
Épicure

Cela avait été vraiment une belle journée de chasse à Chambord. Le Roi, satisfait, avec ses bottes encore toute boueuses de son séjour dans la forêt, salua et félicita le Grand Veneur et ses chiens qui n'avaient pas démérité. Il flatta les limiers de caresses et leur promit de beaux morceaux lors du festin prévu le soir même.

François remit à un page ses gants en peau de cerf ainsi que son cor en ivoire sculpté suspendu à une écharpe noire qu'il portait toujours pour la chasse. Puis il se dirigea vers le chantier pour inspecter le travail des ouvriers. Le petit château médiéval et la maison de plaisance et de chasse avaient été rasés et ils s'affairaient à la réalisation des fondations d'un donjon flanqué de quatre grosses tours qui allaient les remplacer. Ces travaux étaient complexes et il avait fallu enfoncer des centaines de pieux en chêne pour stabiliser le sol marécageux. Un four à chaux avait été construit au bord du chantier et permettait de produire du mortier. L'architecte Domenico da Cortona, dit *Boccador*, rejoignit le Roi et lui expliqua toutes les subtilités de l'agencement des volumes et des rapports géométriques entre les éléments du château. Il fit référence à l'architecte romain Vitruve : « *Firmitas, utilitas, et venustas* — pérenne, utile et belle, voilà les trois qualités qu'il a mises en avant dans son *De architectura* et que je me suis efforcé de suivre et... ». C'est alors que le Roi l'interrompit : « A propos de Vitruve, vous avez bien inclus l'escalier à double spirale que m'avait dessiné Léonard de Vinci ?

— Mais bien entendu... C'est l'axe ou devrais-je dire le double axe autour duquel s'agencent tous les éléments et son diamètre est l'étalon de toutes les autres longueurs. Mais permettez Sire... Pourquoi avoir dit "à propos de Vitruve" en parlant de Léonard de Vinci ?

— Oh, pour rien... » répondit évasivement François. Léonard de Vinci lui avait confié qu'il avait été Vitruve et cela avait même été sa dernière incarnation avant de devenir Jésus.

Boccador reprit son explication enthousiaste mais François n'écoutait plus. Venant de la forêt du côté du chemin menant à Blois, il vit un cavalier et celui-ci avait une silhouette familière mais le Roi n'arriva pas à en saisir le souvenir. Il plissa les yeux, et mit le coin de sa main contre son front pour ne pas être ébloui par le soleil. Et son cœur manqua un battement, puis frappa de plus en plus fort. Il reconnut enfin le cavalier : Ayne... C'était Ayne de Montmorency ! Il avait le visage vieilli, barbu, amaigri, battu par les vents et le soleil mais c'était toujours le même regard droit, rendu plus doux par son œil qui était toujours un peu plus ouvert que l'autre, ce qui faisait se soulever un peu plus le sourcil sus-jacent. Il descendit de son cheval et les deux hommes s'étreignirent en une longue accolade : « Je suis allé d'abord à Blois. On m'a dit que tu chassais par ici.

— Eh bien ! Tu es arrivé en retard pour la chasse. Je viens de tuer un énorme sanglier. Il avait beau se terrer dans son hallier, je l'ai débusqué quand même. Je suis sûr que tu meurs d'envie de faire ripaille de sa chair ! »

François désigna de la main deux serviteurs qui transportaient la bête. Renversée, elle avait les pieds en l'air liés à une branche par des cordes. Son dos se balançait alors que les serviteurs étaient à la peine à cause de son poids : « Faites attention à sa tête et à ses défenses ! Je veux en faire un trophée ! » leur héla François Ier puis il se tourna à nouveau vers Ayne : « Alors on va retourner à Blois parce que comme tu le vois, mon nouveau château n'est pas encore fini. » Pour Ayne qui ne voyait pas clairement les fondations, le château n'était même pas encore commencé. Ayne avait surtout envie de se laver, de dormir et de retourner à Montmorency retrouver son père et ses enfants adoptifs mais il ne put refuser l'invitation royale.

Arrivé à Blois, Ayne put voir les jardins réaménagés avec des massifs fleuris multicolores, des labyrinthes de haies et des buis taillés selon des formes extravagantes : licornes, grandes fleurs de lys, dauphins. Au milieu d'un massif de giroflée, il y avait un buis qui avait la forme d'un long lézard à tête aplatie avec une longue queue ondulante et qui tenait dans sa gueule une grande torche que l'on devait allumer à la nuit tombée. Un peu plus loin, se dressait un pavillon qui abritait une splendide fontaine de marbre blanc. Il était surmonté d'un lanternon décoré d'un Saint Michel doré. En entrant dans la cour du château, il put admirer la nouvelle aile qu'il n'avait pu qu'entrapercevoir inachevée derrière des échafaudages la dernière fois qu'il était venu à Blois avant son départ pour l'Afrique du Nord. Il y avait un étrange escalier à moitié à l'intérieur, à moitié à l'extérieur et la façade était ornée par endroits du même "lézard" que dans le jardin. Là, il crachait des flammes et avait une grande couronne au-dessus de la tête. Il jeta un regard interrogateur à François qui lui répondit en souriant : « Une salamandre. Elle allume le bon feu et éteint le mauvais. » Ayne fut frappé de stupéfaction et des souvenirs ressurgirent. *Les traces de pas dans le sable à Tlemcen.... Le feu maléfique de Barberousse qui s'éteint et nous permet d'avancer dans la ville... Le feu qui apparait de nulle part sur les remparts de la citadelle ennemie...* Quand il retourna dans le présent et voulut en savoir plus, François était déjà parti dans ses appartements. La salamandre, invisible, se réchauffait au soleil sur le toit de la nouvelle aile du château et observait Ayne en contrebas d'un air amusé.

Ayne fut accueilli à la Cour comme une apparition venue d'outre-tombe. Tout le monde l'avait passé par pertes et profits, soit l'imaginant mort, soit définitivement bloqué sur le continent africain. Les plus folles rumeurs avaient commencé à circuler à son sujet, notamment venant de l'entourage du Connétable de Bourbon, comme quoi d'après diverses sources il s'était converti à l'Islam et guerroyait avec les mahométans. Constatant son retour, la curiosité de tous, des gens de haute noblesse jusqu'aux simples hobereaux, fut aiguisée. Il y eut aussi la jalousie de le voir reprendre sa place comme ami et confident du Roi pour ceux qui s'étaient donnés de la peine pour essayer de le remplacer. On se penchait pour se parler dans le creux de l'oreille en le regardant. On se montrait du doigt sa barbe châtaine bien fournie qui lui mangeait les joues alors que la dernière mode était à la barbe délicate taillée de près.

Le banquet commença, alors que la nuit tombait. Mais les illuminations étaient si nombreuses que les invités ne s'en rendirent pas compte, sauf Ayne qui avait perdu l'habitude de cette débauche de lumière artificielle. Sous la musique de joueurs de rebecs, il put voir la Reine Claude entourée de ses enfants. Il découvrit le Dauphin François qui avait trois ans, Henri, d'un an son cadet et la petite Madeleine endormie dans son berceau, emmaillotée dans de la dentelle. Le Roi passa cinq bonnes minutes à lui parler des *exploits* du Dauphin (« le plus beau et le plus puissant enfant que l'on saurait voir ») puis il présenta son frère et sa sœur en une phrase. « Et... et ta première fille, Louise ? » demanda Ayne en la cherchant du regard. Après un instant d'hésitation pendant lequel Ayne put brièvement constater que le Roi se demandait de qui il parlait, François répondit : « Elle n'est plus là... Maladie. »

Apparut une noble et élégante dame qui était suivie des effluves du parfum à la fois doux et légèrement piquant du genévrier. Elle portait une robe bleue brodée d'or, un décolleté carré d'où sortait une chemise froncée et brodée d'argent. C'était Françoise de Foix. Pour supporter la fraîcheur de la soirée, elle portait également un châle en fourrure de zibeline, cadeau que n'aurait pas pu lui offrir son mari. Le Roi fit discrètement un clin d'œil à Ayne qui comprit que c'était la favorite du moment. « Depuis trois ans », lui glissa François à l'oreille. Ayne souleva ses sourcils, incrédule. Là, c'était du sérieux ! « Bon, ce qui ne veut pas dire que c'est la seule... Je me dois toujours de cueillir les plus capiteuses corolles », sentit le besoin d'ajouter François. Ayne jeta un œil à la Reine dont l'attention était entièrement accaparée par ses enfants et qui ignorait Françoise de Foix comme si elle était une crédence remplie de vaisselle. Mais connaissant le caractère de la Reine, Ayne se doutait bien qu'elle n'ignorait rien et qu'elle faisait contre mauvaise fortune bon cœur. Elle mettait en avant son rôle incontesté : c'était elle qui concevait et mettait au monde les enfants légitimes et elle ne manquait pas une occasion de le faire savoir.

Le Roi se détacha d'Ayne et déclara à toute l'assemblée qu'il dominait naturellement de sa prestance et de sa haute stature : « Voilà une journée doublement faste ! Ayne de Montmorency nous est revenu sain et sauf et... j'ai tué le plus gros sanglier qu'il m'ait été donné de voir ! A n'en point douter, le sanglier d'Erymanthe qu'a tué Hercule ne devait pas être plus gros ! » Des vivats et des bravos fusèrent, sans que l'on sache si c'était pour le sanglier, pour François Ier, pour Ayne ou pour les trois à la fois. Montmorency, qui avait trouvé au premier abord indélicat que

François célèbre son retour en même temps que son trophée de chasse, dut finalement admettre que c'était sans doute habilement manœuvré, au vu de l'accueil froid qu'il avait reçu à la Cour.

On mangea de fort bon appétit ledit sanglier, dont le Roi, pour honorer la coutume, avait coupé le pied droit. Ses cuissots avaient été marinés dans du vin rouge additionné d'oignons émincés, d'ail et d'échalotes ciselés avec du persil. Son foie avait été préparé en hattereaux mélangés avec des herbes et enveloppés de crépine, le tout mariné dans du vin blanc. Pour accompagnement, il y avait de la crème de haricot aux figues. Et comme le sanglier, malgré sa taille, ne suffisait pas pour tous les convives, on servit également du lièvre à la coriandre confite et des pâtés d'œufs de truite. Un hypocras avec des épices exotiques esbaudit les glottes et les palais. Même les chiens furent à la fête et reçurent les bas morceaux et des os luisants de graisse à ronger.

Une fois le repas fini, François s'isola avec Ayne et lui demanda de raconter toutes ses aventures et ses pérégrinations. Ayne lui dévoila tout. De la prise de Tlemcen et de l'île de Djerba à la rencontre avec Baldecci au Caire, de la mort de Sélim Ier à son passage près de Jérusalem. Avachi sur une caquetoire, François l'écoutait attentivement. Il avait desserré d'un cran sa ceinture, s'était débotté et avait allongé ses jambes pour poser ses pieds avec les chevilles croisées sur une autre caquetoire. Il buvait épisodiquement du vin directement d'un grand hanap qu'il tendait à son ami lorsqu'il percevait que sa voix devenait rauque et sa gorge sèche à cause de son long récit. Après avoir évoqué Jérusalem, Ayne fit une pause et regarda François : « Un jour, je reviendrai aux pieds de la Ville Sainte avec toi et nous la conquerrons ensemble. Tu me le promets ? » François cacha son embarras en buvant une longue gorgée dans le hanap. *Conquérir*

Jérusalem ? Je serais déjà content de garder la Picardie si jamais Charles Quint et Henry VIII me tombent dessus. Et puis il y avait le Grand Maître des Hospitaliers, Philippe Villiers de L'Isle d'Adam, qui le harcelait de lettres pour que la France envoie des fonds pour l'aider à renforcer les défenses de Rhodes en Méditerranée orientale et François n'avait jamais répondu à ses lettres. « Tout bon Roi chrétien veut reconquérir Jérusalem, mon cher Ayne. Peux-tu douter que cela ne soit pas mon plus ardent objectif ? » répondit le Roi. Ayne sourit et continua à narrer ses aventures.

Plus tard, quand Ayne eut raconté les évènements d'Istanbul, il dit : « Cet espion... Mariano Baldecci. Il a été fait prisonnier par le Sultan. Il faut trouver un moyen de le libérer s'il est toujours vivant. Il est courageux et intelligent. C'est un homme de grande valeur. » François fronça les sourcils : « Je t'ai cru longtemps perdu. Jusqu'à ce qu'un des espions vénitiens que j'avais envoyé à ta rescousse revienne à Venise et nous envoie un message que tu avais traversé le Bosphore sain et sauf.

— Mais... c'était Mariano Baldecci cet espion ?

— Oh, je ne sais plus les noms de tel ou tel. Tu verras avec Duprat. Moi, je suis le bras, la panse et les couilles. Lui, c'est la tête. On s'est réparti les rôles ! »

Ayne fronça les sourcils à son tour. *Ça ne pouvait être que Mariano Baldecci. Il s'était donc échappé des geôles du Sultan, ou alors l'avait-on libéré ? Et à quelle condition ? En échange de quelle contrepartie ?*

Ayne continua à raconter ses aventures à travers les Balkans où il avait été retardé de nombreuses fois par diverses péripéties et même fait prisonnier pendant quelques semaines par des Voynuks, des Slaves mais alliés aux Turcs. Ils avaient cherché à le vendre comme esclave. Ayne avait réussi à s'échapper avant que la transaction n'ait lieu. Il avait ensuite traversé les terres germaniques après un passage en Autriche. Il avait entendu parler de Luther pour la première fois à cette occasion.

« Et voilà..., finit sobrement Ayne, presque à court de salive d'avoir tant parlé. Demain, je souhaite repartir vers le nord. Vers Montmorency. Je veux revoir mon père... » Une hésitation se fit sentir dans sa voix.

— Il est vivant aux dernières nouvelles. Il va bien », dit François qui avait bien compris ce qui avait alimenté son trouble.

Soulagé, Ayne continua : « Et mes enfants adoptifs... Jérôme et Sabine. Quel âge cela leur fait ? Mon Dieu, 14 ans ! Je ne peux plus les appeler des enfants.

— Je les ai vus l'année dernière avec ton père, au Camp du Drap d'Or.

— Au quoi ? »

François poussa un soupir et se mit à regarder dans le vague. Puis il se leva et machinalement, il passa son index à travers la flamme d'une des bougies du candélabre qui les éclairait : « Le Camp du Drap d'Or c'était... l'illusion qui aura coûté le plus cher au Royaume de France. Un rêve fracassé par un réveil brutal. » Ayne ne souhaita pas le questionner plus avant. Il n'avait pas envie de se replonger tout de suite dans la politique. Fatigué, il prit congé de son ami le Roi et il partit se coucher.

Le lendemain, à potron minet, Ayne fut réveillé par le bruit de vigoureux coups à sa porte. Il s'ébroua en maugréant et s'arracha avec peine à la douceur des oreillers. Il se leva, lui qui aurait aimé profiter de ce qu'il dormait dans un vrai lit confortable depuis ce qui lui semblait le fond des âges pour avoir son content de sommeil. Il s'avança vers la porte alors que les rouges-gorges du jardin en contrebas vocalisaient leur chant matinal : « Qui est-ce ?

— C'est François. Ouvre. »

Ayne fit entrer un Roi aux yeux cernés et vêtu à la diable (ainsi qu'une salamandre agitée qui allait parcourir nerveusement la pièce selon une trajectoire erratique pendant tout l'entretien) : « Charles Quint nous a déclaré la guerre. Une partie de son armée est entrée par les Ardennes et a détruit la ville de Mouzon et une autre assiège Tournai. Un messager est arrivé dans la nuit.

— Mais... pourquoi te déclare-t-il la guerre ? Eclaire ma lanterne, s'il te plaît. Il me semble être aussi étranger ici que dans les pays que j'ai traversés.

— Une longue histoire... Il a découvert que je l'attaquais par procuration malgré mes ruses pour apaiser ses soupçons. Et un incroyable concours de circonstances lui a rendu les mains libres. Il avait une révolte en Espagne sur les bras, il l'a matée. La Haute Navarre était attaquée, il a repoussé les Pétras. Il était menacé par l'hérésie luthérienne et il a réussi une telle reprise en main que Luther a disparu. Il était même menacé sur son flanc est par les Mahométans, et pourtant ces derniers ont incompréhensiblement stoppé leur avancée et sont retournés chez eux. Et il a reçu une fortune de ses nouvelles terres à l'ouest de l'Océan. C'est comme si quelque mauvais génie s'était acharné à lui éliminer toute distraction et lui donner les moyens pour qu'il puisse se concentrer sur la France.

— Et le Roi d'Angleterre ?

— Allié avec lui, fut la réponse laconique du Roi.

— Que vas-tu faire ?

— Mobiliser le ban et l'arrière-ban. Tout noble en âge de combattre doit se ranger sous mes bannières. »

Ayne de Montmorency pâlit : « Je ne vais donc pas pouvoir retourner sur mes terres voir mon père et les enfants... ». François le regarda fixement puis déclara en faisant un petit coup de tête sur le côté : « Allez, file ! Déguerpis séance tenante ! Je n'ai encore rien annoncé officiellement. Tu ne sais rien.

— Non, je dois me battre pour la France.

— J'insiste. C'est un ordre ! Va à Montmorency. Reste là-bas au moins une semaine. Profite de ceux dont tu as été si longtemps séparé. »

Ayne hocha la tête en signe de gratitude puis il courut s'habiller. François s'approcha de lui et lui mit la main sur l'épaule : « J'enverrai Bayard dans le nord et le Duc d'Alençon aussi. Mais reviens-moi vite. J'ai besoin de toi. »

Chapitre 36

Tu n'as pas été créé pour être vu, connu, aimé,
admiré ou loué
mais pour voir, connaître, aimer, admirer
et louer le Seigneur.
Cela seul t'est utile et rien d'autre.
Guiges Ier le Chartreux

Iñigo de Loyola resta des jours et des nuits dans la grotte. Il n'avait toujours pas trouvé de raison d'en sortir. Il s'était enfermé dans sa douleur et son épuisement. Il avait de l'eau, car l'entrée de la grotte étant orientée vers le haut, beaucoup de pluie et de grêlons avaient pu y pénétrer lors de l'orage. Il mangea les mousses. Quand il eut fini les mousses, il dut manger les petits vers, les insectes et les araignées qui peuplaient ce monde souterrain. Lorsque la lumière du jour pénétrait trop avant dans la grotte, il se retirait dans les profondeurs où il restait la plupart du temps prostré et immobile. Il pouvait également ramper lentement quand l'immobilité lui devenait insupportable. Ses doigts finirent par connaître par cœur toutes les aspérités granuleuses des roches qui l'entouraient. Il ne revenait vers l'entrée qu'en soirée, offrant son teint anémique aux dernières lueurs du soleil.

J'ai échoué. Je ne suis pas allé jusqu'à la mer. La culpabilité d'Iñigo se calmait lorsqu'il se fixa sur le fait que ce nain, Paracelse, lui avait donné cette destination comme prétexte pour l'éloigner du théâtre de la guerre. Il trouvait ainsi qu'il était allé bien assez loin. Il imagina que la grotte était comme le ventre d'une mère et qu'il était encore prématuré d'en sortir. Il s'y sentit bien. Il y avait le silence ponctué seulement du bruit de la chute occasionnelle d'une goutte d'eau. Quelquefois, on entendait le passage d'un berger avec son troupeau sur le sentier qui passait près de l'entrée ou le tintement des cloches provenant de la chapelle qu'il avait brièvement visitée. Jusqu'au coup de canon à Pampelune, le temps avait toujours été un bouillonnement pour Iñigo, qui n'avait pas eu assez d'heures dans une journée pour guerroyer, festoyer et frayer son chemin dans le bas-ventre des femmes. Il avait été de ces hommes qui n'avaient jamais connu de frein, ni de remords et pour qui toute résistance était un défi à remporter au plus vite. Ici, dans la grotte, le temps s'écoulait avec la lenteur de l'eau d'un canal. Des bribes de souvenirs lui revenaient par vagues, mais ils lui paraissaient de plus en plus lointains et il se surprit à se demander s'il ne percevait pas les sensations passées de quelqu'un d'autre.

Il se mit à manger des champignons qui poussaient dans les profondeurs de la grotte. Peu lui importait s'ils étaient vénéneux ou pas. Après les avoir consommés, sa vision déforma le peu de ce qu'il percevait autour. Il crut voir la Vierge, telle qu'il l'avait vue quelques jours auparavant, se lever de son trône et marcher vers lui en lui tendant la main. La vision se répéta encore et encore, avec à chaque transition un choc dans la poitrine qui lui donnait l'impression qu'on réveillait son cœur qui avait cessé de battre. La première fois, Iñigo cracha dans cette main tendue ; la deuxième fois, il tenta de la mordre mais elle disparaissait et tout recommençait. La troisième fois, il ignora la main ; la quatrième, il tenta de l'effleurer ; la cinquième fois, il tenta de la caresser ; la sixième fois, il tenta de la saisir. À la septième fois, il s'éveilla, debout, alors qu'il était allongé dans son plus proche souvenir. *Quelqu'un m'a relevé.* Il voulut recommencer ces rêves et ces hallucinations. Il consomma tous les champignons qu'il put trouver et il finit avec des maux de ventre qui le firent se tordre pendant des heures sur le sol irrégulier.

Un jour, il entendit distinctement quelqu'un rôder tout près de l'entrée de sa grotte alors que d'habitude les quidams ne s'aventuraient pas hors du sentier. C'était des pas hésitants, comme si leur auteur cherchait quelque chose. Puis les pas s'arrêtèrent juste devant l'entrée. Iñigo retint son souffle. L'intrus pénétra dans la grotte. Le bruit de ses pas et des petites pierres qu'il déplaçait résonna jusque sur les parois profondes. Il ne cherchait pas à être discret. Iñigo ne savait que faire : lui qui s'était retiré du monde, voilà que le monde revenait vers lui. Une voix retentit : « Ah ! Vous voilà ! Je vous avais cherché partout. Mon Dieu, vous avez maigri et votre barbe a nettement poussé depuis notre première rencontre. » Iñigo eut du mal à distinguer les traits de l'intrus car il était à contre-jour de l'entrée de la grotte. C'était un jeune homme d'une vingtaine d'années qui parlait ainsi. Il portait des vêtements usés qui évoquaient une tenue militaire bien qu'il ne fût pas en armure. On sentait une gêne quand il s'appuyait sur sa jambe droite mais sa blessure devait être une peccadille par rapport à celle d'Iñigo. Ce dernier émit un grommèlement, entre le raclement de gorge et un grognement d'ours. Il n'avait parlé à personne depuis un nombre de jours dont il avait perdu le compte. L'intrus continua : « Vous me reconnaissez ? Je suis celui qui vous a donné à boire dans la chapelle avant que l'orage n'éclate. Vous aviez disparu. Je me suis inquiété pour vous. Pendant mon temps libre, je suis parti vous chercher. Je travaille depuis peu au couvent des franciscains. Le cellérier m'emploie à la journée.

— Où... Où sommes-nous ? demanda Iñigo qui, d'abord agacé par l'intrusion de ce freluquet, commençait à sentir à nouveau le besoin de savoir.

— À Montserrat. Vous étiez prosterné devant sa Vierge Noire. Comment se fait-il que vous vous isolez tel un chartreux ?

— Je me cherche... Je me cherche moi-même, à défaut de chercher les autres.

— Trouver Dieu et l'amour de Jésus c'est se trouver soi-même. J'ai moi aussi eu un parcours de souffrance tel que j'imagine le vôtre. J'ai été trahi. C'était comme si on avait versé du plomb fondu dans mes veines et qu'il s'y était solidifié. J'ai décidé de changer complètement de vie.

— Moi, ma vie a changé sans que je ne le décide, répondit Iñigo en montrant sa jambe. Comment puis-je trouver Dieu et être en paix avec lui quand il a brisé mon corps et mes rêves d'un boulet de canon ?

— Parce qu'après cette épreuve vous mènerez dans l'amour du Christ une vie meilleure que la précédente qui a mené à un désastre et qui aurait mené à des désastres encore plus grands si elle avait continué. »

Iñigo sentit d'abord la colère monter. Pour qui son interlocuteur se prenait-il pour lui parler ainsi ? Puis la colère reflua et un nouveau sentiment la remplaça. Il médita sur les paroles prononcées. Il y puisa la force d'envisager un avenir, un avenir hors de la grotte. Devinant ses pensées au léger mouvement vers l'avant que fit Iñigo, l'inconnu dit en lui prenant le bras : « Je vais vous aider à sortir. Vous allez retourner à la chapelle avec moi. » Iñigo protesta un moment puis il se laissa faire. L'inconnu le tira vers la sortie. Iñigo fut accablé par la lumière du jour et tel un aveugle il fut guidé. Ses autres sens se remettaient d'un long sommeil et il percevait comme si c'était la première fois le chant des oiseaux et l'odeur des fleurs rendue lourde par la chaleur. Il ne put vraiment rouvrir les yeux que de retour dans la pénombre de la chapelle.

La Vierge et l'Enfant étaient toujours là, figés dans leur majesté sur leur trône mais les deux visages étaient doux. Iñigo fut à son tour envahi d'un sentiment doux et puissant à la fois. Il ressentit du dégoût pour ses fautes et ses péchés passés mais il sentit aussi le baume apaisant du pardon. *Oui, une nouvelle vie est possible après avoir commis des erreurs et les avoir reconnues.* Il comprit qu'à sa première visite il avait été trop accaparé par la matérialité de sa douleur, de la chaleur et de sa fatigue. Sa vie dans la grotte lui avait permis d'apaiser ses besoins matériels par la démonstration qu'on pouvait s'en dépouiller presque totalement. L'ouverture de son esprit put alors se faire avec la facilité de l'évidence, une fois son corps purgé du sang corrosif et venimeux qui lui avait rongé l'âme. Il ne considéra plus la prière comme un moyen pour obtenir quelque chose mais comme une fin, comme un état de piété humble et sincère.

Iñigo entendit faiblement un chant venant du monastère voisin :

O virgo splendens hic in monte celso
miraculis serrato fulgentibus ubique
quem fideles conscendunt universi.
Eya, pietatis oculo placuto
cerne ligatos fune peccutorum;
ne infernorum ictibus graventur
sed cum beatis tua prece vocentur.[23]

---

[23] *O Vierge sur la haute montagne,*
resplendissante de miracles
pour lesquels les croyants s'élèvent.
Ah, avec un œil miséricordieux
vois ceux qui sont liés par les liens du péché,
qu'ils ne soient pas alourdis par les coups de l'Enfer
mais qu'ils soient appelés par vos prières à être avec les bienheureux

Iñigo écouta ce chant, comme jamais il n'avait écouté, savourant chaque note, chaque syllabe comme si c'était la seule chose qui existait au monde à cet instant. Quand le chant se tut, il se releva. Il prit conscience de ses hardes puantes. Il en eut honte. Il regarda autour de lui et aperçut l'inconnu en prière un peu plus loin :

« Je... Je pense que je dois vous remercier. Quel est votre nom ? lui demanda-t-il.

— C'est un nom qui est comme du sel sur une plaie, car attaché à de tristes souvenirs. Je ne l'ai pas prononcé depuis longtemps. Je m'appelle Pedro de la Vega. »

***

A Tolède, dernière ville tenue par les *comuneros*, Maria Pacheco avait fait consoler les portes et les murailles avec les maigres moyens disponibles. Elle avait fait rassembler les canons sur l'Alcazar. Les habitants de la ville soutenaient la résistance car ils avaient trop peur de la répression impériale et espéraient gagner encore un peu de temps. Beaucoup avaient fui, cependant. Maria n'avait pas hésité à réquisitionner les biens qu'ils avaient laissés derrière eux pour financer les travaux et le ravitaillement. Tout était hors de prix. Pour éviter l'hémorragie de la population qui vidait la ville de ses forces vives, la veuve de Juan de Padilla avait ordonné de ne plus laisser sortir de familles entières mais seulement un ou deux membres, gardant en quelque sorte le reste en otage, en attendant que les autres reviennent.

Maria Pacheco était allée en personne avec l'aide de quelques gardes piller le trésor de la cathédrale pour pouvoir rassembler suffisamment de nourriture pour tenir le siège. « C'est une fraction de tout ce que les Flamands nous ont volé », avait-elle lancé pour se justifier face à l'évêque qui l'avait menacée de sa crosse et face aux plus dévots de la population qui l'avaient prise à partie après cet épisode. « Et de toute manière, dès qu'une femme entreprend quelque chose ici, on la traite de sorcière ! » avait-elle ajouté.

La nouvelle arriva que les Impériaux avaient repris la Navarre et qu'ils allaient revenir en force sur Tolède. Avec cette annonce, la peur avait plus que jamais envahi les esprits. Certains, changeant de camp à l'approche de l'inévitable, envisageaient de se rendre pour éviter un bain de sang. D'autres, poussés par Maria, essayaient de raviver le mouvement dans les villes alentour : Madrid, Maqueda, Avila, Ocana... Maria Pacheco organisait mille scénarios, mille intrigues pour rallumer la flamme de la révolte. Il fallait renverser la débandade, étouffer la résignation. Un soir, épuisée, elle éclata en sanglots : « Il n'est pas mort en vain. Rodrigo, dis-moi qu'il n'est pas mort pour rien. » Le vieux soldat la réconforta dans ses bras maigres. Maria posa sa tête contre le cuir usé de son armure. Il la berça comme une enfant mais resta silencieux. Il sentait la colère et la vengeance la consumer. Ce n'était plus une juste révolte qu'elle était en train de mener.

Le lendemain, les soldats impériaux, encore guillerets de leur victoire sur les Navarrais, arrivèrent en masse et encerclèrent la ville. Les portes furent fermées. Le Connétable Velasco fit passer un messager avec un ultimatum de quelques jours. Maria Pacheco refusa toute reddition et toute concession. Une famille de bourgeois, la famille Ortega, commença à rassembler tous ceux qui souhaitaient se rendre malgré tout aux Impériaux. Maria eut vent de ces manigances : « Je ne laisserai pas ma ville être prise par traîtrise, confia-t-elle à Rodrigo.

— C'est malheureusement ainsi que maints sièges se sont terminés, lui répliqua le vieux soldat. Immanquablement, les habitants d'une ville assiégée se sentent prisonniers et sont prêts à regagner leur liberté par n'importe quel moyen. » Elle ne lui répondit pas et elle quitta la pièce d'un pas rapide. Resté seul, Rodrigo fut assailli d'une vague d'angoisse : « Mon Dieu, mais que va-t-elle faire ? » Il se décida à se lever et à la suivre mais elle était déjà loin. De Maria, il ne vit que les cheveux qui la suivaient comme un flot d'obscurité.

Levant légèrement ses jupes pour grimper l'escalier, Maria monta sur les remparts de l'Alcazar où se trouvaient les canons. « Tire, artilleur. Tire sur cette maison là-bas », et elle pointa avec son index la demeure des Ortega. L'artilleur se tortilla comme si son ventre abritait des serpents. « Señora... C'est notre... notre ville.

— Tu me prends pour une idiote ? Je le sais parfaitement. Et c'est bien pour cela que je ne souhaite pas qu'elle abrite une faction de traîtres. Tire.

— Mais, c'est que...

—TIRE ! Ou tu es un traître, toi aussi ? Hein ? Ils t'ont payé combien ? Dis-le moi en face si tu n'es pas un lâche !

— Je peux tirer, Señora, mais pour viser juste cette maison... Cela va être difficile... Je risque de ...

— Nous risquons beaucoup plus de vies à laisser ces chiens nous saper de l'intérieur. Je suis sûr que d'autres villes vont nous rejoindre. Je le sais. La révolte va se rallumer. C'est une question de temps. Il faut juste tenir. Tenir ferme sans rien céder. Alors... par la grâce de Dieu, tire. »

Le canon envoya un boulet qui manqua de peu la maison des Ortega et alla s'encastrer dans la maison voisine qui s'effondra sur ses habitants dans un grand fracas de poutres brisées et de briques cassées. Une colonne de poussière s'éleva vers le ciel. On entendit des cris de terreur dans le quartier autour de l'impact mais il y eut un terrible silence dans les décombres de la maison touchée. Le bruit du coup de canon alarma les Impériaux autour de la ville et ils crurent qu'ils allaient se faire bombarder. Alors les Impériaux commencèrent à tirer des coups de canon sur les remparts. Ils essayèrent aussi de viser l'Alcazar d'où le premier coup était parti. Un premier boulet passa juste à côté et alla pulvériser un bâtiment un peu plus loin où travaillait un cordonnier. L'artilleur dit à Maria qui se tenait droite et ferme : « Ne restez pas là. Ils vont ajuster le tir. C'est d'ici qu'est parti le premier coup de canon.

— Non. Le premier coup qui a détruit la maison à côté de ces traîtres d'Ortega c'est eux qui l'ont tiré ! » cria-t-elle en pointant les Impériaux. Elle regarda intensément dans les yeux l'artilleur qui n'osa pas ciller. Tous deux quittèrent les remparts pour se mettre à l'abri.

Dans la ville, personne n'était dupe. Tout le monde avait entendu le premier bruit de canon en provenance de l'Alcazar. Et tout le monde devina la cible envisagée au vu du voisinage de la première maison effondrée. Lorsque Rodrigo constata ce qu'il s'était passé, il pensa que la fin était proche, et qu'elle serait pire que tout ce qu'il avait imaginé.

Chapitre 37

Il n'y a pas de métier qui soit exempt d'un chef.
Khéti

Dieppe était un port en pleine expansion, menaçant déjà de déborder de ses nouveaux remparts. Les stigmates de la Guerre de Cent ans avaient été colmatés depuis longtemps. Au grand large, on voyait de multiples bateaux qui atteignaient le port ou qui en partaient. Des navires allaient pêcher le hareng sur la Baltique ou même la morue au large de l'Islande. Ceux-là, lorsqu'ils revenaient, étaient survolés d'une nuée de mouettes et de goélands, attirés par leur appétissante cargaison. D'autres bateaux partaient vers l'Angleterre et transportaient du vin ou des draperies tissées à Darnétal, près de Rouen.

L'armateur Jehan Ango, la quarantaine fringante, aux moustaches et à la barbichette taillés en pointe, n'en avait pas cru ses yeux lorsqu'il avait reçu la lettre du Chancelier Duprat. Il en avait examiné et vérifié le sceau sous tous les angles, opération d'autant plus difficile qu'il l'avait brisé sans y réfléchir pour ouvrir la lettre et qu'il avait dû le reconstituer tel un puzzle. Il avait ensuite soigneusement aplati de la main le papier qui ne cessait de s'enrouler et il avait lu. La requête dans cette lettre était tellement étonnante qu'il voulut presque écrire au Roi pour vérification. Mais Jehan Ango comprit que le Roi ne lui donnerait jamais officiellement une réponse écrite, de par la nature même de la requête.

La question se posa rapidement de trouver un capitaine assez audacieux et assez fou - ce terme apparut spontanément dans l'esprit d'Ango - pour mener à bien cette mission. Après une longue réflexion, dans le silence interrompu par le craquement des boiseries et les souffles du vent provenant de la mer, il trouva un candidat : Jean Fleury.

Jean Fleury avait entamé sa carrière comme pêcheur de morue et rapidement il avait été promu capitaine. Ses filets étaient toujours revenus débordants de la richesse argentée et frétillante de la mer. Ango ne l'avait jamais surpris à tricher et à surestimer le poids des poissons qu'il avait ramenés. Puis l'armateur lui avait confié quelques missions plus délicates : des transports de marchandises interdites vers les côtes anglaises lors des conflits entre la France et l'Angleterre en 1513. Alors qu'un navire de guerre français l'avait intercepté, Fleury avait réussi à se sortir de cette situation à force d'habiles négociations (et d'une bonne dose de corruption). Il avait sauvé la réputation de Jehan Ango.

Convoqué par l'armateur, Fleury entra dans son bureau. Il approchait de la trentaine et le sel de la mer lui avait déjà vieilli la peau comme à un homme de quarante ans. « Assieds-toi », dit Ango en lui désignant une chaise. Le marin prit un air embarrassé. D'habitude il restait debout lorsque l'armateur lui passait commande d'une mission. Une vague inquiétude noua son estomac. Qu'avait il fait de mal ces derniers temps ? Une visite chez une pute la semaine passée, une querelle dans un état un peu éméché qui s'était finie par un coup de poing la semaine d'avant... Rien que du très ordinaire pour un marin dieppois.

« J'ai reçu une lettre du Chancelier de France. Tu sais qui c'est ?

— Euh... Non.

— Antoine Duprat.

— Mais je ne sais pas ce qu'est un Chancelier...

— Ha ! C'est celui qui assiste le Roi dans la gouvernance du Royaume.

— Ah ! Bien... », dit Fleury. Il ne voyait pas où l'armateur voulait en venir et surtout quel était le rapport avec lui-même.

« Donc le Chancelier Duprat me demande *d'armer des navires et de poursuivre, prendre d'assaut, piller et saisir tout navire espagnol provenant des Indes*, dit Ango, en relisant cette phrase pour ne pas en perdre une miette. Le Chancelier est prêt à payer une partie de l'avance sur les frais mais l'essentiel du coût sera pris sur les biens saisis. »

Au fur et à mesure de ce qu'énonçait Ango, Fleury avait de plus en plus écarquillé les yeux puis il dit dans un sourire : « Je souhaite bien du courage à celui qui va accomplir cela ! C'est complètement insensé !

— N'oublie pas que tu es en train de parler du Chancelier de France et donc du Roi, je te prie. François Ier veut étendre sur mer la guerre qui a commencé sur terre. Les troupes de l'Empereur envahissent le nord de la France. Le Roi y a envoyé le preux Chevalier Bayard. Tu en as entendu parler de celui-là tout de même ?

— Vaguement...

— Bref, sur terre, le Roi peut se débrouiller mais sur mer, sans flotte encore suffisamment importante, le souverain nous soustraite cette partie du conflit. Il fait le malin à construire le port du Havre mais visiblement, il a encore besoin de Dieppe. Ce qu'il nous demande, je ne sais pas si c'est insensé mais ce que je sais c'est que c'est toi à qui je pense confier cette mission.

— Hein ? Moi ?

— En qui d'autre puis-je avoir plus de confiance ? Tu as déjà montré que tu savais te sortir de situations délicates. Tu es populaire parmi les marins. Ils te suivront partout.

— Mais ici, ce n'est plus de la simple contrebande. C'est une guerre !

— C'est une entreprise risquée. Mais les dividendes à en tirer peuvent être importants.

— Mais le commerce à Dieppe avec les Espagnols va tomber à l'eau. Enfin, si j'puis dire, dit Fleury, se rendant compte de son trait d'esprit involontaire.

— Ce commerce est mineur par rapport au commerce avec les Anglais. Les affaires avec Portsmouth et Southampton sont florissantes. Il va falloir ne pas courroucer ce partenaire car je ne connais pas son degré d'alliance avec l'Empire. Il va falloir manœuvrer par temps de tempête et vents contraires, dans des courants incertains. Et il n'y a que toi qui pourrait réussir cela.

— Ce n'est pas mon métier.

— Tu veux retourner pêcher la morue ? Je croyais que tu avais plus d'ambition que cela. Et ton sens du devoir ? Et rien n'empêche un décret royal d'arriver dans quelques semaines et de *réquisitionner* nos bateaux pour faire la même chose que ce que nous demande cette lettre, sauf que nous n'en tirerions plus aucun bénéfice. Et à plus long terme, si le Roi se rend compte qu'il ne peut pas faire confiance à Dieppe, il va tout miser sur Le Havre, et je ne tiens pas à avoir trop de concurrence.

— Ces Rois sont fous, tous autant qu'ils sont, dit Fleury dans un soupir.

— Je ne veux pas entendre ça ! Leurs ambitions dépassent parfois leurs capacités, certes. Mais c'est justement pourquoi François Ier fait appel à nous.

— Sauf que c'est pas le Roi qui vous écrit. C'est le… Chan… Chancelier Dupré, c'est ça. Et pourquoi c'est pas le Roi ? »

Jehan Ango soupira. Il était rusé, ce Fleury. Il ne put que répondre avec sincérité : « Parce qu'il ne veut pas se salir les mains. Si des navires espagnols nous échappent et que leur équipage raconte qu'on essaie de voler leur cargaison, alors il pourra toujours dire qu'il n'était pas au courant, que c'était une initiative malheureuse. C'est là où nous, on sera mal ! On montrera alors la lettre du Chancelier Duprat et François Iᵉʳ pourra demander sa démission, si ça l'arrange sur le moment. Mais lui restera sans tache.

— Je n'y comprends rien à la politique, mais cela me paraît fait par de bien vils coquins, tout nobles et couronnés qu'ils sont. Et nous allons risquer nos vies pour eux ?

— Nous sommes les sujets de Roi. Et je le répète, si tu ne le fais pas pour lui, fais-le pour nous. Les risques sont grands, mais les gains peuvent être immenses. »

Fleury mit sa tête entre ses deux mains et souffla un bon coup : « Dans quoi j'm'embarque !

— Je prends ça pour un oui », répondit Ango, le sourire aux lèvres et avec sa main droite, il tapa deux fois sur la table comme pour clore une transaction.

***

De l'autre côté de la Manche, un cavalier chevauchait à vive allure. Il venait de partir de château de Buckingham et il s'engagea dans la forêt. Il dût brusquement tirer sur les rênes de son cheval. Un escadron de soldats barrait la route.

« Que veut dire ceci ? s'insurgea le cavalier, tout en essayant de calmer son cheval qui marquait son mécontentement d'avoir été brutalement coupé dans son élan par des hennissements, des mouvements de tête et des pas erratiques.

— Donnez-nous le message. Nous savons que vous en êtes porteur et nous souhaitons l'examiner, dit un homme élancé avec des cheveux blonds coupés au bol qui semblait commander l'escadron.

— Il n'en est pas question. Il a un destinataire bien précis.

— Et ça aussi, il faudra nous le dire. Qui est ce destinataire ?

— De quel droit vous permettez-vous ?

— Du droit qui nous est donné par le Chancelier et Cardinal Wolsey. Voyez cet arrêté. Voyez le sceau. »

Le cavalier ne put que constater l'authenticité du sceau. Il soupira et tendit le message en faisant la moue. Un mouton à cinq pattes était né la veille dans une ferme près de Buckingham. Il s'était bien douté que quelque entourloupe allait arriver : « Le sceau va être brisé, dit-il. Le message sera sans aucune valeur pour son destinataire.

— Ne vous inquiétez pas. Nous avons des copies du sceau de Buckingham. Nous en referons un. Le destinataire dont vous ne nous avez toujours pas donné l'identité n'y verra que du feu. »

Le soldat à la coupe au bol saisit le message et en rompit le sceau. La question du destinataire fut résolue : « *Cher Comte de Gloucester* » étaient les mots qui commençaient la lettre. Puis le Duc de Buckingham y donnait de ses nouvelles de manière assez banale. Enfin, la lettre se terminait sur une note originale. « *Je sais que tu aimes les énigmes : pour celle-là, il est important que tu te débrouilles mieux que la dernière fois et que tu la résolves. Un homme qui n'est pas un homme, voit un oiseau qui n'est pas un oiseau, perché sur un arbre qui n'est pas un arbre. Il sera vu et ne sera pas vu et sera frappé par une pierre qui n'est pas une pierre.* »

« Intéressant, dit Wolsey quand il reçut la copie de la lettre. J'ai déjà lu quelque chose de similaire quelque part. » Pendant une bonne journée, il tourna et retourna l'énigme dans sa tête. Il ne chercha pas vraiment la réponse, mais où il avait déjà lu quelque chose de semblable. Et puis ça lui revint : « *Platon. La République de Platon. L'homme qui n'est pas un homme est un eunuque. L'oiseau qui n'est pas un oiseau est une chauve-souris. L'arbre qui n'est pas un arbre est un sureau. Voir et ne pas voir, c'est ce qui arrive à un borgne. Et la pierre qui n'est pas une pierre, c'est la pierre ponce. Pourquoi Buckingham a envoyé cette énigme-là en particulier ? Pourquoi insiste-t-il pour que Gloucester la résolve ?* »

Chapitre 38

Le grand maître du monde accorde à peu d'hommes de conserver
une vertu pure jusqu'à l'heure des cheveux blancs,
et d'éviter tous les malheurs
avant d'entrer dans l'ornière de la vieillesse.
Bacchylide

La guerre battait son plein dans le nord de la France et la situation du Royaume était préoccupante. Les troupes impériales avaient réussi à faire reculer les troupes françaises menées par Bayard. Le Chevalier se retrouvait maintenant assiégé dans la forteresse de Mézières par le Général Impérial Nassau. Ayne, après son court séjour à Montmorency pour revoir son père et ses enfants adoptifs, avait été envoyé à sa rescousse mais les ordres du Roi avaient été ambivalents : « Empêche les troupes impériales de donner l'assaut. La perte de Bayard aurait des conséquences dévastatrices sur le moral des troupes, bien plus que la simple perte de Mézières. Par contre, tant que Nassau assiège Mézières, il ne peut se porter ailleurs. Et ça me laisse le temps de rassembler mes troupes et de préparer la contre-offensive. »

Ayne traversait les campagnes aux abords de Mézières. Elles étaient dévastées par les pillages que l'armée impériale avait laissés dans son sillage. Il avait beau dire aux quelques paysans qu'il rencontrait : « Les champs seront ressemés, les troupeaux seront reconstitués, les fermes reconstruites », il savait que les bonnes paroles étaient insuffisantes. Il fallait que le Roi rassemble les troupes au plus vite et chassent les Impériaux. En attendant, Ayne en était réduit à limiter les dégâts.

Venant du lointain, il entendait le bruit sourd de coups de canon. D'un geste du bras, il fit stopper la troupe de cinq cents cavaliers qu'il commandait. « Cela vient de Mézières, murmura-t-il.

— Bayard va-t-il tenir ? demanda un soldat.

— Il est aussi coriace qu'une vieille souche. Mais une aide de notre part ne sera pas superflue. Nous devons harceler l'arrière-garde impériale, dit Ayne plus fort pour se faire entendre de tous. Nous allons former plusieurs escadrons d'une soixantaine de cavaliers et les attaquer en plusieurs endroits à la fois. Cela leur fera croire que nous sommes plus nombreux et les détournera un moment d'un éventuel assaut. » Ayne détestait ce genre de combats sournois d'arrière-garde mais il n'avait pas le choix avec les forces à sa disposition. Des informations étaient venues que c'étaient six mille soldats impériaux qui assiégeaient Mézières et il n'allait pas se lancer dans un assaut à un contre plus de dix. Il tenait à survivre encore quelque temps. Les visages de Jérôme et de Sabine, éclairés par une immense joie lorsqu'ils l'avaient vu revenir à Montmorency, illuminaient encore sa mémoire. Ils avaient bien grandi, mais ils avaient encore besoin de lui, d'autant plus que son père, le Baron de Montmorency, avait bien vieilli.

Comme prévu, l'escadron français se divisa en plusieurs groupes. Celui commandé directement par Ayne arriva rapidement près d'une grande ferme. Ayne partit en reconnaissance avec quelques soldats. La ferme était en partie brûlée. Des Impériaux l'occupaient, sans doute venus de pays germaniques, vu la langue des éclats de voix qu'Ayne entendait, caché dans le sous-bois proche. La ferme se trouvait près d'une route qui allait vers Mézières et c'était sans doute une artère importante pour l'approvisionnement des assiégeants. Une telle ferme signifiait également la présence d'un puits et donc constituait une source d'eau potable. Ayne décida qu'il fallait s'en emparer, avec son petit groupe de soixante soldats. Les chevaux seraient laissés dans une clairière qu'il avait aperçu dans une forêt à côté. Il valait mieux attaquer à pied. Une fois attachés aux arbres bordant la clairière, les chevaux restèrent agités. Ils bougeaient leurs oreilles, reniflaient sans cesse et leurs jambes étaient épisodiquement traversées de tremblements nerveux. « Il y a peut-être des loups dans les parages, proposa un soldat pour toute hypothèse.

— Peut-être... Si on entend des hennissements suspects, quelques uns d'entre nous pourront toujours revenir et les chasser », répondit Ayne.

Ayne et ses soldats s'approchèrent furtivement de l'objectif une fois la nuit tombée, en rampant à plat ventre. L'humus épais et humide étouffait opportunément les bruits de leur progression et la nuit était noire comme de l'encre. On voyait d'autant mieux les feux qui illuminaient divers endroits de la grande ferme dont le toit de chaume était éventré sur un côté. Les flammes éclairaient des visages rougis de soldats qui jouaient aux dés et se reflétaient dans les pièces d'armure qu'ils avaient gardées. Les soldats se passaient de main en main et de bouche en bouche le goulot d'une grande bouteille protégée d'osier qui se vidait rapidement. Les reliefs de leur repas, des os ayant appartenu à quelques moutons et volailles jonchaient le sol. Le potager avait été ravagé comme si une nuée de criquets était passée par là. Parfois un rai de lumière tremblante supplémentaire éclairait la scène quand un des soldats ouvrait la porte du bâtiment principal où d'autres soldats jouaient aux cartes sur une table. On pouvait y distinguer le scintillement de pièces de monnaie.

Au signal d'Ayne, les Français surgirent et interrompirent la veillée. Ils furent accueillis aux cris de « *Scheiße ! Die französische Schweinerei !* » et le combat s'engagea. Les multiples lames des épées et des sabres dégainés brillèrent du reflet des feux. Les Impériaux furent prompts à réagir et l'effet de surprise fut de courte durée. Ayne dut rapidement repousser l'assaut d'un colosse blond qui faillit le faire trébucher dans le feu tant son coup de sabre était puissant. Ayne fit un écart latéral, et dut faire quelques pas, entraîné par son élan, manquant de finir sa course contre la base du toit d'un appentis. Il réussit à s'arc-bouter sur ses jambes écartées pour ne pas perdre l'équilibre. *Il faut que je le frappe d'estoc. Face à ce genre de gaillard, frapper de taille risque de ne pas avoir grand effet.* L'escogriffe allemand et sa montagne de muscles se précipita vers Ayne. Bien campé sur ses jambes, cette fois-ci Ayne bloqua l'attaque. Les lames restèrent accrochées l'une à l'autre dans un crépitement métallique. Au bord de lâcher prise, Ayne rassembla tout ce qui lui restait de force et repoussa son adversaire d'un coup d'épaule qu'il faillit se luxer sous le choc. Le Germain recula d'un centimètre. Ayne tenta un coup d'estoc que son adversaire para. Ayne changea brusquement de pied et il fit une grande estocade verticale qui ouvrit son adversaire du bas ventre au sternum. Les viscères glissèrent hors de la plaie dans un bruit visqueux. *Finalement, une grande taille s'avère suffisante !*

Ayne ne regarda même pas le Germain s'effondrer. Il se jeta sur sa droite au secours d'un de ses soldats mis en difficulté et il percuta son adversaire pour le déséquilibrer alors qu'il allait asséner le coup fatal. Le soldat impérial éructa un juron. Il avait la moitié gauche du visage recouverte par un masque en cuir tenu par des sangles pour cacher une grosse blessure. Il mit en garde Ayne qui lui opposa plusieurs coups rapides qu'il para en devant reculer à chaque fois. Ils finirent par rentrer dans le bâtiment de la ferme. Le soldat impérial recula vivement puis saisit et balança une chaise en direction de l'entrée. Elle se brisa contre l'embrasure de la porte, entravant l'avancée d'Ayne qui dut enjamber les débris. Cela laissa le temps au soldat de reprendre son souffle et de repartir à l'offensive. Ayne évita une estocade par un écart latéral et prenant appui sur une chaise, il sauta sur la table, dominant la situation.

Ayne balaya la table de son pied ce qui envoya les quelques pièces de monnaie qui y étaient restées vers son adversaire. Le soldat réprima le réflexe de reculer et transperça de son épée l'espace devant lui. Ayne sauva ses jambes en les repliant pour faire un bond tel qu'il faillit se cogner contre une poutre au plafond. Il plongea ensuite vers son adversaire la garde de l'épée tenue de ses deux mains au-dessus de la tête et la pointe inclinée vers le bas. La lame pénétra jusqu'à la garde dans la cage thoracique du soldat en passant derrière sa clavicule. Ayne lâcha son épée et s'étala sur son adversaire au poumon perforé qui expectora un geyser écarlate. Le soldat impérial agrippa entre deux spasmes d'agonie l'épée qu'il avait fichée dans le corps, mais il n'eut plus la force de la retirer. Ayne se releva et lui, il réussit à la retirer du thorax du soldat dont le regard devint fixe : « Merci d'avoir essayé de me rendre mon épée. Ce fut fort aimable ! »

Ayne ressortit du bâtiment. Plus de la moitié des Impériaux avaient été mis hors d'état de nuire, quelques-uns résistaient encore, d'autres commençaient à s'enfuir. Il entendit alors des hennissements affolés de chevaux provenant du lointain, derrière la musique mortelle des cliquetis métalliques des derniers combats. *Nos chevaux laissés dans la clairière !* Il courut vers le bois mais découvrit à son orée deux cadavres. Ayne se pencha vers eux. C'était deux de ses soldats, et ils étaient hérissés de flèches à empennage noir. Un peu plus loin, un autre soldat avait la main clouée à un tronc par une flèche qui l'avait traversée et il essayait piteusement de détacher cette flèche et de libérer sa main. Ayne voulut l'aider mais une deuxième flèche transperça la poitrine du soldat qui mourut, les yeux démesurément ouverts et la main toujours accrochée au tronc. Ayne vit de sveltes ombres bouger à travers les arbres avec une fluidité animale. « Des elfes de la Bande Noire », murmura-t-il puis il se mit rapidement à l'abri dans un repli de terrain, masqué en grande partie par des buissons. Le fait que ses anciens alliés du temps de la reconquête du Milanais se retrouvaient contre lui ne l'étonnait pas. C'étaient des mercenaires. Ils se battaient pour le plus offrant. Il ressentit juste le malaise d'imaginer que les elfes qui avaient permis de tuer à ses côtés les deux Porteurs d'Ombre, de récupérer les ducats vénitiens et finalement assuré la victoire à Marignan, se trouvaient ici, cachés dans les ramures des arbres, et qu'il se trouvait peut-être au bout de la trajectoire de leurs flèches. En prenant le contrôle du bois, les elfes avaient condamné les chevaux qui se faisaient massacrer. C'étaient de magnifiques chevaux entraînés au combat qui allaient finir en viande de ravitaillement pour les assiégeants. Ayne résista à l'envie de les sauver car sinon il finirait comme les trois soldats sous les flèches des elfes qui étaient invincibles dans les branches des arbres. Il quitta les lieux et une flèche alla se ficher en vibrant dans le tronc derrière lui après avoir suivi une trajectoire qui aurait rencontré sa tête moins d'une seconde plus tôt.

Soulagé d'avoir quitté le couvert oppressant des arbres, Ayne retourna vers la ferme en entendant toujours les hennissements déchirants des chevaux derrière lui. Il arrêta en chemin une partie de son escadron qui, le travail terminé dans la ferme, partait au secours des animaux : « Non. Ce ne sont pas des loups. La forêt est tenue par la Bande Noire. C'est du suicide que d'y pénétrer. Il faut abandonner les chevaux à l'ennemi. » Il reçut des regards consternés face à lui. Certains soldats eurent leurs yeux piqués par des larmes : leur fidèle destrier se faisait tuer à quelques dizaines d'arpents d'eux et ils ne pouvaient rien faire.

« Mais on venait de découvrir des tas de picotins d'avoine dans la ferme des Allemands ! remarqua un peu bêtement un des soldats.

— Nous devons défendre cette ferme si la Bande Noire l'attaque et garder le contrôle du puits et de la route », ordonna Ayne en ignorant la remarque.

Finalement, les elfes n'attaquèrent pas la ferme et s'occupèrent plutôt de transporter le plus grand poids de viande de cheval possible pour approvisionner les troupes impériales. Seuls quelques elfes étaient au sol pour découper les carcasses puis ils lançaient les morceaux vers les arbres d'où les autres elfes les balançaient de branches en branches. Ayne et ses soldats étaient réduits à l'impuissance.

Le lendemain matin, les elfes étaient partis. Alors que la brume montait du sol, l'escadron d'Ayne eut comme consolation de surprendre et d'arraisonner des Impériaux avec une carriole transportant des pommes. « Bon. Ils pourront faire du boudin noir de cheval, mais sans les pommes », dit avec philosophie un soldat normand. Ce ne fut pas considéré comme une consolation suffisante pour égayer l'humeur du groupe.

L'après-midi, une pluie fine s'abattit sur la région et tenir la surveillance de la route devint pénible. Soudain, Ayne et ses hommes entendirent une cavalcade en provenance de la direction de Mézières. Ils virent un cavalier qui était poursuivi par tout un détachement impérial et il commençait à se faire rattraper. Immédiatement, Ayne ordonna de stopper les poursuivants pour permettre au poursuivi de s'échapper. Une attaque par archers et arbalétriers fut décidée pour stopper l'élan de la troupe. Ayne et les meilleurs bretteurs feraient le ménage par la suite. Tout se passa comme prévu. Les poursuivants furent stoppés. Certains d'entre eux furent tués, les autres tournèrent bride et repartirent en direction de Mézières. Le cavalier qui avait été poursuivi et qui avait fini par s'arrêter revint en arrière. Il était plutôt âgé, le visage émacié et il était en colère, s'essuyant nerveusement les yeux de la pluie qui le gênait : « Vous venez de faire une grave erreur. Je *devais* être attrapé par l'ennemi. » Ayne, intrigué, s'approcha de lui : « Quels galimatias nous contes-tu là ?

— Je suis porteur d'un message du Chevalier Bayard pour le Roi. Cette nuit, je me suis frayé un chemin entre les lignes ennemies mais j'ai fait exprès d'attirer ceux-là pour qu'ils m'attrapent. Ordre du Chevalier lui-même. »

Ayne regarda autour de lui pour savoir si tous avaient entendu la même chose puis il demanda : « Quelles sont ces manigances dignes d'une mauvaise farce ? » Ayne était surpris que le Chevalier Bayard se livrât à quelque coup tordu. Il avait toujours considéré son esprit aussi rigide que sa lame était agile. Le Chevalier commençait-il sur le tard à s'adapter à cette époque ?

***

A Mézières, le chevalier Bayard regardait l'ennemi à travers une meurtrière creusée dans les murs d'une échauguette adossée aux remparts. La tête enfermée dans son camail d'acier, il fixa avec une moue dédaigneuse un endroit où les Impériaux avaient entreposé des arquebuses contre une palissade en bois : « *Maintenant n'importe qui avec dix doigts qui ne tremblent pas trop peut tuer avec ces engins.* » Les mains du chevalier posées sur les pierres tavelées de lichens, elles, tremblaient un peu. Bayard venait de mettre en œuvre une stratégie peu chevaleresque mais il préférait les batailles en champ ouvert plutôt que les sièges, surtout lorsqu'il était du côté des assiégés. Il avait fait envoyer deux messagers avec une fausse lettre adressée au Roi de France, stipulant que Mézières avait plein de réserves et qu'il ne fallait pas se soucier pour la ville qui pouvait encore tenir longtemps et que mieux valait porter le fer ailleurs.

Rien de tout cela n'était vrai. Les réserves à Mézières étaient basses, le rationnement plus drastique tous les jours et la situation désespérée. Les habitants et les soldats commençaient à fixer avec un étrange regard les chats et les chiens de la ville. Les canons impériaux étaient peu nombreux mais démantelaient méthodiquement chaque jour quelques fragments de muraille que l'on ne pouvait que partiellement réparer, dans des conditions périlleuses. Les remparts paraissaient comme une peau qu'on écorchait toujours un peu plus, sans lui laisser le temps de cicatriser complètement. Les sapeurs ennemis devaient être en train de faire leur travail, même si une première équipe avait péri noyée en débouchant sur une rivière souterraine. On se préparait à faire bouillir de la poix pour la déverser sur les attaquants à partir des mâchicoulis, mais il n'y en avait pas en quantité suffisante pour repousser un assaut important. On avait retrouvé des vieilles balistes, entreposées dans une cave et on les avait remontées sur les chemins de ronde mais nulle part on n'avait trouvé de projectiles qu'elles pourraient envoyer et on n'avait pas les ressources pour en fabriquer de nouveaux. Leur présence rassurait un peu le peuple, c'était leur seule utilité. Episodiquement, Bayard organisait des entraînements et la place de la ville résonnait des cliquetis métalliques prouvant aux habitants que les soldats étaient toujours vaillants, prêts à repousser un assaut. Il fallait maintenir tout le monde occupé pour que la peur ne s'installe pas trop profondément.

Tous les espoirs avaient été tournés vers lui, le grand chevalier Bayard, sans peur et sans reproche. Cela avait été le cas des soldats comme des nombreux manants venus se réfugier dans la citadelle devant l'arrivée des Impériaux. Seulement, le grand chevalier Bayard avait craint que tous ces espoirs n'aient été bâtis avec un bien mauvais mortier. Il avait commencé à sentir le poids de l'âge et cela n'avait pas uniquement été le blanchissement de sa chevelure de plus en plus éparse qui le lui avait rappelé. L'épaule de son bras droit, celle qui tenait son épée, avait commencé à le lancer dès ses échauffements matinaux. Il s'était abstenu de montrer un quelconque signe de gêne, sachant que la moindre de ses faiblesses achèverait de démoraliser tous les assiégés. Il avait aimé se rappeler ses grandes batailles glorieuses, comme la fois où il avait défendu seul contre une trentaine d'Espagnols le pont de Garigliano, permettant le repli des troupes françaises. Il avait été vêtu d'un simple pourpoint, la soudaineté de l'attaque nocturne ne lui ayant pas permis d'enfiler son armure. C'était il y a dix-huit ans déjà. Les temps avaient bien changé et le Chevalier s'était laissé aller à une mélancolie nostalgique, tout en se résignant à combattre vaille que vaille un nouvel ennemi qu'on ne pouvait pas vaincre : la vieillesse.

Malgré ses efforts pour maintenir le moral dans la ville, il avait soupçonné que le Comte de Mézières envisageait de demander une reddition. Se rendre n'était pas une option envisageable, le Roi l'ayant expressément défendu. Il avait réfléchi à une première possibilité : une glorieuse sortie pour tenter de desserrer l'étau. Il lui avait tardé de pouvoir croiser le fer avec des ennemis après une si longue attente. Mais cela aurait été du suicide. Bayard s'était demandé si ce n'était pas l'acte de bravoure qui parachèverait sa légende, le sacrifice ultime qui rajouterait une demi-douzaine de chants de trouvère à sa gloire. Mais il avait fini par choisir une autre option. Avec l'âge, il avait commencé à trouver la gloire vaine, les louanges fatigantes. Le poids de sa propre légende devenait lourd à porter. Il avait donc imaginé le stratagème des faux messages pour démoraliser l'adversaire et l'inciter à partir ailleurs. Il avait donc bien espéré que les messagers se fassent attraper tous les deux. Cela avait été plus crédible ainsi, les assiégés multipliant habituellement les porteurs de message pour que l'un au moins arrivât à destination.

Le surlendemain matin du départ des messagers, après une nuit particulièrement intense en bombardement, Bayard accéda aux remparts par l'escalier en colimaçon parcouru de courants d'air et il constata que son stratagème avait fonctionné : les Impériaux étaient partis. Les bombardements de la nuit n'avaient servi qu'à masquer leur fuite. Tout l'espace devant Mézières était maintenant dégagé jusqu'aux collines des Ardennes. Les six mille Impériaux n'avaient laissé qu'une terre battue, des foyers de cendres fumantes et leurs fossés remplis de déjections diverses en guise de souvenir. Des hourras de soulagement et d'enthousiasme parcoururent la citadelle, sans que personne ne sache vraiment l'origine de ce miracle. Bayard avait tout fait en secret et seuls les deux messagers avaient été mis dans la confidence. Le Chevalier ne tira de cet épisode aucun plaisir, aucun honneur. Il se sentit néanmoins libéré d'un lourd poids sur ses épaules.

« Loué soit le Seigneur ! s'écrièrent les habitants de Mézières.

— Oui, c'est ça. Allons chanter un *Te Deum* à l'église, leur répondit simplement Bayard.

— Le Seigneur choisit bien ses serviteurs », dit une voix familière à la porte de la ville. C'était Ayne de Montmorency qui venait d'arriver avec son escadron. Il adressa un sourire en coin à Bayard, qui ne laissa pas de doute au Chevalier sur le fait que Montmorency avait compris tout le subterfuge. « Vous avez fait ce que vous pouviez, dit Ayne à Bayard avant que ne commence la cérémonie. Le Chevalier ne répondit pas et se mit à chanter :

Te Deum laudamus,

te Dominum confitemur.
Te aeternum Patrem,
omnis terra veneratur.

Chapitre 39

Je chante l'Amour, ce gracieux enfant !
Son front est paré de mille fleurs.
C'est lui qui est le vainqueur des Dieux,
c'est lui qui dompte les mortels.
Anacréon

Roxelane attendait dans une anti-chambre avec cinq autres jeunes femmes de pouvoir entrer dans la salle de réception où se trouvait Soleyman, revenu deux jours auparavant de guerre dans des pays lointains. Elles avaient été sélectionnées parmi le nouvel arrivage par la surintendante *kâhya kadïn* qui les avait accompagnées comme une sorte de chaperon. Les autres étaient restées des *'adjemi*, des novices, notamment la jeune femme blonde, Alanna, que Roxelane avait consolée le premier soir. Roxelane s'était liée d'amitié avec elle, mais maintenant elles ne vivaient plus au même étage du harem.

La *kâhya kadïn* avait précisé que le Sultan discutait avec sa principale favorite, Mahidevran et qu'il fallait attendre. Mahidevran lui avait donné un fils il y a neuf ans, Şehzade Mahmud et un autre, Şehzade Mustafa, il y a sept ans. Les six femmes avaient la tête baissée mais s'observaient du coin de l'œil. Roxelane trouvait que les cinq autres étaient trop belles. Trop coiffées, trop maquillées, trop parfumées, trop bien habillées, elles ne ressemblaient plus à ce qu'elles étaient lorsqu'elles avaient été admises *'adjemis*. On leur avait appris à se tenir, à danser. La *kâhya kadïn* leur avait appris comment satisfaire un homme. Roxelane avait du mal à imaginer cette vieille femme avoir fait un jour tout ce qu'elle leur avait décrit. Tout au long de leur apprentissage, la *kâhya kadïn* les avait traités alternativement avec douceur (les appelant « mes petites oies ») et avec dureté (les frappant d'un petit fouet quand elles se tenaient mal ou faisaient un pas de danse disgracieux).

Au bout d'un moment, les six femmes entendirent des bruits de pas dans un couloir attenant puis des éclats de voix et soudain une porte latérale s'ouvrit brutalement : « Je veux juste les voir », dit la voix d'une femme qui entra. Elle était habillée de manière riche et ornementée. Les six femmes du harem purent contempler la belle Mahidevran, surnommée *Gülbahar*, la rose du printemps. Plusieurs maternités avaient alourdi un peu ses formes mais elle plongeait chaque matin dans un bain d'eau glacée pour éviter le relâchement de ses chairs. Elle tenait par la main un garçon de neuf ans. Roxelane qui, seule parmi les six, avait pu voir le Sultan reconnut ses traits dans son visage.

Mahidevran parcourut les femmes une à une de la tête aux pieds avec un air hautain et les lèvres pincées. Roxelane prit son air le plus innocent et le plus soumis, regardant ses orteils. Le garçon les dévisagea également et son regard se fixa sur Roxelane. Il voulut dire quelque chose à sa mère, la tirant par le bras pour qu'elle se penche vers lui. Mais subitement, il se mit à bailler en se frottant les yeux. Cela tira Mahidevran de son examen et elle repartit, la tête haute, suivie de ses voiles flottantes brodées d'or et de son fils Mahmud qui se mit à chouiner qu'il avait sommeil.

Enfin les battants de la porte de la pièce où se trouvait le Sultan s'écartèrent avec solennité. Les traits des visages des six ex-novices se figèrent. Deux eunuques parfaitement chauves les invitèrent à avancer. La *kâhya kadïn* leur lança un dernier regard sévère, leur indiquant qu'au moindre faux pas, elle pouvait être rétrogradée au rang d'*adjemi*. Il y avait une légère vapeur qui flottait dans la pièce et des petits pots où de la résine brûlait donnaient un doux parfum à l'air. Au fond, ses traits devenant plus nets au fur et à mesure de l'approche des jeunes femmes, le Sultan était assis en tailleur, les mains posées sur ses genoux, devant un somptueux mur orné de céramiques polychromes. Il avait les yeux fermés. Quand le froissement des étoffes des voiles des six femmes s'arrêta, indiquant qu'elles se tenaient immobiles face à lui, il ouvrit les yeux. Les jeunes femmes étaient agenouillées, il ne pouvait pas voir les visages mais une boucle de la chevelure rousse de Roxelane était suffisamment visible et insolite pour la reconnaître. Forçant sa volonté, le Sultan feignit l'indifférence et s'attacha à regarder chacune de ses nouvelles concubines potentielles. Puis il tapa deux fois dans ses mains et les notes d'un *baǧlama*[24] retentirent dans la pièce.

Les jeunes femmes se levèrent et commencèrent à danser. Cela créa des volutes dans les vapeurs qui les entouraient et elles semblaient les accompagner dans leurs mouvements. Roxelane accrocha le regard de Soleyman. Elle avait des ondulations des mains qui ressemblaient tour à tour aux vagues de la mer et aux battements des ailes d'un papillon. Elle remontait en rythme l'une de ses hanches, ce qui faisait arquer ses reins. Elle écartait ses bras et déployait les pans de ses tissus de soie comme les ailes d'un oiseau. En théorie, elles exécutaient toutes les six les mêmes gestes mais le Sultan n'avait d'yeux que pour elle. Les autres n'étaient que son pâle reflet dans un miroir brisé. Était-ce une illusion ? Était-ce réel ? Au bout de quelque temps, Soleyman eut l'impression que toutes les danseuses devenaient floues et faisaient des mouvements désordonnés et lents tandis que seule la jeune rousse restait en rythme. La musique semblait émaner de son corps comme si elle était elle-même un instrument. Et il la vit exécuter des gestes qu'il n'avait jamais vus faire au cours des danses dans son Palais. Elle lui présenta des postures inédites, quelque fois allongée sur le tapis. Puis elle se redressait

---

[24] Luth à manche long

et elle semblait tirer sur une corde imaginaire pour l'attirer à elle et Soleyman sentit une douce pression au niveau de sa nuque. Il sentait qu'il avait chaud aux yeux et sous ses vêtements une goutte de transpiration coula le long de son torse et de son ventre pour aller terminer sa course dans ses poils pubiens à la base de son sexe.

La musique termina son cours. Les danseuses se figèrent. Soleyman se leva et jeta un mouchoir mauve devant lui. Le mouchoir atterrit devant Roxelane.

Un peu plus tard, dans la soirée, ils se retrouvèrent dans la même chambre, face à face. Soleyman parcourut des yeux les collines que formaient sa poitrine et ses hanches. Un sourire se dessina sur ses lèvres en penchant la tête sur le côté. Nulle parole ne fut échangée mais Soleyman eut l'étrange impression de la connaître depuis toujours. La *kâhya kadïn* avait dit à Roxelane que la tradition voulait qu'avant toute chose, elle s'agenouille et baise l'ourlet de la robe de chambre du Sultan, mais elle n'en fit rien et Soleyman ne le remarqua même pas. Les cheveux de Roxelane étaient pailletés de sequins et le voile qui les retenaient enlevé, ils tombèrent en cascade sur ses épaules. Soleyman plongea une main dans cette chevelure et la porta à son visage pour sentir son parfum. Cela aiguisa ses sens et il lui sembla que ces cheveux ondulaient comme les eaux de la mer. Puis il effleura la peau de la jeune femme. D'habitude, les jeunes recrues avaient un tressaillement à ce moment. Dans ce cas, ce fut Soleyman qui tressaillit. Il se noya dans ses yeux qui étaient de couleurs changeantes comme l'océan puis il l'embrassa, déjà ivre, déjà étourdi. Ils dénouèrent rapidement les tissus qui entravaient le contact de leurs corps.

La suite ne fut qu'un enchaînement de découvertes et de plaisir. Malgré ses multiples concubines, il sembla au Sultan qu'il avait toujours vu passer la volupté et la félicité sous ses yeux sans qu'elles ne se penchassent sur lui. Il ressentit un plaisir qui parcourut tout son corps, depuis son sexe puis remontant de part et d'autre de ses vertèbres vers les épaules puis éclatant dans sa tête. A ce moment, il se sentait pénétré par Roxelane tout comme il la pénétrait. Chacune de ses fibres étaient reliées aux siennes. Elle était un mélange d'alanguissement et d'abandon, en même temps qu'une force et une vigueur. Soleyman qui, à ses heures perdues, aimait faire des travaux d'orfèvrerie et de bijouterie, avait assurément entre ses bras le plus beau des diamants.

Lorsque la fougue amoureuse se fut assagie pour un temps, serrés dans les bras l'un de l'autre, Soleyman lui dit : « Je ne sais plus ce que j'ai fait par le passé, avant que je te rencontre. Mais le présent avec toi est un véritable don de Dieu. » Roxelane sourit et pensa : « *Alors ton Dieu est cruel.* » Mais dans le même temps, elle dut s'avouer qu'elle venait d'avoir du plaisir. Elle résista à cette idée. Soleyman sentit qu'elle se contractait : « Quelque chose ne va pas ?

— Non... Tout va bien. Tout va parfaitement bien. »

Chapitre 40

Que votre amour fraternel demeure.

Epître aux Hébreux 13:1

Prospero Colonna se tenait à nouveau, après sept ans, dans la grande salle aménagée sous le Tibre où étaient mis en réserve les cadavres prêts au combat. L'atmosphère était saturée de fumées d'encens qui donnaient à l'air une étrange opalescence. Les morts-vivants étaient moins nombreux que la dernière fois (seulement 1876) mais ils étaient tous de la première fraîcheur. Ils avaient presque tous assez de chair pour porter des armures. Paradoxalement, seuls les derniers à être entrés dans le rang étaient en piteux état, et des lambeaux de tissus se détachaient de leurs os puis formaient un petit amas au sol. *Ce doit être de la fin de potestas*, se dit Colonna. *À moins que cela ait à voir avec l'état de santé du Pape.* Dans la *potestas* même que le Pape avait transmise à Colonna, celui-ci avait senti quelque chose de bizarre : il lui avait semblé que le flux avait cherché à s'échapper du Pape et que la *potestas* avait été heureuse d'envahir un hôte plus vigoureux, mieux à même de la contenir.

Léon X ne quittait désormais plus son masque de douleur. Il semblait ne pouvoir marcher qu'avec les jambes un peu écartées, en se dandinant. Debout, on le voyait ne pas tenir son bassin en place. Prospero Colonna finit par comprendre. *Il tortille des fesses. Il doit avoir une fissure ou une fistule anale infectée. Cela explique aussi pourquoi il ne s'asseyait plus.* Cela fit presque rire Colonna. N'ignorant rien des mœurs de Léon X, le condottiero se dit que finalement Dieu avait lancé son juste châtiment par là où le Pape avait péché.

Le Pape essaya de prendre une attitude sévère, malgré les circonstances et le suc d'aloès qui dégoulinait de son rectum que l'on avait rempli pour le soulager de sa fistule. Il dit à Colonna : « Menez cette armée à la victoire dans la coalition pour reconquérir le Milanais et vous serez libéré de vos obligations. Entre temps, vous serez très étroitement surveillé. Vous ne vous en sortirez pas comme la dernière fois. » Colonna s'inclina tout en se demandant si on pouvait mourir de ce qu'avait le Pape et qui serait le prochain Élu sur le Saint *Siège*. Le terme dans le contexte le fit sourire. Mais quelle que soit l'issue des batailles à venir, il n'aurait pas à traiter, vivant, avec le prochain Pape. En cas de succès, il n'aurait plus d'obligations envers un Pape, quel qu'il soit. En cas d'échec, il serait ressuscité par le successeur de Léon X. Il espérait que celui-ci réussirait à lui conserver ses beaux cheveux en rouleaux descendant sur sa nuque.

Colonna leva le bras et les membres décharnés de son armée lui répondirent. Puis commença la longue procession à travers le souterrain, les couloirs du Castel Sant'Angelo et les rues de Rome où le sommeil des habitants serait difficile.

Léon X resta seul dans la grande salle vide. *Je me suis déchargé de la potestas pour la dernière fois. C'est terminé. Je n'en veux plus. J'ai fini de jouer avec la mort des autres. Car je vais me retrouver face à face avec la mienne.*

*****

Henri de Navarre ne voulait plus voir personne. Il avait chevauché avec ce qu'il était resté de ses troupes vers la Basse-Navarre à travers les sentiers muletiers qui zigzaguaient le long des pentes pyrénéennes. Il avait traversé la vallée de Roncal et de là avait regagné la Basse-Navarre de l'autre côté des Pyrénées. Il avait regagné son château à Saint-Palais, la capitale du Royaume de Navarre, à mi-chemin entre Pau et Bayonne. Il s'était enfermé dans sa chambre et ressassait depuis son dépit, dans une spirale sans fin. Même si, au départ, il avait été sceptique sur les possibilités de reconquérir la Haute-Navarre, il s'était laissé convaincre par Odet de Foix. Il maudissait désormais cette rencontre à Bordeaux chez le Gouverneur de Guyenne. Il rejouait sans cesse dans sa tête le dialogue qui avait abouti à sa décision de partir en guerre. A quel moment s'était-il laissé berner ? Quelle réplique aurait-il dû donner pour éviter d'enclencher ce qui s'avérait désormais comme un nouveau désastre ? Tout avait pourtant bien commencé. La capitale, Pampelune, avait pu être conquise. Le rêve d'une Navarre réunifiée avait été à portée de main. Puis tout s'était écroulé.

Il avait laissé derrière lui de nombreux compatriotes morts ou prisonniers. Il s'en voulut d'avoir joué les grands princes magnanimes à Pampelune en libérant Iñigo de Loyola. Il était sûr que les Espagnols n'allaient pas avoir la même attitude et que les prisonniers Pétras croupiraient entre quatre murs pendant longtemps. Il se sentait trahi. Odet de Foix et François Ier avaient la tête ailleurs, attaqués dans le nord et des rumeurs de guerre imminente venaient d'Italie. Le résultat de toutes leurs manigances était que la Navarre avait grandement souffert et qu'une fois de plus, elle était reléguée au rang de cadet de leurs soucis. *« On ne m'y reprendra plus. La guerre, qu'il se la fasse tout seul, le Roi François. Désormais, j'organise ce qu'il reste de mon armée en position défensive et je ne bouge plus. Nos forteresses comme nos cœurs seront inattaquables. Et si mon Royaume doit se réduire à la Basse-Navarre jusqu'à la fin de mon règne, eh bien qu'il en soit ainsi. Je ne suis qu'un roitelet et il est temps de l'admettre. D'ailleurs, je n'ai plus le Grand Collier à l'Émeraude que j'ai dû perdre dans la bataille. »*

C'est alors que son chambellan vint lui annoncer une visite et le nom de ses visiteurs le laissa pantois. Il fut tellement surpris qu'il décida de rompre son isolement. Il reçut le Connétable de Castille Velasco et le jeune officier qui l'accompagnait à ses côtés : « Je vous remercie de nous recevoir, Sire. Permettez-moi de vous présenter le Lieutenant Garcilaso de la Vega qui a joué un rôle crucial dans l'écrasement de la révolte des *comuneros*.

— Cette... Cette révolte est terminée ? » demanda Henri de Navarre, qui repoussait le moment où il allait falloir aborder le cas de la Navarre. Il se mit à craindre que le Connétable de Castille allait lui demander d'abdiquer et que la Basse-Navarre allait tomber sous la coupe de l'Espagne tout comme la Haute. Henri savait qu'au vu de l'état calamiteux de ses troupes, il ne pourrait s'y opposer.

« Oui, la révolte est terminée. La femme hystérique qui tenait encore Tolède est morte et la ville est désormais sous notre contrôle aux dernières nouvelles.

— Bien... Vous... Vous êtes venu m'annoncer cela ?

— Pas seulement. Je suis aussi venu vous remettre ceci. »

Le Connétable fit signe à Garcilaso de s'avancer. Le Lieutenant tenait une boîte aplatie en ébène. Il l'ouvrit et le Roi de Navarre écarquilla les yeux. Elle contenait le collier doré avec l'émeraude : le symbole de la Navarre.

« Il semble que vous ayez égaré ce précieux objet dans votre fuite et je tenais à venir vous le rendre en mains propres, dit le Connétable d'une voix affable.

— M... Merci.

— La couronne d'Espagne tient à vous dire que nous respectons votre souveraineté sur la Basse-Navarre. » Il y eut une légère insistance sur le terme « *Basse* » qui n'échappa à personne. Henri faillit incliner la tête mais il se retint de justesse.

Il n'avait à remercier personne pour avoir le droit d'exercer le pouvoir sur son territoire.

« Un convoi ramènera les dépouilles de vos soldats et notamment de votre Général », dit sobrement Garcilaso de la Vega. Henri avala sa salive et déclara : « C'est noble de votre part et... la Navarre tient à avoir des relations de bon voisinage avec... avec tous ses voisins. »

Les deux Espagnols s'inclinèrent. Henri attendit qu'ils sortent. L'émeraude et l'or du collier brillaient dans la boîte d'ébène. *Suis-je encore digne de le mettre à mon cou ?* Henri préféra ne pas répondre tout de suite à cette question et il referma la boîte.

Après être parti de Saint-Palais, les deux Espagnols et leur escorte retournèrent en Haute-Navarre qui faisait à nouveau partie de l'Espagne. Au cours d'une pause pour faire boire les chevaux, le Connétable Velasco prit Garcilaso de la Vega à part pour discuter : « Je tiens à être franc avec vous. L'idée de vous promouvoir Lieutenant a été une idée du Régent Adrien d'Utrecht. Je ne m'y suis pas opposé mais je n'aurais pas pris cette initiative. » Garcilaso ne sut quoi répondre, mais au fond de son cœur, il avait déjà compris pourquoi le Connétable lui disait cela. Velasco poursuivit : « Vous êtes considéré par beaucoup comme un héros. Vous avez infiltré le camp ennemi et fait exploser leur stock de poudre. Cela a grandement contribué à notre victoire, comme je l'ai dit au Roi de Navarre. Mais nous sommes quelques-uns à savoir comment et avec qui vous avez infiltré le camp ennemi.

— Je... Pedro. Il avait trahi la couronne et...

— Certes. Mais c'était votre frère. Savez-vous au moins ce qu'il est devenu ?

— Je n'en ai pas la moindre idée. Depuis qu'il avait rejoint les *comuneros*, il était... il était comme mort pour moi. »

"Enfuis-toi", le mot que Garcilaso avait laissé à Pedro. Cela lui revenait en mémoire. Non, son frère n'était pas mort pour lui. Il se mentait à lui-même.

« Vos relations avec votre frère ne regarde que vous, après tout, répondit le Connétable. Mais sachez que je veux avoir à mes côtés des officiers honorables qui respectent les traditions. Parmi celles-ci, il y a le respect de la famille. Ce jour-là vous avez abusé d'un amour fraternel et commis un acte déshonorant qui pourtant vous a amené beaucoup d'honneur. Je veux juste que vous soyez conscient de cela. Nous avons des ennemis. Tout le monde a des ennemis. Cela ne veut pas dire que tout soit permis. Sans cela, nous ne vaudrions pas mieux que des bêtes, Garcilaso de la Vega. Avez-vous compris ce que je viens de vous dire ?

— Ou... Oui. »

***

Maria Pacheco se réveilla avec difficulté. Elle ne savait pas où elle se trouvait et les secousses qu'elle ressentait renforçaient sa confusion et son mal au cœur. Elle était allongée sur de la paille. Lorsqu'elle eut la force de se relever sur les coudes, elle constata qu'elle se trouvait dans une charrette tirée par deux mulets sous la lumière radieuse d'un vaillant soleil. Pourtant, elle avait pour dernier souvenir son repas frugal du soir, dans une pièce de l'Alcazar de Tolède, avec en bruit de fond les bombardements impériaux. Certains boulets avaient atteint l'Alcazar qui tremblait et grondait à chaque fois comme si la foudre lui était tombée dessus. Des souffles rauques avaient parcouru ses couloirs comme produits par un géant blessé. La pièce où elle s'était trouvée avec le vieux Rodrigo était au cœur de l'édifice et relativement protégée. Mais de la poussière de l'effritement des pierres du plafond était tout de même tombée sur son pain sec et elle s'était arrêtée de manger. Rodrigo avait insisté pour qu'elle le finisse et ne perde pas des forces. C'était la toute dernière chose dont elle se souvenait.

Revenant au présent, dans la charrette qui avançait sur une route au milieu des prés piquetés de jonquilles dorées, Maria remarqua qu'elle ne portait pas ses habits habituels mais des hardes de paysanne. Elle s'avança vers l'avant et s'apprêta à étrangler de ses deux mains le conducteur qui portait un chapeau de paysan et qui l'avait enlevée. Ce dernier entendit le bruit de la paille déplacée et se retourna à la dernière seconde. Maria reconnut avec horreur le vieux Rodrigo. Elle le gifla au visage, elle martyrisa de coups de poings sa poitrine en l'agonisant d'injures. Puis elle lui hurla à la figure : « Tu n'avais pas le droit de faire ça ! Fais-moi retourner à Tolède ! ». Elle tenta de prendre des mains de Rodrigo les rênes des mulets qui tiraient la charrette mais le vieil homme s'y accrocha comme un désespéré. Maria finit par se calmer. Rodrigo, le coin de la lèvre en sang, eut du mal à reprendre son souffle mais il finit par dire après une quinte de toux : « Señora. C'était sans espoir. Les habitants de la ville... ils en avaient assez. Ils allaient rentrer d'un moment à l'autre dans l'Alcazar pour vous tuer.

— Et alors ! N'avais-tu pas promis de me défendre jusqu'à la mort ?!

— Non, Señora. Vous défendre contre les Impériaux, oui. Vous défendre contre les habitants de notre propre ville, non. »

Maria eut un feulement de rage. Rodrigo continua : « Vous vous souvenez comme vous aimiez vous déguiser en paysanne quand vous étiez petite ? Et moi je me mettais à quatre pattes pour jouer le cheval qui tirait la charrue. Vous faisiez semblant de me fouetter si je n'allais pas suffisamment vite. » Rodrigo fit une pause puis continua : « Alors, je me suis rappelé ces jeux et avec l'aide d'un dernier carré de fidèles, on a réussi votre exfiltration de la ville. Je m'excuse pour le somnifère mais je me doutais que vous ne seriez pas d'accord. En tout cas, pas tout de suite d'accord. » Maria sauta sur le bord de la route. Emportée par son élan, elle ne put éviter de mettre les pieds dans des orties. Elle recula brusquement en criant de douleur et d'énervement, faisant fuir les quelques moutons qui broutaient un peu plus loin. La charrette s'arrêta au bout de quelques mètres. Elle entendit la voix toujours calme de Rodrigo : « Señora. Vos anciens vêtements, je les ai mélangés avec de la chair d'un des gardes des remparts pulvérisé par un boulet de canon. J'ai placé le tout dans une partie effondrée de l'Alcazar. A Tolède, vous êtes morte. Je ne vous conseille pas d'y revenir. Allons, remontez ! ». Maria resta un moment silencieuse, respirant de l'air à grande goulée. « Et j'ai pris soin de prendre avec nous l'épée et l'habit de votre mari, Señora, ajouta Rodrigo.

— Où ? Où avais-tu l'intention de m'emmener ?

— Au Portugal. Le fleuve que vous voyez en contrebas sur la droite est le Tage. Nous le suivrons jusqu'à la frontière et au-delà. »

Maria restait toujours immobile. Sa tête tournait légèrement d'un côté à l'autre, comme quand on disait "non". « Señora. Je vous conseille de suivre le courant de ce fleuve. Comme le temps, il serait difficile de le remonter. Tout est fini. »

Un instant, la tentation de prendre au pied de la lettre la remarque de Rodrigo tirailla Maria. Elle envisagea de se jeter dans le fleuve et de s'y noyer. Puis, lasse même de mourir, elle fit quelques pas et remonta dans la charrette.

Chapitre 41

Mon bien cher frère Odet,

Je sais dans quel état de tristesse vous a laissé l'échec de l'entreprise à laquelle vous avez poussé Henri de Navarre. Sachez que j'ai su vous épargner le courroux royal, arguant que vous n'avez fait qu'exécuter consciencieusement des ordres que vous aviez reçus. Je me porte garante de vous trouver une nouvelle mission où vous pourrez montrer vos talents et obtenir un poste plus élevé. Pour une fois, les agissements de Louise de Savoie jouent pour nous. Elle cherche à récupérer les terres en apanage du Connétable de Bourbon. A un moment ou un autre, sa démission entrera en jeu. Et alors je vous promets, mon bien aimé frère, que je mettrai dans la balance tout mon crédit auprès du Roi pour que vous obteniez ce poste. En attendant, je vais convaincre le Roi de vous envoyer dans le Milanais pour le défendre car j'ai ouïe dire qu'une attaque impériale et papale s'y prépare. Donnez-y toute la mesure de vos talents et je ferai toute la promotion de vos exploits auprès du Roi.

Votre dévouée sœur, Françoise

***

François Ier était sur le départ. La situation dans le nord n'était pas tenable. Certes, le siège de Mézières avait été levé mais les troupes impériales avaient ravagé tout l'est de la Picardie, vidant les greniers, massacrant toute la population de la ville d'Aubenton. Le Duc d'Alençon avait empêché que les attaques ne débordent sur toute la Champagne mais il était à la peine autour de Reims. Le Roi se devait d'intervenir et en personne. Charles de Bourbon avait terminé le deuil de son épouse et avait coordonné le rassemblement d'une armée à Amiens. François allait la rejoindre ce qui donnerait un coup de fouet au moral des troupes. Et sa fidèle salamandre devrait encore accomplir des miracles qui permettraient de remporter la victoire.

En Italie, la guerre grondait également comme un orage dont les éclairs frappaient de plus en plus près. Il fallait aussi tout organiser là-bas. François décida d'envoyer Ayne de Montmorency en tant que Maréchal pour coordonner la défense du Milanais. C'est alors que Françoise de Foix commença à parler de son frère Odet et de toute la valeur qu'il avait en réserve et qui n'avait pu s'exprimer dans le conflit en Navarre. François reçut mal ce discours, surtout qu'il avait été tenu alors que le Roi avait d'autre projet pour la suite de la soirée : « Françoise, constate que parler de ton frère refroidit mes ardeurs, dit le Roi en prenant la main de sa favorite et en la plaquant contre son entrejambe.

— Une fois de plus, il n'est pour rien dans les errements du Roi de Navarre. Allez, fais un effort ! » dit Françoise tout en agitant doucement ses doigts autour de la petite bosse qui pointait des hauts-de-chausses royaux. Mais petite bosse ne devint pas grande.

« Ton frère l'a mal conseillé... Françoise, arrête ce petit jeu ! Je vais finir par croire ma mère... »

Françoise de Foix se leva d'un bond et rajusta son corsage qu'elle avait commencé à dégrafer : « Alors autant Odet te fait débander, autant ta mère... elle me coupe l'appétit ! »

François s'alarma et il se leva à son tour. Il chercha à enlacer tendrement son amante qui un instant tenta de se dérober, puis elle se tint immobile : « Pardon, ma douce, dit François. Sommes-nous devenus si vulgaires que nous nous entredéchirons ainsi ! Dans les choses de l'amour, il ne peut être question que du présent, du plaisir ressenti et donné à l'instant et non des vicissitudes du monde. Ne me parle plus de ton frère sur le bord de notre lit.

— François. J'aime mon frère. Nos cœurs partagent le même sang. Tu dois le comprendre. C'est comme toi avec Marguerite. Oui, l'amour fraternel peut prendre le pas sur l'amour charnel quand l'inquiétude grandit. Et je suis inquiète pour Odet. Ses lettres m'alarment. Elles sont toutes plus mélancoliques les unes que les autres. »

François sentit qu'entre ses grands bras, son amante tremblait. Sentir une femme en détresse le mettait toujours lui-même dans un état identique. Alors il déclara : « Odet ira en Italie.

— Tu joues là un jeu cruel.

— Comment ça, cruel ?

— Il est Gouverneur de Guyenne et tu le mettrais sous les ordres d'un Maréchal ? Non, François, ça ne sert à rien. C'est dans le déshonneur que tu jettes mon frère. »

Elle parvint à s'arracher à l'étreinte du Roi. Elle acheva de remettre en place son corsage, lissa sa robe, puis fit quelques pas vers la porte.

« Il ira en Italie et dirigera les opérations en tant que Maréchal », déclara le Roi. *Heureusement que je n'avais pas encore annoncé à Ayne que c'était lui que j'avais choisi pour ce poste.* Françoise de Foix se retourna et les traits de son visage rayonnèrent comme un soleil après la tempête. Elle se précipita contre le Roi et ils tombèrent tous les deux dans le lit.

Le lendemain, François fit ses bagages. Il en était à hésiter à prendre avec lui son Livre d'Heures, dont il faisait une lecture assidue et dont il admirait les lettrines qui illuminaient les pages de leurs couleurs. C'est alors que François reconnut un pas familier sur le parquet. Celui de sa mère. Louise entra sans se faire annoncer comme à l'ordinaire, coiffée de son éternel chaperon noir. Elle embrassa son fils sur le front et ne prêta même pas attention aux paquetages du Roi. Elle commença tout de go à dire : « Le Parlement de Paris a validé le testament de la femme du Connétable Bourbon. Il est réservé sur ma requête, se justifiant avec ses arguties habituelles. Il statuera définitivement le mois prochain, et demande communication de pièces supplémentaires, mais cela ne s'engage pas bien. »

Louise rassembla ses mains autour de son cœur, comme s'il lui faisait mal.

« Voilà où ont mené vos chicanes judiciaires. dit François d'un air las, lui qui avait complètement oublié cette affaire. Nous cessons là et verrons après la guerre. La situation est périlleuse dans le nord et en Italie. Je ne peux pas me permettre de mettre plus en difficulté le Connétable dans cette situation. J'ai besoin qu'il ait l'esprit occupé par la guerre et par rien d'autre.

— Après la guerre... Mais il y aura toujours une guerre en cours, mon pauvre garçon. Tu ne veux plus porter l'estocade ? Soit. Alors s'il le faut, pour récupérer ces terres, je suis prête à l'épouser, le Connétable de Bourbon. Il m'a galamment dit en son temps qu'il n'était pas insensible. »

François fut atterré. Jusqu'où sa mère était-elle prête à aller pour augmenter les pouvoirs de son fils ? : « Gardez-vous, ma mère, de commettre une telle folie !

— Je la ferai, cette folie. Je la ferai pour toi. Je la ferai pour la France.

— Ce qui m'émeut le plus c'est que je vous sais capable de le faire... Mère, n'entreprenez rien. Je vais essayer de retourner le Parlement », finit par déclarer François, résigné. Après tant d'années où il s'était habitué à voir sa mère dans son habit de veuve, ce projet de mariage avait quelque chose de monstrueusement contre-nature. *TOUT mais pas ça !*

Louise de Savoie sourit, mais son sourire perdit de sa splendeur quand elle vit entrer la Reine Claude. Elle était à nouveau enceinte. La mère du Roi ne put s'empêcher de dire : « Les petits-enfants que je n'ai pas avec Marguerite, je les ai avec vous. Et croyez-en mon expérience... Vous le portez bas. Ce sera un garçon. » La Reine ne répondit pas sur l'expérience de la maternité, elle qui avec cinq enfants en avait déjà eu deux fois et demi le nombre qu'avait eu Louise. Elle savait bien qu'il y avait plus de chance que ce soit un garçon.

« Je venais consulter François pour le choix du prénom avant qu'il parte guerroyer loin de moi, dit Claude.

— Il y a eu François et Henri. Maintenant, le troisième garçon doit s'appeler Charles, dit Louise comme si la question lui avait été adressée.

— Charles ? Comme Charles Quint ? Vous n'y pensez pas, ma mère ! s'exclama le Roi.

— Charles, comme ton père.

— Ah ! » fit François, qui n'en revenait pas de la souplesse d'esprit de sa mère. En l'espace de deux minutes, elle avait eu le projet de se remarier tout en proposant le prénom de son défunt mari pour son petit-fils.

« Je ne vois pas d'inconvénient pour Charles, dit la Reine Claude que François et Louise avaient déjà oubliée.

— Va pour Charles », trancha le Roi dans un soupir. Son père, il n'en avait aucun souvenir. Ce prénom ne lui évoquait rien. À part un ennemi qu'il allait partir combattre.

« Mais ne pensez pas que je désespère de rendre Marguerite fertile ! déclara Louise qui avait déjà entamé un autre sujet. Mon astrologue Cornelius Agrippa m'a parlé de fumigation par de la vapeur obtenue lorsqu'on jette des copeaux de fer chauffés au rouge dans de l'urine. Je m'en vais de ce pas en parler à Marguerite ! » Et Louise de Savoie quitta la pièce.

« Je préfère ne pas savoir où on doit appliquer ces fumigations... », déclara François. La Reine et le Roi échangèrent un sourire complice. *Ma petite Claude*, pensa le Roi. *Au moins, elle ne me demande rien, outre un petit peu d'amour de temps en temps, contrairement à Françoise de Foix. Parfois je me demande si ce n'est pas elle que j'aime le plus finalement.*

Chapitre 42

À cause de la faiblesse de nos sens,
nous sommes impuissants à distinguer la vérité.

Anaxagore

Henry VIII fut très fier du titre honorifique que le pape Léon X venait de lui accorder : *Fidei defensor*. Il avait rédigé un texte intitulé *La Défense des Sept Sacrements* avec l'aide du théologien John Fisher. Thomas More l'avait relu et corrigé. Cela avait été accueilli comme une brillante défense de la foi catholique contre les élucubrations de Martin Luther. Dans le texte, le Saxon avait notamment été qualifié *« de serpent, de chien enragé, de loup infernal propagateur de schismes et de calomnies. »* La véritable intention d'Henry VIII était de ne pas laisser le champ libre à Charles Quint dans la lutte anti-luthérienne. La démonstration de force de l'Empereur à la Diète de Worms avait donc amené le Roi d'Angleterre à mettre en avant sa maîtrise du sujet et sa foi inébranlable.

Le Chancelier Thomas Wolsey était furieux d'avoir été laissé à l'écart du projet. Il avait le rang de Cardinal, tout de même ! Mais il se consola avec les nouvelles de la santé déclinante d'un Léon X cacochyme. Il entendit une douce susurration à l'oreille : *"Le prochain Pape, ce sera toi. Et ce sera pour bientôt."* Déjà, il se déplaçait sur une mule pour ses (courts) trajets pour se positionner dans le rôle. Il écouta donc avec une bonne grâce apparente mais avec un relent de courroux intérieur, le Roi se vanter de son titre. Henry VIII ordonna qu'on fasse frapper un millier de médailles en argent avec son portrait de profil et la mention *Fidei defensor*, en sus bien sûr de l'emblème royal.

Une fois l'auto-congratulation royale terminée, Wolsey put enfin placer dans la conversation la raison de sa visite. Il releva son visage car il avait bien sagement écouté jusque-là avec la tête inclinée. Il mit sa bouche en cœur ce qui tira sur ses joues par ailleurs grasses et tombantes. Et il annonça au Roi que le Duc de Buckingham était dans l'antichambre à attendre que le Roi puisse le voir. « Je ne l'aime pas ce Buckingham. J'ai toujours l'impression qu'il complote un mauvais coup contre moi. Mais bon...Qu'il vienne ! » ordonna le Roi. Le Duc entra, et il était entouré de quatre gardes armés portant l'emblème de la double rose blanche et rouge. Il avait ses larges pommettes empourprées par la colère mais il essaya de se calmer en lissant son pourpoint froissé et en réajustant son col qui était de travers. Il s'inclina devant le Roi et dit : « Je ne comprends pas ces manières, Sire ! Wolsey m'a fait arrêter sans m'expliquer pourquoi !

— Je vous ai fait arrêter parce que vous êtes accusé de haute trahison envers la personne du Roi », répliqua immédiatement le Chancelier.

Henry VIII, malgré l'inimitié qu'il portait au Duc de Buckingham et qu'il savait réciproque affiche son étonnement : « Et comment êtes-vous arrivé à cette conclusion ? Ce sont là de graves accusations, Chancelier.

— C'est une énigme...

— Pardon ? Vous vous moquez, Wolsey !

— C'est une énigme qui m'a mis sur la voie. *Un homme qui n'est pas un homme, voit un oiseau qui n'est pas un oiseau, perché sur un arbre qui n'est pas un arbre. Il sera vu et ne sera pas vu et sera frappé par une pierre qui n'est pas une pierre.* »

Les joues de Buckingham pâlirent au fur et à mesure de cet énoncé.

« Buckingham, aboya Wolsey. Donnez à Sa Majesté la solution de cette énigme !

— Oh, mais c'est un simple jeu avec le Comte de Gloucester. Nous aimons bien nous stimuler l'intellect quand nous échangeons des lettres. C'est une énigme que j'ai reprise dans *La République* de Platon. La réponse c'est : un eunuque voit une chauve-souris borgne perchée sur un sureau et sera frappé par une pierre ponce.

— Excepté, dit Wolsey avec l'index levé, que l'énigme dans La République de Platon est un peu différente. Je suis allé lire le texte original. « *Un homme qui n'est pas un homme, voyant et ne voyant pas un oiseau qui n'est pas un oiseau, perché sur arbre qui n'est pas un arbre, le frappe et ne le frappe pas avec une pierre qui n'est pas une pierre.* »

— Ha ! Mais je l'ai écrit de mémoire. Et... Et elle me joue des tours.

— Mmm... Alors je vous conseille de la retrouver vite, cette mémoire, parce que la clé de l'énigme n'est absolument pas celle de Platon. J'ai longtemps réfléchi à pourquoi les termes de l'énigme avaient été légèrement changés. Et j'ai compris... le jour où vous avez insisté pour inviter le Roi à la consécration de la nouvelle église de Linchester.

— Je ne vois pas le rapport », dit Buckingham. Henry VIII ne voyait pas le rapport non plus et commençait à trouver bizarre les propos de son Chancelier.

« Qu'est-ce qu'il y a sur l'emblème de la ville de Linchester, Sire ? lui demanda Wolsey

— Euh... Un moulin, un mouton et... une chauve-souris.

— Et figurez-vous que cela m'a mis la puce à l'oreille. Et j'ai fait fouiller les environs de l'église juste avant votre arrivée, Sire.

Et embusqué dans un fourré, il y avait un homme avec une arquebuse.

— Et quel est le rapport ?

— « *Frappé avec une pierre qui n'est pas une pierre* ». Une balle d'arquebuse. Et, où avais-je la tête ? J'ai oublié un détail... Cet homme était borgne. Malheureusement, son arrestation a été mouvementée et il est mort avant qu'il ne puisse être interrogé avec les méthodes... les méthodes dont l'efficacité n'est plus à prouver », dit Wolsey avec un petit sourire tout en regardant Buckingham qui devenait aussi pâle que de la chair de poisson. Mais le Duc inspira fortement et éclata de rire : « Ha ! Ha ! Mais c'est ridicule ! Qui aurait l'idée d'engager un borgne qui a des problèmes de vision pour tirer sur quelqu'un ? Votre démonstration prend l'eau de toute part, Wolsey !

— Mon cher Duc... Les choses militaires m'ont toujours rebuté, je vous l'accorde. Mais, malgré ma crasse ignorance, je sais que pour correctement viser...on ferme un œil, n'est-ce pas ? »

Le sourire de Buckingham s'effaça.

« Et à qui était destiné cette balle d'arquebuse ? demanda le Roi.

— A un homme qui n'est pas un homme, perché sur un arbre qui n'est pas un arbre ! Il y a une ambiguïté dans l'énigme. On ne sait pas si c'est la chauve-souris ou l'homme qui est perché. Tout le monde suppose que c'est la chauve-souris. Mais le Duc de Buckingham va nous faire un plaisir de nous donner la vraie interprétation, dit le Chancelier avec un sourire sadique.

— Je ne sais pas de quoi vous parlez, Wolsey, lui répondit le Duc d'une voix lasse. Vos élucubrations sont incompréhensibles et... »

Il s'interrompit. Henry VIII venait de comprendre. Il se leva de son trône. Un éclair jaune parcourut ses pupilles qui brillèrent comme des héliodores. Les doigts de ses mains s'écartèrent et ses ongles devinrent plus pointus. *Je suis un homme, mais pas un homme... Je peux devenir un lion-vampire. Et mon arbre généalogique n'est pas le bon. Je suis un Tudor et Buckingham a plus de sang Plantagenêt que moi.*

Le Roi d'Angleterre mit tous ses efforts pour maîtriser sa colère. Il se plaça dos à la cheminée et il apparut comme une grande ombre à contre-jour des flammes. Wolsey se racla la gorge et dit : « Et nous avons arrêté son complice, le Comte de Gloucester, à qui l'énigme était destinée et il a tout avoué, Buckingham l'avait prévenu pour qu'il se tienne prêt à l'aider à prendre le pouvoir dès que la balle d'arquebuse vous aurait atteinte au cœur, Sire ». Wolsey était très satisfait de lui-même, mais, par précaution, il fit un pas en arrière au cas où le Roi se transformerait. Henry VIII se contrôla mais sa silhouette semblait tremblante contre les flammes derrière lui.

« L'honneur de ma famille... », dit Buckingham d'une toute petite voix. Il essayait déjà de plaider la clémence.

« Vous pensiez suivre les traces de votre père qui s'était rebellé contre Richard III et avait rallié mon père, répliqua le Roi. Mais votre père avait choisi le bon camp et vous, vous tentiez de passer au mauvais, *Sir*. Ayez au moins l'honneur de ne pas nier l'évidence. Vous êtes percé à jour !

— Vous savez que j'ai offensé un jour Wolsey. Alors il se venge. Il a tout monté. Cette lettre est fausse ! Il a payé l'arquebusier ! Il a torturé Gloucester pour qu'il raconte ce qu'il voulait ! » s'emporta le Duc en désignant de l'index le Chancelier Wolsey qui se mit à montrer des signes d'impatience en triturant nerveusement son chapelet.

« Cette lettre est fausse ? dit le Chancelier en soulevant un sourcil. Mais tout à l'heure, je n'ai donné que l'énigme. Et c'est vous-même qui avait parlé de lettre et qui nous avez donné son destinataire ! »

Buckingham poussa un soupir et se prit la tête entre ses deux mains.

« Vous cherchiez à nous diviser, Buckingham ? dit Henry VIII entre ses dents. Sachez que j'ai pleinement confiance en mon Chancelier. » Wolsey s'inclina avec un sourire. La journée était décidément excellente. *Alors si j'ai votre pleine confiance, soutenez mon élection à Rome et vous ne le regretterez pas.* Le Roi, qui avait retrouvé son calme impérieux, continua : « Vous allez être enfermé dans la Tour de Londres et vous aurez droit à un procès. Et il sera présidé par le Duc de Norfolk. Quelqu'un qui vous a estimé... jusqu'à ce qu'il prenne connaissance des preuves rassemblées contre vous. Alors il ne pourra qu'accepter de vous condamner à la sentence requise. »

C'est ce qui arriva. Le Duc de Norfolk dut prononcer la mort par décapitation, les yeux remplis de larmes de devoir condamner quelqu'un en qui il avait eu confiance. La sentence fut prononcée dans la *Star Chamber* ainsi nommée car son plafond était orné d'étoiles en or. Le Duc de Norfolk se promit de ne jamais plus siéger dans cette pièce par la suite.

La veille de l'exécution, on fit entrer le Duc de Buckingham dans la Tour de Londres par la *Traitors' Gate*. Il fut enfermé dans une geôle sans fenêtre dans les fondations de la Tour, sur la demande du Roi. Le lendemain matin, il parut avec une pâleur cadavérique, très affaibli et on remarqua deux points rouges sur un côté de son cou avant que celui-ci ne soit tranché par le bourreau. Sa tête hâve, tenue par les cheveux, fut montrée au peuple venu en nombre assister à l'exécution.

Quelques heures plus tard, en possession d'une vigueur nouvelle, le Roi convoqua Wolsey. Le Cardinal ne put s'empêcher de constater que le blanc des yeux du souverain était parcouru de vaisseaux sanguins rouges écarlates qu'il n'avait pas remarqués la veille : « Maintenant que nous en avons fini avec nos petits tourments intérieurs, il est temps de porter le fer à l'extérieur, déclara Henry VIII avec un grand sourire et Wolsey ne put s'empêcher d'observer l'état de ses canines. Notre allié Charles est parti à l'attaque de la France par le nord et l'attaque italienne va se déclencher très bientôt. J'ordonne à ma flotte d'attaquer sans délai l'ouest de la France ! »

Bon, le Roi est de bonne humeur, se dit Wolsey. *Il m'appuiera pour l'élection du Pape si Léon X avait la bonne idée de mourir dans des délais pas trop grands. Mais des voix françaises ne seraient aussi pas de refus. On n'est jamais trop prudent.*

Chapitre 43

Ne prend point d'oiseau, chasseur qui ne se met à l'affut.
Proverbe turc

François Ier chevauchait en direction du nord de son Royaume. Il voulut éviter Paris qu'il ne portait pas particulièrement dans son cœur. Il fit escale au château de Gaillon près d'Evreux puis il se dirigea vers Rouen qu'il atteignit par une matinée d'un jour glauque, sous un ciel bas et gris. Il y avait un pont sur la Seine flanqué de deux tours qu'il traversa en grand apparat avec toute sa troupe, et il reçut un accueil chaleureux du Grand Sénéchal de Normandie. Celui-ci était accompagné de son épouse, une belle blonde que l'on appelait Diane de Poitiers. Le Roi admira son beau visage puis porta son regard sur la rive droite de la Seine. Il y avait le beffroi du Gros-Horloge dont le sommet se terminait par un campanile à deux étages, le donjon du château sur la colline Bouvreuil et la cathédrale Notre-Dame-de-Rouen dont la flèche gothique avait brûlé quelques années plus tôt, frappée par la foudre. On venait tout juste d'en nettoyer le moignon et des échafaudages indiquaient qu'une reconstruction était en route. Les coteaux entourant la ville, que l'on voyait derrière les fumées du quartier des métallurgistes, étaient couverts de forêts et de champs et un gibet rappelait à tous les habitants de Rouen le poids de la justice.

Après la célébration de la messe en présence de l'Archevêque, le Roi tint à rencontrer Roulland Le Roux, un sculpteur et architecte qui avait embelli le portail de la cathédrale et participé à l'édification du Palais de Justice et du Bureau des Finances. Le Roux se plaignit qu'on avait refusé son projet de flèche en pierre pour la cathédrale car la tour lanterne ne pouvait supporter un tel poids. Il avait proposé de consolider la tour et le Chapitre avait accepté du bout des lèvres cette consolidation. Le Roux était ainsi en train de faire édifier de solides contreforts ouvragés, qu'il avait fait masquer par soucis d'esthétique avec des pinacles sur la balustrade extérieure. Mais restait le problème du financement de la flèche elle-même pour laquelle le Chapitre et l'Archevêque n'avaient pas donné leur accord et il en appela à la générosité du Roi : « Cette flèche qui manque à la Cathédrale sera plantée dans mon cœur, Sire, tant qu'elle ne sera pas remise à l'endroit qui lui appartient. »

La situation financière du Royaume n'était pas bonne et c'était un euphémisme. Les fantômes des folles sommes dépensées deux ans plus tôt en vain pour l'élection impériale hantaient encore le Surintendant des Finances, Jacques de Beaune. Le Royaume était endetté à hauteur de ses revenus annuels. Important une pratique qu'il avait découverte en Italie, François Ier avait fait organiser une première loterie royale qui avait permis de renflouer les caisses de manière plus ludique que les simples et traditionnelles augmentations des taxes et des impôts. Jacques de Beaune avait été sceptique sur cette innovation mais finalement le succès de l'opération en espèces sonnantes et trébuchantes l'avait fait changer d'avis. Toutefois, la guerre avec l'Empereur allait plus qu'avaler ces nouvelles recettes. Le Roi se vit donc obligé, la mort dans l'âme, de refuser la requête de Roulland Le Roux.

Il quitta l'architecte qui essaya bravement de cacher son dépit en présence du Roi, mais qui maugréera par la suite à qui voudra l'entendre sur la stupidité de la situation où on avait consolidé une tour pour une flèche qui ne serait pas construite. François Ier devait avoir un entretien avec le Connétable de Bourbon qui l'avait rejoint. Bourbon devait l'attendre à Amiens, mais une information urgente l'avait fait venir à Rouen. Le Roi se sentait très mal à l'aise vis-à-vis de son Connétable qui était à la tâche pour défendre la France. Et durant toutes ces années, il avait donné satisfaction à son poste, et avait été un combattant redoutable à Marignan. Il avait, certes, été maladroit à Milan en 1516 mais il avait tout de même réussi à éviter un siège à la ville. Qui sait si le récemment promu Maréchal Odet de Foix réussirait à reproduire cet exploit ?

Charles de Bourbon entra et s'inclina cérémonieusement avec des gestes millimétrés comme pour la plus réussie des manœuvres militaires. *Comme précédemment, il ne me dira pas un mot du procès que ma mère lui intente. Il est concentré sur sa tâche, loyal et compétent, au service du Royaume.* Le Connétable attendit un moment que le Roi finisse de le dévisager. Puis François demanda : « Veuillez me tenir au courant des dernières nouvelles du front. Où sont les Impériaux et quand estimez-vous que nous leur livrerons bataille ?

— Sire. Il y a eu un développement des plus extraordinaires dont je dois absolument vous tenir au courant. Un agent anglais qui avait infiltré les rangs impériaux s'est présenté à moi à Amiens et c'est pour cela que j'ai fait tout le chemin pour vous retrouver au plus vite. L'agent anglais m'a livré ceci. »

Bourbon déroula une feuille où était grossièrement dessinée toute la région nord de la France, du Pas de Calais aux Ardennes et des flèches avaient été griffonnées dessus à la mine de plomb, joignant plusieurs villes. Le Roi fronça les sourcils et leva un regard interrogateur sur le Connétable qui continua avec enthousiasme : « Ce sont les mouvements prévus pour les armées impériales.

— Mais pourquoi par la mordiable un agent anglais vous aurait-il donné cela ? » François devint très soupçonneux. Cela empuantait le piège à plein nez.

« C'est une marque d'amitié du Cardinal Wolsey. Il souhaite s'attirer vos bonnes grâces pour que vous le souteniez discrètement pour le Conclave qui va remplacer Léon X lorsqu'il trépassera... », le Connétable fit un signe de croix, « ...le plus tard possible bien entendu. Il a besoin du vote de certains Cardinaux français.

— C'est une tromperie. Avez-vous un début de preuve que tout ceci est vrai et que c'est bien Wolsey qui est derrière tout cela ? Cela doit être une sournoise fourberie de Charles. Je vois son long menton poindre à mille toises d'ici. » La salamandre émit un sifflement comme un serpent ce que Bourbon entendit mais il crut que c'était le Roi qui avait produit ce son.

— Il m'a montré une lettre avec le sceau et la signature de Wolsey. Elle lui ordonnait de venir me trouver et de passer ces informations.

— Montrez-moi cette lettre, dit le Roi avec impatience, en tendant la main.

— Une fois que j'ai pu voir qu'elle était authentique, l'Anglais l'a brûlée. C'était écrit dans la lettre qu'il ne fallait pas laisser de traces écrites permettant de remonter au Cardinal Wolsey. »

Nouveau sifflement. *Et si c'était une ruse du Connétable ? Et s'il recherchait ma perte pour le tourment que ma mère lui fait subir et dont il doit se douter que j'ai autorisé les agissements ?*

« Messire le Connétable. Existe-t-il une raison particulière pour laquelle je devrais me méfier de vous ? » demanda solennellement François Ier.

Le visage de Charles de Bourbon se ferma. C'était comme si Louise de Savoie se trouvait entre eux dans la pièce. « Non, Votre Majesté, répondit d'une voix blanche le Connétable.

— Je peux donc vous faire confiance ? » insista le Roi, fixant du regard Bourbon et le toisant de toute sa hauteur. La salamandre le fixait si intensément que le Connétable eut la certitude qu'il y avait une troisième personne dans la pièce.

« Mon honneur est de servir mon Roi.

— Bien. A la bonne heure. Donc Wolsey habilement ne trahit pas son propre Roi mais son allié Charles et nous dévoile les trajectoires ennemies pour obtenir notre bienveillance pour le futur Conclave...

— Oui, assurément. Et s'il est élu Pape, je pense qu'il saura se montrer reconnaissant et modérer les ambitions de Charles et d'Henry.

— Le tout en étant à l'abri de représailles d'Henry, si d'aventure il apprenait le procédé utilisé et qu'il lui vienne l'idée de le décapiter. C'est habile...

— Wolsey doit porter quelque valeur à ce que sa tête reste là où elle est. »

François ne répondit pas et jeta un coup d'œil aux trajectoires dessinées sur la carte : « Il n'y a rien de bien extraordinaire là-dedans. Le chemin que souhaitent emprunter nos ennemis est somme toute logique et sans surprise.

— Il y a une autre information que l'Anglais m'a confiée et celle-là est une surprise.

— Oui ? Je vous écoute, Connétable.

— Pour la première fois, l'Empereur lui-même commandera les troupes. »

François ouvrit la bouche puis la referma en inspirant fortement. C'était effectivement un élément important. Il allait se retrouver face à Charles. Il allait se retrouver face à son aigle à deux têtes.

Chapitre 44

Sachons éviter les offenses,
puisque nous ne savons pas les supporter.
Sénèque

Khayr Barberousse entra dans le palais de Topkapi. Son imposante barbe rousse bouclée masquait en partie un caftan fait des tissus les plus chers. Son énorme turban orné d'une grosse émeraude semblait lui donner une deuxième tête. Il était reçu en tant que *Beylerbey* d'Alger. Il fut d'abord accueilli par Ibrâhîm qui lui demanda de se débarrasser de toutes ses armes s'il souhaitait se trouver dans la même pièce que le Sultan. Le pirate prit un air sombre. Lorsqu'il avait visité Selim Ier au Caire, rien de tel ne lui avait été demandé. Il grommela quelques paroles inintelligibles puis il déposa sur des coussins de soie que des janissaires lui présentèrent son grand sabre damasquiné à la poignée en forme de tête d'aigle dont les yeux étaient des rubis. Il y ajouta ses deux dagues dans leurs fourreaux ornés de gravures dorées qu'il portait à une ceinture barrant son somptueux caftan. Il lança un regard menaçant aux janissaires, les mettant au défi de seulement envisager d'effleurer une de ses armes. « Est-ce tout ? » demanda Ibrâhîm avec suspicion. Khayr poussa un soupir et sortit une pointe longue et effilée de sa manche. « Touche pas la pointe, petit. Il y a du poison au bout », dit-il à Ibrâhîm avec la figure d'un grand séducteur qui fait la leçon à un puceau.

Khayr put enfin entrer dans la salle d'audience en affichant une figure altière. Il s'immobilisa au centre de la pièce. Soleyman était assis sur son trône en bois précieux incrusté d'ivoire et de turquoise. Il coûta à Khayr de s'incliner devant le Sultan. Et cela coûtait à Soleyman de le recevoir. Le Sultan n'appréciait guère les Barberousse, même s'il comprenait leur importance stratégique que son père Selim Ier avait bien perçue lorsque les pirates lui avaient demandé son aide. Soleyman comprenait qu'il fallait parfois se boucher le nez et traiter avec des personnes que l'on n'hésiterait pas à gifler avec sa babouche dans d'autres circonstances. « Je tiens à parler seul avec le *Beylerbey* d'Alger », déclara le Sultan. Tous les gardes quittèrent la pièce, ainsi que le Grand-Vizir Piri Pacha dont les grandes moustaches entouraient des lèvres pincées de dépit de se trouver ainsi écarté. Ibrâhîm sortit le dernier, tout en lançant un dernier regard inquiet à Soleyman. Le laisser seul avec un homme tel que Khayr Barberousse, même désarmé, lui faisait peur.

Tandis que Barberousse regardait les précieux tapis et les vases dorés autour de lui comme s'il allait les voler dans la minute qui suivait, Soleyman usa de quelques formules de politesse, puis il en vint rapidement aux faits :

« Il est temps d'en finir avec l'occupation des infidèles de l'île de Rhodes. Ils se livrent à des actes inqualifiables de piraterie sur nos bateaux. Rien que cette année, ils ont capturé cinq navires qui ramenaient des grains de blé d'Egypte vers la capitale. Les prix ne font que grimper à cause d'eux ». Khayr fixa le Sultan : il se sentait insulté, lui qui avait fait fortune en tant que pirate. Soleyman ne pouvait lui signifier plus clairement qu'il le méprisait. « Ils se sont même attaqués à une caraque vénitienne sous prétexte qu'ils faisaient du commerce avec nous », continua le Sultan. C'était un étonnant paradoxe puisque selon l'accord entre Venise et les Ottomans, Barberousse devait s'abstenir de s'attaquer aux intérêts vénitiens et là c'était des chrétiens qui profitaient des proies qu'il aurait pu, en d'autres circonstances, attraper.

« Mais le plus grave…, poursuivit le Sultan, et le ton de sa voix se durcit encore. Il y a quatre mois, ils ont arrêté un bateau de pèlerins qui allaient faire le *hajj* à La Mecque et ils les ont réduits en esclavage… Ces Hospitaliers de Rhodes sont la plus impure des sectes des Francs, la forme la plus corrompue jamais sortie des nids des démons. Mon poignet me démangeait depuis un moment de les déloger de l'île mais leur dernier acte m'a définitivement convaincu qu'il était temps de prendre dans mon poing le cimeterre de mon ancêtre Osman, de le brandir à la face du monde et de lever définitivement la menace que ces mécréants font peser sur tous les fidèles.

— Bien », répondit Barberousse qui se dit que le Sultan était moins mou et plus couillu que la rumeur voulait le laisser croire depuis qu'il était retourné de Belgrade. Mais il ne voulut pas montrer que cela l'impressionnait : « Je sais tout cela. Mon frère Arudj avait été fait brièvement prisonnier par ces Croisés. Je n'ai pas besoin de raisons supplémentaires pour les détester. Mais qu'allez-vous faire du dragon ? Qu'ai-je à faire là-dedans ? Moi aussi je voudrais sentir la gorge du Grand Maître des Hospitaliers sous mes semelles. Mais ce n'est pas sur le territoire où j'exerce ma fonction de *Beylerbey*…

— Je vous trouve devenu bien casanier. Alors vos bêtes marines ne s'aventurent jamais dans la mer Egée ? Comment les aurais-je donc vus ici même dans les eaux du Détroit le jour de mon couronnement ?

— Un règlement de compte avec le chien de Franc qui a tué mon frère, dit Barberousse en refermant ses doigts chargés de bagues autour d'un cou imaginaire. Un jour, son sang sera dilué à jamais dans la mer !

— Vous vous abstiendrez à l'avenir de semer à nouveau le chaos dans ma capitale. Surtout, que tout cela a failli noyer… », mais le Sultan ne termina pas sa phrase. L'image de Roxelane suffocante, les cheveux flottants comme des filaments de méduse entre deux eaux lui apparut et elle était insupportable. Khayr répliqua d'un ton impudent : « Vous avez laissé filer ce fils de chien.

— Ce n'est pas moi qui ai tué vos bêtes. C'est mon djinn, vous le savez bien. Et le véritable responsable de la mort de votre frère est un autre djinn. »

Khayr fixa Soleyman en plissant les yeux. Le Sultan continua : « Vous savez comme les djinns sont retors. Celui que mon père vous avait confié a abandonné votre frère. » Les pouvoirs de magie que tous attribuaient au Sultan de l'Empire Ottoman étaient en fait aux mains des djinns (invisibles pour le commun des mortels) que le Sultan devait amadouer sans cesse pour les garder à son service. Selim Ier avait confié le service d'un djinn aux Barberousse lorsque les frères s'étaient soumis à son autorité. La magie déployée à Tlemcen par Arudj Barberousse était en réalité celle de ce djinn. Voyant son action contrecarrée par la salamandre de François Ier qui avait secrètement accompagné Ayne de Montmorency, le djinn avait fini par abandonner Arudj, entraînant sa chute. « C'est donc aux djinns que vous devriez adresser vos remontrances. Il faudrait retrouver celui qui a abandonné votre frère », finit par dire froidement le Sultan, sachant parfaitement que c'était un projet impossible à réaliser. Khayr se racla la gorge comme s'il allait cracher de dépit mais il se retint au dernier moment.

Soleyman se concentra à nouveau sur le futur : « J'ai besoin de vous pour conquérir Rhodes. Les chantiers navals dans la Corne d'Or travaillent à plein régime pour augmenter encore le nombre de mes navires. Mon *vezîr-i a'zam* Pîrî Pacha y veille. J'ai acquis un objet précieux, une perle rouge, qui va nous aider dans nos plans, *inch'Allah*. Mais il me manque encore un élément que vous pouvez m'apporter. »

***

Roxelane avait été rappelée plusieurs soirs de suite par le Sultan et elle avait passé autant de nuits avec lui. Un matin, elle se réveilla et le Sultan était déjà parti diriger elle ne savait pas quel conseil ou rencontrer une personnalité importante dont elle n'avait jamais entendu parler. *Il va falloir que je m'intéresse à cela, si je veux détruire son Empire et le détruire, ce Sultan.* Cette dernière pensée la fit frémir. N'avait-elle pas ressenti du plaisir lors de ses étreintes avec lui ? Elle dut bien admettre que si. Elle refoula cette pensée en se traitant de sotte. Il fallait garder la tête froide.

Elle se leva du lit et elle découvrit le Maître de Chambre Ibrâhîm qui entrait dans la chambre, comme s'il l'avait espionné par quelque orifice secret dans le mur et avait attendu ce moment. D'habitude, c'était un eunuque qui venait la chercher. Ibrâhîm n'était pas un eunuque au vu de la belle barbe qu'il arborait : « Le Sultan m'a demandé de vous mener vers vos appartements privés. Désormais, vous ne serez plus logé dans le harem, avec les autres. » Roxelane ne put réprimer un sourire. C'était une belle promotion. « Allez... Rassemblez vos affaires et dépêchez-vous », ajouta Ibrâhîm d'un ton autoritaire. Roxelane se rappela qu'elle était très légèrement vêtue et qu'une partie de ses vêtements se trouvaient froissés au sol, défaits sous l'ardeur de la passion de la veille. Elle n'apprécia pas d'être observée dans cette situation et qu'on s'adresse à elle de la sorte. Sa fierté parla : « Je suis maintenant la favorite du Sultan. Je vous prierai de me parler plus gentiment. Et sortez de la pièce pour me laisser me rhabiller !

— Non. Rhabillez-vous vite ! Il faut se dépêcher. Mahidevran, l'ancienne favorite du Sultan pourrait vous voir. »

Roxelane sourit. Susciter la jalousie d'une femme et, qui plus est, d'une rivale était toujours un plaisir. Le sourire disparut quand Ibrâhîm ajouta : « Et je ne veux pas que vous trainiez longtemps dans la chambre du Sultan. Vous pourriez fouiller et voler quelque chose...

— Comment osez-vous insinuer... ?

— Je sais d'où vous venez... Je sais comment vous vous êtes comportée. Je me méfie de vous.

— Vous ne connaissez rien...

— Oh si, je connais. Moi aussi, j'ai été arraché à ma famille. J'avais neuf ans. » *Pietro, tel était mon nom.* « Croyez-moi, j'en ai eu de sombres pensées et de terribles résolutions dans un premier temps. Comme vous devez en avoir.

— Ah ? Et vous n'en avez plus désormais ?

— Soleyman est devenu mon ami. Je me suis converti à la religion du Prophète. Il faudra que vous fassiez de même. »

Roxelane se rhabilla, pensive, tandis qu'Ibrâhîm, pour préserver sa décence, lui tournait le dos. Puis tous les deux sortirent et Ibrâhîm la mena à travers les couloirs du Palais vers sa nouvelle chambre. « Même depuis votre nouveau logement, tous vos déplacements vers la chambre du Sultan devront se faire en présence d'un eunuque... ou en ma présence, rajouta-t-il avec un sourire, soulignant que lui n'était pas un eunuque. Car vous devrez passer à proximité du *selamlik*, la partie des bâtiments réservée aux hommes.

— Je n'ai nulle intention d'aimer un autre homme que Soleyman, vous savez...

— Encore heureux ! répliqua sèchement Ibrâhîm. Il ne manquerait plus que ça. »

Sur le chemin, au moment de passer un croisement que Roxelane savait mener au harem, elle se rappela de quelque chose et demanda à Ibrâhîm : « Aurais-je une chambrière ou une servante ?

— Oui, la favorite du Sultan y a droit. Une des 'adjemis du harem fera l'affaire.

— Je sais déjà qui je vais choisir... Une dénommée Alanna.

— Vous vous connaissiez avant ? Vous êtes arrivées ensemble ? demanda Ibrâhîm d'un ton suspicieux qui agaça à nouveau Roxelane.

— Bien sûr que non, répondit-elle sèchement. Je suis la seule survivante du bateau qui a fait naufrage. Elle, elle est arrivée par le convoi qui a amené la dépouille de l'ancien Sultan. Mais on a été 'adjemis le même jour.

— Soit. Prenez cette Alanna. Mais sachez que j'ai l'œil sur vous. Soleyman est un ami très cher et sera le plus grand Sultan que le monde ait connu. Si vous le contrariez de quelque façon que ce soit, ou si vous manigancez des intrigues dans son dos, je n'hésiterai pas à lui conseiller de se débarrasser de vous. Suis-je bien clair ? »

Chapitre 45

Le cœur vraiment courageux ne sera ni celui qui craint tout,
ni celui qui ne craint absolument rien.

Aristote

L'armée menée par François Ier et Charles de Bourbon se trouvaient au sud-est de Valenciennes, le long d'un champ de lin bleu-violacé parsemé de quelques coquelicots rouges. D'après la carte des mouvements données à Rouen, l'armée de l'Empereur Charles ne devait pas se trouver bien loin mais peut-être avait-elle du retard. François scruta le ciel à la recherche de l'aigle à deux têtes. Il l'avait vu lors de la visite de Charles à Paris il y a six ans. Était-ce parce qu'il était toujours visible ou parce que Charles avait choisi de lui montrer ? Dans ce cas, il était possible que l'oiseau de proie soit invisible aujourd'hui. Le ciel était bas et gris sombre offrant un contraste faible pour voir un aigle noir, fût-il à deux têtes et avec une queue ornementée. Mais François sentait qu'il était là, quelque part, tournoyant avec la glaciale vigilance du prédateur.

Un bruit de cavalcade mit les soldats sur leur garde mais c'était l'escadron d'Ayne qui arrivait. Montmorency se présenta couvert de boue de pied en cape. Il évita le regard du Connétable et s'adressa directement au Roi : « Ils sont un peu plus au nord. Je crois qu'ils ne nous ont pas vus. On a rampé dans la boue pour rester caché.

— Combien sont-ils ?

— Vingt mille. Et il y a l'Empereur avec eux. »

François feignit la surprise car bien sûr toute l'affaire avec l'agent anglais contrôlé par Wolsey et ses révélations avait été fermement gardée sous le sceau du secret entre lui et le Connétable. Ce dernier, qui s'était approché, ne put s'empêcher d'afficher un fin sourire et il se lissa la moustache. « Et autre chose de bizarre, poursuivit Ayne. J'ai cru entendre un cri... comme un cri d'aigle mais avec une sorte d'écho... » François leva brusquement la tête et il regarda vers le ciel. Il vit un point juste sous la couverture basse des nuages, qui parcourait un cercle avec un léger décalage qui le faisait se rapprocher d'eux à chaque tour. La salamandre banda ses muscles. Les pattes repliées, elle était prête à les détendre pour bondir sur quoi que ce soit qui attaquerait le Roi et de la fumée commença à sortir de sa gueule dont l'intérieur prit une teinte rougeoyante.

« Tu ne perds rien pour attendre », murmura le Roi puis plus fort : « Qu'on ouvre les cages ! » Sachant à l'avance que l'Empereur et son aigle seraient sans doute là, François avait fait venir de toute la France des aigles, des buses, des éperviers, des faucons et des gerfauts. Tout ce que le Royaume comptait en oiseaux de proie dressés et apprivoisés avait été réquisitionné. Transporter et nourrir tous ces volatiles avait nécessité une logistique à part entière, donnant des sueurs froides et des nuits d'insomnies au Grand Fauconnier de France, René de Cossé, Seigneur de Brissac.

Les cages furent ouvertes. On ôta les capuchons de cuir qui obscurcissait la vue aux oiseaux et ils s'envolèrent par milliers. Les battements de toutes leurs ailes évoquèrent le son d'une tempête tourbillonnante. Dans le même temps, François fit tirer à l'arquebuse une ligne de soldats à l'opposé de la position de l'aigle. Tous les oiseaux, comme obéissant à un ordre, fuirent le bruit et l'odeur de poudre chaude et filèrent droit vers l'aigle. Montmorency et Bourbon ne dirent rien, habitués désormais aux facéties du Roi. Ils se rappelaient que ce qu'ils avaient qualifié de folie leur avait permis de traverser les Alpes avec l'approbation des Géants de la montagne. Le Grand Fauconnier René de Cossé, lui, tentait en vain d'obtenir des explications du Roi qui lui répondait par un silence obstiné, concentré sur ce qu'il se passait dans le ciel.

Ayne vit que sous la couverture nuageuse vers le nord la nuée d'oiseaux semblait se disperser comme si elle butait contre un obstacle. On entendait de multiples cris d'oiseaux de proie et on voyait des nuages de plumes apparaître et se disperser. Quelques oiseaux chutèrent, déchiquetés, leurs plumes rougies par le sang. Plusieurs fois, Ayne crut voir plusieurs des plus gros oiseaux s'acharner sur un espace vide mais tout allait tellement vite et virevoltait dans les airs que c'était très difficile à suivre.

François, lui, voyait la totalité du spectacle et vit l'aigle noir impérial assailli de toute part. En voulant avancer, l'oiseau se cognait et se heurtait contre les becs et les griffes de tous les autres oiseaux autour. Il tentait de se défendre vaillamment mais l'ensemble des oiseaux formait une telle masse de chair, de becs et de griffes qu'il finit par abandonner. Il rebroussa chemin et retourna en direction du camp de l'Empereur. François fit éclater sa joie d'un rire sonore que tous autour prirent pour une preuve de démence. Il ajouta à la fin de son rire : « Ce n'est pas pour rien que je m'appelle François. Comme le Saint d'Assise, je m'y connais en matière d'oiseau ! »

***

Charles était pour la première fois au milieu de son armée. Malgré lui, il avait été impressionné par les récits des faits d'armes de François Ier à Villafranca et à Marignan en 1515. Il se sentait prêt à entraîner ses troupes derrière lui. Ce serait l'année où il aurait fait l'amour et fait la guerre pour la première fois. Il s'était entraîné sérieusement à l'épée mais il avait dû reconnaître que tout n'était pas aussi simple que dans les romans de chevalerie dont il s'était abreuvé à foison. Il n'avait pas trouvé d'épée qui lui convenait. L'épée reforgée qui avait symbolisé sa prise de pouvoir lui avait paru trop lourde à manier. À vrai dire c'était plutôt son corps malhabile qu'il n'arrivait pas à maîtriser correctement. Il était crispé et avait une raideur dans ses mouvements qui mettait à rude épreuve ses muscles, ses ligaments et ses tendons. Il ne pouvait se détacher de l'image de son corps malingre qui l'avait accompagné à l'adolescence, alors qu'il avait pris du poids depuis son Élection Impériale. Son Maître d'Armes usait de tous les euphémismes et de toutes les formules de politesse pour le lui faire diplomatiquement comprendre et lui faire améliorer ses performances. Mais Charles était le premier à se rendre compte de ses faiblesses, de son manque de souplesse, de la pauvreté de son allonge et de la lenteur de ses enchaînements. En outre, il avait délégué tous les aspects techniques et stratégiques à ses Généraux. On ne le voyait jamais avec ses soldats. Eux, ils étaient musclés, aguerris et lui avait honte de son corps et avait peur de les décevoir. Alors il était presque toujours enfermé dans sa tente comme s'il s'agissait d'une annexe d'un de ses Palais.

Charles était agenouillé sur son prie-Dieu. Il avait du mal à se concentrer sur sa prière car il entendait au loin un médecin, Hans Von Gersdorff, essayer de vendre son livre *Feldbuch der Wundartz*[25] à un autre médecin. Il parlait fort, vantant les mérites de ses illustrations montrant les mille et une manières dont un soldat pouvait être blessé et éventuellement soigné. Charles s'apprêta à se lever et à lui ordonner d'être plus discret pour ne pas démoraliser ses troupes quand il eut subitement la certitude que l'armée de François Ier n'était pas loin. Il avait

---

[25] *Livre de terrain du médecin de guerre*

envoyé son aigle en reconnaissance. *Il les a vus. Il faut que je dise au Général Nassau d'envoyer des patrouilles. Comment se fait-il qu'ils aient trouvé si vite nos positions ?* Il oublia le médecin indélicat et décida de convoquer le Général mais soudain, il ressentit une douleur vive à l'épaule. Puis au bras de l'autre côté. Puis une douleur sourde à la joue comme si on venait de lui asséner un coup de coude. Charles se leva brusquement puis tituba. Il était assailli de coups, de griffures, comme s'il subissait une bastonnade. Il souleva son pourpoint, releva ses manches. Il ne vit nulle trace de sang, ni de bleus. Il entendit alors dans le lointain un double cri plus long que d'habitude et qui se termina par un glapissement. *Mon aigle. Mon aigle est attaqué !*

Il sortit brusquement de sa tente, manquant de causer une crise cardiaque aux gardes placés devant. Dans le ciel au loin, il vit une nuée d'oiseaux qui se dispersait. En émergea son aigle qui volait de manière erratique. Il était en partie déplumé et les grandes plumes ornementées de sa queue étaient toutes ébouriffées. Une aile se déployait avec un peu de retard par rapport à l'autre et il manquait un morceau à l'un des deux becs. Charles sentit bouillonner en lui la colère mais un deuxième sentiment grandit et emporta le premier : la peur qui lui comprima la poitrine et fit faire des nœuds à ses intestins. Il avait toujours imaginé mener ses premiers combats dans une bataille avec son aigle au-dessus de lui, capable de donner deux coups de bec au même instant à son adversaire, si Charles se trouvait en position précaire. Rien de tout cela n'était possible avec son aigle dans cet état. *Et François Ier qui est là, prêt à m'attaquer. Et il a cette espèce de lézard infernal qui, lui, est prêt au combat. Il va le lâcher contre moi.* Charles avait vu la salamandre lors de sa visite à Paris en 1515 et elle lui avait soulevé le cœur de dégoût. On lui avait rapporté les étranges évènements de Tlemcen et il les avait d'abord attribués à des anomalies de la magie de Barberousse.

Mais lorsque son ambassadeur lui avait dit que la nouvelle aile du château de Blois était ornée de salamandres qui crachent des flammes avec la devise *"Nutrisco et extinguo"* - je nourris le bon feu et j'éteins le mauvais - il avait fini par comprendre. Sans mon aigle pour me défendre, François Ier va me faire brûler vif par sa créature.

L'aigle atterrit lourdement devant l'Empereur. Dans sa trajectoire incertaine, il avait heurté la tête d'un soldat qui nettoyait son bouclier et qui regarda ahuri autour de lui, cherchant qui avait bien pu le frapper. Charles remarqua que le ciel était étrangement peuplé de nombreux oiseaux qui s'éparpillaient dans tous les sens. L'aigle regarda également vers le ciel de ses quatre yeux et ses deux gosiers émirent un double cri rauque : les cris d'un oiseau blessé qui ne pouvait plus voler. C'en était trop. Charles s'approcha du soldat qui regardait, incrédule, sa main tâchée de sang qu'il venait de retirer du sommet de sa tête : « Vous, allez me chercher le Général Nassau immédiatement. » Le soldat partit sur-le-champ, en titubant légèrement sous le coup d'un étourdissement et sous le regard intrigué du médecin Hans Von Gersdorff qui ne savait pas très bien à quelle blessure répertoriée dans son livre *Feldbuch der Wundartz* se référer pour le soldat.

Quand le Général Nassau fut dans sa tente, Charles lui ordonna : « Nous partons. Nous partons vers le nord-est. Vers Mons. Vers Charleroi.

— Mais... Sire...

— C'est un ordre. J'ai reçu des... des informations confidentielles. Je dois me trouver là-bas et je ne veux pas abandonner l'armée. Alors j'ordonne un repli. » *Le temps que mon aigle puisse guérir.* Charles saisit ses gants de cavaliers et demanda qu'on lui amène son cheval, accompagné d'une escorte de *Reichsritter*[26].

***

Dans le camp de l'armée française, l'atmosphère était bien différente. François Ier avait le torse bombé, lumineux dans l'armure astiquée qu'il avait portée à Marignan (qu'on avait dû élargir car il avait grossi) et il tenait son épée Joyeuse bien en main. Il fit sonner la charge et ordonna une attaque généralisée et massive sur les Impériaux. Le connétable de Bourbon fronça les sourcils : « Sire, ne devrions-nous pas élaborer une stratégie ? Préparer un encerclement ?

— Non, Bourbon. La stratégie nous l'avons déjà élaborée », répondit le Roi en écartant le bras et en désignant le ciel où les oiseaux les mieux entraînés commençaient à revenir avec des proies dans leur bec. Bourbon afficha son air le plus stupéfait. Il commença à pleuvoir.

Galiot de Genouilhac s'approcha à son tour : « Mais il nous faut le temps de transporter et de positionner les canons. » Le Roi leva les yeux au ciel et cette fois-ci ce ne fut pas pour regarder les oiseaux. Il souhaitait attaquer au plus vite pour profiter de la surprise et du découragement que devait ressentir Charles à cette heure. François se rappelait bien cet état dépressif qu'il avait lui aussi connu lorsque sa salamandre avait été blessée par la tarasque. « Débrouillez-vous, Genouilhac. Vous suivrez comme vous pourrez. Montmorency, guidez-moi jusqu'au camp de l'envahisseur. »

---

[26] Chevaliers de l'Empire

Éperonnant son cheval nommé Xanthos[27], le Roi s'élança en pointant Joyeuse vers l'avant. Il fut suivi par toute la cavalerie. Genouilhac ne regarda même pas le superbe spectacle offert au regard : des milliers de chevaux, le cou tendu, martelant le sol comme un gigantesque tambour, chevauchés par des cavaliers empanachés et emportés par l'ivresse de la vitesse. Il pleuvait dru et le sol rendu boueux n'allait pas permettre de transporter rapidement les canons. Genouilhac, la moustache dégoulinante, soupira d'inquiétude : « Pourvu que l'effet de surprise joue à plein. Sinon c'est un nouvel Azincourt qui les attend. »

La pluie tombait maintenant à torrent. On aurait dit que le ciel entier s'était liquéfié et retombait sur la terre. L'eau ruisselait le long des armures et des caparaçons des montures. La belle chevauchée se termina dans un champ de boue où les chevaux commencèrent à déraper au milieu de larges éclaboussures brunes. Deux chevaux eurent une patte cassée en glissant ce qui désarçonna leur cavalier dont l'un se blessa grièvement dans sa chute. Il fallut ralentir l'allure. Ayne de Montmorency se rapprocha du Roi : « Les Impériaux sont derrière cette colline. Par contre, il faudrait contourner le bois et ne pas suivre le chemin qui le traverse. Les elfes de la Bande noire pourraient être là. Avec eux, un chasseur a tôt fait de se transformer en proie. » François qui espérait ne s'en tenir qu'à des trajectoires en ligne droite, fit une grimace d'agacement qui creusa son front d'un pli puis il entama une large courbe pour le contournement. Il passa au raz de la lisière du bois et négligea la voix d'Ayne qui lui criait de ne pas s'approcher trop près des arbres où il pourrait se retrouver à portée des flèches elfiques. En contournant une avancée du bois, le cheval de François ne vit pas à temps un petit étang et il fonça dedans. Il se retrouva au milieu des joncs et dérangea une horde de grenouilles et de crapauds. Xanthos

---

[27] Nom du cheval d'Achille

s'arrêta brusquement et François dut mettre à profit toute sa pratique équestre pour ne pas tomber. Il éperonna le cheval pour qu'il avance mais de gros bouillons se mirent à se former contre les cuisses du cheval qui commençait à s'enfoncer dans la vase. Ce n'était guère étonnant au vu du poids d'un François Ier en armure et du cheval lui-même, un colosse qui faisait près de six pieds au garrot. « Xanthos ! Fais un effort bon sang ! » s'époumona le Roi.

Ayne de Montmorency se porta au côté du Roi au bord de l'étang, mais les pattes de son propre cheval commencèrent à s'enfoncer dans le sol spongieux avec un bruit de succion. Il se pencha à s'en luxer la colonne vertébrale pour attraper Xanthos par la bride et essaya de le tirer sur le côté. Mais ce fut de la peine perdue. Des rideaux de pluie continuaient à tomber et les gouttes tombant dans l'étang transformaient sa surface en un kaléidoscope mouvant. Les pieds de François contre le flanc de Xanthos commençaient à être atteints par la vase. Ayne tira encore et soudain le cheval put se dégager et sortir de l'étang. Ayne fut déséquilibré et faillit tomber de son propre cheval. Il fut étonné de la force avec laquelle il avait tiré mais en vérité c'était la salamandre, qui s'étant placée derrière Xanthos, avait suffisamment poussé l'animal. Le Roi, furieux de ce contretemps, ne remercia même pas Ayne et repartit à la charge, sa salamandre courant juste derrière Xanthos.

Les cavaliers finirent par débouler dans le camp impérial... qui venait d'être déserté en catastrophe. Le sol était jonché çà et là d'un casque, d'un gant ou d'un jeu de cartes oublié. Il restait des tentes, des marmites sur des foyers éteints par la pluie qui diluait et faisait déborder la soupe qui se trouvait dedans. De la fumée se dégageait encore d'une forge en plein air qui avait dû servir à réparer des armes et des armures. François fit arrêter net Xanthos. Ayne soupçonna un piège et se souleva sur ses étriers pour voir d'où pourrait provenir un sournois coup de canon ou d'arquebuse, mais la pluie rendait pour le coup cette action peu probable. Nulle mèche ou poudre ne pourrait s'allumer : « Ils ont détalé comme des lapins en armures, constata Ayne de Montmorency.

— Il a fui, constata le Roi, tout à sa rivalité avec Charles et son aigle, son armée n'étant qu'un détail.

— Poursuivons-le ! Mordons-lui les talons ! » s'écria le Connétable.

François contempla la piste boueuse gorgée de flaques brunes que les Impériaux et la pluie avaient co-générées : « Non. Qu'on fasse savoir aux quatre coins de l'Europe que l'Empereur a fui. Que l'Empereur a eu peur. Que je l'ai culbuté. » La salamandre qui avait dans un premier temps affiché un air dépité à l'arrivée au camp se mit à faire rouler les muscles de ses épaules et à dresser fièrement sa tête.

« Mais nous perdons une occasion rêvée de l'attraper ! renchérit Bourbon qui ne chercha plus à masquer son agacement.

— Nous ne sommes pas à la chasse. Je sais à quel niveau de respect vous tenez les familles royales, Bourbon, répliqua François en faisant bien sentir l'ironie de sa dernière phrase. Habsbourg se dérobe et débande. Plutôt que de brusquer les choses, je souhaite que cela lui serve de leçon et montre à Henry VIII qu'il s'est allié avec un poltron. Ça le fera réfléchir... et sans doute renverser son alliance. Oui, Charles n'est pas suffisamment puissant pour ignorer la peur.

— Seuls les fous ignorent la peur », dit doucement Ayne pour lui-même mais François entendit ses paroles. Le Roi pinça ses lèvres puis tournant la bride de Xanthos, il repartit vers le camp français.

***

A peine Odet de Foix, tout récemment promu Maréchal, était entré en Italie que les mauvaises nouvelles arrivèrent en rafales. Les troupes papales de morts-vivants étaient en route avec une vieille connaissance à leur tête, Prospero Colonna. Odet avait entendu parler de sa disparition de Carcassonne quelques mois plus tôt et tout s'éclairait soudain quant à la destination où le coquin s'était échappé. Puis on apprit que des troupes impériales venant de Naples remontaient vers le Milanais. Et leur progression était très rapide. L'été étant particulièrement sec, les fleuves et les rivières pouvaient être aisément franchis par des gués sans avoir à faire des détours pour traverser sur des ponts. Odet ordonna à ses troupes de se projeter en avant pour éviter la jonction des deux armées, d'autant plus qu'elle devrait probablement se faire dans la fertile plaine de la Lomellina qui assurerait leur plein approvisionnement. « Vous ne voulez pas au préalable sécuriser Milan ? s'étonna l'un de ses Lieutenants.

— Non. Nous avons déjà des troupes là-bas, secondées par des détachements vénitiens. Cela suffira. »

La troisième nouvelle fut ainsi dévastatrice. Apprenant l'arrivée imminente des armées papales et napolitaines et voulant éviter de se retrouver pris en otage dans la ville par les Français et les Vénitiens, les gobelins s'étaient révoltés dans Milan. Francesco Sforza, le frère de l'ancien Duc Massimiliano, y était apparu comme un champignon pousse après la pluie. Il avait bénéficié de complicités internes pour infiltrer la ville. Il y avait organisé une insurrection qui avait abouti à faire fuir Français et Vénitiens, pris par surprise. Ils avaient notamment été victimes d'une émanation d'odeurs nauséabondes que seuls les gobelins pouvaient respirer sans avoir envie de vomir. La composition de l'infect mélange était un secret bien gardé des alchimistes gobelins. Ils avaient pris leur revanche sur les mauvais traitements subis lorsque la ville avait été gouvernée par le Connétable de Bourbon. Francesco avait donc repris le contrôle de Milan. Il avait vengé son frère Massimiliano et enfin accompli la mission que ce dernier lui avait secrètement confiée. Il y avait à nouveau un Sforza dans (ou plutôt sous) la Torre Castellana de la forteresse.

Cela mit Odet au bord du désespoir. Il allait avoir besoin de renforts, notamment des mercenaires nains. Quelques cantons suisses avaient envoyé des troupes mais là il avait besoin d'une levée plus massive. Et il allait falloir les payer rubis sur l'ongle. Par conséquent, il allait avoir besoin d'argent, et vite. Et il n'était pas sûr que sa sœur Françoise allait pouvoir l'aider pour s'extirper du terrible piège dans lequel elle avait contribué à le précipiter en appuyant fortement son envoi en Italie. *Pourtant cela aurait dû être mon heure, celle des hauts faits, celle, fatidique, qui déciderait de ma carrière. Comment se fait-il que tout m'échappe à présent ?*

La nouvelle de la fuite de Charles Quint du nord de la France apparut alors comme une bénédiction. Les renforts allaient pouvoir arriver de France car un front se dégageait. Mais le message précisait que ce serait Ayne de Montmorency qui viendrait à son secours. *Je sais que c'est lui qui aurait dû devenir Maréchal sans l'intervention de ma sœur. Les relations avec lui vont être difficiles. Dans quel guêpier ma sœur m'a-t-elle mis ?*

Chapitre 46

In Nomine Patris et Filii et Spiritus Sancti.

Toutes les cloches de Rome retentirent ensemble et l'air entre les sept collines vibra de tintements multiples. Le pape, *Verbum Incarnatum*, Léon Le Dixième était mort. Les médecins qui avaient tenté d'opérer sa fistule anale purulente avaient fini par l'achever, ce qui pouvait être interprété avec miséricorde comme une forme de guérison définitive.

Léon X était allongé sur un lit à colonnes dorées, entouré de hauts cierges. Ce fut son cousin (et amant) Jules de Médicis qui lui ôta du doigt sa Bague du Pêcheur, alors que des Prêtres chantaient en latin des oraisons funèbres. Cela se fit avec grande difficulté car le doigt était bouffi et Jules arracha un morceau de peau avec. Il contempla la bague sous tous les angles avant de la remettre aux gardes nains suisses qui avaient pour mission de la protéger jusqu'à l'entrée en fonction du nouveau Pape. *Ce sera moi. C'est mon heure.* Jules attendait ce moment avec impatience. Le soir de la mort de Léon X, il avait regardé son sexe et s'était demandé si ce n'était pas lui qui avait infligé à son amant la blessure qui s'était infectée. Il sollicita discrètement l'avis du médecin personnel de Léon X, Girolamo Accoramboni. Celui-ci lui répondit que le mal dont avait souffert le Pape pouvait provenir soit de relations sodomites, soit d'un temps trop long passé en selle sur un cheval au galop. Le Pape n'ayant pas monté à cheval depuis bien des années, la conclusion s'imposa d'elle-même. Jules ressentit une bouffée de culpabilité et simultanément, une certaine fascination pour les chemins tortueux que prenait parfois la destinée.

« Pas un mot de tout cela, ordonna Jules à Accoramboni. Et faites taire tous vos confrères qui l'ont examiné. Sinon le nouveau Pape trouvera bien un moyen de vous faire gagner l'armée des morts-vivants. » L'identité de ce nouveau Pape ne faisait aucun doute pour Jules de Médicis. Il commençait à compter ses soutiens pour le Conclave.

***

Le nain Matthäus Schiner avait été trop malmené par l'existence pour ne pas voir la chance de sa vie. Il avait le rang de Cardinal et il avait montré un zèle important à organiser des autodafés publics des œuvres de Luther à travers tout l'Empire. Il avait aussi contribué à l'arrestation de quelques imprimeurs qui faisaient proliférer ces œuvres maléfiques comme de la vermine. Et c'était sans compter son rôle jadis dans l'élection impériale. Tous ces arguments, il les fit valoir à l'Empereur. Depuis son bannissement de Suisse et son entrée à la Cour de Charles, il s'était montré utile, et avait accompli son travail avec acharnement et humilité. Il ferait un excellent Pape et bien entendu porterait un regard bienveillant sur toutes les requêtes en provenance de l'Empereur, son grand bienfaiteur. Schiner se heurta à la mauvaise humeur de Charles Quint à son retour de la campagne dans le nord de la France. Après avoir subi une demi-heure de discours où le nain vantait ses mérites (tout en se prétendant humble devant l'Empereur et devant Dieu), Charles finit par lui répondre : « Je vais voir ce que je peux faire pour vous. » Il y eut juste cette simple phrase mais cela suffit à ce que Schiner partit tout gonflé d'espoir par les chemins qui menaient à Rome.

Des lettres furent échangées entre l'Empereur Charles et Henry VIII. Le Roi d'Angleterre souhaitait promouvoir Thomas Wolsey mais à la condition que l'Empereur soit d'accord. Charles lui répondit : *"D'aultre part vous direz de par nous à Monseigneur Wolsey, comme nous avons toujours en notre bonne souvenance son avancement et exaltation, et le tenons racors de propos, que luy avons tenuz à Bruges touchant la Papalité, ensuivant lesquels et pour l'effect de ce, sommes deliberez l'ayder de notre pouvoir, tant en cestuy affaire que aultres, que luy pourroient toucher, parquoy le requerez qu'il vueille dire son advis, s'il y a quelque affection, et nous y employerons trés voluntier sans y riens espargner"*.

Henry VIII fut donc rassuré et continua à encourager la candidature de son Chancelier. Ce dernier affichait un grand sourire : il avait le soutien d'Henry VIII et de Charles Quint et des cardinaux dépendants d'eux. Mais il y avait aussi sans doute le soutien de quelques cardinaux français en remerciement de son action avec la transmission de la carte des mouvements des troupes impériales et l'information de la présence de l'Empereur qui avaient abouti à sa fuite du nord de la France. Il espérait bien que François Ier ne s'était pas montré ingrat et qu'il avait donné les instructions ad hoc. Pendant que les cardinaux italiens se déchireraient avec leurs querelles familiales habituelles, lui, il raflerait la mise.

Mais les cardinaux français ne purent atteindre Rome. Il était beaucoup trop dangereux de voyager en Italie où il aurait fallu passer par des territoires contrôlés par le Milanais où le nouveau Duc Francesco Sforza avait expressément dit qu'il n'hésiterait pas à faire prisonnier des cardinaux français qui pourraient être utilisés comme des espions bien commodes par François Ier. La voie maritime était également fermée. C'était la mauvaise saison et les tempêtes sur la mer se suivaient les unes derrière les autres mais aussi il aurait fallu passer par la mer Ligure, contrôlée par les Génois, alliés des Milanais. Les voix de ces cardinaux exclus de par leur absence, les chances de Wolsey devenaient plus faibles et tout son complot pour s'attirer les bonnes grâces du Roi de France n'avait servi à rien. Il fut affecté d'une telle mauvaise humeur que plus personne n'osa l'approcher pendant dix jours, sauf le Roi avec qui Wolsey resta d'une affabilité exemplaire.

Trente-neuf cardinaux-électeurs parvinrent à Rome et furent enregistrés pour participer au Conclave. Ils convergèrent habillés de leur robe rouge comme un flot de sang vers les portes de la Chapelle Sixtine. Ils les franchirent en formant une procession solennelle. Matthäus Schiner devait agrandir ses pas pour pouvoir marcher en synchronie avec les autres. « *Jésus, je ne vois pas comment je pourrais mieux te servir qu'en étant Pape. Pose ton regard sur moi, toi qui es dans les Cieux, et accepte-moi comme ton représentant sur Terre. Accepte-moi et rends-moi fort* », pria-t-il tout en franchissant le seuil de la Chapelle. L'oratio *Pro pontifice eligendo* fut prononcé. Les portes se refermèrent après la prononciation de la locution rituelle "*Extra omnes !*" et un mur de brique avec une étroite ouverture fut érigé dans son embrasure. Matthäus Schiner se tenait pour la première fois à l'intérieur de la Chapelle Sixtine. C'était son premier Conclave. *Et mon dernier si je suis élu Pape.* Il regarda les fresques sur la voûte en berceau peintes par Michel-Ange, éclairées par la lumière passant par les douze fenêtres cintrées. Cela lui apparut foisonnant, débordant de couleurs vives. Il avait le regard plongé dedans, papillonnant d'une portion de plafond à une autre, à la recherche de nouveaux détails. Il avait l'impression que les personnages, qui avaient une diversité de postures étourdissante, se mettaient à bouger et que certains risquaient de lui tomber dessus. Cela le troublait d'autant plus que la plupart des corps étaient nus. Un toussotement lui fit comprendre qu'il était le dernier à ne pas s'être assis à la grande table. Il en fut également quitte pour des douleurs cervicales.

Schiner n'était pas le seul nain. Il y avait aussi un Cardinal suisse, l'un de ses compatriotes qui avait voté son expulsion de la Confédération. Schiner le toisa fièrement, car il avait maintenant la possibilité de prendre sa revanche sur le sort qu'il avait subi. Néanmoins, cela lui rappela qu'il n'avait pas que des amis dans cette grande salle et que rien n'était complètement joué. Il s'assit sur le siège qui avait été prévu pour lui et auquel il accéda grâce à quelques marches obligeamment installées. Il réprima cependant une grimace de douleur : la veille, il avait gravi à genoux la *Scala Santa* près de la Basilique Saint-Jean-du-Latran et il en avait encore les stigmates.

Le Doyen du Collège des Cardinaux, Fernandino Ponzetti se leva. En contemplant sa peau parcheminée, Matthäus Schiner s'attendait à ce qu'il préside la séance et ouvre les débats mais Ponzetti déclara : « Je vais chercher celui qui présidera le débat ». Et il marcha vers un des murs de la Chapelle. Il appuya de sa paume sur une pierre. Le bruit froid et mat du raclement entre deux pierres l'une contre l'autre fut entendu puis un bruit d'appel d'air. L'une des dalles de marbre noire sur le sol s'était soulevée. Ponzetti acheva de la desceller après s'être agenouillé avec peine. Jules de Médicis se leva et aida le vieux cardinal à soulever la dalle. Ponzetti l'arquebusa du regard : « La tradition veut que j'accomplisse seul cette tâche. Ne soyez pas si pressé Cardinal Médicis. » Jules se releva, les lèvres pincées, et rejoignit sa place sous le regard amusé de Thomas de Vio, l'ancien Légat Apostolique, qui était content de voir un rival remis à sa place. Pendant ce temps, Ponzetti descendit lentement un escalier qui s'engageait sous la Chapelle.

Les cardinaux qui avaient déjà participé à un Conclave précédent affichaient un air entendu. Ils savaient ce qui allait se passer et regardait d'un air hautain tous les petits nouveaux comme Schiner qui étaient plongés dans une expectative anxieuse et stupéfaite. Rien de ce qu'il se passait dans un tel Conclave ne devait fuiter à l'extérieur et assurément cela avait été respecté

Émergea des escaliers un homme maigre aux cheveux longs, à la peau légèrement hâlée, avec une barbe qui était un peu longue sous le menton. Il était presque nu et il ne portait qu'une bande de tissu autour du bassin. On pouvait voir ses côtes bosseler son thorax. Le sang de Schiner se glaça et sa nuque frissonna quand il comprit qui il avait en face de lui. L'homme portait une plaie ouverte horizontale sur le flanc droit. Il avait le poignet de chaque main troué ainsi que des plaies sanglantes sur les chevilles et une série de petites plaies circulaires alignées le long du front. C'était Jésus Christ. Il marcha comme un automate, avec une troublante régularité puis il s'assit sur une cathèdre au bout de la table. Son visage n'avait aucune expression particulière. Ses yeux avaient une pupille blanche comme ceux qui avaient une cataracte avancée. À bien y regarder, la peau de son ventre avait une couleur un peu verdâtre et une odeur doucereuse et piquante à la fois se mit à flotter dans l'air. C'était le corps de Jésus ressuscité par le Nécromancien puis entretenu à force de *potestas* par tous les Papes qui s'étaient succédé. C'était la plus sainte de toutes les reliques.

Toujours plongé dans sa stupéfaction, Schiner s'attendit à ce qu'il parle, voire même à ce qu'il désigne le futur Pape. Toutes les tractations et les votes n'étaient peut-être qu'un leurre. Mais durant toutes ces journées de discussions et de votes, Jésus allait rester immobile, le regard vide. Un témoin silencieux et impuissant. Le Christ avait bien été ressuscité de corps mais pas son Esprit. Ce dernier se trouvait-il bien dans le Royaume des Cieux ? Schiner vit défiler toutes les représentations du Christ en majesté au milieu des nuages et des anges. Était-ce un mensonge ? Juste une allégorie ? Le Fils de Dieu n'était-il pas plutôt réduit à cet état pitoyable que Schiner venait de découvrir où la nécromancie ralentissait le pourrissement ?

Schiner était dans un tel état de confusion et de doute qu'il suivit à peine les débats où les orateurs n'hésitaient pas à prendre à témoin l'enveloppe charnelle de Jésus dont les yeux vitreux ne cillaient jamais. Il n'avait pas l'air plus vivant que sur les tableaux représentant sa descente de croix. Matthäus Schiner espérait que le corps qui était exposé là était sourd. Sourd aux débats qui n'avaient rien de théologique, ni de spirituel mais relevaient plus de la basse politique, de la simonie et du trafic d'influences. Quand vint son tour, le nain déclara du bout des lèvres sa candidature et argumenta sans conviction en sa faveur.

Le premier vote donna un résultat avec un large éparpillement entre de nombreux candidats, ce qui était habituel. C'était un tour de chauffe et la fumée noire qui s'échappa de la petite cheminée latérale de la Chapelle n'étonna personne. Schiner put néanmoins constater que peu de Cardinaux des terres du Saint Empire Romain Germanique avaient voté pour lui et que c'était plutôt vers Thomas Wolsey que leur vote penchait. Le cardinal anglais n'était pas là en personne, retenu par ses affaires à Londres mais on pouvait tout de même voter pour lui. Schiner sentit un poids supplémentaire dans son cœur. Charles Quint préférait soutenir un Anglais plutôt que lui. Et en plus, un Anglais nettement moins vertueux que lui, d'après toutes les rumeurs.

L'irruption du nom de Wolsey parmi ceux qui avaient un peu plus de voix que les autres suscita un long débat. « On a déjà eu un pape anglais et il était fou et ses morts vivants marchaient sur les mains. Plus jamais ! » tonna Jules de Médicis, qui défendit ensuite sa propre candidature avec vigueur. Mais il fut arrogant et trop sûr de lui : « Jésus aurait voté pour moi ! » alla-t-il jusqu'à clamer en montrant du doigt le corps immobile au bout de la table, ce qui propagea une onde d'agacement à travers tout le Conclave. D'autres cardinaux italiens repartirent à l'offensive. Les querelles entre les puissantes familles italiennes, les Orsini, les Colonna, les Médicis, les Farnese, les Del Monte et les Della Rovere se ravivèrent. On ressortit des affaires sordides qu'on avait cru oubliées, on régla de vieux comptes. Les votes se succédèrent sans que personne ne se détache vraiment. Plus personne ne vota pour Schiner qui ne se défendait plus que très mollement, et dont l'esprit était accaparé de doutes et de consternation. Sans arriver à un vote nul, Jules de Médicis perdait aussi des soutiens à cause de son *braggadocio*[28]. Son volontarisme faisait aussi peur : un Pape qui serait plutôt faible et conciliant n'était pas pour déplaire à beaucoup de Cardinaux.

La longue période de *sede vacante* commençait à peser. Au fil des jours, Jésus commençait à montrer des signes de détérioration. Il s'affaissait sur un côté où il n'était plus retenu que par l'accoudoir de sa cathèdre. On n'en était certes pas à la période de *sede vacante* de trois ans qui avait précédé l'élection de Grégoire X en 1271. Le corps de Jésus avait alors terminé dans un état épouvantable et il avait fallu à Grégoire X toute sa *potestas* pendant de longues semaines pour le restaurer. On en était encore loin mais il y avait un terrible contraste avec le Jésus musculeux et beau comme un Apollon peint par Michel-Ange sur la voûte juste au-dessus de lui, dans la scène du Jugement Dernier. Les cardinaux aussi commençaient à être las, à détester la nourriture insipide qu'on leur faisait passer à travers la petite ouverture dans le mur de brique, à être en manque de vin et de plaisirs charnels avec leur maîtresse, leur amant ou eux-mêmes et à être agacé par la promiscuité de leur enfermement. L'un des plus âgés des cardinaux tomba malade et les quintes de toux qui

---

[28] Comportement arrogant et trop ambitieux

le secouaient, accompagnées d'expectorations de glaires épaisses, ponctuèrent la suite des débats. Tous les autres cardinaux restèrent à bonne distance, et craignirent de le voir commencer à cracher du sang.

C'est alors que les cardinaux du Saint Empire Romain Germanique évoquèrent un nouveau nom. C'était une tactique classique que de sortir un candidat dont on n'avait pas encore débattu alors qu'on n'arrivait pas à départager ceux déjà présentés. Cela permit de neutraliser tous les antagonismes et de finalement rallier les deux tiers des suffrages.

Lorsque la fumée blanche sortit de la cheminée de la Chapelle et que l'on prononça les mots *Habemus papam*, l'élu était Adrien d'Utrecht, le Grand Inquisiteur et Vice-Roi d'Espagne et c'était ce qu'avait souhaité l'Empereur Charles Quint depuis le départ. Un homme qui lui devait tout et qui serait à ses ordres. Un Pape qui ne poserait aucune condition pour faire couronner Charles Empereur à Rome, comme jadis Charlemagne.

Jésus retourna dans sa tombe, au cœur de la crypte de la Chapelle Sixtine. Matthäus Schiner sortit à l'air libre, défait et hagard, alors que les cloches sonnaient à toute volée et que le nom du nouveau Pape se propageait dans l'Urbs, avec comme accompagnement une certaine stupéfaction. L'air était venteux et glacial en ce soir de janvier et il avait beau le frapper de plein fouet, Schiner ne ressentait rien. Le nain marcha mécaniquement devant lui d'une manière pas très différente de Jésus qui l'avait tant choqué précédemment. Jésus n'était donc plus qu'une enveloppe charnelle vide. Son Esprit s'était définitivement évanoui. Avec l'amertume et le dépit qui semblaient lui empoisonner un peu plus le cœur à chaque pas, Matthäus Schiner marcha dans les rues de Rome au hasard. Il ne se rendit même pas compte qu'à un moment il avait traversé le Tibre sur un pont. Tandis que le froid s'accentuait, il sentit le fardeau de la désillusion et de l'humiliation le vider de son énergie. Les cloches avaient arrêté de sonner. Il interrompit sa déambulation et il prit conscience qu'il fallait trouver où dormir pour la nuit. Il ne voulut pas retourner à l'ambassade du Saint Empire où il avait été logé juste avant le Conclave. L'Empereur, dont il avait pourtant assuré l'élection à l'unanimité, l'avait trahi. Il voulait couper les ponts avec lui, mais ne savait pas où aller. Banni par les Suisses, humilié par l'Empire, ennemi de la France, il aurait pu se réfugier dans la Foi, mais elle aussi était ébranlée.

Les jambes flageolantes, Schiner rentra dans une auberge où on le prit pour un phénomène de foire déguisé en cardinal pour se moquer du Conclave. On lui demanda de montrer son spectacle et que peut-être on lui donnerait une chambre pour la nuit si c'était suffisamment drôle. Matthäus Schiner sentit la tristesse et le dégoût achever de le submerger. Tout devint flou puis sombre.

L'enquête qui fut diligentée à la suite de sa mort conclut que son cœur avait tout simplement refusé de se contracter pour un battement supplémentaire.

Chapitre 47

Il saisit le dragon, le serpent ancien, qui est le Diable et Satan, et il le lia pour mille ans.

Apocalypse 20:2

Le Grand Maître des Hospitaliers Philippe Villiers de L'Isle d'Adam monta sur les remparts de la forteresse dominant l'île de Rhodes. Il regarda le port, là où durant l'Antiquité avait été érigé un colosse représentant Helios. Il avait été détruit par un tremblement de terre, à peine quelques dizaines d'années après sa construction. A l'horizon du nord-est, on voyait se découper la côte ottomane et par temps clair en hiver, on pouvait apercevoir les montagnes blanchies dont la neige réfléchissait les rayons du soleil. Rhodes était le dernier bastion chrétien dans toute la région, un vestige du temps des croisades toujours tenu par les Chevaliers de Saint Jean, les Hospitaliers. Depuis deux siècles, cette île devait être le point de rassemblement des armées chrétiennes avant une reconquête de la Palestine et de Jérusalem, mais jamais cela n'était arrivé. Rhodes était la tête d'un pont que nul n'avait réussi à emprunter. Les Hospitaliers étaient parvenus à prendre aussi le contrôle de la plupart des îles du Dodécanèse mais elles étaient retombées une à une aux mains des Ottomans. *Nous devions être un phare et servir de guide mais nous sommes les derniers. Et toutes mes demandes d'aide sont restées sans réponse.*

L'Isle d'Adam leva sa tête aux cheveux blancs qui tombaient en cascade de part et d'autre de son front. Il contempla la raison de la résistance de cette dernière île aux assauts mahométans : un dragon noir planait au-dessus de la forteresse et donnait épisodiquement quelques légers coups d'aile. Il inclinait

451

gracieusement son corps et changeait alors lentement de direction. Il avait protégé farouchement l'île depuis des siècles contre toute invasion.

Chaque Grand Ordre de Chevaliers au service du Christ avait eu un dragon pour se protéger. Les Templiers avaient été les premiers à en apprivoiser un, grâce à la magie déployée par le premier Maître de l'Ordre, Hughes de Payns. Cela avait apporté un grand prestige à l'Ordre car le dragon symbolisait le mal et l'hérésie et le fait de le soumettre et de le dominer était une manière de montrer la supériorité des forces au service du Christ. Mais pour certains, apprivoiser le symbole du mal ne pouvait se faire sans s'allier à sa cause et se compromettre. Grâce à la ruse et à la suite d'une grande bataille, Philippe Le Bel avait réussi à tuer ce dragon qui avait plané jusque-là dans le ciel de Paris au-dessus du Temple. Il put ainsi arrêter le Grand Maître Jacques de Molay et tous les autres Templiers aux quatre coins du Royaume le vendredi 13 octobre 1307. Les Parisiens du quartier furent soulagés de ne plus risquer de recevoir sur la tête des étrons de dragon de 50 livres[29].

Les moines-guerriers Hospitaliers furent plus habiles à rester humbles, à continuer à se rendre utiles et à apparaître comme un bouclier contre la barbarie des hérétiques. Malgré cela, ils étaient soutenus par les royaumes occidentaux et le Pape de manière peu généreuse et ils devaient se livrer à des actes de piraterie et vendre des esclaves musulmans pour trouver les moyens de survivre. Philippe Villiers de L'Isle d'Adam en ressentait une certaine honte mais il fallait bien poursuivre la mission des Chevaliers de Saint Jean. Son propre ancêtre avait été le Commandant de l'Ordre lors de la toute dernière bataille sur le continent à Saint-Jean d'Acre en 1291. Elle s'était soldée par la

---

[29] 22 kg

fin de la présence franque en Terre Sainte. A 57 ans, L'Isle d'Adam était encore vaillant et espérait voir de son vivant les Rois et les Empereurs chrétiens s'unir et reconquérir la Terre Sainte. Les nouvelles en provenance de l'Europe n'incitaient cependant pas à l'optimisme : on avait suffisamment tisonné les braises de la guerre pour qu'elles s'enflamment et Rhodes restait comme une figure de proue isolée, abandonnée par tous les Chrétiens. Heureusement le dragon était là, comme une vigie rassurante. Les seules fois où il ne volait pas au-dessus de la forteresse c'était lorsqu'il plongeait dans la mer pour se nourrir de poissons.

A peine arrivé sur l'île en tant que nouveau Grand Maître des Hospitaliers, L'Isle d'Adam avait ordonné le renforcement des remparts qui, à son arrivée, avaient encore la configuration et l'épaisseur du temps où les canons n'existaient pas. Ils avaient eu pour modèle ceux du Krak des Chevaliers que les Hospitaliers avaient construit du temps des Etats Latins d'Orient. De nombreux Hospitaliers s'étaient opposés à ces travaux : « Mais nous avons le dragon qui nous protège », lui avait-on indiqué. L'Isle d'Adam leur avait répliqué : « Oui, c'est ce que disaient aussi les Templiers. Nous sommes une épine dans le talon des Ottomans. Penser qu'ils ne cherchent pas un moyen de briser l'enchantement qui nous rend le dragon fidèle est une dangereuse illusion. » L'argument avait porté et la modernisation des remparts avait été finalement décidée. Il avait fallu recruter un ingénieur. Les Hospitaliers avaient envisagé un temps d'acheter les services de Léonard de Vinci. Mais celui-ci venait de décider de partir pour la France rejoindre François Ier. Ils avaient alors jeté leur dévolu sur Gabriele Tadino, un brillant ingénieur militaire vénitien. Le Doge Loredano s'était fermement opposé à son départ, craignant que cela n'irrite la susceptibilité de son allié ottoman. Les Hospitaliers avaient organisé son exfiltration avec succès.

Sous la direction de Tadino, l'épaisseur des remparts avait été augmentée. Des bastions avaient été ajoutés aux angles. Des parapets penchés avaient été installés pour dévier les projectiles. Par symétrie tactique, la base des murs fut élargie en biais pour que des projectiles envoyés du haut des courtines puissent y ricocher vers les assaillants. Des canons défensifs avaient été commandés et reçus, grâce à un don du Pape Léon X qui, seul, avait prêté un peu attention à cet avant-poste chrétien et qui n'avait pas été mécontent d'envoyer une petite pique au Doge de Venise dont il n'avait toujours pas digéré le revirement de 1515. La main d'œuvre de ces chantiers avait été assurée par les nombreux esclaves musulmans qui avaient été fait prisonniers au cours des raids lancés par l'Ordre. Leurs conditions de travail avaient été très difficiles, les Hospitaliers n'hésitant pas à faire des économies sur la solidité des échafaudages ou à continuer à les faire travailler en pleine tempête.

Récemment, l'inquiétude du Grand Maître avait décuplée à l'accession au pouvoir du nouveau Sultan. Soleyman allait devoir faire la preuve de son autorité. L'Isle d'Adam savait qu'il avait maté une rébellion en Syrie et avait pris Belgrade. Cela aurait pu être suffisant. Mais son brusque revirement et son retour à Istanbul laissait penser qu'il avait encore un autre projet en tête.

Lorsque le capitaine d'un navire revenant du nord-ouest indiqua qu'il avait vu plus d'une centaine de navires ottomans qui flottaient comme des fantômes à travers une gaze de brume à l'horizon, L'Isle d'Adam n'eut aucun doute sur leur destination. Il avait déjà fait acheter des réserves de nourriture en Grèce, en Calabre et en Crête. Chypre était aux mains des Vénitiens et il n'avait pas été besoin de leur demander une aide qu'ils n'auraient pas accordée de toute manière. Le Grand Maître se préparait à soutenir un siège. Il fit faucher le blé alors qu'il n'était pas encore mûr. Il fit abattre tous les arbres de l'île et ramener les troncs et les grosses branches dans la citadelle pour qu'ils ne puissent pas servir à construire des engins de siège. Une grande chaîne aux épais maillons de fer fut tirée et barra l'entrée du port, là où s'était élevé jadis le Colosse.

Un faucon apparut dans le ciel au-dessus de Rhodes, volant cependant assez bas car le dragon devait l'effrayer. Il tenait dans ses serres un étui en cuir et il le lâcha au-dessus des remparts de la citadelle. Alors qu'il repartait vers la mer en décrivant un large arc de cercle, le dragon finit par le remarquer et fondit sur lui. Une grande flamme sortit de sa gueule et grilla instantanément le faucon. Alors que celui-ci tombait en chute libre avec encore quelques flammèches brûlant ce qu'il restait de ses plumes, le dragon le rattrapa en tendant le cou et il l'avala en une seule bouchée. Sa langue triplement fourchue balaya les bords de sa gueule avec satisfaction puis il vira sur l'aile, faisant une grande boucle aérienne qui frôla les remparts de la citadelle et il reprit son altitude habituelle.

Le courant d'air créé par le passage du dragon fit tomber l'étui dans la cour de la citadelle. Philippe Villiers de L'Isle d'Adam le ramassa sur les dalles et l'ouvrit. Une lettre avec le sceau du Sultan était enroulée à l'intérieur. Le Grand Maître aspira une grande goulée d'air avant de commencer à lire :

"Soleyman le Juste et le Magnifique, par la grâce d'Allah Tout Puissant, Ombre de Dieu sur Terre, Roi des Rois, Souverain des Souverains, Seigneur Suprême de l'Asie, de l'Europe et de l'Afrique et des mers attenantes, salue le Grand Maître croisé de l'Île de Rhodes.

Vos monstrueuses agressions contre mon peuple et ses alliés ont réveillé mon indignation. Je vous commande de rendre immédiatement l'île et la forteresse que vous occupez de manière impie depuis trop longtemps. Je vous garantis que vous pourrez partir de l'île sans craindre pour la sécurité de vos personnes et des biens que vous pourrez emporter. Vous pouvez également, si vous le désirez, rester sous mon gouvernement. Il ne vous sera alors fait aucun mal, vos libertés seront respectées et nous sommes même enclins à vous laisser pratiquer votre religion attardée. Si vous êtes sage, vous préférerez l'amitié à une guerre cruelle. Si vous ne vous soumettez pas, plus rien ne vous sera garanti. Votre forteresse sera réduite à ses fondations. Quant à votre dragon, il ne vous sera d'aucun secours. Ceci, je le jure, par Allah Tout Puissant, par les quatre Évangiles, par les quatre mille Prophètes, qui sont descendus du Paradis avec parmi eux le Très Sage Mahomet, qu'Il soit loué à jamais."

Le tout se terminait par l'imposante *Tuğra*[30] du Sultan :

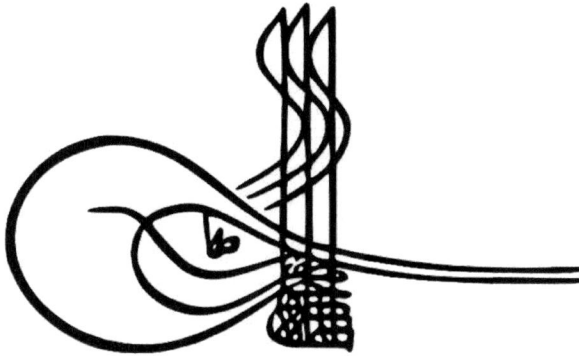

L'Isle d'Adam fut parcouru d'un frisson. La phrase sur le dragon l'inquiéta tout particulièrement. Il y vit cependant la validation de tout ce qu'il avait entrepris depuis qu'il avait été nommé. L'Isle d'Adam, le message de Soleyman flottant dans sa main, et avec le drapé de sa cape dérangé par le vent qui se renforçait, allait devoir affronter sa plus grosse tempête.

« De mauvaises nouvelles, Grand Maître ? demanda un jeune novice du nom de Jean de La Valette, issu d'une famille noble du Rouergue. Il s'était approché tandis que L'Isle d'Adam lisait.

— Les Turcs arrivent en force. Le combat sera rude. » Le Grand Maître replia la lettre pour ne pas que le novice puisse la lire et il ne jugea pas utile de faire mention que le Sultan avait laissé une ultime possibilité d'évacuer l'île sans effusion de sang.

« Nous allons alors prier pour que Dieu nous soit favorable, dit La Valette en faisant le signe de croix. Prier que Dieu fasse ouvrir les portes de l'Enfer pour que ses flammes sortent par la bouche de notre dragon. »

Le Grand Maître préféra ne rien répondre sur le dragon : « Nous allons prier... et affuter nos armes. Nous sommes autant soldats que moines et avons une main sur le cœur et l'autre sur la poignée de notre épée.

— Oui. Et nous n'avons pas peur de mourir car nos péchés sont pardonnés et nous avons la certitude d'aller au Paradis.

— Certes... Mais quand le temps du combat viendra, mesure tes actions. Un Hospitalier vivant vaut mieux qu'un Hospitalier mort. La frontière entre la bravoure et la témérité est ténue. La franchir est un péché d'orgueil. »

La Valette écoutait attentivement la leçon. Cela faisait quelques mois à peine qu'il avait été admis dans l'Ordre. Un avenir très proche allait déterminer s'il allait s'en montrer digne. « L'étendue de votre courage ne vous est pas encore connue », avait dit aux novices le Grand Maître. Il allait bientôt avoir la réponse.

***

La flotte du Sultan Soleyman voguait sur la mer Egée en direction de l'île de Rhodes. Soleyman connaissait mal la mer. Il percevait ses eaux perpétuellement agitées comme une menace instable, traîtresse et sournoise. Alors qu'il était d'un naturel curieux, il laissa les navigateurs lire les cartes sur le papier et dans les étoiles. Lui, il revoyait en rêve la carte des taches de rousseur de Roxelane. Elle avait allumé une soif inextinguible et il était comme un naufragé en mer qui ne pouvait pas boire l'eau qui se trouvait tout autour de lui. Il n'avait jamais connu une telle exaltation auparavant, suivi d'un tel manque. Le plaisir suivi de la souffrance : un véritable amour. *Pense-t-elle à moi lorsque je pense à elle ? N'y a-t-il pas un lieu où même éloignés, deux amants puissent se rejoindre, se parler et se toucher, ne serait-ce qu'un instant ?*

Soleyman était accompagné de son fidèle Ibrâhîm, des *Beylerbeys* d'Anatolie et de Roumélie et de son *Kapudan Pacha*[31], Kurtoğlu Muslihiddin Reis. Ils étaient à la tête de 200 navires et de 50.000 hommes. En cas de besoin, on pouvait facilement acheminer des forces supplémentaires, vu la proximité des côtes ottomanes. Le navire sur lequel se trouvait Soleyman portait à son sommet une bannière où il était calligraphié « *La protection d'Allah est plus forte que celle de la plus solide des armures et de la plus haute des tours* ». Le Sultan emmenait aussi avec lui son djinn Iphrit mais avec la promesse expresse qu'il n'aurait pas à attaquer le dragon car lors de la

---

[31] Grand Amiral de la Flotte Ottomane

tentative de prise de l'île en 1480 par Mehmet Ier cela s'était mal terminé pour le djinn qui s'en était pris à cette bête.

La grande île apparut enfin à l'horizon avec sa forteresse qui se dressait à son extrémité tel un phare. « Voilà donc ce nid de vipères croisées », dit Soleyman. Il leva les yeux plus haut et vit la silhouette du dragon qui planait en donnant de temps à autre un ample mouvement d'ailes. « Et voilà le serpent qui couve le nid, dit Soleyman.

— Le serpent qui a tué mon faucon, murmura Ibrâhîm qui ne s'était guère fait d'illusion sur le destin de son messager.

— Nous nous en remettons à votre sagesse, Ô Grand Sultan, mais nous sommes inquiets sur la menace que fait peser ce démon tout droit sorti du *jahannam*[32], déclara le *Beylerbey* d'Anatolie.

— Ce ne sera plus une menace avant *al-maghrib*[33] », répliqua le Sultan. Il croisa le regard inquiet de Kurtoğlu Muslihiddin Reis. « Tout se passera bien, tenta de le rassurer Soleyman.

— *Inch'Allah* », répondit l'Amiral.

Soleyman sortit d'un sac de soie la grande perle rouge qui brillait d'un très fort éclat aveuglant. Il brandit la perle bien haut, en étirant au maximum son bras. La mer qui reflétait sa lueur semblait se transformer en sang. La trajectoire spiralée du dragon au-dessus du donjon de la forteresse fut interrompue. Il se dressa à la verticale et arqua son dos, battant de ses ailes noires pour ne pas perdre de l'altitude. Il regarda en direction de la perle. La collerette membraneuse autour de son cou se souleva. Il reconnut la perle rouge qui faisait partie de son trésor et qu'on lui avait volée. Les Ordres de moines-soldats avaient passé un pacte magique avec les dragons, stipulant qu'ils feraient tout

---

[32] Enfer
[33] Prière du coucher du soleil

pour retrouver les éléments dérobés. Or c'était le Sultan des Ottomans qui lui ramenait un élément de son trésor perdu.

Soleyman, après s'être assuré que le dragon avait bien vu ce qu'il convoitait, jeta avec sa plus grande force la perle le plus loin possible du bateau où il se trouvait. La perle dessina une parabole dans les airs qui fut visible par tous à cause de la rémanence de sa lueur sur la rétine. Quand elle plongea dans l'eau, on eut l'impression que le soleil s'était couché. Aussitôt, le dragon poussa un rugissement puis il replia ses ailes et se mit à piquer vers l'endroit où la perle s'enfonçait dans l'eau. Elle continuait à émettre sa lumière rouge, démultipliée maintenant par les brisures des vagues à la surface.

« Cramponnez-vous ! » hurla le Sultan. Les deux *Beylerbeys* ainsi que le Grand Amiral, leur visage livide, s'agrippèrent au bastingage. Le dragon plongea dans l'eau, ce qui généra une grande vague qui vint frapper le flanc du bateau. Des gerbes liquides éclaboussèrent tout l'équipage et le Sultan. Alors que le dragon allait prendre la perle dans sa gueule, une ombre passa sous le bateau et vint percuter le dragon. Celui-ci essaya de remonter mais au moment où il creva la surface de l'eau dans de grandes gerbes écumantes, d'énormes tentacules à ventouses l'empêchèrent de s'envoler et le forcèrent à replonger. C'était une pieuvre géante, que Barberousse avait convoquée aux abords de Rhodes à la suite de sa visite au Palais Topkapi et son entrevue avec le Sultan.

Dans l'eau, les deux animaux géants passèrent sous le bateau du Sultan en se combattant. Cela provoqua des remous à la surface de l'eau qui firent tanguer le bateau. Puis ils semblèrent disparaître dans les profondeurs. Mais brusquement dans un suprême effort le dragon réussit à remonter avec la pieuvre toujours accrochée à lui. Il émergea au milieu de la flotte ottomane. Ce n'était pas du tout prévu. Deux navires furent soulevés de l'eau et retombèrent sur le côté dans un fracas épouvantable de planches brisées et de voiles déchirées accompagné des hurlements de l'équipage projeté dans toutes les directions. Un troisième navire fut déporté par la vague créée et alla percuter un quatrième. Leurs deux mâts se cognèrent. Des haubans cédèrent et les mâts s'affalèrent sur le pont puis dans la mer, non sans avoir écraser une bonne quarantaine de marins. Le dragon se contorsionna et cracha un jet de flammes qui brûla deux des tentacules de la pieuvre. Les extrémités de ces tentacules se détachèrent en continuant à s'agiter furieusement et atterrirent sur le pont d'un bateau où elles assommèrent une dizaine de soldats qui ne s'étaient pas enfuis à temps.

Le dragon projeta un puissant jet de vapeur par ses narines, poussa un rugissement sauvage puis déploya ses ailes pour reprendre de l'altitude et dominer son adversaire. Mais le mollusque réussit à hisser sa volumineuse tête sur le dos du dragon et à bloquer ses ailes par la force de ses tentacules restants. D'autres tentacules cernèrent la tête du reptile et des ventouses se collèrent à ses yeux en faisant un grand bruit de succion. Le dragon battit frénétiquement l'eau de sa queue écailleuse, générant de nouvelles vagues qui submergèrent trois bateaux. Puis les deux animaux s'enfoncèrent dans l'eau et ne remontèrent plus à la surface.

Philippe Villiers de L'Isle d'Adam avait tout vu du haut du donjon et il contempla le ciel bleu désespérément vide au-dessus de l'île. Il avait beau avoir envisagé depuis des années cette hypothèse, la voir se réaliser avait quelque chose d'effrayant, comme un cauchemar qui sortirait du domaine des rêves pour surgir au grand jour, comme un avant-goût de l'Apocalypse. *Plus rien ne nous couvre de la foudre. Anges de la Grâce, protégez-nous !* L'ingénieur vénitien Gabriele Tadino était à ses côtés et ne se souvenait pas d'avoir respiré pendant le combat des deux

créatures. Le Grand Maître des Hospitaliers se tourna vers lui :
« Monsieur. Nous pouvons assurer en urgence votre départ de
l'île avant le débarquement des mahométans et le début du
siège. » Tadino jeta un coup d'œil à l'horizon dans la direction de
Venise puis son regard se porta sur les remparts qu'il avait
consolidés et réaménagés : « Je reste avec vous. Je veux savoir
comment mon œuvre va tenir l'épreuve du feu », dit-il en
touchant la muraille comme on flatte la croupe d'un destrier.

— Ce choix vous honore. Et si nous devons mourir, alors par
la grâce de Dieu, nous mourrons en hommes de courage »,
répondit L'Isle d'Adam puis il descendit des remparts et se
dirigea vers l'église. En chemin, il surprit le regard effaré du jeune
Jean de la Valette. *Il avait toujours envisagé de combattre
derrière le dragon. Maintenant, il se retrouvera en première
ligne.* Le Grand Maître se détourna de son trajet et d'un pas
rapide, il vint le rejoindre et posa sa main sur son épaule : « Je ne
serai pas le dernier Grand Maître des Hospitaliers. Et toi, jeune
novice, tu as encore de longues années où ton bras armé sera au
service de notre Ordre, pour la Gloire de Dieu. Ceci n'est pas
notre dernier combat et cela, je te le promets, alors même que les
ailes protectrices de notre dragon ont été englouties par les flots,
alors même que Satan va planter ses griffes dans nos terres. Il y
a toujours un moyen. Il suffit de le trouver. » Il y eut un soupçon
de réconfort dans le regard du novice. *Si j'arrive à rassurer le
plus jeune d'entre nous, alors je les rassurerai tous*, se dit L'Isle
d'Adam.

Le Grand Maître retourna sur ses pas et entra dans l'église. Il
déposa les clés de la citadelle sur l'autel devant la statue de Saint
Jean et du Christ. Il s'agenouilla et il pria. Les Hospitaliers
entrèrent un à un dans la nef, dans une lente procession. Ils
s'agenouillèrent à leur tour derrière le Grand Maître et ils
prièrent avec ferveur, comme jamais ils n'avaient prié.

***

Les Ottomans débarquèrent en masse dans la partie abandonnée de l'île, la forteresse n'en occupant que la pointe nord. Malgré une organisation et une discipline sans failles, cela prit plusieurs jours tellement ils étaient nombreux. C'était une submersion d'un nouveau genre et la forteresse ne fut plus qu'un îlot entouré soit par une mer couverte de navires ennemis, soit par les cavaliers et les fantassins à terre dont les mouvements coordonnés ressemblaient à des vagues. Les Ottomans sortirent des cales les canons de toutes tailles qui avaient été forgés par les meilleurs artilleurs. Et symboliquement, les Ottomans avaient amené le plus puissant parmi les canons qui avait permis de faire tomber Constantinople en 1453. Depuis, les canons étaient devenus plus gros et plus précis. Le message était clair : si Constantinople était tombé, il n'y avait aucune raison que Rhodes ne subisse pas le même sort, maintenant que le *gardien* n'était plus là.

Le Sultan fit dresser sa tente. Avec son commandant en chef, il constata les travaux de consolidation des remparts. Les plans qu'il avait en sa possession et qui provenaient d'un prisonnier musulman qui s'était échappé de la forteresse quelques années plus tôt n'étaient plus à jour. Les Hospitaliers avaient anticipé la modernisation de l'artillerie. « Les vipères croisées ont encore du venin », constata le Sultan en souriant. Il appréciait les défis. « Mais tout ce qui n'est pas en pierre peut brûler et même le plus grand mur de pierres peut s'écrouler en en ôtant juste quelques-unes. » Soleyman sentit une bouffée de chaleur en provenance de sa droite. Son djinn était impatient d'en découdre.

Les premières armes à être utilisées furent les pelles et les pioches. Des tranchées furent creusées tout autour de la forteresse, juste au-delà de la portée des canons des Hospitaliers. Constatant que plus aucun arbre n'était présent sur l'île, Soleyman fit amener par bateau du continent des troncs épais. Des palissades en bois furent érigées dans le périmètre interne des tranchées pour rendre plus difficile leur prise en cas de sortie-surprise des assiégés. Puis on creusa des tranchées en direction des murailles. Au moment où les ouvriers allaient se trouver à portée de canons, le Sultan (ou plutôt le djinn) balaya d'une tornade de feu le sommet des remparts pour les débarrasser des artilleurs et des archers. Les chairs des Hospitaliers qui ne s'échappèrent pas à temps furent consumées en un clin d'œil et même leur squelette et leur armure continuèrent à brûler jusqu'à ce qu'il n'y ait plus que de la cendre collée à une flaque de métal fondu qui reflétait le bleu imperturbable du ciel. Un soldat qui avait échappé de très peu au souffle du brasier avait la bouche ouverte et semblait hurler mais aucun son ne sortait. L'air incandescent avait brûlé ses cordes vocales. Les canons qui s'étaient trouvés sur les remparts étaient tout déformés et on aurait dit des sexes flasques rendus impuissants.

Les canons ottomans purent être installés dans les tranchées. Le djinn était épuisé par sa tornade de flamme, mais il trouva tout de même l'énergie de faire s'élever une brume qui rendait floue la vision des assiégés dans la zone où se trouvaient les canons. Lorsque ceux-ci tiraient, les Hospitaliers ne pouvaient pas voir d'où exactement partaient les coups. Les premiers impacts de boulet contre la muraille firent trembler toute la forteresse.

Cinq grandes rampes de bois et de fer furent érigées en hauteur et des canons furent poussés à leur sommet. Ceux-ci devaient tirer par-dessus les remparts vers l'intérieur de la citadelle et ils étaient protégés par des flashs lumineux aveuglants provoqués par le djinn à leur proximité qui empêchaient les artilleurs hospitaliers qui revenaient timidement sur les remparts de les viser correctement. Lors d'un bombardement, un boulet de ces canons surélevés s'encastra dans un mur à côté de Jean de la Valette. Celui-ci eut juste le temps de plonger sur le côté pour éviter les fragments pierreux qui mitraillèrent les alentours. Il se mit en position fœtale et sentit les chocs des pierres contre son armure. Un choc plus grand lui coupa le souffle et il crut que ses yeux en étaient sortis de leurs orbites. Quand il se releva, il se mit à tousser dans la poussière ambiante. Dans son armure cabossée, il se fraya un chemin entre les débris, trébuchant comme un homme ivre.

Pendant ce temps, partant des tranchées ottomanes, des mineurs se mirent à creuser des galeries en direction des murailles pour en saper la solidité. Gabriele Tadino eut l'idée de jeter du haut des remparts des peaux de moutons sur lesquelles furent accrochées des clochettes. Ainsi, le moindre mouvement du sol provoquait leur tintement, localisant l'imminence du danger pour les assiégés. Les premiers sapeurs turcs débouchèrent sur des souterrains conçus par Tadino pour les accueillir sous les feux croisés de tirs d'arquebuse et d'arbalète lourde. Ils tombèrent comme des marrons en automne. En retour, d'autres sapeurs revinrent, accompagnés d'artilleurs qui introduisirent des charges explosives dans les tunnels juste sous les remparts mais Tadino avait aménagé de fins conduits dans les fondations qui permettaient de dissiper l'énergie des explosions, diminuant ainsi les dégâts causés.

Cependant l'un des tunnels creusés par les Ottomans termina sa course non détecté et les fins conduits furent bouchés. Une explosion fit s'écrouler un pan de rempart dont on pouvait maintenant escalader les ruines. Les fantassins Ottomans se jetèrent dans la brèche. Les Hospitaliers se précipitèrent dans les bastions installés par Tadino qui leur permirent de prendre les assaillants sous des feux croisés. Du haut des portions des remparts encore debouts, des Hospitaliers firent soulever de grands troncs de bois grâce à des palans et les laissèrent tomber dans le vide. Ces troncs rebondirent sur les bases élargies des murailles et allèrent faucher et écraser des Ottomans plus loin. En riposte, le djinn invisible qui avait rechargé son énergie, envoya des jets de feu crépitants aussi précis que des flèches. Ils firent de nombreuses victimes qui se tordirent dans des vrilles enflammées. Le djinn coordonnait ses actions avec les grands gestes de mime de Soleyman qui se trouvait sur l'une des grandes rampes surélevées. Tous les Ottomans regardaient avec fierté leur Sultan déchaîner les flammes du *jahannam* sur leur ennemi. Beaucoup auraient le sourire aux lèvres lorsqu'ils mourraient sous les coups de l'ennemi, fiers d'atteindre les jardins du *jannah*[34] après avoir combattu pour un tel homme.

Le Grand Maître des Hospitaliers ne se laissa pas décourager : « Peut-être le monde chrétien nous a-t-il abandonné mais nous, nous ne l'abandonnons pas et à chaque coup d'épée, nous le défendrons ! Et ce sont peut-être les flammes de l'Enfer qui nous attendent là, mais si tel est notre destin alors allons-y ! S'ils veulent nous entraîner dans l'Enfer alors nous n'y irons pas seuls ! » Villiers de L'Isle d'Adam mena la contre-attaque. Un flot de Chevaliers Hospitaliers repoussa les Ottomans contre le tas de décombres du rempart écroulé. Les pierres y étaient instables et les envahisseurs ne purent y établir une défense ferme. Ils reculaient progressivement sous les coups et les imprécations des Hospitaliers. Jean de la Valette se battait en première ligne contre un des janissaires et un autre novice faisait de même à côté de lui. Celui-ci tua son adversaire mais un autre janissaire l'attaqua par l'arrière. Le Turc lui saisit le casque, tira sa tête en

---

[34] Paradis

arrière et lui trancha la gorge avec son cimeterre effilé. Dans le coin de son champ de vision, La Valette vit son camarade tomber à genoux, puis rester un instant immobile tandis que le sang coulait par jets sur son tabard et cachait la croix blanche des Hospitaliers. Il finit par s'effondrer puis dévaler cul par-dessus tête le tas de pierres. Le janissaire vainqueur s'attaqua ensuite à La Valette qui se retrouva à combattre deux janissaires à la fois. Face aux deux cimeterres qui essayaient de le trancher, il avait juste une épée pour attaquer et sa souplesse et sa rapidité pour éviter les coups venant des deux côtés. Il rugissait à chaque coup donné ou paré pour exprimer sa rage de vaincre, pour dominer sa peur de perdre la vie sans avoir tué suffisamment d'hérétiques. Le combat durait depuis une épuisante minute quand La Valette donna un coup latéral qui obligea l'un des janissaires à reculer vivement pour éviter de le recevoir entre les côtes. Le Turc se jucha sur une pierre du rempart écroulé qui glissa sous son poids. Déséquilibré, il tomba et La Valette lui asséna un coup de pied à la figure tandis qu'il parait un coup de cimeterre de l'autre janissaire. Le soleret pointu qui recouvrait le pied cliva en deux la face du Turc qui hurla tandis que du sang giclait de son visage comme d'une fontaine.

Pendant ce temps, les langues de flammes continuaient à virevolter parmi les Hospitaliers. L'une d'entre elle se dirigea vers le Grand Maître Villiers de L'Isle d'Adam mais il la repoussa de son épée et les flammes rebondirent contre la lame comme si elles s'étaient cognées contre un mur. Au loin, Soleyman sentit la colère de son djinn d'avoir ainsi été mis en échec alors l'être de feu se déchaina contre d'autres moines-soldats qui ne purent se défendre. Ils furent transformés en torches humaines qui se tordaient de douleur. Dans un ultime acte de bravoure, les malheureux n'hésitèrent pas à se jeter avec un grand cri vers les soldats ottomans qu'ils parvinrent à enflammer à leur tour.

Voyant leur arme retournée contre eux, la détermination des Turcs vacilla. Le janissaire que combattait encore La Valette souhaita éviter un Hospitalier en flammes qui courait vers lui et il fit un écart dont La Valette profita. Le jeune Hospitalier l'embrocha au flanc avec son épée et il s'écroula. La Valette souhaita porter secours à son co-religionnaire qui s'était écroulé un peu plus loin. Mais il ne put qu'assister à ses ultimes convulsions tandis que ses os noircis perçaient sous les chairs enflammées.

L'assaut turc se termina par un échec. Les victimes ottomanes avaient été à peu près en nombre égal aux victimes chez les Hospitaliers. Mais chaque vie dans la citadelle assiégée était irremplaçable contrairement à celles dans les troupes de Soleyman qui avait un Empire entier à sa disposition. Il n'y eut pas de manifestation de joie chez les Hospitaliers. La Valette déboucla son casque et tête nue, il contempla le pan de muraille écroulé jonché de cadavres et de taches noires et écarlates. Il revécut la scène qui venait de se passer. Il avait été solide, déterminé pendant le combat. Un vrai chevalier courageux. Mais maintenant il se sentait ébranlé au fur et à mesure que des détails horribles lui revenaient en mémoire et qu'il se rendait compte du nombre de fois où il avait échappé à la mort. Il avait cru que le combat avait duré des heures, mais au son de la cloche de la Citadelle, il se rendit compte que tout n'avait duré que quelques minutes... Que quelques terribles minutes...

Constatant les dégâts de ce premier assaut, Gabriele Tadino ordonna la construction en catastrophe d'un deuxième mur de défense, interne par rapport au précédent, suspectant qu'ils allaient devoir bientôt repousser une deuxième attaque similaire. Pour bâtir ce mur, il utilisa les esclaves musulmans et il fallut détruire pierre à pierre des bâtiments de l'intérieur de la citadelle pour avoir des matériaux en quantité suffisante. « Nous nous défendrons jusqu'à la dernière pierre, dit l'ingénieur.

— Nous nous battrons jusqu'au dernier Chrétien », répondit en écho Philippe Villiers de L'Isle d'Adam.

Chapitre 48

Feignez le désordre.
Ne manquez jamais d'offrir un appât à l'ennemi
pour le leurrer.
Sun Tzu

Odet de Foix se sentait un peu mieux depuis quelques jours. Il fallait avouer que par contraste, toutes les semaines précédentes avaient été une succession d'échecs. Outre Milan, la France avait perdu Novare, Alessandria, Côme et Pavie. Les troupes françaises avaient été démoralisées et les soldats avaient marché la tête basse, après avoir fui villes et champs de bataille, laissant derrière eux nombre de leurs camarades. Odet n'avait même plus osé regarder la carte déroulée sur la table dans sa tente. Mais la nouvelle d'une détente sur le front au nord de la France avait été amenée par Ayne de Montmorency que François Ier avait envoyé en Italie avec un détachement de plusieurs milliers d'hommes en renfort. Au passage, Montmorency avait réussi à reprendre Novare, ce qui avait grandement regonflé le moral des troupes. Il n'y avait rien d'irréversible dans les défaites. La guerre n'était pas finie. En outre, des promesses de paiements substantiels avaient permis de recruter les guerriers de plusieurs cantons suisses et les nains arrivaient en nombre, tout frais dans leurs armures rutilantes.

Pendant ce temps, le gobelin Francesco Sforza abritait à Milan les morts-vivants de Colonna et les soldats impériaux que Charles Quint avait envoyés pour aider à l'éviction complète des Français de la plaine du Pô. Les Vénitiens, théoriquement toujours alliés des Français, avaient été censés empêcher cette jonction. Mais le nouveau Doge qui avait succédé à Loredano, indécis, avait trop tardé à envoyer des troupes et elles s'étaient retrouvées bloquées à Bergame. Sforza avait donc été content mais lorsque la nouvelle du renforcement des Français arriva, il convoqua Colonna. Quand le condottiero entra dans sa salle à manger sans fenêtres, sombre et humide, le gobelin au teint vert bilieux était en train de déguster des cuisses de crapauds roulées dans de la fleur de farine et mises à frire dans de la graisse extraite de centaines de larves de hanneton : « Vous pouvez vous joindre à moi pour manger...

— Je... Non, je vous remercie.

— Alors, parlons sérieusement. Les Français vont essayer de mener un assaut. Vous devez partir les combattre en dehors de *ma* ville. Je ne souffrirai pas qu'elle soit abîmée par un siège. » Sforza se lissa fièrement les trois longs poils qui sortaient d'une verrue sur sa joue et se remit à manger. Colonna n'était pas content. Il n'avait pas d'ordres à recevoir de Sforza. Il ne devait être loyal qu'envers le Pape. Mais, dans le même temps, le Pape qui lui avait confié cette mission était mort et le nouveau Pape Adrien d'Utrecht ne semblait pas pressé d'atteindre l'Italie et aucun message n'était parvenu de sa part en provenance d'Espagne. Colonna répondit alors avec l'assurance qu'il pouvait afficher face à un blanc-bec comme Francesco Sforza : « Je combattrai en dehors de Milan à une condition. Je veux également commander une armée d'humains. Je veux commander les contingents Impériaux en plus de l'armée papale. » Il y avait aussi l'armée milanaise composée de gobelins mais il ne la mentionna pas car elle était faible et diriger une armée de gobelins était à peine meilleur que de diriger des morts-vivants. Par contre, une armée impériale, c'était prestigieux. Cela flatterait son orgueil de pouvoir se battre honorablement. Colonna pourrait ainsi poursuivre son objectif de ne plus être perçu seulement comme un pestiféré.

Sforza eut un petit hoquet et son teint brunit, c'est-à-dire s'empourpra sous la peau verte : « Les Impériaux ne sont pas sous ma responsabilité mais j'appuierai votre demande. » Il était prêt à tout faire pour satisfaire Colonna et pour faire partir de Milan l'armée des morts-vivants dont les habitants se plaignaient. Même pour des gobelins, les odeurs qu'elle répandait étaient considérées comme pestilentielles. L'odeur de la mort suscitait bien une terreur universelle. Les morts-vivants avaient dû être placés en attente dans le réfectoire du Monastère Santa Maria delle Grazie, la pièce même où l'un des murs avait été peint par Léonard de Vinci avec une représentation de *La Cène*. On ne sut jamais quelle substance corrosive les cadavres relarguèrent dans l'air mais la peinture s'en trouva affectée et des tâches apparurent à divers endroits. Certains eurent l'impression que de la colère s'exprimait dans le visage habituellement serein de Jésus.

Colonna, soutenu par Sforza, alla discuter avec le Général des Landsknechten germaniques, Georg von Frundsberg. C'était un colosse avec des bajoues pendantes que Colonna découvrit en train d'avaler des travers de porc. *Qu'est-ce qu'ils ont tous à manger de la viande tout le temps ?* se dit Colonna qui avait dû reprendre un régime strictement végétarien depuis sa reprise du commandement des morts-vivants. La discussion fut houleuse et Colonna n'hésita pas à émettre des menaces : « Léon X est mort, Adrien d'Utrecht est loin en Espagne et on ne sait même pas quel nom de Pape il a choisi, s'il en a déjà choisi un. Je suis gonflé de *potestas*. Je peux faire ce que je veux avec mon armée. Y compris virer Sforza de Milan et m'y installer, moi !

— Je pense que l'Empereur n'apprécierait pas.

— Non, effectivement. Alors faites-en sorte que je ne sois pas tenté de le faire... Votre mission est de virer les Français. Or des troupes fraîches sont arrivées de France à la suite de la fuite de votre Empereur, la queue basse entre les jambes.

— Mais j'ai toujours bien l'intention de méchamment botter le cul de ces Français ! » répliqua Frundsberg, piqué au vif par le soupçon de Colonna qu'il pouvait être aussi couard que Charles Quint. Les grandes poches qu'il avait sous les yeux tressaillirent de colère.

« Oui, je n'en doute pas. Mais l'inflation du nombre de culs à botter change la donne, répliqua Colonna. Il faut un commandement unifié. On ne peut plus se contenter d'attaquer séparément. Or vous, vous ne pouvez rien faire avec les morts-vivants. Seul moi, je peux les commander. »

Frundsberg soupira fort. Il agita un travers de porc sous le nez de Colonna qui faillit en vomir : « Alors, admettons. Quelle est votre grande stratégie ?

— Je connais un lieu parfait pour tendre un piège aux Français.

— Soit. Et qui me dit que vous n'allez pas débander comme la dernière fois que vous avez combattu les Français à Villafranca ?

— Justement… Les Français doivent savoir que c'est moi qui ai pris le commandement. Ils auront encore en tête ma démission de 1515. Ils me mépriseront. Donc… ils me sous-estimeront. »

***

« L'armée de Colonna s'est retranchée, à un peu plus d'une lieue de Milan, dans le parc d'un manoir appelé La Bicocca, d'après les paysans du coin. Colonna va rester caché dans le manoir pour commander à distance les morts-vivants », annonça Ayne de Montmorency qui revenait d'une mission de reconnaissance. Il avait plu et son visage trempé était luisant sous la lumière des torches de la tente d'Odet de Foix.

« Colonna. Celui qui s'est rendu comme un lâche à Villafranca, dit Odet avec un rictus dédaigneux.

— Certes, mais je vous rappelle que nous n'avons pas François avec nous, et donc pas l'épée que les morts-vivants craignaient tant. Et Colonna a une revanche à prendre. C'est toujours dangereux, un homme dans cette situation.

— Soit. Donc ce manoir et ce parc... C'est un lieu où on peut l'attaquer ?

— Le parc est protégé sur son flanc ouest par des marécages. On ne pourra pas attaquer par ce côté. Par contre, le nord et l'est sont dégagés.

— Qu'attendons-nous pour lancer l'assaut alors ?

— J'en appelle à la prudence, dit Ayne en se passant la main sur le visage pour l'essuyer. C'est étrange qu'il se soit acculé dans un tel endroit. Je propose d'envoyer une troupe en reconnaissance encore plus près que là où nous étions. Il semblait faire des travaux de terrassement mais on ne distinguait pas grand-chose. Nous avons vu des morts-vivants et leur nombre m'a semblé faible. Je ne sais où sont les autres. Bref, nous avons besoin de plus de renseignements.

— Non, nous attaquons. » Celui qui venait de parler était le principal chef de guerre des nains suisses, le bernois Albert Von Stein, un nain plutôt grand pour son état, solide comme un billot de chêne avec une barbe si épaisse qu'on aurait dit de la laine. Il ne se séparait jamais de sa hache à double tranchant et il la tenait en permanence fermement en main. « Nous en avons assez de travailler pour rien...

— La solde va arriver. Les fonds promis sont en chemin », dit Odet d'un air exaspéré, en marquant son agacement par son habituelle inspiration entre les dents. Ce n'était pas la première fois qu'il avait à subir cette conversation. Quatre cent mille écus auraient dû arriver de France depuis une quinzaine de jours et toujours rien.

« Cette mascarade a assez duré. Nous attaquons tout de suite ou nous rentrons chez nous. Je commence à croire que vous vous moquez de nous ! » éructa Von Stein et il agita tellement sa hache dans sa colère qu'Odet dût reculer d'un pas pour ne pas risquer de recevoir un coup malheureux.

— Sans meilleure reconnaissance du terrain, nous courons tous un grand risque. Et vous particulièrement, dit Ayne d'un ton calme pour tenter d'apaiser la tension.

— Et chaque jour qui passe à être assis sur le cul, nous courrons le risque de ne pas être payé pour le temps que nous sommes ici.

— Ne vous a-t-on pas payé correctement après le traité de Gallarate ? En tant que chef du Canton de Berne à l'époque, vous avez bien dû toucher une jolie somme, tenta Montmorency.

— Une somme fort jolie, oui. Mais à cette époque, le Roi de France avait encore de l'argent et ne s'était pas ruiné dans sa piteuse tentative d'Élection Impériale. Sans compter qu'il doit rembourser les financiers lyonnais des sommes engagées pour la tout autant piteuse tentative de reconquête de la Navarre », finit le nain en toisant les humains en juge sévère, les bras croisés. Il en savait long sur l'état des finances de la France.

Odet fixa un point vague au lointain, comme s'il n'y avait pas la toile de la tente qui lui barrait la vue. Ayne poussa un grand soupir d'exaspération. Tout cela était bien entendu censé être tenu au secret mais on pouvait faire confiance aux nains suisses et à leurs multiples relais dans le monde financier pour finir par être au courant de ce genre de choses. Odet déclara de guerre lasse : « D'accord. On attaque demain dès qu'il y aura une lumière suffisante. » Ayne le regarda avec des gros yeux. « On attaque demain, répéta Odet, avec les nains en première ligne. »

Durant la soirée, Ayne ne put se résoudre à accepter ce qui s'annonçait comme une mauvaise décision. Il alla retrouver Odet dans sa tente pour discuter seul à seul, en absence des nains : « Vous vous êtes laissé entraîner sur une mauvaise décision par ces nains. Négociez ! Temporisez !

— Montmorency... On m'a raconté vos heures de gloire à Marignan et à Tlemcen... Je sais que vous êtes parfois de bon conseil. Mais là, il n'y a pas le choix ! Soit on attaque demain, soit on n'attaque jamais, car ces irascibles bas-du-culs se seront retirés de l'affaire. Vous avez entendu ? Je les mets en première ligne. Si ça se passe mal, c'est eux qui prendront le plus cher.

— Ça va pour sûr coûter cher en vies naines et *humaines*. Ce seront autant de combattants en moins pour plus tard. Nous avons juste besoin d'une journée supplémentaire afin de mieux reconnaître le terrain et parfaire notre stratégie.

— A vous écouter, on n'attaquerait jamais ! Non. On ne peut plus reculer. Ça peut bien se passer... Ça se passera bien.

— A vous entendre, vous essayez de vous en convaincre... et vous avez du mal !

— Ecoutez, Montmorency. Je sais que vous souhaitiez avoir le titre de Connétable. Et le rang de Maréchal que j'occupe. Si vous étiez à ce poste, je vous écouterais. Mais ici, c'est moi qui mène cette opération. Toute ma carrière est en jeu.

— Vous savez, après les épreuves que j'ai subies dans l'Empire Ottoman et pour en revenir, je suis content d'être vivant. Que m'importe les titres et les rangs ! Quant à votre carrière... Quelle inquiétude pouvez-vous avoir à son sujet ? Votre sœur y veille de la place où elle se trouve.

— Et vous, alors ? Vous êtes l'ami d'enfance du Roi et son confident ! Vous devez connaître bien des secrets embarrassants sur lui.

— Dois-je en conclure que vous pensez que je dois mon rang à cela et non pas à mes mérites ?

— Vous insinuiez la même chose, en évoquant ma sœur ! » s'écria Odet.

Ayne inspira fortement : « Arrêtons là cette discussion, Messire. Elle ne nous mènera à rien d'utile. Nous devons nous reposer pour ce qui sera sûrement un rude combat demain. Je vous souhaite la bonne nuit. »

Ayne fit claquer ses bottes et exécuta un salut militaire protocolaire et sortit de la tente. Odet se tordit les mains par anxiété. « Oh, elle ne va pas être bonne ma nuit », murmura-t-il. Il savait qu'une insomnie tenace n'allait pas le quitter.

***

L'attaque fut lancée le lendemain, à l'aube. « Que le sang abreuve nos haches ! » hurla Albert Von Stein. Les nains se déployèrent sur plusieurs rangs sur le flanc nord du parc du manoir. Ayne observa tout cela avec inquiétude. Son cheval s'agitait nerveusement sous lui, tandis qu'il avait les doigts crispés sur les rênes : « Il faut qu'ils attendent que notre artillerie les couvre. Là, Colonna n'a qu'à tirer dans le tas. » C'est ce qui arriva. Il y avait des canons sur le toit du manoir. Dans des éclairs jaunes enveloppés de fumée, ils envoyèrent des boulets qui décimèrent les premiers rangs des nains qui étaient partis à l'assaut. Ils furent projetés de tous côtés en même temps que jaillissaient des colonnes de terre vers le ciel. Mais les suivants les enjambèrent sans sourciller et continuèrent d'avancer.

Les membres de chaque canton en étaient à une compétition pour savoir qui serait le plus brave et c'était la course pour aller le premier au contact de l'ennemi. Les nains atteignirent un talus en terre que Colonna avait fait ériger en toute hâte et le contact avec l'ennemi eut lieu plus tôt que prévu. Alors que les nains grimpaient sur le talus, sortirent de terre des bras squelettiques qui leur empoignèrent les chevilles. Des nains tombèrent et furent tués par d'autres morts-vivants qui surgissaient dans des gerbes de terre et d'humus et les passaient au fil de leur rapière, dans de grands mouvements qui les zébraient en diagonale de la hanche à l'épaule. Avoir une armée de morts à sa disposition permettait de les enterrer au préalable. Certains morts-vivants se contentaient d'ailleurs de rester sous terre et de brandir à la verticale leur lance qui jaillissait du sol et empalait le nain qui avait le malheur de se trouver au-dessus d'eux. Ce fut un carnage et l'élan des nains fut brisé. Avec leurs faibles enjambées, ils étaient extrêmement désavantagés face aux attaques venant du sol. Leurs cris d'agonie se multiplièrent, en contraste saisissant avec le terrible silence des morts-vivants qui leur faisaient face. Les nains tués dévalaient le talus et s'empilaient à sa base, d'autres étaient engloutis dans la terre et consolidaient par leurs cadavres le talus même qui avait causé leur perte. En outre, les nains qui tentaient de contourner l'obstacle mortel furent pris entre les feux croisés d'arquebusiers impériaux qui les attendaient très opportunément sur les flancs. Les pyrites crépitaient et les coups partaient des deux côtés, refermant le piège.

Ayne de Montmorency fut le témoin de la scène et il lui semblait que les portes de l'Enfer s'étaient ouvertes et que le talus en vomissait le surplus de cadavres. Un fumet putride de chair en décomposition le frappa de plein fouet. Heureusement, il avait suivi le conseil de rester à jeun avant tout combat impliquant des morts-vivants. Sa sidération ne dura pas longtemps. Il fallait sauver les nains du piège dans lequel ils s'étaient jetés. Lance au poing, Ayne partit au galop avec ses cavaliers sur le côté droit pour déloger les arquebusiers qui coupaient aux nains toute possibilité de contournement. Les sabots des chevaux ravagèrent la belle pelouse du parc du manoir. Occupés à viser ou à recharger leur arme, les arquebusiers ne virent qu'au dernier moment l'attaque des troupes françaises. Les quelques piquiers sensés les protéger ne firent pas le poids face à la puissante charge de cavalerie. Beaucoup furent piétinés, d'autres embrochés par les lances. Certains purent s'enfuir dans le plus grand désordre et même quelques uns ripostèrent en tirant un coup de leur arquebuse. Une balle déchira le visage du cavalier juste à côté d'Ayne et le malheureux vida les étriers. Ayne éperonna son cheval dans la direction du tireur qui, comprenant qu'il n'avait pas le temps de recharger, s'enfuit à toutes jambes. La lance d'Ayne l'embrocha par le cou, le souleva de terre et le planta contre le sol comme un insecte d'un cabinet de curiosité.

Cet assaut laissa un moment de répit aux nains pour réorganiser leur formation sur les côtés du talus et mieux pouvoir réduire les morts-vivants à l'état de tas de chairs et d'os putrides plus ou moins immobiles.

Albert Von Stein se battait avec la fougue d'un berserk. Il avait disloqué une dizaine de morts-vivants dont les parties répandues à une dizaine de mètres à la ronde s'agitaient encore de soubresauts. Il avança de quelques pas vers le haut de la levée avant de rencontrer un nouvel adversaire, un mort-vivant sorti récemment du talus, avec des orbites encore remplies de terre. D'un coup latéral de sa hache, Von Stein fendit son visage. Sous l'impact, la tête du mort-vivant tourna plusieurs fois sur elle-même, projetant la mâchoire inférieure qui avait été détachée. La tête se stabilisa avec la face regardant dans le dos, mais imperturbablement, le cadavre asséna sans broncher le coup d'épée qu'il avait entamé. Cela provoqua une indentation dans le bouclier que Von Stein mit en travers de sa route. De deux coups de hache croisés, le nain coupa son adversaire en quatre morceaux qui s'effondrèrent et tressautèrent piteusement chacun de leur côté. Le guerrier réussit à échapper aux trois paires de mains qui essayèrent de s'agripper à ses chevilles, évita de justesse une lance qui jaillit de terre pour l'empaler et continua son ascension.

Avec quelques autres nains, il parvint en haut de la levée. Ils furent accueillis par des Landsknechten cachés derrière. Un porte-étendard nain qui essaya de planter la bannière de son canton reçut une grande lance en pleine figure et dévala le talus à la renverse, alourdi par son nouvel appendice. Le chef des Landsknechten, Georg von Frundsberg dégaina sa flamberge et lança la contre-attaque. Il devait admettre que la stratégie de Colonna avait été rudement efficace jusqu'à présent. Il se dirigea directement vers Albert Von Stein qui leva sa hache dentée. Le nain envoya de puissants coups mais toujours il trouva la lame ondulée de la flamberge sur son chemin. Cette forme ralentissait la glissade de la hache lors des parades et provoquait des vibrations qui fatiguèrent les muscles des bras pourtant robustes du nain. Albert Von Stein devint plus lent et profitant du retard d'une fraction de seconde de son esquive, von Frundsberg finit par lui transpercer la poitrine. Von Stein esquissa par réflexe le mouvement suivant qu'il avait prévu pour sa hache mais ses mains s'entrouvrirent et laissèrent tomber son arme avant qu'il ne s'effondre à son tour comme une poupée de chiffon.

Pendant ce temps, Odet de Foix avait chevauché avec son escadron vers la partie sud, contournant le manoir pour prendre Colonna à revers. Il fallait trancher la tête de l'armée des morts-vivants, car c'était la seule qui était vraiment vivante. Il y avait un pont de pierre enjambant une rivière qui coulait devant la résidence. Les cavaliers français balayèrent les quelques soldats impériaux postés devant. Odet franchit ce pont en premier, suivi de ses soldats. Mais à peine avaient-ils traversé que des morts-vivants sortirent de sous le parapet et de la rivière elle-même et prirent d'assaut l'escadron par l'arrière. Odet ordonna de cribler les ennemis de flèches mais cela ne les arrêta pas et les morts continuèrent à les attaquer, rendus épineux par les flèches enfoncées, comme des porc-épics monstrueux. Pendant ce temps, des tirs d'arquebuse fusèrent depuis le manoir et des balles fendirent l'air autour d'Odet. Il était pris au piège. Trois soldats autour de lui sursautèrent lorsqu'ils furent atteints par les balles et ils s'affaissèrent, tenant chacun leurs blessures respectives au bras, au flanc ou au cou d'où des flots de sang s'échappaient entre leur main gantée de fer.

Odet décida de rebrousser chemin. Il repoussa d'un violent coup de pied un squelette qui s'approchait par le côté. Celui-ci se disloqua contre le garde-fou du pont. Odet fit faire une volte-face à son cheval puis il chargea en direction du pont. Il envoya sa lance à travers la tête d'un mort-vivant qui lui barrait le chemin. Celui-ci, déséquilibré, trébucha mais il put cependant trancher de l'épée une patte du cheval d'Odet qui s'écroula dans un hennissement désespéré. Odet eut le réflexe de sauter sur le côté pour ne pas se retrouver coincé sous son cheval agonisant. Il atterrit sur un mort-vivant noyé qui explosa sous son poids comme un ballon trop rempli d'eau, le maculant d'organes putréfiés recouverts de vase. Odet se dégagea vivement, rendu fou par l'odeur fétide et la souillure poisseuse. A côté de lui, un soldat français en armure complète vomit et ce qu'il dégobilla remplit son casque et déborda par la visière tandis qu'il s'étouffait.

Odet fit quelques pas mais il s'emmêla les pieds dans les anses intestinales répandues par un autre mort-vivant et il se retrouva face contre sol. Se relevant avec peine, le nez en sang, il trancha de son épée le boyau retenant son pied et esquiva de justesse le coup de fléau d'arme d'un autre mort-vivant, sans doute un pendu car sa langue noire sortait de sa bouche de travers et il avait une érection. Surmontant son dégoût face à cette obscénité, Odet lui donna un coup dans le creux du genou, ce qui fit ployer le pendu. Celui-ci tressauta car un tir d'arquebuse venant du manoir, initialement destiné à Odet, le transperça. La balle traversa son orbite oculaire déjà vide. Le mort-vivant continua tout de même imperturbablement à brandir son fléau d'arme et et à donner des coups alors que de la matière cérébrale visqueuse mêlée d'asticots s'échappait par l'arrière de son crâne troué. Odet lui trancha le bras qui tomba à terre mais le bras eut un mouvement saccadé et la chaîne du fléau d'arme entoura et entrava les chevilles d'Odet qui tomba à nouveau.

Un autre mort-vivant se dirigea vers lui. Il avait déjà dû être rongé par une dizaine de générations de vers mais il brandissait vigoureusement une flamberge. Odet essaya de se relever. Il fut projeté à terre par un claquement contre le côté de sa tête. Un passage de sa main lui fit sentir que le pavillon de son oreille avait presque entièrement été emportée. Ce devait être un coup d'arquebuse mieux ajusté que le précédent. Odet abandonna tout espoir. Le mort-vivant à la flamberge allait le frapper. *Voilà où et comment je vais mourir. Ces créatures échappées de l'Enfer m'y mènent tout droit.* Un soldat se préparait toujours à mourir. La Faucheuse était une amie familière et Odet s'apprêtait à l'accueillir. *Je mourrai transpercé par une flamberge. Belle arme. Belle lame. Ça aurait pu être pire.*

C'est alors qu'il entendit un bruit de cavalcade et il vit Ayne de Montmorency porter deux coups croisés en travers du mort-vivant qui n'était plus qu'à quelques centimètres de lui. Il s'éparpilla en une dizaine de morceaux dans une odeur de charogne et la flamberge tomba au sol. Ayne se pencha et aida Odet à se hisser sur son cheval qui fit volte-face et se fraya un chemin hors de portée des arquebuses. Voyant Odet en difficulté, Ayne avait quitté son détachement et s'était projeté à son secours plus au sud. Il hurla à Odet qui tentait de contenir le saignement de son nez et de ce qu'il lui restait du cartilage de son oreille : « L'armée est décimée. Le Milanais est perdu pour cette fois.

— Tout... Tout ça pour une solde qui n'est pas arrivée... », balbutia Odet. Ayne ne dit rien au Maréchal et préféra crier des ordres pour rassembler les survivants en lieu sûr. *Oui, certes, la solde n'était pas arrivée. Mais tout ce désastre avait été surtout amené par l'incompétence d'Odet à se faire respecter. Il n'a jamais eu la carrure. Il est gonflé comme une baudruche par sa sœur, laquelle tient François par les couilles. Mon Dieu, que c'est sordide et triste !*

Depuis le manoir, Colonna regarda les troupes franco-suisses battre en retraite. « On fait moins les malins en l'absence du Roi et de son épée, hein ? » Sa revanche, il l'avait obtenue. La liberté de quitter enfin le service du Pape aussi. Il jubilait tellement que les morts-vivants qu'il contrôlait encore entamèrent une danse enjouée et frénétique sous le regard horrifié des Impériaux. Les cadavres qui avaient encore des cordes vocales poussèrent des cris de triomphe rauques et stridents qui hantèrent longtemps les cauchemars des soldats vivants.

***

François Ier était en discussion avec le Surintendant des Finances Jacques de Beaune quand Louise de Savoie entra dans la pièce avec énergie, son visage triomphant émergeant de sa guimpe : « Ça y est. Le Parlement de Paris m'a donné raison. Les terres de Bourbon ont bien été confirmées comme un apanage qui ne peut être transmis qu'à des héritiers ou revenir à la Couronne. François, te voilà à la tête de près de 5 millions d'acres supplémentaires ! » L'humeur de François oscilla entre la joie et une sourde inquiétude. Il prit un air maussade : « J'en étais déjà à la tête. Bourbon est mon vassal. » Louise fronça les sourcils, courroucée du manque d'effet que sa victoire suscitait chez son fils : « Tu sais ce que je veux dire. Avec ce qu'il appelait sa Cour à Moulins, il te faisait de l'ombre. » François médita que c'était surtout Charles Quint et Henry VIII qui lui faisaient de l'ombre. Charles de Bourbon était un joueur de petit gabarit face à ces deux monstres, et il l'avait bien servi. C'est pourquoi il précisa : « Je lui donnerai en usufruit ses terres. Tant qu'il sera vivant, il pourra en jouir. La Couronne les récupérera à sa mort. » Sa mère expira bruyamment en fermant les yeux : « François, il faut que tu le gardes près de toi ce Bourbon, à ta Cour. Dès qu'il s'éloigne de toi, il répand encore des horreurs sur ton compte avec ses airs arrogants.

— Comment le savez-vous, mère ?

— Je le sais. Intuition féminine. Intuition maternelle. »

François émit un petit ricanement. Sa mère s'en sortait par une pirouette mais il savait par sa sœur Marguerite que Louise avait à son service un réseau étendu d'espions à travers le Royaume. François changea d'angle d'attaque : « Et combien cela nous aura coûté ce revirement de nos amis parlementaires ?

— Quatre cent mille écus, dit laconiquement Jacques de Beaune.

— QUATRE CENT MILLE ! s'étrangla le Roi.

— François, songe à ce que rapporteront les baillages de ces terres chaque année... », dit Louise qui, en son for intérieur, admettait que c'était quand même un peu cher payé. Mais au final, rien n'était trop cher pour la gloire de son fils, et sa propre gloire mais elle considérait que c'était la même chose.

François dit alors en regardant Jacques de Beaune : « Ils doivent avoir des couilles en or, les parlementaires à ce jour d'hui. » Louise hoqueta lorsque le terme inapproprié de la phrase fut prononcé. Le Surintendant des Finances temporisa : « Une bonne partie a servi à rénover les bâtiments du Parlement. Cela n'a pas été que de la corruption.

— En voilà un vilain mot, Monsieur le Surintendant. Alors résumons, dit François. Quatre cent mille écus pour le Parlement. Quatre cent mille écus pour se payer les hordes de nabots suisses en Italie.... cela fait...

— Sire, je vous arrête là, dit Jacques de Beaune. Les quatre cent mille écus pour le Parlement sont les quatre cent mille écus prévus initialement pour les... pour nos alliés suisses. A moins de déterrer le trésor des Templiers, je ne vois pas où j'aurais pu trouver huit cent mille écus d'un coup ! »

Il y eut un terrible silence. On entendait presque la salamandre respirer. D'ailleurs elle s'était levée d'un bond et ses yeux en amande plissés passaient alternativement de Louise de Savoie à Jacques de Beaune. Percevant la tension dans la pièce, ce dernier balbutia : « C'est que... cette dépense pour le Parlement était prioritaire sur toute autre considération. C'est ce que m'a dit Madame », dit-il en regardant la mère du Roi. François se leva lentement et vint se planter devant sa mère, bombant le torse, la dominant de toute sa taille : « Madame ma Mère. Il me vient à l'idée que ce n'est pas du Connétable de Bourbon dont je devrais me méfier le plus. » Louise ouvrit la bouche mais le Roi lui pointa un index vindicatif vers le visage :

« Vous n'avez jamais été en campagne militaire avec les nains, Madame et sachez que l'or est tout ce qui les intéresse. J'espère qu'il n'est pas trop tard et qu'Odet de Foix et Ayne de Montmorency savent comment mitiger leur impatience. J'ose espérer que ce n'est pas, de surcroît, une manigance pour plonger dans l'embarras le frère de ma favorite que vous méprisez. Ce serait exposer la France à bien des périls pour des raisons bien futiles. »

Louise de Savoie était bien trop rompue à la politique pour laisser transparaître une quelconque émotion, alors que son fils venait de viser juste. La voix de Louise se fit dure lorsqu'elle desserra les lèvres : « C'est le clan de votre... gourgandine rusée qui vous a mis ces idées dans la tête ? Odet de Foix est tellement incapable que je n'ai nul besoin d'intriguer pour qu'il coule.

— S'il coule, comme vous le dites, Ayne de Montmorency qui l'accompagne pourrait être emporté avec lui et qui raflera la mise, Madame ? »

L'ombre du Connétable de Bourbon s'étendit sur eux deux. Si Ayne était battu, voire tué, Bourbon serait plus indispensable que jamais. « Vous êtes comme un serpent qui s'est mordu la queue, Madame ma Mère », dit François entre ses dents, puis il lui tourna le dos. Il eut l'impression d'avoir enfin tranché le cordon ombilical et il se sentait libre. Il s'adressa à Jacques de Beaune : « Monsieur Le Surintendant des Finances, nous réformerons la gestion du Trésor Royal de manière à ce que cela ne se reproduise jamais. » *Et en attendant, je vais souffrir de me séparer de ma salamandre. Va, cours, rivalise avec le vent de tes quatre pattes agiles au secours d'Ayne, au secours de la France. Pourvu qu'il ne soit pas trop tard.*

Quelques jours après, lorsque la salamandre s'apprêta à passer en Italie, elle rencontra l'armée française défaite qui retournait au pays. Il était trop tard.

Chapitre 49

En suivant le fleuve, on parvient à la mer.

Plaute

Tout semblait inhabituel pour Jean Fleury. Avec huit caraques, il voguait sans bannière particulière, même pas celle à la croix blanche des marchands de Dieppe. Il avait pour mission de capturer des navires espagnols et de préférence ceux provenant des Nouvelles Terres de l'Ouest. Ses bateaux étaient armés d'un nombre de canons comme Fleury n'en avait jamais vu de toute sa vie. Quant à son équipage, il connaissait suffisamment les marins dieppois pour savoir qu'il y avait des nouvelles têtes et que ce devait être des agents du Roi, chargés à la fois de le surveiller et de l'aider discrètement dans cette mission inédite. Fleury ne savait pas s'il devait en être honoré ou inquiet. En tout cas, il ressentait l'inquiétude sourde de ceux qui savait que leur vie a basculé vers une trajectoire inattendue. Et il n'y avait pas de retour possible.

La flotte voguait au large de la Bretagne, parmi les vagues aux crêtes blanches. Fleury espérait intercepter des bateaux espagnols qui remonteraient vers Anvers ou Amsterdam. Le temps était très clair et on voyait loin. La ligne de fusion entre l'eau et le ciel semblait tout au bout du monde. Des voiles furent aperçues au nord par la vigie depuis le nid-de-pie du navire principal. Fleury, qui jusque-là avait été assis sur le cabestan, se leva, marcha sur le pont et s'agrippa au bastingage, le cœur cognant fort dans sa poitrine. Au fur et à mesure de leur approche, les bannières des six navires qui allaient croiser leur route devinrent reconnaissables. Elles étaient divisées en quatre cadrans : deux portaient trois lions dorés sur fond rouge et les autres arboraient trois lys sur fond bleu. Ce n'était pas la bannière des Espagnols mais celle des Anglais qui indiquait sans fard leur prétention sur la France !

Des murmures parcoururent le pont et les coursives. Le second du bateau, Jacques de Sores alla tâter l'humeur de Fleury : « Ce sont des navires de guerre anglais, Capitaine, et ils se dirigent droit sur les côtes bretonnes. Cela ne présage rien de bon. Ces gueux d'anglais nous auraient déclaré sournoisement la guerre qu'ils ne feraient pas autrement.

— Tout ce qui n'est pas une caravelle espagnole ne nous intéresse pas. Virons à tribord, laissons-les filer où bon leur sied, répondit Fleury qui n'en restait pas moins intrigué par cette apparition.

— Mais... nous pouvons les arrêter. Ou au moins retourner à terre prévenir d'une attaque.

— Les arrêter... je ne sais pas. Tu as vu ce monstre ? Il doit faire plus de sept cents tonnes ! Peut-être mille ! dit Fleury en désignant de la main le plus grand des navires du convoi dont la proue fendait les flots avec une implacable maîtrise. Nous avons une mission à remplir et je ne dévierai pas. Ne les provoquons pas. Laissons-les passer. Et nous n'allons alerter personne. Ce n'est pas non plus notre mission. »

Interloqué, Jacques de Sores se résigna néanmoins à suivre ce que disait son Capitaine et partit donner les ordres. Leurs gouvernails d'étambot tournés, les bateaux dieppois dévièrent leur course. Des gabiers montèrent sur la hune pour détendre les voiles et faire ralentir l'allure. Les Dieppois ne cherchèrent pas à s'approcher de la flotte anglaise dont la vigie devait déjà les avoir aperçus. Jean Fleury put voir les flancs des bateaux anglais et notamment du plus grand. Il était loin, mais il lui semblait bien voir deux rangées de sabords sous le pont pouvant cacher des canons. En homme de mer, il repéra l'incurvation de la coque qui permettait de compenser le poids de ces armes. Il se surprit à craindre que les navires anglais ne se détournent à leur tour de leur course et ne les attaquent. Ils étaient bien trop puissants. Si initialement, la volonté d'ignorer les Anglais provenait de son souhait de suivre les recommandations de Jehan Ango de se concentrer sur les Espagnols et de ne pas inquiéter d'importants partenaires commerciaux, il devait admettre que s'y ajoutait maintenant la perception de son infériorité stratégique. Il ne donnait pas cher de la peau de qui devrait affronter cette force. Les navires anglais passèrent et tout l'équipage français resta silencieux au milieu des lents grincements du bois et des longs murmures des flots. Seuls deux des « nouveaux marins » chuchotaient entre eux et ils étaient inquiets. L'un d'entre eux se détacha de son camarade et s'approcha de Fleury : « Vous avez bien fait.

— De quel droit, matelot, commentez vous les ordres de votre Capitaine ?

— Ils se débrouilleront en Bretagne pour les repousser, continua le « marin » imperturbable, sûr de sa puissance cachée.

— Encore un commentaire, matelot, et vous servirez de nourriture pour poissons », répliqua rageusement Fleury.

Décidément, tout était inhabituel dans cette mission.

***

La nuit s'écoulait tranquillement à Morlaix, au fond de son estuaire. Tous les notables de la ville et la plupart des soldats étaient partis à la foire de Guingamp et Gwendal le jeune pêcheur savait qu'il n'allait pas gagner beaucoup d'argent avec les poissons qu'il ramenait en cette fin de nuit. Mais il allait vendre le fruit de sa pêche quand même car cela lui donnait un prétexte pour voir la jolie Solen à qui il avait déjà arraché quelques baisers. Il était déjà grisé par la perspective de la retrouver.

Gwendal remontait lentement l'aber de la Dossen qui reliait la baie de Morlaix à la ville. Il se laissait porter par la marée montante qui permettait aux eaux marines d'envahir la vallée encaissée. Il aspira une grande bolée d'air : on sentait les odeurs de la terre, de la bruyère et de la callune. Relâchant les traits de son visage qui était comme taillé en coups de serpe, Gwendal commençait à somnoler au passage de la courbe que faisait la Dossen sous Locquenolé lorsqu'il entendit ce qui lui sembla être un coup de tonnerre. Il regarda incrédule le ciel étoilé qui commençait à s'éclaircir vers l'est. Il entendit un sifflement puis un peu après un bruit de pierres qui s'écroule en provenance de Morlaix, suivi de cris lointains. Dans le même temps, il sentit son petit bateau accélérer, porté par un nouveau courant d'origine inconnue et bien plus puissant que le courant de marée. Il se gratta la nuque ce qui était signe chez lui d'un profond étonnement. Le clapotis de l'eau augmenta brusquement. Il se retourna et ce qu'il vit lui fit écarquiller les yeux : une énorme caraque se trouvait à quelques toises et fonçait droit vers lui. Gwendal eut juste le temps de sauter dans l'eau que son bateau fut écrasé sous la coque monstrueuse et réduit à l'état de bout de morceaux de bois flottant. Les poissons de sa pêche retrouvèrent leur élément. Un nouveau coup de tonnerre retentit, et Gwendal qui émergea de l'eau pour respirer comprit que c'était un nouveau coup de canon tiré du gaillard avant vers Morlaix. A la lumière des feux sur le pont, il vit un soldat qui pointa du doigt vers lui. Il plongea sous l'eau et n'entendit jamais le coup d'arquebuse qui envoya la balle qui lui déchira le côté du bras. Il se retint dans un suprême effort d'ouvrir la bouche pour hurler ce qui l'aurait noyé.

Gwendal réussit à gagner la berge malgré les remous que le grand bateau faisait dans la Dossen dont il occupait une bonne partie de la largeur. Il courut en glissant plusieurs fois dans la vase couronnée de salicornes puis il se mit à couvert dans les fourrés où il pénétra alors qu'une balle d'arquebuse ricocha sur un rocher juste à côté. Il y eut encore un nouveau coup de canon et de multiples cris et hurlements depuis le fond de l'aber. *Mon Doué, Solen !* C'est en s'appuyant sur son bras pour grimper plus haut que sa blessure se rappela à son bon souvenir. Elle avait saigné abondamment mais l'essentiel du bras était intact. Gwendal se cacha en appuyant son dos contre un gros bloc de pierre couvert de lichen. Il déchira un bout de sa chemise et se fit rapidement un bandage de fortune. Le tissu humide d'eau salée raviva la douleur de sa blessure. Pendant ce temps, les déflagrations de la canonnade continuaient, suscitant le piaillement outré des mouettes qui s'enfuyaient vers la mer. Un deuxième navire, plus petit, apparut derrière le premier avec à son bord des soldats prêts à débarquer.

Gwendal grimpa en haut de la colline en jouant des pieds et des mains pour se mettre le plus rapidement possible hors de la portée d'autres tirs éventuels. Il avait la tête qui tournait et les dernières étoiles de la nuit semblaient toutes être filantes. Arrivé au sommet, il courut parallèlement à la Dossen en direction de Morlaix parmi les bruyères et les genêts. Il se déplaçait en ployant l'échine pour ne pas être vu depuis les bateaux mais les équipages ne s'intéressaient plus qu'à la ville devant eux. Les soldats du premier bateau débarquaient en masse sur les quais du port où les bâtiments avait été réduits par les boulets à des ruines fumantes. Quelques maisons en pierre plus loin avaient le toit éventré. L'atmosphère était saturée d'une odeur de poudre à canon brûlée et de bois carbonisé.

C'est à ce moment que le contrecoup de ce qu'il venait de vivre le rattrapa et il eut les entrailles qui se nouèrent de peur. Il vit des habitants remonter en courant depuis Morlaix et se diriger vers un manoir plus en hauteur. Gwendal le connaissait : c'était le manoir de Ker'Huella qui n'était pas visible depuis la Dossen et le port. Gwendal regarda passer le flux des habitants, les yeux hagards, tirés de leur sommeil par un cauchemar bien réel. Il chercha Solen mais ne la trouva pas. Se grattant la nuque, il hésita à descendre vers la ville. La canonnade était terminée et les troupes débarquées se livraient à un pillage en règle des bâtiments. Les soldats aux uniformes rouges grouillaient telles des fourmis sur les restes d'un festin. On entendit des meubles renversés, des bris de vaisselle, des cris et occasionnellement un coup d'arquebuse et un hurlement d'agonie. Les envahisseurs s'attaquèrent même à une porcherie et on entendit littéralement des cris de cochon qu'on égorge. Un verger de pommes fut incendié et les fruits rôtirent sur les branches transformées en torches.

« Va pas faire le gloche et descendre là-dedans ! » lui dit une voix familière. C'était celle du père de Solen.

« Et Solen ? demanda anxieusement Gwendal.

— Partie hier à la foire avec sa mère. Et moi qu'ai failli m'y opposer. *Koc'h !* Suis-moi. »

Avec le père de Solen, Gwendal courut vers le manoir de Ker'Huella. Son propriétaire, un vieil homme respecté dans la région, à la longue barbe couvrant en partie un visage parcheminé et avec des yeux étonnamment bleus, avait ouvert sa demeure aux réfugiés. Personne ne connaissait vraiment son nom. On pouvait espérer que vu sa position excentrée, le manoir allait échapper aux exactions et au pillage. Malgré cet avantage indéniable, les réfugiés auraient été bien en peine d'expliquer pourquoi, tous, simultanément, avaient eu l'idée de choisir ce manoir comme refuge.

« C'est qui qui nous attaque ? » demanda Gwendal avec le souffle haché tant par la course que par la peur. « Bah, les Anglais. Qui veux-tu qu'ce soit d'autre, le drôle ! » lui répondit-on. Le vieux propriétaire des lieux qui se déplaçait avec l'aide d'un bâton noueux distribua du pain et fit chercher de l'eau au puits pour réconforter les survivants en état de choc. Il fit amener aussi un grand pichet de chouchenn qui servit en priorité à désinfecter les plaies des quelques blessés. L'un des réfugiés regardait le délicieux breuvage couler sur les blessures puis former une flaque sur le sol avec de grands regrets. Le vieil homme déposa ensuite sur les plaies un mélange de feuilles et de racines séchées et broyées mélangées à du miel. Gwendal avait déjà oublié sa blessure au bras et scrutait de la fenêtre l'entrée des jardins pour vérifier qu'aucun Anglais ne venait. « Que nous veulent-ils ? Toute cette pêche perdue !

— D'autres ont perdu bien plus que des poissons », répondit gravement le vieil homme après une pause silencieuse. Il faisait partie de ces gens qui ne répondaient jamais tout de suite mais laissait un moment de silence où celui qui venait de parler se rendait souvent compte qu'il avait proféré une bêtise.

« Qu'avons-nous fait à *Doué* pour nous attirer une telle fureur, dit une femme éplorée aux yeux atteints de loucherie.

— *Diwall*[35] ! Chut ! *Serr da veg*[36] ! Eteignez les bougies ! Je crois que je vois des troupes qui prennent le chemin vers Carantec. »

Une onde de peur traversa tout le groupe. Le manoir pouvait être vu depuis la route. Gwendal cracha en tournant la tête par-

---

[35] Attention
[36] Ferme ta gueule

dessus son épaule pour faire fuir le mauvais sort. Il se rendit compte qu'il avait oublié qu'il était à l'intérieur du manoir et que cette protection ne fonctionnait qu'à l'extérieur, alors il s'excusa. « Ne vous inquiétez pas », dit le propriétaire des lieux avec un fin sourire. Par miracle, les soldats passèrent sans s'arrêter : « Quelqu'un a dû parler... Ils doivent aller au Monastère de Saint-François de Cuburien... Ils vont le piller. Y va y avoir du *reuz*[37] », déclara l'un des morlaisiens.

— Ça ne respecte rien un Anglais... »

Tous se tournèrent vers le vieil homme du manoir car on sentait qu'il allait parler. Comme à son habitude, il attendit un peu puis déclara : « Ce sont des descendants de Normands qui eux-mêmes sont des descendants des Vikings. Le vieux sang remonte toujours à la surface. » Gwendal ne comprit rien à ce charabia. Le terme Viking lui était inconnu et le terme Normand lui disait vaguement quelque chose et il l'assimilait à un habitant d'un pays lointain. Il se gratta l'arrière de la tête et voulut poser des questions mais le vieil homme était reparti soigner un blessé.

« On va *faire l'cabane sul'chien*[38] là ou on tente de leur faire quelqu'chose à ces *laouenn-dar*[39]? J'me sens comme un manche-à-couille, là ! dit le ferronnier, un grand gaillard qui tournait en rond les bras ballants.

— Tu veux faire quoi ? Y sont plus nombreux qu'les poux d'un vaurien et y sont entraînés. Je ne godille pas dans ces eaux-là, répliqua un pêcheur avec des cheveux gris filasses.

— Grignouse pas. Il faut appeler de l'aide.

— Allez quérir Guy de Laval, dit le vieillard. Il est à Guingamp avec ses troupes. J'ai un bon cheval dans l'écurie. » Sans se

---

[37] dégât

[38] s'endormir

[39] cloporte

demander comment le vieillard pouvait avoir ce renseignement, le ferronnier partit comme une flèche.

« C'est se taper la tête contre un *karreg*[40], protesta le pêcheur. Quand Guy de Laval attaquera, ils remont'ront sur leurs bateaux comme des forteresses et tir'ront dans le tas avec leur canon comme dans un *krampouezh*[41].

— Non, les bateaux ne seront plus là », dit calmement le vieillard après sa pause habituelle. Ses yeux brillèrent d'un éclat amusé, bordé par ses rides en forme de patte d'oie. Il s'était déplacé au bas des marches de l'escalier menant à l'étage et à la petite tour du manoir. « Ne bougez pas... Je reviens bientôt », dit-il mystérieusement et il se mit à gravir les marches avec la lenteur vénérable des vieillards, toujours aidé de son bâton noueux pour prendre appui. Ceux qui restèrent en bas se regardèrent, interloqués.

Quelques instants plus tard, on entendit en provenance de la petite tour du bâtiment une mélodie jouée à la harpe celtique et une voix de jeune homme douce et coulante qui enveloppa les notes pincées en chantant :

Omer ein cyndadau
Oddi yno daethom
Gwmpas yma i ni adael
Cael gwared ar amrantiad i chi
Gallwn crio chi
I ddangos faint yr ydym yn caru chi.

---

[40] rocher
[41] crêpe

Le vieil homme revint dans la pièce principale du manoir sous le regard médusé de toute l'assistance. Gwendal constata avec stupeur que le bleu de ses yeux changeait... changeait comme les ondulations de la mer. Il remarqua aussi pour la première fois que son bâton noueux avait des formes étranges sculptées à sa surface. On entendit un sifflement qui rappelait le vent quand il s'engouffrait dans les bruyères. Puis des cris montèrent de Morlaix et ceux qui furent les plus rapides à se secouer de leur stupéfaction se précipitèrent aux fenêtres. Alors que l'aube se levait franchement et que ce devait être le climax de la marée haute, ils purent voir que la Dossen s'écoulait à grand flot vers la mer. Les deux grands bateaux étaient entraînés vers le large par le fort courant que cela créait. Mais ils étaient amarrés dans le port de Morlaix. Leur course fut brusquement stoppée. Les cordes d'amarrage se tendirent, prêtes à se rompre. La panique envahit les Anglais devant ce phénomène inattendu et ce retrait de marée si soudain. Certains voulurent remonter sur les bateaux pour s'enfuir mais le niveau d'eau baissait dramatiquement sous les navires et ils allaient se retrouver à sec, la cale contre le fond. Les capitaines restés à bord ne pouvaient pas prendre le risque de laisser échouer la fine fleur de la flotte britannique et ils firent trancher les cordes d'amarrage par des coups de hache. Les bateaux libérés de leurs attaches partirent d'un coup vers la vallée de la Dossen alors que l'eau se retirait derrière eux laissant voir la vase et les algues. Quelques soldats revenus de leur pillage de la ville accoururent sur le quai. Ils tentèrent le tout pour le tout en sautant mais ils manquèrent le bateau et se retrouvèrent au milieu des longues algues vertes et brunes. Leurs frondes se mirent à bouger comme des tentacules de pieuvre et ils enserrèrent les soldats jusqu'à les étouffer.

Depuis le manoir, Gwendal contempla cette succession de prodiges et il resta muet, les mots ne pouvant exprimer ce que son esprit refusait de considérer comme réel. L'un des morlaisiens se retourna vers le vieil homme : « Les légendes disaient donc vrai. Ils restent des druides en Breizh. » Gwendal ouvrit la bouche puis la referma. *C'était donc ça !* Le vieil homme resta impassible.

Les réfugiés du manoir entendirent les soldats anglais revenir en hâte du Monastère de Saint-François de Cuburien, sans doute surpris de ce qu'ils avaient vu en contrebas. Les Anglais se retrouvèrent dans Morlaix, abandonnés par leurs navires, sans aucune possibilité de repli. Certains étaient ivres des tonneaux qu'ils avaient percés. D'autres dormaient après avoir violé plusieurs femmes. Ils avaient détruit une bonne partie des bâtiments et n'avaient nulle part où s'abriter. Quand, trois heures plus tard, Guy de Laval arriva avec ses troupes, les Anglais ne purent résister bien longtemps et furent massacrés. Leurs cadavres furent jetés dans l'eau à la marée montante suivante puis, ballotés par les eaux, ils furent emportés par la marée descendante qui lui succéda.

Les réfugiés quittèrent le manoir et retournèrent vers Morlaix, le cœur lourd, pour constater les dégâts. Sur le seuil du manoir, Gwendal se retourna et demanda au druide : « Mais comment avez-vous fait ? »

Il y eut la traditionnelle pause.

« Comment j'ai fait quoi, jeune homme ?

— Mais... Tout ça ! s'exclama Gwendal en désignant la baie de ses deux mains.

— Je ne vois pas ce que tu veux dire ! bougonna le vieux, cette fois-ci sans silence préalable. Ce sont les vapeurs de chouchenn qui te montent à la tête !

— Mais je veux savoir ! »

D'un coup de bâton dans les côtes, le vieil homme repoussa Gwendal dehors et lui claqua la porte au nez.

Chapitre 50

La fin du monde n'est pas encore pour demain.

Tite-Live

La situation à l'intérieur de Rhodes devenait intenable après plusieurs semaines de siège. La nourriture commençait à manquer. Un complot mené par des femmes esclaves musulmanes qui avaient planifié de pénétrer dans le grenier principal et de tout incendier avait pu être déjoué juste à temps. Les femmes furent pendues, décapitées et leurs têtes mises sur des piques érigées sur les remparts face aux Ottomans. Des oiseaux de mer, qui ne craignaient plus de venir à la forteresse depuis la disparition du dragon, firent un festin de leurs yeux et quand les chairs se relâchaient et que les mâchoires s'ouvraient, la langue était aussi un morceau de choix.

Le Grand-Maître L'Isle d'Adam tint fermement sur le maintien du rythme des heures canoniales et des offices de prière pour ses moines-soldats, même si des roulements devaient être organisés. Aussi immuables que l'ordre des saisons, c'étaient des rituels qui permettaient de maintenir un semblant de normalité dans une situation exceptionnellement périlleuse. Et ils constituaient une forme de réponse aux cinq prières quotidiennes auxquels se pliaient les Ottomans dans la plaine face aux remparts.

Mais il fallait coûte que coûte desserrer l'étau, trouver une sortie à cette forteresse devenue une prison, cernée de geôliers affameurs et assassins. Une nuit, un petit navire quitta le port et put passer la chaîne qui avait été momentanément abaissée avec discrétion. Elle avait été abondamment huilée ainsi que la manivelle pour ne pas qu'il y ait de cliquetis et de bruits mécaniques. Sur le navire, Jean de La Valette avait pour mission avec quelques hommes d'atteindre la Grèce et de mettre au courant le monde chrétien de la situation. Philippe Villiers de L'Isle d'Adam espérait un ultime sursaut, un réveil de la torpeur dans laquelle la chrétienté s'était trop longtemps enfoncée. Pour réussir cette mission, il fallait éviter de se faire repérer par la flotte ottomane mais aussi espérer que quelque bête à la solde de Barberousse ne soit pas restée dans les parages.

C'était une nuit sans lune et il y avait une brume marine tout à fait opportune pour espérer mener à bien cette opération. Mais tandis que le bateau avançait dans de l'eau sombre comme de l'encre, La Valette put observer un phénomène étrange. De tous petits animaux qui brillaient d'une faible lumière bleu clair commençaient à converger vers la coque. « C'est rien, continuons », dit-il. Mais ces animaux devinrent de plus en plus nombreux. Ils encerclèrent le bateau puis se collèrent contre la coque de tous les côtés. Le bateau finit par être entouré d'une lueur phosphorescente fantomatique et sa silhouette sombre était maintenant bien visible par contraste, même dans la brume. Chacun sur l'embarcation regarda les visages qui les entouraient, éclairés par en-dessous par cette lueur bleue, ce qui leur donnaient un aspect effrayant. Et ce d'autant plus que les visages étaient anxieux. Ce que tous craignaient arriva. Le bateau ne manqua pas d'être aperçu puis arraisonné par un navire ottoman aux ordres de l'Amiral Kurtoğlu Muslihiddin Reis. Jean de La Valette et ses soldats ne furent pas en mesure d'opposer une résistance significative et ils furent mis aux fers. Les petites créatures luminescentes étaient encore un cadeau de Barberousse et assuraient que tout navire quittant l'île serait rendu pleinement visible en toutes circonstances.

Cette même nuit sans lune, Gabriele Tadino inspecta de manière discrète les remparts pour évaluer les dégâts après une journée particulièrement intense en bombardements. Il risqua également quelques regards par-dessus le parapet crenelé. Devant lui, s'étendait la terre étoilée comme le ciel des feux de camps de l'armée ottomane. Il fut suffisamment habile pour ne pas être vu de ses ennemis. Mais c'était sans compter avec la vigilance du djinn. Celui-ci lui envoya un jet de flamme dans le visage à la hauteur de ses yeux. Tadino hurla et le feu se propagea à ses cheveux. Un Hospitalier accourut, détacha sa grande cape et put éteindre les flammes en étouffant le feu qui dévorait la tête de l'ingénieur qui se tordait au sol comme un possédé. Ses yeux avaient fondu et s'étaient écoulés de leur orbite puis vaporisés. Tadino finit aveugle, presque chauve et avec la peau brûlée sur la moitié de sa tête.

Si on se réjouissait dans le camp ottoman, Soleyman était furieux car au moment où le djinn avait fait cette attaque, il était en train de manger avec ses principaux généraux et les *Beylerbeys* d'Anatolie et de Roumélie, tout en regardant les prouesses d'un jongleur de sabres. Tous ces témoins pourraient soupçonner qu'il n'était pour rien dans ce jet de flammes et cela pourrait soulever des questions embarrassantes sur les capacités magiques du Sultan. Soleyman avait dû trouver des réponses alambiquées, arguant qu'il avait planifié cette attaque plus tôt et que sa magie pouvait agir "avec retard". Lorsque le djinn Iphrit vint le retrouver, il se mit en colère contre lui : « Ne refais jamais ça ! Tu ne dois envoyer des flammes qu'en ma présence ! » Le djinn avait des orbites vides dans son visage fait de flammes mais on put y distinguer un brasillement de colère. Il crépita d'impatience : « Même pour un être comme moi, je trouve le temps long. Et je n'ai toujours pas digéré que la lame de l'épée du Grand Maître de ces scélérats ait repoussée mes flammes lors de l'assaut de l'autre jour. Il y a là un maléfice qui me rend aigri. Je peux tout aussi bien retourner à Istanbul, si tu n'es pas content de mes services ou aller me ressourcer dans les sables brûlants des déserts. » Le visage de Soleyman passa de la colère à la peur : « Non, reste, par la grâce d'Allah ! Il faut qu'on en finisse d'une manière ou d'une autre.

— Quant à Allah ou ton Prophète Mahomet... Je te conseille de ne pas les invoquer en ma présence. Nous, les djinns, avons eu des relations difficiles avec l'Islam avant le pacte que nous avons scellé avec ton ancêtre Osman. »

Soleyman inclina la tête en signe d'accord. Mais une fois le djinn parti, il pria deux fois plus longtemps que d'habitude.

La mauvaise saison pour naviguer approchait. Rester sur l'île tout l'hiver ne réjouissait personne. La pluie tombait de plus en plus fréquemment et transformait les tranchées en cloaques boueux impraticables. Les soldats y pataugeaient lamentablement. Des cas de dysenterie se déclarèrent dans le camp. Et le désir de revoir Roxelane commença à sérieusement aiguillonner le Sultan. Il était grand temps de jouer la phase finale de la partie mais comment ? Son djinn et son armée étaient las et épuisés, tandis que les murailles et la détermination des Hospitaliers étaient remarquablement solides.

Une nuit, un esclave musulman de la Citadelle des Hospitaliers réussit à voler une arbalète et à tirer un carreau avec un message accroché dessus depuis les remparts. Le garde d'un bastion réussit à tuer l'esclave d'un coup d'arquebuse mais il était trop tard. Le message avait été envoyé. Il prévint L'Isle d'Adam. Le carreau avec le papier gisait en contrebas, près d'une tranchée creusée par les Ottomans : « Il faut faire une sortie et récupérer ce message avant que les Ottomans ne le prennent », ordonna le Grand Maître. Le djinn avait observé la scène et vint réveiller le Sultan. Celui-ci se leva en sursaut et sortit de sa tente, toujours dans les amples habits de soie qu'il prenait pour la nuit. Le djinn put envoyer de larges traits de flammes du côté opposé de la forteresse à celui où était le message ainsi que des boules de feu qui imitaient le bruit de canons lorsqu'elles s'écrasaient contre les remparts. Croyant qu'une nouvelle attaque massive allait arriver par ce côté, L'Isle d'Adam et les Hospitaliers s'y portèrent, reléguant au second plan la récupération du message.

Soleyman ordonna alors une incursion, tout en continuant de faire semblant d'envoyer des jets de flammes vers la Citadelle. Une équipe de huit janissaires s'engagea dans la tranchée rendue boueuse par les orages de la journée. Ils durent presque nager dans une masse visqueuse brune à l'odeur fétide, les assiégés ne perdant jamais une occasion d'envoyer leurs excréments vers les assiégeants. Crottés et couverts de boue jusqu'à la tête, ils se hissèrent sur le rebord de ce cloaque. Ils eurent besoin de leurs deux mains et ils durent donc abandonner leurs boucliers. Le dos courbé, ils s'avancèrent furtivement vers les remparts, zigzaguant entre les pieux épais enfoncés obliquement par les Hospitaliers pour ralentir les assauts de masse.

Les janissaires furent accueillis par quelques tirs d'arbalète envoyés par les deux gardes restés sur place en haut des remparts. Le premier janissaire fut touché à la poitrine et s'effondra. Le deuxième fut atteint à la cuisse. Il continua à progresser en boitant pendant que les gardes rechargeaient leur arbalète. Puis un nouveau carreau s'enfonça dans son autre cuisse et ses jambes lâchèrent sous lui. Le carreau suivant manqua de peu l'un des six autres janissaires. Ceux-ci profitèrent du temps de rechargement pour avancer au plus vite. Puis le troisième janissaire eut la joue gauche transpercée et le carreau se ficha dans l'os de sa mâchoire. Le quatrième fut atteint au bas ventre et eut un sursaut vers l'arrière, percutant le cinquième qui fut déséquilibré. Il tomba mais le temps de se relever l'un des arbalétriers avait déjà rechargé son arme et il reçut un carreau dans l'épaule qui le fit virevolter vers le sol. Les trois qui restaient avancèrent au plus vite en zig-zaguant. Le sixième prit un carreau dans la gorge et rejoignit rapidement les *houris*[42] au Paradis tandis que le septième, tendant le bras, réussit à s'emparer du message. Il rebroussa chemin et fut atteint par un carreau d'arbalète dans le dos, entre deux vertèbres. Il lâcha le message qui tomba dans la boue. Le huitième janissaire bondit pour le récupérer, l'attrapa avec l'extrémité de ses doigts et glissa dans la boue ce qui lui permit d'éviter un carreau qui passa à juste à côté de sa tête. Il se releva et courut. Il fit un écart pour s'abriter derrière l'un des pieux qui tressaillit lorsqu'un carreau s'y planta. Il attendit que les arbalétriers aient le temps de recharger. Puis il feignit de repartir sur la droite où deux carreaux s'enfoncèrent juste après dans le sol et il repartit par la gauche où il put plonger dans la tranchée, sain et sauf et avec le message.

***

Le lendemain soir, Philippe Villiers de L'Isle d'Adam était agenouillé sur son prie-Dieu en velours cramoisi et finissait sa prière vespérale. La journée avait été éprouvante car plusieurs moines-soldats avaient souhaité tuer tous les esclaves musulmans de la Citadelle, les ennemis de l'intérieur comme ils les appelaient, pour éviter de nouveaux incidents. Le Grand Maître avait refusé net de se livrer à de telles exactions.

La prière permit d'apaiser les vagues de pensées qui l'assaillaient. Dans la paix et la sérénité qui accompagnaient traditionnellement le dernier *Amen*, L'Isle d'Adam eut alors la certitude que quelqu'un d'autre se trouvait dans la pièce, sans

---

[42] vierges

avoir été annoncé. *Un de ces esclaves musulmans a réussi à s'introduire dans mes appartements... Ou alors un de mes Hospitaliers qui considère que je les mène à leur perte. Je suis prêt à mourir car j'ai vécu honorablement.* Il regarda encore Jésus sur le crucifix face à lui et une voix puissante et douce à la fois se fit entendre derrière lui : « Je ne souhaite pas porter atteinte à votre vie, si vous n'essayez pas de porter atteinte à la mienne. » Le Grand-Maître des Hospitaliers se leva et se retourna lentement. Le Sultan Soleyman le regarda avec intérêt écarquiller les yeux. L'Isle d'Adam demanda dans un souffle : « Vous êtes seul ?

— En quelque sorte », répondit le Sultan. Des petites étincelles naquirent dans ses paumes. Il était accompagné de son djinn Iphrit que le Grand-Maître ne voyait pas mais il sentait sa chaleur. Le Grand-Maître jeta un coup d'œil vers son épée posée sur un table. Elle était trop loin pour qu'il puisse la saisir avant que le Sultan ne réagisse. Enduite de salive de dragon, elle lui aurait pourtant permis de résister aux flammes magiques.

Le djinn émit un crépitement de dégoût lorsqu'il reconnut l'arme sur laquelle ses flammes avaient rebondi. Il chuchota à l'oreille du Sultan de demander son secret au Grand Maître mais Soleyman resta silencieux. Le Sultan s'approcha lentement de la fenêtre et il contempla ses propres armées en contrebas. Une belle vue en somme. Puis il leva les yeux. Les étoiles du ciel commençaient à être bien visibles : « Que l'on soit au sommet de la plus haute tour ou de la plus haute montagne, les étoiles seront toujours aussi lointaines et inaccessibles. Elles scintillent en se moquant de nous. La terre, en revanche, le sol et ses galeries, voilà ce qui nous rapproche », dit pensivement le Sultan puis il tourna sa tête vers le Grand Maître et un sourire plissa légèrement ses lèvres.

L'Isle d'Adam répondit à son sourire, et il dodelina de la tête, comme lorsque l'on résout une énigme : « Alors c'était ce que contenait ce message sur le carreau d'arbalète ?

— Oui. Le plan du passage secret qui permet de sortir de la Citadelle vers les rochers de la côte. Ou de prendre le chemin inverse pour finir par entrer par la trappe près du cellier en bas.

— Je suppose qu'il fallait que ce soit découvert tôt ou tard...

— Je suis curieux de savoir pourquoi vous ne l'avez pas déjà utilisé pour tenter une sortie et nous prendre à revers.

— Révéler son existence aurait provoqué une fuite des esclaves et des plus pessimistes de mes hommes. Mon devoir est de ne pas rendre la lâcheté possible.

— Allons... Les fiers et nobles Hospitaliers ! Comment certains parmi vous pourraient-ils être lâches ? C'est vous qui êtes trop pessimiste.

— Le pessimisme vient avec l'âge. C'est peut-être une forme de sagesse. » Le Grand-Maître des Hospitaliers regarda avec une certaine tendresse le Sultan, de trente ans plus jeune que lui. « Nous sommes tous des pécheurs en puissance, poursuivit-il. Les temps durs révèlent nos forces... et nos faiblesses. Nous avons tous été chassés du Paradis, n'est-ce pas ? Mais pourquoi ne pas, vous, en avoir plus profité ? Une infiltration de vos janissaires par surprise et vous auriez pu me tuer.

— Je me sens offensé. Ce ne serait pas honorable. Vous vous êtes bravement battus. Je croyais sincèrement que vous vous effondreriez une fois votre dragon noyé.

— Nous autres, chrétiens, avons appris à ne pas entièrement faire confiance aux dragons.

— Et nous, musulmans, ne leur avons jamais fait confiance.

— Vous faites bien confiance à d'autres... choses. »

Soleyman se sentit dans une position inconfortable. *À quoi fait-il allusion ? Connait-il l'existence des djinns ?* Iphrit était en train de fixer de son regard de braise l'épée du Grand-Maître. Soleyman craignit qu'il allait commettre une bêtise. Dehors, la cloche de la chapelle sonna dix heures. Il était temps d'en finir : « Vous avez mon sauf-conduit pour quitter la Citadelle, vous et tous les Hospitaliers. Vous pouvez emporter vos affaires, vos armes, sauf l'artillerie. Nous libérerons les esclaves musulmans mais vos civils pourront rester ici et seront bien traités. Il n'y aura pas de conversion forcée à l'Islam. L'évidence de la supériorité de notre religion viendra avec le temps et la sagesse, comme il se doit. En échange, toute l'île passera sous notre contrôle. »

Il y eut un léger tremblement de la mâchoire du Grand-Maître Hospitalier. C'était bien plus qu'il n'avait pu imaginer obtenir dans la situation présente. « Et vous décrocherez les têtes de ces femmes que vous avez montées sur des piques », ajouta lentement le Sultan qui prit un ton menaçant qui trancha avec la nature très courtoise qu'avait eu la discussion jusque-là.

Philippe Villiers de L'Isle d'Adam tendit la main au Sultan. Celui-ci mit sa main dans la sienne et ils scellèrent tacitement leur accord. En partant, Soleyman souleva son turban pour saluer son adversaire.

Quelques jours plus tard, les Hospitaliers quittèrent l'île avec trois de leurs navires sous un vent puissant et une pluie battante. Le premier appel à la prière d'un muezzin se fit entendre. La fière Citadelle des Hospitaliers allait abriter son premier office religieux musulman. Les Hospitaliers purent emporter leurs objets sacrés : le bras droit de Saint Jean Baptiste dans sa châsse couverte de joyaux et l'icône de la Vierge de Philerme. Ils emportèrent le Grand Registre où les faits et gestes des membres de l'Ordre étaient consignés ainsi que les deux grandes bannières rouges avec une croix blanche qui avaient orné depuis plus de deux siècles l'entrée de la Citadelle. Elles étaient largement élimées sur les bords et l'une d'entre elles étaient à moitié brûlée. Jean de La Valette et les hommes qui l'avaient accompagné dans son infortune avait été bien traités par leurs geôliers sur un navire ottoman et ils purent rejoindre en barque la caraque de L'Isle d'Adam. Une fois monté à bord, La Valette voulut regarder une dernière fois la silhouette de la forteresse de Rhodes mais le Grand Maître posa sa main contre sa joue et l'empêcha de tourner la tête : « Cela ne sert à rien, dit-il doucement.

— Mais nous la récupérerons cette île, n'est-ce pas ? » demanda La Valette. Le Grand Maître ne répondit pas.

Tandis que, derrière eux, une bannière ornée de croissants de lune était hissée sur la forteresse, les Chevaliers Hospitaliers voguèrent vers l'ouest, vers un avenir inconnu.

Épilogue 1

Le château de Wartburg se trouvait sur une colline surplombant Eisenach, en Thuringe. On pouvait y accéder d'un côté par une pente douce mais l'autre côté était un à pic vertigineux. Deux servantes regardaient partir un cavalier entouré d'une escorte depuis une fenêtre en encorbellement du donjon où elles faisaient une chambre : « Voilà donc ce chevalier Georges qui s'en va...

— Escorté par des soldats de Frédéric de Saxe comme à son arrivée...

— Comment tu les as reconnus ?

— C'est ce qui se disait aux cuisines ce matin.

— Cuisine où tu traines pour aller voir ton gâte-sauce. Fais pas ton innocente.

— Moi au moins je ne m'entiche pas d'un chevalier errant et mystérieux qui apparait puis disparait sans raison comme un Diable.

— Errant ? Il est resté ici un bon moment quand même. Il avait le regard dur et la barbe drue. Voilà un homme qui a vécu. Il devait savoir y faire avec les femmes. Pas comme les dégorgeurs de poireau précoces qu'on se tape d'habitude.

— Moi il ne m'a jamais inspiré confiance. A-t-on déjà vu un chevalier qui comme lui passait presque tout son temps à écrire ? Mon petit doigt me disait qu'il y avait quelque chose de fourbe chez cet homme-là.

— Bon. Si ton petit doigt pouvait plutôt sortir de ta crevasse poilue et m'aider à faire le lit ça m'arrangerait. »

Quelques jours plus tard, Martin Luther réapparut brusquement à Wittenberg et fit publier une traduction de la Bible en allemand.

Épilogue 2

Adrien d'Utrecht avait ressenti un coup au cœur en apprenant son élection au Saint Siège. Il n'avait jamais été intéressé par ce poste. Charles avait manigancé pour le faire élire sans lui avoir demandé son avis. Il avait repoussé autant qu'il avait pu son départ pour Rome, s'attachant aux affaires espagnoles comme un naufragé à son radeau. Puis les demandes se firent de plus en plus pressantes et il ne put retarder plus avant l'inéluctable. Il frissonnait d'effroi à l'idée qu'il allait devoir apprendre la nécromancie. Il ne savait pas comment cela se passait exactement. On enfermait le nouveau Pape pendant une nuit dans la crypte où se trouvait le tombeau de Saint Pierre et au matin, il en ressortait doté de ses nouveaux pouvoirs. Ce qu'il se passait durant cette nuit restait un mystère. Et ce qui inquiétait le plus Adrien d'Utrecht était sa phobie de la nudité. Même sa propre peau le répugnait. Comment allait-il supporter de voir et de toucher celle des cadavres ?

Épilogue 3

Le cri de Mahidevran fut entendu dans tout le Palais de Topkapi. Mahmud, le fils aîné du Sultan venait de mourir. Il avait semblé n'avoir qu'une grippe puis son état avait brusquement empiré.

À l'écoute de ce cri, Roxelane ne put réprimer tout à fait un sourire. Elle vérifia que son amie et désormais chambrière Alanna n'avait rien remarqué. Mais Alanna avait dressé la tête et demanda ce que ce cri pouvait bien signifier. Roxelane ne répondit pas.

Et d'un. Il ne reste plus que l'autre fils à éliminer mais il est hors de portée à Manesa. Pour l'instant. Car c'est le bébé qui grandit dans mon ventre qui doit devenir l'aîné survivant. C'est lui qui devra devenir le prochain Sultan.

« Alanna ! Viens m'oindre les cheveux d'huile parfumée et me recoiffer ! Je veux être belle pour accueillir mon Sultan victorieux. »

Épilogue 4

Jehan Ango regarda l'horizon de la mer au-delà de la jetée du port de Dieppe comme il le faisait machinalement. À l'ouest, un nuage noir occupait le ciel et semblait y avaler toute la lumière du soleil. Son cœur bondit quand il vit émerger de son ombre la silhouette de bateaux. Il connaissait si bien ses vaisseaux qu'il pouvait les reconnaître alors qu'ils étaient encore très éloignés des côtes. La caraque qui avançait en tête était celle sur laquelle il avait envoyé Jean Fleury. Et elle était entourée de deux autres de ses caraques. Où étaient donc les cinq autres ? En plissant les yeux, Jehan Ango vit un autre navire qui les suivait mais qui n'appartenait pas à sa flotte.

Intrigué, l'armateur se précipita vers le port et s'avança rapidement sur la jetée constellée de barnacles. Il fit s'envoler les goélands qui se trouvaient sur son chemin. Les silhouettes des bateaux grandirent lentement, trop lentement pour son impatience angoissée. Il finit par apercevoir Jean Fleury à la proue du bateau et le navigateur souleva son chapeau et l'agita avec enthousiasme. Il affichait un grand sourire. Jehan Ango fut soulagé mais l'attente n'en devint pas moins fébrile. Il réussit à identifier le navire supplémentaire comme une caravelle espagnole. *Il a réussi ! Il a fait prisonnier un bateau !*

Arrivé à portée de voix, Jean Fleury s'écria : « On les a eus ! On a perdu cinq navires dans la bataille mais on les a eus ! Et... ». Il se tut soudain. Il voyait que le port se remplissait de curieux et visiblement, il ne voulait pas dévoiler quelque chose. Jehan Ango se doutait de ce que cela voulait dire. Ango marcha rapidement sur la jetée en direction de la ville et se dirigea vers les quais. A peine la première caraque amarrée et une passerelle en bois installée, Ango se précipita vers le pont du bateau. Fleury l'accueillit : « Dans cette cale et dans celle des autres bateaux, il y a des trésors. Des trésors comme vous n'en avez jamais vus. Et il y a des cartes... des cartes maritimes des îles et des rivages lointains d'où tout cela a été pris. Messire Ango, nous sommes riches !

— Une partie ira au Roi de France, tempéra Ango, mais oui, nous sommes riches ! »

L'armateur se détendit enfin et s'offrit un large sourire. Mais celui-ci se figea. Il n'aimait pas la lueur qu'il apercevait dans les yeux de Fleury. *Quelque chose en lui a changé. Il n'est plus le même.*

Épilogue 5

« Le Milanais perdu... Les bénéfices de la bataille de Marignan effacés », dit François Ier à voix basse comme si c'était une chose trop ordurière pour être prononcé à voix haute. Il était d'une pâleur de cire et il avait ses grandes mains qui tremblaient. Ayne de Montmorency qui venait de lui raconter la bataille de la Bicocca, résuma la situation : « Il y a donc à nouveau un gobelin Sforza à la tête de Milan, Francesco, le frère cadet de celui que nous avions destitué en 1515, et il est fermement allié avec l'Empereur. Et tout cela, c'est la faute d'Odet de Foix qui n'a pas su mitiger l'impatience des nains. » *Non, c'est la faute de ma mère qui a détourné leur solde au profit de son conflit avec Bourbon... Conflit qu'elle a gagné d'ailleurs. J'ai gagné le Bourbonnais dont j'étais déjà le suzerain et j'ai perdu le Milanais en échange. J'ai perdu l'Italie pour des terres que je contrôlais déjà indirectement.* « François, j'ai fait tout ce que j'ai pu », continua Ayne, alarmé par le visage défait qu'il avait en face de lui. Il s'attendait à ce que le Roi prenne une initiative, promette de reconquérir Milan, s'emporte contre les nains, maudisse le Pape, destitue Odet de Foix... enfin qu'il fasse quelque chose. Et là, il restait pétrifié comme si la blessure était bien trop profonde pour pouvoir bouger.

Ayne renonça à souligner l'erreur d'avoir nommé Odet au poste de Maréchal et à accuser l'influence de Françoise de Foix. Il chercha plutôt à réveiller les instincts de guerrier de François pour le sortir de son apathie : « Et en chemin, j'ai entendu des rumeurs d'attaques de l'Angleterre en Cotentin et en Bretagne... Si c'est vrai, ça aussi, ça ne peut pas rester impuni. » François répondit d'une voix pâteuse : « Les attaques ont été repoussées. À Cherbourg, la forteresse côtière a tenu et à Morlaix... C'est confus, les informations venant de là-bas. Je dois faire le bilan de la situation avec le Chancelier Duprat.

— Et Bourbon, il est où celui-là ? C'est ton Connétable qui doit organiser les représailles. »

François poussa un énorme soupir et Ayne comprit immédiatement qu'évoquer Charles de Bourbon avait été une mauvaise idée. « Il est retiré à Moulins sur ses terres... Enfin, ce qui avait été ses terres », dit laconiquement François qui chercha à déceler dans le regard d'Ayne, le grand rival de Bourbon, une lueur de satisfaction. Il n'y en eut aucune.

« Je déteste Bourbon. Mais je me permets de te dire que toi et ta mère vous y êtes allés un peu fort et...

— Tu as raison, le coupa le Roi. Il faut convoquer Bourbon au plus vite et préparer un plan de bataille. » *Il faut absolument l'occuper pour ne pas qu'il marine trop longtemps dans le jus de son aigreur et de son dépit. Mais ce que je n'ai pas dit à Ayne, c'est qu'il n'a pas répondu à une première convocation.*

Épilogue 6

Votre Majesté,

Dépossédé de mes biens et de mes terres qui me sont chères et sur lesquelles ont veillé mes ancêtres comme à la prunelle de leurs yeux, j'ai décidé de quitter le Royaume de France. Mortifié et acculé par l'humiliation, plus rien ne m'y retient. Je n'ai plus ni épouse, ni enfants que Dieu a toujours rappelés trop précocement à Lui. C'est sans doute grâce à ses voies impénétrables et à ses glorieux desseins que je puis dire aujourd'hui que je suis disponible pour me mettre à votre service. Votre Majesté Impériale comprendra que, dans les circonstances présentes, je n'ai d'autre choix que de quitter celui que je ne reconnais plus comme mon Souverain. Est-ce alors une trahison ou est-ce le Roi de France lui-même qui a rompu mon lien d'allégeance ? Je vous laisse juge mais ma conscience est en paix.

Votre Majesté Impériale, non seulement je mets mon épée à votre service mais aussi toutes les connaissances sur un dispositif militaire que j'ai moi-même contribué à élaborer. Indiquez-moi quand et où je puis me mettre au service de votre Empire,

Votre dévoué Charles de Bourbon

FIN

Prochainement, la suite : 1523-1526

Quelques mots pour finir :

Traduction de ce qui est chanté dans le manoir de Ker'Huella et qui provoque la marée descendante :

O mer de nos ancêtres
De là nous sommes venus
Vers là nous partirons
Retire-toi un instant
Que nous puissions te pleurer
Pour montrer combien nous t'aimons.

Quelques références dans le monde dit « réel » :

Les poèmes de Clément Marot, de Garcilaso de la Vega et de François Ier, les paroles de Martin Luther à la Diète de Worms, le sauf-conduit de Charles Quint à Martin Luther et la lettre de soutien de Charles Quint pour l'élection de Wolsey à la Papauté sont authentiques.

La bergerette « *Ah ! Que je me sens guillerette* » est d'un auteur inconnu du XVème siècle.

Références bibliographiques :

Simone Bertière, *Le beau XVIème siècle*, Editions de Fallois, 1994

Roger Crowley, *Empires of the Sea*, Faber and Faber, 2008

Michel Géoris, *Charles Quint : un César catholique*, Ed. France Empire, 1999

Naïma Ghermani, *L'Europe au temps de Cranach*, Editions de la RMN et du Grand Palais, 2011

François Auguste Mignet, *Luther à la Diète de Worms*, Revue des Deux Mondes, tome 2, 1835

Sir Charles Oman, *A history of the art of war in the sixteenth century*, Borodino Books, 2017

Sede vacante : 1521-1522 :
http://www.csun.edu/~hcfll004/SV1521.html

Pour prolonger le plaisir de la lecture :

Suivez le compte Twitter @ChroniqueurTour
le compte Facebook Le Chroniqueur de la Tour
le blog : https://chroniqueurdelatour.wordpress.com/
et l'application (iPhone/Android) :
https://encyclo1515.glideapp.io